Hanni Münzer

Das
Hexenkreuz

Historischer Roman

Band 4 der Seelenfischer-Reihe

PIPER

Mehr über unsere Autoren und Bücher:
www.piper.de

Aktuelle Neuigkeiten finden Sie auch auf Facebook, Twitter und YouTube.

Von Hanni Münzer liegen im Piper Verlag vor:
Die Honigtot-Saga:
Band 1: Honigtot
Band 2: Marlene

Die Seelenfischer-Reihe:
Band 1: Die Seelenfischer
Band 2: Die Akte Rosenthal – Teil 1
Band 3: Showdown – Die Akte Rosenthal – Teil 2
Band 4: Das Hexenkreuz – Die Vorgeschichte zu »Die Seelenfischer«

Ausführliche Informationen finden Sie auf:
www.hannimünzer.de

MIX
Papier aus verantwor-
tungsvollen Quellen
FSC® C083411
www.fsc.org

Geänderte Taschenbuchausgabe
1. Auflage Juni 2017
2. Auflage Juni 2017
© Piper Verlag GmbH, München 2017
Erstausgabe 2013
Umschlaggestaltung: U1 berlin / Patrizia Di Stefano
Umschlagabbildung: Chad Kleitsch / Getty Images (Blüte); Duncan Walker /
Getty Images (Rahmen); Bildarchiv Steffens / Bridgeman Images (Stadt)
Satz: Satz für Satz, Wangen im Allgäu
Gesetzt aus der Dante
Druck und Bindung: CPI books GmbH, Leck
Printed in Germany   ISBN 978-3-492-30962-2

Für Papi,
unvergessen …

Dramatis Personae

Es folgt eine Aufstellung der wichtigsten Figuren.
Historische Persönlichkeiten sind mit einem * gekennzeichnet.

Emilia di Stefano
Emanuele di Stefano   ihr Zwillingsbruder und Jesuit
Piero di Stefano   ihr Bruder
Graf Abelardo di Stefano   ihr Vater
Serafina La Tedesca   Emilias beste Freundin und Enkelin der
    gleichnamigen Seherin
Donna Elvira La Tedesca   Serafinas Mutter, Hebamme und
    Heilkundige
Ferrante   Fürst der Zigeuner
Cesira   Ferrantes Mutter, vielleicht eine Hexe
Filippo   ein pfiffiger Knabe von zehn Jahren
Francesco Colonna Jesuit und Freund und Mentor von Emanuele
Vittoria Colonna   Francescos Schwester
Donatus   Majordomus im Hause Colonna
Pater Remo Baptista   Kopf des Schwarzen Kabinetts der
    Jesuiten
Herzog Carlo von Pescara, mächtig und märchenhaft reich
Herzoginwitwe Beatrice von Pescara   seine machthungrige
    Mutter, Großmeisterin des Sol-Invictus-Ordens
Graf Egidius Bramante   Beatrices Gegenspieler, Mitglied im
    Sol-Invictus-Orden
Filomena   eine verhinderte Nonne
Ta-Seti   ein Häuptling der Nubier, schwarz wie die Nacht,
    Filomenas heimlicher Geliebter

Sergej Iwanowitsch Wukolny   russischer Fürst
* *Wolfgang Amadé Mozart*   ein Knabe
* *Giacomo Casanova*   ein Frauenliebhaber in den zweitbesten
  Jahren
* *Ludwig XV.*   französischer König, auch ein Frauenliebhaber
* *Jeanne-Antoinette Poisson*   Madame de Pompadour,
  einflussreiche Geliebte Ludwigs XV.
* *Marie-Jeanne Bécu*   Comtesse Du Barry, letzte Geliebte
  Ludwigs XV.
* *Étienne-François de Choiseul d'Amboise*   Marquis de Stainville,
  Jesuitenfeind und Erster Minister unter Ludwig XV.
* *Prinz Alexej Galitzin*   russischer Gesandter am Heiligen Stuhl
* *José Moñino y Redondo*   Jesuitenfeind und spanischer Botschaf-
  ter, wichtigster Berater König Karls III. von Spanien
* *Sebastião José de Carvalho e Mello*   Marquis de Pombal,
  Jesuitenfeind und Erster Minister unter José I. von Portugal
* *Lorenzo Ricci*   letzter Pater General des Jesuitenordens vor
  dem Verbot
* *Papst Clemens XIV.*   seit 1769 Papst und Bischof von Rom
* *Pater Carlo Rezzonico*   Camerlengo von Papst Clemens XIV.

Teil 1

Die Gefährtinnen

– Emilia und Serafina –

Prolog

Santo Stefano di Sessanio, 1750

Eine Seherin bestimmt die Stunde ihres Todes selbst. Das hatte ihre Mutter Serafina einst selbst gesagt. Warum ließ sie den Tod dann seit Wochen warten? Warum harrte sie so hartnäckig im Diesseits aus, fragte sich die Tochter an ihrem Sterbebett. Litt sie nicht grausame Schmerzen und lag die meiste Zeit über im Delirium? Abermals klammerte sich die alte Seherin an den Arm ihrer Tochter, bäumte sich auf und rief: »Du wirst es erleben! Mit Schimpf und Schande, Blut und Schwert werden die Könige die Gottesdiener verjagen. Die Kirche wird ihre Macht verlieren ...«

»Schh, Mutter.« Behutsam löste sich Donna Elvira von ihr. Sie griff just nach dem Kräutertee, als die Tür zu der einfachen Kate aufgerissen wurde. »Schnell, Donna Elvira. Ihr werdet auf der Burg verlangt. Die Gräfin kommt nieder!«, rief der Stallbursche des Grafen di Stefano.

»Schon?«, entfuhr es der jungen Hebamme. Hastig nahm sie ihren Korb. Ein letzter besorgter Blick auf ihre Mutter, dann eilte Donna Elvira dem Boten hinterher. Sie wusste, dass ihr ein schwerer Kampf bevorstand. Die Gräfin Agostina war nicht mehr jung, und es würde eine Zwillingsgeburt geben.

Tatsächlich zogen sich die Wehen in der gräflichen Kammer lange hin. Erst im schwindenden Licht des zweiten Tages gebar die Gräfin beide Kinder. Zunächst das Mädchen und kurz darauf den Knaben. Donna Elvira band gerade die Nabelschnur des Jungen ab, als ein jäher Schmerz durch ihren Körper jagte. Ihr Kopf fuhr zum Fenster, und für einen Augenblick krümmte sich die Hebamme, als durchlitte sie nun selbst die Qual einer Wehe. »Mutter!«, entfuhr es ihr.

»Ist Euch nicht wohl?«, erkundigte sich die Kammerfrau erschrocken.

Beinahe wie in Trance wandte sich die Hebamme ihr zu: »Nein, es ist gut.« Rasch versorgte sie den Knaben und wickelte ihn fest in frisches Leinen. Danach legte sie der erschöpften Gräfin die Säuglinge in die Arme. »Anna«, wandte sie sich dann an die Kammerfrau, »lauft zum Grafen, und bittet ihn hierher, damit er seine beiden Kinder begrüßen kann. Dann schickt nach Pater Bertolli. Die Kleinen sollten schnell getauft werden. Was ist, was habt Ihr?« Ihr war die unwillige Geste der Bediensteten nicht entgangen.

»Nichts, dieser junge Priester hat nur so kalte Augen. Mich fröstelt richtig bei seinem Anblick. Was für ein Unglück, dass unser guter alter Pfarrer vor zwei Tagen gestorben ist.« Anna bekreuzigte sich und ging.

Pater Bertolli frohlockte. Die Dinge entwickelten sich ganz in seinem Sinne. Er war nach Santo Stefano di Sessanio gesandt worden, um die blasphemischen Äußerungen einer Seherin namens Serafina La Tedesca zu untersuchen. Der Dorfpfarrer hatte den römischen Großinquisitor Giovanni Ganganelli davon unterrichtet. Zunächst hatte er nicht verstanden, warum Ganganelli so sehr an einer raschen Aufklärung gelegen war. Bevor er hinaufgestiegen war – Santo Stefano erwies sich tatsächlich als der höchste Ort Italiens und lag inmitten der unwegsamen Abruzzen –, hatte sich Bertolli deshalb vorsichtig im Tal umgehört. Dabei hatte er etwas höchst Interessantes in Erfahrung gebracht: Giovanni Ganganelli, der aus dieser Gegend stammte, und diese Seherin waren sich schon einmal begegnet! Damals hatte sie dem jungen Priester prophezeit, dass er einmal Papst werden würde. Ha, da war Ganganelli auf die älteste List dieser selbst ernannten Seherinnen hereingefallen. Sie hatte ihm einfach das gesagt, was er gerne hören wollte! Für seinen Geschmack war der Mann sowieso viel zu abergläubisch – wenn man bedachte, dass er der oberste Inquisitor des Kirchenstaates war ...

Zu seinem Missvergnügen hatte Bertolli bei der Ankunft feststellen müssen, dass der alte Dorfpfarrer just tags zuvor das Zeitliche gesegnet hatte und für eine Befragung nicht mehr zur Verfügung stand. Stattdessen hatte er den Trauergottesdienst abhalten müssen. Unmittelbar darauf war er zu einer Todkranken gerufen worden, die sich schnell als jene gottlose Hexe Serafina La Tedesca entpuppt hatte!

Er hatte ihr die Sterbesakramente verweigert, sollte das alte Weib ruhig zur Hölle fahren. Er hatte sie auch ein wenig geschüttelt, doch sie hatte ihr Schandmaul nicht aufgemacht. Er war schon halb zur Tür hinaus gewesen, als sich diese angebliche Prophetin plötzlich aufgebäumt und Ganganelli und die heilige Mutter Kirche mit gotteslästerlichen Worten verhöhnt hatte!

Eines war sicher: *Diese* letzte Prophezeiung der alten Schreckschraube würde Ganganelli so überhaupt nicht schmecken. Doch was diese Hexe konnte, konnte er schon lange: Er würde Ganganelli ganz einfach auch nur das erzählen, was er gerne hören wollte! Aber es sollte natürlich etwas sein, das auch ihm selbst zum Vorteil gereichen würde. Er musste es nur richtig anstellen, damit ihn Ganganelli nicht durchschaute. Der Großinquisitor war vielleicht nicht der Schlaueste, aber für Intrigen besaß er ein Händchen. Noch während er über der geeigneten Strategie brütete, schickte der ansässige Graf nach ihm, damit er seine beiden Neugeborenen taufte. Bertolli erhob sich und unterdrückte einen missmutigen Laut. Die Leute dieser öden Gegend beliebten nach Lust und Laune über ihn zu verfügen, zu sterben und zu gebären. Dabei, überlegte er, blieb Gottes Seelenhandel ausgeglichen: Eine Seele für den Himmel – der Dorfpfarrer, eine Seele für die Hölle – die Hexe, und nun waren zwei neue Erdenbürger angekommen. Ausgerechnet Zwillinge! Plötzlich hielt Bertolli mitten im Schritt inne, ein Geistesblitz hatte ihn getroffen. Das war es! Nun wusste er, wie er den Wortlaut der Prophezeiung zu seinem Vorteil umdeuten konnte.

Zunächst würde er Graf Abelardo di Stefano die angeblichen letzten Worte der Seherin zutragen. Schließlich würde *seiner* Prophezeiung erst durch weitere Mitwisser eine Bedeutung zuteilwerden!

Pater Bertollis abgewandelte Prophezeiung entwickelte sehr bald ein munteres Eigenleben. Sie stieg mit ihm ins Tal, verbreitete sich dort, und er selbst nahm sie mit nach Rom. Betroffene und Nichtbetroffene interpretierten sie sodann nach Belieben und Präferenzen und forderten damit ahnungslos das Schicksal heraus.

Ohne es geahnt zu haben, hatte Bertolli damit das erste Steinchen ins Getriebe der Kirchenmacht geworfen. Es setzte sich im Mahlwerk fest und begann sein schleichendes Werk.

I

Rom, 1764

»Hinfort mit Euch! Aus meinen Augen. Und wagt es ja nicht, Euch jemals wieder innerhalb dieser Mauern blicken zu lassen! Niemals zuvor in meinem Leben wurde ich schlimmer enttäuscht! Ihr seid eine Schande für unseren Stand! Schert Euch weg! Hinaus, hinaus …!«

Die Stimme des Mannes, die durch die spaltbreit geöffnete Tür drang, überschlug sich fast in ihrem Zorn. Es folgten schnelle Trippelschritte, und dann schoss ein ungemein fetter Pater durch die Tür in das Vorzimmer. Die Augen vor Entsetzen geweitet, nahm er den jungen Mann nicht wahr, der sich dort an einem Kohlebecken die Hände wärmte. Mit einem erstickten Schluchzen stürzte er an ihm vorbei.

Betroffen blickte der fremde Besucher ihm hinterher. Wenn er sich nicht irrte, war er eben Zeuge des Rauswurfs des ersten Assistenten des Pater General geworden. Was sollte er jetzt tun? Sich selbst anmelden? Sein Auftrag war dringend. Der quer über seine Brust geschnallte Lederriemen, an dem ein länglicher Briefbehälter hing, wies ihn als Boten aus. Unentschlossen verharrte der junge Mann auf der Stelle. Schließlich löste er den Behälter. Er führte den Vorgang mit größter Behutsamkeit aus, als könnte ihm dieser bei unsachgemäßer Behandlung in den Händen explodieren wie eine falsch geladene Muskete. Er kannte den Inhalt der Depesche. Tatsächlich enthielt sie eine Nachricht von höchster Sprengkraft. Drei Wochen hatte es ihn gekostet, um sie sicher von Paris nach Rom zu befördern. Seine Beine waren schwer, und sein Magen leer.

Das Schriftstück, das er im Auftrag des französischen Provinzials des Jesuitenordens mit sich führte, würde mit Sicherheit nicht zur Besserung der Laune des Pater General beitragen.

Nun erschien der 18. Generalobere des Jesuitenordens, Lorenzo Ricci, höchstselbst im Türrahmen. Seine aufrechte Gestalt verströmte Zorn – was erstaunlich anmutete bei einem Mann, der allseits für sein ausgeglichenes Gemüt bekannt war. »Wer seid Ihr? Und was habt Ihr hier zu suchen?«, blaffte er den Unbekannten an, kaum dass jener in sein Blickfeld geraten war.

Der Bote verneigte sich: »Eure Eminenz, mein Name ist Pater Francesco Colonna, und ich überbringe Euch eine eilige Botschaft aus Paris.« Er streckte seinem Superior das Dokument entgegen. Besser gleich in die saure Frucht beißen …

Ricci hatte das Siegel erkannt und an Ort und Stelle gebrochen. Flink huschten seine kleinen dunklen Augen über das Pergament; die Zornesröte wich alsbald einer jähen Blässe. Er wies den Pater in sein Büro und deutete auf den Armsessel vor seinem Schreibtisch. Er selbst nahm dahinter Platz und legte die Fingerspitzen aneinander. Mehrere Sekunden musterte er sein Gegenüber. Der Bote fühlte sich dabei bis auf den Grund seiner Seele durchleuchtet.

Schließlich murmelte Ricci: »Der junge Colonna, hmm? Ich kenne Euren Vater, den Fürsten. Ein guter Mann.« Erneut hüllte sich der Pater General in Schweigen, dabei finster auf die Nachricht starrend. Unvermittelt schlug er mit der Handfläche darauf. »Was für eine Katastrophe! Portugal zuerst, dann die Königreiche Neapel, Parma, Spanien und nun also Frankreich. Fürwahr, die Bourbonen haben den Untergang der Gesellschaft Jesu beschlossen … Wenn ich daran denke, dass Pater de La Chaize fünfunddreißig lange Jahre Beichtvater des großen Sonnenkönigs Ludwig XIV. war. Er kannte alle seine Geheimnisse! Und nun jagt uns sein Urenkel Ludwig XV. mit Schimpf und Schande aus dem Reich. Dabei habe ich selbst die größte Schuld auf mich geladen. Viel zu lange habe ich auf die Beschwichtigungen des Pater Timoni gehört.«

Der Genannte war für sein Gegenüber kein Unbekannter:

Pater Giovanni Timoni war der amtierende römische Provinzial des Jesuitenordens. Er hatte die Lage des Ordens lange verkannt und zu bagatellisieren versucht. Tatsächlich aber hatte man Timonis einzigem Argument – er hatte beteuert, dass Gott selbst zu gegebener Zeit den Orden erretten werde – wenig entgegenzusetzen gehabt. Doch dem Pater General wurde das Warten auf das göttliche Wunder inzwischen zu lang.

»Was könnt Ihr mir über die kursierenden Gerüchte berichten, dass insbesondere der französische Außenminister, Duc de Choiseul, und die Konkubine des Königs, diese Madame Pompadour, das Verbot beim König vorangetrieben haben?«

»Eminenz, sie entsprechen leider der Wahrheit.«

»Furchtbar, einfach furchtbar«, lamentierte Ricci und schüttelte sein Haupt. »Was soll nur mit dieser Welt geschehen, wenn sich nicht nur die weltliche Politik in die kirchlichen Belange einmischt, sondern sich auch noch Frauen dies anmaßen … Betet, mein Sohn, betet für unser Heil. Wir gehen dunklen Zeiten entgegen. Der Teufel hat sein gieriges Haupt erhoben, und ich fürchte, er blickt geradewegs in unsere Richtung.«

II

Santo Stefano di Sessanio, 1767

Wie ein gigantischer Schiffsbug ragte das Felsplateau aus dem Berg heraus. Mitten darauf thronte die alte Burganlage von Santo Stefano di Sessanio. Das gewaltige Felsmassiv, das im Rücken der Anlage in die Höhe wuchs, schuf die Illusion, als hätte ein riesenhafter Bildhauer sie geradewegs aus dem Felsgestein herausmodelliert. Dahinter erhob sich das schneebedeckte Massiv des Corno Grande in den Himmel. Wegen seiner Form, die einer schlafenden Frau glich, nannten ihn die Einheimischen auch *la bella addormentata*, die schöne Schlafende.

Ein steiler Pfad, dem Felsen mühselig abgetrotzt und eben breit genug für einen Ochsenkarren, wand sich zur Burg hinauf und zeichnete den Hang kreuz und quer wie eine Narbe.

An klaren Tagen hatte man von der Burg eine herrliche Fernsicht über die fantastische Gebirgslandschaft der Abruzzen. Dann lockte am Horizont gar das Mittelmeer in einem irisierenden Streifen aus Silber und Azur.

Der erste Graf di Stefano hatte die Burganlage auf den Überresten eines römischen Kastells erbaut, nachdem die Sarazenen im 9. Jahrhundert mehrfach in Italien eingefallen waren. Mit den Jahrhunderten verlor die Burg an Bedeutung, die Nachfahren des Geschlechts verließen den Ort, und sie geriet in Vergessenheit. Scharen von Tauben und Fledermäusen bevölkerten sie nun und stritten sich unter dem hölzernen Dachgebälk um die besten Nistplätze.

Die Burg selbst war oft belagert, aber nie erobert worden. Kein Feind hatte je den Fuß in sie gesetzt. Nur einem Feind hatte sie sich schließlich doch beugen müssen – dem geduldigsten von allen: der Zeit. Die Spuren des Verfalls waren überall sichtbar. Ungehindert kletterte der Efeu die grauen Steinquader des Bergfrieds empor und schickte sich von dort an, die restliche Burg zu erobern. Wohl verlieh es der Anlage einen wildromantischen Anstrich, doch der grüne Klammergriff saugte sich in jeder Ritze fest, fraß sich durch die Mauern und fügte ihr weitere Wunden zu.

An diesem Mittag döste die Anlage in der ersten Maisonne scheinbar verlassen vor sich hin. Die Luft war erfüllt vom Summen der Insekten, die die Sonne aus ihrem Winterquartier hervorgelockt hatte. Lediglich eine Gruppe Gänse querte den Platz, zog gravitätisch über die baufällige Zugbrücke und verschwand im Schatten des Torbogens. Der fette Kater, der zusammengerollt in einem Sonnenfleck auf dem Hof lag, nahm keinerlei Notiz von ihnen. Nichts rührte sich …

Plötzlich brachen laute Hufschläge in das friedliche Idyll. Ein Pferd, über dessen Hals sich eine Gestalt so tief duckte, dass sie mit diesem fast verschmolz, sprengte im vollen Galopp den Pfad herauf. Der Reiter entpuppte sich beim Näherkommen als Reiterin: Eine junge Amazone mit wehendem schwarzem Haar. Beinahe noch im Galopp sprang sie vom Pferd und fegte mit geschürzten Röcken über den Hof, Staub und empörtes Federvieh gleichermaßen aufwirbelnd.

Ungestüm nahm das junge Mädchen jeweils zwei Stufen der baufälligen Treppe auf einmal und stieß das Portal zum Rittersaal auf. Fast hätte sie dabei ihre Tante Colomba ins Reich der Träume befördert. Ein hastiger Sprung zur Seite rettete diese gerade noch vor dem Zusammenstoß. »Aber Kind …«, entrüstete sie sich und schickte sich zu ihrem üblichen Vortrag über das gebührliche Benehmen junger Damen an. Emilia schenkte ihr keine Beachtung. Sie hatte den Gesuchten entdeckt. Wie so häufig traf sie ihren Vater in den Armen Morpheus' an. Sein Kopf, dessen dichter Haarschopf ihm das Aussehen eines angegrauten Löwen verlieh, ruhte mit der Wange auf der Tischplatte, während seine Linke noch den leeren Humpen Wein umklammerte.

Nicht nur er, auch das Herzstück der Burg bot einen trübseligen Anblick. Neben verschlissenen Wandteppichen hingen alte Lanzen, Streitäxte und Schilder mit verblassten Wappen. Das spärliche Mobiliar, der Holztisch, wenige grob gezimmerte Bänke und eine zerschrammte Kredenz, verloren sich geradezu in der riesigen Halle. Auch die beiden verbeulten Rüstungen, die den steinernen Kamin bewachten, zeugten davon, wie lange die guten Tage bereits zurücklagen. Einst geschaffen, um ganze Ochsen am Spieß darin zu braten, klaffte der Kaminschlund nun schwarz und kalt. Drei magere Jagdhunde balgten sich davor um einen Knochen.

Ohne innezuhalten, stürmte Emilia auf ihren Vater zu und rüttelte ihn an der Schulter. Die grobe Behandlung riss den Conte unsanft aus seinen weinseligen Träumen.

»Was …? Wie …? Der Feind?«, stammelte er und fuhr heftig blinzelnd auf. Dabei stieß er den Zinnhumpen vom Tisch, der rollte über die Tischkante und landete scheppernd auf dem Steinboden. Die Hunde ließen sofort vom Knochen ab und stritten sich nun um das Rinnsal aus dem Becher.

»Ist es wahr, Vater? Ihr habt mich meistbietend verkauft?«, überfiel ihn die Tochter übergangslos.

Der Conte di Stefano zog unwillkürlich den Kopf ein. Schwerfällig stemmte er sich hoch und erwies sich dabei kaum größer als im Sitzen. Seine kurzen Beine steckten in faltigen Strümpfen, die in Schnallenschuhen endeten. An den Absätzen klebte Stroh.

Die Auseinandersetzung mit seiner temperamentvollen Tochter war unvermeidlich gewesen. Oh, wie er sich sein verstorbenes Weib Agostina herbeisehnte. Wie so oft schweiften seine Gedanken ab: Elf Kinder hatte ihm seine Frau im Laufe der Jahre geschenkt, und nur drei davon hatte ihnen der Herrgott gelassen. Wieder einmal verfluchte der Conte die boshafte Laune des Schicksals, wenn er an seine Zwillinge dachte. Äußerlich glichen sie einander sehr, dabei konnte es unter Gottes Himmel keine zwei von der Wesensart verschiedenere Menschenkinder geben. Was hatte er nur verbrochen, dass der Herr ihn mit dem grausamen Scherz gestraft hatte, indem er die Seelen seiner Kinder vertauscht hatte? Seine Tochter Emilia war schön wie der junge Morgen, doch ihr Eigensinn trieb ihn in den Wahnsinn! Sie trug die Hosen ihres Bruders Emanuele, ritt wie der Teufel und focht und handhabe den Bogen geschickter als jeder Mann, den er je gekannt hatte. Wie die wilde, ungezähmte Gegend, aus der sie stammte, strotzte sie vor Kraft und ursprünglichem Leben. Allein oder mit ihrer besten Freundin Serafina, der Enkelin der verstorbenen Seherin, streifte sie durch die endlosen Wälder, kletterte auf Berge und erforschte Höhlen, die es in den zerklüfteten Felsen zu Hunderten gab. Hungrig wie ein Wolf, mit Augen, aus denen die Erlebnisse des Tages leuchteten, fand sie sich meist erst zum Abendessen wieder ein.

Mit einem Seufzer wandten sich Abelardos Gedanken seinem Sohn Emanuele zu. Dieser besaß eben jenes sanfte Gemüt, das er sich für seine Tochter so sehr gewünscht hätte. Leider verabscheute Emanuele auch jegliche Form von Gewalt. Das ging so weit, dass er die Teilnahme an der Jagd ablehnte – Vergnügen und Pflicht eines jeden jungen Adeligen!

Im Alter von acht Jahren hatte sich die erste Tragödie im Leben der Zwillinge ereignet. Die Gräfin Agostina starb bei der Geburt ihres elften Kindes. Ein jeder in der Familie trauerte auf seine Art. Der Conte wandte sich dem Weinkeller zu, Emanuele dem Gebet, und Piero, der erstgeborene Sohn, schickte eine knappe Kondolenzschrift, dass ihn dringende Geschäfte in Venedig davon abhielten, dem Grab der Mutter einen Besuch abzustatten.

Emilias Trauer aber wandte sich dem Zorn zu – einem Zorn, der sich gegen alles und jeden zu richten schien. Das kleine Mädchen trauerte mit der Heftigkeit griechischer Tragödinnen. Es hatte vieler Monate bedurft, bis sich ihr Verhalten wieder der Normalität angenähert hatte, und noch länger, bis ihr Lachen zurückgekehrt war.

Ihr Zwillingsbruder Emanuele hatte schon sehr früh den Ruf

Gottes vernommen. Vor vier Jahren, mit gerade dreizehn, war er in Rom in das dortige Jesuitenkolleg eingetreten.

Danach hatte Emilias Wildheit neue Höhepunkte erreicht. Außerstande, seiner Tochter Herr zu werden, hatte er beschlossen, ihre Erziehung in berufenere Hände zu legen. Er schickte sie in das Klarissenkloster nach Assisi. Es erwies sich schnell, dass das Lebensmotto der frommen Schwestern, *Betend und arbeitend in der Stille präsent zu sein*, sich kaum mit Emilias freiheitsliebender Wesensart vereinbaren ließ.

Nachdem seine Tochter das Kunststück vollbracht hatte, der Aufsicht der Klarissen gleich zweimal in sechs Monaten zu entwischen, um abgerissen wie eine Landstreicherin nach Hause zurückzukehren wie ein menschlicher Bumerang, fügte sich ihr Vater in sein Los. Wenn schon die strengen Klarissen mit Emilia ihre liebe Not hatten, wie sollte er, ihr alter Vater, ihr Paroli bieten? Insgeheim gestand er sich ein, dass sich in dieser Nachlässigkeit auch eine gehörige Portion Egoismus verbarg: Emilias Daseinsfreude und Lachen erfüllten das alte Gemäuer mit Leben. Wenn er sie nicht in seiner Nähe wusste, fühlte er sich doppelt einsam.

Die guten Schwestern zu Assisi jedenfalls schienen über Emilias Ausscheiden nicht betrübt zu sein. Sie schickten dem Grafen eine gespickte Rechnung, die unter anderem die Kosten für die Reparatur einer Nebenpforte auswies. Ansonsten unternahmen sie nicht den leisesten Versuch, den Herrn Grafen zu überzeugen, ihnen Emilia zurückzuschicken. »Die sind froh, mich los zu sein, Vater.« Emilia küsste ihn auf die große, rot geäderte Nase, dass sein Herz schmolz, und hüpfte davon, neuem Schabernack entgegen.

Hier stand er nun und erntete die Früchte dieser sträflichen Vernachlässigung. Er selbst hatte es versäumt, ihr Respekt und Demut beizubringen. Und trotzdem regte sich auch immer ein wenig Stolz in seinem Herzen, wenn er dieses vitale Geschöpf vor sich sah. Seine Tochter! Wenn sie nur nicht so auf ihren eigenen Kopf beharren würde, dachte er und tat sich selbst leid. Die

Leute im Dorf hatten recht, wenn sie behaupteten, Emilia habe den Teufel im Leib, während das Licht Gottes in ihrem Bruder Emanuele wohne.

Ein letztes Mal räusperte er sich, dann stellte er sich ihrem flammenden Blick. »Nun ... ähm ... liebes Kind, beruhige dich doch erst einmal«, sagte er und zupfte verlegen an seinem grauen Spitzbart. »Setzen wir uns und sprechen in Ruhe.«

Widerstrebend kam Emilia seiner Aufforderung nach.

Der Conte suchte sichtlich nach dem richtigen Anfang. Auf der Suche nach Inspiration geriet ihm just seine Schwester Colomba ins Visier. Sie war eine zänkische alte Jungfer, die bei ihm, wie sie selber beteuerte, das Gnadenbrot fristete. Allerdings aß Colomba sehr zum Verdruss ihres Bruders mit einer Unersättlichkeit, die ihresgleichen suchte. Soeben grub sie ihre großen gelben Zähne in ein Stück Weißbrot, das sie dick mit Olivenpaste bestrichen hatte.

Das schlechte Gewissen des Contes fand in ihr sein Ventil. »Colomba, he da!«, brüllte er in ihre Richtung. »Mach dich nützlich, anstatt mir die letzten Haare vom Kopf zu fressen! Hol uns einen Krug Wein aus dem Keller, aber von dem guten Montepulciano! Und untersteh dich, alte Vettel, auch nur einen Tropfen zu stibitzen. Sonst setzt es was!«, polterte er weiter.

Colomba hatte das Kauen eingestellt, rang sichtlich um Fassung, doch sie watschelte davon.

»Ha, es ist also wahr, Vater!«, fauchte Emilia. »Ihr könnt mir noch nicht einmal in die Augen sehen! Der letzte Schafhirt ist über meine Verlobung im Bilde. Nur die Braut selbst, die lässt man im Ungewissen! Mama würde sich für Euch schämen, Vater. Aber ich werde *nicht* heiraten. Niemals. Hört Ihr? Lieber stürze ich mich vom Bergfried!« Wutentbrannt war das junge Mädchen aufgesprungen, sodass hinter ihr die Bank umstürzte. Emilia achtete auf nichts und niemanden mehr, sondern hielt mit brennenden Augen auf den Ausgang zu. Die drei Hunde, in der Annahme, sie wolle mit ihnen spielen, rannten ihr kläffend hinterher.

Ihre Flucht endete abrupt im Türrahmen. Dort stieß sie mit einem jungen Mann zusammen. Mittelgroß und stämmig gebaut, fing er sie mit einem lauten »Holla« auf. Seine erlesene Kleidung stach ihr sofort ins Auge. Unter dem Rock aus himmelblauem Atlas lugte eine Weste aus Brokat hervor, während die muskulösen Beine in blitzblanken Reiterstiefeln steckten, die Sporen wie Pferdeköpfe geformt.

»Hoppla, kleine Schwester! Immer noch so stürmisch, wie ich sehe.« Ihr älterer Bruder Piero lachte ihr spöttisch ins Gesicht.

»Und du immer noch so verschwenderisch, wie *ich* sehe!«, fuhr Emilia ihn an.

Piero lächelte weiter auf sie herab, doch es war ein Lächeln, das sich nicht auf seine Augen ausdehnte. Er sah auf männliche Art gut aus, doch die beginnenden Fältchen ausschweifender Lebensart milderten den angenehmen ersten Eindruck.

Emilia wand sich heftig in seinem Griff. »Lass mich sofort los!« Und da er nicht hörte, holte sie blitzschnell aus und trat ihm kräftig gegen das Schienbein.

»Furie«, knurrte Piero, gab sie aber nicht frei. Emilia fauchte wie eine Katze und versuchte, ihm in die Hand zu beißen.

»Lass deine Schwester los, Piero. Sofort!« Für einen kurzen Augenblick hatte die Stimme des Grafen zu früherer Autorität zurückgefunden. Piero zuckte mit den Achseln. Er grinste Emilia an, als würde er sich über etwas freuen, von dem sie noch keine Ahnung hatte. Dann schubste er sie gleichgültig von sich.

»Setzt euch, und haltet gefälligst Frieden. Wirklich, ihr beiden führt euch auf wie zwei Hähne, die denselben Misthaufen verteidigen«, sagte der Conte grob. »Aber so wart ihr ja schon immer«, ergänzte er mit einem Schnauben.

Colomba kehrte mit dem gewünschten Krug Wein zurück. Beim Anblick Pieros erhellte sich ihr Gesicht. Er war seit jeher ihr erklärter Liebling. Zärtlich lächelte sie ihm zu. Alle blieben stumm, während sie reihum die Humpen füllte. Danach machte Colomba Anstalten, sich auf der Bank vor dem Kamin niederzulassen. Doch der Conte zeigte unmissverständlich zur Tür, und sie trippelte beleidigt davon.

Emilia sah von ihrem Bruder zu ihrem Vater. Hinter ihrer klaren Stirn arbeitete es sichtlich.

Der Conte wiederum hielt seinen Blick beharrlich auf das Glas gesenkt. Scheinbar suchte er nun in den blutroten Tiefen nach den geeigneten Worten, um das unbequeme Gespräch zu eröffnen. Piero gönnte sich inzwischen einen tüchtigen Schluck. Danach zog er aus seinem Ärmel ein Taschentuch und betupfte sich geziert die Lippen.

Verächtlich musterte Emilia seine geckenhafte Erscheinung. Ihr Blick folgte seinen manierierten Bewegungen und blieb auf dem Taschentuch haften. Mit goldenen Fäden gestickt, prangten darauf Pieros Initialen sowie das Wappen der di Stefanos. Ihre Augen verengten sich. Sie wirkte nun wie eine Katze kurz vor dem Sprung. »Jetzt schwant mir, was hier gespielt wird. Du bist es, der hinter dieser albernen Farce von Hochzeit steckt, Piero! Du hast den Kuhhandel ausgeheckt, und daher rührt auch dein seltsamer Besuch im Herbst mit deinen angeblichen Geschäftspartnern. Ihr habt die Ware begutachtet! Pfui Teufel!« Sie war aufgesprungen. »Hast du nicht schon genug Schaden angerichtet, Bruder? Unsere besten Schafherden sind verkauft, und die kommenden beiden Ernten hat man uns längst gepfändet. Du hast Vater in den Ruin getrieben. Musst du jetzt auch noch mein Leben ruinieren?«

Ihr Vater war bei ihren Worten erschrocken aufgefahren. »Aber … woher weißt du das denn alles, Kind?«

»Eben, weil ich kein Kind mehr bin, Vater. Ich habe Augen und Ohren. Außerdem kann ich lesen. Deine Bücher lügen nicht.«

»Du warst an meinen Kontobüchern?«, erzürnte er sich und erhob sich drohend von der Bank. Aug in Aug standen sich Vater und Tochter nun gegenüber und funkelten sich an.

»Ja!« Emilia wich keinen Zoll vor seinem Zorn zurück. »Warum auch nicht? Schließlich betrifft uns die Misere alle miteinander. Ich hätte auch einige Ideen, wie wir unseren Ertrag steigern könnten. Zum Beispiel könnten wir …«

»Schweig still, Schwester«, fiel ihr Piero ins Wort. »Was verstehst du schon von Erträgen?«

»Vermutlich mehr als du, du erfolgreicher Handelsmann! Wo sind denn deine Errungenschaften? Wo sind deine Schiffe, dein Vermögen? Hattest du bei deinem Auszug nicht vollmundig geprahlt, du würdest Venedig die alte Pracht zurückbringen? Doge wolltest du werden! Ha, dass ich nicht lache! Keinen einzigen verdammten Scudo hast du verdient. Stattdessen hast du in kürzester Zeit unser gesamtes Familienerbe verschleudert! Du bist nichts weiter als ein Blender!«, schmetterte sie ihm entgegen.

»Dumme Göre, was ficht dich das Erbe an? Als ältestem Sohn wird mir sowieso alles gehören!«, brauste Piero auf. Immerhin hatte sie ihn aus seiner überheblichen Ruhe geholt.

»Ha, welches Erbe, du dämlicher Kohlkopf? Man kann nicht erben, was gar nicht mehr vorhanden ist!«, schrie Emilia zurück.

»Himmelherrgott noch mal!« Conte Abelardos Faust sauste auf den Tisch. »Fangt ihr schon wieder an!« Doch sein Zorn nährte sich nur aus einem kurzen Aufflackern früherer Vitalität. Kaum entflammt, erlosch er schon wieder. Mit trüben Augen fixierte der Conte seine Kinder, wirkte jäh müde und verbraucht. Seufzend fuhr er sich mit beiden Händen durch seine graue Mähne. Endlich suchte er den Blick seiner Tochter. Er hob seine große Hand und ließ sie langsam auf ihre sinken, die klein und zerbrechlich wie ein Schmetterlingsflügel unter seiner verschwand.

Betroffen starrte Emilia auf die Hand ihres Vaters. Nie zuvor waren ihr die blauen Adern und die dunklen Male auf seinem Handrücken aufgefallen. Mit leisem Schrecken erkannte sie, dass das Alter unbarmherzig von ihrem Vater Besitz ergriffen hatte. Plötzlich konnte sie die Last der Sorgen fühlen, die ihn beugten, und ihr mitleidendes Herz flog ihm zu. »Ach, Vater, lieber Vater!«, rief sie und lehnte ihre Stirn an die seine. »Ich will ja alles für Euch tun, aber bitte schickt mich nicht fort von hier. Bitte, lasst mich bei Euch bleiben ...«, flehte sie. Lange Zeit verharrten die beiden so. Selbst der schöne Piero verhielt sich ungewöhnlich still, als würde auch ihn die Innigkeit von Vater und Tochter bewegen. Nur das leise Schnarchen der Hunde, die sich erneut vor dem Kamin niedergelassen hatten, unterbrach die Stille.

Schließlich löste sich der Conte von Emilia. Er tätschelte väterlich ihre Hand und nahm gleichzeitig einen tiefen Atemzug, als wollte er zusätzliche Kraft schöpfen. »Emilia, mein Liebstes«, hob er an. »Ich weiß, es war nicht recht von mir, es dir so lange zu verschweigen. Allein der Gedanke, dass auch du mich verlassen wirst, beschwert mein Herz. Die Wahrheit ist, dass ich bis zum letzten Moment gehofft habe, dass es nicht so weit kommen würde. Doch diesen Winter hat eine Seuche unsere noch verbliebenen Schafherden hinweggerafft. Das ist das Ende. Wir sind ruiniert, meine Tochter. All unser Besitz ist verkauft oder verpfändet. Bis auf dieses alte Gemäuer ...«, seine Hände vollzogen eine Geste, die den Saal umfasste, »... das noch nicht einmal die Gelüste des Steuereintreibers hat wecken können, bleibt uns nur unser guter Name.«

»Und da Ihr kein Hab und Gut mehr habt, das Ihr noch veräußern könnt, verschleudert Ihr nun auch den letzten Euch verbliebenen Besitz, mich, Eure Tochter!«, begehrte Emilia auf. »Ich soll also für die Misserfolge, die Ausschweifungen und Großmannssucht meines Bruders bezahlen? Wozu hat er eigentlich eine reiche Erbin zur Frau genommen? Warum kommt *sie* nicht für seine Schulden auf?«

Die betretene Miene ihres Vaters schien Erklärung genug.

Mit einer heftigen Bewegung wandte sie sich ihrem Bruder zu. »So hast du auch die Gunst der schönen Belinda und ihrer reichen Sippschaft verwirkt?«, giftete sie. »Es musste ja so weit kommen. Du widerst mich an.« Emilia spuckte ihm ins Gesicht.

Piero wollte auf sie losgehen, doch der alte Conte fuhr erneut dazwischen. »Herrgott noch einmal. Wollt ihr wohl Frieden halten! Und du, Emilia, zügele dich. Was sind denn das für Sitten? Du führst dich auf wie eine gewöhnliche Bäuerin. Es stimmt schon, was Tante Colomba sagt, du verbringst zu viel Zeit mit dem Dorfpöbel. Damit ist jetzt ein für alle Mal Schluss. Der Herzog von Pescara wünscht dich zur Frau. Er ist ein angesehener Mann, und vor allem legt er keinen Wert auf eine Mitgift. Du wirst eine Duchessa sein und über ein großes Lehen gebieten, Emilia, mit Palazzi in Pescara, Rom und Venedig. Du wirst reisen und prächtige Kleider und kostbares Geschmeide tragen. Zudem ist dein künftiger Gemahl im besten Mannesalter und von angenehmem Äußeren. Was sagst du?«, fragte ihr Vater und sah sie Beifall heischend an.

Emilia hatte ihrem Vater mit wachsendem Groll gelauscht. Nun konnte sie nicht länger an sich halten. »Was ich dazu sage?«, höhnte sie. »Ich finde, dass Ihr diesen Duca anpreist, als wolltet Ihr auf dem Markt von L'Aquila einen Eurer Widder verkaufen. Sagt, habt Ihr etwa auch mich auf diese Art angepriesen? Was habt Ihr dem Herzog erzählt? Dass ich gute Zähne und Beine habe und aus einer hervorragenden Zucht stamme?«

Das Gesicht ihres Vaters hatte sich bei ihren Worten rot verfärbt. »Nun ist es aber genug!«, brüllte er. Erneut hieb er mit der Faust auf den Tisch, dass die Becher tanzten. »Sieh dich doch einmal hier um. Was siehst du? Alte Fetzen an den Wänden, schäbige Möbel und durch das Dach regnet es herein, dass uns die Töpfe ausgehen. Wir sind arm wie die Bettelmäuse! Sieh dich selbst an, deine Kleider sind löchriger als ein Mehlsieb.« Er maß seine Tochter dabei von Kopf bis Fuß und zuckte dann zurück, wie ein Mann, der nur eine Redensart hatte äußern wollen und nun feststellen musste, dass das Augenscheinliche diese noch übertraf. Emilias Kleid aus braunem Barchent wies in der Tat einige Löcher auf, und aus einem Riss am rechten Reitstiefel lugte gar ein rosiger kleiner Zeh hervor. Der Anblick dämpfte seinen Zorn. »Ach, Kind«, seufzte er und sank auf die Bank zurück. »Was soll ich nur mit dir machen. Schau, mir ist es selbst weh ums Herz, dich von hier fortzuschicken. Du bist das Licht meiner alten Tage. Doch du bist jung und sprühst vor Leben.

Hier gibt es nichts für dich, meine Tochter. Da draußen jedoch wartet eine Welt auf dich! Hol dir deinen Teil davon. Du hast ein besseres Leben verdient, als hier mit mir und Tante Colomba zu versauern. Dein Schicksal als Frau ist es zu heiraten, Emilia. Nimm es an.«

Trotzig schüttelte Emilia ihren Kopf, dass ihre schwarzen Locken flogen. »Ihr sprecht von Schicksal, Vater. Doch was Ihr wirklich meint, ist, dass ich keine Wahl habe. Wenn Ihr mich fragt, ist es eine Bürde, als Frau zur Welt gekommen zu sein. Woher nehmt Ihr bloß Eure Überzeugung, zu wissen, was mich glücklich macht, Vater? Habt Ihr mich je danach gefragt? – Nein«, antwortete sie selbst darauf. »Wann hätten mich je Kleider oder Schmuck interessiert? Alles, was ich will, ist hier in Santo Stefano zu bleiben, bei Euch. Bitte, Vater, ich will nicht fort von hier.« Ihre Augen waren ein einziges Flehen.

Tatsächlich hätte der Conte Emilia allzu gerne nachgegeben. Doch ihm blieb keine Wahl. Sein Sohn Piero steckte bis über den Hals in Schulden. Entweder sie wurden bezahlt, oder Piero müsste das Land verlassen. Ihm drohte ansonsten das Gefängnis. Diese Schmach konnte er nicht zulassen: Der nächste Conte di Stefano im Schuldenturm! Emilias künftiger Gemahl hatte ihm zugesichert, alle Schulden Pieros zu begleichen, und er würde darüber hinaus seinem Schwiegervater eine großzügige monatliche Rente gewähren. »Tut mir leid, mein Liebstes. Aber es ist beschlossen. Du heiratest den Herzog von Pescara und damit basta!«

»Oh, wie einfach Ihr es Euch macht, Vater!«, schrie Emilia. »Ihr sagt basta, und die Tochter soll schweigen. Mit welchem Recht verfügt Ihr über mein Leben?«

»Mit dem Recht des Vaters auf die Tochter. Mit dem Recht des Stärkeren über den Schwächeren!«, brüllte er zurück.

»Ich bin nicht schwach! Ich bin mindestens so viel wert wie ein Mann, und ich nehme es mit jedem auf! Ihr aber, Ihr verdammt mich dazu, das Anhängsel eines Herzogs zu sein. Tagsüber darf ich, aufgeschirrt wie eine Stute, an seiner Tafel präsidieren und nachts sein Bett wärmen. Wie könnt Ihr mich nur dazu zwingen, einen mir völlig fremden Mann zu heiraten? Ihr habt Mutter schließlich auch aus Liebe geheiratet«, brachte Emilia ihren letzten Trumpf aus.

Der Conte war zuletzt aufgesprungen und lief erregt gestikulierend vor dem Kamin auf und ab. »Das mit deiner Mutter war etwas völlig anderes und tut hier nichts zur Sache«, empörte er sich. »Was sind denn das für rebellische Reden? Selbst über dein Leben bestimmen zu wollen … Ja, wo kämen wir denn hin, wenn alle Frauen plötzlich mit solchen Ideen aufwarteten? Das führte ja geradezu in die Anarchie! Dieser Unsinn stammt sicher aus der Lektüre dieser verrückten Franzosen, die deine Freundin Serafina seit Neuestem anschleppt, äh …«, er durchforstete sein Gehirn nach den Namen, »Voltarini und Diderotto, oder wie sie sich sonst schimpfen mögen!«, ereiferte er sich weiter. Er hielt inne, um kurz Luft zu schöpfen.

Emilia nutzte die Pause. »Ihr meintet sicher Voltaire und Diderot. Aber nein, mein Herr Vater. Hier irrt Ihr Euch«, widersprach sie sanft. »*Das* haben mir die frommen Klarissen zu Assisi beigebracht. Ihre Ordensregel betont ausdrücklich, dass jede Schwester trotz des geforderten Gehorsams das Recht auf Eigenverantwortung innehat.«

»Natürlich, natürlich. Ansonsten nichts lernen wollen, aber wenn dir eine Kenntnis in den Kram passt, dann pickst du dir die Rosinen heraus, um mich beizeiten damit zu bewerfen«, grollte ihr Vater. »Genug jetzt der Worte. Meine Geduld ist am Ende. Du heiratest den Duca von Pescara und Schluss! Schon morgen werden die Abgesandten des Herzogs hier erscheinen, um dich zu ihm zu geleiten. So, und nun geh und richte dein Bündel, oder stürze dich meinetwegen vom nächsten Felsen. Es ist mir einerlei!« Der Conte verharrte mit zorngerötetem Gesicht vor Emilia. Wenn er wollte, so konnte sein Temperament durchaus mit dem seiner Tochter Schritt halten.

Emilia hatte aus seiner kurzen Rede nur eines herausgehört: »Schon morgen?«, stammelte sie fassungslos. Ein Beben durchlief ihren geschmeidigen Körper, und ihr Blick wurde hart. Ohne ein weiteres Wort drehte sie sich um und schritt mit hocherhobenem Kopf hinaus.

»Bravo, Vater. Wohl gesprochen. Lasst Euch von dieser Rotzgöre nicht auf der Nase herumtanzen«, meldete sich Piero selbstgefällig.

»Und du, du … Ach, halt einfach deinen Mund«, blaffte ihn der Vater an. »Hinaus mit dir. Aus meinen Augen, Nichtsnutz.«

Schwerfällig ließ sich der Conte erneut auf der Bank nieder. Er wusste, dass er seine Tochter heute in zweifacher Hinsicht verloren hatte. Den waidwunden Ausdruck in ihren Augen würde er wohl nie im Leben vergessen. Trauer und Einsamkeit drohten ihn zu überwältigten. Ein eiserner Ring legte sich um sein Herz und presste es zusammen, bis der Schmerz schier unerträglich wurde. Den Rest der Nacht suchte er Trost im Wein.

Serafina la Tedesca war in ihrem Element. Sie schnippelte und hackte, schnitt und zerkleinerte verschiedene Zutaten, während sie ein Lied vor sich hinsummte. Anschließend warf sie alles zusammen in den brodelnden Kupferkessel. Über ihr baumelten von einem Deckenbalken Bündel getrockneter Kräuter. Die junge Frau wählte einige wenige Stängel aus, rieb sie zwischen Daumen und Zeigefinger, damit sich das Aroma entfalten konnte und fügte sie dem simmernden Gericht hinzu. Sofort breitete sich ein köstlicher Duft aus. Serafina tauchte gerade einen Holzlöffel hinein, um zu probieren, als hinter ihr die Haustür voller Ungestüm aufgerissen wurde, sodass das Türblatt gegen die Wand krachte. Spätnachmittägliches Sonnenlicht flutete herein. Sie musste sich nicht erst umdrehen, um zu wissen, dass es sich um ihre Freundin Emilia handelte. Kein Mensch machte je so viel Radau. Ruhig zog sie den Topf von der Feuerstelle. »Meine Güte, Emilia. Was hast du jetzt wieder angestellt?«

»Ist deine Mutter da?« Emilias Augen glitten durch den Raum, als erwartete sie, dass Donna Elvira jede Sekunde aus dem Schatten einer Ecke heraustreten würde. Tatsächlich besaß sie diese besondere Eigenschaft, in den unpassendsten Augenblicken in Erscheinung zu treten.

Emilias Frage entlockte Serafina ein Lächeln. Ihre Mutter Elvira war der einzige Mensch, dem Emilia – außer ihrem Vater Abelardo – Respekt zollte. »Mutter wurde zu einer Geburt außerhalb gerufen und wird nicht vor morgen Mittag zurückkehren«, konnte sie ihre Freundin beruhigen.

Emilia ließ sich auf den Sessel vor dem Kamin fallen. Ein prasselndes Feuer verbreitete im Verein mit der Kochstelle wohlige Wärme. Noch hielten die Nächte in den abruzzischen Bergen das Dorf mit empfindlicher Kälte umklammert.

Serafina setzte sich zu Füßen Emilias auf eine kleine Bank und wartete darauf, dass ihre Freundin ihr erzählte, was sie auf dem Herzen hatte. Wie aus dem Nichts tauchte ein schwarzer Kater auf. Mit einem eleganten Satz landete er auf Emilias Schoß. »Ach, du bist es, Paridi«, murmelte sie und streichelte mechanisch den samtigen Kopf.

Serafinas Geduld wurde auf eine harte Probe gestellt. Denn diese an den Kater gerichteten Worte blieben für eine lange Zeit Emilias einzige. Das Schnurren des Katers, das leise Brodeln des Topfes und das gelegentliche Knacken eines Holzscheits im Kamin waren die einzigen Laute in der Stille.

Endlich brach es aus Emilia heraus: »Vater hat mich verkauft!«

Serafina, hinreichend mit Emilias Hang zur Theatralik vertraut, ließ sich weder durch ihre Worte noch durch ihre Leichenbittermiene aus der Fassung bringen. »Wie verkauft? Vielleicht könntest du mich genauer über deine neuesten Kalamitäten unterrichten, sonst kann ich dich nicht gebührend bedauern. Also, wo drückt der Schuh?«

»Ja, mach dich nur über mich lustig«, fauchte Emilia. »Du hast nichts zu befürchten. Du bist nicht von Adel und arm! Bei dir würde niemand auf die Idee verfallen, dich mit einem Lustgreis verheiraten zu wollen.« Emilia reagierte besonders empört, da ihre Freundin die über sie hereingebrochene Katastrophe nicht ernst zu nehmen schien.

»Das mag schon stimmen, *amore mio*«, antwortete Serafina seltsam friedlich. »Wer würde mich auch haben wollen? Ich bin die Bastard-Tochter einer Bastard-Hexe, die von ihrer Bastard-Mutter abstammt … Uns Zauberinnen heiratet man nicht. Ja, du hast recht. Ich habe es gut, meine Zukunft ist rosig«, spottete Serafina gutmütig.

»Aber du bist nicht arm!« Emilias Blick umfasste die glänzenden Cottofliesen, die gediegenen Möbel und den überquellenden Bücherschrank. Die Vitrine an der Wand beherbergte gar den besonderen Stolz von Serafinas Mutter: eine Sammlung kostbarer venezianischer Trinkpokale. Ohne Zweifel, die Geschäfte von Serafinas Mutter, der Hebamme, liefen glänzend

»Schon gut«, sagte Serafina, »du sollst also heiraten – so viel habe ich verstanden. Warum so plötzlich? Hat das mit deinem Bruder Piero zu tun? Ich habe ihn heute im Dorf gesehen.«

Die bloße Nennung von Pieros Namen genügte, um Emilias Zorn erneut zu entfachen, und sie schimpfte los. Serafina ließ die Kanonade über sich ergehen. Emilia zu unterbrechen, wenn sie einmal unter vollen Segeln stand, konnte man sich sparen. Endlich drang ihre Freundin zum Kern ihrer Erregung durch und klärte sie über Pieros Rolle in ihrem Drama auf: »Dieser hinterhältige Bastard hat es geschafft, uns mit seinen Fehlspekulationen endgültig ins Unglück zu stürzen. Wir sind am Ende. Aus, finito. Vater sagt, wir haben nur noch ein Dach über dem Kopf, weil sich bisher keiner unserer Schuldner dieses hinfällige Gemäuer, das sich hochtrabend Burg schimpft, antun mochte. Piero wird Vater noch ins Grab bringen. Sogar seine noble Angetraute, die schöne Belinda, und deren Sippschaft scheinen die Nase gestrichen voll von ihm zu haben. Sie weigern sich, weiter für seine Schulden aufzukommen. Verständlich, warum sollten sie sich auch, wie Vater, ihr letztes Hemd von ihm stehlen lassen?«, ergänzte sie bitter. »Um seinen Kopf aus der Schlinge zu ziehen, hat mich mein feiner Bruder einem reichen Mann als Braut verkauft. Sicherlich einer von Pieros Kumpanen, mit dem er seine Ausschweifungen teilt. Oh, Serafina, was soll ich nur tun, mein Leben ist vorbei ...« Emilia barg ihr Gesicht in den Händen.

Kater Paridi fühlte sich in seiner Bequemlichkeit beeinträchtigt und hob den edlen Kopf. Seine gelben Raubtieraugen enthielten die unmissverständliche Aufforderung, ihn weiter zu kraulen, anstatt herumzuflennen. Schließlich sprang er von ihrem Schoß und stolzierte unter den Tisch.

Emilia ließ ihre Hände sinken und sah ihm traurig hinterher. Dann begegneten ihre nun beinahe violetten Augen dem ruhigen, bernsteinfarbenen Blick Serafinas. Die Aufforderung darin glich einem stummen Schrei: Hilf mir, Serafina, einen Ausweg zu finden!

So war es schon immer zwischen ihnen beiden gewesen. Emilia ritt sich in die Tinte, und Serafina holte für sie die Kastanien aus dem Feuer. Serafina konnte zwar Emilias Aufregung nachvollziehen, aber keine echte Katastrophe darin sehen. »Ich fürchte, in diesem Fall sind mir Grenzen gesetzt«, erwiderte sie. »Außer ...«, fuhr sie mit einem spitzbübischen Grinsen fort, und Emilia richtete sich sofort erwartungsvoll auf.

Eigentlich hätte sie das Lächeln ihrer Freundin warnen sollen. Meist leitete es einen von Serafinas Einfällen ein, die sie selbst höchst spaßig fand – wobei die Betroffenen ihren Humor selten teilen konnten.

»Nun sag schon«, forderte Emilia sie atemlos auf.

»Wir sind uns ähnlich, und wir haben die gleiche Statur. Bis auf mein blondes Haar natürlich. Aber ich könnte es mir mit der Essenz aus Nusswurz schwarz färben. Der Herzog hat dich nie gesehen, oder? Was hältst du davon, wenn ich den Mann an deiner statt heiraten würde? Das wäre ein Spaß. Stell dir vor! Ich, der Hexenbastard, als Frau eines Herzogs! Ich würde in Samt und Seide gehen ...«, Serafina war aufgesprungen und schritt mit in die Hüfte gestemmten Händen vor ihr auf und ab, »und jedermann müsste mich mit Frau Herzogin anreden. Oh ja, das könnte mir gefallen.« Sie klatschte in die Hände und strahlte ihre Freundin an.

Einige Sekunden lang musste sich Emilia neu sortieren. An Serafinas Späße gewöhnt, fand sie einen Scherz zu diesem Zeitpunkt und auf ihre Kosten absolut unpassend. Heftig sprang sie auf. »Eine feine Freundin bist du, mich so zu verschaukeln«, fauchte sie.

Serafina ließ sich prustend in den zweiten Sessel plumpsen.

»Oh, du bist einfach unausstehlich!« Emilia stampfte mit ihrem Fuß auf. »Warum musst du immer nur spotten und mit allem und jedem deine Späße treiben? Warum kannst du nicht einmal im Leben etwas ernst nehmen?«

Serafinas Lachen versiegte. Sie schien weder betroffen noch verärgert. Nachdenklich richtete sie ihre Augen, die jenen ihres Katers so sehr glichen, auf ihre Freundin. Als sie ihr antwortete, klang ihr Ton sanft, konnte Emilia jedoch nicht über die darin enthaltene Tiefgründigkeit hinwegtäuschen. Ihre Worte trafen sie umso mehr, da Serafina bisher wenig Neigung gezeigt hatte, derartige Einblicke in ihr Seelenleben zu gewähren: »Nun, *amore mio*, womöglich mag es daran liegen, dass das Leben *mich* nicht besonders ernst nimmt?« Die Tochter der Hexe erhob sich, strich ihr Kleid glatt und sah nach dem Feuer. Es war inzwischen fast heruntergebrannt. Sie entnahm dem Feuerkorb zwei Scheite. Obwohl Serafina lediglich eine einfache Hausfrauentätigkeit verrichtete, waren ihre Bewegungen von eigentümlicher Eleganz geprägt. Sie hatte schöne und gepflegte Hände, und das lange silberblonde Haar unter der schlichten Haube duftete nach wilden Blumen. Sie hatte es zu einem ordentlichen Zopf geflochten, der ihr dick wie ein Kinderarm bis zur Taille reichte. Seitdem Serafina zur jungen Frau herangereift war, legte sie sehr viel Wert auf ein adrettes Aussehen.

Emilia nahm dies mit einem leichten Staunen in sich auf. Sie hatte diese Veränderungen an ihrer zwei Jahre älteren Freundin bisher kaum wahrgenommen. Unvermittelt wurde sie sich ihrer eigenen äußerlichen Unzulänglichkeiten bewusst. Verstohlen betrachtete sie ihre Hände, die für eine Dame viel zu sehr gebräunt waren. Sie sah auch die dunklen Ränder unter ihren Nägeln und befühlte zaghaft ihre zerzauste Mähne, der vermutlich eine Staubwolke entsteigen würde, sollte sie auf die Idee kommen, sie zu kämmen. Doch sie ließ ihrer Verlegenheit keinen Raum, sich zu entwickeln – zu sehr hatten sie Serafinas Worte aufgestört. »Soll das heißen, dass du dir wünschst, aus Santo Stefano fortzugehen? Aber wir sind glücklich hier. Warum kann es nicht so bleiben? Wir könnten weiterhin nackt in der Quelle baden, bei Vollmond um den Druidendolmen tanzen und in den Höhlen mit den geheimnisvollen Wandmalereien klettern. Bald können wir die ersten Kirschen naschen, im Gras liegen und die Wolken zählen. Das alles würdest du aufgeben?« Den letzten Satz brachte sie nur mehr flüsternd heraus, als kannte sie die Antwort darauf längst selbst. Eine tiefe Traurigkeit bemächtigte sich ihrer nun, als hätte sie etwas ihrem Herzen besonders Teures verloren.

Serafina spürte Emilias hilflose Traurigkeit als Echo in ihrem eigenen Herzen. Auch sie erfüllte dieselbe Melancholie um eine Vergangenheit, die ihnen nun umso kostbarer erschien, da sie beide begriffen, dass es nie mehr so sein würde wie früher. Sie kniete sich vor Emilia. »Sieh, liebste Freundin. Wir hatten zusammen eine wunderbare Kinderzeit. Wir kannten nur unsere eigene kleine Welt, und es schmerzt, davon Abschied zu nehmen. Doch wir sind zu jungen Frauen herangewachsen. Was Kindern erlaubt war, dürfen junge Damen niemals tun. Was würde unser neuer Priester sagen, wenn er uns dabei erwischt, wie wir bei Vollmond nackt um den Dolmen tanzen? Das wäre mal ein Skandal.« Serafinas Mundwinkel zuckten. Ihr schien der Gedanke zu behagen, den Mann damit auf die Palme zu bringen. »Ich wette, er wünscht sich zweihundert Jahre in der Zeit zurück, als man mit unsereiner noch kurzen Prozess machen konnte.« Serafina dachte dabei an ihre Ururgroßmutter, die vor über einhundertvierzig Jahren während des Dreißigjährigen Krieges dem Inferno der Inquisition im deutschen Bamberg entkommen war. Damals hatte sich der Hass in dem vom Krieg zerstörten und von Seuchen und Missernten heimgesuchten Land auf alles entladen, was verdächtig schien. Wie immer, wenn Unglück und Elend den Menschen heimsuchten, machte er den Teufel dafür verantwortlich und tötete seine vermeintlichen Bundesgenossen. Ausgerechnet in Italien, das die Inquisition einst im 13. Jahrhundert begründet hatte, loderten nur einige Hundert Scheiterhaufen – während im Heiligen Römischen Reich und Spanien Hunderttausende den grausamen Feuertod starben. Die Flucht von Serafinas Urahnin endete im hintersten Winkel Italiens. Die einfachen Bergbauern hatten die erschöpfte junge Frau und ihre kleine Tochter aus Mitleid aufgenommen. Sie riefen sie La Tedesca, die Deutsche – ihr richtiger Name Düßlein hatte sich als unaussprechlich erwiesen. Plötzlich stutzte Emilia. »Sag, woher weißt du eigentlich, dass ich einem Herzog versprochen worden bin? Ich habe es selbst nicht erwähnt …«

Serafina zog es vor zu schweigen.

Emilia begriff. »Oh … das ist die Höhe!«, ereiferte sie sich. »Ich dumme Gans komme hierher, um dir mein Herz auszuschütten, und dabei wusstest du längst Bescheid und sagst kein Wort. Pfui und nochmals pfui!«, schrie sie – sehr zum Missfallen Paridis, der nichts so sehr liebte wie Stille und Harmonie und sich nun mit aufgestelltem Schwanz in die äußerste Ecke zurückzog.

Serafina zuckte mit den Schultern. »Beruhige dich. Ich habe lediglich von einem vagen Hochzeitsgerücht gehört. Kombiniert habe ich erst, nachdem ich Piero durchs Dorf paradieren sah und du kaum eine Stunde später mit Sterbensmiene bei mir erschienen bist. Du hast ausgesehen, als hätte man dich gebeten, dein Haar zu richten und ein sauberes Kleid anzuziehen.«

»Was soll denn mit meinem Kleid nicht stimmen?« Emilias Wut verpuffte meist so schnell, wie sie davon erfasst wurde. Verständnislos sah sie an sich hinunter und bemerkte einige in ihren Augen kaum nennenswerte Verschmutzungen.

Serafina sandte einen Blick zur Decke, als bäte sie den Himmel darum, ihr Hilfe zu schicken. »Du bist und bleibst unverbesserlich, Emilia«, seufzte sie in einem Ton, der Emilia an ihre verstorbene Mutter Agostina erinnerte. »Was soll nur aus dir werden«, fuhr sie fort. »Sieh dich an. Unter all dem Schmutz verbirgt sich ein wunderschönes Mädchen. Doch dir scheint das vollkommen egal zu sein. Du weißt, unser Pfarrer ist mir und meiner Mutter lästiger als eine Zecke, und niemals hätte ich geglaubt, dass ich einmal etwas Gutes über ihn vermelden könnte. Aber dass er deinen Vater dazu gebracht hat, dir zu verbieten, in Emanueles Hosen herumzulaufen, rechne ich ihm an. Hör zu, ich bin deine Freundin, richtig? Darum muss ich dir sagen, dass es mir schwerfällt, deine Erregung nachzuvollziehen. Gut, dein Vater hat beschlossen, dich zu verheiraten. Was hast du erwartet? Ist das nicht seit Jahrhunderten das Schicksal jeder heiratsfähigen Adelstochter? Ich habe gehört, dass dein Zukünftiger weit davon entfernt ist, ein Lustgreis zu sein. Im Gegenteil, er ist jung und gebildet und eine der besten Partien im Land. Warum sträubst du dich so gegen diese Verbindung? Was wäre die Alternative? Hierbleiben und dich auf diesem düsteren Felsen vergraben? Willst du dein Leben lang Schafe hüten, Safran pflücken und mit deinem Vater dem Ende entgegenwelken, bis deine Schönheit verblüht ist? Glaub mir, Emilia, du bist nicht dazu bestimmt, an diesem vergessenen Ort zu verkümmern. Deine Schönheit hat Macht über die Männer. Nutze sie. Ich wette, dein Gatte frisst dir schon am ersten Tag aus der Hand. Nicht er wird dich zur Frau nehmen, sondern du ihn zum Mann.«

»Wirklich, du hörst dich an wie mein Vater«, erwiderte Emilia grätig. »Wenn ich es nicht besser wüsste, könnte ich fast glauben, ihr hättet euch ausgetauscht. Er hat mir den Herzog ebenfalls mit Lobpreisungen schmackhaft machen wollen.«

»Vielleicht höre ich mich genauso wie dein Vater an, weil wir dieselbe Sprache der Vernunft sprechen! Willst du nicht wenigstens darüber nachdenken, Emilia?«

»Wie denn? Sie lassen mir ja nicht einmal das. Die Stute ist veräußert und wird schon morgen dem neuen Stall zugeführt werden. So einfach ist das.« Emilia hatte sich von ihrer Freundin Hilfe versprochen, stattdessen hatte diese sich auf die andere Seite geschlagen. Doch sie dachte nicht daran, sich in ihr Schicksal zu fügen. Sie hatte bereits auf dem Weg zu Serafina überlegt, welche Optionen sie hatte. Inzwischen hatte sich ihr Entschluss verfestigt: Ja, sie würde Santo Stefano verlassen, aber nicht, um irgendeinen Herzog zu heiraten …

Serafina alarmierte der Ausdruck auf Emilias Gesicht, sie wusste, dass ihre Freundin längst etwas ausgeheckt hatte, was den Plänen ihres Vaters und Bruders entgegenwirkte. »Gut, dann lass mal hören, was du dir Feines ausgedacht hast.«

»Du wirst mir also helfen?« Hoffnungsvoll blickte Emilia ihre Freundin an.

»Ho, ho, immer langsam. Davon kann keine Rede sein. Verrate mir zuerst, was du vorhast. Dann werde ich es mir durch den Kopf gehen lassen. Es kann aber gut sein, dass ich versuche, es dir auszureden.«

Typische Serafina-Antwort, dachte Emilia. Sie sagte weder Ja noch Nein. Nie ließ sie sich auf etwas festlegen. Sie reckte ihr Kinn. »Noch heute Nacht werde ich Santo Stefano verlassen. Ich will nach Rom, zu meinem Bruder Emanuele. Mit seiner Hilfe werde ich mir ein Schiff suchen«, verkündete sie.

»Ein Schiff? Soso. Und an welche Gestade soll es dich entführen?«, erkundigte sich Serafina mit einem spöttischen Lächeln.

»Nach Amerika!«, brach es aus Emilia heraus. Ihre Augen leuchteten wie das Meer, das sie zu überqueren gedachte.

»Das ist nicht dein Ernst!« Verblüfft starrte Serafina ihre Freundin an. Doch eigentlich hätte sie mit einer solchen Verrücktheit rechnen müssen.

»Natürlich ist es mein voller Ernst«, erwiderte Emilia würdevoll. »Ich bin jung, mutig und entschlossen. Was braucht es mehr, um auf große Fahrt zu gehen?« Sie brachte dies mit einer gehörigen Prise Trotz an, gewürzt mit der leisen Warnung an ihre Freundin, es bloß nicht zu wagen, ihre Entschlossenheit infrage zu stellen.

Serafinas Augen verengten sich zu sehr schmalen Schlitzen. Sie wusste, von wem das neueste Hirngespinst Emilias stammte: Den Floh hatte ihr Giovanni da Gallo ins Ohr gesetzt, oder besser, dessen Brief. Sein stolzer Vater Giuseppe hatte ihn einer interessierten Zuhörerschaft vorgelesen, zu der leider auch sie und Emilia gezählt hatten. Giovanni war vor zehn Jahren urplötzlich aus Santo Stefano verschwunden. Irgendeine Weibergeschichte, in deren Zusammenhang der Name der Gattin des Dorfvorstehers eine Rolle gespielt hatte. Nun also hatte er aus Amerika geschrieben, wo er angeblich zu Geld gelangt war. Eine fantastische Geschichte – kaum weniger fantastisch, als dass Giovanni, der nie über das Stadium hinausgekommen war, seinen Namen krakeln zu können, diese Zeilen verfasst haben sollte. Vermutlich hatte er seine letzten Kröten zusammengekratzt, um seine Lügen einem Schreiber zu diktieren. Doch Serafina war die Abenteuerlust in den Augen der Burschen nicht entgangen, die Giovannis Prahlereien hervorgerufen hatte. Offenkundig erwies sich nichts als so ansteckend wie der Traum von einer glorreichen Zukunft. Zwei Tage später hatten der Schusterjunge und der jüngste Sohn vom Dorfschenkenwirt ihre Bündel geschnürt. Wie es aussah, hatte sich auch Emilia mit dem Amerika-Virus infiziert. Verdammter Giovanni! Serafina stemmte die Hände in die Hüften und machte sich Luft. »Soso. Jung, mutig und entschlossen reicht also? Und wie steht es mit Geld? Womit, glaubst du, das Schiffsbillet für die Überfahrt bezahlen zu können, hmm? Dein Bruder ist Novize. Außer der Bibel besitzt er nur das, was er auf dem Leibe trägt. Denkst du, der gute Emanuele wird den Klingelbeutel für dich stibitzen?« Damit hatte sie ohne Frage den wunden Punkt von Emilias großartigem Plan berührt.

Ihre Freundin hatte diesen Stolperstein jedoch bedacht. In aller Schlichtheit antwortete sie: »Ganz einfach. Ich werde mir das Geld von deiner Mutter borgen.« Sie strahlte ihre Freundin an.

Jetzt verschlug es sogar der hartgesottenen Serafina die Sprache. Doch sie fand sie rasch wieder. »Wirklich«, schalt sie. »Ich bin ja so einiges an Absonderlichkeiten von dir gewohnt, aber gerade hast du dich selbst übertroffen. Was denkst du dir bloß?« Sichtlich verärgert, schüttelte sie ihren Kopf. »Wahrlich, Emilia, ich glaube, die drohende Heirat hat dir den Verstand vernebelt. Was bringt dich auf den haarsträubenden Gedanken, dass meine Mutter dir Geld leihen würde, noch dazu für deine Flucht? Hast du eine Minute lang daran gedacht, dass uns dein Vater mit Schimpf und Schande aus dem Dorf jagen wird, sollte er davon erfahren?«

»Äh … nun ja …«, druckste Emilia herum.

Serafina registrierte ihren Anflug von Unsicherheit. Mit verschränkten Armen wartete sie, dass sich ihre Freundin erklärte.

Diese stocherte mit dem Schürhaken in der Glut. »Nun ja, deine Mutter borgt es mir nicht direkt … das Geld, meine ich …«

»Aha. Wie soll meine Mutter es dir dann borgen? Indirekt?«, forschte Serafina säuerlich.

»Eigentlich hatte ich gehofft, dass *du* es von ihr heimlich borgen könntest«, erwiderte Emilia zaghaft. Wenigstens besaß sie den Anstand zu erröten. »Ich würde dasselbe für dich tun!«, ergänzte sie hastig, bevor Serafina aufbegehren konnte. »Versteh doch. Ich will nicht heiraten, niemals! Die Liebe interessiert mich ebenso wenig wie ein Ehegatte, egal, ob Herzog oder Schafhirt. Du kennst mich, ich brauche keinen Luxus. Was soll ich mit solchem Firlefanz wie Schmuck und prachtvolle Roben? Bitte, Serafina! Du bist nicht nur meine letzte Hoffnung, sondern auch meine einzige. Du musst mir helfen. Ich bin nicht so naiv, um nicht zu wissen, dass ich für den Anfang Geld benötigen werde. In Amerika werde ich mich schon irgendwie durchschlagen. Es ist ein freies Land. Ich werde mir dort eine Existenz aufbauen und eigenes Geld verdienen. Dann schicke ich euch das geliehene Geld mit Zinseszins zurück. Was sagst du dazu?«

»Was ich dazu sage? Was ich dazu sage?«, ereiferte sich Serafina. »Ich sage dazu, dass mir mein ganzes Leben noch nie ein hirnrissigeres Vorhaben untergekommen ist. Was für ein unaus-gegorener Plan und von vornherein zum Scheitern verurteilt! Was glaubst du, was mit einer Frau geschieht, die ohne Schutz eine solche Reise unternimmt? Allein die hundertfünfzig Meilen unwegsamer Gebirgspfade, weil du die öffentlichen Wege bis nach Rom meiden musst. Währenddessen riskierst du, zigmal vergewaltigt und ausgeraubt zu werden! Du wirst es niemals bis Rom schaffen! Dafür soll ich meiner Mutter ihre sauer ver-dienten Dukaten stehlen, damit du dich ins Verderben stürzen kannst? Nein, meine Freundin, diesmal kannst du nicht auf mich zählen.«

»Meiner Treu, dass du immer alles gleich so schwarzsehen musst«, konterte Emilia. »Wo bleibt deine Abenteuerlust? Na-türlich werde ich nicht als Frau reisen, sondern mich als junger Edelmann verkleiden. Als Emanuele dem Kolleg beigetreten ist, hat er seine Ausstattung zurückgelassen. Wer sollte Verdacht schöpfen, dass sich darunter eine Frau verbirgt? Außerdem kann ich mich sehr gut selbst meiner Haut erwehren. Mit dem Degen macht mir so schnell niemand etwas vor.« Emilia schnappte sich den Kochlöffel und focht wild gegen einen imaginären Gegner an, während sie in bester shakespearescher Manier schrie: »Ha, nimm das, Verruchter, und stirb!«

Gegen ihren Willen musste Serafina lachen. »Du bist wirklich das unmöglichste Geschöpf unter Gottes weitem Himmel. Was soll ich nur mit dir machen«, fügte sie seufzend hinzu.

»Mir helfen?«, erwiderte Emilia plötzlich verzagt und drehte den Kochlöffel zwischen ihren Fingern.

So viel unschuldige Treuherzigkeit lag in ihrem Blick, dass Se-rafina Mühe hatte, ernst zu bleiben. »Ich kann nicht, Emilia. Was du vorhast, ist Wahnsinn. Wie willst du dich unterwegs versor-gen, ohne einen Scudo?«

»Das wenige, das ich zum Essen brauche, kann ich mir selbst jagen«, erwiderte Emilia stolz. Dann änderte sich ihr Ton. »Ver-steh doch, Serafina, die Gefahren sind mir völlig egal. Ich muss es zumindest versuchen. Falls es mein Schicksal sein sollte, unterwegs zu sterben, dann ist das eben so. Das ist mir allemal lieber, als mich wie ein Wechsel für die Schulden meines Bruders Piero eintauschen zu lassen. Das ist würdelos.« Hoch aufgerichtet stand Emilia vor ihrer Freundin. Alles an ihrer Haltung drückte Entschlossenheit aus.

Serafina begriff, dass weder Worte noch Argumente ihre Freundin von ihrem verrückten Vorhaben abbringen würden. Gegen ihren Willen regte sich in ihr Bewunderung. Die ungezähmte Kraft, die von der kleinen, agilen Gestalt ihrer Freundin ausging, teilte sich ihr mit. Ja, dachte sie, diesem Geschöpf war alles zuzutrauen. Ihr zuliebe hatte sie auch erstmals bewusst ihre Gabe zur Anwendung gebracht. Serafina hatte, weit mehr als ihre Mutter Elvira, die Gabe des zweiten Gesichts von ihrer Großmutter Serafina der Älteren geerbt. Sie war am Todestag ihrer Großmutter, der auf den Geburtstag von Emilia und Emanuele fiel, kaum zwei Jahre alt gewesen; sie konnte deshalb keine Erinnerung an sie bewahrt haben. Trotzdem war ihr die verstorbene Großmutter vertraut. Sie erschien ihr seit ihrem siebten Geburtstag in ihren Träumen. Ihre Mutter Elvira hatte es gewusst, obwohl Serafina anfangs versucht hatte, es vor ihr zu verheimlichen. Die einzige Person, die sie eingeweiht hatte, war Emilia gewesen. Als kleines Mädchen hatte Serafina ihr Anderssein mit Stolz empfunden. Mit den Jahren hatte sich ihre Einstellung gewandelt, denn sie hatte ihre Begabung schließlich als Fluch begriffen. Wenn es in ihrer Macht gestanden hätte, dann hätte sie sie wie eine alte Haut abgestreift. Frauen ihrer Art hatten stets den Unbill der Kirche auf sich gezogen und Tod und Unglück erfahren.

Serafina hatte hartnäckig gegen ihre Bestimmung angekämpft, doch ihre Mutter hatte ihr erklärt, dass die Visionen stets kamen, wenn *sie* es wollten, nicht wenn man *selbst* es wollte. Nur zu gut verstand sie die Seelenqualen ihrer Tochter – spiegelten sie doch ihre eigenen und die der Frauen ihrer Familie wider. Aus diesem Grund hatte sie ihr ein kleines silbernes Hexenkreuz geschenkt. Das Kreuz sollte ihre Tochter so lange vor weiteren Visionen schützen, bis sie sich selbst stark genug fühlte, diese zu empfangen.

Serafina tastete nun nach der Kette mit dem kleinen Kreuz. Schon vor einiger Zeit hatte sie die Erkenntnis gewonnen, dass es Emilia bestimmt war, Santo Stefano zu verlassen. Ihr eigener Entschluss stand fest. »Also gut«, sagte sie. »Ich werde dir helfen, Emilia. Aber nur unter einer Bedingung …«

»Und die wäre?«

»Ich komme mit.«

III

Kurz nach Mitternacht schlichen zwei dunkle Gestalten durch das dichte Gehölz am Dorfrand. »Müssen wir denn unbedingt mitten in der Nacht losziehen? Wir werden uns im Dunkeln noch den Hals brechen«, grummelte Serafina.

»Murr nicht rum«, raunte Emilia zurück. »Der Mond und die Sterne werden uns leuchten.«

Sie hatten – jede für sich – Abschied genommen. Serafina hatte ihre Mutter Elvira vor dem heimlichen Aufbruch nicht mehr gesehen. Sie bedauerte dies zwar, andererseits hatte es die Dinge für sie vereinfacht. Donna Elvira war nicht leicht zu täuschen und hätte ihr sofort angemerkt, dass etwas nicht stimmte. Sie hätte auch liebend gern Abschied von Paridi genommen, doch der eigensinnige Kater war seit dem Nachmittag wie vom Erdboden verschluckt.

Emilia selbst schützten ihre Wut und Enttäuschung vor jedem Anflug von Sentimentalität. Sie bedauerte nichts. Allein der Abschied von ihrem alten Pferd Dante zerriss ihr das Herz, und sie hatte bittere Tränen in seine Mähne vergossen. Gerade weil sie ihn liebte, konnte sie ihn nicht mitnehmen. Dante, der sie ihr ganzes Leben begleitet hatte, hatte es nicht verdient, mit seinen steif gewordenen Gelenken auf unwegsame Gebirgspfade gejagt zu werden.

Nachdem Emilia ihre wenigen Habseligkeiten gepackt und im Stall versteckt hatte, hatte sie die ihr verbleibende Zeit in seiner Box verbracht. Dazu hatte sie sich durch den geheimen Burggang geschlichen, den sie als Kind bei ihren Streifzügen entdeckt hatte. Diese Vorsichtsmaßnahme war notwendig gewesen, weil ihr Tante Colomba – sicher in Pieros Auftrag – seit dem Nachmittag nicht mehr von den Fersen gewichen war. An allen Ecken und Enden hatte sie ihr wie ein Schreckgespenst aufgelauert.

Ohne Skrupel führte Emilia dafür Pieros Pferd am Zügel, einen prachtvollen schwarzen Araberhengst, den sie neben Dantes Box entdeckt hatte. Sattel und Zaumzeug waren vom Feinsten und mussten ein Vermögen verschlungen haben. Serafina hatte sie die nicht mehr junge Stute ihres Vaters überlassen. Ambra war ein sanftes und gutmütiges Tier, das Serafinas rudimentären Reitkünsten entgegenkam. Darüber hinaus war es Emilia gelungen, ihrem nach der Rückkehr aus der Dorfschenke besinnungslos betrunkenen Bruder die Börse zu entwenden. Ihr Inhalt hatte sich als unerwarteter Glücksfall erwiesen: zwanzig venezianische Goldmünzen! Emilia mutmaßte, dass die Börse Pieros Anteil am Verkauf der Braut darstellte. Seinen wertvollen Araber würde sie in Rom versilbern. Durch diesen unverhofften Reichtum war der Diebstahl von Donna Elviras Ersparnissen eigentlich unnötig geworden. Doch sie hatte keine Möglichkeit mehr gehabt, Serafina eine Nachricht zu senden, und jetzt war es zu spät, um es ungeschehen zu machen. Sie würde es ihrer Freundin später beichten müssen und darauf hoffen, dass ihr Serafina deshalb nicht zu sehr grollen würde.

Die beiden jungen Frauen wandten sich nach Nordosten. Sie nutzten einen tiefer gelegenen Pfad, der vom Dorf aus nicht einsehbar war. An der letzten Biegung hielten sie inne, um noch einmal einen Blick auf ihre Heimat zu werfen. Danach würde das vertraute Santo Stefano di Sessanio hinter einer Hügelkette verborgen sein. Still betrachteten sie die Umrisse des kleinen mittelalterlichen Dorfes und der Burg, die als stummer Wächter darüber thronte. Millionen Sterne funkelten am nachtdunklen Himmel, und die Sichel des Mondes krönte den Bergfried. Den beiden Freundinnen wurde die Kehle eng. Erst jetzt kam ihnen zu Bewusstsein, dass es vielleicht ein Abschied für immer sein könnte. Entschlossen setzte sich Emilia wieder in Bewegung. Serafina warf einen letzten sehnsüchtigen Blick auf die Stelle, wo sie ihr Zuhause wusste. Dann folgte sie ihr nach. Hinter der Biegung schwangen sie sich in ihre Sättel.

Den Rest der Nacht ritten sie schweigend dahin. Sie mieden, so gut es ging, den Hauptweg, der vom Berg hinab ins Tal führte, und hielten sich auf abseitigen Pfaden, die Emilia von ihren Jagdausflügen her kannte. Sie blieben stets auf der Hut. Dabei fürchteten sie weniger die menschlichen Räuber als die tierischen wie Bär oder Wolf, die ihre abgeschiedene Heimat mit ihnen teilten.

Emilia stellte fest, dass es einen enormen Unterschied bedeutete, ob man sich am frühen Morgen auf eine Jagd begab oder ob man sich heimlich nachts davonstahl. Sie reagierte auf jedes Geräusch sensibler als gewohnt. Ein ums andere Mal tastete sie nach ihrem Bogen, den sie am Sattel befestigt hatte. Doch die beiden Pferde, die etwaige Angreifer zuerst gewittert hätten, blieben ruhig. Wildschweine blieben die einzigen Lebewesen, die bisher ihren Weg gekreuzt hatten.

Stunden später, kurz vor dem ersten fahlen Tageslicht, meldete sich zum ersten Mal Serafina zu Wort: »Wenn du nicht willst, dass ich gleich von meinem Pferd falle, sollten wir eine Pause einlegen.« Sie klang kläglich. Emilia hatte sie bisher unermüdlich angetrieben, um möglichst viel Abstand zwischen sich und Santo Stefano zu bringen. Nun zügelte sie den Araber. Serafina wertete dies als Einverständnis. »Oh weh, warum habe ich mich nur auf dieses närrische Abenteuer eingelassen«, jammerte sie, während sie vorsichtig von ihrem Pferd glitt. »Ich hatte völlig vergessen, wie sehr ich das Reiten hasse.« Sie rieb sich stöhnend ihren verlängerten Rücken.

»Das kommt daher, weil du keine Übung darin hast. Nach ein paar Tagen wird es besser werden«, versuchte Emilia, ihre Freundin zu trösten. Sie selbst fühlte sich frisch wie ein Fisch im Wasser. Das berauschende Gefühl ihrer neuen Freiheit wirkte wie eine Droge auf sie.

»Vielen Dank auch! Du weißt wirklich, wie du mich aufmuntern kannst. Noch ein paar solcher Nächte, und ich falle tot vom Pferd!«, erwiderte Serafina verdrossen und wagte einige tastende Schritte. Neidisch sah sie zu, wie Emilia scheinbar mühelos vom Pferd sprang, die Gurte löste und den schweren roten Sattel auf ihre Schulter wuchtete. Ohne es zu wissen, hatte Serafina die Stelle gut gewählt. Nicht weit von ihnen plätscherte ein kleiner Gebirgsbach. Sie hielten darauf zu und ließen sich an seinem Ufer nieder.

Das Wasser des Baches war klar, aber eisig kalt. Irgendwo unterhalb des Gran Sasso nahm er seinen Anfang. Das gesamte Bergmassiv war von einer Unzahl an Wasseradern durchzogen, die mit dem beginnenden Frühjahr das Schmelzwasser der Gipfel hinab ins Tal transportierten.

Emilia hatte inzwischen ihren Araber herangeführt, damit er seinen Durst löschen konnte. Serafina folgte ihr mit Ambra nach. Danach ließen sie sich auf ihren Sätteln nieder. Serafina beförderte einen länglichen Laib Weißbrot und eine dicke Kugel Schafskäse, den sie in frischen Kräutern gewälzt hatte, aus ihrer Satteltasche. Emilia lief bei diesem Anblick das Wasser im Mund zusammen. Im Gegensatz zu ihr hatte ihre Freundin an Proviant gedacht. Serafina schnitt zwei tüchtige Scheiben Brot ab, teilte den Käse in zwei Hälften und reichte Emilia ihren Anteil. »Denkst du, dass uns Piero verfolgen wird?«, fragte sie zwischen zwei Bissen.

»Piero? Mit Sicherheit. Aber ohne Pferd?«, grinste Emilia und biss herzhaft ein Stück aus ihrem Käse. Sie kaute mit vollen Backen, während sie etwas undeutlich ergänzte: »So betrunken, wie der war, wird er etwas brauchen, bis er feststellt, dass ihm sein Pferd abhandengekommen ist. Selbst wenn er sich ein gutes Pferd leihen kann, haben wir mindestens zwölf Stunden Vorsprung. Piero bereitet mir keine Sorgen.« Gleich darauf schlug sie sich auf die Stirn. »Verdammt, ich habe die Abgesandten des Herzogs vergessen. Was glaubst du, wie der Herzog auf mein Verschwinden reagieren wird?«

Serafina überlegte nur kurz. »Ich denke, dass er kein weiteres

Interesse an einer adeligen Provinzbraut haben wird, die es vorzieht, vor ihm in die Wildnis zu flüchten. Du hast ihn damit kompromittiert. Piero allerdings wird dafür büßen müssen.«

Emilia quittierte die Bemerkung mit einem schiefen Grinsen, wirkte jedoch nicht überzeugt. »Du meinst also, sie werden uns nicht verfolgen, um mich zurückzuschaffen?«

»Warum sollten sie sich die Mühe machen? Du besitzt keinerlei Mitgift, und eine durchgebrannte Braut gilt Herren seines Standes als beschädigte Ware. Vermutlich wird sich der Herzog eine andere Frau suchen, die ihn weniger Anstrengung kostet. Trotzdem sollten wir kein Risiko eingehen«, mahnte Serafina. »Dein Vater wird sich mit deinem Verschwinden sicherlich nicht abfinden.«

»Stimmt. Er wird Piero zusammen mit einigen Männern aus dem Dorf auf die Suche schicken.« Emilia hatte ihre Mahlzeit beendet und spülte mit einigen Schlucken aus ihrer Wasserflasche nach. Leichtfüßig sprang sie auf. Entgeistert beobachtete Serafina, wie ihre Freundin ihren Sattel aufnahm.

»Was?«, rief sie. »Das kann nicht dein Ernst sein! Das soll die ganze Rast gewesen sein?«

»Natürlich! Die Pferde haben getrunken und gefressen, und wir auch.«

»Ach, und wie sieht es mit etwas Ausruhen aus?«

»Komm, jammere nicht rum. Ich möchte es heute bis hinunter nach Barisciano schaffen. Dort in der Nähe suchen wir uns ein hübsches Plätzchen, wo du dich bis zum Abend ausruhen kannst. Wir werden erst im Schutz der Dunkelheit weiterziehen.«

Serafina erhob sich murrend. Vier erschöpfende Stunden später, nach einigen Umwegen, da sich mehrere Pfade als Sackgassen erwiesen hatten, kam endlich das kleine Städtchen Barisciano in Sicht. Selbstbewusst thronte es unter dem Gipfel des Monte della Selva. Vor bald zweitausend Jahren von den Römern als Siedlung gegründet, war es im 13. Jahrhundert maßgeblich an der Gründung der Stadt L'Aquila beteiligt gewesen.

L'Aquila selbst lag kaum zwölf Meilen weiter westlich hinter einem Bergmassiv verborgen.

»Puh! Wenn mich dein Bruder Piero je in die Finger bekommen sollte, lässt er mich vermutlich wie die armen Weiber von Barisciano barbusig in L'Aquila einmarschieren.« Serafina spielte damit auf ein in Barisciano immer noch gegenwärtiges und äußerst schmachvolles Ereignis an: Dem Eroberer Braccio da Montone war es 1424 gelungen, Barisciano nach einer langen Belagerungszeit einzunehmen. Zur Strafe hatte er alle Frauen des Ortes gezwungen, barbusig die zwölf Meilen nach L'Aquila zu ziehen.

»Das denke ich kaum. Dazu war Piero früher viel zu sehr in dich verschossen«, deutete Emilia mit einem Zwinkern an.

»Ja, aber leider lässt nichts den Groll so sehr wachsen wie eine unerwiderte Liebe«, entgegnete Serafina weise.

»Du kannst immer noch behaupten, du wärst nur mitgekommen, damit ich nicht allzu viele Dummheiten anstelle.«

»Stimmt, die Wahrheit ist immer noch die beste Verteidigung«, grinste Serafina.

Die Vegetation war seit Santo Stefano vielfältiger geworden. Wälder und Sträucher wechselten sich mit Weideflächen ab, deren sattes Grün bereits an einigen Stellen durchbrach. Serafina erhob sich im Sattel und ließ den Blick über die in der Morgensonne liegende Landschaft schweifen. »Es kann nicht mehr lange dauern, und die Transumanza setzt ein. Wenn wir Glück haben, sind die Herden schon auf dem Weg. Die Schafe werden alle Spuren verwischen.« Wie in jedem Frühjahr würden sich zwei Millionen Schafe von der Küste aus in Bewegung setzen und die fruchtbaren Hänge der Abruzzen bevölkern, begleitet von Tausenden von Hirten, Hunden, Pferden, Ziegen und Maultieren. Drei Wochen dauerte ihre Reise von den Winterweiden in Apulien, bis sie im Mai in die Gegend ihrer Heimatdörfer zurückkehrten. Dann überschwemmten die Herden die Hochebenen mit ihren weißen Leibern, bis sie im Herbst erneut hinab ins Tal getrieben wurden. Die Schafe waren das weiße Gold der

Abruzzen, so wie Safran das gelbe Gold war. Die Schafe boten den Menschen der Region Nahrung und Auskommen. Die Schäferei hielt zwei Drittel der Männer und Knaben aus den Dörfern mindestens sechs Monate von ihrem Zuhause fern, sodass die Frauen im Herbst und Winter das Herz des Gemeinschaftslebens dieser kargen Gebirgsregion bildeten.

Emilia und Serafina tauchten in den Schutz eines kleinen Kiefernwaldes ein und folgten dem Rauschen eines weiteren kleinen Gletscherbaches. In seiner Nähe ließen sie sich auf einer Böschung nieder. Emilia tränkte zuerst die Pferde. Danach band sie sie an einer mächtigen Weide fest, deren Zweige den Bach wie ein Dach überspannten. Sie ließ den Tieren ausreichend Strick, damit sie sich am zart sprießenden Grün gütlich tun konnten. Nach einem weiteren Mahl aus Brot und Käse lehnte sich Emilia angenehm gesättigt zurück. Eingelullt von der Leichtigkeit ihrer Flucht, gab sie sich angenehmen Wachträumen hin und sah sich bereits ein Schiff betreten. Mit geblähten Segeln trug es sie über das weite blaue Meer, an dessen anderem Ende sie das Paradies der Freiheit erwartete.

»Sollte nicht eine von uns Wache halten?«, durchdrang Serafinas Stimme den Tagtraum.

Die angenehme Traumwolke verpuffte, und Emilia fuhr hoch. Fast wäre sie eingeschlafen. »Verflixt, du hast recht. Ich übernehme die erste Wache, dann wecke ich dich. Ruh dich aus, Serafina.«

Emilia gab sich der Wärme der Frühlingssonne hin, die sich ihren Weg zwischen den Wipfeln bahnte und sie mit tastenden Fingern streichelte. Sie dachte an ihren Bruder Emanuele und wie sehr sie sich darauf freute, ihn bald wiederzusehen.

Etwas Feuchtes glitt über ihre Wange und prustete ihr ins Ohr. Es kitzelte. Unvermittelt fand Emilia, dass es vor allem sehr übel roch. Die Erkenntnis durchdrang ihr schläfriges Bewusstsein, und sie riss die Augen auf. Zu ihrem Entsetzen fand sie sich Auge in Auge mit einem gehörnten Monster wieder! In ihrem Schrecken wollte sie aufspringen, stattdessen stieß sie mit dem

Kopf des Ungeheuers zusammen. Gott sei Dank entpuppte sich das vermeintliche Monster als wohlgenährte Ziege mit üppigem Bart. Diese reagierte kaum minder erschrocken als die junge Frau, tänzelte zurück und gab ein unwilliges Meckern von sich.

»Du dumme Ziege«, schimpfte Emilia und rieb sich den Kopf. Sie vermutete, dass die Ziege, eine bekannte Allesfresserin, sich von ihrer Herde entfernt und die Schlafende entdeckt hatte. Die Feder ihrer Kappe musste ihre Neugierde geweckt haben, und sie hatte sie wohl auf ihre Essbarkeit hin geprüft. Oh je, ich bin eingeschlafen, schoss es Emilia durch den Kopf, obwohl ich Wache halten wollte! Wo ist eigentlich Serafina abgeblieben, fragte sie sich als Nächstes. Ihre Freundin lag nicht mehr neben ihr.

Emilia drehte sich um ihre eigene Achse. Sowohl die Pferde als auch Serafina schienen wie vom Erdboden verschluckt zu sein. Die Sonne stand bereits tief am Himmel. Die Erkenntnis, dass sie mindestens vier Stunden geschlafen hatte, trieb Emilia nachträglich die Schamesröte ins Gesicht. Plötzlich aber glaubte Emilia, Bescheid zu wissen. Natürlich, Serafina ist aufgewacht und hat mich schlafen lassen! Sicher war sie mit den Pferden zum Bach hinuntergegangen, damit sie sich vor dem Aufbruch nochmals richtig satt trinken konnten. Emilia lief die kurze Böschung hinab und rief laut nach Serafina. Ihre Freundin antwortete nicht. Die sie umgebende Stille wurde Emilia nun doch unheimlich. Aufmerksam erforschten ihre Augen den Lauf des Baches, der kerzengerade von oben herabrauschte. Nichts bewegte sich dort. Nach unten hin verschwand der Bach nach kaum fünfzig Metern hinter einer scharfen Biegung. Sie untersuchte das Ufer und fand nur ein wenig niedergetrampeltes Gras. Was sollte sie tun? Es widerstrebte Emilia, den Platz zu verlassen, wo Serafina sie am ehesten vermutete. Sie nahm ihren Bogen an sich und schulterte diesen samt Köcher. Die Geldkatze trug sie gut verstaut in ihrer Jacke, der Degen baumelte an ihrer Hüfte. Die beiden Sättel schob sie unter einen ausladenden Busch. Dabei verfluchte sie die rote Farbe des einen, dessen Extravaganz sie noch gestern in Verzückung versetzt hatte. Hastig häufte sie Blätter auf und bedeckte ihn damit notdürftig. Emilia wollte zuächst dem Bachlauf abwärts folgen. Vorsorglich zog sie ihren Degen und marschierte los. Nach der ersten Biegung blieb sie stehen und rief erneut nach Serafina. Stille. Außer dem Wispern der Bäume, dem Zwitschern der Vögel und dem Rauschen des Wassers war kein anderer Laut zu hören.

Emilia stolperte weiter. Mehrmals rutschte sie auf dem abschüssigen Gelände aus und landete unsanft auf ihrem Hosenboden. Nach einigen Minuten wechselte der Bach erneut die Richtung und bog nach rechts in einen dichten Mischwald ein. Emilia verharrte erneut. Sie glaubte, etwas gehört zu haben. Sie lief weiter. Tatsächlich konnte sie nun schwach die Schreie einer Frau vernehmen. Sie rannte los, zwängte sich zwischen den alten Stämmen hindurch, stolperte über einen Ast, verlor den Degen, fasste ihn wieder, rappelte sich auf und hastete weiter. Plötzlich endete die Schonung, und sie erreichte den Rand einer kleinen Lichtung. Am anderen Ende, kaum zwanzig Meter von ihr entfernt, kämpfte eine Frau alleine gegen zwei Männer. Einer hielt sie von hinten umklammert, während der zweite versuchte, ihr die Hosen herabzustreifen.

Ihre beiden Pferde waren an einem Baum in der Nähe festgebunden. Unruhig scharrten die Tiere mit ihren Hufen. Emilia sah nur eins: zwei Männer, die dabei waren, Serafina Gewalt anzutun! Mit gezücktem Degen stürzte sie über die Lichtung und schrie: »He, Ihr da! Lasst sie sofort los!« Sie hatte den Überraschungsmoment auf ihrer Seite und den ersten Mann durchbohrt, bevor er noch sein Messer hatte zücken können. Er starb mit einem Ausdruck der Verblüffung in den Augen. Der zweite Angreifer reagierte schneller. Er holte aus, und ein mächtiger Faustschlag beförderte Serafina ins Reich der Träume. Beinahe grazil sank ihre Freundin ins Gras. Dann wandte er sich Emilia zu. Er maß ihre Größe und Gefährlichkeit, und auf seinem Gesicht breitete sich wilde Freude aus.

Emilia überkam das dumpfe Gefühl, gewogen und für zu leicht befunden worden zu sein. Wesentlicher größer als sein

Kumpan, verfügte der Strauchdieb über muskelbepackte Arme und Beine. Mit seiner rechten Pranke zog er aufreizend langsam sein langes Messer aus dem Gürtel. Jede seiner Bewegungen verriet den geübten Kämpfer. »Na los, komm schon, du halbe Portion! Hast du Angst vor Pozzo? Zuerst blas ich dir das Licht aus, und dann werde ich dem knusprigen Hühnchen, das sich, der Teufel weiß warum, als Hahn verkleidet hat, die hübschen Federn stutzen. Los, komm her, du mickriges Bürschchen. Zeit zum Spielen.« Sein sardonisches Lächeln entblößte braun verfärbte Zähne. Plötzlich unternahm er einen Scheinangriff. Zufrieden registrierte er, wie sein Gegner zurückwich. »Ho, ho, reichlich nervös, der kleine Kämpfer.«

Sein Gerede machte Emilia noch wütender. »Wollt Ihr quatschen oder kämpfen?«, höhnte sie.

»Ein ganz Mutiger, he?« Blitzschnell sprang er auf sie zu. Doch Emilia hatte damit gerechnet und wich ihm mit einem eleganten Satz zur Seite aus. Sein Messer traf ins Leere. Sofort parierte sie seinen Angriff. Trotz seiner Masse bewegte sich der Mann kaum weniger gewandt als sie. Danach folgte Angriff auf Angriff. Der Mann trieb sie mit seinen langen Armen vor sich her und hielt ihren Degen auf Abstand. Keinem der beiden gelang der entscheidende Schlag. Falls keiner von uns straucheln sollte, durchzuckte es Emilia, wird die persönliche Ausdauer entscheidend sein. Würde sie es schaffen, ihrem Gegner so lange Paroli zu bieten? Schon schmerzte ihr linker Arm. Sie musste unbedingt einige Sekunden gewinnen, um nach rechts zu wechseln. Als Linkshänderin geboren, hatte man sie gezwungen, alle Tätigkeiten mit der rechten Hand zu bewältigen. Heimlich hatte sie mit der Linken geübt, die sie nach wie vor für den Degen bevorzugte. Sie sprang einige Schritte zur Seite, und ihr Degen wechselte blitzschnell die Hand. Dann geschah alles sehr schnell. Die Ausläufer einer mächtigen Eiche brachten Emilia zu Fall. Um den Sturz abzufangen, ruderte sie instinktiv mit ihren Armen. Dabei entglitt ihr der Degen. Wie in Zeitlupe verfolgte sie seinen Flug in den blauen Himmel, wo er eine elegante Arabeske beschrieb, sich um die eigene Achse drehte und senkrecht zu Boden stürzte. Außerhalb ihrer Reichweite blieb er wippend im feuchten Waldboden stecken. Der Mann stieß ein Triumphgeheul aus und stürzte sich mit erhobenem Messer auf sie.

Jetzt sterbe ich, dachte Emilia, und schloss die Augen. Als Nächstes ertönte ein dumpfer Schlag, gleichzeitig streifte etwas Heißes ihren Arm. Dann schlug etwas Schweres neben ihr auf die Erde.

Emilia wagte es, vorsichtig die Augen zu öffnen, und blinzelte direkt in die Sonne. Eine Silhouette in einem Strahlenkranz, einen langen Gegenstand in den erhobenen Händen, stand über ihr. Für einen Moment vermeinte Emilia den Erzengel Michael mit seinem Schwert zu erblicken. Doch bevor sie sich gänzlich im Paradies wähnte, hörte sie den Engel stöhnen: »Oh, mein armer Kopf. Er dröhnt wie zehn Kirchenglocken.« Schwankend hielt Serafina den schweren Ast umklammert, mit dem sie dem Halunken den Garaus gemacht hatte. Verwirrt starrte sie darauf, als fragte sie sich, wie dieser in ihre Hände geraten war.

Emilia sah nun den neben ihr liegenden Mann. Sein Gesicht mit den weit geöffneten Augen war ihr zugewandt. Sie rollte sich hastig von ihm weg. Sie benötigte einige Sekunden, bevor sie begriff, dass der Mann mausetot war.

»Puh, das war knapp«, stöhnte Serafina. »Ist mit dir alles in Ordnung?«

»Ja, danke. Wenn du nicht gewesen wärst …« Emilia unterließ es, den Satz zu vollenden. Sie hockte wie benommen im Gras und staunte über das Wunder, noch am Leben zu sein. Serafina sank neben ihr zu Boden und rieb sich den Kiefer, wo der Schlag sie getroffen hatte. »Was für ein Schlamassel«, seufzte sie. »Dabei sind wir noch keinen Tag von zu Hause fort … Oh, du blutest!« Sie hatte den Fleck auf Emilias Ärmel entdeckt. »Lass gut sein«, wehrte Emilia ab. »Es ist nichts als ein kleiner Kratzer.«

»Trotzdem werde ich die Wunde gleich nachher am Bach auswaschen und verbinden. Weiß der Teufel, was der Mann vorher mit seinem Messer erlegt hat.« Serafina trat zu dem Toten.

Ohne weitere Umstände machte sie sich daran, seine Taschen zu durchwühlen. Neben ihrer eigenen Börse, die der Mann ihr zuvor entwendet hatte, beförderte sie eine weitere Geldkatze zutage. Mehrere Dukaten glänzten in ihrer Handfläche. »Vielleicht sollten wir uns ebenfalls als Straßenräuber verdingen. Scheint mir ein einträgliches Geschäft zu sein. Nimm du dir den anderen vor, und sieh nach, was er bei sich hat«, forderte sie ihre Freundin auf.

»Aber … er ist doch tot.« Emilia graute es entschieden davor, einem Toten in die Taschen zu greifen.

»Ja, was denn? Du bist doch sonst nicht zimperlich«, erwiderte Serafina. »Außerdem erleichtert dieser Zustand die Angelegenheit ungemein, oder etwa nicht?«

Zögerlich bewegte sich Emilia auf den zweiten Toten zu, als fürchtete sie, dass er bei der leisesten Berührung erwachen könnte. Sie tastete dessen Hemd und Hose ab. Doch bei diesem war keine Beute zu machen. Lediglich einige lumpige Zechinen kamen zum Vorschein. Ein Blitzen ganz in ihrer Nähe erregte Emilias Aufmerksamkeit. Neugierig ging sie darauf zu und entdeckte im Gras doch noch einen Schatz: eine doppelläufige Steinschlosspistole samt Munitionsbeutel. Die Männer mussten die über dreißig Zentimeter lange und schwere Waffe als hinderlich abgelegt haben, bevor sie sich über Serafina hergemacht hatten.

»Sieh mal, was ich gefunden habe«, präsentierte Emilia ihrer Freundin stolz ihren Fund.

»Prima«, sagte Serafina. »Kannst du damit umgehen?«

»Äh, nein, aber ich habe oft gesehen, wie sie gehandhabt wird. Ich kann es lernen«, sagte Emilia entschlossen und betrachtete die Waffe beinahe liebevoll.

Serafina beäugte den Fund mit einer gehörigen Portion Skepsis. »Na ja«, meinte sie dann. »Womöglich fliegt uns das Ding gleich beim ersten Schuss um die Ohren. Aber wir nehmen sie mit. Vielleicht können wir sie unterwegs verkaufen.«

»Du scheinst dich mehr und mehr zu einer Handelsfrau zu

entwickeln. Wenn du so weitermachst, werden wir, bis wir in Rom angelangt sind, steinreich sein«, sagte Emilia mit einem Grinsen.

»Oder tot«, erwiderte Serafina trocken. Sie bückte sich und las das lange Messer des Räubers auf. Entschlossen steckte sie es in ihren Gürtel. »Komm, lass uns hier verschwinden. Dies ist kein Ort zum Verweilen.« Sie banden die Pferde los. Während sie den Weg zu ihrem ursprünglichen Rastplatz einschlugen, erzählte Serafina ihrer Weggefährtin, wie es zu dem Überfall gekommen war. Sie sei erwacht und habe Emilia friedlich träumend vorgefunden. »Ich beschloss, dich schlafen zu lassen, und bin mit den Pferden zum Bach runter. Alles lief gut, bis diese Ziege aufgetaucht ist. Dein Araber ist ja ein schönes Tier, aber reichlich nervös, wenn du mich fragst. Die Ziege macht Mäh, das Pferd steigt, und ab ging es. Ich hinterher. Plötzlich tauchten diese beiden Männer aus dem Wald auf. Dass sie nichts Gutes im Schilde führten, war ihnen gleich anzumerken. Also bin ich einfach weitergerannt. Auf der Lichtung haben sie mich dann erwischt …«

»Und beinahe hätten sie … Ach, Serafina, ich mag mir gar nicht ausmalen, was alles hätte passieren können. Nur, weil ich eingeschlafen bin.« Die Nachwirkungen des Kampfes und die Erkenntnis, einen Menschen getötet zu haben, steckten Emilia in den Gliedern.

»Wir waren beide müde. Ich an deiner Stelle hätte meine Augen keine fünf Minuten länger offen halten können«, erteilte ihr Serafina Absolution.

»Du machst es mir zu einfach, Serafina. Ich habe mich benommen, als befände ich mich auf einem fröhlichen Jagdausflug. Jetzt haben wir das Leben zweier Menschen auf dem Gewissen. Ich verspreche dir, mich zu bessern«, sagte Emilia mit Nachdruck, doch ihre Stimme zitterte dabei.

Serafina verstand, was sie bewegte. »Du solltest dir wegen der beiden Strauchdiebe nicht zu viel Gedanken machen. Glaub mir, sie sind es nicht wert. Wer weiß, wie viele arme Seelen sie schon auf dem Gewissen hatten. Oder nimmst du etwa an, dass sie sich die schönen Goldstücke auf redliche Art und Weise verdient haben?«, erwiderte Serafina grimmig. Sie hatte die ganze abgrundtiefe Bösartigkeit dieser Männer erfasst und die Schatten ihrer zahllosen Opfer gespürt, deren Klagen jetzt noch in ihr nachwirkte. Sie unterdrückte ein nachträgliches Schaudern.

Als sie ihren Rastplatz erreichten, stand die Ziege mit gerecktem Hals vor dem Strauch und tat sich seelenruhig an Emilias rotem Sattel gütlich. Mit einem Schrei stürzte sich Emilia auf sie: »Heja, weg da! Wirst du wohl verschwinden!« Unwillig trottete die Ziege einige Meter weiter, dann blieb sie wiederkäuend stehen.

»Dein Prunkstück scheint ihr zu schmecken«, kicherte Serafina. »Meinst du nicht, dass es vernünftiger wäre, den Sattel zurückzulassen? Er ist bei Weitem zu auffällig.«

»Nein.« Emilia warf sich über den Sattel und drückte ihn mit der Inbrunst eines Liebhabers an sich.

Serafina betrachtete sie mit leisem Spott. »Tatsächlich, du siehst aus wie die Madonna mit dem Kind. Für jemanden, der gestern noch vollmundig bekundet hat, sich absolut nichts aus Reichtümern zu machen, hat es dir diese scharlachfarbene Extravaganz hübsch angetan. Denk nach. Sie werden uns suchen, und in der Beschreibung wird es heißen: Zwei junge Mädchen mit edlem schwarzen Araber und reich besticktem Sattel. Dein rotes Prachtstück wird die Geier anlocken, als hätten wir uns mit Aas eingerieben.«

Störrisch schüttelte Emilia den Kopf.

Serafina schnaubte. »Überleg es dir. Ich gehe die Ziege melken. Ihr Euter ist prall wie ein Wasserschlauch. Wäre schade um die schöne Milch.«

Angenehm gesättigt von der Milch, sattelten sie eine halbe Stunde später wieder auf – mit beiden Sätteln. Sie verließen jetzt die Emilia vertrauten Berge, und es wurde zu gefährlich, in dem unwegsamen Gelände nachts zu marschieren. Sie übernachteten im Schatten eines hohen Felsens und zogen bei Tagesanbruch weiter. Wald und felsiges Gelände wechselten sich ab. Immer wieder mussten sie absitzen und ihre Pferde über schmale Pfade an schwindelerregenden Abgründen vorbeiführen. Viel zu oft endete der Weg im Nirgendwo, einem unüberwindbaren Felsen, oder sie scheiterten an einem undurchdringlichen Wald von Weißdorn, Brombeer- oder Ginstergebüsch. Bald hatten sie das bedrückende Gefühl, sich beständig im Kreis zu drehen. Hatten sie am Anfang noch munter miteinander geplaudert, so marschierten sie jetzt schweigend dahin. Am späten Nachmittag des dritten Tages entdeckten sie einen Pfad, der sie auf ein weitläufiges Plateau führte. Zwar fiel zu ihrer Linken die Schlucht fast senkrecht ab, doch zu ihrer Rechten führte ihr Weg über eine abschüssige Wiese, die von einer Vielzahl kleiner Bäche durchzogen war, die als Miniaturwasserfälle in die Schlucht hinabstürzten. Endlich wieder freies Gelände vor Augen, fiel Emilia in einen leichten Galopp. Glücklich über die Abwechslung, warf der Hengst wiehernd den Kopf zurück und preschte los. Emilia ließ ihm seinen Willen, bis sie im gestreckten Galopp über die letzte Wiese sprengten. Ein dichter Kiefernwald begrenzte sie. Serafina folgte Emilia in gemächlicherem Tempo. Der Wald stieg nach Norden hin an und dehnte sich von dort in die Unendlichkeit aus. Südwärts wurde ihnen die Sicht durch eine jäh aus dem Boden gestiegene, hoch aufragende Felsenformation versperrt. Sie konnten nur geradeaus weiter und tauchten in den Wald ein. Bald vernahmen sie ein Plätschern und stießen auf einen weiteren der unzähligen Gletscherbäche. Emilia schlug vor, dessen Lauf zu folgen. Er war breit genug, dass ein Pferd bequem darin laufen konnte, das Wasser klar und flach. Vorsichtig staksten ihre Pferde auf den Kieselsteinen. Die hochgewachsenen Bäume ließen die Sonne nur an wenigen Stellen durch und schufen so kleine goldene Inseln inmitten eines Meeres von dämmrigem Halbdunkel.

Bald stießen sie auf einen weiteren Bach, der sich mit dem ihren vereinte und die Ufer wie eine Schere auseinanderdrückte. Mindestens fünf Meter trennten jetzt das eine Ufer vom anderen, und das Wasser floss schneller. Emilia trieb ihren Araber an und ritt ein Stück voraus. Sie meinte, in der Ferne ein schwaches Donnern zu vernehmen, war sich jedoch wegen des Plätscherns des Baches nicht sicher. Sie beugte sich vor, um besser lauschen zu können. Genau in diesem Moment tat ihr Hengst einen Satz, und Emilia purzelte in hohem Bogen ins Wasser. Sie rappelte sich aus dem eiskalten Wasser auf, gab Serafina durch ein Zeichen zu verstehen, dass ihr nichts fehle und schwang sich wieder aufs Pferd. Ihr Pferd sträubte sich weiterzugehen, und Emilia war gezwungen, ihm zu zeigen, wer die Herrin war. Schweigend, die Augen aufmerksam auf den Boden gerichtet, setzten die Freundinnen ihren Weg fort. Unvermittelt blieb Emilia stehen und richtete sich in den Steigbügeln auf. Alle ihre Sinne hatte sie auf die Stelle konzentriert, wo der Bach hinter einer Biegung verschwand.

»Horch! Hörst du nichts?«, rief sie Serafina über ihre Schulter hinweg zu.

»Doch. Was ist das? Es hört sich an wie … Ich weiß nicht. Noch mehr Wasser?«

Sie nahmen die Biegung und fanden sich jäh an einem magischen Ort wieder. Aus einer Quelle am Rande ergoss sich mit einer Fontäne ein Wasserstrahl in den Bach. Die Bäume standen hier weniger dicht, und die Sonnenstrahlen, die sich mit den Wassertropfen mischten, erzeugten ein irisierendes Licht in allen Regenbogenfarben. Verzückt betrachteten sie das Schauspiel. Emilia fand, dass einer Quelle, die aus dem Leib der Erde geboren wurde, ein besonderer Zauber innewohnte. Es verwunderte sie nicht, dass vielen Kulturen ein solcher Ort als heilig galt.

Serafina fand zuerst in die Gegenwart zurück. »Wie ich sagte, noch mehr Wasser. Das ist kein Bach mehr, sondern ein ausgewachsener Fluss. Durch das ungewöhnlich warme Wetter schmilzt das Eis in den Bergen schneller als üblich. Sollten wir nicht besser raus aus dem Wasser? Ich glaube, da vorne wird es tiefer.«

»Nein, es ist nicht viel tiefer als bisher. Reiten wir noch ein Stück weiter. Irgendwann muss dieser vermaledeite Wald einmal enden. Hörst du noch das grollende Geräusch von vorhin, Serafina?«

»Nein, aber das Tosen der Quelle übertönt alles andere.«

Nicht lange, und das donnernde Geräusch scholl ihnen erneut entgegen. Emilia zügelte ihr Pferd. Serafina war mit gesenktem Kopf hinter ihr geritten, darauf konzentriert, den Boden auf Stolperfallen zu untersuchen. Sie verspürte keinerlei Ambitionen, Emilias unfreiwilliges Bad nachzuahmen. Ihre Stute blieb aber von selbst stehen und schnupperte am Hinterteil des Hengstes, der nervös auf und ab tänzelte.

»Hör doch, Serafina. Dieses Geräusch! Ganz in unserer Nähe muss ein Wasserfall sein!«

»Wunderbar! Dann nichts wie raus hier«, rief Serafina aufgeräumt und lenkte ihre Stute dem Ufer zu. »Wo ein Wasserfall ist, ist auch eine Schlucht. Wir müssen die Richtung wechseln. Auf geht's, quer durch den Wald.«

Emilia folgte ihr. Als Initiatorin ihrer abenteuerlichen Reise wollte sie sich vor ihrer Freundin nicht die Blöße geben, dass ihr anfänglicher Enthusiasmus inzwischen Einbußen erlitten hatte. Sie schlängelten sich durch die eng stehenden Bäume wie durch einen Parcours. Die tief herabhängenden Zweige stellten ein stetes Ärgernis dar. Bald mussten sie absteigen und ihre Pferde am Zügel weiterführen. Langsam kroch die Dunkelheit von den Bäumen zu ihnen herab und tauchte den Wald in ein grünes Mysterium, das sich stetig dunkler färbte. In Kürze würden sie die Hand vor Augen nicht mehr erkennen können. Mit Herabsinken der Dämmerung schärften sich ihre Sinne. Das Knacken eines Zweiges oder das Rascheln eines Tieres im Gebüsch ließen sie aufhorchen. Sie glaubten, förmlich zu spüren, dass sich verschiedene Augenpaare aus dem Dunkel heraus auf sie richteten. Ohne Vorwarnung stieg der Hengst und schrie seine Angst heraus. Es geschah so abrupt, dass Emilia fast die Zügel aus der Hand gerissen worden wären. Der Araber drehte sich panisch im Kreis, stieß mit dem Hinterteil an einen Baum und stieg erneut. Wie durch ein Wunder verlor Emilia die Zügel nicht und schlang sie mehrmals um ihre rechte Hand. Mit der Linken bekam Emilia danach die Trense zu fassen, um das Tier über sein empfindliches Maul zu bändigen. Der Hengst schnaubte und hatte Schaum vor dem Maul. »Ruhig, alles ist gut«, flüsterte sie nah an seinem Ohr. »Was hat dich nur so erschreckt?« Sie tätschelte ihn, sprach beruhigend auf ihn ein, während sie sich im schwindenden Licht umsah und erschauerte. Die Waldgrenze mündete unmittelbar auf einem Felsplateau, nur wenige Meter trennten sie noch vor dem schwarzen Abgrund! »Serafina, wo bist du? Bleib sofort stehen, hier geht es nicht weiter!«, schrie Emilia in die Dunkelheit hinter sich.

»Ich bin hier«, kam es schwach zurück. Emilia folgte der Richtung ihrer Stimme. Sie fand Serafina kläglich auf dem Boden sitzend. »Ich muss dir aber auch wirklich alles nachmachen«, meinte diese. »Ich bin aufgesessen in der Hoffnung, die Stute findet dann eher den Weg zu deinem Hengst zurück.«

»Hast du dich verletzt?«, fragte Emilia und kniete sich neben ihre Freundin.

»Nichts, was nicht schon vorher wehgetan hätte«, stöhnte Serafina und rieb sich die besagte Stelle unterhalb ihres Rückens.

»Kannst du aufstehen?«

»Nur wenn ich muss. Muss ich?«

»Na ja, es wird gleich stockdunkel sein. Wir sitzen hier mitten auf einem Felsplateau, vor uns gähnt ein Abgrund, und hinter uns befindet sich ein Wald, der gerade ziemlich munter wird. Wir sollten uns daher schleunigst nach einem einigermaßen geschützten Nachtlager umsehen.«

»Also gut, ich stehe auf. Kümmere du dich um die Pferde, während ich uns einen Lagerplatz suche.«

Wenig später war Serafina fündig geworden. Sie führte ihre Freundin zu einer Felsformation, die am westlichen Ende des Plateaus aufragte. In deren Mitte gähnte ein mehr als zwei Meter hohes schwarzes Loch: der Eingang zu einer Höhle. Sie beeilten sich, diese zu inspizieren, bevor das letzte Tageslicht schwand. Schon nach wenigen Metern schlug ihnen der faulige Gestank nach Verwesung entgegen. Hastig traten sie den Rückzug an und stolperten in die frische Luft zurück. Emilia schüttelte sich vor Ekel. »Ein Glück, dass es schon dunkel ist. Ich denke nicht, dass wir herausfinden möchten, was da drin einmal lebendig war. Glaubst du, wir könnten ein Feuer entfachen?«

»Auf jeden Fall. Ich bleibe hier sicher nicht, ohne eine schöne Verteidigungsfackel zur Hand zu haben«, erwiderte Serafina grimmig. Argwöhnisch behielt sie die nahe Waldgrenze im Auge, als erwartete sie, dass jeden Moment dunkle Horden daraus hervorbrechen würden.

Emilia lächelte. »Ah, die Bären?«

»Ja, und die Wölfe nicht zu vergessen. Komm, gehen wir Holz sammeln. Der letzte Frühjahrssturm hat genug davon über das Plateau verstreut.«

Eine halbe Stunde später kampierten sie unter dem klaren Sternenzelt. Sie hatten ihr Lager rechts von der Höhlenöffnung aufgeschlagen, und Serafina hatte ein munteres Feuer in Gang gebracht. Sie tranken Kräutertee und verzehrten hungrig das Brot mit dem letzten Ziegenkäse. Emilia hatte ihre feuchten Sachen zum Trocknen über einen mageren Busch drapiert. In die rotsamtene Satteldecke gehüllt, saß sie am Feuer. Serafina betrachtete ihre Freundin durch das Flackern der Flammen hindurch. Emilia hatte ihren dicken Zopf gelöst, und das dichte schwarze Haar floss ihr in sanften Wellen bis zur Taille herab. Serafina fand ihre Freundin in diesem Moment beinahe beängstigend schön. Konnte so viel Schönheit ein ruhiges und freies Leben führen, fragte sie sich unwillkürlich. Würde Emilias Schönheit nicht die Begierde vieler wecken, sie zu besitzen? Plötzlich überkam sie die Vorahnung künftigen Unheils. Um das beunruhigende Gefühl zu vertreiben, flüchtete sie sich ins Scherzhafte. »Du siehst mit der roten Decke aus wie eine Königin. Es fehlt nur noch der Hermelinbesatz.«

»Ja, und ein Volk, das mir huldigt«, ging Emilia lächelnd darauf ein. Sie trank ihren Tee in ganz kleinen Schlucken, um seine wohltuende Wärme so lange wie möglich zu genießen. Sie stellte den leeren Becher ab, streckte die Beine aus und lehnte ihren Kopf zurück. Eine Weile versank sie in der Betrachtung des sternenübersäten Himmels. Die Sichel des Mondes schwamm in einem dunstigen Lichtkreis über dem Berg.

»Sinnierst du wieder darüber nach, wie es auf dem Mond aussehen mag?«, fragte Serafina sie nach einer Weile.

»Nein, ich denke an meinen Vater.«

»Bereust du nun, ihn im Zorn und ohne ein Wort des Abschieds verlassen zu haben?«

»Nein, es musste sein. Er hätte mich niemals freiwillig ziehen lassen. Ich frage mich nur, ob er auch an mich denkt.«

»Sicher denkt er an dich. Er ist dir sehr zugetan.«

»Ich habe nie an seiner Liebe gezweifelt, Serafina, und auch nicht, dass er das Beste für mich wollte, aber …«, Emilia rang nach den richtigen Worten, »… aber ich bin so enttäuscht von ihm. Er hat nicht einmal den Versuch unternommen, mich zu verstehen. Es war sein Entschluss und damit basta! Du hättest seinen geringschätzigen Ausdruck sehen sollen, als ich versuchte, ihm zu erklären, dass ich über mein Leben selbst bestimmen möchte. Als hätte er nie zuvor etwas derart Verwerfliches aus dem Mund einer Frau vernommen. Warum ist es so verachtenswert, wenn eine Frau wagt, sich Rechte auszubedingen, die für Männer so völlig selbstverständlich sind?«

»Was hast du erwartet? Er ist ein Mann und dein Vater. In seinem männlichen Universum bedeutet das, dass du ihm in doppelter Hinsicht Gehorsam schuldest. Er folgt einem sakrosankten Gesetz. Laut diesem Gesetz bist du sein Besitz, Emilia.«

»Und darum löst er mich wie einen Schuldschein ein und zwingt mich, einen wildfremden Mann zu heiraten? Dabei müsste gerade mein Vater die Macht der Gefühle kennen, schließlich leidet er selbst darunter! Seit dem Tod von Mutter ist er nicht mehr wiederzuerkennen. Und er ist tief enttäuscht von Piero, der einmal sein ganzer Stolz gewesen ist. Papa hat alle seine Träume begraben müssen. Das Schlimmste daran ist, er benimmt sich dabei auch noch, als hätte er mir mit dieser absurden Verlobung ein Geschenk bereitet!«

»Wenn du es von seiner Warte aus betrachtest, verhält es sich tatsächlich so: eine Verbindung mit einem sagenhaft reichen Ehemann von altem Adel. Was kann sich ein Vater Besseres für seine Tochter wünschen?«

»Ach, Serafina, warum soll es nur uns Frauen vorbehalten sein, Verständnis aufzubringen? Im Grunde bedeutet unser Verständnis doch nichts anderes, als dass wir uns den männlichen Wünschen zu fügen haben.«

»Ja, diese Welt ist nicht perfekt, es ist die Welt der Männer. Männer sind rücksichtslos, auf den eigenen Vorteil bedacht, und stets nehmen sie, ohne zu geben. Das weiß niemand besser zu beurteilen als die Frauen meines Geschlechts. Vor allem aber streben Männer nach einem: zu herrschen. Uns bleibt nur, uns in ihrer Welt zu arrangieren, so gut wir es vermögen. Nur indem wir versuchen, die Männer zu verstehen, können wir überhaupt in ihrer Welt überleben.«

»Und doch gilt dies nicht für alle Männer. Emanuele ist nicht so!«

»Du hast recht, Emanuele ist anders«, pflichtete ihr Serafina mit einem weichen Lächeln bei. »Bevor wir aber weiter diese Männerwelt ergründen, sollten wir versuchen zu schlafen. Der Tag war lang genug. Ich übernehme die erste Wache«, schlug sie in einem Ton vor, der Widerspruch ausschloss. Eigentlich fühlte sich Emilia nicht müde, streckte sich aber folgsam auf ihrem Sattel aus.

Irritiert fuhr sie hoch, als ihre Freundin sie zwei Stunden später an der Schulter berührte. Wider Erwarten hatte sie tief und traumlos geschlafen.

Serafina gähnte herzhaft und zog sich auf ihren Schlafplatz zurück; Emilia nahm ihren Platz am Feuer ein. Das hypnotische Spiel der Flammen zog sie wie immer in seinen Bann und weckte alte Erinnerungen. Eines Tages waren sie und Serafina bei einer ihrer zahllosen Exkursionen auf einen Steinkreis gestoßen. Er stand inmitten einer sonnenbeschienenen Lichtung, und im Gegenlicht hatten die bemoosten Steine wie mystische Sagengestalten gewirkt. Auf den Steinen waren geheimnisvolle Runen eingeritzt, und Serafina hatte sie nacheinander berührt. Zuletzt ruhten ihre Hände auf dem Altar in der Mitte. Nachdem sich Serafina von dem Stein gelöst hatte, war sie erschöpft ins Gras gesunken. Doch abgesehen von der Bemerkung, dass die Steine gut und sehr alt waren, hatte Emilia ihrer Freundin keine weiteren Erkenntnisse entlocken können. Von jenem Tag an wurde der Steinkreis zu ihrem geheimen Treffpunkt; in seinem Schutz fühlten sie sich unverwundbar. Sie lächelte beim Gedanken an ihre Kindheitsabenteuer, doch anstatt Kraft aus der Erinnerung zu schöpfen, überfiel Emilia stattdessen ein merkwürdig leeres Gefühl. Woher sollte sie, verwurzelt in der Erde von Santo Stefano, auch ahnen, dass in ihrer Seele das erste schale Echo der Heimatlosen erklang? Mit ihrer Flucht hatte sie den schützenden Mantel ihrer Kindheit abgestreift. Plötzlich lastete die fremde Nacht wie Blei auf ihren Schultern, und fröstelnd zog Emilia die Decke fester um ihre Schultern. Der Wind hatte stetig zugenommen, wie häufig in dieser rauen Gebirgswelt. Sein kalter Atem kroch über die Felsen, unter ihre Decke, unter ihre Haut. Einige vom Wind zerfaserte Wolken hatten sich um die Mondsichel geschlungen und kündigten einen Wetterumschwung an. Die Dunkelheit wurde dichter, bedrohlicher. Emilia beeilte sich, einige trockene Zweige nachzulegen. Die auflodernden Flammen lösten ein wenig ihre Beklemmung. Sie stand auf und lief einige Schritte, um ihren steif gewordenen Gliedern ein wenig Bewegung zu verschaffen. Inzwischen hatten die Wolken den Mond vollständig verschluckt, die Dunkelheit war vollkommen. Vergeblich versuchte Emilia, die Nacht zu durchdringen, aber alles, was außerhalb des Feuerscheins lag, floss als verschwommene Schemen ineinander. Plötzlich stutzte sie. Aus dem Dunkel heraus starrten sie zwei phosphoreszierende Augen an, verschwanden aber sofort wieder. Sie tastete nach ihrem Degen und fragte sich gerade, ob sie Serafina wecken sollte, als etwas Pelziges ihr Bein streifte. Noch bevor sie einen Schrei ausstoßen konnte, gab das Tier einen vertrauten Laut von sich.

»Paridi«, stieß sie erleichtert aus, »du bist das! Wie kommst du denn hierher?« Emilia hob den Kater auf und presste ihn an sich. Paridi rieb seinen samtigen Kopf an ihrem Gesicht. Durch die Anwesenheit des Katers seltsam getröstet, ließ sich Emilia erneut am Feuer nieder. Sie sah zu Serafina, doch ihre Freundin hatte sich nicht gerührt. »Lassen wir sie noch ein wenig ausruhen, was meinst du, Paridi? Dass du uns gefolgt bist ...«, flüsterte Emilia, noch immer fassungslos.

Plötzlich geschah alles gleichzeitig: Der Kater fuhr mit einem rauen Fauchen auf, verharrte kurz mit gesträubtem Fell und schoss dann auf den dunklen Waldsaum zu. Hinter sich hörte Emilia die Pferde angstvoll wiehern und steigen. Sie war längst aufgesprungen, den Degen in der Hand. Sie glaubte, einen unförmigen Schatten ausgemacht zu haben, der sich zu ihrem Entsetzen rasend schnell auf sie zubewegte. Gleichzeitig durchschnitt ein hässlicher, trompetenartiger Ton die Nacht, und Paridi schrie wie von Sinnen. Schon war der Schatten über ihr, und ein ekelhafter Gestank nach Aas schlug Emilia entgegen. Blindwütig stach sie mit ihrem Degen auf die dunkle Masse ein und warf sich dann zur Seite. Ein Lufthauch streifte sie, doch der Schatten hatte sie knapp verfehlt. Wieder stieß er einen Laut aus, der Emilia durch Mark und Bein fuhr. In dieser Sekunde riss der Himmel auf, als wollte er den verzweifelten Kampf beleuchten, und Emilia erblickte ihren Feind: ein riesiger Braunbär! Sie riss den Degen hoch und stach zu. Unbeeindruckt, als hätte ihn eine Mücke belästigt, stieß der Bär ein Knurren aus. Er hatte sich auf seine Hinterbeine erhoben und hieb mit seiner mächtigen Pranke nach ihr.

Ein gewaltiger Donnerschlag zerriss die Nacht, gefolgt von einem grellen Lichtblitz. Der Bär brüllte ohrenbetäubend, taumelte einige Schritte, drehte sich um sich selbst und verschwand plötzlich wie von Zauberhand. Wo ist er hin, fragte sich Emilia. *Und was war das für ein lauter Knall?* Jäh trug ihr der Wind beißenden Pulverdampf zu, und schlagartig begriff sie: die erbeutete Pistole! Serafina musste sie abgefeuert haben! Sie rief nach ihrer Freundin, doch sie erhielt keine Antwort. Wo war sie? Die Wolkendecke hatte sich erneut geschlossen, die Nacht war finster wie zuvor, und Emilia konnte sich lediglich an den glühenden Resten des Feuers orientieren. Sie hielt darauf zu und fand Serafinas Schlafplatz verlassen. Mit zitternden Fingern entzündete sie einen dürren Ast. Schließlich fand sie ihre Freundin. Sie lag leblos vor dem Höhleneingang. Der Rückschlag der Pistole musste sie gegen den Felsen geschleudert haben. »Serafina!«, rief Emilia zu Tode erschrocken und warf sich neben sie. Serafina rührte sich nicht, aber sie atmete noch, wie Emilia erleichtert feststellte. Vorsichtig bettete sie Serafinas Kopf auf ihren Schoß, und sofort nässte etwas Feuchtes ihre Finger. *Blut.* »Serafina, was ist mit dir? Wach auf, bitte.« Und der nächste Gedanke: *Ich muss die Blutung stillen!* Sie stand auf und suchte zunächst die Pferdedecke, die sie beim Angriff des Bären verloren hatte. Sie rollte sie zusammen und schob sie vorsichtig unter Serafinas Kopf. Deren Satteltasche entnahm sie Leinen und den Kräuterbeutel. Gott sei Dank war Paridi bei ihr. Kläglich maunzend, umkreiste er seine Herrin. Emilia säuberte und verband Serafinas Kopfwunde. Danach blieb ihr nichts übrig, als darauf zu warten, dass Serafina das Bewusstsein wiedererlangte.

Sie war so sehr in Trübsinn verfallen, dass sie erschrocken herumfuhr, als eine leise Stimme sagte: »Was ziehst du für ein Gesicht? Mein Gott, mir brummt vielleicht der Schädel. Was ist passiert?« Serafina hatte sich halb aufgerichtet und betastete mit schmerzverzerrten Zügen ihren Verband.

»Serafina, endlich! Du bist wach!«, rief Emilia erleichtert. »Sieh mal, wer da ist.« Sie deutete auf Paridi, der mit hocherhobenem Schwanz neben ihr aufgetaucht war.

»Paridi!«, entfuhr es Serafina. Aber sie schien nicht besonders überrascht, ihn hier zu sehen. »Was ist eigentlich passiert? Das

Letzte, an das ich mich erinnern kann, ist, dass die Pistole losgegangen ist.«

»Ein Bär hat uns angegriffen. Das verflixte Vieh hat mich dermaßen schnell überrannt, dass mir keine Zeit blieb, zu reagieren. Dann hast du geschossen, und der Bär ist verschwunden. Entweder wurde er getroffen, oder du hast ihn mit dem Knall verjagt. Hoffe ich jedenfalls ...«

Emilia zog ihren Degen und betrachtete die Klinge nachdenklich.

»Du siehst aus, als hättest du einen guten Freund verloren«, bemerkte Serafina.

»Ist es nicht so? Da habe ich mich großspurig bei etwaigen Gefahren auf meine Degenkünste verlassen, dabei haben sie mir bisher rein gar nichts genutzt. Ohne dich wäre ich sogar schon zweimal verloren gewesen. Du hattest recht, mich vor dieser Reise zu warnen, Serafina. Morgen kehren wir um. Ich begleite dich bis nach Barisciano zurück und setze meine Reise alleine fort. Ausgeschlossen, dass du dein Leben weiter für mich aufs Spiel setzt.«

Serafina antwortete nicht sofort. Sie streckte den Zeigefinger aus, um mit ihm die Umrisse des Mondes nachzuzeichnen, der sich kurz zwischen zwei Wolken zeigte. »Eigentlich«, meinte sie dann, »bin ich noch nie in Rom gewesen und wollte es immer schon einmal sehen.«

»Tu nicht so, als hättest du mich nicht verstanden«, erwiderte Emilia. »Es ist mein Ernst. Wir kehren um. Es ist mein Leben, und ich bestimme selbst darüber.«

»Natürlich, *amore mio*. Aber genauso möchte auch ich über mein Leben selbst bestimmen.« Serafinas letztes Wort ging in einem schmerzhaften Stöhnen unter. Sofort warf sich Emilia neben ihr auf die Knie. »Oh Serafina, ich bin einfach unmöglich. Du bist schwer verletzt, und ich habe nichts Besseres zu tun, als mit dir Streit anzufangen. Verzeih mir.«

Serafina winkte ab. »Zumindest wissen wir jetzt, wessen Höhle das hier ist. Wir sollten diesen Platz verlassen, solange wir nicht wissen, ob er tot ist oder wir ihn nur vertrieben haben. Noch einmal sollten wir unser Glück nicht herausfordern.«

»Und wo sollen wir mitten in der Nacht hin?«

Ein jäher Blitz tauchte den Lagerplatz in ein grelles Licht und enthob Serafina einer Antwort. Sekunden später rollte der Donner heran. Das Gewitter näherte sich ihnen rasend schnell von Osten. Von Umzug konnte keine Rede mehr sein. Ihnen blieb nur die Höhle des Bären. Emilia half Serafina auf und brachte sie, auf ihre Schulter gestützt, hinein. Dann holte sie die Pferde und setzte sich neben Serafina, den Degen und das lange Messer des Beutelschneiders griffbereit. Das Unwetter tobte die ganze Nacht. Der Wind pfiff und peitschte den Regen weiter in die Höhle hinein, sodass sie gezwungen waren, ihr Lager tiefer hinein zu verlegen – leider auch näher heran an den Gestank. Auch der Morgen präsentierte sich von seiner schlechtesten Seite. Zwecklos, bei diesem Wetter aufzubrechen. Serafina nutzte die Zeit, um sich zu erholen.

Gegen Mittag ließ der Regen allmählich nach, und der Ostwind vertrieb die letzten dunklen Wolken. Der Himmel klärte sich mehr und mehr auf, und nicht lange, und die Sonne blinzelte hier und da hervor. Schon war die Welt eine andere. Sie kamen aus ihrem Versteck. Überall um sie herum dampfte die Erde, und Nebelschwaden krochen über den Boden wie herabgestiegene Wolken. Serafina näherte sich der Kante des Plateaus. Das grandiose Panorama der Abruzzen breitete sich vor ihren Augen aus; die Schönheit des Landes nahm ihr den Atem. Hinter sich hörte sie Emilias leichten Schritt. »Unsere Heimat ist wunderschön, nicht wahr?«, flüsterte diese.

»Ja. Genauso stelle ich mir die neue Welt am ersten Tag der Schöpfung vor.«

»Glaubst du, dass es woanders ebenso schön sein kann wie hier?«, fragte Emilia bewegt.

»Natürlich, Gott kennt viele Formen der Schönheit. Aber kann man Schönheit überhaupt vergleichen? Liegt nicht in ihrer Einzigartigkeit ihr Zauber? Sieh!« Serafina deutete auf das blaue

Band eines Flusses, der sich durch die grüne Ebene wand. »Das muss der Aterno sein! Wir sind auf der richtigen Route.« Emilia folgte ihrem Blick, tat noch einen Schritt nach vorn und meinte: »Puh, das geht hier ja ganz hübsch tief runter.« In der Tat fiel die Felswand unter ihnen mehrere Hundert Meter steil ab. Die Freundinnen sahen sich an und erschauerten nachträglich; sie sprachen es nicht aus, aber viel hatte nicht gefehlt, und sie wären gestern geradewegs in ihr Verderben gelaufen.

»Was ist das?«, rief Emilia plötzlich mit ausgestrecktem Zeigefinger. »Dort auf dem kleinen Felsvorsprung unter uns. Ist es das, was ich glaube?«

»Tatsächlich! Da unten liegt ja unser Bär! Das also ist aus ihm geworden. Arme Bestie«, murmelte Serafina.

»Jetzt, wo er tot ist, fühlst du Mitleid mit ihm?«, fragte Emilia verwundert.

»Ja, warum nicht? Er ist ein Tier, das lediglich seinen natürlichen Instinkten gefolgt ist. Schließlich haben wir ihm den Weg in sein Zuhause versperrt. Wie würdest du es finden, wenn du heimkehrst und sich dort plötzlich Fremde eingenistet haben? Ebenso, wie wir Menschen für unser Miteinander gegenseitiges Verständnis einfordern, so haben die Tiere ein ebensolches Verständnis verdient. Wäre das nicht die natürliche Weiterführung deiner Gedanken?«

»Die Motive des anderen zu ergründen scheint mir tatsächlich die Essenz zu sein, aus der sich Verständnis und Verständigung zusammensetzen. Es hört sich so einfach an und scheint doch so schwierig zu sein. Schade, dass man diese Erkenntnis nicht in kleine Fläschchen einfüllen und unter den Menschen verteilen kann«, sagte Emilia mit einem Seufzer.

Wenig später brachen sie auf. Zuvor hatte Emilia nach Serafinas Anweisung eine Kräuterpaste für deren Kopfwunde angerührt. Mit einem frischen Verband unter ihrer Kappe versehen, fühlte sich ihre Freundin bereit, die neue Etappe in Angriff zu nehmen. Eine Umkehr kam nicht mehr zur Sprache.

Eine Weile folgten sie der Baumgrenze. Bald stießen sie auf

einen felsigen Pfad, der in eine grüne Schlucht mündete. Der Aterno, auf dessen Wasser sich die wieder erstarkte Sonne brach, schimmerte ihnen silbern entgegen. Am frühen Nachmittag war der Abstieg geschafft. Sie ließen die Pferde ausgiebig trinken und grasen. Sie selbst verschlangen ihr letztes, hart gewordenes Brot. Zum Nachtisch pflückten sie kleine Erdbeeren, die überall wild wuchsen, und aßen davon, so viel sie konnten. Danach folgten sie dem Fluss weiter stromabwärts, bis er am Ende der Schlucht zwischen den Felsen verschwand. Dort stießen sie auf einen weiteren Pfad. Nach einer Kehre entdeckten sie einen von einem Maultier gezogenen Karren, der vor ihnen den Weg hinabrumpelte. Waren die Nacht und der Morgen durch das Gewitter recht kühl gewesen, so hatte sich der restliche Tag von seiner freundlichsten Seite gezeigt. Emilia vermutete, dass der Pfad weiter unten in einen breiteren Weg mündete, der nach Avezzano führte. Sie machte Serafina darauf aufmerksam.

»Hatten wir nicht vorgehabt, abseits der Straßen zu bleiben?«

»Ich denke, bei den vielen Umwegen, die wir hinter uns haben, sollten uns etwaige Verfolger längst überholt haben. Sie werden uns kaum in ihrem Rücken suchen«, erklärte Emilia.

»Ich verstehe.« Serafina grinste. »Du hast also endgültig genug von der Einsamkeit der Natur.«

»Die nächtlichen Bärenangriffe nicht zu vergessen!«

Die beiden Freundinnen sahen sich an und brachen gleichzeitig in Gelächter aus. »Ja, bisher haben wir nichts ausgelassen«, meinte Emilia. »Hoffen wir, dass der Rest der Reise ruhiger verläuft.«

Serafina bezweifelte dies sehr.

Am Nachmittag begegneten ihnen erstmals einige Schafhirten, die mit ihren Herden über die Weiden zogen. Mit beginnender Dämmerung waren sie auf der Suche nach einem Nachtquartier und hörten einen Hund bellen. Hinter einer kleinen Kuppe tauchte ein einsames Gehöft auf. Rauch kräuselte aus dem Kamin.

»Scheint, als hätten wir Glück!«, rief Emilia und gab ihrem

Pferd die Sporen. Für einige Münzen erlaubte ihnen der Bauer gerne, in seiner Scheune Quartier zu beziehen. Sie duftete herrlich nach Gras und Heu, und Paridi machte sich sofort auf die Jagd nach seinem Abendessen.

Die Bäuerin, eine dralle Person mit einem gutmütigen Gesicht, lud die jungen »Herren« in die Stube ein. Über dem Feuer dampfte eine Minestrone. Dazu gab es mit Knoblauch gewürzte Maisfladen aus dem Holzofen.

Satt und zufrieden ließen sich die Freundinnen anschließend im Heu nieder. Sie genossen die erste sorglose Nacht seit ihrer Flucht und erwachten ausgeruht. Zuversichtlich setzten sie ihre Reise fort. Am frühen Nachmittag erreichten sie den kleinen Ort Ovindoli, wenige Kilometer nördlich des Städtchens Avezzano. Während sich Serafina am Brunnen auf dem Dorfplatz erfrischte und anschließend bei einem Bauern Brot, Käse und einen Beutel Äpfel erwarb, wartete Emilia mit ihrem auffälligen Pferd in einem Gebüsch abseits des Weges. Hinter Ovindoli ließen sie sich am Wegesrand nieder und verschlangen ihr Essen. Keine Wolke trübte den azurfarbenen Himmel. Zurückgelehnt genossen die beiden jungen Frauen die Sonnenstrahlen und überließen sich der Trägheit, die einer guten Mahlzeit folgte. Bienen summten, die Pferde grasten, Paridi strolchte.

Plötzlich zerriss der schmetternde Klang einer Fanfare die beschauliche Stille. Erschrocken fuhren sie hoch. *Soldaten in dieser ländlichen Gegend?*

»Sieh doch!« Serafina lachte.

Auf der Kuppe zum Dorf war ein Harlekin in einem grün-roten Kostüm aufgetaucht. Er schwenkte eine Trompete, die passend mit grün-roten Wimpeln geschmückt war. Bei jedem seiner Schritte bimmelten die Schellen an seiner Mütze und an den roten Pantoffeln, deren Spitzen nach mittelalterlicher Art hochgebogen waren. Gleich hinter ihm marschierte ein winziges Mohrenkind in einem zu großen goldenen Kostüm, das sichtlich Mühe hatte, den monströsen Turban auf seinem Kopf zu balancieren. In seiner kleinen Faust hielt es eine rote Lederleine, an deren Ende ein Kapuzineräffchen muntere Kapriolen schlug. Die gesamte Dorfjugend hatte sich an ihre Fersen geheftet. Der Herold blieb stehen, hob die Trompete und setzte einen weiteren schmetternden Ton ab, der mehr durch Lautstärke als durch Harmonie glänzte. Mit großer Pose verkündete er sodann, dass *der weltberühmte Ferrante heute ein Gastspiel geben werde und den geschätzten Zuschauern ein fantastisches Programm, reich an exotischen Tieren und gefährlichen Raubtieren aus fernen Landen, biete.* »Akrobaten, Jongleure, Feuerschlucker und die schönsten Tänzerinnen der Welt erwarten euch! Kommt, kommt alle, und bestaunt die tausend Wunder! Heute um sechs Uhr. Bringt alle eure Eltern mit.« Sofort bestürmten ihn die Kinder.

»Wie steht es mit Euch, Ihr edlen Herren? Keine Lust auf schöne Frauen? Oder wollt Ihr heute Nacht alleine bleiben?« Mit scharfem Auge hatte der Mann Serafina und Emilia als lukrative Kunden am Wegesrand erspäht, obwohl sie sich halb hinter einen Busch zurückgezogen hatten. Er trat näher und zog wie ein Rattenfänger die Schar lärmender Kinder hinter sich her. Sein Auge ruhte mit Kennerblick auf dem Araber. Wenigstens hatten sie den Prunksattel mit Serafinas Decke verhüllt. Auch die beiden jungen Frauen musterten ihn. Von der Nähe sah seine Erscheinung weniger großartig aus; das Kostüm hatte wohl schon einige Tausend Wunder hinter sich. Auch wenn es mehrfach geflickt und fadenscheinig wirkte, so achtete der Mann doch auf Sauberkeit. Er selbst musste um die dreißig sein. Hochgewachsen, besaß er einen geschmeidigen Körper, und seine lebendigen Augen funkelten beinahe schwarz. Man konnte ihm ansehen, dass er mit Leidenschaft zu leben wusste. Er stellte sich vor, und aus seinem gebräunten Gesicht blitzten ihnen strahlend weiße Zähne entgegen. »Mein Name ist Ferrante, Fürst der Ägypter. Hier, das ist für Euch, edle Herren.« Er überreichte ihnen ein Stück Blech, in das ein Loch gestanzt war. »Kommt heute zu der Vorstellung. Ihr Edelleute seid selbstverständlich meine Gäste.« Er zog seine Kappe und verabschiedete sich. Der kleine Mohr und sein Äffchen hüpften hinter ihm her.

Emilia starrte verzückt auf das Blech in ihrer Hand.

»Oh nein«, stieß Serafina hervor. »Du wirst doch nicht tatsächlich hingehen wollen?«

»Warum nicht? Stell dir vor, exotische Tiere! Ich habe noch nie welche gesehen!«

»Du vergisst, dass wir auf der Flucht sind, und nicht auf einer Vergnügungsreise«, erwiderte Serafina spitz.

Missmutig kräuselte Emilia ihre Nase. »Du bist immer so ekelhaft vernünftig, Serafina. Warum sind wir denn aus unserem Dorf geflohen? Damit wir die Welt und ihre Wunder kennenlernen! Jetzt guck nicht so griesgrämig, du siehst aus wie Tante Colomba. Bitte lass uns hingehen«, bettelte Emilia.

Serafina schüttelte den Kopf. »Du bist und bleibst unverbesserlich, Emilia. Hast du nicht erst kürzlich hoch und heilig gelobt, dich ab sofort verantwortungsbewusster zu zeigen? *Das* wäre heute ein guter Anfang.«

»Ich verstehe nicht, was das eine mit dem anderen zu schaffen hätte«, eiferte sich Emilia. »Was kenne ich bisher von der Welt?« Eifrig wie ein kleines Mädchen, nahm sie ihre Finger bei der Aufzählung zu Hilfe. »Da wäre das Kloster in Assisi, zweimal der Markt in L'Aquila, und einmal erst bin ich am Meer gewesen. Meine Erfahrungen beschränken sich auf weniger als eine Handvoll! Ich bin so ahnungslos wie ein frisch aus dem Ei geschlüpftes Küken!«

»Und genauso verletzlich«, konterte Serafina. »Emilia, wir haben keine Zeit für *Vergnügen*.«

Im Grunde wusste Emilia, dass ihre Freundin recht hatte, doch sie zog es vor, zu schmollen. »Ich will bleiben, und damit basta!«

»Und wer ist es nun, der über andere bestimmt, hmm?«, entgegnete Serafina kopfschüttelnd. »Vergnüg dich, wenn du meinst. Ich werde jedenfalls nicht dein Kindermädchen spielen. Ich gehe meinen Kräutervorrat auffrischen. Es riecht nach Minze und wildem Thymian.« Sie trollte sich. Emilia blickte ihr bockig hinterher.

Serafina näherte sich dem Waldrand. Tatsächlich war sie nicht unfroh, einige Zeit für sich allein zu haben. Seit sie den beiden Räubern begegnet waren, hatte sich in Serafina die Erkenntnis verdichtet, dass diese verhängnisvolle Begegnung nur der Auftakt für dunklere Ereignisse war. Schon länger fragte sie sich, woher diese beiden Galgenvögel in dieser abgelegenen Gegend so schnell aufgetaucht waren. Hatte es sich bei ihnen wirklich nur um simple Straßenräuber gehandelt? Sie hatten eine Börse voller Gold besessen. Gestohlen oder gar eine Belohnung? Wofür? Je länger sie darüber nachdachte, desto merkwürdiger kam es ihr vor. Und dann war da dieser beängstigende Traum gewesen. Anfänglich hatte sie sich einzureden versucht, dass es sich um einen gewöhnlichen Albtraum gehandelt hatte. Tatsächlich aber hatte sie den Traum wie einen Griff nach ihrem Geist empfunden. Wandten sich ihre eigenen Fähigkeiten gegen sie, weil sie zu lange versucht hatte, ihre Gabe zu unterdrücken? Nein. Sie schüttelte den Kopf. Das, was ihr widerfahren war, hatte nichts mit ihr selbst zu tun. Ihre Seele hatte es als etwas Fremdes erkannt. Ihre Wunde pochte, und sie nahm die Kappe ab. Vorsichtig befühlte sie den Verband. Oder lag es an ihrer Kopfverletzung? Diese wirkten sich nicht selten trügerisch auf den Geist aus. Serafina blickte sich um. Sie war umgeben von der Schönheit und Fülle der Natur. Sie ließ sich ins Gras sinken und sog den berauschenden Duft des frischen Grüns ein. Hier in der Wiese wirkte alles sehr still, ein kleiner, in sich geschlossener Kosmos. Sie beobachtete eine Ameise, die an einem Löwenzahn emporkletterte und in der gelben Blüte scheinbar ziellos umherirrte. Ein winziges unbedarftes Leben, dem die Kümmernisse der Menschen nichts bedeuteten. Serafina schloss die Lider. Sie wollte versuchen, den Traum der vergangenen Nacht zu durchdringen. Mit all ihren Sinnen nahm sie Kontakt auf, und für den Bruchteil einer Sekunde glaubte sie, zu erkennen, wie sich die Welt verdunkelte. Jenseits ihres Denkens lag etwas Unaussprechliches verborgen. Ihr Tun zehrte an ihren Kräften. Erschöpft hielt sie inne und setzte sich auf. Trotz der warmen Sonne zitterte sie, und nur langsam zog sich die Kälte aus ihr zurück. Sie hatte soeben eine wichtige Erkenntnis gewonnen. Nicht sie stellte das Ziel dieser dämonischen Kräfte dar. Sie war nur die Brücke, die sie versuchten zu überqueren: *Sie* begehrten Emilia!

Genau aus diesem Grund mussten sie so rasch wie möglich Rom erreichen. Sie konnte nicht sagen, woher sie ihr Wissen bezog, es war Teil ihrer Gabe. Allein Emilias Zwillingsbruder würde sie vor der fremden Macht beschützen können. Serafina beschloss, Emilia nichts von ihren Befürchtungen zu sagen, solange sie selbst im Trüben stocherte.

Emilia kam herangeschlendert. Die Pferde trotteten mit hängenden Zügeln hinter ihr her. »Was machst du? Ich dachte, du wolltest Kräuter pflücken?« Sie ließ sich neben ihrer Freundin ins Gras fallen, rupfte einen Halm aus und kaute ausgiebig auf ihm herum. Dann sagte sie: »Es tut mir leid. Ich wollte dich nicht verärgern.«

Serafina musterte ihre Freundin unter gesenkten Wimpern. »Willst du die Wahrheit hören?«, hob sie an.

»Natürlich!«

»Gut. Du hast dich gerade benommen, als wäre ich eine an dein Bein gefesselte Bleikugel, die dich bremsen will. Dabei vergisst du, dass wir unser Zuhause bei Nacht und Nebel verlassen haben. Du hast deinen Bruder bestohlen, ich meine Mutter. Wir haben sogar getötet, um bis hierher zu gelangen! Und anstatt alles daranzusetzen, nach Rom zu kommen, setzt du unser Wohl leichtsinnig aufs Spiel, nur um ein paar Zigeuner bei ihren Kunststückchen zu bewundern.«

Emilia wirkte ehrlich betreten. »Du hast recht. Ich weiß das alles. Und trotzdem komme ich nicht dagegen an. Es ist wie ein Rausch, der mich anstachelt, so viel wie möglich von diesem Leben auszukosten. Täglich wächst in mir die Angst, dass alles viel zu schnell vorbei sein könnte. Ich weiß selbst nicht, woher diese Furcht so plötzlich gekommen ist. Nachts, in meinen Träumen, höre ich eine Stimme, die mir zuflüstert, dass es für mich kein Entrinnen gibt. Was geschieht mit mir, Serafina?«

»Ich bin mir nicht sicher.« Serafina legte wie schützend den Arm um Emilia. Dabei hatte sie Mühe, sich ihren Schreck über die Worte ihrer Freundin nicht anmerken zu lassen. Also erging es Emilia ähnlich wie ihr. Welche Teufelei war hier am Werk?

Zunächst aber galt es, Emilia zu beruhigen. »Mach dir nicht allzu viele Sorgen, *amore*. Das sind die Nachbeben unserer Seele. Wir haben in kurzer Zeit einfach zu viel erlebt. Erst mussten wir unser Zuhause verlassen, dann der tödliche Kampf mit den beiden Halunken, dazu der Bärenangriff, das würde jeden erschüttern. Komm, wir sollten uns wieder auf den Weg machen.« Serafina erhob sich und wischte einige vorwitzige Ameisen von ihrer Hose.

»Nein!« Emilia blieb sitzen.

»Nein?« Serafina stemmte die Hände in die Hüften. »Hast du denn gar nichts begriffen? Wir *müssen* weiter.«

»Nein, wir müssen *bleiben*. Es ist wichtig. Frag mich nicht, warum, ich weiß es einfach. Es hat nichts mit den Zigeunern zu tun, oder vielleicht doch …« Emilia suchte etwas zu erklären, auf das sie sich selbst keinen Reim machen konnte. »Bitte, Serafina. Ich weiß selbst, wie verworren ich klinge. Aber ich glaube, ich habe gestern Nacht von diesem Zigeunerlager geträumt …«

Serafinas Gedanken wirbelten durcheinander. Wer drang in Emilias Träume ein, und warum? Oder hatte Emilia, in ihrem Wunsch, die Darbietung der Zigeuner sehen zu wollen, ihren Traum dahingehend umgedeutet? Ob bewusst oder unbewusst, konnte Emilia gar die Empfänglichkeit ihrer Freundin für Spirituelles ausnutzen? Leider gab es nur eine Methode, herauszufinden, wer von ihnen recht hatte. »Also gut. Wir bleiben«, verkündete Serafina. Doch sie verlangte danach, mehr zu erfahren. »Dieser Traum, den du hattest … Kannst du dich an etwas Bestimmtes erinnern?«

»Nur an eine Frau. Sie war sehr groß und aufrecht, mit schulterlangem weißem Haar. Sie wirkte wie eine Königin aus einer vergangenen Zeit.« Emilia hielt jäh inne, und alles Blut strömte aus ihrem Gesicht. »Du warst es, Serafina!«, rief sie erschüttert.

»Du bist mir im Traum erschienen. Nur bist du da schon eine alte Frau gewesen. Aber wie ist das möglich?«

Serafinas Stimme bebte, als sie antwortete. »Nicht ich bin die Frau in deinem Traum gewesen, sondern meine Großmutter, Serafina die Ältere. Es ist meine Schuld …«

»Deine Schuld?«, wiederholte Emilia verständnislos.

»Ja. Ich habe mich an meinen Ahninnen versündigt, weil ich meine Gabe verleugnet habe. Dabei ist die Gabe der Hellsicht ein kostbares Geschenk aus der Zeit der ersten Menschen. Damals lebten wir mit der Mutter Erde im Einklang und konnten deren Botschaften empfangen. Als Kind hat mich meine Großmutter häufig in meinen Träumen besucht, um mich zu lehren, mit meinen Fähigkeiten umzugehen. Doch ich fürchtete mich davor. Die Menschen lieben die Zauberinnen nicht. Aber seiner Bestimmung kann man nicht entkommen.«

»Aber warum erscheint deine Großmutter mir und nicht dir? Ich bin doch keine Zauberin.«

»Nein, und darüber solltest du froh sein. Glaube mir, Emilia, es ist eine Bürde, die nicht einfach zu tragen ist.« Sie berührte die Kette mit dem Hexenkreuz. Spürte ihre Großmutter die drohende Gefahr ebenso wie sie? Hatte sie sie davor zu warnen gesucht? Liebste Großmutter, bat Serafina sie im Stillen, bitte verzeih mir meine Selbstsucht. Ich verspreche dir, von nun an werde ich dich nicht mehr abweisen. *Ich werde sein, was ich bin.* Serafina straffte sich wie jemand, der frische Kraft gewonnen hatte. »Auf!« Sie streckte Emilia ihre Hand entgegen und zog sie hoch. »Warum bis heute Abend warten? Ebenso gut können wir gleich in das Lager der Zigeuner gehen.«

Sie holten die Pferde, die sich nur widerstrebend von der saftigen Wiese trennten, und marschierten mit ihnen die Anhöhe hinauf. Von dort aus hatten sie einen Überblick auf die ausgedehnte Hügellandschaft und das kleine Dorf. Sie entdeckten das Lager in einer Senke am Ostende des Dorfes, nahe am Waldrand. Es war eine kümmerliche Ansammlung von neun Wagen, die kreisförmig um einen Platz angeordnet standen. In einem provisorischen Pferch taten sich einige magere Pferde, Maultiere und Ziegen an einem Ballen Stroh gütlich. Emilia war die Enttäuschung deutlich ins Gesicht geschrieben. Sie schien etwas Großartigeres erwartet zu haben. Eine weitere Enttäuschung wartete auf sie in Gestalt des *unvergleichlichen exotischen Tiers aus fernen Landen*. Es entpuppte sich als ein von Räude heimgesuchtes Dromedar, das mit seinen kahlen Stellen stark an einen bemoosten Baumstamm erinnerte. Außerdem besaß es einen tückischen Blick, der jeden davor warnte, ihm zu nahe zu kommen. Ein zusammengeschrumpftes Mütterchen, das wenig mehr maß als einen Meter, kümmerte sich nichtsdestotrotz mit rührender Fürsorge um das Tier. Sie stand im Begriff, einige kahle Stellen mit einem grünlichen Brei zu bestreichen, als sich ihr Emilia und Serafina gemeinsam mit Ferrante näherten. Der Ägypterfürst war ihnen bei ihrer Ankunft entgegengeeilt, als hätte er ihr Erscheinen erwartet. Er hatte sein Harlekinkostüm abgelegt und gegen ein weißes Hemd und eng anliegende schwarze Hosen getauscht. Die langen Beine steckten in kniehohen Reiterstiefeln. Seine schwarzen Locken glänzten wie Lack, und seine dunklen Augen glühten. Emilia hatte bei seinem Anblick abrupt innegehalten. Erstaunen zeichnete ihr Gesicht. Sie wirkte wie jemand, dem gerade eine unerwartete Entdeckung zuteilgeworden war. Niemals zuvor hatte sie die Schönheit eines Mannes wahrgenommen. Im Stillen pflichtete ihr Serafina bei. Der Ägypterfürst war tatsächlich ein Prachtexemplar seiner Gattung. Er schien sich seiner sinnlichen Ausstrahlung vollauf bewusst zu sein. Dieser Mann konnte jeder Frau, ob erfahren oder unerfahren, gefährlich werden. Gottlob hatten sie nichts zu befürchten – sie reisten ja als junge Edelleute.

Das Mütterchen hatte die Behandlung beendet. Zur Belohnung fürs Stillhalten begann sie, das Dromedar mit Feigen zu füttern. Zwischen jedem Bissen koste und streichelte sie das Tier.

»Dies ist meine Mutter, Cesira«, verkündete Ferrante. Sein Ton zeugte von großer Achtung. »Und dies sind die edlen Herren Bernardo und Andrea di Perugia, zwei Brüder auf Pilgerreise nach Rom«, stellte er sie ihrerseits vor. Er griff damit die Geschichte auf, die sich die beiden jungen Frauen für ihre Reise zurechtgelegt hatten.

Die Alte, die bis dato nur Augen für ihren Schützling gehabt hatte, wandte sich ihnen zu. Ihr intensiver, kohlschwarzer Blick versenkte sich nacheinander in die Augen der jungen Frauen. Obwohl der jeweilige Kontakt kaum eine Sekunde währte, gewannen die beiden den Eindruck, als hätte Ferrantes Mutter sie sofort durchschaut. Ein kurzes Nicken, weder freundlich noch unfreundlich, und die Frau beendete die Audienz, indem sie ihnen ihren krummen Rücken zuwandte und sich erneut der hässlichen Kreatur widmete.

Nach dem exotischen Exemplar aus fernen Landen erwies sich das gefährliche Raubtier als kaum minder herbe Enttäuschung. Es handelte sich um einen abgemagerten Tiger, dem die Rippen einzeln aus dem stumpfen Fell stachen. Er lag ausgestreckt in der hintersten Ecke seines Käfigs und bekundete nicht das geringste Interesse an seinen Besuchern. Paridi tauchte wie ein Schatten hinter ihnen auf und sprang auf die Rampe, auf der der zerschrammte Eisenkäfig ruhte. Er spazierte rundherum und musterte seinen entfernten Verwandten. Ferrante betrachtete die Raubkatze mit der Zärtlichkeit eines Vaters für den Sohn.

»Das Tier sieht aus, als hätte es Zahnschmerzen«, flüsterte Emilia Serafina zu. Wie sich herausstellte, hatte sie damit den Nagel auf den Kopf getroffen. Der Tiger litt tatsächlich daran. Seit Tagen fraß er nichts mehr und nahm nur noch wenig Wasser zu sich, klärte Ferrante sie über seinen Zustand auf.

»Aber Eure Mutter scheint doch über Erfahrung mit kranken Tieren zu verfügen. Kann sie ihm nicht helfen?«, erkundigte sich Emilia. Ihr mitleidendes Herz schmolz beim Anblick der sichtbaren Pein des Tieres.

»Sie könnte es, aber sie will nicht. Sie hasst Anil und sagt, sein Schicksal gehe sie nichts an«, erwiderte Ferrante traurig. Furchtlos streckte er seine Hand in den Käfig und kraulte den mächtigen gestreiften Kopf. Der Tiger ließ es sich ohne jede Regung gefallen. Er wirkte resigniert, wie jemand, der mit seinem Leben abgeschlossen hatte und nur noch den Tod herbeisehnte.

»Aber er ist doch nur ein armes Tier, und sicherlich besitzt er großen Wert für Euch«, empörte sich Emilia sofort.

»Kann man Hass erklären?« Ferrante zuckte mit den Schultern. »Aber dieses Wesen verdient es, zu leben. Ich habe versucht, ihm zu helfen, aber er lässt mich nicht in sein Maul sehen. Morgen …« Seine Stimme stockte, als haderte er mit seinem Entschluss. Er gewann seine Fassung zurück und beendete den Satz: »Morgen werde ich ihn von seiner Qual erlösen. Das ist alles, was ich für ihn tun kann.«

Emilia rührte Ferrantes Liebe zu dem Tier. Jäh verspürte sie den Wunsch, ihn zu trösten. Die unerwartete Empfindung verwirrte sie, und verlegen rückte sie ihre Kappe zurecht.

»Ich glaube, dass ich ihm vielleicht helfen könnte«, ließ sich Serafina überraschend vernehmen. Sie trat nahe an den Käfig heran, und der Tiger geruhte, ein Auge für sie zu öffnen. Sein Schwanz klopfte einmal schwach auf den Boden.

»Oh, er reagiert auf Euch!«, rief Ferrante freudig. »Das hat er noch bei keinem getan. Aber sagt, wie wollt Ihr ihm helfen? Seid Ihr ein Medicus?«

»Ja«, erwiderte Serafina knapp. »Zunächst sollten wir herausfinden, wie schlimm es wirklich um ihn steht. Seine Schwäche rührt sicherlich daher, dass er wegen der Schmerzen keine Nahrung mehr zu sich nehmen kann. Man müsste ihn betäuben und dann in sein Maul sehen. Ein eitriger Zahn sollte zu entfernen sein. Ich habe einige Kräuter bei mir, die ein Pferd umwerfen könnten. Ich könnte einen Trank daraus bereiten.«

»Das wollt Ihr tun?« Ferrante blickte Serafina mit neu erwachter Hoffnung an.

»Natürlich. Zeigt mir nur, wo ich ihn zubereiten kann.«

Eine Stunde später war der Betäubungstrank fertig. Ferrantes alte Mutter war kurz an der Feuerstelle aufgetaucht und hatte ihre Missbilligung über Serafinas Einmischung kundgetan, indem sie neben ihr ausgespuckt hatte. Serafina stieß sich nicht daran. Sie fühlte, dass sie das Richtige tat. Ein Schatten fiel auf sie. Ferrante. Die Ungeduld hatte ihn zu ihr getrieben. Vor Kurzem noch dazu bereit, dem Leiden des Tigers mit eigener Hand ein Ende zu bereiten, brannte sein Besitzer jetzt darauf, ihn dem Tode zu entreißen.

Während sich Serafina mit den Vorbereitungen für den Schlaftrunk beschäftigt hatte, hatte er bei dem Tiger verharrt und zu ihm in der alten Sprache der Ägypter gesprochen. Es hatte sich wie eine Beschwörung angehört. Emilia hatte ihm zusammen mit Paridi Gesellschaft geleistet. Sie fühlte eine seltsame Verbundenheit mit dem Zigeuner. Etwas war heute in ihr erwacht. Wie sollte sie es beschreiben? Erwartung? Um ihre Befangenheit zu überspielen, erkundigte sie sich bei dem Mann, was der Name Anil bedeutete, und er erklärte ihr, dass er in der indischen Sprache *Gott des Windes* hieß. Ab und zu kamen Männer vorbei, und Ferrante erteilte ihnen Anweisungen. Die tägliche Arbeit musste verrichtet werden, ungeachtet des sich im Tigerkäfig abspielenden Dramas.

»Der Trank ist fertig«, verkündete Serafina den Kindern, die sich um sie geschart hatten. Sie goss ihn mehrmals zwischen zwei Gefäßen hin und her, um ihn abzukühlen. Schließlich schüttete sie alles in den ausgespülten Tigertrog und maß nochmals die gleiche Menge Wasser hinzu. Dann schlug sie den Weg zum Käfig ein. Die Kinder und die mageren Hunde des Lagers folgten ihr. Auch der kleine Mohr und sein Äffchen schlossen sich der kleinen Prozession an. Emilia und Ferrante erwarteten sie vor dem Käfig. Paridi war bei ihnen.

Serafina stellte den Trog vorsichtig auf der Rampe ab und wandte sich dann an Ferrante: »Bitte stellt ihn zu ihm hinein. Danach bitte ich Euch, mich mit dem Tiger alleine zu lassen.« Um Ferrantes beginnenden Protest zuvorzukommen, legte sie ihm ihre Hand auf den Arm und flüsterte: »Ich weiß, was ich tue, aber ich muss es alleine und ohne Zeugen verrichten. Bleibt in der Nähe, ich werde Euch rufen.« Ferrante neigte den Kopf zum

Zeichen, dass er begriffen hatte. Auch seine Mutter Cesira duldete bei bestimmten Ritualen keine Zeugen.

»Geht, geht nun alle!«, forderte er sein kleines Gefolge auf.

Emilia machte Anstalten, zu bleiben, doch Serafina bat auch sie, sie zu verlassen. Allein Paridi durfte ihr weiterhin Gesellschaft leisten. Sie trat an den Käfig und begann, leise in einer alten, kehligen Sprache zu singen, die ihre Mutter sie gelehrt hatte. Dann kletterte sie hinein. Der Tiger hatte sich nicht gerührt. Langsam strich sie ihm über die geschlossenen Lider. Ein Beben durchlief den noch immer mächtigen Körper, dann öffnete er seine Augen. Schwerfällig, wie in Trance, erhob er sich in eine sitzende Stellung und leerte den Trog bis zum letzten Tropfen. Serafina zog sich aus dem Käfig zurück, um ihr vorbereitetes Bündel zu holen. Sie band sich eine Schürze um, die sie sich bei einer der Frauen des Lagers erbeten hatte. Das Reißen eines Zahnes war eine blutige Angelegenheit. Davon abgesehen, war es Schwerstarbeit. Sie stieg wieder in den Käfig und prüfte die Reaktionen des Tigers. Der Trank wirkte. Sie beugte sich hinaus und rief laut nach Ferrante. Er erschien fast sofort. »Was kann ich tun?«

»Öffnet sein Maul, und haltet es weit offen.« Er tat, wie ihm geheißen. Ein ekelhafter Geruch von Fäulnis schlug ihnen entgegen. Serafina zog zwei stumpfe Holzstöckchen hervor, die sie mit Lappen umwickelt hatte, und setzte sie dem Tier links und rechts in den Rachen, um das Maul gespreizt zu halten. Dann zog sie die riesige Zunge heraus und platzierte sie zur Seite. Sie erkannte das Übel sofort. Der linke hintere Backenzahn hatte sich entzündet, und ein Abszess, groß wie ein Taubenei, hatte sich gebildet. Zahn und Abszess mussten sofort entfernt werden. Alles Nötige lag bereit: das Messer, die Zange und die Nadel, saubere Stofflappen und eine Flasche mit verdünntem Essig zur Wunddesinfektion. Ihre Mutter schwor darauf. Sie griff nach dem Messer und einer kleinen Schale, um das Wundsekret darin aufzufangen. Dann setzte sie das Messer an und schnitt beherzt tief ins Fleisch. Die Schale füllte sich rasch mit Blut und Eiter. Serafina drückte den mit Essig getränkten Lappen auf die Wunde. Nach dem Abszess kam der Backenzahn an die Reihe. Sie setzte die Zange an und stemmte sich mit ihrem Stiefel gegen Ferrante. Sie zog, bis ihr der Schweiß auf die Stirn trat. Schließlich löste sich der Zahn mit einem hörbaren Plopp vom Kiefer. Sie spülte die Wunde aus und nähte sie sorgfältig zu. Nach getaner Arbeit setzte sie sich auf und entdeckte, dass Emilia sich näherte. Sie trug eine große, dampfende Schüssel vor sich her. »Was ist das?«, rief Serafina ihr zu.

»Suppe. Eine kräftige, sämige Fleischsuppe. Ferrantes Mutter hat sie mir gegeben. Sie sagt, sie sei für den Tiger.«

»Für den Tiger? Zeig her.« Serafinas Misstrauen war geweckt. Wollte die Alte ihre Bemühungen nachträglich zunichtemachen, indem sie das Tier nun vergiftete? Mit gesenkter Nase schnüffelte sie daran. Die Suppe roch einwandfrei, doch dies musste nichts bedeuten. Viele Gifte vollbrachten ihr tödliches Werk ohne jeden Geruch. Plötzlich erschien die zwergenhafte Alte selbst, so leise und unerwartet wie ein Geist. »Es ist gut«, sagte sie mit ihrer brüchigen Stimme und zeigte auf den Topf. »Ihr könnt sie ihm ohne Argwohn verabreichen. Ihr habt gewonnen. Das Tier soll leben. Die Suppe ist stark. Gebt sie ihm. Sie wird ihm Kraft verleihen.« Sie verschwand wie ein Schatten.

Serafina war sich jetzt sicher, dass die Greisin aufrichtig gesprochen hatte. Sie massierte die Kehle des Tigers, um seinen Schluckreflex zu wecken. Mühsam flößte sie dem Tiger die gesamte Suppe ein. Anschließend sammelte sie ihre Instrumente zusammen und kletterte mit weichen Knien aus dem Käfig. Das Bedürfnis zu schlafen überkam sie. Ferrante, der ihr bereits mehrmals Dank gesagt hatte, erkannte, dass der junge Medicus sich nur noch mühsam auf den Beinen hielt. Er führte Serafina zu seinem Wagen. Im Vergleich zu den anderen, die eher simplen Bauerngefährten ähnelten und gegen Sonne oder Regen durch vielfach geflickte Planen geschützt waren, hatte man diesen aus solidem Holz gezimmert und weiß angestrichen. Auf beiden Längsseiten waren Pferde aufgemalt, auf denen schöne junge Zigeunerinnen Kunststücke vorführten. Ferrante zog mit dem Fuß einen Schemel unter dem Wagen hervor und platzierte ihn geschickt vor der rückwärtigen Tür. Serafina kletterte hinein. Heiße, stickige Luft, vermischt mit einem moschusartigen Geruch, stieg ihr in die Nase. Das Innere lockte mit einer Unzahl bunter Seidenkissen. Eine orientalische Orgie, der Raum eines Verführers. Kurz flackerte in ihr das Gefühl einer unbestimmten Gefahr auf. Schon sank sie in die wohltuende Weichheit der Kissen. Innerhalb von Sekunden war sie eingeschlafen.

Emilia blieb mit dem Anführer der Zigeuner allein zurück.

Seit dem Mittag war es schwül gewesen, und die Hitze des Tages wollte weiterhin nicht weichen. Emilia erklärte Ferrante, dass sie ihre beiden Pferde in den Schatten des nahen Waldes führen wolle. Auf Anweisung Ferrantes hatte ein junger Bursche die Pferde bei ihrer Ankunft übernommen und sie in dem Pferch mit den anderen Tieren untergebracht. Die gutmütige Stute hatte sich bestens arrangiert und rasch Freundschaft mit ihresgleichen geschlossen. Der Araber hingegen drängte sich in die letzte Ecke, als wäre es unter seiner Würde, mit dem einfachen Pferdevolk zu verkehren – von den Maultieren und Ziegen ganz zu schweigen. Seine Vollblut-Arroganz stand jedoch auf tönernen Füßen. Als Emilia sich ihm näherte, zuckte er nervös mit den Ohren. Der gleiche junge Bursche öffnete ihr den Pferch und hinderte gleichzeitig die anderen herandrängenden Vierbeiner daran, auszubüxen. Emilia fand sich sofort von einer Gruppe neugieriger Ziegen umringt. Der Junge vertrieb sie lachend mit einem Weidenstock. Sie griff nach dem Zügel des Arabers. Er ließ ein freudiges Schnauben hören. Sie wusste, dass die Stute dem Hengst ohne weitere Aufforderung folgen würde. Ferrante verabschiedete sich nun von ihr, da er sich, wie er ihr erklärte, auf die Vorstellung vorbereiten musste. Zum Abschied schenkte er ihr einen langen Blick, der Emilia seltsam beunruhigte. Sie war froh, dass sie sich um die Pferde kümmern musste, und tauchte mit ihnen in die lindernde Kühle des Waldes ein. Sie lehnte sich an einen Baum und genoss eine Weile die Stille, als ihr am Horizont eine Staubwolke auffiel. Auf der Straße von Osten schien sich ein schneller Reitertrupp zu nähern. Kein Zweifel, dessen Ziel war das Zigeunerlager. Die Schar, ein halbes Dutzend berittener Soldaten, preschte rücksichtslos mitten in das Lager hinein. Mütter griffen nach ihren kreischenden Kindern und rannten wild zwischen den Wagen davon. Die Männer des Lagers liefen herbei, an ihrer Spitze Ferrante.

Instinktiv zog sich Emilia mit den Pferden tiefer zwischen die Bäume zurück. Ihr Herz schlug wie rasend. Sie beobachtete Ferrante, der seinen Männern mit einer Geste zu verstehen gab, hinter ihm zurückzubleiben. Hoch aufgerichtet, mit leicht gespreizten Beinen, stellte er sich den Soldaten entgegen. Der Anführer sprach vom Pferd herab mit ihm. Die Männer waren zu weit entfernt, als dass Emilia sie hätte verstehen können. Sie konnte aber sehen, wie Ferrante während des kurzen Wortwechsels nickte und etwas erwiderte. Dabei zeigte er mit der Hand auf die Landstraße in Richtung Westen.

Der Anführer warf ihm eine Münze zu und winkte seinen Soldaten. Sie wendeten und stoben davon. Ferrantes Männer umringten ihn sofort wie eine Mauer. Auch aus der Ferne sah es für Emilia nach einer hitzig geführten Diskussion aus, in dessen Zentrum der Ägypterfürst stand. Schließlich löste sich Ferrante von ihnen und wies seine Leute an, zu ihren Verrichtungen zurückzukehren. Widerwillig zogen sie ab. Ferrante verharrte noch einen Moment und suchte aufmerksam den Horizont ab, wo die Berittenen verschwunden waren. Emilia begriff, dass er sich zunächst vergewisserte, dass diese den Köder geschluckt hatten. Danach wandte er sich um und kam in ihre Richtung.

»Was ist? Was wollten diese Soldaten von Euch?«, rief Emilia ihm zu. Anstatt ihr zu antworten, baute sich Ferrante vor ihr auf. Er musterte sie auf eine Art und Weise, die nur als unverschämt bezeichnet werden konnte. Gemächlich wanderten seine Augen über ihre langen Beine, ihre Hüften und Taille zu ihrem Oberkörper hinauf und verweilten dann auf ihrem Gesicht. Emilia konnte nicht verhindern, dass sie unter seinen forschenden Blicken errötete. Sie ärgerte sich über sich selbst und suchte Zuflucht in der Arroganz des Adels. »Was soll das? Ich habe Euch eine Frage gestellt. Wollt Ihr mir wohl antworten, Zigeuner?«, rief sie herrisch.

Er lächelte nur spöttisch und bannte sie weiter mit seinem Blick. Funkelnd hielt sie ihm stand. Plötzlich bewegte er sich mit der Geschwindigkeit eines Raubtieres auf sie zu und riss ihr mit einem triumphierenden Laut die Kappe vom Kopf. Ihr dicker, glänzender Zopf glitt wie eine geschmeidige Schlange ihren Rücken hinab. »Schuft!«, rief Emilia und stürzte sich auf ihn. Lachend fing er ihre Hände ab, presste sie an seinen Körper und … küsste sie! Emilia wehrte sich wie eine Furie gegen diese Behandlung. Plötzlich aber fand ihr verräterischer Körper Gefallen an seinem Tun, ihr Verstand setzte aus. Ferrantes drängende Lippen eroberten die ihren, lösten nie gekannte Empfindungen in ihr aus. Schon glitten seine Hände ihren Rücken hinab und erkundeten die köstlichen Rundungen ihres Pos. In heftigem Verlangen presste er seine Hüften an sie. Der Funke sprang auf Emilia über und wuchs zu einem Feuer heran, das ihr Innerstes versengte. Sie wusste nicht, wie ihr geschah, und kam nicht dagegen an. Ferrante löste sich kurz von ihr. Mit dem Zeigefinger hob er ihr Kinn an und tauchte in ihren saphirblauen Blick ein. »Hoppla, was für ein temperamentvolles Fohlen du doch bist. Verrätst du mir auch deinen wahren Namen, meine unbekannte Schöne?«

»Emilia«, flüsterte sie. Sie fühlte sich seltsam schwach. Hinter ihr stieß der Hengst ein lautes Wiehern aus. Der Laut kam gerade rechtzeitig und beförderte Emilia in die Realität zurück. Sie bedachte Ferrante mit einem wilden Blick, rückte von ihm ab und sammelte ihre Kappe auf. Unter seinem leidenschaftlichen Ansturm hatte sich ihr Haar gelöst, und sie beeilte sich nun, es erneut in einem Zopf zu bändigen und unter der Kopfbedeckung zu verbergen. Schweigend verfolgte Ferrante ihr Tun. »Du hast prachtvolles Haar und solltest es nicht verbergen«, sagte er sanft.

»Ich habe meine Gründe. Und hört auf, mich zu duzen«, schnappte Emilia. Spielend schaffte sie den Übergang, jenen Groll, den sie gegen sich selbst hegte, auf ihn zu richten. Ihr Zorn prallte an Ferrante ebenso wirkungslos ab wie ein Kieselstein an einer Mauer. Er schenkte ihr ein entwaffnendes Lächeln, das seine starken weißen Zähne entblößte. »Sicherlich hast du die, mein wildes Fohlen. Die Soldaten suchen schließlich nicht umsonst nach dir. Darf man erfahren, was du verbrochen hast?«

»Nein, das darf man nicht!«, schoss sie zurück. »Was geht es Euch überhaupt an? Und nennt mich nicht Euer wildes Fohlen!« Sie wandte sich brüsk von ihm ab, um die Pferde zu holen. Doch Ferrantes nächste Worte ließen sie in ihrer Bewegung erstarren. »Leider ist dies ganz und gar meine Angelegenheit. Denn ich habe soeben für dich die Soldaten des Herzogs von Pescara belogen und sie auf eine falsche Fährte geschickt. Ich habe freiwillig auf die Belohnung verzichtet, die zu deiner Ergreifung ausgesetzt worden ist. Fünfzig Golddukaten! Ein hübsches Sümmchen. Diese Menge Gold würde das Auskommen meiner Leute für mindestens ein Jahr sichern. Die überwiegende Zeit leben wir von der Hand in den Mund. Ich habe es getan, weil dein Freund meinen Tiger gerettet hat. Aber dafür schuldest du mir die Wahrheit. Der Anführer behauptet, du hättest ein Rassepferd gestohlen. Doch das ist nur ein Teil der Geschichte, wie mir scheint. Warum reist du als junger Mann verkleidet? Warum diese hohe Belohnung für deine Ergreifung? Dafür kann man sich leicht mehrere Rassepferde leisten.«

Langsam drehte sich Emilia zu ihm um. Ihre tiefe Blässe rührte ihn. Impulsiv zog er sie erneut in seine Arme. Das überwältigende Gefühl, dieses junge Mädchen zu beschützen, überraschte ihn selbst. Emilia wehrte sich nicht gegen seine Umarmung. In der flüchtigen Geborgenheit, die seine Arme ihr gewährten, stellte sie fieberhafte Überlegungen an. Immerhin, Ferrantes Worte hatten ihr verraten, dass ihre Verfolger nichts von Serafina zu wissen schienen. Die Freundinnen hatten damit gerechnet, dass sich Piero aus Schmach über sein gestohlenes

Pferd und seine Börse auf ihre Fersen heften würde. Warum aber hetzte der Herzog ihr seine Soldaten auf den Hals und lobte eine derart hohe Belohnung für sie aus? Die einzige Erklärung, die ihr dazu einfiel, war jene, dass er es aus verletztem Stolz tat. Sie hatte seine Ehre beleidigt. Wäre sie ein Mann, würde der Herzog sicher Genugtuung verlangen und sie zu einem Duell fordern.

Sie löste sich aus Ferrantes Umarmung. Er gab sie nicht völlig frei, sondern hielt sie auf Armeslänge von sich. Der Anführer der Zigeuner wartete noch immer auf eine Antwort.

Emilia befand, dass es keinen Grund gab, warum sie ihm die Wahrheit vorenthalten sollte. »Der Herzog will mich heiraten, ich aber ihn nicht. Darum bin ich mit einem Freund geflohen. Das ist alles«, erklärte sie schlicht. Solange er Serafina für einen Mann hielt, wollte sie es dabei belassen.

In Ferrantes Blick trat ein seltsamer Ausdruck. Eine Weile forschte er in ihren Augen, als suchte er, eine andere Wahrheit darin zu lesen. Dann ließ er sie los. »Du scheinst recht überrascht darüber zu sein, dass der Herzog dir Soldaten hinterherschickt. Kennst du ihn so wenig, dass du nicht damit gerechnet hast?«

»Um der Wahrheit Genüge zu tun – ich kenne ihn überhaupt nicht. Bis zu dem Tag, an dem mein Vater mir eröffnet hat, dass ich ihn heiraten soll, habe ich nie von ihm gehört.«

»Du hast nie zuvor von ihm reden gehört?«

Etwas an der Art, wie er die Frage gestellt hatte, forderte Emilias Widerstand heraus. Schnippisch erwiderte sie: »Auch für den Fall, dass Ihr, Herr Fürst der Zigeuner, mich für provinziell haltet ... ich habe mein Leben bisher auf einer Burg inmitten der Abruzzen verbracht. Santo Stefano di Sessanio mag nicht der Mittelpunkt der Welt sein, auch sind wir weitab von Klatsch und Gerüchten, die Euresgleichen bewegen mögen. Doch für mich ist es der schönste Ort von allen, meine Heimat.«

»So hast du deiner schönen Heimat den Rücken gekehrt, um einer ungeliebten Ehe zu entfliehen. Ich fürchte bloß, es könnte umsonst gewesen sein.«

»Was soll das heißen? Wenn Ihr etwas wisst, dann sprecht! Und hört endlich auf, mich zu duzen!«

»Wie Ihr meint. Leider gehört der Herzog von Pescara nicht zu der Sorte Mann, der sich leicht von seinen Vorhaben abbringen lässt. Es ging bereits das Gerücht, dass er beabsichtigt, sich ein drittes Mal zu vermählen. Wenn Ihr die Braut seid, die er sich erwählt hat, dann wird er alles in seiner Macht Stehende einsetzen, um Eurer habhaft zu werden.«

Emilia hatte nur eines herausgehört. »Zum dritten Mal schon?«, stotterte sie verstört. »Aber wie alt ist er denn?«

»Keine Angst. Nicht so alt. Er ist jünger als ich.« Ferrante schenkte ihr ein männliches Lächeln und reckte sich unbewusst, als wollte er ihr seine eigene, unverbrauchte Kraft vor Augen führen. Aber Emilia interessierte nur die Antwort auf ihre nächste Frage: »Was ist mit den beiden anderen Frauen geschehen? Was wisst Ihr darüber?«

»Soweit bekannt wurde, sind beide im Kindbett gestorben. Das letzte Mal ist kein Jahr her. Der Herzog hat bisher keine legitimen Kinder. Er trachtet nach einem Erben.«

»Ich verstehe. Das soll heißen, er hat zwar keine legitimen Kinder, dafür aber hat er seine Umgebung mit Bastarden versorgt. Die nächste Ehefrau soll es ihm richten und einen herzoglichen Erben produzieren. Wahrlich, ich verspüre nicht die geringste Lust, mit seinen bäuerlichen Huren zu konkurrieren«, erboste sich Emilia.

»Ganz davon abgesehen, dabei im Kindbett zu sterben«, ergänzte Ferrante.

Emilia sah ihn scharf an. Diese Möglichkeit hatte sie in ihrem Bewusstsein vollkommen ausgeklammert. Den Gedanken, dass eine Geburt sie bis in den Tod schwächen könnte, empfand sie beinahe als absurd. Wie eine Bauerstochter auf dem Land aufgewachsen, hatte sie im Laufe der Jahre eine Vielzahl von Tiergeburten erlebt. Von Serafina wusste sie, dass der Geburtsvorgang bei einem Menschen ähnlich vor sich ging. Sie fürchtete sich nur vor einem: zu heiraten und ihre Freiheit zu verlieren.

Die Stute hatte sich ihnen inzwischen genähert und stupste den Zigeuner an. Mechanisch wehrte er sie ab. Die Geste, mit der er sich durch seine dichten Locken fuhr, zeugte von seiner Anspannung. Und sie verriet Emilia, dass Ferrante noch etwas vor ihr zurückhielt. Er schien mit sich zu hadern, wie weit er in die Angelegenheiten des Herzogs hineingezogen werden wollte.

Emilia fand, dass sie ein Anrecht darauf hatte, die volle Wahrheit zu erfahren. »Was gibt es noch, das ich über den Herzog wissen sollte – außer dass er sich nimmt, was er will, und er einen hohen Verschleiß an Ehefrauen hat?«

Das, was Ferrante ihr daraufhin enthüllte, schockierte die junge Frau weniger, als er angenommen hatte. Mit gesenkter Stimme, als fürchtete er, jemand anderes als Emilia könnte seinen Worten lauschen, verkündete er: »Es heißt, dass die Mutter des Herzogs äußerst bewandert in den schwarzen Künsten ist. Sie soll sich magischer Rituale bedienen, mit denen sie ihre Gegner verflucht und sie qualvoll sterben lässt. Alle wissen Bescheid, aber alle haben Angst. Sie ist zu mächtig. Ihr Sohn, der Herzog, soll ihr hörig sein und alles tun, was sie ihm befiehlt.«

Emilia beeindruckten seine Worte kaum. Durch ihre Nähe zu Serafina konnte sie der Hexerei keinerlei satanische Bedeutung abgewinnen. Serafina und ihre Mutter, Donna Elvira, wandten ihr Wissen an, um andere Menschen zu heilen. All das Böse, das man den weisen Frauen nachsagte, war nichts weiter als die Verleumdungen eines Klerus, der sich vor Frauen fürchtete, deren Wissen älter und größer war als das seine. Sie zuckte mit den Schultern. »Nun ja, sehr weit her scheint es mit den Künsten dieser angeblichen Hexe nicht zu sein. Immerhin konnte sie nicht verhindern, dass die beiden ersten Frauen ihres Sohnes mitsamt dem Kinde bei der Geburt gestorben sind.«

Ferrante, der damit gerechnet hatte, sie mit seinen Informationen zu schockieren, starrte sie an, als wäre sie von einem fremden Stern herabgestiegen. Fast hätte Emilia seine verdutzte Miene zum Lachen gebracht. Doch sie hielt sich zurück. Ihr war bewusst, dass sie den Mann brauchte. Wenn man den Auskünften Ferrantes uneingeschränkt Glauben schenken konnte, dann würde der Herzog die Suche nach ihr nicht aufgeben. Ergo mussten sie und Serafina sich schlauer als er und seine Soldaten anstellen. Die Gleichung war einfach: Wenn die Soldaten sie nicht fanden und dem Herzog auslieferten, dann könnte er sie auch nicht heiraten. Ihr Heil lag nach wie vor in der Flucht. Es konnte doch nicht allzu schwer sein, den Männern des Herzogs zu entkommen, vor allem, da jene sie nie zuvor zu Gesicht bekommen hatten. Eine Entscheidung allerdings war sofort zu fällen: Sie musste sich von dem Vollblut trennen. »Ferrante, hör mir zu! Mein Araber soll dir gehören, wenn du uns hilfst. Was sagst du dazu? Sind wir im Geschäft?«

Ein kurzes Leuchten zog bei ihren Worten über sein Gesicht. Dieses herrliche Vollblut war eines Königs würdig. Er wusste das. Doch seine Freude währte nur kurz, das Leuchten erlosch. »Nun ja«, meinte er. »Ich würde behaupten, dass es ein ziemlich schlechter Tausch wäre. Nicht für mich, sondern für dich. Andererseits …«, Ferrante kratzte sich am Kinn, »… ist sein Besitz für mich mit einem deutlichen Risiko verbunden. Man sucht nach diesem Tier. Sollte man es bei mir finden, riskiere ich nicht weniger als den Strick. Hast du es dem Herzog gestohlen?«

»Nein, meinem Bruder Piero. Er war es, der mich an den Herzog verkauft hat. Er ist ein Trinker und ein Spieler und ein schlechter Reiter. Der Araber war viel zu gut für ihn.« Das fragliche Rassepferd hatte sich an Emilia herangepirscht und knabberte an ihrem Ärmel. Ambra hingegen hatte sich im Schatten einer mächtigen Eiche niedergelassen und hielt Siesta. »Du hast recht«, sagte Emilia zu dem Araber und strich ihm über die weichen Nüstern. »Wir sollten ins Lager zurückkehren.«

Ferrante verharrte unschlüssig. Im Dorf schlug die Kirchenglocke und löste ihn aus seiner Starre. Er holte die Stute, die verdrossen schnaubte, da sie ihr weiches Plätzchen aufgeben musste. Gemeinsam kehrten sie zum Lager zurück. Sofort wurde Ferrante von Männern belagert, die gestikulierend in ihrer Sprache auf ihn einredeten. Angesichts dieses Aufruhrs hielt es Emilia für angebracht, sich unauffällig zu verziehen. Sie wollte ohnehin nach Serafina sehen. Nicht wenige böse Blicke folgten ihrer schmalen Gestalt. Sie traf ihre Freundin weiterhin schlafend an und beschloss stattdessen, dem kranken Tiger einen Besuch abzustatten. Kurz hatte sie befürchtet, dass Ferrante jemanden bei ihm zurückgelassen haben könnte. Doch jedermann war mit den letzten Vorbereitungen für die Vorstellung beschäftigt. Anschwellendes Stimmengemurmel und laute Kinderrufe kündigten die ersten Zuschauer an.

Einer aber hielt Wache: Paridi. Dem mächtigen gelb-schwarz gestreiften Tier bei seinem heilsamen Schlaf zuzusehen übte auf Emilia eine seltsam beruhigende Wirkung aus. Sie kletterte auf den Wagen, häufte etwas Stroh zusammen und machte es sich darin wie in einem Nest bequem. Paridi leistete ihr sofort Gesellschaft, indem er sich an ihrer Seite zusammenrollte.

Eine Fanfare setzte schmetternd ein, die Vorstellung begann. Ferrantes weithin tönende Stimme erhob sich in die Lüfte und kündigte eine fantastische Darbietung wagemutiger Feuerschlucker an. Trommelwirbel, Klatschen, Musik, staunende »Ahhs« und »Ohhs« und Hochrufe wechselten sich in rascher Folge ab. Doch die Lust, sich die Vorführung anzusehen, war Emilia gründlich vergangen.

Sie konnte sich nicht erklären, wie es hatte passieren können, jedenfalls erwachte sie erst wieder, als Serafina sie mit einem sanften Rütteln weckte. Der Tag war der Dämmerung gewichen, und der frühe Abend wahrte die Hitze des Tages. Trotzdem hatten die Zigeuner ein Feuer entfacht. Das fahrende Volk war nun unter sich. Eine Geige spielte, und eine heisere Frauenstimme sang ein Lied von herzzerreißender Traurigkeit. Emilias verwirrter Gesichtsausdruck entlockte Serafina ein Lächeln. Sie hatte eine Öllampe mitgebracht und stellte sie auf dem Boden neben dem Wagen ab.

»Hast du schon mit Ferrante gesprochen?«, erkundigte sich Emilia. Serafina verneinte und erklärte, dass sie sofort nach dem Tiger habe sehen wollen und dabei über sie gestolpert sei.

»Dann weißt du also noch nichts von den Soldaten?«

»Welchen Soldaten?«, wiederholte Serafina verständnislos.

»Sechs Soldaten des Herzogs von Pescara sind im Lager aufgetaucht und haben sich nach mir erkundigt.«

»Die Soldaten des Herzogs suchen nach dir? Bist du dir da ganz sicher?«

Emilia nickte unglücklich. Serafina knetete ihre Lippe. »Hm, es bedeutet, dass der Herzog dich weiterhin heiraten möchte, obwohl du ihn durch dein Verschwinden brüskiert hast. Seltsam. Der Herzog hätte doch ohne Aufsehen von seinen Heiratsabsichten Abstand nehmen können. Wie seid ihr die Soldaten wieder losgeworden?«, erkundigte sich Serafina als Nächstes.

»Ferrante hat die Männer auf eine falsche Fährte geschickt.«

»Tatsächlich? Wann war das genau?«

»Kurz nachdem du dich schlafen gelegt hast.«

»Also vor vier Stunden. Fragt sich, wie lange es dauert, bis die Männer ihren Irrtum bemerken und zurückkehren. Komm, wir sollten Ferrante suchen.« Doch sie hielt mitten in ihrer Bewegung inne. Mit einem kleinen Unmutslaut holte sie scharf Luft: »Verflixt, das bedeutet, dass Ferrante jetzt auch weiß, dass wir Frauen sind!«

»Zumindest von mir. Und ja, ich gebe es zu: Das Pferd und der Sattel haben uns in die Tinte geritten. Die Soldaten haben sie bei meiner Beschreibung erwähnt. Ferrante hat sofort eins und eins zusammengezählt.«

Großzügig ging Serafina darüber hinweg, ihre Freundin erneut über ihren Fehler zu belehren. Stattdessen sagte sie: »Wir sollten sofort aufbrechen. Los, komm.«

»Aber es ist schon dunkel!«, erwiderte Emilia etwas zu hastig.

»Warum so verzagt, *amore*? *Die Sterne und der Mond werden uns leuchten,* falls ich deine Worte richtig zitiere. Oder hält dich hier etwas zurück?« Sie musterte ihre Freundin, die sich vergeblich um ein gleichmütiges Gesicht bemühte, und begriff. »So ist das ... Der schöne Ferrante hat es dir also angetan? Ich muss schon sagen, das hat nicht lange gedauert, bis du die Vorzüge des männlichen Geschlechts für dich entdeckt hast.« Serafina wirkte eher amüsiert. Aus Richtung des großen Lagerfeuers näherte sich ihnen nun ein schwankendes Licht. Ferrante. »Wenn man vom Teufel spricht«, murmelte Serafina kaum hörbar. Hinter ihm trippelte Babu, der Negerjunge. Auf seiner Schulter turnte das unvermeidliche Kapuzineräffchen.

Der Ägypterfürst hob die Lampe an. »Da seid Ihr ja. Ich habe geahnt, dass ich Euch hier antreffen würde. Wie geht es meinem Freund?« Er brachte das Licht nahe an die Gitterstäbe. Der Tiger regte sich nicht.

»Es geht ihm gut. Er schläft noch immer, aber es ist ein heilsamer Schlaf. Je später er erwachen wird, umso besser wird es für seine Genesung sein«, erklärte Serafina.

»Ich danke Euch.« Er verneigte sich vor Serafina auf orientalische Art, indem er beide Arme vor der Brust verschränkte. »Kommt nun. Meine Mutter lädt Euch an ihr Feuer ein.« Er ging ihnen voran. Nach wenigen Schritten bemerkte er, dass sie ihm nicht nachfolgten, und kehrte zurück. Eindringlich sagte er: »Seid ohne Furcht, Euer Geheimnis ist bei mir wohlverwahrt. Aber wenn Ihr jetzt sofort verschwindet, werden wir Argwohn erwecken. Wartet bis eine Stunde vor Morgengrauen. Ich werde Wache halten und Euch wecken.« Widerstrebend fügte sich Serafina seinem Vorschlag.

Emilia schob den Herzog und seine Mutter in Gedanken vorerst beiseite. Sie lief hinter Ferrante her und kam nicht umhin, seine kraftvolle Gestalt zu bewundern.

Als spürte er ihre im Rücken auf ihn gerichteten Augen, wandte der Mann sich um und sandte ihr einen glühenden Blick. Die Erinnerung an ihre leidenschaftliche Umarmung trieb Emilia sofort die Hitze in die Wangen.

Sie erreichten das Lagerfeuer. Die gesamte Sippe hatte sich daran im Kreis niedergelassen, nur einige Mütter mit kleinen Kindern hatten sich bereits zur Ruhe begeben.

Ihre Ankunft brachte die Rangordnung am Feuer durcheinander. Cesira verlangte durch eine herrische Geste, dass ihre beiden

Gäste sich rechts und links von ihr setzen sollten. Der Ägypter-fürst wiederum nutzte die hervorgerufene Verwirrung ihrer Ankunft. Er zog Emilia kurz an sich, seine heißen Lippen streiften ihr Ohr und flüsterten der Erschauernden ein einziges, verheißungsvolles Wort zu: »Später …«

Cesira war wie ausgewechselt und die Liebenswürdigkeit in Person. Sie sorgte dafür, dass Serafina und Emilia die zartesten Stücke des gegrillten Fasans erhielten, und kredenzte ihnen kleine Würstchen, scharf wie die Hölle. Beide Frauen lehnten den Wein ab, der ihnen angeboten wurde. Serafina zog den mit Honig gesüßten Kräutertee vor, dem Cesira selbst zusprach. Emilia fühlte sich derart erhitzt, dass sie den ganzen Abend über nur Wasser trank. Babu hatte sich zu ihrem persönlichen Diener aufgeschwungen. Unaufhörlich füllte er ihren Becher mit Wasser nach, sobald sie nur einen Schluck daraus getrunken hatte.

Nach dem Abendessen erhob sich Ferrante und trat in die Mitte. Der Fürst der Ägypter klatschte zweimal in die Hände, und sofort antwortete ihm lauter Jubel aus vielen Kehlen.

Die Stunde des Tanzes und der Musik war gekommen. Mehrere Männer zogen ihre Geigen hervor. Die jungen Mädchen, rassige schlanke Dinger in schulterfreien Blusen und Röcken, die ihre Knöchel sehen ließen, reihten sich um das Feuer auf. Ihre geschmeidigen Körper begannen sich aufreizend zu der Melodie zu bewegen. An Armen und Beinen trugen sie goldene Reifen, die bei jeder Bewegung aneinanderklirrten. Die Schellen der Tamburine in ihren Händen folgten dem Rhythmus der Musik. Schneller und schneller drehten sich ihre biegsamen Körper und wirbelten wie lebendige Flammen um das Feuer. Sie steigerten sich in einen Sinnenrausch hinein, der sein Echo in den anwesenden jungen Männern fand. Bald waren Tänzerinnen und Musiker in Schweiß gebadet. Immer weiter peitschte die Musik sie voran. Die Sinnlichkeit, die von den jungen, tanzenden Frauen ausging, schien beinahe greifbar zu sein. Auch Emilia wurde von einer unbestimmten Sehnsucht erfasst. Ihr Leib glühte, aber nicht vom nahen Feuer. Am liebsten wäre sie selbst aufgesprungen und hätte sich den Tänzerinnen angeschlossen. Sie hob den Kopf und begegnete dem brennenden Blick Ferrantes. Die fordernde Leidenschaft, die aus seinen Augen sprach, ließ sie erschauern. Sie fühlte sich unter diesem Ansturm schwach und schwindlig. Jäh verstummte die Musik, und die Tänzerinnen sanken ermattet zu Boden. Einzelne Männer erhoben sich und fielen wie Jäger über ihre Beute her. Das Feuer erglühte ein letztes Mal in der Nacht und erlosch. Vielfaches Seufzen erklang in der Dunkelheit.

Serafina fasste Emilia am Arm. »Komm«, sagte sie. »Das ist kein Schauspiel für uns.«

Nur widerstrebend folgte ihr Emilia. Sie konnte sich kaum auf den Beinen halten. Weder Müdigkeit noch Erschöpfung hatten sie erfasst, allein die Begierde nach dem Unbekannten ließ sie taumeln. Sie bemerkte, dass auch Serafina nicht dagegen gefeit schien. Wie zwei sich aneinanderklammernde Betrunkene schwankten sie davon. Doch Emilia irrte. Nicht Begierde hatte Serafina erfasst, sondern sie befand sich tatsächlich am Rande der Erschöpfung. Sie selbst fand dies umso verwunderlicher, da sie am Nachmittag einige Stunden lang geruht hatte. Vor dem Wagen angekommen, erklärte Serafina trotz ihrer Müdigkeit: »Geh du schon einmal vor, und lege dich schlafen. Ich muss noch einmal nach dem Tiger sehen.« Sie stolperte in die Dunkelheit davon.

Emilia blieb unschlüssig stehen. Das Letzte, wonach es sie jetzt verlangte, war zu schlafen. Eine unbekannte Energie pulsierte durch ihre Adern, und sie fühlte etwas völlig Neues in sich, für das sie keine Erklärung fand. Unschlüssig wandte sie sich um und suchte mit ihren Augen nach der Stelle, wo das Feuer in seiner erlöschenden Glut verging – dort, wo ineinander verschlungene Körper sich im Rhythmus der Liebe wiegten.

Plötzlich fiel ein Schatten auf sie, und eine große Hand legte sich auf ihren Mund. »Fürchte dich nicht. Komm!«, flüsterte eine Stimme. Ferrante schlang seinen Arm um ihre Taille und zog sie mit sich fort in den nahen Wald. Am Fuß einer Eiche sank er mit ihr in das weiche Moos. Leidenschaftlich umfing er ihren jungen, zarten Körper, und sein Mund senkte sich auf den ihren. Endlich begriff Emilia, worauf sie unbewusst gewartet hatte: Sie hatte dieser Begegnung entgegengefiebert, seit Ferrante sie am Lagerfeuer an sich gepresst hatte. Ihr Kuss wollte kein Ende nehmen, sie umschlangen sich und erforschten einander. Niemals hätte Emilia geglaubt, dass die Liebe gleichzeitig so süß und wild sein konnte. Längst hatte Ferrante mit kundigen Händen ihre Jacke und ihr Hemd geöffnet, das ihr über die Schultern glitt. Emilia spürte den zarten Windhauch, der ihre nackte Haut streichelte. Sie erschauerte. Schon wickelte Ferrante die Bänder auf, die Emilia fest um ihre Brust geschlungen hatte, um die verräterische Wölbung ihres Busens zu verbergen. Von der Hüfte aufwärts an nackt, kniete sie vor ihm. Ferrante hielt einen Moment inne und verschlang ihre vollkommenen Formen. Ihre hohen Brüste mit den kleinen roten Knospen reckten sich Ferrante keck entgegen. Ferrantes Mund nahm die Einladung an, und seine Zunge kostete ausgiebig ihre Süße, während seine Hände die zarte Haut ihres Rückens hinabfuhren, in die Hose eintauchten und wundervolle Rundungen erforschten. Seine Zunge wanderte weiter über Emilias Brüste und ihren Hals und hinterließ eine brennende Spur. Er ließ kurz von ihr ab, um sich selbst seiner Kleider zu entledigen. Nackt stand er dann vor ihr.

Emilia hatte sich aufgerichtet und betrachtete ohne Scham Ferrantes Körper im Licht des Mondes. Wie schön er war, dieser erste Mann ihres Lebens! Sie hatte ihn sich selbst gewählt. Ohne ihn aus den Augen zu lassen, zog Emilia ihre eigenen Reithosen aus und entblößte ihre weißen Beine und Hüften und sank zurück ins weiche Moos. Mit einem erstickten Keuchen fiel Ferrante neben sie auf die Knie. Seine Hand zitterte, als er Emilias Bein berührte und sie dann langsam bis zu ihrem Schenkel hinaufwandern ließ. Emilia stöhnte und wölbte sich ihm entgegen. Auch sie berührte ihn nun, erforschte den Mann und wagte bald eine kühnere Liebkosung. So also fühlte es sich an, dachte sie staunend. Wie Seide, in feste Form gegossen. Ferrante stieß einen ersticken Laut aus, dann senkte er sich auf sie. Fordernd drängte sie sich an ihn, umschlang ihn, öffnete sich ihm …

Jäh verwandelte sich alles in einen furchtbaren Albtraum. Ferrante wurde von einer unsichtbaren Hand emporgeschleudert und fortgerissen. »Ich hatte dich gewarnt, Ferrante. *Sie* ist nicht für dich bestimmt!«, ertönte eine zornige Stimme. »Willst du dein gesamtes Volk ins Unglück stürzen?« Cesira stand aufrecht wie der Fels der Gerechtigkeit vor ihnen. Ferrante hockte als zusammengefaltetes Häufchen im Gras – was ihn immerhin auf gleiche Augenhöhe mit seiner Mutter brachte. Nur kurz vermochte er, ihrem schwarz funkelnden Blick standzuhalten, dann senkte er zum Zeichen der Kapitulation die Augen.

»Oh, ihr Männer …«, keifte Cesira, und in ihrer Wut wurde die Zwergin zur Riesin. »Immer nur denkt ihr mit dem Unterleib, und wenn es nicht das ist, dann setzt ihr die Welt in Flammen. Los, verschwinde, du Narr!« Völlig entgeistert erlebte Emilia, wie der stolze und leidenschaftliche Ferrante, der ihr eben noch glühende Worte der Liebe ins Ohr geflüstert hatte, seine Kleider einsammelte und sich wie ein geprügelter Hund davonschlich. Sein Verhalten schien ihr ebenso unbegreiflich wie feige und verstörte sie.

»Nun zu uns beiden, Mädchen.« Cesira legte ihre verschrumpelte Hand auf Emilias Kopf. Emilia wurde von dem starken Kräuterduft, der ihr dabei in die Nase stieg, beinahe betäubt. Sie spürte die Gefahr, die von der winzigen Greisin ausging, doch ihr Körper versagte ihr den Dienst. Unfähig zu fliehen, verharrte sie auf der Stelle – wie ein Kaninchen, das von einem Falken gestellt worden war.

Cesiras schwarzer Blick kroch wie ein eisiger Hauch über Emilias nackte Haut. Trotz der lauen Nachtluft begann sie zu zittern. Die Alte taxierte sie wie ein Händler, der den exakten Wert eines Gegenstandes erkunden wollte. Dann tauchten ihre Augen in Emilias ein und zwangen sie in ihren Bann. Irgendetwas Merkwürdiges passierte jetzt mit ihrer Umgebung. Die Welt rückte von ihr ab und verlor an Konturen. Plötzlich schoss ein heißer Strahl durch ihren Körper, und eine verführerische Stimme schwebte aus dem Dunkel auf sie zu. Sie rief sie zu sich und versprach Erfüllung. Es war wie in ihrem Traum, und es war falsch! Emilia begriff, dass sie sich selbst aufgeben würde, wenn sie dieser Stimme erliegen würde. In einem puren Akt des Willens schloss sie ihre Augen und brach den Bann. Die Hitze zog sich mit einem klagenden Ruf zurück, und die Welt rückte wieder an ihren angestammten Platz. Keuchend kniete Emilia im Moos, als hätte sie einen schnellen Lauf hinter sich.

Die Zwergin hatte genug gesehen. Ein unergründliches Lächeln umspielte ihre Lippen. Sie bückte sich und warf Emilia ihre Kleider zu. »Zieh dich an, Mädchen.«

Emilia kam dieser Aufforderung nur zu gerne nach.

Cesira verfolgte aufmerksam jede ihrer Bewegungen. »Du bist schön, Mädchen, gefährlich schön«, sagte sie mit ihrer brüchigen Stimme. »Viele Männer werden dich begehren. Doch nimm dich in Acht, denn auch du begehrst die Männer. Du bist bis ins Mark ein Weib, und dein Körper ist für den Altar der Liebe wie geschaffen. Doch nur einem bist du bestimmt. Für ihn musst du dich bewahren.«

Cesiras Worte weckten Emilias Kampfgeist und rissen sie aus ihrer Lethargie. Anscheinend hatte sich die halbe Welt verschworen, sich in ihr Leben einzumischen!

»Ich schulde Euch Dank für Eure Gastfreundschaft, Signora Cesira. Aber mein Leben muss Euch nicht kümmern! Ich bewahre mich, für wen *ich* will. Und nun wünsche ich Euch eine gute Nacht.« Mit aller Würde, derer sie unter diesen Umständen fähig war, kehrte sie ihr den Rücken und schritt mit hocherhobenem Kopf davon.

Cesira sah ihr nach, bis ihre aufrechte Gestalt von der Dunkelheit verschluckt wurde. »Vielleicht, vielleicht aber auch nicht«, murmelte sie kichernd. Dann nahm sie ihren mit Kräutern gefüllten Korb auf und verschmolz mit den Bäumen.

Emilia hatte kaum den ersten Wagen des Lagers erreicht, als sie schon von zwei kräftigen Armen gepackt wurde. Sie gehörten Ferrante. Er war nicht allein. Der Stallbursche trat aus dem Schatten und hielt Emilias brave Stute Ambra am Zügel. Hinter Ferrante tauchten die Umrisse eines Maultiers auf. Eine in sich zusammengesunkene Gestalt kauerte darauf. Emilia brauchte einige Sekunden, um zu erkennen, dass es sich um ihre Freundin Serafina handelte. »Was ist mit meinem Begleiter?«, rief sie erschrocken.

»Schscht«, machte Ferrante und legte den Finger an ihre Lippen. Er sprach leise mit ihr, da er nicht wollte, dass der Bursche ihrem Gespräch lauschen konnte. »Ich weiß jetzt, dass auch dein Begleiter eine Frau ist. Ich konnte deine Gefährtin nicht wach bekommen und habe sie daher auf dem Sattel festgebunden. Ich vermute, meine Mutter hat ihr einen Schlaftrunk verabreicht. Sie hat euch verraten. Ich habe zu spät bemerkt, dass sie einen ihr ergebenen Mann den Soldaten des Herzogs hinterhergesandt hat. Sie werden in längstens zwei Stunden hier sein. Ihr müsst sofort aufbrechen. Haltet euch von der Hauptstraße fern.« Ferrante verhielt sich wieder wie ein befehlsgewohnter Anführer. Träumte sie, oder hatte die demütigende Szene vorhin nicht stattgefunden?

Ferrante erriet ihre Gedanken. »Ich weiß, meine Schöne«, flüsterte er, und seine Lippen streiften ihre Schläfe. »Aber mir blieb keine Wahl. Mutter hätte sonst Verdacht geschöpft, dass ich Vorkehrungen getroffen habe, euch beide noch diese Nacht von hier fortzuschicken. Verzeih, wenn ich dich verletzt haben sollte. Ich war schwach. Anstatt dich gleich gehen zu lassen, wollte ich dich wenigstens einmal besitzen.« Er riss sie in seine Arme, presste sie an sich und küsste sie ein letztes Mal. Dann ließ er sie abrupt los und hob sie in den Sattel. Er nahm die Zügel von Serafinas Maultier und übergab sie Emilia.

Der Ägypterfürst, eben noch fest entschlossen, sie wegzuschicken, zögerte plötzlich. Er hielt sie zurück, indem er ihr seine Hand auf das Bein legte. »Ich würde mit dir kommen, Liebste, doch das hieße, mein Volk im Stich zu lassen. Ich wünsche dir, dass du findest, was dein Herz begehrt. Adieu, mein Lieb!«

Dann waren sie fort. Ferrante verharrte noch geraume Zeit auf der Stelle. Seit Ewigkeiten war wieder ein Gefühl in ihm erwacht, von dem er lange nicht gekostet hatte; er hatte geglaubt, es für immer verloren zu haben.

»Dein Schicksal möge sich erfüllen«, flüsterte er und ging, um nach seinem Tiger Anil zu sehen.

Doch der Gott des Windes war fort, sein Käfig leer.

IV

Wie von Ferrante geraten, mied Emilia die Straße. Sie folgte dem Verlauf des Waldsaumes in Richtung Osten und stieß auf einen alten Weg, der diese Bezeichnung kaum verdiente. Gespickt mit vielen natürlichen Hindernissen, wand er sich langsam zur alten Römerstraße hinab. Trotz der sternenklaren Nacht war es mühsam, den Pfad zwischen Felsen und Gestrüpp zu erkennen. Zudem wurde er zunehmend abschüssig. Eine halbe Stunde später geschah es: Eine versteckte Mulde wurde ihrer Stute Ambra zum Verhängnis. Das Pferd strauchelte. Angstvoll wiehernd, schlug es mit dem Kopf um sich, im verzweifelten Versuch, festen Halt zu finden. Emilia ließ instinktiv die Zügel schießen, klammerte sich an seinen Hals und konzentrierte sich darauf, im Sattel zu bleiben. Buchstäblich im letzten Moment entkamen Pferd und Reiterin einem verhängnisvollen Sturz. Mit klopfendem Herzen stieg Emilia ab und suchte zunächst, ihr Pferd zu beruhigen. Sie beschloss, den Weg von nun an zu Fuß fortzusetzen. Zunächst aber musste sie das Maultier suchen, das ohne jeden Sinn für das sich abspielende Drama das Weite gesucht hatte. Emilia hatte einen Verdacht, wo sie es finden würde. Kurz zuvor hatten sie eine kleine Quelle passiert, an der büschelweise saftiges Gras wuchs. Ferrantes Maultier war auffällig verfressen, kein Grashalm, an dem es nicht zupfte. Tatsächlich fand Emilia es genau dort: friedlich im Mondlicht grasend, ein grauer Fleck am Rande der Quelle. Emilia schüttelte den Kopf. Selten war ihr eine hässlichere Kreatur begegnet. Das Tier besaß einen viel zu großen Kopf für seinen mageren Rumpf, und das struppige Fell war an vielen Stellen kahl. Dazu schielte es zum Fürchten. Es ließ sich durch Emilias Ankunft nicht bei seiner nächtlichen Mahlzeit stören. Die auf ihm festgebundene Serafina wippte bei jeder seiner Kopfbewegungen gefährlich auf und ab.

»Da bist du ja, du Vielfraß!« Emilia näherte sich ihm und hielt ihm eine Rübe entgegen, die sie noch in ihrer Tasche gefunden hatte. Das Maultier schielte zwar begehrlich darauf, doch es fiel nicht darauf herein. Kaum hatte sich Emilia ihm auf wenige Schritte genähert, wich es genauso weit zurück. Zwischendurch rupfte es noch rasch ein Maul voll Gras. Sie spielten das Spiel eine Weile, dann setzte sich Emilia resigniert an die Quelle und wartete, bis das Maultier von alleine kam. Sie zog ein Stück Brot und eines der höllenscharfen Würstchen aus der Vorratstasche, die ihr Ferrante mitgegeben hatte. Das Maultier hob sofort den Kopf, schnupperte und stieß einen entzückten Laut aus. Mit schleifenden Zügeln trabte es heran und bettelte Emilia treuherzig wie ein Hund an. »So ist das also. Du magst die Wurst!« Emilia bot sie ihm an. Es schnappte danach und kaute genießerisch mit geschlossenen Augen. Emilia griff hurtig nach den Zügeln. Geschafft. Sie sah nach Serafina und fand ihren Zustand unverändert.

Den Rest der Nacht führte sie die beiden Tiere am Zügel. Der Pfad hatte sich irgendwann im Nirgendwo verloren. Fluchend schlug sie sich weiter querfeldein, mitten durch ein stacheliges Gestrüpp, stolperte über eine Böschung, und plötzlich lag die alte Römerstraße vor ihr. Jetzt würde sie auf den großen Pflastersteinen der Via Salaria marschieren, jeder Warnung zum Trotz! Seit sie das Zigeunerlager verlassen hatte, fühlte sich Emilia seltsam frei und lebendig – als wäre ein Bann von ihr abgefallen. Entschlossen führte sie die beiden Tiere auf die Straße und saß auf. Alles ging gut. Bis auf zwei Trunkenbolde, die sich schon weithin grölend ankündigten, begegnete Emilia keiner Menschenseele.

Allerdings bereitete ihr Serafinas Zustand zunehmend Sorgen. Unvermittelt tauchte ein mächtiger Schatten aus dem Dunkel vor ihr auf. Emilia erschrak sich beinahe zu Tode, dann aber lachte sie. Sie hatte Paridi erkannt. Das Mondlicht hatte die Gestalt des Katers grotesk vergrößert zurückgeworfen. Schmeichelnd strich er um sie herum, als wollte er sagen: Was soll die Aufregung? Mit hocherhobenem Schwanz setzte er sich sodann an die Spitze der kleinen Karawane.

Eine Stunde später begann sich der Horizont im Osten langsam zu röten. Der fünfte Tag seit Beginn ihrer Flucht brach an. So viel hatte sich ereignet, dass es Emilia schien, als wären inzwischen Wochen seit ihrem Aufbruch aus Santo Stefano vergangen.

Mit dem heraufdämmernden Tag wurde es Zeit, sich nach einem geeigneten Versteck umzusehen. Am Fuße eines bewaldeten Hügels konnte Emilia die Schemen zweier windschiefer, aneinandergedrängter Gehöfte ausmachen. Hinter einem der Fenster flackerte Kerzenlicht. Emilia beschloss, ein Stück in Richtung Nordosten weiterzureiten, um das Gehöft hinter sich zu lassen. Als Ziel hatte sie einen lang gezogenen Hügel erkoren, auf dem sich der Schatten eines größeren Waldes abzeichnete. Gleichzeitig würde sie von der höher gelegenen Lage aus das Kommen und Gehen auf der Straße verfolgen können. Sie erreichte den Saum des Waldes. Die Stämme waren hoch und mächtig, eine dunkle Phalanx, die dem Menschen noch trotzte. Rasch führte sie Pferd und Maultier zwischen den ersten Bäumen hindurch. Der Tag kündigte sich jetzt mit aller Macht an, doch im Inneren des Waldes herrschte Zwielicht. Die hohen Kronen schirmten mit ihrem weitverzweigten Geäst den Himmel wie ein Dach ab, als wollte der Wald seine Mysterien vor ihm verbergen. Aus Richtung der einsamen Gehöfte durchbrach das heisere Krähen eines Hahnes die Stille des alten Waldes. Irgendwo erklang der helle Schrei eines Bussards.

Emilia drang in den Wald ein, dessen Geäst sich kaum mit dem ersten Grün des Laubes gefärbt hatte. Die Stute folgte ihr willig nach, doch das verflixte Maultier schien für Wald und Baum nichts übrig zu haben. Es bockte nach wenigen Metern und weigerte sich, auch nur einen Schritt weiterzugehen. Fluchend legte sich Emilia in die Zügel und zog das Tier mühsam Meter für Meter hinter sich her. Sie hatte vielleicht fünfzig Meter geschafft, als ihre Ohren das Plätschern von Wasser vernahmen. Sie hielt direkt auf das Geräusch zu. Fast wäre sie in den kleinen Bach hineingefallen, so schmal und verloren zog er sich zwischen den Bäumen hindurch. Emilia ließ die Zügel des Maultieres fahren, kniete sich hin und tauchte kurz ihre wunden Hände hinein. Dann eilte sie zu Serafina. Mühsam knüpfte sie den rauen Strick los, den Ferrante um Taille, Hände und den Sattelknauf geschlungen hatte. Ihre Freundin reagierte zwar und öffnete sogar kurz die Augen, doch der Ausdruck darin blieb traumverloren. Emilia musste allerhand Mühe aufwenden, um Serafina aus dem Sattel zu heben. Zum Schluss entglitt sie ihr doch, und sie plumpsten gemeinsam in das knöcheltiefe Laub. Serafina ließ sich auch dadurch nicht stören. Emilia verfluchte im Stillen Cesira, die ihr ein wahres Höllengetränk verabreicht haben musste.

Mit der Pferdedecke improvisierte sie eine Lagerstatt unter einer riesigen Pappel und bettete Serafina darauf.

Stute und Maultier löschten inzwischen ihren Durst am Bächlein. Emilia trank ebenfalls. Ihr Körper fühlte sich an wie gerädert, aber sie konnte sich keinen Schlaf gönnen. Sie durchstöberte die Satteltaschen und entdeckte neben dem Vorrat an scharfen Würstchen zwei Fladen Brot und mehrere verschrumpelte Äpfel. Hungrig verschlang sie ein wenig Brot und einen Apfel. Nach diesem schnellen Frühstück band sie die Stute und das Maultier sorgsam an je einem Baum fest. Diese Vorsichtsmaßnahme war nötig, da ihre gutmütige Stute zwar mit dem Maultier fraternisiert hätte, doch das störrische Vieh nicht mit ihr. Dann eilte sie zurück zu der Stelle, an der sie den Wald betreten hatte, und legte sich auf die Lauer. Sie hatte die Stelle gut gewählt. Der Verlauf der Straße war von hier aus auf mindestens zweihundert Meter Länge einsehbar. Paridi sondierte das Terrain und setzte dann zu einer wilden Jagd rund um die Bäume an. Er verfolgte einen imaginären Feind, schlug verrückte Haken und stoppte dann abrupt ab. Plötzlich stob der Kater davon, tiefer in den Wald.

Emilia hatte Paridis Treiben verfolgt, aber trotz seiner Kapriolen die Straße nicht aus den Augen verloren. Ihre Beharrlichkeit wurde belohnt. Ein Reitertrupp näherte sich von Osten her in raschem Galopp. Bestimmt war er auf dem Weg zurück ins Zigeunerlager. Emilia zählte sechs Pferde. Trotz der Entfernung konnte sie die rot-schwarzen Uniformen der herzoglichen Soldaten unterscheiden. Am liebsten hätte sie ihren Vorsprung genutzt und wäre sofort aufgebrochen. Die Soldaten vermuteten sie nicht in ihrem Rücken. Doch Serafina schlief noch immer, und Emilia bezweifelte, dass sie es allein schaffen würde, ihre Freundin auf das Maultier zu hieven. Trotzdem wollte sie es versuchen.

Sie rappelte sich gerade auf, als jemand ihre Schulter berührte. Instinktiv rollte sie sich weg, zog blitzschnell ihren Degen, und der Schultertipper fand sich unversehens mit der Degenspitze an der Kehle wieder. Es war Serafina! Mehr verblüfft als erschrocken, blinzelte sie auf den kalten Stahl an ihrem Hals hinab. Emilia ließ sofort den Degen fahren und fiel ihrer Gefährtin stürmisch um den Hals. Dann blickte sie in das verwirrte Gesicht ihrer Freundin und begriff, dass diese noch Zeit brauchte, um in die Wirklichkeit zurückzufinden.

»Ich habe geschlafen …«, stammelte Serafina und sah sich mit einem verwirrten Ausdruck um, fragte sich sichtlich, wie sie hierherkam. »Oh Gott«, stöhnte sie. Ihr Kopf schmerzte, ihre Kehle brannte, und die Zunge in ihrem Mund fühlte sich an wie ein fremdes, pelzartiges Wesen.

Emilia gab sich die Schuld. Sie hatte ja unbedingt die Bekanntschaft der Zigeuner machen wollen, und Serafina büßte nun Cesiras Trank, der eigentlich für sie bestimmt gewesen war. »Weißt du was? Du brauchst jetzt einen Tee.« Sie machte sich sofort daran, ein kleines Feuer zu entfachen.

An einen Baum gelehnt und mit Kräutertee versorgt, lauschte Serafina Emilias Bericht. Als Emilia ihr von dem Schlaftrunk berichtete, den Cesira ihr verabreicht hatte, schnaubte sie entrüstet. »Was für eine Gemeinheit! Und das alles für ein wenig Gold. Und doch finde ich ihren Verrat merkwürdig ...« Serafina brach ab, als müsste sie ihre weiteren Worte abwägen. Schließlich führte sie ihren Gedanken zu Ende. »Irgendetwas passt hier nicht zusammen.«

»Was soll an Verrat merkwürdig sein? Er ist eine ansteckende Krankheit, die irgendwie alle zu befallen scheint, sobald Gold in greifbare Nähe rückt. Denk an Piero.«

»Das ist es gerade, was ich meine. Ich denke nicht, dass Ferrantes Mutter es wegen der Belohnung getan hat. Für diese Frau hat Gold keinerlei Bedeutung.« Kategorisch schüttelte Serafina den Kopf.

»Aber welches Motiv sollte sie sonst gehabt haben?«

Ihre Freundin antwortete nicht sofort, sondern starrte in die glimmende Glut. »Ich weiß es nicht. Um ehrlich zu sein, hatte ich eher den Eindruck gewonnen, dass Cesira dir wohlgesinnt war ... Seltsam, dass ich mich derart in ihr geirrt haben soll«, murmelte sie. »Nun gut, es ist, wie es ist, und wir sind hier.« Sie sah sich zum ersten Mal richtig um. Dabei blieb ihr Blick an dem klapperdürren Maultier hängen, das seinen Kopf genießerisch an dem Baumstamm rieb, an dem es festgebunden war. Eben riss das Vieh mit seinen großen gelben Zähnen einen langen Streifen Rinde ab. Mit konzentriertem Ausdruck kaute es darauf herum. Sein Tun entlockte Serafina ein Grinsen. »Unglaublich! Es frisst Holz. Was für ein trauriger Ersatz für unser prächtiges Vollblut, aber was für ein Gewinn für unseren schönen Zigeunerfürsten. So hat er sich also gegen Cesira gestellt und uns geholfen. Erstaunlich ...«

Emilia glaubte nicht, dass ihr Serafinas begleitendes Lächeln gefiel. »Was heißt hier erstaunlich?«, entgegnete sie etwas zu schnell und konnte ein Erröten nicht verhindern. Natürlich hatte sie bei ihrem Bericht die beschämende Szene im Wald unterschlagen.

»Sonst hast du mir nichts zu erzählen?«, erkundigte sich diese nun gedehnt.

»Also gut, du Quälgeist«, gab Emilia nach. »Es gibt ein *und* …
Kannst du dich noch erinnern, wie du vor dem Schlafengehen
nach dem kranken Tiger sehen wolltest?«

»Ja, wenn auch verschwommen. Als Nächstes bin ich unter
diesem Baum aufgewacht.«

»Ferrante sagte mir, dass er dich auf dem Käfigwagen gefunden hat. Vermutlich war das deine Rettung. Cesiras Komplizen
konnten weder dich noch mich in Ferrantes Wohnwagen finden.
Sie sollten uns bewachen, bis die Soldaten eintreffen würden.«

»Und wo warst du?«

Schuldbewusst senkte Emilia den Kopf.

»Ich verstehe, du warst mit Ferrante im Mondschein *spazieren*«, sagte Serafina gedehnt. »Aber so befand sich niemand von
uns dort, wo er eigentlich hätte sein sollen.«

»Ja, wir haben echtes Glück gehabt. Beinahe wäre unsere
Flucht zu Ende gewesen.« Erst jetzt schien Emilia bewusst zu
werden, wie knapp sie der Bedrohung entronnen waren. Sie
starrte in ihren leeren Becher, als lägen darin alle Antworten
des Universums verborgen. Jäh drängte sich ihr das Bild ihrer un-
wirklichen Begegnung mit Cesira auf. Sie glaubte, noch immer
die kohlschwarzen Augen auf ihrem nackten Körper zu spüren.
Wie seltsam, dachte sie, derart von einer anderen Frau taxiert
zu werden, als wählte sie ein Stück Fleisch für den nächsten
Sonntagsbraten aus. Warum aber hatte die Alte keinen Versuch
unternommen, sie aufzuhalten? Ihr Verhalten musste etwas mit
diesem furchtbaren Moment zu tun haben, als das Fremde versucht hatte, in ihren Geist einzudringen.

»Aber du zitterst ja …!«, rief Serafina erschrocken. Sie griff
nach ihrer Decke.

»Nein, ich friere nicht«, wehrte Emilia sie schwach ab. »Es ist
nur …« Ihre Stimme stockte, brach ab. Wie erklärte man das Unerklärliche?

Serafina rutschte neben sie. Statt der Decke legte sie ihr nun
einen Arm um die Schulter. »Was ist noch geschehen?«, erkundigte sie sich leise.

Statt einer Antwort griff Emilia nach einem Zweig und hielt ihn in die schwelende Glut. Das trockene Holz fing sofort mit einem leisen Zischen Feuer. Genauso hatte es sich angefühlt. Ein fremdes Wesen aus Feuer, das heiß durch ihren Körper strömte.

Serafinas Finger krampften sich unmerklich um ihre Schulter zusammen. Emilias starke Empfindungen schossen durch ihre Hand und teilten sich ihr durch kurze, blitzartig aufflackernde Bilder mit. Für einen Moment konnte sie eine schöne, reife Frau in einem von Kerzen hell erleuchteten Raum erkennen. Sie trug einen barbarischen Kopfschmuck aus Gold. Mit ausgestreckten Händen hielt sie ein Gefäß umfasst, dem ein gleißendes Licht entströmte. Ein weiteres Bild offenbarte Serafina ein blutbeflecktes Messer, auf dessen Scheide sich zuckende Flammen widerspiegelten. Der Rest lag im Dunkel. Serafina wusste von den Gerüchten, dass die Mutter des Herzogs von Pescara in den schwarzen Künsten bewandert sein sollte, hatte dies aber sorgsam vor Emilia verheimlicht. Sie musste tatsächlich über einige Talente verfügen, wie auch Cesira, in der Serafina ähnliche Kräfte gespürt hatte. Nun wurde für sie einiges klar. Die Alte hatte der Meisterin ihre Reverenz erwiesen, indem sie ihr Emilia überließ. Doch beide Frauen hatten sich in Emilia getäuscht. Ihre Freundin hatte sich als stark genug herausgestellt, ihren Versuchungen zu widerstehen. Serafina fixierte das edle Profil ihrer Freundin. »Fürchte nichts, Emilia. Ich weiß, was Cesira bei dir versucht hat. Aber sie hat dich unterschätzt, und du bist noch immer du selbst.«

»Ich hoffe sehr, dass ich noch ich selbst bin, Serafina. Eine solche Erfahrung möchte ich kein zweites Mal machen. Mir ist unbegreiflich, warum all diese Dinge geschehen!«, rief Emilia und sprang auf. »Erst habe ich diesen Traum, und nun dieser seltsame Angriff – wie ein Duell ohne Waffen. Ich kann doch nicht gegen jemanden kämpfen, der gar nicht da ist! Ich habe diese Flucht unternommen, um einer ungewollten Heirat zu entgehen. Mehr nicht. Aber das hier ...«, Emilia machte eine aus-

holende Geste, die Himmel und Erde gleichermaßen mit einschloss, »geht weit über meinen Horizont hinaus.«

Serafina wusste nicht, weshalb, aber sie musste plötzlich an
die Prophezeiung ihrer Großmutter am Tag von Emilias und
Emanueles Geburt denken. »Vielleicht stellt die Hochzeit mit
dem Herzog das kleinere Übel dar? Vielleicht soll es so sein, und
all diese Dinge geschehen nur, weil du dich dagegen sträubst?«,
brachte sie behutsam an. Immerhin hatte sie Erfahrung mit den
Tücken des Schicksals. Es fand immer einen Weg. Auch sie war
ihrer Gabe letztendlich nicht entkommen.

Emilia reagierte ungehalten. »Bist du verrückt geworden?
Niemals!« Sie sah ihre Freundin an, als wäre ihr ein zweiter Kopf
gewachsen. »Ich frage doch nur nach dem Warum. Bis vor ein
paar Tagen war ich nichts weiter als ein unbedeutendes Mädchen vom Land. Dann kommt ein Herzog und erwählt mich
zur Braut. Unversehens werde ich von Soldaten gehetzt, deine
Großmutter erscheint mir im Traum, und schließlich versucht
etwas Ähnliches wie ein Dämon, von mir Besitz zu ergreifen.
Das alles kann kein Zufall sein. Ich werde diesen Teufelskreis
durchbrechen. Ich verspüre nicht die geringste Lust, mich weiter von unbekannten Kräften gängeln zu lassen. Sag mir jetzt,
was du gesehen hast«, forderte Emilia ihre Freundin übergangslos auf.

»Wie? Was meinst du?«

»Bitte, tu nicht so ahnungslos. Du hattest doch vorhin eine
Vision.« Emilia hatte Verständnis für das Zögern ihrer Freundin. »Ich weiß, dass du deine besonderen Kräfte gern für dich behältst, Serafina. Aber mir musst du nichts vormachen. Ich kenne
deine Fähigkeiten. Wir sind mehr als nur Freundinnen, wir sind
Schwestern im Blute. Hilf mir, gegen das Böse zu kämpfen.«

»Woher weißt du, dass es böse ist?«, fragte Serafina leise.

»Weil ich weiß, dass es nicht gut ist!«, erwiderte Emilia leidenschaftlich.

Serafina lenkte ein. »Du hast recht. Ich leugne nicht, dass ich
etwas gesehen habe. Doch dabei hat es sich nicht um eine mei-

ner üblichen Visionen gehandelt.« In wenigen Worten umriss Serafina das, was sich ihrem inneren Auge offenbart hatte. Einzig das blutige Messer unterschlug sie. Manche Dinge blieben besser im Dunkeln.

»Wie sah die Frau aus?« Emilia setzte sich wieder.

»Sie war sehr schön, wenn auch nicht mehr jung. Ich denke, wir beide ahnen, um wen es sich gehandelt haben könnte.«

»Die Mutter meines Bräutigams«, flüsterte Emilia.

Serafina nickte.

»Dann nutzt sie ihre diabolischen Kräfte, um mich zu sich zu rufen?«, sagte Emilia zweifelnd. »Wie soll das gehen, wenn sie mich gar nicht kennt?«

»Das kann ich nicht mit Bestimmtheit sagen. Zauberei ist nichts, was man erklären könnte.«

Emilia schüttelte den Kopf. »Aber warum gerade ich? Hast du dafür eine Erklärung?«

»Ehrlich? Das Einzige, was mir dazu einfällt, ist, dass du ein Zwillingskind bist. Für manche Zauberinnen besitzen diese Kinder eine besondere Bedeutung.«

»Weil ich ein Zwilling bin, soll ich von besonderem Wert sein? Hofft dieses Weib etwa, ich würde ihr die Erben als Duo liefern? Was bin ich? Eine Milchkuh, die jedes Jahr kalben darf?«, empörte sich Emilia und sprang erneut auf. »Wenn deine Annahme stimmt, dann muss dieses Weib wahrhaft wahnsinnig sein. Gebe Gott, dass ich ihr niemals begegne.«

»Beruhige dich, Emilia. Wir werden das verhindern. Aber wir sollten jetzt aufbrechen. Zuvor aber …« Sie erhob sich, fasste nach ihrer Kette und löste sie von ihrem Hals. »Nimm mein Kreuz. Es wird dich vor weiteren bösen Träumen beschützen.«

Emilia starrte auf die Kette. »Du willst mir das Hexenkreuz deiner Mutter überlassen? Nein, das kann ich auf keinen Fall annehmen«, wehrte sie entschieden ab. Sie wich einen Schritt zurück.

»Natürlich kannst du das«, erwiderte Serafina energisch. »Keine Widerrede. Ich brauche es nicht mehr, wirklich. Ab sofort werde ich mich meiner Gabe stellen. Komm her, und dreh dich um.« Serafina befestigte die Kette um Emilias Hals.

Vorsichtig berührte Emilia das kleine Kreuz. »Danke«, flüsterte sie.

Danach packten sie ihre Habseligkeiten und machten sich auf den Weg. Diesmal fiel es ihnen weniger leicht, Begegnungen zu vermeiden. Hinter Avezzano durchquerten sie ein fruchtbares Tal. Sie konnten nur auf ihr Glück vertrauen und darauf, dass sich die Soldaten des Herzogs in dieser Gegend keiner großen Beliebtheit erfreuten. Dies und leider noch viel mehr erfuhren sie von einem mitteilsamen Schäferjungen, der seine Herde über eine der Wiesen trieb. Im Austausch für die scharfen Würstchen teilte er außer seinem würzigen Pecorino-Käse auch sein Wissen mit ihnen. »Glaubt mir«, sagte er und leckte sich die Finger. »Man erzählt sich keine schönen Dinge über den Herzog und seine Gefolgsleute. Alle fürchten sich vor ihm, aber mehr noch vor seiner Mutter.« Er beugte sich vor, spitzte seinen Mund und flüsterte bedeutungsvoll: »Sie ist eine Hexe, müsst Ihr wissen!«

»Und du? Hast du keine Angst vor ihr?«, fragte Serafina lächelnd das dicke Bürschchen mit den roten Backen.

»Warum sollte ich? Ich bin völlig unbedeutend für die Metze. Weder bin ich ein neugeborenes Kind noch ein gut aussehender Jüngling.« Er trug dies mit entwaffnender Unbekümmertheit vor. Doch die ganze Ungeheuerlichkeit dieser Behauptung entfaltete sich erst auf Serafinas Nachfrage, was denn Säuglinge und Jünglinge mit der Herzoginmutter zu schaffen hätten?

»Na ja«, er sah sich misstrauisch um, als vermutete er heimliche Lauscher in der Nähe. Dann beugte er sich zu ihnen vor und meinte verschwörerisch: »Es heißt, dass sie den Ammen ihre Kinder abkauft oder stehlen lässt. Sie braucht die Kleinen für ihre Hexenkünste. Und die Jünglinge …« Er hob die Hände in einer typisch italienischen Geste. »Manche kehren nicht wieder, andere tauchen als Soldaten ihrer Garnison wieder auf. Sie verhext sie, da bin ich mir ganz sicher! Von einem Jungen aus meinem Dorf habe ich es gar aus erster Hand erfahren. Seinem älteren Bruder ist genau dies geschehen. Jetzt ist er Soldat und will seine Familie nicht mehr kennen. Er hat seine eigene Mutter halb totgeprügelt, als sie versucht hat, mit ihm zu sprechen. Kann ich noch eins von diesen Würstchen haben?«

Den beiden Freundinnen hatte es bei seinen haarsträubenden Eröffnungen die Sprache verschlagen. Serafina fing sich als Erste. Mechanisch kramte sie in ihrem Vorratsbeutel und hielt dem Jungen die letzten vier Würste hin. »Da, nimm sie alle!«, sagte sie. Sie vermied es, Emilia in die Augen zu blicken, um den eigenen Schrecken nicht gespiegelt zu sehen. Paridi fand sich just ein. Offenbar teilte er die Gelüste des kleinen Hirten, denn er starrte ihm die Würstchen geradezu aus dem Mund. Der Junge warf ihm gutmütig eines zu. »Ein wirklich schönes Tier, Euer Kater. Ihr solltet gut auf ihn achtgeben. Die Herzoginmutter kann nämlich Katzen nicht ausstehen. Sie hasst sie. Sie und ihre Leute machen Jagd auf sie und töten alle, derer sie habhaft werden. Irgendwie komisch, wo sie doch eine Hexe ist und jedermann weiß, dass die Katze ihr bevorzugter Begleiter ist.«

Wortlos erhoben sich die Freundinnen, packten ihre Tiere an den Zügeln und machten sich davon, während der Junge über die restlichen Würstchen herfiel.

Nach einer halben Stunde stummen Marsches querfeldein meinte Emilia leise: »Glaubst du, dass die Behauptungen des Jungen der Wahrheit entsprechen? Dass diese Frau Neugeborene für ihre Zaubereien missbraucht?«

»Ach wo«, wehrte Serafina wider besseres Wissen ab. »Ich bin mir sicher, dass der kleine Schäfer stark übertrieben hat. Er wird wohl irgendwo ein Gerücht aufgeschnappt und es dann gehörig ausgeschmückt haben. Du weißt ja, wie Jungen seines Alters sind. Sie prahlen gerne mit ihren angeblich wahren Geschichten. Dabei können sie sich gar nicht grausig genug anhören. Vermutlich hoffte er, in uns Fremden gutgläubige Opfer zu finden«, suchte Serafina, ihre Freundin zu besänftigen.

»Na ja, bei mir jedenfalls hat er damit Erfolg gehabt«, erwiderte Emilia beklommen. Serafina, die vorhatte, den Erguss des kleinen Hirten nicht zu vertiefen, wollte bereits aufatmen. Da schob Emilia nach: »Und was ist mit der Geschichte von dem Bruder seines Freundes, den sie derart verhext hat, dass er seine eigene Mutter fast totgeprügelt hat? Hältst du das auch für ein Hirngespinst?«

Etwas in Emilias Stimme ließ Serafina innehalten. Emilia musterte ihre Freundin herausfordernd. Lüg mich nicht an, schien ihr Blick zu bekunden.

Ihre Stute wackelte mit den Ohren. Das sensible Pferd spürte die plötzliche Spannung zwischen den beiden Frauen. »Was willst du von mir hören, Emilia?«, antwortete Serafina. »Eigentlich hat der kleine Hirte kaum etwas von sich gegeben, was wir nicht längst befürchtet haben. Doch das Wissen ändert nichts. Wir werden alles daran setzen, diese Heirat zu verhindern, und damit wirst du dieser Frau niemals begegnen. Komm jetzt, wir sind hier für jedermann weithin sichtbar. Wir sollten uns nach einem geeigneten Unterschlupf umsehen. Die Reiter werden uns bald einholen.«

Sie fanden diesen Ort wenig später. Dazu mussten sie eine steile Anhöhe erklimmen, denn aus irgendeinem Grund behagte Serafina der erste Standort nicht richtig. Sie bestand darauf, weiter nach oben zu klettern. Sie zogen die beiden widerstrebenden Tiere, die sehnsüchtig nach der grünen Ebene unter sich schielten, hinter sich her. Schließlich richteten sie sich auf einer nach hinten abfallenden Felsenschanze ein. Die Ebene mit der alten Straße breitete sich unter ihnen wie ein Gemälde aus.

Die herzoglichen Reiter stellten sie auf eine harte Geduldsprobe. Endlich, nach zwei zähen Stunden, in denen Serafina die verlorene Zeit bedauerte, zeichnete sich eine Staubwolke am Horizont ab, die eine größere Reiterschar ankündigte. Merkwürdigerweise entdeckten sie beinahe gleichzeitig in der Gegenrichtung eine weitere Staubwolke. Die beiden Gruppen trafen fast genau in der Mitte des von ihnen beobachteten Streckenabschnitts zusammen. Der Staub legte sich langsam und enthüllte ihnen ein Dutzend herzoglicher Reiter. Die Anführer unterhielten sich. Gebannt verfolgten die jungen Frauen die Szene. Sie dachten das Gleiche. Hätten sie sich nicht frühzeitig versteckt, wären sie der zweiten Gruppe Soldaten direkt in die Arme gelaufen.

Einer der Soldaten hielt genau auf ihren Standort zu. Serafina und Emilia zogen erschrocken die Köpfe ein. Der Mann sprang vom Pferd und erklomm jenen felsigen Hügel unterhalb ihres Verstecks, den Serafina zuvor als nicht sicher genug eingestuft hatte. Soldat und Flüchtige trennten kaum mehr dreißig Meter. Wenn nur die Tiere sich still verhielten, betete Emilia. Für die nächste Rast nahm sie sich vor, ihnen die Mäuler zuzubinden.

Der Soldat hatte den Kamm des kleinen Hügels erreicht und setzte ein langes Fernrohr an. Aufmerksam suchte er damit die Gegend ab. Serafina und Emilia hielten den Atem an. Nach einer Ewigkeit setzte er es ab und begab sich zurück zu der Gruppe. Er schüttelte den Kopf. Nun kam Bewegung in den Tross. Doch anstatt sich zu vereinigen, stoben die beiden Gruppen erneut in entgegengesetzter Richtung davon.

»Verdammt, die haben uns glatt in die Zange genommen. Dem Herzog und seiner Mutter mangelt es wahrlich nicht an Schläue«, konstatierte Emilia.

»Ja, das Böse ist grundsätzlich schlau. Sie locken so die Dummen und die Schwachen in ihre Fänge. Aber wir sind auch nicht auf den Kopf gefallen«, sagte Serafina grimmig.

»Was nützt uns unsere Schläue, jetzt, da wir weder vor noch zurück können?« Emilia unterzog die Gegend einer gründlichen Prüfung. »Wir bleiben am besten hier, bis die Dunkelheit einsetzt.« Sie setzte sich auf den Felsen. »Meinst du, sie wissen, dass wir nach Rom unterwegs sind?«

»Sie werden es zumindest vermuten. Piero wird sie wegen Emanuele darauf gebracht haben. Und jetzt? Wohin sollen wir uns wenden?«

»Da uns der Zugang zur Via Salaria versperrt ist, bleibt uns nichts anderes übrig, als uns quer durch das Gebirge zu schlagen.«

»Ich habe es ja geahnt, wir müssen wieder klettern«, grummelte Serafina. »Dabei sind wir losgezogen, um endlich einmal etwas anderes zu Gesicht zu bekommen als diese ewigen Felsen.«

Da sie die Stunden bis zur Dämmerung totschlagen mussten, streckten sie sich nebeneinander aus. Kein Wölkchen trübte die blaue Pracht des Himmels. Serafina schloss die Augen. Die Sonne schwamm wie ein orangefarbener Ball hinter ihren Lidern. Die besondere Magie der Sonne hatte schon immer Anziehungskraft auf sie ausgeübt. Dabei hatte sie die Sonne niemals als etwas Bedrohliches empfunden. Bis zu diesem Augenblick. In einer jähen Eingebung begriff Serafina, warum die frühen Kulturen die Sonne gleichermaßen als Gottheit verehrt und gefürchtet hatten … »Sol invictus«, flüsterte sie. *Unbesiegbare Sonne*. Die alten Römer hatten zu ihr gebetet, bis das Christentum auch diesen Glauben verschlungen hatte.

Emilia blickte ihre Freundin an. »Serafina? Was ist denn los? Du machst so ein seltsames Gesicht. Hattest du wieder eine Vision?«

Serafina rieb sich die schmerzenden Schläfen. »Nein, eher eine Erleuchtung. Ich habe erkannt, wie viel Macht die Sonne tatsächlich über den Menschen besitzt. Die heutigen Menschen sind überzeugt, dass nur sie die Wahrheit gepachtet haben. Was wäre, wenn sie alle irrten? Wenn unsere Vorfahren recht gehabt haben?«

»Ich bin nicht sicher, ob ich dir folgen kann. Wovon sprichst du?« Emilia fragte sich kurz, ob Serafina einen Sonnenstich erlitten hatte.

»Ich spreche vom Gott der Christenheit«, antwortete Serafina. »Was wäre, wenn er nur eine Erfindung der Menschen ist? Und die Sonne der wahre Gott? Wäre sie dann nicht zornig auf die Menschheit, weil keiner mehr zu ihr betet?«

Emilia legte den Kopf schief. »Nun ja. Du stellst die älteste Frage der Menschheit. *Wer ist Gott?* Ich kenne die Antwort nicht. Aber Emanuele scheint sie zu kennen. Sein gesamtes Leben fußt darauf, dass es den *einen Gott* gibt. Das ist *seine* Wahrheit. Es würde mich sehr traurig stimmen, wenn Emanuele sein Leben einem vollkommenen Irrtum geweiht hätte. Selbst wenn ich nicht an Gott glauben würde, so würde ich zumindest ihm glauben. Aber ich denke, dass ich verstehe, was du damit sagen willst: Etwas mehr Demut täte allen Christen gut.«

»Kluge Emilia!«

Sie hielten abwechselnd Wache, bis der Horizont sich zu röten begann und in tausend Flammen explodierte. »Die Farben Gottes«, murmelte Emilia bewegt. Emanuele hatte es einmal so beschrieben. Serafina wollte aufstehen und ihre steif gewordenen Glieder strecken, doch Emilia hielt sie mit einem leisen Ausruf zurück. Ein verdächtiges Blitzen hatte sie alarmiert. Im gleichen Augenblick verließen zwei Reiter eine kleine Baumgruppe unterhalb ihres Felsens und stoben in wildem Galopp davon.

»Du hattest recht«, seufzte Emilia. »Sie *sind* teuflisch schlau. Die haben die Gegend weiter beobachtet. Nicht viel, und wir wären ihnen in die Falle gegangen.«

»Ja, und ist dir aufgefallen, dass sie sich ihrer Uniform entledigt haben? Wie sollen wir den Feind dann noch erkennen?«

Sie begannen den beschwerlichen Aufstieg. Das Maultier, das Serafina Luigi getauft hatte, benahm sich ausnahmsweise folgsam, als fühlte es, dass jeglicher Widerstand zwecklos wäre. Endlich erreichten sie ihr selbst gestecktes Ziel, eine kleine Senke hinter einem schroffen Felsplateau, völlig uneinsehbar von unten. Erschöpft sanken sie an Ort und Stelle zu Boden. Ihre Muskeln zitterten von der Anstrengung. Sie verfügten kaum noch über die Kraft, ihre Tiere festzubinden. Immerhin gab die Vegetation genügend Nahrung für Maultier und Stute her. Serafina bestand darauf, die erste Wache zu übernehmen. Emilia protestierte nur schwach und versank sofort in einen tiefen und dieses Mal traumlosen Schlaf. Sie lösten sich zweimal im Laufe der Nacht ab. Als Serafina Emilia das zweite Mal weckte, herrschte noch tiefes Dunkel. Emilia gab einen unwilligen Laut von sich, setzte sich jedoch auf.

»Mach dich fertig. Wir brechen auf.«

»Mitten in der Nacht?« Emilia gähnte herzhaft.

»Der Tag beginnt. Sieh nach Osten.« Tatsächlich konnte sie dort einen korallenfarbenen Reflex erkennen. Die Sonne drängte dem Tag entgegen, die Sterne verblassten.

Gegen Mittag passierten sie eine schmale Schlucht, die zwei kleine Täler miteinander verband. Zwei riesige Felsen, die aneinanderlehnten wie müde Riesen, verjüngten sich nach unten und schufen damit ein natürliches Tor. Kaum hatten sie dieses passiert, stolperten sie über eine kleine Ziegenherde. Die Tiere grasten friedlich am Rande einer abschüssigen Wiese. Der Hirte, ein mageres Bürschchen, lag selig ratzend im Gras, neben ihm ein leerer Tonkrug. Ohne Vorwarnung stürzte plötzlich ein riesiger, zotteliger Hirtenhund herbei und blieb nur wenige Meter vor ihnen stehen. Er knurrte und zeigte sein beachtliches Gebiss. Der Junge ließ sich dadurch nicht in seinem Schlaf stören. Auch Serafina und Emilia blieben ruhig, sie wussten, wie man mit einem abruzzesischen Hirtenhund umging. Diese Hunde waren nicht darauf abgerichtet, Menschen anzugreifen, sondern ihre Herde gegen wölfische Räuber zu verteidigen.

Unter den argwöhnischen Blicken des Hütehundes glitten Emilia und Serafina langsam aus dem Sattel. Dann nahmen sie ihre Tiere am Zügel und entfernten sich Schritt für Schritt.

Fünf Stunden später erreichten sie eine großartige Gebirgsebene, ähnlich dem Campo Imperatore oberhalb von Santo Stefano. Sie kamen dort gut voran. Am Nachmittag wurde die Landschaft erneut hügeliger, unterbrochen von schroffen Felsformationen, deren gezackte Linien sich wie Finger in den Himmel reckten. Bei anbrechender Dämmerung zogen sie auf einem schmalen Gebirgspfad entlang. Über ihnen glühte im Licht der untergehenden Sonne der Gipfel des Monte Padiglione. Von dem Grat eines Kammes konnten sie die Schemen zweier größerer Ortschaften im Osten und im Süden ausmachen. Serafina erklärte nach einem Blick in ihre mitgebrachte Karte, dass es sich um die kleinen Städte Tagliacozzo und Carsoli handeln musste. Über die Hälfte ihres Weges nach Rom hatten sie geschafft!

Sie schlugen ihr Lager im Schutze eines Felsens auf. Er hing oben etwas über, sodass er ein natürliches Dach bildete. Am Morgen sehnten sich beide nach heißem Tee, aber sie wagten es nicht, ein Feuer zu entfachen. Sie tauchten ihr hart gewordenes Brot in ein wenig Wasser. Paridi tauchte just wieder auf und brachte ihnen eine tote Maus mit. Auffordernd legte er sie vor Serafina ab, als wollte er sie an die Notwendigkeiten des Überlebens erinnern. »Heute werde ich uns ein Kaninchen jagen«, verkündete Emilia zuversichtlich.

Die Luft hatte sich in der Nacht leicht abgekühlt, doch schon stieg die Sonne über den blauen Horizont und versprach einen weiteren, ungewöhnlich warmen Tag. Wie herbeigerufen, querte kurz darauf direkt vor ihnen ein geflecktes Kaninchen den Pfad. Blitzschnell legte Emilia einen Pfeil an. Serafina ruderte mit den Armen, und das Kaninchen hoppelte davon.

»Aber wir müssen essen!«, erklärte Emilia.

»Ich werde etwas für uns finden, sei unbesorgt. Tiere möchte ich nur im äußersten Notfall töten. Wir beide *wissen,* dass Tiere eine Seele haben. Sie *fühlen* Liebe und sind der bedingungslosen Treue fähig. Ist Paridi nicht der lebende Beweis dafür?« Serafina sah ihren munteren Kater an, der versuchte, irgendein obskures Insekt zu fangen.

»Wie du meinst. Aber beschwere dich nicht über meinen knurrenden Magen«, erwiderte Emilia und ließ den Pfeil zurück in ihren Köcher gleiten. »Komm mir bloß nicht mit Käfern oder Würmern an!«

»Keine Sorge. Das sind schließlich auch Tiere, oder?«, grinste Serafina.

Während der nächsten Rast verschwand sie und kehrte mit einer Handvoll der ersten Walderdbeeren zurück. Auch der übrige Tag verlief ohne Zwischenfälle – von gelegentlichem Magenknurren abgesehen.

Am späten Nachmittag versperrte ihnen der kleine Fluss

Fosso Fioio den Weg. Er war durch die frühe Schneeschmelze angeschwollen. Emilia und Serafina folgten zwei Stunden seinem Lauf, bis sie eine Stelle gefunden hatten, an der sie die Überquerung wagen konnten. Auch hier floss das Wasser sehr schnell. Maultier und Stute weigerten sich zunächst, in den Fluss zu steigen. Mit vereinten Kräften schafften sie beide hinüber. Am Ende lagen die Freundinnen, bis auf die Knochen durchnässt und völlig ausgepumpt, am anderen Ufer.

»Wir liegen hier wie auf dem Präsentierteller«, mahnte Emilia nach wenigen Minuten. Sie scheuchten die Tiere hoch und beeilten sich, den Schutz der nahe liegenden Felsen zu erreichen. Dort angekommen, beobachteten sie das Städtchen Tagliacozzo, das sich unter ihnen in die Felsen schmiegte. In den Gassen herrschte reger Betrieb, das milde Wetter trieb alle Welt auf die Straße.

Serafina beschloss, hinunterzugehen, um etwas zu essen zu besorgen.

Sie streifte Jacke und Hose ab, schlüpfte in ein Kleid und setzte sich eine sittsame Haube auf. Beide Kleidungsstücke hatte sie aus ihrer Satteltasche hervorgezaubert. Emilia starrte ihre Freundin mit offenem Mund an. »Du siehst aus wie das Dienstmädchen feiner Leute.«

»Genau dies habe ich beabsichtigt«, sagte Serafina und verschwand.

Das Warten wurde Emilia lang. Sie streckte sich schließlich aus, schloss die Augen und träumte von würzigem Käse und fetter Wurst. Der Duft war derart realistisch, dass sie davon erwachte. Serafina kniete grinsend neben ihr und hielt ihr eine Salami unter die Nase. In der anderen Hand hatte sie eine dicke Scheibe Brot.

Emilia griff sofort nach dem Brot. Herzhaft grub sie ihre Zähne hinein. Dann entdeckte sie den Korb, den Serafina mitgebracht hatte, der mit weiteren Köstlichkeiten gefüllt war: Ziegenkäse, Rüben, getrocknete Feigen, Pasteten, Gebäck.

»Ich hatte eigentlich gehofft, dass der Inhalt des Korbes bis

Rom reicht«, meinte Serafina, während sie ihrer Freundin spielerisch auf die Finger schlug, die sich eben über eine Pastete her-
machen wollte.

»Was hältst du davon, wenn wir gleich weiterziehen? Es ist
eine klare Nacht. Ich kann nicht genau sagen, warum, aber ich
würde hier gerne fort«, sagte Emilia, während sie noch kaute.

Serafina hatte nichts dagegen, tauschte das Kleid wieder in
Jacke und Hose um, und weiter ging es.

Bei Tagesanbruch stießen sie auf eine gut getarnte Höhle, die
geräumig genug war, um sie und ihre Tiere aufzunehmen. Der
Zugang der Höhle lag etwas erhöht auf einem Plateau hinter einer Ansammlung mehrerer Felsen. Die Steine wirkten, als hätte
ein Riese mit ihnen gewürfelt und sie dann achtlos liegen gelassen. Dazwischen sprossen bunte Distelblumen. Ebendiese hatten den nimmersatten Luigi auf den Plan gerufen. Auf der Suche
nach den besten Happen, hatte er sich zwischen zwei Felsspal-
ten hindurchgezwängt. Serafina war ihm gefolgt und hatte so
die Höhle entdeckt.

Die Freundinnen richteten sich sofort häuslich darin ein. »Seit
unserer Nacht in der Scheune haben wir keinen so guten Ru-
heplatz mehr gefunden«, meinte Serafina begeistert. »Gut gemacht, du hässliches, verfressenes Vieh«, lobte sie das Maultier.
»Hier hast du eine Belohnung.« Die Rübe wurde dankend entgegengenommen und knirschend verspeist. Ambra reckte den
Hals und erhielt ebenfalls ihren Leckerbissen.

»Oh, sieh nur. Wie wunderschön!«, flüsterte Emilia andäch-
tig. Sie hatte einen Span entzündet und schwenkte ihn an der
rauen Felswand entlang. Im schwachen Schein des Feuers wurden primitive Malereien sichtbar, die durch das schwankende
Spiel der Flammen zu eigentümlichem Leben erwachten. Serafina trat staunend näher. Ehrfürchtig fuhr sie mit dem Finger
die dunkle Linie einer Zeichnung nach, die wohl einen Hirsch
darstellte. Die meisten Malereien illustrierten erstaunlich reale
Jagdszenen. Auch einige seltsame Tiere waren abgebildet. Unter
ihnen eines, das im Sprung wirkte wie ein riesiger Tiger, jedoch

mit zwei langen Säbeln ausgestattet war, die ihm aus den Backen wuchsen.

»Ja, diese Bilder sind einfach und doch so wunderschön«, meinte Serafina ehrfürchtig. »Sie wirken wie die Stationen des Lebens einstiger Höhlenbewohner. Hast du dieses …«

»Luigi, was hast du denn da schon wieder?«, fiel Emilia ihr ins Wort. Misstrauisch näherte sie sich ihm. Dann stieß sie einen Schrei aus. Der brennende Span entglitt ihrer Hand und erlosch. Serafina beeilte sich, einen neuen zu entzünden. Das Licht erfasste ihre Freundin, die starr einen Punkt fixierte.

Mit der größten Selbstverständlichkeit hielt das verflixte Vieh einen riesigen Knochen im Maul, dessen abgerundete Enden rechts und links daraus hervorragten.

»Du bist doch kein Hund, du Esel!«, schalt ihn Serafina und entriss ihm den Knochen. Trotz seiner Größe fühlte sich dieser erstaunlich leicht an. Jetzt entdeckte sie auch die Ursache von Emilias Aufschrei: Auf dem felsigen Boden lag ein menschlicher Schädel und starrte sie aus leeren Augenhöhlen an. Weitere menschliche Überreste fanden sich überall verstreut, die meisten davon angenagt. Offenbar hatten sich vor Luigi schon etliche andere Tiere daran gütlich getan. »Arme Seele«, murmelte Serafina und bekreuzigte sich.

Emilia tat es ihr hastig gleich. »Was meinst du? Wie lange wird er hier schon liegen?«

»Schwer zu sagen«, antwortete Serafina. Sie bückte sich und tippte mit der Fingerspitze vorsichtig den Schädel an. Er war an einer Stelle eingedrückt. Ein jäher Blitz von Schmerz und Verzweiflung durchzuckte sie bei der Berührung, und sie fuhr zurück. Erschrocken rieb Serafina ihre Hand an ihrer Hose, als hafteten die furchtbaren Erinnerungen des Verstorbenen daran.

»Wir sollten ihn begraben«, sagte Emilia mit gedämpfter Stimme, da die Toten nach Stille verlangten.

»Ohne Schaufel?«, wandte Serafina ein.

»Wir könnten ihm ein Steingrab bauen, so, wie man es in den alten Zeiten gemacht hat«, schlug Emilia vor.

»Ein Hügelgrab? Ja, warum eigentlich nicht?«, stimmte Serafina nach kurzer Überlegung zu. »Dann lass es uns gleich tun.« Sorgfältig sammelten sie die sterblichen Überreste ein und legten sie mangels einer anderen Möglichkeit auf einer ihrer Pferdedecken ab. Emilia zeigte auf das Häufchen verrotteter Kleider. »Sollen wir die Sachen mit ihm begraben?«

»Ich denke, es lohnt sich nicht. Es sind ja kaum mehr als Lumpen übrig.«

Sie trugen die Decke mit den Knochen nach draußen und wählten einen Platz unter einem einzelnen Felsen aus. Sie sammelten ausreichend Steine und häuften sie sorgfältig rundherum auf. Diese letzte Ruhestätte war gut gewählt und bot dem Toten einen unvergleichlichen Panoramablick in das Tal.

Serafina fertigte aus zwei kleinen Holzstücken und einem Faden ein primitives Kreuz und klemmte es zwischen den Steinen fest. Danach sprachen sie ein gemeinsames Gebet für den Unbekannten. Mit leisem Staunen meinte Serafina anschließend: »Irgendwie fühle ich mich jetzt leichter, befreiter ...«

»Mir ergeht es ebenso. Vielleicht liegt es daran, weil wir eine arme Seele erlöst haben?«

Bei ihrer Rückkehr in die Höhle ertappten sie Luigi dabei, wie er mit der Schnauze das verrottete Kleiderbündel des Toten durchwühlte. Von seinem Schlappohr baumelte ein Fetzen dunklen Stoffs.

»Pfui, du unmögliches Vieh!« Emilia scheuchte ihn weg. Mit dem Fuß wollte sie die Lumpen sodann außer Reichweite Luigis befördern, als sie gegen etwas Festes stieß. Sie bückte sich und fand unter den Kleidern eine Ledertasche. Die unverschlossene Lasche öffnete sich, und ein kleiner Beutel purzelte zu Boden. Luigi nutzte seine Chance und schnappte ihn sich. Emilia stürzte sich auf ihn. »Hilf mir, Serafina!«, rief sie. »Er frisst es sonst.« Mit vereinten Kräften versuchten sie, ihm das Maul aufzustemmen. Emilia griff geistesgegenwärtig nach einer Rübe, und Luigi schnappte danach. Etwas blitzte wie ein blauer Stern kurz in seinem Schlund auf, dann fiel der Beutel heraus und ihr vor die

Füße. Sie nahm den Beutel auf und schüttete seinen Inhalt auf ihre Handfläche. »Ist es das, was ich denke?«, fragte sie ehrfürchtig. Vorsichtig berührte Emilia einen mondhellen Stein, so groß wie ihr Daumennagel.

»Ja«, flüsterte Serafina. »Es sind Diamanten. Aber auch Smaragde, Rubine, Saphire …« Im Gegensatz zu Emilia fürchtete sich Serafina davor, auch nur einen davon zu berühren. Sie spürte, dass zu viel Blut an den Edelsteinen klebte. Ihretwegen war der unglückliche Tote gejagt worden und hatte seinen Schatz mit in sein Felsengrab genommen.

Emilia betrachtete weiterhin das bunte Feuer in ihrer Hand. Luigi tauchte hinter ihrer Schulter auf und beugte sich interessiert dem Funkeln entgegen. Serafina stieß seinen Kopf weg.

»Wir sind reich!«, flüsterte Emilia wie betäubt.

»Sie sind sicher ein Vermögen wert«, nickte Serafina. »Doch sie sind nicht für uns bestimmt, Emilia.«

»Was soll das heißen?« Besitzergreifend hatte sich Emilias Faust um die Steine geschlossen.

»Damit meine ich, dass wir sie nicht behalten können. Diese Steine sind verflucht. Sie bringen seinem Besitzer Unglück. Denk an die arme Seele, die wir gerade erst begraben haben.«

»Aber wir haben sie gefunden! Meinst du nicht, dass es Vorsehung war? Wir könnten Gutes mit ihnen tun!«

»Nein, Emilia, glaube mir, wir müssen sie hierlassen. Edelsteine sind die versteinerten Tränen der Erde; wir müssen sie ihr zurückgeben. Nur auf diese Weise können wir sie versöhnlich stimmen und den Fluch brechen.«

»Aber diese Steine sind die Antwort auf all unsere Sorgen. Verstehst du denn nicht, Serafina? Ich könnte damit Vaters Schulden bezahlen. Wir wären wieder vermögend, und er müsste mich nicht mehr an den Herzog verkaufen. Wir wären frei … Wir könnten nach Hause zurückkehren, und alles würde wieder wie früher werden.« Emilia drückte die Faust mit den Steinen an ihre Brust und spürte, wie ihre unheimliche Kraft sie durchdrang. Sie begann zu zittern.

Serafina sah ihre Freundin traurig an. »Nein, wir können sie nicht behalten. Auf ihnen liegt ein Fluch, und er würde uns ebenso Tod und Unglück bringen wie dem Mann in seinem Hügelgrab. Gib sie mir jetzt, bitte.« Serafina streckte ihre Hand fordernd aus.

Emilia zögerte. Langsam öffnete sie ihre Faust und betrachtete voller Sehnsucht das sprühende Funkeln. »Was ist, wenn wir sie finden sollten? Vielleicht hat uns der Tote hierhergeführt, damit wir ihm Gerechtigkeit widerfahren lassen? Irgendjemand vermisst diesen Mann seit Jahren und bangt um sein Schicksal. Die Steine sind ein Beweis seiner Existenz. Vielleicht gehören sie seiner Familie, und wir sollten sie ihnen zurückbringen?«

Serafina sagte nichts, sondern sah Emilia mit einem Blick an, dessen bernsteinfarbene Intensität ihr einen Schauer über den Rücken jagte. Emilia war hin- und hergerissen. Einerseits vertraute sie ihrer Freundin, andererseits würden diese Steine alle ihre Probleme lösen. Während sie noch unschlüssig abwog, fühlten sich die Steine immer heißer an, als würden sie von innen erhitzt. »Bist du sicher, dass du keine Hexe bist?«, fragte Emilia schließlich eingeschnappt, doch sie senkte den Kopf. »Ist ja gut. Du hast gewonnen. Wenn du so sehr davon überzeugt bist, dass sie Unglück bringen ...« Emilia ließ die funkelnde Pracht in Serafinas Hand gleiten.

Nun, da die Entscheidung über das Schicksal der Steine gefallen war, konnte Serafina sie ohne Furcht berühren. »Kommst du mit nach draußen?«

»Nein, tu du es allein. Lass mich zumindest eine Weile um sie trauern«, seufzte Emilia und wandte sich ab.

Als Serafina wenige Minuten später zurückkehrte, traf sie ihre Freundin mit tränenfeuchten Wangen vor der kleinen Feuerstelle an. Sie umklammerte ein zerfleddertes Buch und hielt einen einfachen Rosenkranz um ihre Finger geschlungen.

»Was ist los? Warum weinst du?«, rief sie erschrocken.

Wortlos hielt ihr Emilia das kleine Buch entgegen. Serafina las den Einband. »Eine Bibel? Aber woher ...?«

»Sie befand sich in der Tasche. Und das hier auch.« Sie zeigte auf den schlichten Rosenkranz. »In der Bibel steht auch ein Name.«

Serafina schlug sie auf und fand auf der Innenseite wenige verblasste Buchstaben und eine Jahreszahl: *Ernestino della Pace SJ – 1719.* Serafinas Kopf ruckte hoch. *SJ – Societas Jesu.* »Der Tote war Jesuit, wie dein Bruder Emanuele?«

»Was glaubst du, hatte er hier in dieser abgelegenen Gegend zu suchen? Vielleicht gehörten die Edelsteine zu einem Kirchenschatz? Wir hätten sie vielleicht nicht so voreilig …«

»Nein, Emilia«, unterbrach Serafina sie. »Diese Steine sind nichts wert, denn sie haben ein Leben gekostet. Ebenso wie der Priester das Geheimnis mit ins Grab genommen hat, sollten wir darüber Schweigen bewahren. Lass uns nicht mehr darüber sprechen. Die Steine sind zur Erde zurückgekehrt.«

Schweigend und ohne großen Appetit, verzehrten sie ihre Mahlzeit. Danach rollten sie sich in ihre Decken. Sie verzichteten auf eine Wache, da ihr Versteck gut geschützt lag. Trotz ihrer Erschöpfung konnten die jungen Frauen nicht einschlafen, zu sehr spukte der tote Priester in ihren Köpfen herum. Am Morgen erhoben sie sich und zogen weiter. Es waren mühselige Tage der Wanderung. Ihre Tiere konnten sie wegen des unwegsamen Geländes fast nur am Zügel führen. Es ging immer weiter hinauf über felsige und steile Pfade, manche so schmal, dass sie oftmals umkehren mussten, da sie für ihre Tiere nicht mehr begehbar waren. Dann wieder führte sie ihr Weg über karge Gebirgsebenen. Außer einigen wenigen Felsen boten ihnen hier kein Wald und kein Gebüsch Schutz. Dann beeilten sie sich, diese zu durchqueren, stets mit der Furcht im Herzen, einen Ruf zu hören, der von ihrer Entdeckung kündete. Sie folgten abfallenden Felsgraten, in deren Schatten noch Schnee lag, und zogen an schwindelerregend hohen Schluchten vorbei. Oft mussten sie ihren Tieren die Augen verbinden – sie hätten sonst keinen Huf vor den anderen gesetzt. Dann wieder wagten sie sich in Senken hinab und durchwateten Flüsse und Bäche.

Am schlimmsten aber war der Regen. Nur wenige Stunden nachdem sie die Schicksalshöhle verlassen hatten, hatte der Himmel seine Schleusen geöffnet. Seither regnete es ohne Unterlass, und die wenigen Pfade versanken im Schlamm. Schon einige Male waren sie gestrauchelt, und es grenzte fast an ein Wunder, dass sich bisher weder Mensch noch Tier ernsthaft verletzt hatten. Serafina zumindest hatte sich einen tüchtigen Schnupfen eingefangen. Selbst im eintönigen Prasseln des Regens konnte Emilia sie hinter sich niesen hören. Sie blieb mit einem Ruck stehen, lupfte die Decke, die sie sich zum Schutz gegen den Regen über den Kopf gestülpt hatte, und rief laut: »Jetzt reicht es! Wir suchen uns ein Versteck, trocknen unsere Kleider und warten, bis es aufhört. Der Regen kann schließlich nicht bis zum Jüngsten Tag andauern.«

Serafina protestierte nicht. Offensichtlich ging es ihrer Freundin schlechter, als sie hatte zugeben wollen. Sie befanden sich nun hoch oben im Gebirgsmassiv der Monti Simbruini, das von einer Vielzahl natürlicher Höhlen durchzogen war. Emilia ließ Serafina unter einem Felsvorsprung zurück und machte sich allein auf die Suche nach einer Klause. Sie hatte Glück. Darüber hinaus fand sie im hinteren Teil der entdeckten Höhle einen Vorrat an Holz sowie mehrere muffig riechende, dafür herrlich trockene Schaffelle. Offenbar diente die Höhle ansässigen Schäfern als Schlupfloch bei einem Gewitter. Emilia entfachte gegen alle Vernunft ein Feuer, und bald saßen sie, in die Schaffelle gehüllt, davor. Serafinas Nase triefte, und ihre Stirn fühlte sich heiß an. Zwei Tage verharrten sie dort. Dann endlich ging der Regen in ein leichtes Nieseln über. Zaghaft streckten sie ihre Nase hinaus. Serafina betrachtete den Himmel. Dunkle Wolkenfetzen jagten darüber hinweg.

»Ich fürchte, es wird nicht allzu lange trocken bleiben«, meinte sie skeptisch. Sie behielt leider recht. Schon am Abend setzte erneut Regen ein, doch er versiegte in der Nacht, und der Morgen begrüßte sie mit einer blassen Sonne. Die Erde dampfte, und die Täler waren in dichten Nebel gehüllt. Ihr Weg führte sie von

nun an stetig bergab; sie hatten die höchste Stelle des Gebirgs-
massivs überwunden, und die Vegetation wurde wieder üppiger, und die Wege besser. Sie stießen auf einen gut befestigen
Pfad, den unzählige Generationen von Schafen lange vor ihnen
geschaffen hatten.

Am frühen Morgen des folgenden Tages, die Sonne war noch
nicht aufgegangen, erblickten sie auf einem nordöstlich gelegenen Hügel ein kleines funkelndes Nest von Lichtern. »Gehören diese Häuser schon zu Tivoli?«, erkundigte sich Emilia und
stellte sich erwartungsfroh in den Steigbügeln auf.

»Kaum, ich vermute, das dort ist Subiaco. Komm, ich möchte
die Ebene erreichen, bevor es ganz dunkel wird.« Serafina wollte
ihrem Maultier die Hacken geben, doch Emilia hielt sie mit einer
warnenden Geste zurück. »Warte!« Sie lauschte kurz, dann flüsterte sie: »Rasch, wir müssen sofort von diesem Weg herunter.
Da kommt jemand!«

Sie verließen den Pfad und banden ihre Tiere in ausreichen-
der Entfernung zwischen einigen Pinien fest. Danach schlichen
sie leise zurück, krochen in einen dichten Haselstrauch und legten sich auf die Lauer. Unmittelbar darauf tauchten an der Wegbiegung nacheinander Reiter auf. Sie trugen deutlich erkennbar
die rot-schwarze Kluft der herzoglichen Reiter.

»Madonna«, empörte sich Emilia flüsternd. »Warum lassen
die mich nicht endlich in Frieden?«

»Schhh«, mahnte Serafina. Genau diesen Moment suchte sich
der Regen aus, um erneut heftig prasselnd einzusetzen. Trotz
des schützenden Strauches waren sie in Sekundenschnelle durchnässt.

Der Anführer beriet sich im Sattel mit einem seiner Männer.
Ein Dritter war abgestiegen und suchte wie ein Fährtenleser
den Boden ab. Der Regen hatte zwar längst ganze Arbeit geleistet, doch der Mann verharrte ausgerechnet an jener Stelle, an
der sich Emilia und Serafina in die Büsche geschlagen hatten.
Für eine Flucht war es zu spät. Mit angehaltenem Atem drückten sie sich noch tiefer auf die Erde. Jetzt wandte sich der her-

zogliche Soldat ihrem Versteck zu. Sie rechneten bereits mit dem Schlimmsten, als er ein kehliges Geräusch von sich gab und eine Portion Ekelhaftes in ihre Richtung spie. »He da, Gianfranco! Hast du etwas entdeckt?«, rief der Anführer unwirsch.

»Ich bin mir nicht sicher, Capitano. Ich glaube, dass hier Hufspuren waren, aber der Regen hat sie fortgewaschen.«

Der Capitano nickte. »Wir verschwenden hier nur unsere Zeit. Wir reiten hinab zum Fluss. Es gibt im weiten Umkreis nur eine alte Römerbrücke über den Aniene – und die wird seit Tagen von unseren Leuten bewacht. Sollte sie hier über den Pass kommen, dann läuft sie uns direkt in die Arme. Auf!« Er schnalzte mit der Zunge. Sein Pferd, ein mächtiger brauner Wallach, setzte sich schwerfällig in Bewegung. Die anderen folgten ihm nach.

Entmutigt und durchnässt verharrten Serafina und Emilia in ihrem Versteck. »Immerhin kennen wir jetzt ihr Vorhaben«, unternahm Emilia den vagen Versuch, sie über ihre Lage hinwegzutrösten.

»Ja, aber das ändert nichts an der Tatsache, dass wir in der Falle sitzen.« Serafina rappelte sich auf und wandte sich der Richtung zu, aus der sie gekommen waren.

Emilia begriff, was sie umtrieb. »Oh nein, wir werden bestimmt nicht umkehren!«, erklärte sie kategorisch. »So schnell geben wir nicht auf. Es muss einen anderen Weg an den Soldaten vorbei geben.«

»Nun, du hast die Soldaten gehört. Es gibt keinen anderen Weg und …«

»Natürlich gibt es einen!«, sagte plötzlich eine helle Stimme hinter ihnen.

Zu Tode erschrocken fuhren sie herum. Vor ihnen stand ein schwarz gelocktes Bürschchen in kurzen Hosen und einer verfilzten Schaffellweste, die seine schmächtige Brust frei ließ. In der Hand hielt er eine kleine Flöte. Fröhlich strahlte er sie an. Der Regen schien ihm nichts auszumachen.

»Wo kommst du so plötzlich her, mein Kleiner?«, lächelte

Emilia ihn erleichtert an. Von diesem Winzling drohte keine Gefahr.

»Von dort drüben«, meinte er, vage hinter sich deutend, als gehörte es zu seinen ständigen Angewohnheiten, jählings aus dem Boden zu sprießen. »Genau wie Ihr habe ich mich vor den Soldaten versteckt. Es ist nicht gut, deren Weg zu kreuzen, wisst Ihr?«, fügte er hinzu, ohne näher auf das Warum einzugehen. »Und Ihr, warum habt Ihr Euch versteckt, edle Herren?«, fragte er, während seine kohlschwarzen Äuglein listig zwischen ihnen hin- und herhuschten.

Eine winzige Pause entstand. Das Bürschchen winkte lässig ab. »Schon gut«, sagte er. »Eure Angelegenheiten gehen mich nichts an. Soll ich Euch den Weg zeigen? Es ist ein alter Pfad, den nur die Angehörigen meiner Familie kennen«, bot er eifrig an. Er rieb dabei Daumen und Zeigefinger in einer unmissverständlichen Geste aneinander.

Emilia beugte sich zu dem kleinen Burschen hinunter. »Ich verstehe. Also, mein Herr Hirte. Was werden uns deine Dienste kosten?«

Der Junge maß Emilia mit einem Blick, der viel älter erschien als seine Jahre. »Das, edle Herren, entscheidet Ihr selbst – nämlich, wenn ich Euch sicher an den Soldaten vorbei ans andere Ufer des Flusses geführt habe«, erklärte er hoheitsvoll.

»Nun, dies scheint mir ein gerechter Handel zu sein. Es gibt fürwahr schlechtere Geschäfte«, pflichtete Emilia ihm bei. »Da wir jetzt im Geschäft sind … Verrätst du uns auch deinen Namen, kleiner Hirte?«

»Ich heiße Filippo. Euch zu Diensten, edler Herr.« Er verbeugte sich in seiner schmuddeligen Kleidung vor ihnen, als verkehrte er tagtäglich in einem vornehmen Salon.

»Nun denn, Filippo … Wo sollen wir auf dich bis zum Abend warten?«

»Warum warten?«, erwiderte der Hirtenjunge verschmitzt. »Wir können sofort aufbrechen.«

»Aber der Tag ist angebrochen. Wir wären für unerwünschte Beobachter weithin sichtbar«, wandte Serafina ein.

»Nicht auf dem Weg, den wir nehmen werden. Folgt mir.« Er hüpfte auf nackten Füßen voran.

»Halt ein, Filippo. Nicht so hastig. Bist du dir auch sicher? Was ist das für ein Weg? Wir haben ein Pferd und ein Maultier dabei.«

Filippo kehrte zu ihnen zurück. »Oh, das ist schlecht.« Nachdenklich verzog er sein schlaues Gesicht. Dann sagte er: »Ihr müsst die Tiere hierlassen. Ich werde sie später zusammen mit meinem Bruder holen.«

»Warum sollen wir die Tiere hierlassen? Können wir sie nicht gleich mitnehmen?«, fragte Serafina mit neu erwachtem Misstrauen.

»Nein, der Weg ist zu schlecht für Pferde.«

»Bitte sag uns, wohin du uns führen willst.« Emilia hatte Filippo die Hand auf die Schulter gelegt und sah ihn eindringlich an.

»Ich führe Euch in die Grotte des Drachen mit den steinernen Zähnen!«

»Eine Grotte?«, wiederholte Emilia zweifelnd.

»Ja, eine natürliche Grotte. Seht Ihr den Berg zur Rechten?« Er wies mit seinem schmutzigen Zeigefinger darauf. »Dorthin müssen wir. Der Weg führt durch ihn hindurch.«

»Das ist ja alles schön und gut, Filippo. Aber wie werden wir ungesehen über den Fluss kommen?«, fragte Emilia und fand ihre Hoffnungen langsam wieder dahinschwinden.

»Aber wir müssen nicht über den Fluss, versteht Ihr denn nicht? Wir marschieren geradewegs unter ihm hindurch!«, rief er in dem ungeduldigen Ton eines Menschen, dessen Fähigkeiten zu Unrecht angezweifelt wurden.

»Eine Höhle, die unter einem Fluss hindurchführt? Davon habe ich ja noch nie gehört«, sagte Serafina.

Filippo schnaubte abschätzig. »Mein Vater sagt, dass, nur weil jemand noch nicht von etwas gehört hat, dies kein hinreichender Beweis dafür ist, dass es nicht existiert. Es beweist nur, dass das Leben ein langer Weg ist, an dessen Rand viele neue Erkenntnisse warten. Sagt mein Vater«, schloss das Bürschchen seinen kurzen philosophischen Diskurs.

Serafina tippte ihm mit ihrem Zeigefinger auf die Nasenspitze: »Das beweist vor allem, dass dein Vater ein sehr kluger Mann ist, kleiner Filippo«, sagte sie und lächelte ihm zu. »Wohlan, wir haben diesen Tadel sicherlich verdient. Wir vertrauen dir und kommen mit.«

Sie kehrten kurz zu Ambra und Luigi zurück und entnahmen den Satteltaschen die nötigsten Dinge. Es fiel ihnen sichtlich schwer, die Tiere hier allein und im Ungewissen zurückzulassen.

»Wartet!« Filippo stieß ohne Vorwarnung einen Pfiff aus. Kaum eine Minute später stand, wie aus dem Nichts katapultiert, eine etwas jüngere Ausgabe von Filippo vor ihnen. »Mein Bruder Cesarion«, stellte Filippo ihn vor. Er flüsterte kurz mit ihm in einem nicht verständlichen Dialekt. Der Kleine nickte mehrmals heftig. Dann ließ er sich trotz des anhaltenden Regens im Schneidersitz neben Ambra und Luigi nieder. Er zog dabei ein Stück Brot und Käse aus seiner Weste. Luigis Kopf ruckte sofort in seine Richtung.

»Cesarion wird auf Eure Tiere achtgeben«, erklärte Filippo. Er führte sie zunächst durch den dichten Regenschleier querfeldein. Danach mussten sie ein beträchtliches Stück wieder nach oben zurückklettern und einen schmalen Felsgrat überqueren, der zwei Canyons miteinander verband.

Der Weg mündete geradewegs in eine Sackgasse auf ein lang gestrecktes Plateau, das auf der Nord- und Ostseite von senkrecht aufragenden Felswänden aus Kalkstein begrenzt wurde. Zu ihrer Linken fiel eine schwindelerregende Schlucht hinab. Ratlos sahen sich Serafina und Emilia auf dem beinahe quadratischen Platz um, als Emilia plötzlich der Schreck in die Glieder fuhr. Serafina folgte ihrer Bewegung und stieß einen erschrockenen Schrei aus. Die herzoglichen Reiter waren ihnen auf den

Fersen! Sie mussten zurückgekehrt und ihnen gefolgt sein. Jeden Moment erreichte der Trupp den schmalen Grat.

Filippo hatte sie ebenfalls entdeckt. »Kommt«, zischte er und zeigte auf die steile Wand vor ihnen. »Dorthin!« Flink wie ein Wiesel rannte er die östliche Felswand entlang. Es waren mindestens zweihundert Meter. Emilia und Serafina liefen hinterher. Immer wieder sahen sie sich um. Schon hatten die Reiter ihre Pferde über den Grat geführt und waren erneut aufgesessen. Sie holten rasch auf. Niemals würden sie es rechtzeitig bis zur Höhle schaffen, dachte Emilia verzweifelt. Sie hörte den triumphierenden Ruf des Anführers. »Jetzt haben wir sie! Sie sitzen in der Falle.« Nur noch etwas mehr als einhundert Meter trennten die Flüchtenden von ihren Verfolgern, als plötzlich ein lautes Donnern einsetzte und innerhalb von Sekunden zu einem ohrenbetäubenden Tosen anschwoll. Emilia sah nach oben und schrie: »Eine Mure! Direkt über uns! Sie stürzt auf uns herab!«

Eine gewaltige Schlammlawine ergoss sich wie ein Wasserfall über die Kante, entwurzelte Bäume und Felsen mit sich führend. Sie verfehlte die Flüchtenden nur um wenige Meter. Schlammbespritzt, aber ohne nennenswerte Blessuren erreichten die drei die Felswand. Noch immer donnerte die Mure ins Tal und überschwemmte das Plateau. Die Naturgewalt war buchstäblich in letzter Sekunde ihre Rettung gewesen. Ein Teil der herzoglichen Reiter war von ihr mitgerissen worden und der Rest durch meterhohes Geröll von ihnen getrennt worden. Mit weichen Knien folgten Emilia und Serafino Filippo. Ihr Führer erwartete sie vor einem Ginsterbusch, der sich an einen Felsvorsprung klammerte.

»Puh, das war knapp. Die Herren Reiter hatten leider etwas weniger Glück«, kommentierte er und wischte sich Schmutzspritzer aus dem Gesicht. Ohne auf die Stacheln zu achten, die seine Haut zerschrammten, schob der Junge den Busch zur Seite. »Hier ist es«, sagte er dann stolz. »Der Eingang zur Drachenhöhle.« Dicht am Boden wurde ein Spalt im Felsen sichtbar; schwarze Leere gähnte ihnen entgegen.

Ein Tor in die Erde, dachte Serafina. Sie konnte sich eines leichten Schauders nicht erwehren. Sah so der Schlund zur Hölle aus?

»Mein Vater hat innen einen Vorrat an Fackeln deponiert. Ich gehe voraus, um eine davon zu entzünden.« Flink tauchte der Junge in die Schwärze ab, um kurz darauf wie ein Schachtel-teufelchen wieder daraus hervorzuspringen. »Kommt, edle Herren. Ich werde vorausgehen und Euch leuchten.«

Sie folgten ihm nach, und je weiter sie in dem Gang vordrangen, umso kälter und feuchter wurde es. Überall schwitzte der Stein kleine Rinnsale aus, und ihre Kleidung sog die Nässe auf. Bald klapperten sie mit den Zähnen. Unzählige Stollen verzweigten sich mit dem ihren, eingewoben in ein beängstigendes Labyrinth. Doch der kleine Filippo folgte, ungerührt und ohne innezuhalten, seinem Weg, der stetig bergab führte. An manchen Stellen war der Stollen so niedrig, dass sie auf allen vieren kriechen mussten und sich Hände und Rücken an dem Felsen aufschrammten.

Ohne jede Vorwarnung mündete der Gang plötzlich in eine Halle gigantischen Ausmaßes. Noch benommen von der eben bewältigten drückenden Enge, verblüffte sie vor allem die gewaltige Höhe. Eine Kathedrale hätte darin mühelos Platz gefunden. Genau in der Mitte der Grotte glitzerte ein kleiner unterirdischer See, der wie ein Diamant auf dem felsigen Boden schwamm. Die jungen Frauen konnten sich kaum sattsehen an dem Wunder, das die Erde in Millionen von Jahren vollzogen und dabei diesen magischen Ort geschaffen hatte. Sie begriffen jetzt auch, warum der Junge die Grotte »Höhle der Drachen-zähne« nannte: Rings um den unterirdischen See sprossen aus Boden und Decke unzählige säulenartige Stalagmiten und Stalaktiten. Der fantastische Anblick erinnerte tatsächlich an das riesige geöffnete Maul eines Drachen. Zufrieden, als ginge dieses Schauspiel auf sein persönliches Konto, strahlte Filippo sie an. »Nun, Ihr edlen Herren? Was sagt Ihr? Ist das ein Spektakel?«

»Es ist wunderschön«, lächelte Emilia dem kleinen Burschen

zu. »Mein Leben lang werde ich diesen verzauberten Ort nicht vergessen. Wir danken dir und versprechen, das Geheimnis zu wahren. Doch so schön es hier auch ist, so sollten wir jetzt doch weitergehen.«

Zwei Stunden später kletterten sie nass und erschöpft hinter einem bemoosten Felsen ans Tageslicht. Er lag versteckt in einer schattigen kleinen Senke inmitten eines Waldes. Der Regen hatte endlich aufgehört, und Serafina und Emilia streckten dankbar ihre Glieder. Nach der modrigen Luft der Höhle empfing sie der Wald mit seinem frischen erdigen Geruch. Von fern war das gedämpfte Echo des Flusses zu vernehmen. Filippo erklärte ihnen, dass sie nicht weit vom Kloster Madonna della Pace herausgekommen seien. Dieses befand sich nordwestlich von ihnen – weniger als eine Stunde Fußmarsch von Subiaco entfernt. Rasch überflog Emilia anhand Filippos Angaben ihren Standort. Wenn sie nordwestlich von Subiaco waren, bedeutete dies, dass sie sich tatsächlich am gegenüberliegenden Ufer des Flusses Aniene befanden! Noch mochte sie nicht so recht daran glauben. Filippo bemerkte ihr Zögern. Mit einer ungeduldigen Geste forderte er sie auf, ihm zu folgen. Er eilte voraus und wartete am Fuße des Abhangs auf sie. Filippo stellte sich äußerst geschickt beim Hinaufklettern an, während die jungen Frauen auf den feuchten Blättern der Böschung mehrmals ausglitten und bäuchlings zurückrutschten. Filippo nahm sie oben mit einem Grinsen in Empfang. Nach einem strammen, halbstündigen Marsch begann sich der Baumbestand merklich zu lichten. Auf ein Zeichen ihres Führers hin, pirschten sie sich langsam bis an die letzten Stämme heran. Unter der Böschung floss der Aniene schnell dahin. Am gegenüberliegenden Ufer konnten sie ein großes schiefergraues Dorf ausmachen, das sich an den Hügel schmiegte. Aus den Schornsteinen stiegen dünne Rauchfäden in die klare Luft. »Seht Ihr? Dort ist Subiaco!«, flüsterte Filippo. Ihre Zweifel wurden mit einem Schlag ausgelöscht. Weiter flussabwärts entdeckten sie die Brücke, ein einzelner Bogen aus Keilsteinen, erbaut noch in den glorreichen Zeiten Roms. Ein leeres Ochsen fuhrwerk rumpelte eben darüber. Der Bauer hielt die Zügel locker in der Hand. Eine hagere Frau, an der einen Hand ein Kind, in der anderen einen Korb, folgte dem Wagen zu Fuß.

Die Flüchtigen hielten Ausschau nach den rot-schwarzen Uniformen der Soldaten, doch sie konnten keine Spur von ihnen entdecken. Mit Sicherheit hielten sie sich jedoch in der Nähe versteckt und überwachten die Brücke.

Leise zogen sich die drei in den Wald zurück. Ganz in der Nähe raschelte es im Unterholz, und sie fuhren herum. Doch sie hatten lediglich ein kleines Tier aufgeschreckt, das nun das Weite suchte.

»Ich verlasse Euch jetzt«, erklärte Filippo. Er hob kurz den Kopf, um zwischen den Bäumen den Stand der Sonne zu ermitteln. »Es wird bald Mittag sein. Spätestens am frühen Abend bin ich mit Euren Tieren zurück. Ihr geht inzwischen nach San Francesco, das ist der nächste Ort. Fragt dort nach Marcello Rocca. Er ist mein ältester Bruder und lebt dort mit seiner Familie. Sagt ihm, dass ich Euch schicke. Er wird keine Fragen stellen. Wartet dort auf mich.« Er wies ihnen noch den Pfad an, der durch den Wald ins Dorf seines Bruders führte. Dann hüpfte er davon.

Sie machten sich auf den beschriebenen Weg. Der mit Blättern und Humus bedeckte Hohlweg führte schnurgerade und beinahe eben durch den Wald. »Ist dieser weiche Boden nicht herrlich?«, schwärmte Emilia. Sie hatte ihre Stiefel ausgezogen und reckte ihre rosigen Zehen in die frische Waldluft.

»Das wundert mich nicht«, erwiderte Serafina auf ihre trockene Art. »Seit zwei Wochen irren wir kreuz und quer durchs Gebirge. Wir haben uns daran gewöhnt, nur noch über Fels und Stein zu klettern.«

Sie näherten sich dem nördlichen Waldende. Zwischen den einzelnen Stämmen vermeinten sie bereits die ersten Häuser zu erkennen. Eine Kirchturmglocke schlug zwölfmal an.

Serafina hielt abrupt inne, als hätte sie einen Weckruf vernommen. Aufgrund des am Ende schmal auslaufenden Pfades war sie dicht hinter Emilia gelaufen. »Bleib stehen!«, rief sie. Alarmiert tat Emilia einen Satz und ging sofort hinter einem Baum in Deckung. Ihr Kopf tauchte jedoch gleich wieder dahinter hervor, nachdem sie gesehen hatte, dass ihre Freundin ihrem Beispiel nicht gefolgt war. »Was ist los? Warum jagst du mich in den Graben?«, fragte Emilia.

»Weil wir gleich die Welt der Zivilisation betreten werden. Wir sollten uns vergewissern, dass wir auch wie die jungen Herren aussehen, die wir vorgeben zu sein. Dem kleinen Filippo mag es nicht ins Auge gesprungen sein, aber unsere Wanderung hat unser Erscheinungsbild ziemlich mitgenommen. Wir sollten unsere Kleider ordnen.« Sie trat zu Emilia und knöpfte ihr das Jackett zu. Dann schob sie einige lange, lockige Haarsträhnen sorgsam unter deren Kappe zurück. Die Pfauenfeder war geknickt und widerstrebte jedem Wiederbelebungsversuch. Schließlich brach Serafina sie ganz ab. Dann umrundete sie ihre Freundin, klopfte hier Schmutz ab und zupfte dort Laub und Moos vom Tuch. »So, mehr kann ich nicht tun. Immerhin bist du jetzt fast präsentabel. Nun bin ich dran«, forderte Serafina ihre Freundin auf. Emilia gab ihr Bestes. Schließlich nickte sie zufrieden.

Serafina hatte noch mehr auf dem Herzen. »Emilia, noch etwas. Du solltest vermeiden, in Gegenwart anderer Menschen aus vollem Hals zu lachen«, ermahnte sie Serafina.

»Was stimmt denn nicht mit meinem Lachen?«, wunderte sich Emilia.

»Du wirfst dabei den Hals zurück und gibst deine ungeschützte Kehle preis«, antwortete Serafina.

»Ich verstehe, es geht darum, weil uns der Adamsapfel fehlt?«

»Beinahe. Die Zartheit der Kehle der Frau verlockt seit jeher den Mann. Für ihn ist es das geheime Eingeständnis der Frau, sich mit ihm paaren zu wollen«, erwiderte Serafina ernst. »Da wir schon einmal bei weiblichen Signalen sind … Du solltest unbedingt auch auf deinen Gang achten, Emilia.«

»Ach, und was passt dir bitte an meinem Gang nicht?« Emilias Gesicht hatte sich leicht gerötet, und sie wirkte nun doch etwas pikiert.

»Leider, er wirkt allzu weiblich«, schoss Serafina zurück. »Du wiegst dich in den Hüften. Kein Mann würde jemals so schreiten. Ich weiß, es ist nicht einfach, seinen Schritt zu ändern; der Gang eines Menschen ist seine unverkennbare Charakteristik. Sieh her, versuch, es wie ich zu machen.« Serafina hakte ihre Finger in die Hose und stakste breitbeinig umher. Es sah sehr komisch aus. Emilia stemmte die Hände in die Hüften, warf den Kopf zurück und brach in lautes Gelächter aus. Nun war es an Serafina, pikiert zu reagieren. »Genau das meine ich! Sieh dich an. Du lachst aus vollem Halse! Du bist dir dessen nicht bewusst, aber du bist eine wahre Tochter Evas, mit allen natürlichen Verführungskünsten ausgestattet.«

»Ist ja gut, liebste Freundin«, lenkte Emilia glucksend ein. »Ich werde mich also bemühen und das Weib in mir unterdrücken. Du kannst mich jederzeit kneifen, wenn ich anfangen sollte, meine unbewussten Verführungskünste anzuwenden. Obwohl …« Emilia ließ sich auf einen Baumstumpf sinken. Sie wirkte mit einem Mal so geknickt wie ihre Feder.

»Was ist denn, Emilia?«

»Mich erschreckt die darin enthaltene Ironie, weißt du? Mein ganzes Leben habe ich danach getrachtet, ein Junge zu sein. Ich war stolz darauf, mich mit ihnen in ihren ureigenen Domänen messen zu können. Nun eröffnet mir meine beste Freundin, dass ich mich urweiblich verhalte. Das ist starker Tobak, den ich verdauen muss«, sagte Emilia niedergeschmettert.

Serafina gab sich gar nicht erst die Mühe, den eigenen Anflug von Heiterkeit zu unterdrücken. »Ich hatte eher den Eindruck gewonnen, dass du den sinnlichen Genüssen, die sich Mann und Frau spenden können, durchaus nicht abgeneigt scheinst.«

»Natürlich, Ferrante. War ja klar, dass du ihn mir um die Ohren schlägst.« Emilia hob ihren Kopf. »Seltsam. Ich habe gar nicht mehr an Ferrante gedacht. Das Abenteuer mit ihm scheint mir schon weit entrückt zu sein. Und doch war ich ihm für einen Augenblick sehr nahe. Warum ist das so?«

»Gräm dich nicht darüber. Wir haben viel erlebt. Alles verändert sich. Ferrante ist ein geheimnisumwitterter Zigeunerfürst und der erste Mann, dem du außerhalb unseres Dorfes begegnet bist. Kein Wunder, dass du für eine Weile seiner Faszination erlegen bist. Darüber hinaus hat er uns gerettet. Das schafft eine Verbindung. Doch Ferrante bleibt eine kleine Episode auf deinem Weg. Er wusste das, und du weißt es auch. Komm jetzt«, Serafina reichte ihr die Hand. »Wir sollten hier nicht länger verweilen. Finden wir Filippos Bruder.«

Am Dorfeingang trafen sie auf ein schwarz gewandetes Mütterchen. Sie hockte vor ihrem windschiefen Häuschen in der Sonne, balancierte einen Teller auf ihren Knien und verlas mit zittrigen Händen Linsen. Sie erkundigten sich bei ihr nach dem Haus von Marcello Rocca. Mit einem geschwärzten Daumennagel deutete sie auf ein schmales Natursteinhäuschen am anderen Ende des Dorfes. »Das Haus da, das mit den vielen Blumen.« Letzteres erwähnte sie in missbilligendem Ton, so als hielte sie Pflanzen, die nicht der unmittelbaren Nahrungsmittelgewinnung dienten, für reine Zeitverschwendung.

Besagtes Haus wurde von einer ausladenden Eiche beschirmt, und der kleine Garten trumpfte tatsächlich mit einer Vielfalt an Frühlingsblumen auf. Eine hochschwangere Frau, die sich mit einem großen Strohhut gegen die Sonne schützte, mühte sich auf Knien in einem der Beete ab. Ein Knabe von ungefähr vier Jahren hüpfte um sie herum und sang mit hoher Stimme Kinderreime. Er musste seine Mutter auf die beiden Fremden aufmerksam gemacht haben, denn die Frau erhob sich nun schwerfällig und blickte in ihre Richtung. Sie war eine schmächtige Person und trug schwer an ihrem mächtigen Bauch. Wie sich herausstellte, war Marcello um diese Zeit auf dem Feld, doch seine Frau Graziella bat sie sofort ins Haus, nachdem sie Filippos Namen genannt hatten, und sie stellte keine Fragen. Im Nu standen ein Krug Wasser, Oliven, Tomaten, Schafskäse und frisch gebackenes Maisbrot auf dem Tisch. Als die Schwangere sich mühte, einen schweren Kessel vom Feuer zu heben, eilte Serafina ihr sofort zu Hilfe. Die Heilerin in ihr erfüllten die wächserne Blässe und die geschwollenen Gelenke der werdenen Mutter mit Sorge. Gerne hätte sie Graziellas Los erleichtert. Sie wollte eben ihren Mund öffnen, um ihr ihre Hilfe anzubieten, aber Emilia kam ihr zuvor.

»Nicht!«, zischte diese. Konsterniert sah Serafina sie an. »Wir sind Männer! Wir kümmern uns nicht um das Wohl von Schwangeren. Schon vergessen?«, raunte Emilia ihr ins Ohr.

Nach dem Essen bestand die Hausfrau darauf, dass sich die jungen Edelleute ausruhten. Sie bereitete ihnen ein Lager in ihrem ehelichen Schlafzimmer, gleich hinter der Küche. Ein Kreuz aus Messing und eine Ikone schmückten die Wand und zeugten von bescheidenem Wohlstand. Während Emilia sich bis aufs Hemd auszog und sogleich in Schlaf sank, setzte sich Serafina an das kleine Fenster und machte sich daran, notdürftig ihre Kleider zu flicken.

Wie versprochen kehrten Filippo und Cesarion am späten Nachmittag zurück. Die beiden Brüder versorgten zunächst die Tiere und betraten anschließend mit einem jungen Mann das Haus. Graziellas Mann Marcello war vom Feld heimgekehrt und hatte sich gemeinsam mit seinen jüngeren Brüdern eingefunden. Auch bei ihm drang die Familienähnlichkeit unverkennbar durch.

Und noch jemand war wieder da und erschien mit der Grandezza eines Königs auf der Türschwelle: Paridi. Der Kater verharrte kurz mit steifer Schwanzspitze, um die Wirkung seines Auftritts auszukosten. Wie er es bewerkstelligt hatte, sie wiederzufinden, blieb erneut sein Geheimnis.

Graziella rief zum Abendessen. Der Hausherr sprach ein Tischgebet, und alle machten sich über die Mahlzeit her. Bis auf den kleinen Marcellino. Er hatte das spitze Kinn in die Hände gestützt und starrte Emilia unverwandt mit großen Augen an.

»Marcellino? Was tust du denn da? Hör auf, unseren Gast anzustarren, und iss«, ermahnte ihn seine Mutter.

Ohne den Blick von Emilia abzuwenden, antwortete der Kleine mit klarer Kinderstimme: »Aber Mama. Ich tue das doch nur, weil ich sie so furchtbar schön finde!«

»Sie? Also wirklich, Marcellino! Wie kommst du nur darauf? Unser Gast ist ein respektabler Edelmann! Du bist unhöflich«, ermahnte ihn seine Mutter erneut.

Marcello der Ältere senkte den Löffel auf halbem Weg zum Mund und bedachte seinen Sohn mit einem strengen Blick. »Hör auf deine Mutter, und iss dein Abendbrot.«

»Aber wenn es doch die Wahrheit ist! Der Nonno sagt, dass man immer die Wahrheit sagen muss. Das adelt!«, wehrte er sich im Ton dessen, der sich im absoluten Recht wähnt.

»Ha, du Schlauberger. Das war, als die Nonna dich in ihrer Speisekammer erwischt hat. Und du Frechdachs hast behauptet, dass du dir nur die Töpfe ansehen wolltest. Dabei warst du von Kopf bis Fuß mit Marmelade beschmiert!«, entrüstete sich seine Mutter.

»Lasst nur, Dame Graziella. Mich stört das nicht«, beeilte sich Emilia einzugreifen. Aus gutem Grund wollte sie die Diskussion nicht vertieft wissen.

Serafina hatte den Kopf tiefer über ihren Napf gesenkt und kicherte leise in sich hinein. Kindermund! Wie oft verbat man ihn sich, dabei geriet den Erwachsenen ihr unverfälschter Blickwinkel nicht zum Nachteil.

Währenddessen fuhr Emilia fort, Marcellinos Eltern zu versichern: »Im Gegenteil, ich fühle mich durch die Aufmerksamkeit Eures Sohnes durchaus geehrt. Bedenkt man sein junges Alter, versteht er sich sehr früh darauf, eine bella figura abzugeben. Sein Großvater hat recht – man sollte tatsächlich immer die Wahrheit sagen. Doch erlaubt, mein kleiner Marcellino«, sie wandte sich nun direkt an ihn, »Eurer Weisheit noch einen kleinen Denkanstoß hinzuzufügen. Wie alles andere im Leben, folgt auch die Wahrheit ihrem eigenen Gesetz. Man kann die Fackel der Wahrheit nicht durch die Menge tragen, ohne den einen oder anderen Bart anzusengen. Darum ist es manchmal angebracht, zu schweigen. Verstehst du, was ich damit sagen möchte?«

Marcellino schob die Unterlippe vor und dachte über das Gehörte nach. Seine Augen funkelten vor wacher Intelligenz. Zwischenzeitlich hatten alle das Essen eingestellt und harrten gespannt seiner Antwort.

»Ich glaube, ich weiß, was Ihr meint, junger Herr. Wenn ich Luigi, dem Esel, sage, dass er ein furchtbar hässliches Tier ist, so entspräche das zwar der Wahrheit, aber es würde ihm wehtun. Richtig?«, dozierte Marcellino voller Eifer.

»Richtig. Du bist ein kluger Junge! Es gilt daher, stets die Wahrheit gegenüber dem möglichen Schaden abzuwägen. Denkt darüber nach, Master Marcellino, und zieht gerne Euren weisen Großvater zurate«, erklärte sie ernst. Ihr gefiel das kleine Bürschchen, wie ihr überhaupt die gesamte Familie gefiel. Diese Rechtschaffenen standen uneingeschränkt füreinander ein.

Filippo berichtete nun, wie er und Cesarion über die Brücke geritten waren, ohne dass sich einer der herzoglichen Soldaten hatte blicken lassen. Trotzdem waren sie da gewesen. Dieses Wissen steuerte Marcello bei. Auf dem Rückweg vom Feld hatte er seinen Freund, den Müller, getroffen. Dieser hatte ihm gesteckt, dass sich eine Gruppe Soldaten bei ihm einquartiert habe. Von der Mühle aus konnte man die Brücke überwachen, ohne selbst gesehen zu werden.

»Und nun zum Wichtigsten, kleiner Filippo«, verkündete Emilia feierlich. »Du hast uns gut geführt. Empfange nun deinen Lohn.« Emilia zog ein Goldstück aus ihrer Tasche. Dies hatte sie zuvor mit Serafina abgesprochen. In Anbetracht des wertvollen Dienstes, den ihnen Filippo erwiesen hatte, war die hohe Belohnung durchaus angebracht. Alle bekamen große Augen, doch die von Filippo wurden so groß wie Spiegeleier. Ehrfürchtig streckte er seine kleine braune Hand aus und berührte das glänzende Gold. Mit dieser fürstlichen Belohnung hatte er sichtlich nicht gerechnet. *Er war reich!* Davon konnte er sich eine eigene Herde Schafe kaufen oder ein Ochsengespann oder einen eigenen Acker.

»Für mich?«, flüsterte er und schluckte hörbar.

»Natürlich. Das war unser Handel. Wir sollten dir zahlen, was wir selbst für angemessen hielten. Nun, wir halten dies durchaus für angemessen. Sind wir also quitt?«

»Ja!«, riefen Filippo und Cesarion und sahen sich gegenseitig mit leuchtenden Augen an. Die Golddukate verschwand zusammen mit Filippos Faust hurtig in seiner Hosentasche.

Danach besprachen sie mit ihren neuen Freunden ihren Plan. Serafina hatte unter den bewundernden Blicken der gesamten Familie die Karte ihrer Mutter hervorgeholt, die sich im gleichen Versteck befunden hatte wie die Geldkatze. Sie breitete sie vor sich auf dem Holztisch aus. Alle Köpfe neigten sich darüber. Mit dem Zeigefinger beschrieb Serafina ihre bisherige Route, fuhr weiter in nordwestlicher Richtung und hielt auf der Stadt Rom inne. Marcello erbot sich spontan, mithilfe seines Freundes, des Müllers, ein falsches Gerücht zu streuen. Sobald die Soldaten misstrauisch würden und Anstalten machten, ebenfalls die nordwestliche Richtung einzuschlagen, würden sie verlautbaren, einen jungen Reisenden, auf den die Beschreibung passte, auf der nach Süden führenden Straße Richtung Bellagra gesichtet zu haben.

»Warum geht Ihr dieses zusätzliche Risiko für uns ein, Marcello? Ihr habt uns bereits genug geholfen. Ihr müsst das nicht tun«, bedeutete Emilia ihm.

Marcello und Filippo sahen sich ernst an. Marcello nickte seinem jüngeren Bruder zu. »Du kannst es ihnen erzählen.«

Filippo senkte die Augen und fixierte einen Punkt auf der Karte. Mit gepresster Stimme, als wäre seine Kehle plötzlich zu eng für Worte geworden, begann er. »Wir hatten noch einen Bruder, Antonino, wisst Ihr? Er war drei Jahre älter als ich. Letztes Jahr waren wir auf der Ebene mit Vaters Herde unterwegs. Soldaten des Herzogs kamen vorbei. Ihnen gefiel Antonino. Sie haben ihm seine Kleider weggenommen und ihn begutachtet wie ein Stück Vieh. Und dann …« Seine Stimme versagte kurz. Er räusperte sich, bekam sich wieder in die Gewalt und fuhr tapfer fort: »Dann haben zwei der Männer ihn hinter einen Busch gezerrt und ihm etwas sehr Böses angetan. Ich hörte, wie er schrie und gar nicht mehr damit aufhörte. Es war so furchtbar, dass ich mir die Ohren zuhalten musste. Später haben sie ihn mitgenommen. Wir haben Antonino nie wieder gesehen. Vater hat sich an den Sergeanten der Polizei gewandt. Aber anstatt ihn anzuhören, wurde er verprügelt und wegen Verleumdung eingesperrt. Meiner Mutter hat das Ganze das Herz gebrochen. Sie ist gestorben, während Vater im Gefängnis saß.«

Das furchtbare und unbekannte Schicksal Antoninos entsetzte die beiden jungen Frauen. Mit einem Schauder gedachten sie der beinahe identischen Geschichte, die ihnen der kleine, gefräßige Hirte über seinen Freund erzählt hatte, dessen Bruder ebenfalls durch die herzoglichen Soldaten verschleppt worden war.

Inzwischen hatten sich die letzten Sonnenstrahlen hinter den Bergen zurückgezogen. Serafina mahnte zum Aufbruch. Emilia und sie hofften darauf, bis zum Morgen in Tivoli zu sein. Filippo, wieder ganz der Alte, bot ihnen eifrig an, sie auf sicherem Wege bis dorthin zu begleiten. »Bis Tivoli kenne ich mich aus. Danach müsst ihr Euch alleine zurechtfinden«, warf er sich in die schmale Brust.

»Und was wird uns das kosten?«, schmunzelte Emilia über so viel kindliche Unternehmungslust.

»Nichts. Ihr habt mich doch schon bezahlt. Mein Vater sagt, dass die Gier eine Krankheit ist, die den Keim der Vernichtung bereits in sich trägt«, zitierte Filippo würdevoll.

Marcello der Ältere nickte anerkennend zu seinen Worten.

»Danke«, erwiderte Emilia schlicht. »Ihr seid wahrlich rechtschaffene Leute. Möge Gott mit Euch sein und Euch mit einem gesunden Kinde segnen.«

Graziella ließ es sich nicht nehmen, ihnen einen Beutel mit Proviant mitzugeben. Filippo führte sie parallel zum Aniene nach Westen. Sie mieden den eigentlichen Uferweg und folgten ihm auf verborgenen Pfaden. In der mondhellen Nacht kamen sie gut voran. Gegen Mitternacht legten sie eine Rast ein und aßen mit Genuss Graziellas in der Grotte gereiften Käse. Filippo erzählte ihnen, dass sein Vater ursprünglich aus dem südlicheren Sulmona stammte, der Stadt Ovids. Die Liebe zu seiner verstorbenen Mutter habe ihn in die Gegend von San Francesco verschlagen. Emilia und Serafina mussten an dieser Stelle beide schmunzeln. Sie fanden es drollig, wie Filippo das Wort Liebe aussprach – als verstünde er die Liebe als eine Macht, der mit Ehrfurcht zu begegnen sei.

»Sprichst du von Ovid, dem großen altertümlichen Dichter?«, hakte Emilia nach.

»Aber natürlich! Vater kann seine Werke auswendig zitieren. Mutter hat früher immer gesagt, er würde von ihm abstammen. Er dichtet selbst gern, spricht aber nicht darüber. Er sagt, dass in jedermann etwas Kostbares steckt und dass wir dies erkennen müssen. Darum hat er auch allen meinen Brüdern und Schwestern ermöglicht, die Schule zu besuchen. Er sagt, Wissen und Bildung ist der Schlüssel zu allem. Das mache den Menschen wirklich frei.«

Noch vor Sonnenaufgang erreichten sie auf der alten Via Tiburtina Valeria den Nordosten Tivolis. Die Römer hatten sie wie alle ihre Straßen nach ihren simplen, aber höchst effektvollen Gesichtspunkten erbaut: Ihre Legionen sollten sich rasch von A nach B bewegen können, und Nachschub und Handel sollten gewährleistet sein. Die Via Tiburtina verlief von Rom aus quer durch das Land, am Fuciner See vorbei, dem ersten von Cäsar und Claudius trockengelegten See der Antike, um dann in Pescara, dem alten Aternum an der Adriaküste, zu enden.

Die vergangene halbe Stunde ihrer Reise hatte sie das stetig zunehmende Rauschen der Wasserfälle von Tivoli begleitet. Die vorletzte Etappe war geschafft. Nicht weit von ihnen stürzte sich der wilde Aniene über einen Felsabbruch der Sabiner Berge in eine tiefe Schlucht. Bereits die römischen Kaiser Augustus und

Hadrian wussten das Klima, die natürlichen Thermen und die reizvolle Landschaft rund um die Stadt Tivoli zu schätzen. Sie ließen sich dort prächtige Villen erbauen, und die Dichter Horaz, Catull und Vergil folgten ihrem Beispiel.

»Ich werde Euch nun verlassen«, verkündete Filippo. »Die Via Tiburtina wird Euch geradewegs nach Rom führen. So Gott will, könnt Ihr die Stadt schon morgen Abend erreichen.«

»So Gott will, und falls uns die Soldaten des Herzogs nicht einen Strich durch die Rechnung machen.« Serafina konnte nicht umhin, ihre Bedenken zu äußern.

»Die Soldaten des Herzogs? Aber ab hier müsstet Ihr vor ihnen sicher sein«, entgegnete Filippo bestimmt.

Serafina setzte soeben an, ihn zu fragen, was ihn zu dieser Annahme verleitete, als Emilia ihr zuvorkam: »Aber natürlich. Der Junge hat recht! Wir befinden uns nicht mehr in den Abruzzen, sondern im Kirchenstaat Rom! Der Herzog der Abruzzen hat hier keinerlei Machtbefugnis. Wir haben es geschafft, Serafina, wir haben es tatsächlich geschafft! Wir sind dem Herzog entwischt! Wir sind frei!«, rief Emilia begeistert und riss die Arme in die Luft. Serafina, weit davon entfernt, Emilias Enthusiasmus zu teilen, hielt sich angesichts deren ausgelassenen Jubels zurück. Filippo hingegen freute sich mit Emilia und hüpfte lachend um sie herum. Der Augenblick des Abschieds war gekommen. Nacheinander umarmten sie Filippo. Sie hatten das pfiffige Kerlchen in der kurzen Zeit lieb gewonnen. Spontan boten sie ihm an, bis zum Morgen zu bleiben und sich auszuruhen. Doch den kleinen Hirten zog es nach Hause.

Sie sahen ihm so lange nach, bis die nächste Wegbiegung ihn verschluckt hatte.

V

Bei Anbruch des Tages zogen sie weiter. Paridi fühlte sich erneut zum Anführer berufen und setzte sich an Filippos statt an die Spitze. Auf einer Hügelkuppe hielten sie inne. »Sieh! Dort beginnt die römische Campagna«, erklärte Serafina und zeigte auf die endlose Weite vor ihnen, wo sich das römische Vorland ausbreitete. Die Campagna war eine perfekte Synthese aus mit Eichen, Pinien und Zypressen bewachsenen Hügeln und steppenartiger Landschaft, in der sich das silbrige Grün uralter Olivenbäume verlor. Riesige Schafherden weideten als weiße Tupfen zwischen malerischen, grün überwucherten Ruinen und geborstenen Aquädukten. Eine leichte Brise hatte sich erhoben und strich über sie hinweg.

»Igitt, was stinkt denn hier so furchtbar?«, stöhnte Emilia. Sie rümpfte ihre Nase und richtete sich in den Steigbügeln auf, als könnte sie dadurch den Geruch sehen.

»Das, meine Liebe, sind die berühmten heißen Quellen der Bagni di Tivoli. Was du riechst, ist der Schwefel. Ein Bad in diesen Wassern soll der Gesundheit sehr zuträglich sein«, entgegnete Serafina.

»Gesund? Vielleicht – vorausgesetzt, man geht nicht vorher an dem Gestank zugrunde … Puh, als hätte jemand mit faulen Eiern geworfen.«

Auf der Via Tiburtina Valeria herrschte reger Verkehr. Je weiter sie Tivoli hinter sich ließen und sich Rom näherten, umso mehr Menschen begegneten ihnen. Karren, von Bauersleuten gezogen, kamen ihnen entgegen oder zogen nach Rom. Die Bessergestellten unter ihnen lenkten Ochsen- oder Maultiergespanne. Sie passierten auch luxuriöse Sänften und unzählige mit Staub bedeckte Pilger, die, vereinzelt oder in Gruppen, auf ihre Stäbe gestützt, Rom entgegenstrebten, um ihre Gelübde einzulösen.

Eine Stunde später ritten sie eine von Pinien beschattete Allee entlang. An deren Ende empfing sie gleißendes Sonnenlicht, sodass sie für einen Augenblick blind waren. Als ihre Augen sich an das Licht gewöhnt hatten, erwuchs sie in der Ferne plötzlich vor ihnen: Rom, Caput Mundi! Die Heilige, die Ewige … Die einstige Hauptstadt des Reichs der Cäsaren, Mittelpunkt der Christenheit und Ziel der Sehnsüchte von so vielen. Eingebettet in ihre sieben Hügel, bot sich die Stadt ihren Blicken dar.

»Sieh nur, Serafina! Rom empfängt uns ganz in Gold getaucht!«, rief Emilia überwältigt.

Tatsächlich schickte sich die Abendsonne eben an, über die Dächer Roms herabzusteigen. Ihre letzten Strahlen streiften die Türme der zahllosen Kirchen und hüllten die Stadt in ein beinahe überirdisch leuchtendes Licht. Rom hieß sie in all seiner Schönheit willkommen. Sie hatten es geschafft!

»Heute werden wir nicht mehr in Rom einziehen«, sagte Emilia. »Was meinst du? Sollen wir uns eine anständige Herberge suchen? Erstens habe ich Hunger, und zweitens benötige ich dringend ein Bad. So verschmutzt wie ich bin, möchte ich Emanuele ungern gegenübertreten. Was hältst du davon, endlich wieder eine Nacht in einem richtigen Bett zu verbringen?«

»Sehr viel. Gegen heißes Wasser und ein Bett ist wahrlich nichts einzuwenden«, pflichtete ihr Serafina von ganzem Herzen bei. Wenig später ritten sie in den Hof einer Herberge ein. Ein Schild am Straßenrand pries *frische Meeresfrüchte* an.

Ein betagter Stallknecht erhob sich sofort von der Steinbank vor dem Haus, wo er an einem Zaumzeug geflickt hatte. Beim Anblick von Emilias Stute Ambra leuchteten seine müden Augen auf. Er geriet vor Entzücken über das *allerprächtigste Vollblut* geradezu aus dem Häuschen. Er übernahm die Zügel und führte Pferd und Maultier in die angrenzenden Stallungen. Im Weggehen hörten sie noch, wie er mit den Tieren sprach und ihnen das *allerklarste Wasser* und das *allersaftigste Heu* versprach. »Ich denke, hier sind wir richtig – vorausgesetzt, die Gäste werden hier nur halb so gut versorgt wie ihre Tiere«, meinte Emilia lachend.

Sie betraten die Gaststube, wo ihnen der Geruch von frisch gebackenem Brot sofort den Mund wässerte. Der Wirt eilte ihnen geschäftig entgegen. Er hatte ein rotes, lustiges Gesicht und schien trotz seiner enormen Leibesfülle flink auf den Beinen. Mit bewundernswerter Elastizität verbeugte er sich vor ihnen. »Guten Tag, Ihr edlen Herren. Wie kann ich Euch zu Diensten sein?«

»Indem Ihr uns ein gutes und reichliches Abendessen kredenzt. Sind die Meeresfrüchte tatsächlich so frisch, wie es Euer Schild anpreist?«, erkundigte sich Emilia.

»Aber selbstverständlich, junger Herr«, erwiderte der Wirt mit einer weiteren Verbeugung. »Mein Sohn Gianni ist Fischer. Er hat sie erst am Morgen aus dem Meer geholt. Wenn ich den Herren etwas ganz Besonderes, sozusagen die Spezialität des Hauses, empfehlen darf: Unsere Langusten, leicht in Olivenöl, Kräutern und Knoblauch geschwenkt, sind ein wahres Gedicht.« Er schnalzte genießerisch mit der Zunge.

»Sehr gut, dann werden wir sie versuchen. Richtet uns zwei Portionen Eurer Langusten an.«

»Gern. Dazu einen Insalata di Pomodoro und einen kühlen Krug Weißwein aus der römischen Ebene, sofern es den Herren recht ist?«

»Warum nicht? Wir hätten auch gerne ein Zimmer für diese Nacht. Verfügt Ihr über eine Badestube oder wenigstens einen großen Zuber, Herr Wirt? Wir möchten uns vor dem Essen den Staub der Reise abwaschen«, erkundigte sich Serafina.

»Aber gewiss doch. Wir haben eine sehr schöne Badestube mit allen Annehmlichkeiten und für jeden Anspruch. Sie steht Euch zur Verfügung, edle Herren. Wenn Ihr mir bitte folgen wollt …« Tänzelnd lief er vor ihnen her und öffnete die linke von zwei Holztüren. Sie führte in einen langen, dunklen Korridor. Im Hintergrund befand sich eine schiefe Treppe, die vermutlich zu den Gästezimmern hinaufführte. Hinter der rechten musste sich die Küche verbergen. Ungemeine Wohlgerüche drangen von dort an ihre Nase.

»Valentina!«, brüllte der Mann unvermittelt in einer Lautstärke, die die jungen Frauen zusammenzucken ließ. Nur Sekunden später erschien ein adrettes Mädchen in schneeweißer Schürze und mit einem Häubchen auf dem Lockenkopf. Es knickste und schlug verschämt die Augen vor den jungen Edelleuten nieder.

»Meine Tochter Valentina, ein wahres Goldstück«, verkündete der Wirt und betrachtete sie wohlgefällig. »Sie wird Euch Euer Zimmer sowie die Badestube zeigen. Verfügt über sie.«

Valentina führte sie bis ans Ende des Korridors zu einer schmalen Pforte, die direkt in die Badestube führte. Mitten im Raum stand ein hölzerner Zuber bereit. Im Kamin brannte ein munteres Feuer, über dem ein großer Kessel mit Wasser dampfte. Einer Truhe mit schwarzen Eisenbeschlägen entnahm Valentina zunächst drei zusammengefaltete Badelaken. Zwei davon hängte sie auf ein Gestell vor dem Kamin, um sie anzuwärmen. Das dritte und größte drapierte sie über den Rand des Zubers und bedeckte auch den Boden damit. Derart zuvorkommenden Komfort waren die beiden Mädchen aus ihrer rauen Berggegend kaum gewohnt.

»Damit du dir keinen Schiefer in den zarten Allerwertesten ziehst«, flüsterte Emilia ihrer Freundin zu.

Valentina entfaltete weiter emsige Betriebsamkeit. Gemeinsam mit einer Magd füllte sie den Zuber mit Brunnenwasser und schüttete zuletzt den Kessel mit kochendem Wasser hinein. Zum Schluss händigte sie ihnen ein Stück Rosenseife aus. All diese Tätigkeiten hatte sie mit beharrlich gesenktem Häubchen verrichtet. Serafina und Emilia sahen nicht einmal die Farbe ihrer Augen. Als das Bad bereit war, knickste Valentina hastig und murmelte: »Dass hoffentlich alles zur Zufriedenheit der Herrschaften sei …« Dann machte sie auf dem Absatz kehrt und eilte davon, als wären alle Teufel der Hölle hinter ihr her. Emilia und

Serafina entlockte ihr Benehmen ein Kopfschütteln. »Na, so was, ganz schön verschreckt, das kleine Goldstück«, meinte Emilia verwundert.

»Nun ja. Die hohen Herren sind nicht zimperlich im Umgang mit dem dienenden Volk. Sicher ist es für die Kleine nicht förderlich, wenn der Vater sein Goldstück seinen Gästen mit den Worten ›Verfügt über sie‹ andient. Vermutlich hat das einer der Herrschaften wörtlich genommen.«

»Wer weiß? Vielleicht verfolgt der Vater die Absicht, sein Goldstück an einen Edelmann mit vielen Goldstücken zu verheiraten?«, erwiderte Emilia mit leisem Groll.

»Ja, die Väter dieser Welt, sie können sich wohl überall die Hand reichen. Sei's drum«, meinte Serafina. »Die Kleine tut mir leid, doch sie muss ihr eigenes Schicksal meistern. Apropos … Wenn wir in Rom angekommen sind, sollten wir besonders auf unsere Börsen achten. Die Beutelschneider dort sind zahlreich und berühmt für ihr Geschick. Jetzt lass uns endlich baden, deshalb sind wir hier. Puh«, Serafina schnupperte in Emilias Richtung, »du hast es wirklich nötig.«

Emilia warf mit dem trockenen Schwamm nach ihr.

Gleich darauf tauchte Emilia mit einem wohligen Seufzen in den geräumigen Zuber ein. Sie legte ihren Kopf zurück und gönnte sich einige Minuten der Ruhe, während Serafina energisch ihre Jacken ausbürstete. Danach half sie Emilia, ihre vom Straßenstaub stumpf gewordene Haarflut zu waschen. Emilia konnte förmlich spüren, wie sich ihr Haar unter dem duftenden Schaum der Rosenseife neu belebte. Serafina spülte mit klarem Wasser aus einem Krug nach. Mit leisem Bedauern erhob sich Emilia schließlich. Sie hätte es noch viel länger ausgehalten, doch nun war Serafina an der Reihe.

Im Zuber stehend, wrang Emilia ihr hüftlanges Haar aus. Das Feuer überzog ihren anmutigen Körper mit goldenem Licht, und Serafina, die mit einem vorgewärmten Badelaken bereitstand, fragte sich beim Anblick ihrer Freundin erneut, ob so viel Schönheit ein Leben in Frieden vergönnt sein würde.

Da geschah es: Die Pforte zur Badestube wurde aufgerissen. Erschrocken fuhren die beiden Frauen herum. Der Eindringling, ein stattlicher junger Mann mit einem baumelnden Handtuch über dem Arm, schien kaum weniger erschrocken zu sein. Wie festgewurzelt verharrte er im Türrahmen, unfähig, seinen Blick von der bezaubernden Szenerie abzuwenden. Sekundenlang tauchten seine Augen tief in die von Emilia ein, und Emilia war es, als träfen ihre Seelen aufeinander. Sie erkannten einander mit einer Erschütterung, die sie beide erbeben ließ. Mit seltsamer Klarheit begriff Emilia, wie es war, wenn einen die Liebe traf. So ähnlich musste Emanuele gefühlt haben, als er den göttlichen Funken empfing! Auch sie war entbrannt, in Liebe zu diesem Mann, nun erst fand ihr Dasein auf dieser Erde seinen Sinn, erfüllte sich mit dieser einen Begegnung. Sie las das gleiche Staunen in seinen Augen, öffnete die Lippen, streckte ihre Hand nach ihm aus. Da plötzlich änderte sich der Ausdruck in den Augen des Mannes, und Entsetzen, wenn nicht gar Abscheu, flammte in ihnen auf. Aber er fasste sich schnell. Gelassener Gleichmut zeichnete nun seine Züge, als er sich formvollendet vor ihnen verneigte: »Ihr Damen, wollt einem armen und erschöpften Wandersmann sein versehentliches Eindringen verzeihen. Ich versichere, es geschah ohne jede Absicht. Genießt weiter Euer Bad. Jedoch, um weiteren unliebsamen Überraschungen vorzubeugen, empfehle ich Euch dringend, hinter mir abzuschließen.« Er machte kehrt und schloss ohne Hast die Tür.

Serafina eilte zur Tür und schob den Riegel geräuschvoll vor. Mit dem Laken trat sie dann auf Emilia zu und hüllte sie darin ein. Sie wirkte sichtlich amüsiert: »Unglaublich, diese unvermuteten Streiche des Lebens, was? Wochenlang ziehen wir, als Krautjunker verkleidet, durch die Gegend und verstecken unsere weiblichen Attribute. Und bei der erstbesten Gelegenheit erwischt dich jemand in all deiner nackten Pracht. Wie dumm von mir, zu vergessen, die Türe abzusperren. Aber was für ein schöner und interessanter Mann das war! Ehrlich, ein solches

Prachtexemplar ist mir selten begegnet. Eigentlich ein Jammer, diese Verschwendung. Findest du nicht auch?«

»Hast du seine Augen gesehen?«, seufzte Emilia, die immer noch wie gebannt auf die Tür starrte. »Noch nie habe ich solche Augen bei einem Mann gesehen. Grün und geheimnisvoll wie der Grund des Meeres …« Sie wirkte entrückt, als weilte sie an einem verheißungsvolleren Ort. Endlich drang Serafinas Bemerkung in ihr Bewusstsein. »Was hast du gesagt? Wieso Verschwendung …?«

»Bist du denn mit Blindheit geschlagen? Wie kann dir bloß entgangen sein, Emilia, dass der Mann das Kleid eines Priesters trug? Ich wette, er ist Jesuit, wie dein Bruder.«

Der Wirt hatte ihnen nicht zu viel versprochen. Die Langusten waren köstlich, das zarte Fleisch zerging ihnen förmlich auf der Zunge. Gierig tauchten sie das duftige Brot in die Tunke aus Olivenöl und Knoblauch. Der Wirt hatte sichtlich seine Freude an seinen hungrigen Gästen. Gesättigt lehnten sie sich zurück und nippten an ihrem Wein. Emilia blickte sich mehrmals verstohlen in der Schankstube um, doch sie konnte den jungen Mann nirgendwo entdecken, auch nicht am nächsten Morgen bei ihrer Abreise. Sie fühlte sich seltsam enttäuscht, als hätte sie ein Versprechen empfangen, das nicht eingehalten worden war.

Nach einem Frühstück aus frischer Milch und noch warmen Blätterteighörnchen traten sie die letzte Etappe ihrer Reise an.

Der Wirt empfahl ihnen einen kleinen Umweg. Sie sollten Rom nicht über die Via Tiburtina, sondern unbedingt über die frühere Via Appia Antica, den Hauptzugang von Rom, betreten. Die beiden Freundinnen beschlossen, seinem Rat zu folgen, auch weil die Via Appia belebter war und sie somit eher in der Menge untertauchen konnten. Die Via Appia wurde bereits im Altertum als Königin der Straßen bezeichnet. Auf Betreiben des Konsuls Claudius Appius 312 v. Chr. erbaut, war sie die erste der großen römischen Straßen gewesen, verband Rom mit Capua und Tarent und endete in Brindisi. Heerscharen von Legionen waren auf ihr marschiert, auf dem Weg, ein Weltreich zu errichten.

Zwei Stunden später, nach einem gemächlichen Ritt durch eine Landschaft, geprägt von stiller Würde, näherten sie sich der Porta San Sebastiano. Die Straße begann erneut sanft anzusteigen. Sie folgten weiter den alten, teils brüchigen, mit Gras und Unkraut überwucherten Pflastersteinen. Überreste eingestürzter Bauwerke, verschüttete Katakomben und die Ruinen von Grabmonumenten aus ferner Zeit, säumten ihren Weg. Alles war umschlungen von frischem Grün, das sich nicht um die Vergangenheit scherte und den alten Stätten dadurch etwas Verwunschenes verlieh. Besonders das runde Grabmal der Cecilia Metella rührte an ihr Herz. Die Freundinnen stiegen kurz ab, um es näher zu betrachten. Cecilia war die viel geliebte Gattin des kaiserlichen Feldherrn Crassus des Jüngeren gewesen, der einst unter dem großen Augustus diente. Sie starb in der Blüte ihrer Schönheit. All jene Zeugnisse vergangener Größe lösten bei Emilia ein Gefühl der Wehmut aus, als hallte das Klagen der Ruinen in ihrer Seele wider.

Sie konnten bereits das Stadttor von Rom vor sich erkennen, als sich plötzlich der Himmel verdunkelte und sintflutartiger Regen auf sie niederging. Nass wie Katzen erreichten sie den Drususbogen. Gott sei Dank hielt der Regen nicht lange an, und bald zwängte sich wieder die Sonne zwischen den Wolken hindurch. Der Verkehr auf der Via Appia hatte stetig zugenommen, doch bald nach dem Passieren des Stadttors herrschte drangvolle Enge, und es roch nach Exkrementen.

Rom stinkt, dachte Emilia enttäuscht. Sie war die Weite und Frische der Berge gewohnt, und der faulige Gestank drohte sie zu überwältigen. Sie kamen nur quälend langsam voran. Ständig drängten sich zerlumpte Bettler an ihre Reittiere, und schmutzige Weiber hielten ihnen skrofulöse Säuglinge entgegen, die vermutlich gar nicht ihre eigenen waren. Dann wieder versprachen zwielichtige Gestalten ihnen *unvergleichliche Genüsse durch die schönsten Frauen Roms. Nur eine Dukate!* Betroffen dachte Emilia, wie weit Rom davon entfernt schien, sich als die von antiken Dichtern gepriesene, an Wundern unübertroffene Stadt zu präsentieren.

Ab der Via della Circo Massimo wurde es ein wenig erträglicher. Hier, vor den Toren des Vatikans, offenbarten sich Emilia die neueren Schätze Roms. Sie überquerten den Tiber auf der Ponte Vecchio und bogen in die schmalen Wege des mittelalterlichen Borgo ein, der dem Vatikan vorgelagert war. Im 9. Jahrhundert hatte Papst Leo IV., der Heilige, die nach ihm benannte Stadt zum Schutz der Pilger auf dem antiken Ager Vaticanus anlegen lassen. Sie erstreckte sich vom ausgebauten Mausoleum des Kaisers Hadrian bis hin zum Petersdom. Und dort, irgendwo innerhalb des Borgo, war Emanuele zu finden. Er studierte als Novize am Collegio Romano, das sein Ordensgründer Ignatius von Loyola einst ins Leben gerufen hatte. Falls überhaupt möglich, nahm das Gewimmel in den engen Gassen des Borgo noch zu. Sänften, Reiter, Klerus, Händler, Bedienstete und einfaches Volk trieben in den schmalen Straßen an ihnen vorbei. Emilia und Serafina reckten die Köpfe, aber noch blieb ihnen der Anblick der heiligsten Monumente des Kirchenstaates verwehrt. Einzig die von der Mittagssonne vergoldete Kuppel des mächtigen Petersdoms überragte die Szenerie im Hintergrund und kündete ihnen von der Glorie Gottes.

Aus Kalkül führte keine schnurgerade Prachtstraße auf die vor über einhundert Jahren von Bernini gestaltete Piazza San Pietro. Der aus den engen Gassen des Borgo tretende Besucher sollte sich unvermittelt vor einem weiten Raum wiederfinden, der ihn mit der dramatischen Wucht einer Theaterkulisse empfing. Der Petersplatz, in der Form einer Ellipse angelegt, wurde auf zwei Seiten durch beeindruckende Säulengänge eingerahmt. Laut Bernini sollten sie die ausgebreiteten Arme der Mutter Kirche symbolisieren, die alle Christen in ihrem Kreis willkommen hieß.

Aber an diesem Tag sollte den beiden jungen Frauen der imposante Anblick der Piazza San Pietro nicht vergönnt sein. Sie erhaschten eben noch die majestätischen, in der Sonne flimmernden Umrisse des Apostolischen Palastes – Residenz des neu gewählten Papstes Clemens XIV. –, als etwas völlig Unerwartetes geschah: Eine Stimme rief Emilia beim Namen – sie schien aus einem dunklen Torbogen zu ihrer Rechten zu kommen. »Emilia! Bleib stehen, aber sieh keinesfalls zu mir her. Tu so, als hätte Ambra ein Problem mit ihrem Huf.«

Emilias Herz verfehlte einen Takt. Nicht, weil dieser Jemand den Namen ihrer Stute kannte, sondern weil die Stimme zu ihrem Bruder Emanuele gehörte! Allein die ungewöhnliche Art und Weise ihrer Begegnung reichte aus, dass Emilia wie eingefroren verharrte.

»Was ist los, Emilia? Warum bleibst du stehen?«, fragte Serafina hinter ihr, und sie klang weniger neugierig als beunruhigt. In der Tat war Serafina, seit sie die Stadttore Roms passiert hatten, nicht wohl in ihrer Haut, mit jedem Meter, den sie sich dem Heiligsten des Kirchenstaats näherten, stieg ihr Zweifel an ihrem Unternehmen. Die leise Stimme ertönte erneut. Auch Serafina hörte sie nun, und der vertraute Klang ließ sie herumfahren.

»Still, und hört mir genau zu. Kehrt um und begebt euch unmittelbar zur Piazza del Popolo. Hinter den Zwillingskirchen findet ihr zur Rechten die Trattoria ›Il Piedegrande‹. Der Wirt ist ein Freund. Sagt ihm, dass ich euch schicke. Ich werde später zu euch stoßen. Geht jetzt, rasch!«

Beinahe mechanisch reagierten die jungen Frauen auf seine Anweisung. Die Strecke bis zur besagten Trattoria legten sie schweigend zurück. Sie konnten sich Emanueles ungewöhnliches Verhalten nicht erklären. Emilia wirkte geradezu verstört. Sie hatte die Tore Roms wie einen rettenden Anker empfunden, und die Vorfreude, Emanuele wiederzusehen, hatte ihre Sorgen erstickt. Nun kehrten sie übermächtig zurück.

Ein zweites Mal überquerten sie den Tiber, dessen graue, verschmutzte Fluten sie bedauerten. Kurz darauf langten sie an der Piazza del Popolo an. Drei Hauptstraßen Roms nahmen hier seit dem 16. Jahrhundert ihren Anfang: die Via del Corso, die Via del Babuino und die Via di Ripetta – der Tridente, Dreizack genannt.

Doch es waren nicht die beiden den südlichen Platz begrenzenden Zwillingskirchen, die zunächst die Aufmerksamkeit der beiden jungen Frauen auf sich zogen, sondern der hohe, mitten auf dem Platz aufragende ägyptische Obelisk. Sein Vorhandensein verblüffte sie. Der Obelisk strahlte etwas Fremdes und Archaisches aus. *Seht her,* schien er zu rufen, *ich bin das stolze Symbol aus einem Zeitalter, bevor das Christentum erwachte! Ich weise euch den Weg zum Himmel!* Da aber das Christentum bekanntlich alle Macht für sich in Anspruch nahm, hatte man dem heidnischen Symbol längst seinen Stempel aufgedrückt: Auf seiner Spitze prangte ein Kreuz.

Emilia und Serafina fanden die Herberge dort, wo Emanuele sie ihnen beschrieben hatte. Hinter ihr erhob sich der grüne Pincio-Hügel mit dem bereits legendären Palazzo Borghese und seinem weitläufigen Park.

Emilia betrat die Osteria alleine. Serafina zog es vor, bei den Tieren zu wachen. Lautes Stimmengewirr empfing die junge Frau. Am anderen Ende des Raumes entdeckte Emilia eine rotwangige Dienstmagd, die hinter der Schänke damit beschäftigt war, Zinnbecher zu polieren. Sie hielt auf sie zu. Die Magd hielt in ihrer Tätigkeit inne und sah dem Neuankömmling aufmerksam entgegen. Emilia fühlte sich durch die Blicke der ihr fremden Frau unangenehm berührt. Waren die Menschen in Rom alle so aufdringlich? Dieses ungenierte Verhalten war ihr bereits auf dem Weg durch die Gassen Roms aufgefallen. Offenbar entsprach die Erscheinung des jungen Edelmannes dem Geschmack der Dienstmagd. Sie lächelte Emilia kokett zu und deutete bei ihrer Frage nach dem Wirt auf einen Mann im hinteren Teil der Gaststube. Von jenem war kaum mehr zu sehen als ein imposantes Hinterteil, da dieser im Begriff stand, ein solides Eichenfass rückwärts in die Schankstube zu rollen. Emilia trat entschlossen auf ihn zu. Er begrüßte den vermeintlichen Gast mit einem jovialen Lächeln und erkundigte sich eifrig nach dessen Wünschen. Emilia gab sich ihm als Freund Emanuele di Stefanos zu erkennen, und das Lächeln des Wirts verlor an Kraft. Er warf einen seltsam prüfenden Blick über ihre schmalen Schultern hinweg, als verdächtigte er Emilia, einen Tross Höllenhunde hinter sich herzuziehen. Danach ergriff er ohne weitere Umschweife ihren Arm und verfrachtete die junge Frau in ein separates Hinterzimmer. »Seid Ihr allein?«, erkundigte er sich dort.

»Nein. Mein Begleiter wartet draußen.«

»Wartet hier, und rührt Euch nicht. Ich gehe ihn holen.«

Bald darauf kehrte er mit Serafina zurück. »Nehmt bitte Platz«, forderte der Wirt sie nun auf. »Ihr seid sicher hungrig und durstig. Ich lasse Euch sofort etwas bringen, während Ihr auf Pater di Stefano wartet. Ich bitte Euch nur, hierzubleiben und den Schankraum vorerst nicht zu betreten. Mit Verlaub, je weniger man Euch wahrnimmt, umso besser.« Er verschwand und kehrte mit einer mit Schinken und Käse beladenen Platte sowie einem Laib Brot zurück. Ihm auf dem Fuße folgte ein schmächtiger Jüngling, der ein Tablett mit einem irdenen Krug, Bechern und Essgeschirr balancierte. Er servierte mit ruhiger Hand, wobei er es vermied, die Besucher direkt anzublicken. Nach getaner Arbeit zog er sich sofort zurück.

»Greift tüchtig zu«, forderte der Wirt Emilia und Serafina auf. Er nahm den Krug mit Wein und füllte ihre Becher bis an den Rand. »Versucht den Frascati. Er stammt aus den Albaner Bergen vor den Toren Roms. Selbst der Papst trinkt keinen besseren!« Nachdem er sich selbst einen tüchtigen Schluck gegönnt hatte, fand er es an der Zeit, sich ihnen vorzustellen. »Mein Name ist Paolo Piedegrande, und ich heiße Euch im Namen von Pater di Stefano in Rom willkommen. Seine Freunde sind auch meine Freunde!« Er prostete ihnen zu.

Serafina kam der Wirt seltsam vor. Emilia schien ähnlich zu empfinden. Trotz aller zur Schau getragenen Leutseligkeit war unter dessen Oberfläche eine stete Wachsamkeit zu spüren.

»Was hat es mit dieser ungewöhnlichen Aktion auf sich, Meister Piedegrande?«, fragte Emilia rundheraus. Ihrer Meinung nach hatte er ihre Geduld lange genug auf die Probe gestellt. »Sprecht! Warum verbirgt sich Pater di Stefano? Er wird sich doch keine Schwierigkeiten eingehandelt haben?«

»Nein, beunruhigt Euch nicht, edler Herr. Leider kann ich Euch hierzu nichts weiter sagen. Pater di Stefano wird sicherlich bald eintreffen und Euch alles selbst erklären. Esst, der Schinken ist ein Gedicht.« Er schnippte mit den Fingern. »Meine Donna stellt ihn selbst her!« Er griff nach dem scharfen Messer, das in der Platte steckte, und schnitt für jede ein tüchtiges Stück herunter. Trotz des verführerischen Duftes von Wacholder und Knoblauch, der ihre Nasen kitzelte, verspürten die jungen Frauen keinerlei Appetit. Unruhe füllte ihre Mägen. Ungeduldig fieberten sie dem Eintreffen Emanueles entgegen.

Sie mussten jedoch lange warten. Erst am späten Nachmittag schwang die Tür auf. Emanuele strahlte, obwohl er aus einer tiefen Schramme an der Wange blutete und sein Gewand aussah, als hätte er sich im Straßenschlamm gebalgt. Schon flog Emilia in seine Arme. »Gott sei gepriesen«, rief er aus und drückte sie an sich. »Ihr tapferen Mädchen habt es tatsächlich geschafft! Als ich von deinem Verschwinden hörte, habe ich mir schon gedacht, dass dich dein Weg zu mir führen würde.« Er schob Emilia auf Armeslänge von sich und betrachtete sie liebevoll. »Sieh dich bloß an, du unverbesserlicher Wildfang!«, sagte er kopfschüttelnd.

»Serafina und ich haben uns furchtbare Sorgen um dich gemacht. Sag, was ist das für eine seltsame Geschichte? Warum müssen wir uns hier heimlich begegnen? Und wie siehst du überhaupt aus?«

»Ich werde euch beiden alles erklären, aber nicht hier. Ich bringe euch zum Haus eines Freundes. Kommt, um diese Zeit ist ganz Rom auf den Beinen. Die Betriebsamkeit ist unser bester Verbündeter.«

Sie ließen die Tiere vorerst bei Piedegrande im Stall zurück. Der Fußmarsch währte nicht lange. Das *Haus* des Freundes entpuppte sich als der Palazzo Colonna in der Via della Pilotta, in direkter Nachbarschaft der Basilica dei Santi Apostili. Ein würde-voll dreinblickender Majordomus öffnete ihnen auf ihr Klopfen. Falls er sich über ihre verschmutzten Kleider wunderte, ließ er sich dies jedenfalls nicht anmerken. »Pater di Stefano, welche Ehre!«, begrüßte er Emanuele.

»Gott zum Gruße, Donatus. Ich bringe Euch hier zwei Freun-de, die dringend eines Bades und einer warmen Mahlzeit bedür-fen. Ist die Principessa Vittoria zu Hause?«, erkundigte er sich.

»Ich bedauere sehr, Pater. Die Principessa ist heute Mittag aus-gegangen. Man erwartet sie aber vor dem Abendmahl zurück. Bitte, wenn Ihr und Eure Gäste mir folgen wollt.«

Mit der Würde eines Königs führte er sie durch die riesige, mit Marmorbüsten und vergoldeten Möbeln ausgestattete Ein-gangshalle. Über eine breite Marmortreppe ging es hinauf in den oberen Wohnbereich. Dort wies der Majordomus ihnen ein eigenes Appartement an. Anfänglich konnten sie nur die Farben Weiß und Rot darin unterscheiden, so sehr überwältigte sie der ungewohnte Luxus. Die Möbel waren golden, die Sessel und Sofas mit feinem Brokat bezogen, und überall standen auf zierli-chen Tischen Vasen mit Frühlingssträußen, die einen herrlichen Duft verströmten. Ein Prunkbett mit geschnitzten Pfosten und Vorhängen aus Samt mit vergoldeten Quasten vervollständigten die Einrichtung. »Es ist alles zu Eurer Bequemlichkeit bereit. Ich werde sofort Anweisung für Euer Bad erteilen. Falls Ihr weitere Wünsche haben solltet, so zögert nicht, mich diese wissen zu lassen.«

»Ich hätte einen Wunsch, Meister Donatus«, sagte Serafina. »Bitte lasst mir eine Schale mit heißem Wasser und etwas Schar-pie bringen.«

Emilia und Serafina nutzten die Abwesenheit des Majordo-mus, um das Appartement in Augenschein zu nehmen. »Wenn das nicht pompös ist!«, rief Emilia laut. Sie blieb vor dem Bett stehen, dessen Ausmaße eine sechsköpfige Familie verkraftet hätte. Staunend berührte sie das vergoldete Kopfteil, das wie ein Schwan mit ausgebreiteten Flügeln geformt war. »Jesus, hier herrscht mehr Prunk als in der Kathedrale zu Assisi! Woher kennst du solche reichen Leute, Emanuele? Wer ist dieser Freund, von dem du sprachst?« Sie nahm Anlauf, und ihre Absicht wurde Serafina und Emanuele gleichzeitig klar. Es war beinahe rührend anzusehen, wie die beiden auf Emilia zustürzten und versuchten, sie an ihrem Vorhaben zu hindern. Zu spät. Emilia plumpste bereits mit Schwung auf das Bett und versank sofort in der seidenen Üppigkeit. Entsetzt riefen Serafina und Emanuele wie aus einem Munde: »Himmel, Emilia, was tust du denn da? Deine Kleidung ist doch völlig verschlammt!«

»Puh, was seid ihr vornehm. Liegt wohl an der glanzvollen Umgebung … Die hat auf euch abgefärbt«, maulte Emilia, kämpfte sich aber bereitwillig aus der weichen Bettwolke hervor – nicht ohne einen kapitalen Schmutzfleck zu hinterlassen.

»Das Einzige, was hier abfärbt, bist du!«, schimpfte Serafina mit ihr. Emilia zuckte mit den Achseln. Betont lässig schlenderte sie zu einer Anrichte, auf der eine Schale, mit Füßchen wie Löwentatzen, thronte. Sie war randvoll mit exotischen Früchten gefüllt. Emilia stibitzte sich einen rosigen Pfirsich, grub ihre weißen Zähne hinein, und süßer Saft rann ihr Kinn hinab. Emanuele konnte nicht anders und brach in ein fröhliches Gelächter aus. »Ach, Emilia, du änderst dich wohl nie. Du bist und bleibst ein Kindskopf.« In seinem Ton lag liebevolle Nachsichtigkeit.

»Ja, leiste ihrem schlechten Benehmen noch Vorschub!«, rief Serafina mit gespielter Entrüstung. Aber auch sie lachte jetzt.

Es klopfte, und ein adrettes Dienstmädchen trat ein. Sie brachte Serafina das gewünschte Wasser und sauberes Verbandszeug. »Das Bad ist bereit«, verkündete sie dann.

»Geh du voran«, meinte Serafina zu Emilia. »Ich möchte mich noch der Verletzung des Paters di Stefano annehmen.« Wegen der Anwesenheit des Dienstmädchens wählte Serafina die förmliche Anrede.

Das Mädchen schritt durch den Raum und öffnete eine Tür, die so kunstvoll in die schimmernde Seidentapete integriert worden war, dass sie sich bisher ihren Blicken entzogen hatte. Sie führte geradewegs in einen luxuriösen Badetempel im römischen Stil. Sobald Emilia ihren Fuß über die Schwelle gesetzt hatte, fühlte sie sich wie in eine andere Welt versetzt. Der gesamte Raum war in ein zauberhaftes blaues Licht getaucht, das ihren Körper umfloss wie eine Wolke. Bei näherem Hinsehen erschloss sich Emilia das Geheimnis des Lichts: Boden und Wände waren mit winzigen Mosaikplättchen in verschiedenen Blautönungen ausgelegt worden. Über ein kleines, vergittertes Fenster unter der hohen Decke gelangte nur wenig Helligkeit herein. Mehrere Kandelaber verströmten zusätzliches Licht und sandten goldene Reflexe über die Wände. Nun entdeckte Emilia die Fresken unter dem hohen Gewölbe. Hier hatte ein Künstler seinen erotischen Fantasien detailverliebt Lauf gelassen: Nackte, ineinander verschlungene Leiber frönten mit bewundernswerter Biegsamkeit der Liebe. Trotzdem hatte der Maler es verstanden, jegliche Obszönität zu vermeiden. Vermutlich wegen der Leichtigkeit, mit der die Figuren neben dem Liebesspiel mit leichter Hand hier aus einem Pokal tranken und dort von üppigen Trauben naschten.

Trotz allem ein Anblick, der einer Jungfer die Röte ins Gesicht treiben konnte. Doch Emilia war nicht anfällig für solche Empfindlichkeiten. Im Boden war ein Becken eingelassen, zu dem drei Stufen hinabführten. Das Wasser darin dampfte verführerisch. Das Dienstmädchen hob einen Weidenkorb auf, entnahm ihm eine Handvoll parfümierter Rosenblätter und streute sie ins Wasser. Wie kleine rote Elfen trieben sie auf der Oberfläche dahin und entfalteten einen berauschenden Duft. Das Mädchen legte noch Badelaken auf einer römischen Bank bereit und verließ Emilia dann, indem es eine zweite Tür öffnete, die in den Flur hinausführte.

Emilia entledigte sich sofort ihrer Kleider und ließ sich in das warme Wasser gleiten. Das Becken war ausreichend groß. Sie tauchte und dehnte wohlig ihren Körper und genoss die Wärme, die ihn umspielte. Sie erblickte Serafina, die zögerlich am Eingang stehen geblieben war, Wechselkleidung auf dem Arm. »Das ist ja wie in einer blauen Grotte!«, rief diese entzückt.

»Sieh nur, wie groß das Becken ist. Los, komm herein!« Emilia bespritzte sie übermütig mit Wasser. Serafina brachte rasch die frischen Kleider in Sicherheit, entledigte sich ihrer beschmutzten und stieg hinein. Eine Weile ließ sie sich wohlig rücklings auf dem Wasser treiben. Natürlich sprang ihr sofort die spektakuläre Deckenbemalung ins Auge. *Sieh an*, dachte sie, *Emanuele scheint in Rom ja überaus interessante Bekanntschaften zu pflegen*. Mit einer duftenden Essenz aus einem der Flakons am Beckenrand wuschen sie sich gegenseitig die Haare. »Herrlich, so müssen einst die Kaiserinnen von Rom gebadet haben. Dieser Luxus ist zwar dekadent, aber einfach wunderbar«, schwärmte Emilia.

»Wie es scheint, wird das Becken von selbst mit Wasser versorgt, und es muss nicht mit Kübeln herangeschleppt werden«, bemerkte die praktische Serafina. Sie hatte die Kupferrohre entdeckt und nahm sich vor, das Geheimnis der Wasserzufuhr später zu erkunden. Während sie ausgiebig ihr Bad genossen, erklärte Serafina Emilia, dass sie eben mit Emanuele besprochen habe, dass sie ihre Tarnung als gemeinsam reisende Brüder nicht mehr aufrechterhalten wollten. Stattdessen werde Emanuele sie als Freundinnen der Tochter des Hauses, der Principessa Vittoria, ausgeben. Emilia kehrte danach zu ihrem Bruder zurück, während Serafina in das mitgebrachte Kleid schlüpfte, ihre und Emilias schmutzige Kleidung aufsammelte und das Bad durch die gleiche Tür verließ wie zuvor das Dienstmädchen. Sie wollte das Mädchen bitten, die Reisekleidung zu waschen. Sie hätte es selbst getan, doch das schickte sich nicht für eine junge Adelige. Emilia hatte sich indessen ein Badelaken um ihren Körper geschlungen, das feuchte Haar floss ihr in langen Kaskaden über die nackten Schultern herab.

»Ich hoffe, du hast mir noch warmes Wasser übrig gelassen«, schmunzelte Emanuele bei ihrem Erscheinen. »Braucht Serafina noch länger?«

»Nein, keine Bange. Sie ist bereits angekleidet und hat den anderen Ausgang benutzt. Sie möchte unsere Kleider so schnell wie möglich säubern.«

»Ja, unsere Serafina. Sie hat sich nicht verändert. Genau wie du, Schwesterherz.«

»Ja, wir bleiben uns treu. Auf dieser Reise haben wir alles miteinander geteilt.«

»Dem kann ich getrost zustimmen. Wie man sieht, machst du alles schmutzig, und sie macht es wieder sauber«, zog sie Emanuele ganz wie in alten Zeiten auf und zeigte auf das Bett.

»Schuft!«, rief Emilia mit gespielter Empörung. »Außerdem sollte man nicht mit Steinen werfen, wenn man selbst im Glashaus sitzt. Ich sage es wirklich nicht gern, Bruderherz, aber du stinkst.« Sie schnupperte an ihm.

»Ja, das ist die Essenz Roms«, erwiderte Emanuele aufgeräumt und entfernte sich, um das überfällige Bad zu nehmen. Frisch und rosig ließ sich Emilia auf dem Bett nieder. Sie hatte eine schwere Bürste aus Elfenbein vom Frisiertisch genommen und fing an, Strähne für Strähne zu bearbeiten. Sie ging dabei nicht eben sanft mit ihrem Haar um. Emanuele kehrte bald darauf, mit nacktem Oberkörper und nur in seine Beinkleider gehüllt, zurück. Mit einem Handtuch rubbelte er seinen Haarschopf trocken. Er blieb vor Emilia stehen und sah eine Weile zu, wie sie sich mit ihrem Haar abmühte. Schließlich nahm er ihr die Bürste ab. »Lass mich das machen.« Er setzte sich neben sie aufs Bett.

»Wie früher?«, murmelte Emilia.

»Wie früher«, erwiderte Emanuele und lächelte seiner Schwester zärtlich zu. Emilia nahm seine Hand: »Es ist wunderbar, wieder bei dir zu sein, Emanuele. Ich habe dich all die Jahre so sehr vermisst.«

»Ich dich auch, Schwesterherz.« Er begann vorsichtig, ihr Haar zu glätten. Schon als kleiner Junge hatte er es geliebt, dies zu tun. Sie hörten, wie sich die Tür hinter ihnen öffnete, ohne dass jemand zuvor angeklopft hätte. In der Annahme, dass Serafina zurückgekehrt sei, unterbrach Emanuele seine Tätigkeit nicht. Erst die folgende, unnatürliche Stille ließ ihn innehalten und sich der Tür zuwenden. Nicht Serafina stand dort, sondern ein Mann.

Dessen fassungslos starrem Gesichtsausdruck nach schien sich dieser zu fragen, welch teuflischer Halluzination er gerade erlag. Die dunkel gelockte Venus, deren Handtuch den Blick auf alabasterfarbene Schultern und Beine erlaubte, entsprach exakt der verlockenden Erscheinung, die sich seit gestern unauslöschlich in sein Hirn eingebrannt hatte. Sie hatte seine in Jahren hart erkämpfte innere Mitte im Bruchteil einer Sekunde aus dem Lot gebracht. Selbst die Beichte hatte ihm keine Erleichterung verschafft.

Mit Sicherheit bot die intime Szene Raum für Spekulationen. Was sollte man auch denken, wenn man eine halb nackte Frau und einen halb nackten Mann gemeinsam auf dem Bett antraf, während sich dieser mit ihrer Haarfülle beschäftigte?

Wie fast alle Missverständnisse entwickelte auch dieses eine eigene Dynamik, und die Dinge gerieten außer Kontrolle. Ein roter Nebel stieg vor den Augen des Neuankömmlings auf. Mit einem rauen Wutschrei warf er sich auf Emanuele und riss ihn von der gefährlichen Verführerin weg. Emanuele wurde von der Heftigkeit des Ansturms völlig überrascht. Ineinander verkeilt, stürzten die beiden Männer vom Bett und rollten über den Boden. Emanuele kam unter dem Mann zu liegen und kassierte einen mächtigen Fausthieb. Im ersten Schreck wie gelähmt, konnte Emilia kaum glauben, was sich direkt vor ihren Augen abspielte. Dann schrie sie empört auf und landete mit einem Satz auf dem Rücken des Eindringlings. Entschlossen bearbeitete sie den Kopf des Angreifers mit ihren kleinen Fäusten. Das rief ungefähr so viel Effekt hervor, als schlüge sie auf eine Marmorbüste ein.

Von weiß der Himmel woher tauchte plötzlich der Kater Paridi auf und stürzte sich wild fauchend ins Getümmel.

Schlussendlich blieb es der herbeigeeilten Serafina überlassen, den wütenden Kampf zu beenden. Sie schnappte sich einen Wasserkrug und goss den Inhalt mit einem Schwall über die

Kontrahenten aus. Vor Nässe triefend, hielten die drei verblüfft inne. Emilia hatte bei ihrem engagierten Einsatz ihr Badelaken verloren.

Die Tatsache, dass die Venus nun völlig nackt auf seinem Rücken saß, trieb dem Angreifer die Schamesröte ins Gesicht und entfachte erneut seinen Zorn. Wie ein störrisches Pferd seinen Reiter, schüttelte er Emilia ab, und sie purzelte mit einem entrüsteten Aufschrei auf den Boden. Serafina warf ihr geistesgegenwärtig einen langen seidenen Umhang über, den sie von einer Lehne gezerrt hatte.

»Seid ihr verrückt geworden?«, schrie sie. »Emilia, Emanuele! Was ist hier los? Und Ihr …«, Serafina wandte sich dem Eindringling mit zusammengekniffenen Augen zu, »Euch kenne ich doch! Was um alles in der Welt habt Ihr hier zu suchen?«

Der Augenblick, in dem alle wieder zu Sinnen kamen, war geradezu erdrückend in seiner Peinlichkeit. Das filigrane Muster des Mosaikbodens – besonders jenes unter dem jungen Fremden – erfuhr immens viel Aufmerksamkeit.

Emanuele durchbrach schließlich das Schweigen. »Nun ja, also … Jetzt, da wir uns alle wieder beruhigt haben, scheint es mir angebracht, uns einander bekannt zu machen. Emilia, darf ich dir Pater Francesco Colonna, meinen Ordenskollegen und guten Freund, vorstellen? Francesco, dies ist meine geliebte Zwillingsschwester Emilia, die Contessina di Stefano.«

Emilia, königlich in den seidenen Überwurf gehüllt, reichte ihm mit vollendeter Grazie ihre Hand. Francesco verbeugte sich tief – hauptsächlich, um nicht ihrem Blick zu begegnen. Er deutete einen Kuss an, ohne dass seine Lippen die Hand berührten: »Contessina Emilia. Ich bitte Euch in aller Form um Vergebung für meinen unverzeihlichen Auftritt. Ihr könnt Euch nicht vorstellen, wie entzückt ich bin, Euch endlich in persona kennenzulernen. Ihr seid mir bereits bestens vertraut durch … Ähm, ich meine, ich wollte sagen …« Er verlor den Faden seiner Ansprache. Angesichts dessen, was sich soeben ereignet hatte, erschien die Wortwahl tatsächlich unglücklich. Er begann erneut: »Verzeiht mir, Contessina. Das war ungeschickt. Selbstverständlich lag es mir fern, auf das eben Geschehene anzuspielen. Ich wollte sagen, dass Euer Bruder mir sehr viel von Euch erzählt hat. Seid willkommen im Palazzo Colonna, und fühlt Euch hier wie zu Hause.«

Emilia brachte ein huldvolles Lächeln zustande und entzog ihm dann hastig ihre Hand. Er sollte ihr Zittern nicht bemerken. Die zweite ungewöhnliche Begegnung mit dem jungen Mann hatte sie aus dem Gleichgewicht gebracht.

Nach der gegenseitigen Begrüßung, die Serafina mit einschloss, verkündete Pater Colonna, dass er und Emanuele sich zurückzuziehen gedachten, um wichtige Angelegenheiten zu besprechen. Emanuele ergänzte: »So lange bitte ich euch beide, das Gemach nicht zu verlassen. Die Bediensteten sind zwar vertrauenswürdig, doch haben wir ihnen nicht gesagt, dass du meine Schwester bist, sondern hielten es für angebracht, euch für Freundinnen der Principessa Vittoria auszugeben. Wir sehen uns später beim Abendessen.«

»Aber, Emanuele, ich habe noch so viele Fragen an dich«, versuchte Emilia, ihren Bruder zurückzuhalten.

»Liebste Schwester, leider muss deine Neugier sich noch etwas gedulden.«

Wenig später klopfte es. Die Zofe kehrte zusammen mit einem zweiten Mädchen zurück. Auf ihren Armen boten sie ihnen mehrere prächtige Abendroben zur Auswahl. »Mit den besten Empfehlungen des Principe. Sie gehören der Principessa Vittoria«, erklärte sie ihnen.

»Principe? Welcher Principe?«, rief Emilia erstaunt. Zu spät fiel ihr ein, dass ihr Bruder sich eingangs bei dem Majordomus nach einer Principessa erkundigt hatte. Dann musste es auch einen Principe geben.

»Dem Principe Colonna natürlich«, erwiderte das Mädchen, ob der scheinbar unsinnigen Frage seinerseits erstaunt. Serafina trat zu Emilia und legte ihr die Hand auf den Arm, um sie mit sanftem Druck daran zu erinnern, dass sie in diesem Palazzo als

Freundinnen der Principessa eingeführt waren. Da mochte Emilias Frage nach dem Principe in der Tat verwundern.

»Verzeiht«, beeilte sich Emilia zu beteuern. »Die Reise hat mich völlig erschöpft. Bitte dankt dem Principe und der Principessa in unserem Namen. Bitte verlasst uns nun. Ich möchte gern ein wenig ruhen.« Sie berührte ihre Schläfe, als litte sie an Kopfschmerzen. Die Mädchen beeilten sich, ihrer Aufforderung nachzukommen.

»Ich staune über dich, Emilia. Die Rolle der exaltierten Adeligen scheint dir auf den Leib geschneidert zu sein«, bemerkte Serafina anzüglich. Sie hatte sich dem Bett genähert, auf dem die Roben wie farbenfrohe Schmetterlinge ausgebreitet lagen. Serafina fuhr mit dem Finger über die schwere venezianische Seide. Wie beiläufig ergänzte sie: »Und wie du dem jungen Pater deine Hand zum Kuss dargeboten hast. Wirklich, unnachahmlich diese Grazie. Man könnte fast meinen, du hättest bisher nichts anderes getan, als in Adelskreisen zu verkehren.«

Ach, daher weht der Wind, dachte Emilia. Serafina hatte ihre Nervosität bei ihrer Wiederbegegnung mit dem jungen Priester bemerkt. Doch sie würde ihr nicht den Gefallen tun und ihre Neugierde befriedigen. Diese Erinnerung war zu kostbar und auch zu flüchtig, um sie mit jemandem zu teilen, auch wenn dieser Jemand Serafina war. »Heißt es nicht, dass jedes Talent an seinen Aufgaben wächst?«, erwiderte Emilia hoheitsvoll. Geschickt umging sie damit Serafinas zweite Bemerkung und antwortete nur auf Erstere.

»Er ist ein Mann Gottes, Emilia. Du solltest ihn dir besser gleich aus dem Kopf schlagen«, sagte Serafina sanft.

Emilias Mund zuckte. Sie ärgerte sich, dass sie ihrer Freundin so gar nichts vormachen konnte. Deshalb erwiderte sie im gleichen Tonfall: »So, wie du dir Emanuele aus dem Kopf geschlagen hast?«

Vor Schreck ließ Serafina das Kleid fallen, das sie eben aufgenommen hatte: »Das war nicht nett! Woher weißt du überhaupt davon?«

»Aus demselben Grund wie du. Weil wir beide uns zu gut kennen.«

»Das ist etwas anderes. Ich bin nicht du«, verteidigte sich Serafina.

»Was soll das wieder heißen?«

»Dass du niemals etwas freiwillig aufgibst. Je schwieriger eine Angelegenheit, umso hartnäckiger verfolgst du sie. Du bist dann wie ein Jäger, der der Schweißspur des Wildes folgt. Ich warne dich, du wirst bei Francesco niemals Erfolg haben. Er ist erstens Priester und zweitens anders. Besser, du siehst das gleich ein und ersparst euch beiden damit unangenehme Situationen.«

»Davon hatten wir ja schon ein oder zwei«, seufzte Emilia und plumpste auf das Bett. »Was meintest du damit, dass er anders wäre?«

»Ich glaube, dass Pater Colonna keine Frauen mag«, erklärte Serafina unverblümt.

Emilia riss die Augen auf. »Sicher wolltest du sagen, er darf sie nicht mögen.«

»Nein. Ich denke, er mag sie generell nicht. Ich maße mir zwar nicht an, auf den Grund seiner Seele blicken zu können, doch ich habe den Eindruck gewonnen, dass er den Frauen mit tiefem Argwohn begegnet. Er will mit ihnen nichts zu tun haben und würde sie am liebsten gänzlich meiden – außer natürlich jene, die seiner Familie angehören«, setzte sie hinzu.

»Wie bitte?« Emilia wirkte derart ratlos, dass Serafina tief Luft holte und zu einer weiteren Erklärung ansetzte: »Ich versuche, es dir auf eine andere Weise verständlich zu machen. Erinnerst du dich an das Pferd des Schmiedes von Santo Stefano? Du hattest deinen Vater bedrängt, es ihm abzukaufen, weil der Mann es ständig misshandelt hat. Wir haben Monate gebraucht, bis das Tier uns auch nur annähernd sein Vertrauen geschenkt hat.«

Emilia schnaubte. »Du willst damit doch nicht etwa behaupten, eine Frau hätte Francesco misshandelt?«

»Natürlich nicht, nicht so. Aber er scheint Frauen aus irgendeinem Grunde mit tiefem Misstrauen zu begegnen. Und Misstrauen verhält sich wie eine Wunde, die unter der Haut schwärt. Es vergeht nicht mit der Zeit, sondern wirkt wie ein Gift, das weiter gärt. Bitte versuche ihn daher nicht, Emilia, sondern sieh in ihm lediglich den Freund deines Bruders.«

»Wie kommst du darauf, dass ich ihn versuchen würde?«, brauste Emilia auf.

»Du hast mich genau verstanden«, seufzte Serafina. »Ich habe dich und auch Francesco beobachtet. Seine Reaktion, als er dich nackt im Zuber erblickt hat, und das Missverständnis eben mit Emanuele waren, finde ich, aufschlussreich genug. Auch wenn er ein Priester ist, so bleibt er doch ein Mann. Je mehr du ihn versuchst, umso mehr wird er dich und auch sich selbst dafür hassen. Dann bleibt dir nicht einmal seine Freundschaft.«

»Hast du vielleicht daran gedacht, dass nicht ich, sondern Gott ihn versucht? Wie hoch ist die Wahrscheinlichkeit, dass derselbe Mann dieselbe Frau unfreiwillig gleich zweimal nackt antrifft?«

Serafina stemmte die Hände in die Hüften. »Dich ärgert doch nur, dass ich dich mit der Nase auf etwas gestoßen habe, was du selbst besser wissen solltest.« Sie sah Emilia streng an.

»Ist ja schon gut. Du kannst die Milch wieder abschäumen«, lenkte Emilia ein. »Aber wenn es mir gelänge, sein Vertrauen zu erringen, dann …«

»Nein, Emilia«, unterbrach Serafina sie sofort. »Lass es gut sein. Francesco ist nicht für dich bestimmt. Was auch immer es ist, was ihm zu schaffen macht, er scheint seinen Seelenfrieden in Gott gefunden zu haben. Nimm ihm das nicht weg. Freundschaft ist alles, was er dir bieten kann.«

»Ich hätte wissen müssen, dass ich dir nichts vormachen kann«, stöhnte Emilia. »Also gut, Francesco hat von mir nichts zu befürchten. Im Grunde ist mir selbst klar, dass er für mich unerreichbar ist – komm, lass uns lieber die Kleider anprobieren.«

Ohne zu zögern, griff sie nach der auffälligsten unter den Roben, einem Traum in Karmesinrot. Serafina betrachtete Emilias schnelles Einlenken mit Argwohn. Sie beschloss jedoch, im Augenblick nicht weiter in sie zu dringen, sondern sich vorerst auf die Rolle der stillen Beobachterin zu beschränken.

Emilia testete das Kleid vor dem Ankleidespiegel. Winzige schwarze Perlen zierten den tiefen Ausschnitt und die Taille. Mit dem Entzücken von Frauen, die wochenlang in verschwitzter Männerkleidung gesteckt hatten, schwelgten sie in den kostbaren Stoffen. Am Ende entschied sich Emilia doch gegen das Rote. Das Kleid flößte ihr ein Gefühl von Unangemessenheit ein. Seine Pracht eignete sich eher für einen Ball und weniger für ein Abendessen im Kreis der Familie. Sie wählte daher ein Kleid aus kornblumenblauer Seide, dessen Farbe exakt dem Ton ihrer Augen entsprach. Serafina schlüpfte in ein Samtkleid in der Farbe von reifem Korn. Die jungen Frauen überlegten eben, was sie mit ihrem Haar anstellen sollten, als die Tür zu ihrem Appartement schwungvoll aufgerissen wurde. Auf der Schwelle stand eine kleine, zierliche Frau, die geradezu vor Energie vibrierte. Ihr Reitkleid aus grünem Samt harmonierte perfekt mit dem kastanienbraunen Schopf, den ein winziger Dreispitz mit lustig wippender Pfauenfeder zierte. Sie stürzte sich sofort auf Emilia und umarmte sie stürmisch. »Herrlich, da seid Ihr ja endlich! Ich könnte meine Feder verspeisen, dass ich ausgerechnet heute Nachmittag nicht zu Hause weilte. Dabei tue ich nichts anderes, als seit Tagen auf Euch zu warten, ehrlich. Schuld ist dieser musikalische Wunderknabe aus dem Heiligen Römischen Reich, dessen Begabung seit Kurzem in aller Munde ist. Verzeiht Ihr mir? Ich musste ihn heute unbedingt spielen hören. Ein hübscher Knabe, und seine Begabung ist wirklich göttlich! Ich spiele selbst das Pianoforte, wisst Ihr, und man sagt, sogar ganz gut. Stellt Euch vor, es ist mir gelungen, ihn zu sprechen. Er kommt, er kommt tatsächlich heute Abend hierher, zusammen mit seinem Vater! Oh, ich bin ja so aufgeregt. Es heißt, dass der Papst ihn zum Ritter vom Goldenen Sporn ernennen wird. Den Sohn, natürlich, nicht den Vater. Oh, es ist so schön, dass Ihr eingetroffen seid! Wir werden viel Spaß haben.« Sie klatschte begeistert in die kleinen Hände. Als Nächstes erspähte sie die Kleider auf dem Bett. »Ah, ich sehe, dass man Euch schon eine Auswahl meiner Roben gebracht hat! Ihr seht furchtbar entzückend darin aus, meine Liebe, wirklich. Das Blaue steht Euch viel besser als mir selbst.« So ging es noch eine ganze Weile weiter. Sie schien keine Luft holen zu müssen.

Emilia hingegen fühlte sich durch diesen weiblichen Wirbelsturm inzwischen etwas atemlos. »Ihr seid …?«, versuchte sie, die erste Lücke zwischen zwei Sätzen zu nutzen.

»Oh, Verzeihung, wo habe ich nur meine Manieren gelassen«, unterbrach sie der Wirbelsturm. »Aber natürlich, Ihr könnt mich ja gar nicht kennen. Obwohl ich selbst Euch schon sehr gut zu kennen glaube. Emanuele hat mir derart viele unglaubliche Geschichten aus Eurer Kindheit erzählt. Stimmt es, Ihr habt tatsächlich Erdgeister und Feen beobachtet?« Sie blickte Emilia aus großen braunen Augen erwartungsvoll an. Ihr Charme war unwiderstehlich. Emilia schätzte sie auf vierzehn, höchstens fünfzehn Jahre. Sie war nicht sonderlich hübsch nach den geltenden Maßstäben, hatte jedoch eine zarte, reine Haut, eine süße Stupsnase und strahlte eine mitreißende Lebensfreude aus, der man sich nicht entziehen konnte.

»Ich sehe, ihr habt euch bereits miteinander bekannt gemacht?«, fragte Emanuele in die Runde. Er hatte unbemerkt den Raum betreten.

»Äh … Nun ja … Nein … Ich meine, wir waren gerade dabei«, stotterte das junge Mädchen und schlug rasch seine Augen nieder. Ihr Gesicht nahm die Farbe reifer Tomaten an. Ihre Verlegenheit entlockte Serafina ein kleines Lächeln. Die Kleine schien in Emanuele verschossen. Plötzlich riss das Mädchen seine Augen auf und rief: »Meiner Treu, Pater di Stefano! Euer Gesicht …! Was ist Euch geschehen?«

Emanuele betastete seine geschwollene Nase. »Ein kleines Missverständnis. Aber ich scheine mitten in Eure Bekanntmachung geplatzt zu sein. Erlaubt Ihr mir, das ich dies für Euch übernehme?«

»Natürlich, Pater di Stefano. Waltet Eures Amtes.« Sie versank in einen graziösen Knicks.

»Verehrte Principessa Vittoria, darf ich Euch meine liebe Zwillingsschwester Emilia di Stefano und ihre gute Freundin, Serafina La Tedesca, aus meiner Heimat Santo Stefano di Sessanio vorstellen? Emilia, Serafina, das ist die Principessa Vittoria, Francescos Schwester.«

Auch nach der gegenseitigen Vorstellung ließ die lebenssprühende Principessa nicht von Emilia und Serafina ab. Ununterbrochen sprudelten Pläne und Einfälle aus ihr hervor, was sie zusammen alles unternehmen würden. Sie plapperte weiterhin ohne Punkt und Komma.

»Kann sie auch einmal still sein?«, erkundigte sich Serafina später leise bei Emanuele.

»Ich fürchte, nein«, erwiderte er ebenso leise.

Die Principessa musste sich dann von ihnen verabschieden, da sie sich noch den Vorbereitungen für den Abend widmen müsse, wie sie verkündete. Es werde ein Privatkonzert des Wunderknaben geben, mit anschließendem festlichen Abendessen, und Emanuele müsse sie unbedingt bei der Menüfolge beraten! Vittoria hakte den Hilflosen unter und schleppte ihn davon. Emilia und Serafina blieben gleichermaßen amüsiert wie enttäuscht zurück. Sie hatten sich bereits Hoffnungen gemacht, endlich ihre brennenden Fragen an Emanuele richten zu können. »Sag mal«, meinte Emilia mit gekräuselter Stirn. »Wenn die kleine Vittoria eine Principessa ist und Francesco ihr Bruder, dann ist er womöglich auch der Principe, von dem die Zofe vorhin gesprochen hat?«

»Principe und Jesuit, das passt«, meinte Serafina lakonisch.

Als Emilia und Serafina später durch einen Diener nach unten gebeten wurden, trafen kurz darauf auch die beiden ausländischen Gäste ein. Vittoria eilte ihrem Besuch mit raschelnden Röcken durch die Eingangshalle entgegen. Die Principessa hatte sich für den Abend herausgeputzt und trug eine cremefarbene Traumrobe, die ab der schmalen Taille in einem wahren Wasserfall an Volants herabfiel. Stolz präsentierte sie ihre Gäste: den ehrenwerten Signor Leopold Mozart, seines Zeichens Hofkomponist, und seinen überaus begabten Sohn Wolfgang Amadé. Emilia musterte ihn enttäuscht. Sie wusste nicht genau, was sie nach Vittorias Schwärmereien erwartet hatte. Sicherlich nicht das. Sie fand den großartig angekündigten Wunderknaben etwas blass unter der gepuderten Perücke und leider auch durch einige Pockennarben gezeichnet.

Das folgende Privatkonzert änderte alles. Nachdem die Musik geendet hatte und die anderen sich anschickten, das Musikzimmer zu verlassen, verharrte Emilia weiter auf ihrem Platz. Ihr Antlitz barg den Ausdruck tiefster Verzückung. So sehr war sie dem eben Gehörten verhaftet, dass ihr der einzige interessierte Blick entging, den der junge Principe Colonna ihr an diesem Abend zuwarf. Emanuele weckte seine Schwester aus ihrer Versunkenheit, indem er ihr seinen Arm bot und sie in das hell erleuchtete Speisezimmer geleitete. Die Tafel für die Gäste war bereitet. Silbernes Besteck mit dem gekrönten Säulen-Wappen der Colonnas funkelte neben Geschirr aus edlem Porzellan. Diener füllten die Kristallpokale mit rotem Wein und trugen schwere Platten auf, beladen mit unzähligen Köstlichkeiten. Kaum aber, dass sie Platz genommen hatten, erschien der Majordomus Donatus und kündigte weiteren Besuch an. Leider klebte ihm dieser bereits an den Fersen. Die Höflichkeit gebot, die späten Gäste mit an die gemeinsame Tafel zu bitten. Rasch und diskret legte die Dienerschaft zwei Gedecke nach, und das Grafenpaar Aquaviva gesellte sich zu ihnen. Bei den Aquavivas handelte es sich um Bekannte der Eltern der Geschwister Colonna. Vittoria verriet Emilia, dass die Aquavivas berühmt dafür waren, unangemeldet aufzutauchen, und keine Hemmungen kannten, sich aufzudrängen. Auch galt die Gräfin als furchtbare Klatschbase.

Wie zuvor besprochen, wurden Serafina und Emilia dem Paar als Freundinnen Vittorias aus Florenz vorgestellt, die sie dort bei ihrem letzten Aufenthalt kennengelernt hatte. Der Graf war hochbetagt – die Gräfin, eine füllige Person, deren Busen ihren Schnürleib zu sprengen drohte, mindestens dreißig Jahre jünger. Das Jahr über weilten sie meist in ihrem Palazzo in San Felice di Circeo am Meer südlich von Rom, »weil dort die Luft meinem Augusto so guttut«, wie die Gräfin zwitscherte. Zweimal im Jahr reisten sie umher, um allen Verwandten und Bekannten im Umkreis ihre Aufwartung zu machen – oder »sie zu belästigen«, wie Vittoria Emilia zuflüsterte. Emilia zählte mindestens vier verschiedene Schönheitspflästerchen im Gesicht der Gräfin, nebst einem fünften auf ihrem ausladenden Dekolleté, das die Form eines Segelschiffes aufwies.

Francesco saß der eleganten Tafel vor. Zu seiner Linken hatte man Serafina, Vater Mozart und das Grafenpaar platziert, zur Rechten die Zwillinge, Vittoria und den Wunderknaben. Zu Serafinas Erstaunen, die die Sprache selbst gut beherrschte, parlierte Vittoria in deutscher Sprache mit ihren musikalischen Gästen. Auch Francesco sprach die Sprache fließend, Emanuele und Emilia recht leidlich, da Serafina sie als Kinder darin unterrichtet hatte.

Die Gräfin Aquaviva schien einen Narren an Emilia gefressen zu haben und saugte sich förmlich an ihr fest. So erkundigte sie sich unter anderem, bei welchem Schneider sie ihr Kleid habe anfertigen lassen und ob sich die Mode in Florenz sehr von der in Rom unterscheide? Emilia blieb keine Wahl, als auf ihre Fragen einzugehen. Geschickt lavierte sie sich durch die Antworten. Dabei fand sie es befremdlich, im Beisein von zwei Priestern das Blaue vom Himmel herablügen zu müssen. Vittoria bemerkte ihr Unbehagen und sprang für sie, so oft es ging, in die Bresche. Die junge Principessa entfaltete ein wahres Feuerwerk an witzigen Bonmots und Bemerkungen. Dank ihrer geriet die Unterhaltung nicht eine Sekunde ins Stocken. Vittorias Rechnung ging auf. Die Gräfin fand kaum mehr eine Möglichkeit, ihr Wort an Emilia zu richten. Vittorias muntere Art entzückte, zumal ihre Ausführungen eine tief gehende Bildung offenbarten. Emilia war hingerissen von Vittorias Esprit und fand die junge

Principessa absolut faszinierend. Sie entsprach in keiner Weise dem Bild, das man ihr von dem gebotenen Verhalten eines Mädchens von Adel gezeichnet hatte. In Assisi, wie auch zu Hause, hatte man sie gelehrt, dass Mädchen still und sittsam bei Tisch zu sitzen hatten. *Dem Manne zur Zierde.* Wie oft hatte das ihre Tante Colomba betont? Vittoria kannte in dieser Hinsicht keine Scheu. Sie drängte sich auf charmante Art in den Vordergrund, ohne aufdringlich zu wirken.

Auch ihr Bruder schien an ihrem Verhalten keinen Anstoß zu nehmen. Im Gegenteil: Emilia konnte mehrmals beobachten, dass er seine Schwester mit einem liebevoll nachsichtigen Blick bedachte, in dem keine Spur von Missbilligung lag. Francesco schien seiner kleinen Schwester sehr zugetan. Sie selbst mühte sich den ganzen Abend über, seine Aufmerksamkeit zu erregen. Doch mehr als einige höfliche und nichtssagende Floskeln konnte Emilia ihm nicht abringen. Zwar antwortete er, wenn es ihr gelang, eine Frage an ihn zu richten, er ließ sich aber auf kein Gespräch ein. Sein unnahbares Verhalten verletzte sie. Vermutlich kaute der stolze Francesco Colonna noch an der Peinlichkeit seines Auftritts. Der Gedanke an ihre beiden ungewöhnlichen Begegnungen ließ sie nachträglich heftig erröten. Sie blickte zu ihrem Bruder, dessen lädierte Nase farbenfroh schillerte. Dabei hatte Emilia den Eindruck, dass er dem Ganzen die komische Seite abgewann. Das versteckte Grinsen, das er während des Essens spazieren führte, entging ihr keinesfalls. Ihr Bruder amüsierte sich augenscheinlich köstlich über Francescos betretene Miene. Am Ende der Mahlzeit wurde ihnen eine pechschwarze Flüssigkeit in winzigen, vorgewärmten Porzellantassen serviert. Ihr Inhalt verströmte einen eigenwilligen und belebenden Duft.

»Mmh, ist das Kaffee?«, rief Serafina begeistert und reckte ihren Hals. Ihre Nasenflügel bebten kaum merklich.

»Ja. Es gibt nichts Besseres nach einem üppigen Mahl. Ich kann darauf nicht mehr verzichten«, schwärmte Vittoria und schaufelte mit einem silbernen Löffelchen Zucker in ihre Tasse. Sie leerte sie mit zwei Schlucken und leckte sich die Lippen.

»Vittoria!« Ihr Benehmen brachte ihr den ersten erkennbaren Tadel ihres Bruders an diesem Abend ein. Vittoria brach in ihr bezauberndes Lachen aus und entblößte dabei die winzige Lücke zwischen ihren beiden Schneidezähnen. Der junge Mozart starrte sie hingerissen an.

Emilia griff nach der zierlichen Tasse und führte sie vorsichtig an ihre Lippen. Der Kaffee schmeckte herb. Sie gab noch einen weiteren Löffel Zucker hinzu und widerstand danach nur knapp der Verlockung, sich wie Vittoria ebenfalls über ihre Lippen zu lecken. Nach dem Kaffee neigte sich der Abend seinem offiziellen Ende zu. So schön er auch gewesen war und so sehr sie die Musik, das Essen und die Gesellschaft genossen hatte, brannte Emilia darauf, endlich allein mit Emanuele zu sprechen.

Vater und Sohn Mozart verabschiedeten sich als Erste. Der Knabe war sichtlich müde. Die Aquavivas hingegen verfügten über Sitzfleisch und strapazierten die Gastfreundschaft schamlos eine weitere Stunde. Endlich erhob sich die Gräfin mit den Worten: »Der gute Augusto benötigt seinen Schlaf.« Augusto fuhr verwirrt aus seinem Nickerchen auf. Arm in Arm schwankten sie schließlich von dannen.

»Meiner Treu, ich dachte schon, sie würden sich hier häuslich niederlassen«, stöhnte Vittoria und sprach damit allen Anwesenden aus dem Herzen.

Nachdem das Paar entschwunden war, hatte Emilia angenommen, dass Francesco seine Schwester ebenfalls hinausbitten werde. Doch zu ihrem Erstaunen geschah nichts dergleichen. Offenbar hatten weder ihr Bruder noch Emanuele Geheimnisse vor ihr.

Emilia konnte ihre Neugier nicht länger zügeln. Mit einer ungeduldigen Bewegung wandte sie sich ihrem Bruder zu: »Endlich allein. Nun verrate mir, warum du dich gezwungen sahst, Serafina und mich im Geheimen abzufangen? Steckst du in Schwierigkeiten?«

»Ich nicht direkt, aber du. Damit könnte man aber auch sagen, wir«, lautete die kryptische Antwort.

»Herrje, Emanuele, seit wann sprichst du in Rätseln?«, entfuhr es Emilia.

»Die Angelegenheit ist tatsächlich kompliziert. Ich beginne daher besser ganz von vorn. Vor allem darf das, was ihr nun erfahren werdet, diesen Raum unter keinen Umständen verlassen. Es wäre gefährlich. Wie du weißt, Emilia, bin ich Jesuit und werde bald die Priesterweihe empfangen. Doch mein Orden befindet sich in einer prekären Lage. Tatsächlich steht die weitere Existenz des Jesuitenordens auf dem Spiel.«

»Was erzählst du da?«, rief Emilia ungläubig. »Der Jesuitenorden ist der mächtigste Orden überhaupt! Ihr seid die Speerspitze Gottes. Hat nicht Papst Clemens XIII. den Jesuitenorden mit einer päpstlichen Bulle extra bestätigt?«, erinnerte Emilia ihren Bruder daran, was er ihr selbst geschrieben hatte.

»Stimmt, die *Apostolicum pascendi munus*. Clemens XIII. hat sie 1765 gegen den Widerstand der Könige Frankreichs, Spaniens und Portugals erlassen. Doch dieser Papst, der uns seine Solidarität versichert hat, ist vor einigen Monaten völlig überraschend gestorben. Ihr werdet davon gehört haben. Seitdem hat sich die Situation für unseren Orden zugespitzt. Schon vor Jahren wurden wir in Portugal und Frankreich verboten. Hunderte unserer Brüder wurden damals ermordet. Danach folgte unsere Vertreibung auch aus Spanien und den Königreichen Neapel und Parma.«

»Aber warum, um Himmels willen, wollen diese Länder euren Untergang?«

»Ihre Herrscher spielen das alte Spiel der Macht. Der Orden des heiligen Ignatius hat sich im Laufe der Jahrhunderte zu viele mächtige Feinde geschaffen«, erklärte Emanuele ernst.

»Ich wusste nicht, dass es so schlimm steht«, erwiderte Emilia erschüttert. »Aber inwiefern könnten die Schwierigkeiten eures Ordens mit mir zu tun haben?«

»Du wirst es gleich verstehen. Wie erwähnt, starb Clemens XIII. völlig unerwartet. Unser Pater General, Lorenzo Ricci, weilte noch am Vorabend bei ihm und konnte dabei feststellen, dass sich der Papst bester Gesundheit erfreute. Sie besprachen die Kardinalskonferenz, die am nächsten Tag stattfinden sollte. Wenige Stunden darauf hieß es plötzlich, Clemens XIII. sei gestorben. Sein unerwarteter Tod zu diesem Zeitpunkt kam gewissen zersetzenden Kräften äußerst gelegen: Der Papst verschied ausgerechnet wenige Stunden vor der Konferenz, die über die aktuelle Lage der Kirche und des Jesuitenordens bestimmen sollte. Francesco und ich sind überzeugt davon, dass der Papst von den Feinden des Jesuitenordens ermordet wurde. Das schlägt den Bogen zu dir, liebste Schwester. Zu diesen Feinden des Ordens zählen der Herzog von Pescara und insbesondere die Herzoginmutter Beatrice.«

Emilia verschlug es die Sprache. Auch Serafina schnappte hörbar nach Luft. Endlich flüsterte Emilia: »Was sagst du da? Der Mann, dem ich durch Pieros Verrat versprochen wurde, könnte in ein Komplott zur Ermordung des Papstes verwickelt sein? Heilige Madonna ...«

»Natürlich haben der Herzog oder seine Mutter hierbei nicht selbst Hand angelegt. Aber wir sind uns sicher, dass sie die Verschwörung finanziell unterstützt haben. Der Herzog von Pescara verfügt über eines der größten Vermögen des Landes.«

»Aber woher bezieht ihr euer Wissen? Beruht es nicht vielmehr auf reinen Annahmen?«

»Leider nein. Pater Francesco ist die rechte Hand des Pater General Ricci und genießt sein Vertrauen. Er hat es von ihm selbst erfahren. Unser Orden war in den letzten Jahren zunehmend Verleumdungen ausgesetzt. Dem Papst wurden üble Lügen über uns zugetragen, vor allem jene, dass wir Jesuiten dem Papst die heiligste Reliquie der Christenheit gestohlen hätten.«

»Welche Reliquie?«, fragte Emilia sofort.

»Die Natur der Reliquie ist ein Geheimnis, welches seit beinahe zweihundertfünfzig Jahren allein der Papst und der jeweilige Generalobere des Jesuitenordens miteinander teilen. Unser Ordensgründer Ignatius von Loyola brachte die Reliquie 1524 von seiner Pilgerreise aus Jerusalem zurück. Als Papst Paul III.

1540 die Gründung des Jesuitenordens bestätigte, übergab ihm Ignatius die Reliquie. Doch Papst Paul hielt den Zeitpunkt für eine Publikmachung für schlecht gewählt. Sein Pontifikat stand unter keinem guten Stern. Er kämpfte gegen Luthers ketzerische Reformation, wie auch gegen Heinrich VIII., der die Abspaltung der Englischen Kirche von Rom betrieb. Darum bat Papst Paul seinen Freund Ignatius von Loyola, die Reliquie aufzubewahren, so lange, bis er oder einer seiner Nachfolger befänden, dass sie den Gläubigen präsentiert werden könne. Der Papst bestätigte die Rückgabe an Ignatius mit einem Dokument, das sein päpstliches Siegel trug. Seitdem haben alle seine Nachfolger dieses Dokument mit ihrem persönlichen Siegel bestätigt. Als nun Clemens XIII. das Gerücht zugetragen wurde, dass die Jesuiten die Reliquie einst aus dem päpstlichen Geheimarchiv gestohlen hätten, rief er am Abend vor der Kardinalskonferenz unseren Pater General zu sich. Er bat Ricci, ihm eben jenes Schriftstück kurzzeitig zu überlassen. Clemens XIII. beabsichtigte, es am folgenden Tag der versammelten Kardinalskonferenz zu präsentieren und damit ein für alle Mal den Lügen über den Jesuitenorden ein Ende zu bereiten. Doch er starb in jener Nacht, und das Dokument, das die Wahrheit offenbart und die Lüge enttarnt hätte, verschwand spurlos aus dem päpstlichen Privatgemach.«

»Ich verstehe«, hauchte Emilia. »Nun kann dein Orden den Beweis nicht mehr erbringen, dass er die Reliquie nicht gestohlen hat, und eure Feinde können weiter ihre Lügen verbreiten.«

»So ist es. Der Diebstahl dieses für uns lebensnotwendigen Dokuments beweist, dass es ein von langer Hand geplantes und raffiniertes Komplott war, von dem unsere Feinde doppelt profitieren: Man diffamiert den Jesuitenorden und schafft sich gleichzeitig mit dem Papst den größten Befürworter unseres Ordens vom Hals. Clemens XIII. vertraute Pater Ricci am Abend vor seinem Tod sogar selbst an, dass er um sein Leben fürchte. Für den Fall der Fälle hat er ihm einige wichtige Papiere übergeben. Aus einem der Protokolle geht hervor, dass der neue Papst, ebenfalls mit Namen Clemens, mit der Herzoginmutter Beatrice eng bekannt ist. Von Bedeutung ist hier auch, dass der neue Papst viele Jahre als Konsultator des Heiligen Offiziums fungierte.«

»Was bedeutet diese Position?«

»Es bedeutet, dass der heutige Papst einst der Heiligen Römischen Inquisition vorstand«, antwortete Serafina an Emanueles statt. Ihr Gesicht war kreidebleich, doch ihre bernsteinfarbenen Augen glühten, als loderten darin die Feuer vergangener Scheiterhaufen.

»Ich verstehe«, sagte Emilia und verstand gar nichts.

Francesco, der betroffen vor sich hingestarrt hatte, ergriff nun das Wort: »In dieser Eigenschaft untersuchte Clemens XIV., der damals noch Gian Vincenzo Ganganelli hieß, eine Reihe von abscheulichen Verbrechen in Rom. Zu dieser Zeit verschwanden Dutzende von Knaben und Mädchen. Damals wurden Anschuldigungen gegen Mitglieder der römischen Aristokratie wie auch gegen hochrangige Vertreter der Kurie erhoben. Diese Anschuldigungen spalteten Rom. Hohe Würdenträger der Kirche, allen voran der Pater General Ricci, aber auch empörte Aristokraten, die um den Ruf ihres Standes fürchteten, forderten ein schnelles Handeln. Das Volk von Rom reagierte zunehmend aufgebracht, obwohl man lange Zeit versucht hatte, die schändliche Angelegenheit vor ihm geheim zu halten. Doch es waren ihre Kinder, die verschwanden. Viele Stimmen konnte man mit Geld beschwichtigen. Ein Leben zählt nicht viel in dieser Stadt. Sie …«

Emanuele warf seinem Freund einen warnenden Blick zu: »Es ist wohl kaum nötig, Emilia mit all den Verwerflichkeiten, von denen wir Kenntnis haben, zu belasten. Wir sollten uns darauf beschränken, ihr die bloßen Zusammenhänge zu schildern.«

»Nein«, versetzte Francesco hart. »Deine Schwester ist alt genug, um die Wahrheit zu erfahren. Die Welt ist, wie sie ist, und sie nimmt keinerlei Rücksicht auf jüngferlichen Anstand. Außerdem habe ich den Eindruck gewonnen, dass deine Schwester nicht von zimperlicher Natur ist. Sie ist dem gewachsen.« Francesco wandte sich ihr zu. *Er sah sie an! Er nahm sie zur Kenntnis! Er hielt sie für nicht zimperlich!* Es war der erste direkte Kontakt, den Emilia an diesem Abend für sich verbuchen konnte. Sie schenkte ihm ein zaghaftes Lächeln. Francesco nickte ihr ernst zu und fuhr fort: »Diese Personen haben einen elitären Geheimzirkel gegründet, um den Vorrechten der alten Kaiser Roms zu frönen. Die Mitglieder, Männer wie Frauen, feierten in ihren Palazzi Orgien wie zur römischen Kaiserzeit. Die Vorbilder dieser Unmenschen waren die grausamsten und blutrünstigsten unter ihnen: Tiberius, Caligula, Nero oder Messalina, die mannstolle Gemahlin Kaiser Claudius', die sich mit den Huren Roms einen Wettstreit lieferte, wer mehr Freier beglücken konnte. Damals wie heute mündeten deren perverse Bacchanale in Orgien aus Blut und Tod. Dafür raubten sie willkürlich blutjunge Mädchen und Knaben, deren Willen man mit Drohungen, Folter und Opium brach, um sie für jede Form von Exzessen gefügig zu machen. Viele dieser jungen Leute tauchten später verstümmelt im Tiber wieder auf. In diesem Zusammenhang stehen auch Gerüchte über einen barbarischen Sonnenkult: Als Priesterinnen verkleidet, sollen Aristokratinnen fremden Göttern Menschenopfer dargebracht haben und sich im Blut ihrer Opfer gesuhlt haben. Die Zahl der verschwundenen und ermordeten Kinder ging bald in die Hunderte. Man konnte diese Vorfälle nicht länger verheimlichen, das Volk murrte, täglich zog man verstümmelte Kinder aus dem Tiber. Doch bei den Untersuchungen, die der Inquisitor Ganganelli anordnete, ist nie das Geringste herausgekommen. Die Personen, die er mit der Aufklärung der Vorfälle beauftragt hatte, verschwanden spurlos, oder man fand sie tot in irgendeinem dunklen Loch. Die Stimmen der Wahrheit verstummten; jedermann fürchtete, das gleiche Schicksal zu erleiden. Ganganelli ließ bald darauf verlautbaren, dass diesen Gerüchten keinerlei Wahrheit anhaftete und diese nur von böswilligen Zungen in die Welt gesetzt worden waren, um Aristokratie und Klerus zu schaden. Die Akten wurden geschlossen. Punkt.

Zu viele Mächtige und Reiche gehörten diesem geheimen Zirkel an. Sie regieren die Welt und können ungestraft jedes Unrecht begehen. *Sie sind das Recht!*«, schloss Francesco hart. Er wirkte äußerlich ruhig, doch Emilia konnte seine mühsam unterdrückte Erregung unter der Oberfläche spüren.

Emilia wandte sich ihrem Bruder zu. Sie hegte einen Verdacht, und die Furcht, dass sie recht haben könnte, schnürte ihr die Brust ab. »Sag mir, Emanuele … könnte es sein, dass ihr beide die Nachforschungen auf eigene Rechnung fortführt?« Der Ausdruck in den Augen ihres Bruders genügte ihr. Emanuele hatte sie noch nie täuschen können. Emilia konnte es nicht fassen, dass er sich auf derart törichte Art in Gefahr begab. Aufgebracht sagte sie: »Was wollt ihr damit beweisen? Dass der jetzige Papst persönlich in diese Praktiken verwickelt gewesen ist? Habt ihr nicht eben selbst gesagt, dass alle tot oder verschwunden sind, die sich näher mit dieser Angelegenheit befasst haben? Ich weiß, es ist eure Rechtschaffenheit, die euch antreibt. Aber wollt ihr unbedingt jung sterben?« Emilias Stimme bebte. Sie fürchtete bereits um das Leben dieser schönen jungen Männer.

»Beruhige dich, liebste Schwester. Wir gehen äußerst behutsam vor, niemand hegt einen Verdacht gegen uns. Die Protokolle, die der verstorbene Papst unserem Pater General am Vorabend seines Todes übergeben hat, berichten, dass der heutige Papst Clemens XIV. die Herzoginmutter Beatrice im Laufe der Ermittlungen mehrmals persönlich empfangen hat. Das letzte Mal an jenem Tag, an dem er die Beendigung der offiziellen Untersuchung erklärt hat. Fakt ist, dieser geheime römische Zirkel existiert bis zum heutigen Tage weiter! Die Orgien finden inzwischen außerhalb Roms auf den jeweiligen Landsitzen der Aristokraten statt. Als Opfer bedient man sich nun vornehmlich afrikanischer Sklaven, die in Übersee gekauft werden. Wir gehen davon aus, dass die mächtigen Mitglieder des Zirkels eine Abmachung mit dem damaligen Großinquisitor getroffen haben: Ganganelli lässt sie in Frieden, solange sie keine Orgien mehr in Rom feiern und sich nicht an römischen Kindern vergreifen. Im Gegenzug würden sie ihn ins Amt heben. Nun, heute ist Ganganelli Papst!«

Emilia schüttelte heftig den Kopf. Die furchtbaren Anschuldigungen erschütterten sie. In welche verhängnisvolle Angelegenheit hatte sich ihr Bruder von seinem älteren Freund nur hineinziehen lassen? Das gemeine Haupt der Furcht hob sich, kroch aus dem Schatten und grub seine Zähne in ihr Fleisch. Sie musste die beiden unbedingt davon abbringen, weitere Nachforschungen anzustellen: »Ihr beide erhebt sehr schwere Vorwürfe gegen den Papst. Aber sind die Jesuiten nicht der einzige Orden, der ihm mit einem speziellen Gehorsamsgelübde verbunden ist? Wenn ich euch richtig verstanden habe, besitzt ihr keine echten Beweise, die den heutigen Papst mit diesem geheimen Zirkel in Verbindung bringen. Die Besuche der Herzoginmutter beweisen gar nichts. Darüber hinaus gibt es auch keinen Beweis, dass Papst Clemens XIII. ermordet wurde, ihr vermutet es nur. Euer Orden mag viele Feinde haben, aber das ist das Nebenprodukt der Macht. Eure ganzen Nachforschungen führen zu nichts. Ich kann nicht erkennen, was ihr damit erreichen könnt, außer euer Leben dabei zu verlieren!« Emilia hielt inne. Sie konnte nicht länger darüber hinwegsehen, dass Emanuele ihr Plädoyer mit zunehmender Enttäuschung aufnahm. Francescos Miene hingegen wirkte undurchdringlich wie eine Maske.

Emilia fixierte ihren Bruder. »Sieh mich nicht an, als würde ich Verrat an dir begehen. Allein beim Gedanken, dass eure Anschuldigungen wahr sind, wird mir übel. Doch was soll am Ende dabei herauskommen, selbst wenn ihr recht behaltet? Wer würde euch zuhören? Vielleicht euer Pater General Ricci, der vollauf damit beschäftigt scheint, den Fortbestand seines Ordens zu sichern? Bitte, Emanuele«, flehte sie, »lass davon ab, so hehr deine Motive auch sein mögen. Ich könnte es nicht ertragen, dich zu verlieren.«

»Ich finde, Emilia hat recht. Ihr solltet auf sie hören!«, ließ sich unvermittelt eine klare Frauenstimme vernehmen. Alle Anwesenden fuhren herum. Im Türrahmen waren die Umrisse einer hochgewachsenen Frau erkennbar. Sie trug einen dunklen Reiseumhang und schlug nun die Kapuze zurück.

Alles Blut strömte aus Serafinas Gesicht. »Mutter ...«, hauchte sie.

»Ja, ich bin es, meine Tochter. Du tust gut daran, zu erbleichen. Aber zu uns beiden später.«

»Donna Elvira. Da seid Ihr endlich«, begrüßte Francesco sie ehrerbietig. Er ging ihr entgegen und führte sie unter den entgeisterten Blicken Emilias und Serafinas zur Tafel. Beide Freundinnen dachten das Gleiche: Woher kannte Francesco Colonna Serafinas Mutter?

»Wir hatten Euch nicht vor morgen früh zurückerwartet. Bitte setzt Euch. Wünscht Ihr noch etwas zu speisen?« Er nahm ihr den Umhang ab und rückte ihr den Sessel zurecht.

»Nein danke. Nur etwas Wasser, bitte.« Francesco schenkte ihr persönlich aus dem Krug ein.

»Mit Donna Elvira, liebe Schwester, hast du die Antwort darauf, woher ich wusste, dass du nach Rom unterwegs bist«, erklärte Emanuele und lächelte. »Donna Elvira hat geahnt, dass ihr beiden hier auftauchen würdet. Sie hat sich auf ein Pferd geschwungen und ist mit gestreckten Zügeln nach Rom gejagt. Sie kam vor über einer Woche hier an. Ihr beiden habt mehr als doppelt so lange benötigt und uns damit in gehörigen Schrecken versetzt. Jeden Tag hofften wir aufs Neue auf eure Ankunft. Wir malten uns die furchtbarsten Dinge aus, die zwei allein reisenden jungen Frauen zustoßen konnten.«

»Auch wenn Serafinas Mutter unser Erscheinen angekündigt hat«, meinte Emilia, die sich inzwischen wieder gesammelt hatte, »erklärt das nicht, warum du dich zu unserem Empfang in einem Torbogen verschanzt hast. Bist du etwa schon weit mehr in diese gefährlichen Nachforschungen verstrickt, als du zugeben willst?«

»Nein, hab keine Furcht. Der Grund ist ein völlig anderer: Ich konnte es nicht riskieren, mit dir gesehen zu werden.«

»Aber warum?«, wunderte sich Emilia.

»Weil der Herzog von Pescara etwa zur gleichen Zeit der Ankunft von Donna Elvira seine Männer in die Stadt geschickt hat. Sie hat mich darauf hingewiesen. Seit mehreren Tagen werde ich von seinen Spionen auf Schritt und Tritt verfolgt.«

»Aber … das kann doch unmöglich wahr sein«, stotterte Emilia. »Was will der Mann denn noch? Warum gibt er nicht endlich auf? So wichtig bin ich nicht, dass ein Herzog ganze Kompanien auf mich hetzt.«

»Und doch stimmt es, Emilia«, mischte sich an dieser Stelle Serafinas Mutter ein. »Du solltest wissen, dass hinter alldem nicht der Herzog selbst steckt, sondern die Herzoginmutter Beatrice. Sie ist eine teuflisch schlaue Frau, und sie folgt einem Plan. Natürlich wäre es ihr lieber gewesen, dass man dich innerhalb ihrer eigenen Landesgrenzen aufgegriffen hätte. Sie hat sich ausgerechnet, dass du bei deinem Zwillingsbruder Zuflucht suchen würdest. Sie musste also nur ihr Netz in Rom auswerfen und abwarten, bis du hier auftauchst und in ihre Fänge gerätst.«

»Darum treibe ich seit Tagen mit den herzoglichen Spionen ein gefährliches Versteckspiel, um euch rechtzeitig abzufangen«, ergänzte Emanuele. »Dabei ging es nicht immer zimperlich zu. Der Herzog schuldet mir seit heute wenigstens die zweite Soutane.« Er lächelte schief. »Übrigens, eine famose Idee von dir, als Krautjunker verkleidet zu reisen, Schwester.«

Emilia sah ihren Bruder nachdenklich an. »Dass ich mich der Heirat entziehen möchte, ist naheliegend. Aber wie steht es mit dir? Immerhin hat unser Vater den Herzog als meinen Zukünftigen ausgewählt. Für seine Mutter kann er schließlich nichts, ebenso wenig, wie wir für unseren Bruder Piero etwas können. Überhaupt …« Sie wandte sich an Serafinas Mutter. »Von welchem Plan spracht Ihr genau, Donna Elvira? Und verschweigt mir nichts.«

Elvira sah in die Runde. »Bitte, wer möchte?« Sie gab damit ihre Frage an die beiden jungen Priester weiter.

Emanuele ergriff das Wort. »Wenn du den Herzog heiratest, gerätst du automatisch in die Fänge seiner ehrgeizigen Mutter.

Es heißt, ihr Sohn unternimmt nichts ohne sie, sie bestimmt über sein Leben. Wir wissen längst, dass die Herzoginmutter Beatrice nicht nur ein Mitglied, sondern die ranghöchste Priesterin des barbarischen Kultes ist, von dem Francesco dir vorhin berichtet hat. Als dessen Hohepriesterin nimmt sie an mörderischen Orgien teil und zelebriert satanische Messen. Blut als Quelle des Lebens spielt dabei eine wesentliche Rolle. Diese furchtbare Frau tötet dazu am liebsten Neugeborene. Ihre bevorzugten Opfer sind dabei Zwillingskinder …«

Emanuele hielt inne, da Emilia hörbar nach Luft geschnappt hatte. Bis ins Mark erschüttert, stotterte sie: »Aber … das ist furchtbar! Kann das wahr sein?«

»Es ist wahr. Es gibt dafür einen glaubhaften Augenzeugen, der alles mit angesehen hat«, sagte Emanuele aufgewühlt.

»Aber warum in Gottes Namen tut sie das? Was glaubt sie, durch diese furchtbaren Grausamkeiten gewinnen zu können?«, fragte Emilia fassungslos.

»Aus demselben Grund, warum viele Menschen unsinnige und schreckliche Dinge tun: Die Herzogin will damit ihre Macht manifestieren.«

»Aber wie kann ein Mensch, noch dazu eine Frau, überhaupt zu so etwas Schrecklichem fähig sein?«, flüsterte Emilia entgeistert.

Alles schwieg. Darauf gab es keine Antwort. Es war Francesco, der schließlich doch auf Emilias Frage antwortete: »Es ist das Rätsel des ewig Bösen.« Die sichtliche Erschütterung der jungen Frau berührte ihn mehr, als er es sich selbst einzugestehen vermochte.

»Darum, liebe Schwester, liegt auch mir daran, deine Heirat mit dem Herzog zu verhindern. Ich könnte es nicht ertragen, wenn du auch nur in die Nähe dieser gottlosen Frau gelangst«, versicherte ihr Emanuele. »Hier, trink einen Schluck. Der Wein wird dir guttun.« Er reichte ihr das Glas.

Ihm zu Gefallen trank Emilia einige Schlucke. Der Wein war rot und weich und rann wie Samt durch ihre Kehle. Emilia konnte spüren, wie er seine belebende Wirkung entfaltete. Bange fragte sie sich, warum sie ausgerechnet bei ihren ersten Schritten in die ersehnte Freiheit sofort in den Sog menschlicher Abgründe geraten musste. Hatte sie nicht ihre Heimat Santo Stefano verlassen, um die Schönheit der Welt zu entdecken? Der Abwehrmechanismus ihrer Jugend regte sich in ihr. »Und wenn ihr euch in eurer Einschätzung irrt? Was ist mit ihrem Sohn? Woher rührt eure Sicherheit, zu glauben, dass er all diese Frevel-taten zulässt?«

»Es stimmt, man sollte nicht immer vom Schlimmstmög-lichen ausgehen.« Donna Elvira lächelte Emilia zu. »Es ist eine Begabung der Jugend, in den Handlungen anderer das Gute ent-decken zu wollen.«

»Selbstverständlich können wir nicht völlig sicher sein, Schwester«, räumte nun auch Emanuele ein. »Ein Rest von Spe-kulation bleibt immer. Doch in einem sind wir uns einig: Wir wollen es niemals erfahren. Deshalb haben wir einen Plan ent-wickelt, dich von hier fortzubringen. Du bist in Rom nicht sicher. Der lange Arm der Herzogin reicht bis in die Stadt, vielleicht sogar bis in diesen Palazzo. Die Zeit drängt. Wir …«

»Warte, Emanuele«, unterbrach ihn Elvira. Sie fixierte Emilia mit ihren bernsteinfarbenen Augen, deren Tönung sie an ihre Tochter Serafina weitergegeben hatte. »Ich würde gerne zu Ende anhören, was Emilia eben versucht hat uns mitzuteilen. Was ge-nau meintest du damit, dass wir uns mit unserer Einschätzung irren könnten, meine Liebe?«

»Es ist nur ein Gedanke«, erwiderte Emilia, plötzlich unsicher geworden.

»Nur Mut, sprich ihn aus. Manchmal ist man so sehr in sein ei-genes Denkmuster eingewoben, dass man weder Anfang noch Ende des Fadens wiederfinden kann. Niemand vermag das Phä-nomen der Engstirnigkeit besser einzuschätzen als eine als Hexe verunglimpfte Frau.«

»Verzeiht, Donna Elvira, aber mein Zögern ist keine Frage des Mutes. Vielmehr geht es um das, worüber wir vor Eurer Ankunft gesprochen haben: die angebliche Ermordung des Papstes Clemens XIII. Mein Bruder und Pater Colonna haben sich auf riskante Nachforschungen eingelassen. Man kann nicht im Trüben fischen, ohne Schlamm aufzurühren. Wenn die Herzoginmutter eine so teuflisch kluge Frau ist, wie ihr sagt, dann hat sie womöglich längst Verdacht geschöpft. Was wäre, wenn sie mich mit ihrem Sohn verheiraten möchte, um meinen Bruder von weiteren Nachforschungen abzuhalten? Könnte es nicht sein, dass sie darauf spekuliert, dass Emanuele keinen solchen Skandal heraufbeschwören würde, der auch seine Schwester beschmutzen könnte?«

Elvira nickte beifällig. »Dein Einwand ist nicht völlig abwegig. Aber leider kennst du diese Frau nicht so, wie wir sie kennen, Contessina Emilia. Ich versichere dir, wenn die Herzoginmutter Beatrice auch nur annähernd den Verdacht hegen würde, dass dein Bruder ihren Machenschaften nachspürt, dann weilte Pater di Stefano längst nicht mehr als Lebender unter uns. Ich sage dies nicht, um dich zu beunruhigen, sondern um dir die Skrupellosigkeit dieser Frau vor Augen zu führen. Du musst Rom und Italien verlassen, und das möglichst bald. Längst geht es nicht mehr allein darum, dass Beatrice dich als Frau für ihren einzigen Sohn erwählt hat. Niemand hat es je gewagt, der Herzoginmutter Beatrice auf diese Weise die Stirn zu bieten. Beatrice wird nicht eher ruhen, bis sie deiner habhaft wird. Dein Heil liegt daher einzig in der Flucht. Wir schicken dich fürs Erste nach Frankreich. Eine verheiratete Schwester von Principe Colonna lebt dort in der Nähe von Paris. Sie wird dich aufnehmen. Höre nun, welchen Plan Principe Colonna für deine Flucht entworfen hat.«

Der junge Priester begann zu sprechen.

Emilia erwachte sehr früh am nächsten Morgen. Neben ihr schlief Serafina. Ihre Freundin hatte sich so tief in die seidene Decke vergraben, dass lediglich ihre Nasenspitze daraus hervorlugte. Emilia streckte sich ausführlich. Trotz des kurzen Schlafs war ihr Geist hellwach. Sie dachte an den heftigen Disput, den ihre Weigerung, nach Frankreich zu flüchten, ausgelöst hatte. Stattdessen hatte sie vehement ihren Wunsch verteidigt, sich nach Amerika einzuschiffen. Sie war damit bei allen Beteiligten auf völliges Unverständnis gestoßen. Einzig Serafina und Vittoria hatten sich aus der Diskussion herausgehalten.

Die Fronten, deren eine aus Francesco, Emanuele und Elvira und die andere aus Emilia bestanden hatte, hatten sich längst verhärtet. Schließlich hatte Donna Elvira ihre Tochter mit der Frage überrascht: »Was würdest du deiner Freundin raten, Serafina?«

»Da ich weder das eine noch das andere Land kenne, fällt es mir schwer, einen Rat beizutragen«, versuchte sich Serafina aus der Affäre zu ziehen.

»Deine Neutralität in allen Ehren, meine Tochter. Doch solltest du dir rasch eine eigene Meinung zulegen. Schließlich wissen wir beide, dass es hier auch um deine Zukunft geht.«

»Was willst du damit andeuten?«, stieß Serafina hervor. Sie fühlte sich, als hätte ihre Mutter sie mit einem Eimer Eiswasser übergossen.

»Dass du Emilia begleiten wirst. So ist es doch längst von dir beschlossen. Es soll mir recht sein, meine Tochter. In Santo Stefano gibt es keine Zukunft für dich. Unser derzeitiger Wohlstand steht und fällt mit den Schafherden. Doch der Handel mit den Schafen ist bereits im Niedergang begriffen. Ich sehe harte Zeiten auf unsere Heimat zukommen. Wenn du dort bleibst, werden du, deine Kinder und Kindeskinder Hunger und Elend erleiden. Unsere Region wird für eine lange Zeit vergessen werden. Könige und Fürsten werden sich der Abruzzen nur erinnern, um Krieg auf unserem Boden zu führen. Ich möchte nicht, dass du das erlebst. Geh mit deiner Freundin. Euch ist ein anderes Schicksal bestimmt.«

Stumm starrte Serafina ihre Mutter an. Sie hatte sich für einen harten Kampf gewappnet. Ihr unerwartetes Einverständnis überwältigte sie geradezu. Sie stand auf und kniete sich vor ihre

Mutter. Donna Elvira, die sich selten Sentimentalitäten erlaubte, beugte sich zu ihr hinab und nahm das Gesicht ihrer Tochter in die Hände. Dann drückte sie ihr einen zarten Kuss auf die klare Stirn.

Emanuele räusperte sich. »Nun, es ist spät geworden. Ich schlage vor, dass wir uns alle zurückziehen und unser Gespräch auf morgen vertagen. Eine Nacht geruhsamen Schlafes wird uns neuen Rat bringen.«

Der Abend hatte ohne Entscheidung geendet.

Doch nun, am folgenden Morgen, hatte sich an Emilias Wunsch, sich nach Amerika einzuschiffen, nichts geändert. Ihr Bruder hatte ihr am Abend Dickköpfigkeit vorgeworfen. Sie hingegen hatte es Konsequenz genannt. Daraufhin hatte er sie gefragt, wie sie denn ihren weiteren Unterhalt und die Überfahrt bestreiten wollte, mittellos, wie sie war?

Noch während sie sich in gewohnt geschwisterlichen Manier gegenseitig mit Worten bewarfen – Emanuele erwies sich hierin kaum weniger versiert als seine Schwester –, hatte Emilia ihre finanziellen Möglichkeiten überschlagen.

Donna Elvira hatte ihrer Tochter die »geborgten« Ersparnisse geschenkt. Sie selbst verfügte noch über Pieros Börse und die Börse der Räuber. Und dann war da der Saphir … Dieser Stein war ihr Geheimnis. Er war kein Betrug an ihrer Freundin, da er durch puren Zufall in ihren Besitz gelangt war: Bekanntlich hatte der Maulesel Luigi den Lederbeutel mit dem Schatz gefunden. Dabei musste er einen der Steine verschluckt haben. Und so, wie alles dem Gesetz der Natur gehorchte, kehrte der Saphir bald wieder. Zufällig führte Emilia gerade Ambra hinter Luigi am Zügel, als diesen ein dringendes Bedürfnis überkam. Er hatte ihr direkt vor die Stiefel gebollert, wobei ein blaues Aufblitzen ihre Aufmerksamkeit erregt hatte. Da Maultiermist bekanntlich nicht blau blitzte, hatte sich Emilia gebückt, um dem Phänomen auf den Grund zu gehen, und so den Saphir entdeckt. Seitdem versuchte sie, ihr schlechtes Gewissen damit zu besänftigen, dass es sich bei dem zufälligen Fund um ein Zeichen gehandelt hatte.

Falls Edelsteine tatsächlich Teil der Seele dieser Welt waren, wie Serafina ihr erklärt hatte, schien dieser Stein sich selbst entschieden zu haben, in ihren Besitz zu gelangen.

Ihre Freundin bewegte sich und schlug kurz darauf die Augen auf.

»Gut geschlafen?«, erkundigte sich Emilia.

»Für meinen Geschmack viel zu wenig«, erwiderte Serafina. Sie gähnte herzhaft. Vorsichtig setzte sie sich dann auf. »Oh weh, mich schmerzt jeder Knochen einzeln. Dabei dachte ich, dass ich mich endlich an das Reiten gewöhnt hätte. Aber dieses verflixte Vieh Luigi kann man wohl kaum als Reittier bezeichnen. Er ist ein hässlicher, schaukelnder Felsbrocken. Ich habe mich an seinen spitzen Knochen wund gestoßen«, klagte sie ihr Leid.

»Ausnahmsweise muss ich Luigi Absolution erteilen. Deine Knochen schmerzen dich nicht vom Reiten, Serafina. Mir ergeht es heute Morgen nicht anders. Ich vermute, wir haben uns inzwischen zu sehr daran gewöhnt, auf hartem Boden zu nächtigen«, erklärte Emilia.

»Himmel, du meinst, das Bett ist zu weich?« Serafina wirkte ehrlich entsetzt. »Ich möchte wirklich nicht dazu verurteilt sein, künftig nur noch auf felsigem Boden schlafen zu können«, seufzte sie.

»Sei unbesorgt. Du wirst die Umgewöhnung sicherlich mit Bravour meistern. Rechne nur nicht sofort damit. Denn der nächste Aufbruch ist uns sicher.«

»Fragt sich nur, wohin. Vielleicht wäre es an der Zeit, dass du mich in deine weiteren Pläne einweihst? Wie hast du dich entschieden? Ich meine, wo soll es denn nun hingehen? Frankreich oder der neue Kontinent?«

»Ich musste nie eine Wahl treffen, Serafina, denn ich wusste stets, wohin meine Reise gehen soll. Es waren die anderen, die mich davon abbringen wollten«, berichtigte Emilia sie. »Ich will nach Amerika, und ich gehe nach Amerika«, schloss sie bestimmt.

»Verrätst du mir auch, warum du so kategorisch darauf bestehst? Selbst dein Bruder Emanuele schien für deinen Wunsch keinen Funken Verständnis aufzubringen. Ich gebe zu, auch mir fällt es schwer, nachzuvollziehen, warum es unbedingt die Neue Welt sein muss. Es ist furchtbar weit weg, die Überfahrt birgt einiges an Gefahren, und überdies weißt du so gut wie gar nichts über dieses Land.«

»Frankreich kenne ich ebenso wenig«, wandte Emilia ein.

»Ja, aber es liegt um ein Vielfaches näher. Außerdem, was spricht gegen eine Zeit in Frankreich? Noch dazu nahe der Hauptstadt Paris, von der es heißt, sie wäre neben Rom die schönste Stadt der Welt? Ich für meinen Teil würde Paris sehr gerne sehen. Falls dir Frankreich nicht zusagt, können wir uns immer noch nach Amerika einschiffen. Aber vielleicht sagen dir Land und Leute so gut zu, dass du dich dort niederlassen wirst? Es heißt, die Franzosen wären äußerst galant und lieben schöne Frauen über alles. Du könntest dort Furore machen. Wer weiß, vielleicht würdest du sogar an den Hof des Königs nach Versailles eingeladen werden? Man erzählt sich Wunderdinge über Versailles. Zu gerne würde ich den Potager du Roi sehen.« Ein schwärmerischer Ausdruck trat auf Serafinas Gesicht.

»Der *Potager du Roi*? Königlicher Gemüsegarten? Das ist jetzt nicht dein Ernst!«

»Aber natürlich! Der legendäre Sonnenkönig hat ihn vor hundert Jahren anlegen lassen. Die Gärtner konnten damit seine Tafel ganzjährig mit Obst, Gemüse und Kräutern versorgen. Tausende von Obstbäumen sollen dort wachsen.«

Emilia verdrehte die Augen, doch Serafina war noch nicht zu Ende, ihr Frankreich schmackhaft zu machen. »Vielleicht wartet dort dein Schicksal in Form eines schmucken Marquis auf dich? Leider wirst du ihn niemals kennenlernen, weil wir uns stattdessen seekrank über eine Reling beugen.« Wenn Serafina etwas hasste, dann waren das Boote.

»Ach, Serafina, fängst du wieder davon an. *Ich will keinen Mann!* Ein Mann bedeutet Abhängigkeit, er würde über mich bestimmen. Amerika ist das Land der Freiheit, die Neue Welt!

Dort will ich mein Glück versuchen. Wenn du also nicht zufällig eine Vision von mir hattest, wie ich als französische Frau die französischen Bälger eines französischen Marquis wiege, dann lass mich in Frieden«, rief sie hitzig.

Serafina brach in ein entwaffnendes Gelächter aus. »Nur die Ruhe, Emilia. Ich werde dich selbstverständlich unterstützen. Mir ist jedes Abenteuer recht, solange ich nicht nach Santo Stefano zurückmuss. Aber könntest du bitte nochmals diesen herrlichen Satz mit dem vielen Französisch wiederholen? Allein vom Zuhören habe ich einen Knoten im Ohr bekommen.«

Emilia stürzte sich mit einem Kissen auf sie. Da an Kissen wahrlich kein Mangel herrschte, entspann sich alsbald eine fröhliche Schlacht, und die Federn flogen.

»Oh, darf ich auch mitmachen?«, rief Vittoria, die auf dem Höhepunkt der Spaßorgie in das Zimmer platzte. Mit dem Ruf »Es schneit, es schneit!« warf sie sich ins Getümmel.

»Was ist denn hier los?«, versuchte sich eine schneidende Stimme inmitten des Tumults Gehör zu verschaffen.

Alles erstarrte, bis auf die flaumigen Federn. Sanft schwebten sie weiterhin durch den Raum und verliehen der Szenerie etwas Unwirkliches.

Die Stimme gehörte – wie sollte es auch anders sein – dem Principe Francesco Colonna. Der ungewohnte Lärm hatte den jungen Mann fast schon an einen Überfall glauben lassen.

Ausgerechnet, dachte Emilia und wünschte sich, sofort unsichtbar zu werden. Hinter Francescos Rücken lugte Emanuele ins Zimmer – in seine Soutane gekleidet und mit einem breiten Grinsen geschmückt. Früher hätte Emilias Bruder bei dem ausgelassenen Treiben mitgemischt. Doch einem Priester stand ein solch ungebührliches Benehmen nicht zu. Spaß und Religion vertrugen sich nicht.

Emilias Augen wanderten zurück zu dem jungen Colonna und saugten sich förmlich an ihm fest. Der Principe war an diesem Morgen nicht in sein priesterliches Gewand gekleidet. Stattdessen trug er ein blaues Samtjackett, aus dem ein Spitzenjabot lugte, eine silber durchwirkte Weste und eng anliegende Reithosen. Die langen Beine steckten in geschmeidigen Reitstiefeln mit Sporen, und an seiner Seite baumelte ein Degen, dessen Griff Edelsteine zierten. Er sah unerhört elegant und unerhört schön aus. Emilia kniete auf dem Bett und schien durch seine Erscheinung geradezu hypnotisiert – wie bei ihrer ersten Begegnung in der Badestube. Geistesgegenwärtig warf Serafina Emilia die seidene Bettdecke über die Schultern, da Emilias Nachthemd verrutscht war und eine Menge weiße Haut preisgab. Offenbar war der Principe dazu verurteilt, von Emilia stets mehr zu erblicken, als es der Sittsamkeit entsprach. In die herrschende Stille hinein stieß er ein verächtliches »Weiber!« aus und verließ sporenklirrend den Raum.

Vittoria hielt sich die Hand vor den Mund, ihre Schultern bebten verdächtig. Ein erstes Glucksen löste sich aus ihrem Mund. Schließlich brachen alle gleichzeitig in Gelächter aus. »Habt ihr sein finsteres Gesicht gesehen?«, kiekste Vittoria. »Als wäre ein wenig Spaß am Leben das Werk des Teufels. Natürlich hat er Schreckliches erlebt, aber das ist nun schon so viele Jahre her. Er kann sich doch nicht auf ewig jede Freude versagen, oder? Francesco ist jung, er hätte wirklich ein wenig Vergnügen verdient. Es ist nicht so, dass er anderen ihr Vergnügen nicht gönnen würde, aber er kann Ausgelassenheit einfach nicht in seiner Nähe ertragen.«

»Vittoria«, sagte Emanuele ruhig, der noch an der Tür stand. Seine Stimme hatte einen unüberhörbaren Tadel enthalten.

Vittorias Augen weiteten sich. Sie lief augenblicklich puterrot an und schlug sich mit der Handfläche auf den Mund. »Verzeihung, da habe ich mich wohl wieder einmal vergaloppiert, was? Wer hat Appetit auf etwas Besonderes zum Frühstück?«, rief sie laut. »Der Koch hat am Markt frische Erdbeeren erstanden und Sorbet bereitet. Ich liebe Erdbeersorbet!«, rief sie enthusiastisch und riss die Arme hoch. Dann rannte sie davon, als fürchtete sie, zu spät zu kommen.

»Von welchen schrecklichen Erlebnissen hat sie gesprochen?

Was ist dem Principe widerfahren?«, bestürmte Emilia sofort ihren Bruder. Dieser zog eine gequälte Grimasse. »Lass es gut sein, Emilia, und vergiss, was du eben gehört hast. Francesco hasst es, wenn darüber gesprochen wird. Bitte deute ihm gegenüber nichts dergleichen an. Vor allem, verrate Vittoria nicht. Francesco könnte ihr deshalb ernstlich böse werden. Es würde sie niederschmettern, wenn ihr Bruder ihr gram wäre. Ich werde mit ihr sprechen. Sie muss ihre Zunge besser im Zaum halten.«

»Aber wenn sie so unzuverlässig ist, warum um Himmels willen habt ihr sie dann gestern überhaupt in eure Angelegenheiten eingeweiht?«, wollte Emilia wissen.

»Wir haben sie nicht eingeweiht. Sie hat es vorher schon selbst herausgefunden. Sie hat uns belauscht«, seufzte Emanuele. »Ihre Neugier wird sie eines Tages umbringen. Das befürchtet übrigens auch ihr Bruder Francesco.«

Als die beiden Freundinnen den Speisesaal wenig später betraten, saßen Emanuele und Vittoria bereits an der Tafel und schienen in ein ernsthaftes Gespräch vertieft. Donna Elvira hatte das Haus früh verlassen, um auf dem Campo de' Fiori einige Besorgungen zu tätigen und dort eine Bekannte zu treffen.

Die Tafel bog sich förmlich unter exotischen Früchten und süßen Kuchen. »Leistet uns der Principe Colonna heute Morgen keine Gesellschaft?«, erkundigte sich Emilia bei Emanuele und versuchte, dabei möglichst gleichmütig zu klingen.

Ihren Bruder konnte sie nicht täuschen. Ein leises Lächeln huschte über sein Gesicht, als er antwortete. »Der Principe hat noch einiges für eure Abreise vorzubereiten. Er wird am Nachmittag zurückerwartet. Ich muss euch ebenfalls verlassen. Auch meiner harren einige Pflichten.« Er griff sich einen prallen roten Apfel und stand auf.

»Du willst schon gehen?«, rief Emilia enttäuscht.

»Keine Sorge. Ich werde ebenfalls am Nachmittag zurück sein. Vittoria wird dir und Serafina Gesellschaft leisten. Denkt daran, den Palazzo nicht zu verlassen. Keiner darf euch sehen«, wies er sie nochmals an.

»Aber wir haben noch gar nicht abschließend geklärt, wohin unsere Reise gehen soll«, wandte Emilia am Rande der Empörung ein. Sie war davon ausgegangen, dass das unfertige Gespräch heute Morgen zu Ende geführt werden würde. Natürlich mit dem Ergebnis, dass sie ihren Willen durchsetzte. Sie wollte soeben ihren Mund öffnen, um zu protestieren, als Emanuele ihr zuvorkam. »Eines nach dem anderen, Schwesterherz«, erklärte er ruhig. »Ob Frankreich oder die Neue Welt spielt zunächst keine Rolle. Erst einmal müssen wir dich sicher aus Rom herausschaffen. Danach sehen wir weiter. Ich muss nun wirklich aufbrechen. Mein Prinzipal erwartet mich.« Er küsste Emilia zum Abschied auf die Stirn.

Sie blickte ihrem Bruder nachdenklich hinterher. Ihr wurde bewusst, wie erwachsen er in den Jahren fern von ihr geworden war. Gemessen an ihm, kam sie sich dumm und provinziell vor. Einige Jahre in Assisi hätten ihr sicher nicht geschadet, gestand sie sich ehrlich ein. Sie wusste nicht einmal, wie sich eine Dame bei Tisch richtig benahm. Allein wie elegant Vittoria das Besteck handhabte und sich jedes Mal mit der Damastserviette den Mund betupfte, bevor sie trank … Francesco muss mich für einen ungebildeten Bauerntrampel halten. Kein Wunder, dass er mir keine Beachtung schenkt, dachte sie. Prüfend musterte sie Vittoria. Sie verhielt sich erstaunlich still und öffnete den Mund nur, um an ihrem Kaffee zu nippen oder ein Löffelchen Erdbeersorbet zu sich zu nehmen. Es schmeckte übrigens köstlich und zerging wie eine Wolke auf der Zunge, obwohl Emilia Fruchtsorbet am Morgen etwas befremdlich erschien. Serafina kannte diese Form der Bedenken nicht; sie delektierte sich bereits an ihrer zweiten Portion. Sie hatte Emilia zwischendurch zugeflüstert, dass sie fest entschlossen war, vor ihrer Abreise noch so viel Nahrung wie möglich zu absorbieren.

Erneut wandten sich ihre Gedanken Vittoria oder vielmehr ihrem Bruder Francesco zu. Dass Vittoria sich derartig ruhig verhielt, konnte nur eines bedeuteten: Emanuele hatte ihr vorhin unter vier Augen die Leviten gelesen.

Die junge Principessa fürchtete offenbar zu Recht, wenn sie ihren Mund, ausgenommen zur Nahrungsaufnahme, öffnen würde, könnten weitere unbedachte Bemerkungen daraus hervorsprudeln. Emilias Neugier siegte über Emanueles Warnung: »Vittoria, du hast da vorhin etwas erwähnt, das mir seitdem keine Ruhe lässt. Was ist deinem Bruder so Schreckliches widerfahren, das ihn für jede Freude unempfänglich macht?«

Vittoria sah Emilia erschrocken an, und Serafina sprang sofort in die Bresche. »Emilia! Warum kannst du nicht ein einziges Mal auf deinen Bruder hören? Die Erfahrungen des Principe gehen uns nichts an. Willst du Vittoria unbedingt Unannehmlichkeiten bereiten? Das wäre nämlich das Einzige, was bei deinen Nachfragen herauskäme.« Sie machte keinen Hehl aus ihrer Verärgerung.

»Natürlich nicht«, erwiderte Emilia kleinlaut und widmete sich weiter ihrem Sorbet. Sie kam sich reichlich ungeschickt vor. Warum hatte sie nicht darauf gewartet, bis sich eine Gelegenheit ergeben hätte, alleine mit Vittoria zu sprechen? Da sie sich nicht über ihre eigene Dummheit ärgern wollte, entlud sich ihr Zorn auf ihre Freundin. Sie schoss einen flammenden Blick auf sie ab. Doch Serafina reagierte nicht, mit gerunzelter Stirn starrte sie ihr Sorbet an, als handelte es sich um ihren eingeschworenen Feind. Emilia fand ihr Verhalten merkwürdig. Sie spürte aber selbst, wie ihr Zorn langsam verpuffte. Es war nicht mehr wichtig. Eine plötzliche Trägheit ergriff von ihr Besitz. Sie gähnte und stupste das leere Schüsselchen an. Es kreiselte einmal um sich selbst. Das schwere Silber verursachte keinerlei Geräusch auf der Tischplatte. Sie verstand nicht, warum. Woran hatte sie eben noch gedacht? Ihre Gedanken verwirrten sich, Müdigkeit lähmte ihr Denken. Sie zwang sich, den Kopf zu heben. Allein diese Bewegung erwies sich als kaum zu überwindende Anstrengung. Serafina schien es ähnlich zu ergehen. Der Ärger im Gesicht ihrer Freundin schlug in eine plötzliche Erkenntnis um, Schrecken weitete ihre Augen. Sie wollte Emilia etwas zurufen, doch ihre Zunge klebte am Gaumen fest. Trotzdem glaubte Emilia, das Wort »Emanuele« von ihren blutleeren Lippen abgelesen zu haben.

Die Hände auf dem Tisch abgestützt, erhob sich Emilia. Sie kam sich dabei vor, als wäre ihr Körper mit Gewichten beschwert, die sie hinabzogen. Sie versuchte ein, zwei tastende Schritte, dann gaben ihre Beine nach.

Beim Fallen sah sie noch, dass Vittoria mit ihrem Kopf auf den Tisch gesunken war und mit offenem Mund schlief. Wieso liegt sie auf ihrem Teller, schoss es Emilia unsinnig durch den Kopf. Dann umfing sie vollkommene Schwärze.

Verärgert durchquerte der junge Colonna die Eingangshalle. Weit und breit war niemand von der Dienerschaft zu sehen. Dabei hatte er allen im Haus ausdrücklich erhöhte Wachsamkeit eingeschärft.

»Donatus!«, rief er laut. Plötzlich erfasste er die ungewohnte Stille des Hauses, und jedes seiner Nackenhaare stellte sich einzeln auf. Er zog seinen Degen. Erneut rief er nach Donatus, dann nach Vittoria und nacheinander alle anderen Namen der Personen, die das Haus sonst mit Betriebsamkeit erfüllten. Nichts als Stille begegnete ihm. Er wandte sich zunächst nach links, wo sich die Bibliothek mit ihrer kostbaren Sammlung alter Schriften befand. Mit klopfendem Herzen stieß er die Tür auf. Nichts, der Raum war leer. Als Nächstes wandte er sich dem früheren Atrium zu, das seine Mutter in einen Empfangsraum umgewandelt hatte. Fast wäre er dabei über den gefesselten und geknebelten Donatus gestrauchelt. Colonna kniete sich neben ihn und entfernte hastig den Knebel. Donatus holte röchelnd Luft. »Sie kamen, kurz nachdem der junge Pater di Stefano gegangen war«, keuchte er. »Sie müssen das Haus beobachtet haben.«

»Wer? Habt Ihr die Angreifer erkannt?«

»Nein, Herr. Sie trugen alle lange dunkle Umhänge und Masken. Verzeiht, Herr, ich konnte es nicht verhindern. Sie haben sie mitgenommen.«

»Wen haben sie mitgenommen? So sprich doch!« Furcht hielt sein Herz umklammert. Bitte nicht Vittoria, betete er. Sie ist so ein liebes und unschuldiges Kind. Es würde ihn töten. Doch im Grunde wusste er, wen Donatus mit *sie* meinte. Dessen nächste Worte beseitigten den letzten Zweifel. »Die junge Freundin der Principessa. Sie hatten es nur auf sie abgesehen. Jemand muss die Speisen mit einem Schlafmittel versetzt haben. Da ich morgens nur ein Glas Milch zu mir nehme, wurde ich verschont. Als die Fremden eindrangen, hielt ich mich gerade hier auf und habe mich versteckt. Es hat kaum Widerstand gegeben. Die meisten unserer Leute müssen schon fest geschlafen haben. Ich hatte vor, sobald die Angreifer verschwunden wären, sofort zu Euch zu eilen, Herr. Doch sie haben das ganze Haus durchsucht und mich entdeckt. Ich konnte nichts gegen sie ausrichten. Verzeiht mir, Herr«, bat er erneut.

»Da gibt es nichts zu verzeihen, mein lieber Donatus. Diese Bande ist mit dem Teufel im Bunde. Kommt jetzt, lasst uns zuerst nach den anderen suchen.«

Im Speisesaal stießen sie auf Vittoria und Serafina. Die jungen Frauen schliefen fest wie Felsen und reagierten weder auf Rütteln noch auf Rufe.

»Wir brauchen unbedingt Serafinas Mutter Elvira hier. Sie wird wissen, was zu tun ist. Donatus, geht zu unserem Nachbarn hinüber, und bittet ihn, uns einen seiner Laufburschen zu leihen. Gebt ihm diese Adresse.« Er nannte ihm die Straße und einen Namen im Stadtteil Trastevere. »Er soll die Signora auf schnellstem Wege hierhergeleiten.«

Der Majordomus eilte auf noch unsicheren Beinen davon, und der junge Colonna setzte seinen Streifzug allein fort. Die meisten Bewohner schliefen und lagen irgendwo auf dem Boden, gefällt inmitten ihrer Tätigkeit. Einige wenige waren auf dieselbe Art und Weise gefesselt und geknebelt worden wie sein Majordomus. Niemand sollte vorzeitig Alarm schlagen. Wenigstens war niemand ernstlich zu Schaden gekommen. Anhand von Donatus Angaben überschlug der junge Principe, dass die

Angreifer durch ihr umsichtiges Handeln beinahe acht Stunden Vorsprung gewonnen hatten. Selbst mit erstklassigen Rennern waren die Entführer nicht mehr einzuholen. Das Schicksal der jungen Contessa schien besiegelt.

Die unterschiedlichsten Gefühle wogten über den jungen Colonna hinweg. Verwirrt fragte er sich, wie man Wut, Bedauern und Erleichterung gleichzeitig empfinden konnte. Doch genauso erging es ihm.

»Mein Gott, was ist geschehen?« Emanuele stand plötzlich auf der Schwelle. Entsetzt erfasste er die gespenstische Szenerie: Zwei gesunde junge Frauen, die er am Morgen beim Frühstück zurückgelassen hatte, lagen zusammengesunken auf dem Tisch.

Emanuele konnte die Antwort im Gesicht seines Freundes ablesen. »Jesus, nein, bitte nicht … Emilia«, flüsterte er und schwankte gefährlich auf den Beinen.

Francesco legte ihm die Hand auf die Schulter. »Hab Mut, mein Freund. Dies ist nicht das Ende. Wir holen sie zurück.« Er wunderte sich über sich selbst, da er kaum vorgehabt hatte, dies zu sagen. Doch die Worte waren ihm völlig natürlich über die Lippen gekommen. Es war genau das, was er tun würde: seinem Freund helfen, die Schwester aus den Klauen dieser gottlosen Frau zu retten.

Emanuele gewann die Fassung zurück. »Eines verstehe ich nicht. Wie konnten diese Leute nur so schnell zuschlagen? Emilia war doch eben erst eingetroffen … Haben wir nicht alle erdenkliche Vorsicht walten lassen?«

»Es ist unsere eigene Schuld«, entgegnete ihm der junge Colonna grimmig und schlug sich mit der geballten Faust in die Hand. »Erneut haben wir die Herzoginmutter unterschätzt. Im Grunde war es ein Leichtes für sie, herauszufinden, dass wir gute Freunde sind. Ich bin überzeugt, sie hat nicht nur dich beschatten lassen, sondern auch den Palazzo Colonna. Sie wird sich ausgerechnet haben, dass du deine Schwester kaum im Jesuitenbezirk verstecken kannst. Daher kam nur eine Herberge oder das Heim eines Verbündeten infrage. Wir haben ihr deine Schwester direkt in die Hände gespielt.« Wütend lief er auf und ab. »Wenn nur Donna Elvira bald eintrifft. Solange ich nicht weiß, wie es um Vittoria und Emilias Freundin steht, möchte ich nicht aufbrechen.«

»Du willst noch heute aufbrechen?«, stammelte Emanuele.

»Selbstverständlich. Sie werden die Hochzeit so bald wie möglich stattfinden lassen. Danach wird es zu spät sein. Hat der Herzog deine Schwester erst vor Gott zu seiner Frau gemacht und die Ehe vollzogen, gibt es nichts, was wir noch ausrichten könnten. Das Gesetz ist dann auf seiner Seite.«

Emanuele sah seinen Freund an. Zum ersten Mal nahm Francesco bewusst die Ähnlichkeit der beiden Geschwister wahr. Die Farbe ihrer Augen leuchtete im selben intensiven Blau. Es gab ihm einen Stich. Er räusperte sich und sagte heiser: »Komm, mein Bruder, und lass uns keine Zeit vergeuden. Legen wir unsere Reisekleidung an. Donna Elvira wird, so Gott will, bald eintreffen.«

So war es. Nach einer raschen Untersuchung konnte Serafinas Mutter die ungeduldig wartenden Freunde beruhigen. Vittoria und Serafina würden sicherlich noch einige Stunden tief und fest schlafen und bei ihrem Erwachen an den schlimmsten Kopfschmerzen leiden – darüber hinaus hatten sie jedoch keinen Schaden gelitten.

Der junge Colonna und Emilias Bruder verloren keine weitere Zeit. Sie stürzten hinaus zu den Stallungen und sprangen auf die bereitstehenden Pferde. Der Majordomus Donatus begleitete sie als Einziger. Er hatte darauf bestanden, mit ihnen zu reiten. Er fühlte sich für das Geschehen mitverantwortlich, da die junge Freundin der Principessa aus seiner Obhut entführt worden war.

Teil 2

Verlockung und Verdammnis

– Der Herzog und seine Mutter –

VI

Barfuß tanzte Emilia über eine Sommerwiese. Bunte Schmetterlinge taumelten zwischen den Blumen umher, und die Luft war erfüllt vom Summen der Bienen, die in den Kelchen badeten. Soweit das Auge reichte, umgaben sie sanfte Hügel und satte Weiden, auf denen Pferde und Schafe friedlich nebeneinander grasten. Über allem wölbte sich ein tiefblauer Himmel. Glücklich breitete Emilia ihre Arme aus und füllte ihre Lungen mit dem verheißungsvollen Geschmack der Freiheit. Doch unvermittelt spürte sie, dass Gefahr drohte. Dunkle Wolken zogen herauf und schickten sich an, das Himmelsblau Stück für Stück zu verschlingen. Emilia begann zu laufen. Die Wolken folgten ihr, holten sie ein und senkten sich als schwarzer Nebel auf sie herab. Voller Entsetzen versuchte Emilia zu schreien, doch kein Laut drang über ihre Lippen. Die dunklen Schatten flossen schwer wie Pech an ihr herab, zogen sie unaufhaltsam in die Tiefe. Der süße Geschmack der Freiheit verwandelte sich in kalte Asche.

Aus dem Nirgendwo, das sie gefangen hielt, drangen dumpf zwei körperlose Stimmen zu ihr.

»Das ist sie also«, stellte eine männliche Stimme fest.

»Ja. Was sagst du zu ihr?«, antwortete eine Frauenstimme.

»Nun, du hattest recht, Mutter. Sie ist in der Tat außergewöhnlich schön.«

»Das sollte sie auch sein … Bei den Mühen, die es uns gekostet hat, sie hierherzuschaffen.«

»Wie lange noch, bis sie aufwachen wird?«

»Ich schätze zwei bis drei Stunden. Komm jetzt, es wird Zeit.

Seine Eminenz der Bischof ist eben in den Hof gefahren. Wir sollten ihn gemeinsam empfangen.«

Die körperlosen Stimmen verschwanden, doch die Dunkelheit blieb. Vergeblich suchte Emilia, in ihren wunderbaren Traum zurückzukehren und sich erneut in dessen leuchtende Wärme zu hüllen. Doch die Farben der Freiheit hatten sich verflüchtigt.

Zur gleichen Zeit jagten Emanuele, Francesco und Donatus auf der Via Tiburtina dahin. Eine lang gezogene Gruppe Pilger kam in Sicht, und sie mussten ihre Pferde zügeln. Emanuele nutzte die kurze Atempause und lenkte sein Pferd neben das seines Freundes. Er stellte Francesco die Frage, die ihm seit ihrem Aufbruch auf den Lippen brannte: »Wohin genau reiten wir? Hast du eine Vermutung, wohin man meine Schwester bringen wird?«

»Ich hoffe, dass sie unterwegs nach Sulmona sind. Der Herzog verfügt dort über eine gut bewachte Festung. Wenn ich mit meiner Annahme richtig liege, dass dem Herzog an einer schnellen Vermählung gelegen ist, könnte die Hochzeit bereits morgen in der dortigen Kathedrale stattfinden. Der Bischof von Sulmona ist der Familie des Herzogs seit Langem eng verbunden und wird die Trauung sicher selbst vornehmen. Falls deine Schwester nicht nach Sulmona gebracht wurde, wenden wir uns Pescara zu, seiner dortigen Residenz. Spätestens morgen früh werden wir Klarheit haben.«

»Emilia wird sich weigern, den Herzog zu heiraten«, wandte Emanuele erregt ein. »Wenn der Bischof ihr die Frage vor Gott als Zeugen stellt und sie darauf mit ›nein‹ antwortet, kann selbst er sie nicht dazu zwingen. Sie wird einen Skandal heraufbeschwören.«

»Glaub mir, die Herzogin verfügt über ausreichend Drogen, um Emilia gefügig zu machen. Deine Schwester wird nicht sie selbst sein und genau das tun, was man ihr befehlen wird«, entgegnete Francesco hart. »He da! Zur Seite, ihr braven Leute«, rief er und trieb sein Pferd mit den Schenkeln an.

Die Pilger schufen endlich einen Durchgang für sie. Im gestreckten Galopp jagten sie weiter.

Emilia schlug die Lider auf. Ihre Umgebung konnte sie zunächst nur als konturlose Schemen wahrnehmen – als würde sie über den Dingen schweben. Endlich kristallisierten sich ein Sessel, ein Frisiertisch und eine Kommode heraus. Sie selbst lag ausgestreckt in einem Bett. Nichts in ihrer Umgebung erkannte sie wieder. Sie war noch nie in diesem Raum gewesen. Oder doch? Sie erschrak, weil sie sich überhaupt nicht erinnern konnte. Ihr Gehirn schien wie leer gefegt, ein Vakuum, das ihr die Erinnerung versagte. Sie sah ein, dass es vorerst zu nichts führen würde, sich mit dem nicht Greifbaren zu martern. Besser, sie beschäftigte sich mit dem Unmittelbaren. Suchend glitten ihre Augen umher und fanden die Tür. Sie warf die leichte Seidendecke von sich. Zu ihrem Erstaunen fand sie sich darunter vollkommen nackt. Wer hatte sie ausgekleidet? War sie krank gewesen? Der Gedanke erschreckte sie. Bisher hatte sie ihre unverwüstliche Gesundheit nie im Stich gelassen. Das würde immerhin ihren schmerzenden Kopf und den bitteren Geschmack in ihrem Mund erklären. Ihr Versuch aufzustehen endete mit einem heftigen Schwindelanfall. Sie klammerte sich an den geschnitzten Pfosten des Bettes und presste ihre Stirn gegen das harte Holz. Der Schwindel ließ nach. Das Bett thronte auf einem Podest, sodass sie zwei Stufen hinabsteigen musste. Das erklärte zumindest ihre kurzfristige Illusion, als schwebte sie auf einem Schiff durch den Raum. Das Prunkbett mit seinem Baldachin aus Brokat rief die Erinnerung an eine andere Schlafstatt hervor. Etwas sagte ihr, dass sie erst kürzlich in einem ähnlichen Bett gelegen hatte. Aber wo? Auf dem Nachttisch stand eine Karaffe mit Wasser. Emilia füllte ein Glas und trank gierig. Langsam tastete sie sich dann zur Tür vor. Sie griff nach dem Porzellanknauf und drehte ihn. Nichts. Sie rüttelte daran. Jemand hatte die Tür von außen verschlossen! Sie stürzte zum einzigen Fenster, dessen

Existenz sie bisher nicht wahrgenommen hatte. Sie riss es auf und sog tief die frische Luft in ihre Lungen. Dabei betrachtete sie erstaunt das Panorama, das sich ihr bot: Vor ihr breitete sich eine weite Ebene aus, umgeben von majestätischen Bergen mit weiß betupften Gipfeln. Sie selbst befand sich im obersten Stockwerk in einer ehemaligen Burganlage, die im Renaissancestil instand gesetzt worden war. Eine mittelalterliche Stadt mit schmalen Gassen und einem Aquädukt, das sich wie eine Brücke quer durch ihre Mitte zog, flankierte sie. Emilia beugte sich weit hinaus, um ihre nähere Umgebung zu inspizieren. Sie blickte auf einen großen Hof hinunter, in dem es von prächtigen Kutschen, edlen Pferden und kostbar gekleideten Menschen nur so wimmelte. Emilia glaubte gar, das Violett eines Bischofskleides unter ihnen ausgemacht zu haben. Die bunte Schar lärmte, lachte und machte gegenseitig mit lauten Rufen auf sich aufmerksam. Emilia winkte und rief, doch niemand konnte sie bei dem Lärm hören. In der Ferne erspähte sie eine Kathedrale, deren Türme in den Himmel ragten. Wo war sie, und wie war sie hierhergeraten? Nichts von alledem weckte auch nur ansatzweise eine Erinnerung in ihr. Das war mit Sicherheit nicht Rom. Verwirrt fragte sie sich als Nächstes, wie sie gerade auf Rom kam? Sie war noch nie in ihrem Leben dort gewesen. Oder? Emilia riss die Augen auf und klammerte sich an den Fensterstock. Die Wucht, mit der ihre Erinnerung ganz plötzlich eingesetzt hatte, ließ sie straucheln. Es war wie ein Tritt in den Magen. Alles war wieder da: ihre Flucht aus Santo Stefano, der Herzog, Emanuele, Francesco, Serafina, Vittoria … Sie zitterte und ließ sich langsam zu Boden gleiten. Die vergangenen Ereignisse bauten sich in ihrem Inneren nach und nach auf. Sie durchlief alle Phasen und kam in der unmittelbaren Gegenwart an. Sie zwang sich, das letzte Mosaiksteinchen zu finden, das Bindeglied zwischen dem Morgen in Rom und ihrem Erwachen in diesem Bett.

Sie konnte sich noch an das Frühstück mit Serafina und Vittoria im Palazzo Colonna erinnern. Danach ging alles in einer bodenlosen Schwärze unter. Nun war sie hier, allein und von ihren

Freunden getrennt. Dies ließ eigentlich nur einen Rückschluss zu: Ihre Flucht hatte ein Ende gefunden. Sie befand sich in der Gewalt des Herzogs von Pescara. War sie in Pescara? Nein. Pescara lag am Meer. Hier gab es definitiv zu viel Gebirge. Also hatte man sie irgendwo ins Landesinnere geschafft. Sicher innerhalb des Herrschaftsbereichs des Herzogs. Welche größeren Städte gab es innerhalb der Abruzzen? L'Aquila war es nicht, diese Stadt hätte sie mit Sicherheit wiedererkannt. Chieti vielleicht? Aber lag Chieti nicht auf einem Hügel, mit terrassenförmig herabfallenden Bauten, von denen aus man ebenfalls das Meer erblicken konnte? Diese Stadt hier lag in einer Ebene, umgeben von hohen Bergen. Eigentlich kam nur eine Stadt infrage. Sulmona, die Stadt Ovids! Je mehr sie darüber nachdachte, umso sicherer war sie sich. Das Gebirge war das Maiella-Massiv, von dessen Schönheit Emanuele ihr einmal vorgeschwärmt hatte.

Sie rappelte sich auf, und die Seidendecke glitt herab. Das erinnerte sie daran, dass sie Kleider brauchte. Sie durchsuchte das gesamte Zimmer. Nichts. Sie trank ein weiteres Glas Wasser und betrachtete es nachdenklich. Dann warf sie es auf den gefliesten Boden. Sie hob eine größere Scherbe auf, riss den goldfarbenen Brokat vom Bett und schnitt ein passendes Loch in die Mitte, durch das sie ihren Kopf steckte. Den Stoff band sie mit einer der Vorhangkordeln um ihre Taille fest. Mit diesem improvisierten Kleid fühlte sie sich für die Öffentlichkeit gewappnet. Sie nahm die noch halb volle schwere Karaffe, trat an das geöffnete Fenster und warf sie mit Schwung hinunter. Sie traf niemanden direkt, doch der Wasserschwall erwischte einen Herrn in einem burgunderfarbenen Anzug mit einem reichlich mit Federn geschmückten Hut. Die langen Federn hingen ihm nun traurig tropfend ins Gesicht. Seine Fassungslosigkeit darüber war ihm sogar aus der Entfernung anzumerken. Sein Zustand zog die Aufmerksamkeit anderer auf sich. Erstes Gelächter erscholl.

Der Geschädigte hob den Kopf und suchte nach dem Übeltäter. Hoch über sich entdeckte er eine junge Frau, die sich gefährlich weit aus dem Fenster lehnte und mit einer weißen

Decke wedelte, als wollte sie ihre Kapitulation signalisieren. Sie schien etwas zu rufen, doch ihre Stimme war zu fern. Sein Instinkt verriet ihm, dass sie sehr schön sein musste. Darum würde er ihr selbstverständlich verzeihen. Er zog seinen durchnässten Hut und schwenkte ihn grüßend in ihre Richtung.

»Wer ist das, mein Lieber?«, fragte die Frau neben ihm. Sie trug eine turmhohe Perücke und schlug ihm dabei spielerisch mit einem geschlossenen Fächer auf die Schulter. »Vor allem, warum wirft sie mit Vasen nach Euch? Handelt es sich bei dieser Dame womöglich um eine enttäuschte Verflossene?«, erkundigte sie sich lauernd. Bei ihr handelte es sich um seine derzeitige Geliebte, die Marchesa Gabriella Pitti. Der Geschädigte beeilte sich, ihr zu versichern: »Ich habe nicht den blassesten Schimmer, meine Teuerste. Ihr wisst doch, dass ich allein Augen für Euch habe.« Er nahm die Hand der Marchesa und küsste galant ihre Fingerspitzen. »Sicherlich handelt es sich nur um das Missgeschick einer Bediensteten«, fuhr der Mann fort und wedelte verächtlich mit der Hand. Dabei hatte dieser Vorfall längt seine Neugierde geweckt. Aus Erfahrung wusste er, dass er seine Vermutung besser nicht mit der Marchesa teilte. Auch die anderen Gäste schenkten der Sache keine weitere Aufmerksamkeit. Alles drängte nun der breiten Freitreppe zu, auf der ein höchst elegantes Paar in großem Staat erschienen war. »Kommt, meine Schöne. Lasst uns gehen und unsere Gastgeber begrüßen.«

Emilia konnte nicht fassen, dass all diese aufgeschirrten Menschen sich nicht im Geringsten für ihr Schicksal interessierten. Im selben Moment traf sie die Erkenntnis: Sie war erneut völlig mittellos! Sie taumelte, wie von einem Schuss getroffen. Sie hatte die beiden Börsen und auch den Saphir am Leib getragen, als sie sich an ihrem letzten Morgen in Freiheit zum Frühstück begeben hatte. Nicht nur, dass man sie ihrer Freiheit beraubt hatte, man hatte sie darüber hinaus bestohlen! Auch Serafinas silberne Kette mit dem Kreuz, das sie beschützen sollte, war weg. Emilias Zorn über diese Gemeinheit kannte keine Grenzen.

Sie raste durch das Zimmer und schnappte sich alles, was

sich irgendwie loslösen und zum Fenster schleppen ließ. Kerzenleuchter, Schalen, die Utensilien vom Frisiertisch, darunter eine silberne Puderdose, eine perfekt ondulierte Perücke, ein römischer Lederschemel, sogar die beiden zierlichen Nachttischchen samt Lampen. Einen Gegenstand nach dem anderen beförderte sie aus dem Fenster. Die Puderdose öffnete sich, und ihr Inhalt segelte als parfümierte Wolke davon. Sie legte sich über einen Vierspänner, der soeben in den Hof bog. Emilia hatte diesen zu spät gesehen, keinesfalls hatte es in ihrer Absicht gelegen, unschuldige Pferde zu treffen. Zu ihrer Beruhigung konnte sie verfolgen, wie die Dose den Kutscher an der Schulter traf. Selbst schuld, wenn er für diese Gaunerbande arbeitete!

Sie beschäftigte sich eben damit, Augenmaß an dem bronzenen Spiegel zu nehmen und abzuschätzen, ob er durch das Fenster passen würde, als sich ein Schlüssel im Schloss drehte. Na also, dachte sie, geht doch. Mit beiden Händen strich sie über den Stoff ihres improvisierten Kleides, als müsste sie letzte Falten glätten. In hoheitsvoller Haltung erwartete sie den Besuch.

Die Tür schwang langsam auf, und in ihrem Rahmen zeichnete sich die schmächtige Gestalt einer Nonne ab. Sie hatte ein schmales, blasses Gesicht und riesige braune Augen und schien selbst kaum älter als Emilia zu sein.

Ihr Anblick war sicherlich das Letzte, was Emilia erwartet hatte. Vielleicht erging es der jungen Nonne ähnlich, jedenfalls starrten sich die beiden jungen Frauen sekundenlang verblüfft an. Die Nonne löste den Bann, indem sie unvermittelt in ein herzhaftes Gelächter ausbrach. Tatsächlich schien sie vor Lachen kaum noch Luft zu bekommen. Konsterniert verfolgte Emilia ihr unverständliches Benehmen und fragte sich gleichzeitig, ob dieser Palazzo ausschließlich Verrückte beherbergte? Mit in die Hüften gestemmten Händen baute sich Emilia vor ihr auf. »Wollt Ihr mir vielleicht verraten, ehrwürdige Schwester, was Euch so über die Maßen amüsiert?«, giftete sie.

»Nun, Ihr natürlich!«, erwiderte sie und unterdrückte vergeblich einen Schluckauf. »Verzeiht mir, aber ich konnte wirklich nicht anders«, bekannte sie freimütig und lächelte. »Habt Ihr Euch letzthin im Spiegel betrachtet?«

Emilia widerstand nur knapp dem Impuls, sofort zu dem fraglichen Gegenstand zu stürzen. Stattdessen begnügte sie sich damit, der Nonne einen vernichtenden Blick zuzuwerfen, der ihr zu verstehen geben sollte, dass Spiegel in ihrem persönlichen Universum keinerlei Stellenwert zukamen – außer natürlich, man konnte sie mit gehörigem Radau aus dem Fenster befördern …

»Wer zum Teufel seid Ihr überhaupt? Und könnt Ihr mir verdammt noch einmal verraten, wo ich hier bin?«, fuhr sie ihre Besucherin an.

Die Nonne zuckte nicht mit der Wimper. Nur in den Tiefen ihrer bemerkenswert braunen Augen glomm ein heiterer Funke auf. Sie wirkte wie ein verspieltes Rehkitz, das nur mit Mühe den Impuls unterdrückte, fröhliche Bocksprünge zu vollführen. »Oh, Ihr seid einfach wunderbar. Mit Euch werden sie wahrhaftig ihren Spaß haben.« Sie klatschte mehrmals in die Hände. Ihr Entzücken schien Emilia absolut aufrichtig zu sein. Verständlicherweise konnte sie es nicht teilen. Was für eine Art Nonne wollte sie überhaupt darstellen? Eine erst kürzlich rekrutierte Novizin? Doch ihre Besucherin hatte eben jemanden erwähnt. »Was soll das heißen? *Wer* soll an mir seinen Spaß haben? Sprecht!«, forderte Emilia, während sie die zarte Nonne an den Schultern packte. Am liebsten hätte sie sie geschüttelt wie einen Pflaumenbaum.

»Was treibst du hier, Filomena?«

Beide, Nonne und Emilia, fuhren beim Klang der metallischen Stimme herum. Emilia fühlte die zarten Schultern der jungen Frau unter ihren Händen erbeben. Fürchtete sie sich etwa? Sie selbst empfand keinerlei Furcht. Sie hatte durch ihr Treiben eine Reaktion herbeiführen wollen. Dies war sie also.

Eine schöne, scheinbar alterslose Frau hatte das Zimmer betreten. Sie trug eine Robe aus schillerndem grünem Damast, deren freizügiges Dekolleté ihren üppigen, sehr weißen Busen preisgab. Tropfenförmige Smaragde funkelten an Hals, Armen und Ohren und auf dem kostbaren Diadem. Einen Schritt hinter ihr stand ein gut aussehender junger Mann. Auch er hatte sich für einen Ball herausgeputzt: Aus seinem blauen Samtrock schäumten Kaskaden edelster Spitze, und seine Halsbinde zierte ein Diamant von der Größe eines Wachteleis. Seidene Kniebundhosen betonten lange, muskulöse Beine in hohen Schuhen mit ebenfalls diamantbesetzten Schnallen. Dazu trugen beide Neuankömmlinge kunstvoll frisierte Perücken.

Die Augenbrauen des Mannes stiegen kaum merklich nach oben, als er Emilias groteske Ausstaffierung bemerkte. Die Frau jedoch würdigte Emilia keines Blickes. Sie fasste die zarte Nonne ins Auge. Emilia, die ihre Hände weiter auf deren Schultern liegen hatte, spürte, dass die junge Frau zusammenschrumpfte. Es weckte ihren Beschützerinstinkt. Mit einer raschen Bewegung schob sie sie hinter sich.

»Nun, Filomena. Bekomme ich keine Antwort von dir? Wie lauteten meine Befehle?«, sagte die Frau kalt. »Und hört gefälligst auf, euch wie zwei verschreckte Affen aneinanderzuklammern. Das ist erbärmlich.« Sie machte eine verächtliche Handbewegung.

Emilia erinnerte die Geste an den Stallburschen in Santo Stefano, einen Mann von rabenschwarzer Übellaunigkeit. Er hatte kaum gesprochen, und wenn, hatte er seine Worte durch heftiges Ausspucken unterstrichen. Fast erwartete Emilia, dass die Frau ebenfalls auf den Boden spuckte. Der Gedanke entlockte ihr unwillkürlich ein Lächeln.

Der Mann quittierte dies mit einem weiteren Ansteigen seiner Augenbrauen. »Lasst sie in Ruhe, Mutter«, sagte er nun und offenbarte damit das verwandtschaftliche Verhältnis zwischen den beiden. Er trat zwei Schritte vor. »Los, verschwinde von hier, Filomena.« Er winkte das Mädchen hinaus. Die ließ sich das nicht zweimal sagen. Sie schürzte ihr Ordenskleid wie eine kostbare Ballrobe und huschte zur Tür hinaus.

Emilia blühte nun genau das, was ihr Bruder, Francesco, Serafina und Donna Elvira mit allen Mitteln versucht hatten zu verhindern: die Bekanntschaft mit der Herzoginmutter Beatrice. Emilia fand sich von Angesicht zu Angesicht der Frau gegenüber, der die schrecklichsten Gerüchte anhafteten. Wie um sich gegen sie zu wappnen, straffte Emilia ihren schlanken Körper. In einer unbewusst herausfordernden Bewegung warf sie ihre hüftlange Mähne zurück. Zunächst aber erfuhr sie eine völlig andere Beachtung.

»Meiner Treu, das Mädchen scheint ja ausschließlich aus Haaren zu bestehen!«, rief der Mann aus und umrundete sie. Er runzelte die Stirn. »Sag, Mutter, hattest du nicht angekündigt, dass sie frühestens in einigen Stunden erwachen würde?«

Die Angesprochene zuckte mit den Achseln. »Wie du zweifellos weißt, ist die Wirkung nicht immer absolut berechenbar. Vermutlich hat sie weniger von dem Mittel zu sich genommen, oder ihr Körper verträgt mehr davon.«

»Nun ja … Sie hinterlässt in der Tat einen recht robusten Eindruck«, erwiderte der Mann, dessen Augen von Emilias kleinen nackten Füßen, die halb unter dem Saum des Brokats hervorlugten, bis zu ihrem Gesicht hinaufwanderten.

»Was hast du erwartet? Sie ist, was sie ist: ein Bauerntrampel aus der Provinz.« Sie folgte dem Beispiel ihres Sohnes und lief nun selbst einmal um Emilia herum. »Immerhin scheint sie eine gewisse Anmut zu besitzen, und es mangelt ihr nicht an Erfindungsgeist«, murmelte sie abwägend.

»Ja, und soweit ich das beurteilen kann, kleidet sie der goldfarbene Brokat vorzüglich. Wir sollten für sie eine Robe ähnlicher Beschaffenheit in Auftrag geben«, erwiderte ihr Sohn in einem Ton, der keinen Zweifel daran ließ, dass er tatsächlich ernst meinte, was er sagte.

Emilia hatte die absurde Unterhaltung mit wachsender Verblüffung verfolgt. Nicht ein Wort über das verwüstete Zimmer – stattdessen sprachen sie über sie hinweg, als bestünde sie aus Luft. So nicht, dachte sie grimmig. Sie baute sich vor dem Mann auf, den sie für keinen anderen als den Herzog von Pescara in persona halten musste. »Ach ja?«, erwiderte sie schnippisch. »Ich wusste nicht, dass ich hier unter die Schneider geraten bin. Vielleicht wärt Ihr dann so gütig und ruft mir jemanden, der hier etwas zu sagen hat. Ich werde hier gegen meinen ausdrücklichen Willen festgehalten. Darüber hinaus hat man mich dreist bestohlen. Ich verlange, dass man mir sofort mein Hab und Gut aushändigt.« Herausfordernd, mit hocherhobenem Kinn, funkelte sie den Herzog an.

Ein Lächeln blitzte in dessen Gesicht auf. »Sie besitzt echtes Feuer, findest du nicht, Mutter?«, bemerkte er und betrachtete Emilia nicht ohne Wohlwollen.

Emilia verschlug es die Sprache. Einen Augenblick lang fragte sie sich fassungslos, ob sie das alles in Wirklichkeit erlebte, oder ob ihre Wahrnehmungsfähigkeit ihr einen Streich spielte. Konnte diese Szenerie tatsächlich der Realität entspringen? Womöglich war sie noch in ihrem Traum gefangen, und all dies spiegelte die tieferen Ängste ihres Unterbewusstseins wider? Leider tat sich dieser Ausweg für sie nicht auf. Sie befand sich tatsächlich im Hier und Jetzt und war darüber hinaus all ihrer Sinne mächtig. Zumindest hoffte sie das. Angebrachter wäre es, an der Gesinnung des Herzogs und seiner Mutter zu zweifeln. Die Frage sollte eher lauten: Wie verhielt man sich Verrückten gegenüber? Sie konnte hier auf keinerlei Erfahrungsschatz zurückgreifen, aber sie wusste, wie man panischen Pferden begegnete. Haftete jenen nicht auch etwas Verrücktes an? Ruhe war der Schlüssel – was ihr nicht eben leicht fiel. Abgesehen von ihrem natürlichen Temperament, glich ihr derzeitiger Gemütszustand einem Kessel kurz vor dem Überkochen. Sie zwang sich, mehrmals tief durchzuatmen, bevor sie einen neuen Versuch startete. »Würde mir endlich jemand erklären, was das Ganze soll? Was mache ich hier?«

»Nur die Ruhe, Kindchen«, wehrte sie die Herzoginmutter ab. »Mit dir werden wir uns früh genug befassen.« Sie näherte sich der Wand, griff nach einer roten Kordel und zog daran. Kurz darauf trabten schnelle Schritte heran, und ein kräftiger Bedienteter in der rot-schwarzen Livree der Familie erschien. »Lasse er diese Bescherung beseitigen«, befahl die Herzoginmutter ihm und zeigte vage in den Raum hinter sich.

Dann griff sie grob nach Emilias Arm und bugsierte sie zur Tür. »Du kommst mit mir …«

Emilia riss sich mit einer brüsken Bewegung von ihr los. »Was erlaubt Ihr Euch?«

Die Herzoginmutter verdrehte gelangweilt die Augen nach oben und sagte nur: »Bertoldo!«

Bevor sich Emilia versah, packte der Diener sie von hinten und umklammerte ihre Arme. Er hob die junge Frau hoch und manövrierte sie wie ein sperriges Paket die Treppe hinab. Emilia zeterte und strampelte, doch der Mann schien ihre Tritte gegen seine Schienbeine überhaupt nicht wahrzunehmen – im Gegenteil, ihre nackten Füße taten ihr weh. Sie erreichte nur, dass sich eine kräftige Pranke auf ihren Mund legte. Emilia bedankte sich für die Einladung und biss tüchtig zu, bis sie Blut schmeckte. Der Bedienstete fluchte zwar leise, lockerte jedoch nicht seinen eisernen Griff. Kaum einen Schritt hinter sich hörte Emilia den Herzog laut auflachen. Schön, dass er sich so prächtig auf ihre Kosten amüsierte! Die Herzoginmutter war ihnen vorausgeschritten. Die spitz auslaufende Schleppe ihres grünen Kleides kroch wie eine Viper die Stufen vor ihr hinab. Trotz ihrer Lage mühte sich Emilia, einen Eindruck von ihrer Umgebung zu erhalten. Der Palazzo erschien ihr riesig, viel größer als jener der Colonnas in Rom. Nachdem sie eine weitere Treppe hinter sich gelassen und die blasierten Mienen einer goldgerahmten Reihe verblichener Pescaras passiert hatten, stieß die Herzoginmutter eine Flügeltür auf. Der Raum ähnelte dem Appartement, das Emilia im Palazzo Colonna bewohnt hatte – jedoch schien er dieses an goldenen Akzenten bei Weitem übertrumpfen zu wollen. Zwei Dienstmädchen von kräftiger Statur machten sich in dem Zimmer zu schaffen.

Bertoldo setzte Emilia vor dem Bett ab. Nachdem man sie zuvor auf geradezu beleidigende Weise ignoriert hatte, kam Emilia nun in den zweifelhaften Genuss des ungeteilten Interesses aller Anwesenden. Schließlich glaubte sie, einer kollektiven Kraft zu erliegen, die sie zwang, sich dem Bett zuzuwenden. Tatsächlich entdeckte sie darauf etwas, das bei ihr sämtliche Alarmglocken läuten ließ: Eine weiße, mit Perlen und Diamanten überladene Robe aus Taft lag ausgebreitet auf dem scharlachroten Samt des Bettüberwurfs. Ein Hochzeitskleid ...

Emilia schloss für einen Moment ihre Lider. Kurz übermannte sie die irrwitzige Vision einer geschlachteten weißen Taube, deren Blut sich über das Bett ergoss. Sie zwang sich, die Augen wieder zu öffnen. Keinesfalls wollte sie diesem arroganten Weib Beatrice ein Bild von Schwäche bieten. Ihr Blick blieb auf dem Schleier haften – ein durchsichtiges Gespinst, der auf einer Truhe am Fuße des Bettes lag. Dieses eindeutige Symbol der Bestimmung des Kleides ließ heiligen Zorn in ihr hochkochen. »Ihr glaubt doch nicht allen Ernstes, dass ich Euch jemals heiraten werde!«, schleuderte sie dem Herzog entgegen. Sie schnappte sich den filigranen Schleier von der Truhe und zerriss ihn vor seinen Augen. Die beiden Dienstmädchen schnappten hörbar nach Luft. Und der Herzog? Seine Mundwinkel zuckten. Emilia stemmte sich dem Donnerwetter entgegen. Doch wiederum fiel seine Reaktion überraschend anders aus: Er brach erneut in schallendes Gelächter aus.

Emilia fühlte sich wie ein Segelschiff, das bei voller Fahrt von einer Flaute gestoppt worden war. Dies war heute schon die zweite Person, die bei ihrem Anblick in hemmungslose Heiterkeit verfiel. Jedermann schien sich ungefragt auf ihre Kosten zu amüsieren! Verständlicherweise konnte Emilia der Situation nicht den Hauch von Komik abgewinnen. *Sie sind alle verrückt!* Ich bin unter lauter Verrückte geraten, dachte sie in einem Anflug von Panik. Das überwältigende Gefühl, mit ihrer Wut ständig ins Leere zu laufen, jagte eine Welle der Schwäche durch ihren Körper. Sie widerstand nur knapp dem Impuls, auf die Truhe zu sinken. Bleib ruhig, du musst ruhig bleiben, ermahnte sie sich selbst.

Endlich zog der Herzog ein Taschentuch aus seinem Ärmel und betupfte sich demonstrativ die Augen. Er trat nun nah an Emilia heran. Da er ein gutes Stück über ihr aufragte, senkte er seinen Kopf, bis sich ihre Nasenspitzen beinahe berührten. Emilias Stolz bewahrte sie davor zurückzuweichen. Ausführlich erforschte der Herzog ihr Gesicht und tauchte tief in ihre Augen ein.

Aus dieser Distanz konnte Emilia nicht umhin, die Augenfarbe des Herzogs zu registrieren. Seine Iris war von einem hellen Grau, von dem sich das Schwarz der Pupille deutlich abhob. Es verlieh seinem Blick eine besondere Intensität. Sie versuchte, darin zu lesen, doch sein Ausdruck gab ihr Rätsel auf. Seine Augen erschienen ihr wie eine verschlossene Tür, hinter der er seine Geheimnisse zu wahren wusste. Der Herzog war ein Mann, der sich nicht in die Karten sehen lassen wollte. Sein Ausdruck erinnerte sie an jemanden. Dann fiel es ihr ein: Emanueles Freund, Francesco Colonna! Auch er wahrte diese Unergründlichkeit in seinen Augen, nur dass die seinen wie frisches Frühlingsgrün leuchteten.

Der Herzog sah sie unverwandt an: »Ihr habt selbstverständlich recht, meine Teure. Es wäre schade gewesen, Euer Gesicht mit einem Schleier zu verhüllen. Nun können alle Gäste meine schöne Braut bewundern. Die Hochzeit findet um ein Uhr statt. Sie gehört Euch, Mutter.«

Er ging und ließ eine neuerlich sprachlose Emilia zurück. Sie starrte noch auf die Tür, die sich hinter dem Herzog geschlossen hatte, als sie unsanft gepackt wurde. Die Dienstmädchen zerrten sie zu dem Ohrensessel vor dem Kamin. Emilia kämpfte wie eine Löwin gegen sie an. Doch sie zwangen sie unerbittlich auf den Sessel, und Emilia hatte das Gefühl, in einen menschlichen Schraubstock geraten zu sein.

Ein Schatten fiel auf sie. Die Herzoginmutter hatte sich vor ihr aufgebaut. Auf ihrer Handfläche wog sie eine kleine durchsichtige Phiole, in der eine milchige Flüssigkeit schwamm. Sie lächelte süffisant. Emilia wurde sofort klar, was sie damit bezweckte. Fest presste sie ihre Kiefer zusammen. Doch die Herzoginmutter kannte alle Kniffe. Auf ihren Wink hin hielt ihr eine der beiden Frauen die Nase zu. Sie selbst fasste Emilia an die Kehle und drückte mit Daumen und Zeigefinger zu. Emilia hielt die Luft an. Die Herzoginmutter beobachtete sie ungerührt. Tränen traten der jungen Frau in die Augen. Sie zwang sich, noch länger durchzuhalten, bis sie glaubte, ihre Brust würde ihr zerspringen. Dann siegte ihr Körper, und sie riss den Mund auf, um nach Luft zu schnappen. Sofort schüttete die Herzoginmutter ihr mit einer schnellen Bewegung den Inhalt in ihre Kehle. Ein kurzer Eindruck von glühender Hitze in ihrer Speiseröhre, und wenige Sekunden später breitete sich von ihrem Magen her ein warmes Gefühl in ihrem gesamten Körper aus. Ohnmacht und Zorn verpufften und gerieten in Vergessenheit. Emilia fühlte sich mit einem Mal herrlich beschwingt und hätte die ganze Welt umarmen können, wenn man sie ihr gereicht hätte. Vor ihr stehend, gewahrte sie eine sehr schöne Frau, die ihr vage bekannt vorkam. Emilia lächelte sie verwirrt an. Sicherlich waren sie einander vorgestellt worden, peinlicherweise konnte sie sich aber nicht mehr an deren Namen erinnern. Die Frau streckte ihr die Hand entgegen: »Kommt, meine Liebe. Es ist Zeit. Wir müssen Euch vorbereiten. Heute ist Euer Hochzeitstag.«

»Oh«, machte Emilia und riss die Augen weit auf. Nun verstand sie auch, warum sie sich so unbeschreiblich glücklich fühlte.

Sechs Schimmel zogen die goldene Prunkkutsche des Herzogs von Pescara. Laute Hochrufe empfingen die Braut und die Herzoginmutter Beatrice, als sie auf der weitläufigen Piazza vor der Kathedrale San Panfilo vorfuhren. Die gesamte Einwohnerschaft Sulmonas hatte sich scheinbar auf dem Platz eingefunden, um einen Blick auf die neue Braut des Herzogs zu erhaschen. Der Herzog hatte sich als äußerst spendabel erwiesen. Überall in der Stadt hatte er Weinfässer aufstellen lassen, und seit dem Morgen floss der Rebensaft in Strömen. Dazu hatte er an die Bevölkerung buntes Hochzeitskonfekt aus Zucker, Nüssen und Mandeln verteilt, die man nach alter Tradition zu farbenfrohen Sträußen gebunden hatte. Kinder und Frauen schwenkten sie in der Menge und winkten der Braut begeistert zu.

Kurz bevor die Kutsche hielt, reichte ihr ihre künftige Schwiegermutter einen kleinen Pokal. »Ein Stärkungstrunk, meine Liebe. Dieser Tag wird anstrengend für Euch werden. Euer zukünftiger Gemahl wünscht, dass Ihr ihn aus vollem Herzen genießen könnt.« Folgsam leerte die junge Braut den Pokal.

Die ehrwürdige, aus dem 8. Jahrhundert stammende Kathedrale von Sulmona war bis auf den letzten Platz besetzt. Alle großen Namen Italiens waren vertreten. Auch im Vorschiff und in den Gängen der langen Säulenreihen drängten sich die Menschen. Als die Braut in ihrem glanzvollen Hochzeitstaat erschien, lief ein bewunderndes Raunen durch die Reihen der Gäste. Emilia schwebte auf einer Wolke der Glückseligkeit durch das mit Rosen geschmückte Mittelschiff. Die Männer seufzten innerlich und beneideten den Herzog um diese wunderbar exotische Blume, von der sie selbst gerne gekostet hätten. Die Frauen beneideten sie um ihre frische und strahlende Schönheit.

Ihr Bräutigam erwartete sie vor dem Altar. Wie stattlich er in seinem Hochzeitsstaat aussah! Sie schenkte ihrem künftigen Gemahl ein strahlendes Lächeln. Dieser reichte ihr die Hand, und gemeinsam traten sie vor den Altar. Der Bischof von Sulmona, Monsignore Filippo Paini, begrüßte sie mit salbungsvollen Worten. Er trug eine mächtige Tiara und hatte sich von Kopf bis Fuß in goldfarbenen Brokat gehüllt, der Emilia seltsam bekannt vorkam. Ihr blieb keine Zeit, weiter darüber nachzudenken, denn der Bischof begann mit der Trauung.

Emilias »Sí« hallte klar und deutlich in dem hohen Kirchenschiff von San Panfilo wider.

Am Arm ihres frisch angetrauten Gemahls verließ die neue Herzogin von Pescara die Kathedrale. Helles Sonnenlicht umfing sie und ließ die Diamanten auf ihrem Kleid funkeln. Die Jubelrufe des wartenden Volkes vermischten sich mit dem gleichzeitig einsetzenden Läuten aller Kirchenglocken Sulmonas. Ein Defilee von unzähligen Gratulanten zog an dem jungen Paar vorüber und sprach ihm seine Glückwünsche aus. Illustre Namen wurden ihr genannt: Borghese, Medici, Sforza, Chigi … Doch für Emilia waren es nichts als unbekannte Gesichter und unbekannte Namen; nichts davon hinterließ bei ihr einen bleibenden Eindruck. Sie erlebte alles um sich herum in gedämpften Tönen, die Menschen, die Laute, die Farben. Allein der Herzog erschien ihr in einem leuchtenden Licht – das Zentrum ihrer neuen strahlenden Zukunft. Mit allen Fasern drängte ihr Körper dem seinen zu, und sie fieberte dem Augenblick entgegen, in dem sie endlich mit ihm allein sein würde.

Doch zunächst ging es in der Kutsche zurück in den Palazzo. Obschon früher Nachmittag, hatte die zahlreiche Dienerschaft den großen Festsaal des Schlosses mit unzähligen Kerzen festlich erleuchtet. Sie steckten in riesigen, von der Decke baumelnden Kristalllüstern aus den reichen Manufakturen Venedigs. Ihr Licht wurde von einer langen Reihe versilberter Spiegel, die den bodentiefen Fenstern gegenüberlagen, um ein Vielfaches zurückgeworfen und verwandelte den Saal in ein Meer aus tausend Lichtern. Wie verzaubert hielt Emilia auf der Schwelle inne. Sie glaubte, das Innere eines Diamanten zu betreten.

»Gefällt Euch der Saal? Er wurde dem Spiegelsaal König Ludwigs des XIV. in Versailles nachempfunden«, informierte sie der Herzog an ihrer Seite.

Ein Festmahl erwartete die Gäste an einer langen, U-förmigen Tafel, die mit Silber, Blumenbuketts und kostbarem Porzellan aus Sèvres geschmückt war. Das Brautpaar nahm seinen Ehrenplatz am Kopfende ein. Eingerahmt zur Linken von der Herzoginmutter und zur Rechten vom ehrwürdigen Bischof Filippo Paini, präsidierten sie der Tafel.

Auf einer Bühne am anderen Ende des Saales hielten rot livrierte Musiker ihre Instrumente bereit. Weißbehandschuhte

Diener waren ringsum im Saal verteilt, sorgfältig darauf bedacht, auf die geringste Geste eines Gastes zu reagieren. Gang um Gang wurde auf silbernen Tabletts hereingetragen, dazu die besten Weine Italiens. Auch französische Weine wurden kredenzt, vor allem der prickelnde Champagner Dom Perignon, dessen Qualität die Herzoginmutter in höchsten Tönen pries.

Emilias Wangen röteten sich allmählich von dem vielen Wein und Champagner, den ihr Diener unablässig nachschenkten. Sie lachte mit den anderen Gästen und unterhielt sich angeregt mit dem Bischof, als hätte sie in ihrem Leben nie etwas anderes getan. Vielfach wurden Trinksprüche auf das glückliche Brautpaar ausgebracht. Der Tag wollte kein Ende nehmen, alles schmauste und trank. Mit dem Alkoholpegel stieg auch die Stimmung, und die Scherze wurden allmählich derber.

Bei Einbruch der Dunkelheit erhob sich der Bischof und verabschiedete sich von dem Brautpaar. Mit gemessenen Worten wies er Emilia nochmals auf ihre neue Verantwortung als Herzogin und Ehefrau hin. Der Aufbruch des Bischofs leitete die vergnüglicheren Aspekte der Feier ein. Kaum dass seine Kutsche den Hof verlassen hatte, klatschte die Herzoginmutter in die Hände, und eine Gruppe barfüßiger, in bunte Schleier gehüllte Tänzerinnen strömte herein. Die blutjungen Mädchen waren allesamt schwarz wie Ebenholz und sehr schön. Stürmischer Applaus begrüßte ihr Erscheinen. Am Ende des Saales hatten die Kammermusiker das Podest geräumt.

Zwei Diener zogen an den Kordeln des roten Vorhangs, der den hinteren Teil der Bühne bisher verhüllt hatte. Er glitt langsam zurück, und dahinter kamen sechs Negerknaben zum Vorschein. Keiner von ihnen mochte älter als zwölf Jahre sein. Sie waren nackt bis auf einen winzigen weißen Lendenschurz und trugen kleine goldene Trommeln. Ihr Erscheinen löste ebenso lüsterne Begeisterung aus wie das der Tänzerinnen. Diese begannen nun, ihre geschmeidigen Körper im Rhythmus der einsetzenden Trommeln zu wiegen.

Auch Emilia wurde von der sinnlichen Darbietung der jungen

Mädchen mitgerissen, und ihr Blut begann, im Rhythmus der Trommeln zu pulsieren. Ihr Gemahl, dem ihre Erregung nicht entging, presste unter dem Tisch seinen Schenkel an den ihren. Er blieb dort wie ein Versprechen. Die Knaben schlugen die Instrumente immer wilder, und die Mädchen stampften mit ihren nackten Füßen auf. Ihre geschmeidigen Leiber wirbelten umher, die langen Haare flogen und bedeckten ihre Gesichter. Dann begann die Erste, ihre Schleier abzuwerfen. Die anderen folgten ihr nach – wie Schmetterlinge entstiegen sie nach und nach ihren seidenen Kokons. Am Ende kam auch das letzte der Mädchen splitternackt auf dem Terrazzoboden zu liegen. Ihre makellosen dunklen Leiber glänzten von der Anstrengung des Tanzes, während sich ihre jungen Brüste im schnellen Auf und Ab ihres Atems bewegten.

Auf ein Zeichen der Herzoginmutter eilten Diener herbei, hoben die erschöpften Tänzerinnen auf und führten sie hinaus. Hier und dort raffte sich verstohlen ein Mann auf und folgte der kleinen Gruppe.

Emilia spürte, dass jemand sie unverwandt ansah, und traf am Ende der Tafel auf den brennenden Blick eines Mannes. Er betrachtete sie auf eine aufreizende Weise, die keinen Zweifel an seinen Absichten ließ. Er löste etwas in ihr aus, und jäh glaubte Emilia, einem Déjà-vu zu erliegen. Die tanzenden Leiber der Mädchen, das heiße Rauschen ihres Blutes, das unverhohlene Begehren eines Mannes, all das hatte sie schon einmal so erlebt. Nur wann und wo? Sie versuchte, die Erinnerung festzuhalten, doch sie verflüchtigte sich wie ein Blatt im Wind und ließ den faden Beigeschmack zurück, dass ihr etwas Wichtiges entgangen war. Erneut sah sie zu dem Mann hinüber. Nun, da er ihre Aufmerksamkeit errungen hatte, lächelte er ihr zu. Er war nicht mehr jung, doch er besaß ein einnehmendes Äußeres und eine Ausstrahlung, die trotz seines Gebarens nicht aufdringlich wirkte. Sie wusste, dass er ihr vorgestellt worden war, aber sein Name war einer unter vielen gewesen, und sie hatte ihn sich nicht gemerkt.

Weitere raffinierte Gänge wurden aufgetragen, Wein und Champagner sprudelten unentwegt. Irgendwann ließ Emilias Euphorie nach. Der glückselige Nebel, der sich über sie gelegt hatte und sie alles wie in einem Traum erleben ließ, lichtete sich. Sie fühlte sich mit einem Mal desorientiert. Woher kam dieses jähe nagende Gefühl, dass sie gar nicht an diesen Platz gehörte? Selbstverständlich gehörte sie hierher! Dies war schließlich ihre Hochzeit. Neben ihr saß ihr geliebter Gemahl und plauderte mit dem alten Grafen Aquaviva, der kurzfristig den vakanten Platz des Bischofs eingenommen hatte. Nur mit Mühe hielt Emilia die einsetzende Panik im Zaum. Was stimmte nicht mit ihr? Plötzlich spürte sie einen forschenden Blick auf sich gerichtet. Er gehörte ihrer Schwiegermutter Beatrice. Eine unbewusste Stimme warnte Emilia davor, sich ihr gegenüber ihre Verstörung anmerken zu lassen. Sie nahm daher ihren goldenen Trinkpokal auf und prostete ihr lächelnd zu. Diese nickte und vertiefte sich dann wieder in ihr Gespräch mit ihrem Tischnachbarn, einem fremdländisch wirkenden Mann mit einer Hakennase. Er war Emilia zwar ebenfalls vorgestellt worden, doch dieser Name war ihr ebenso entfallen, wie ihr ihr gesamtes früheres Leben abhandengekommen war. Im Augenblick schien es Emilia, als hätte ihr Leben erst mit dem heutigen Tag eingesetzt. Verzweifelt versuchte sie, sich zu erinnern und den Knoten in ihrem Verstand zu entwirren. Sie winkte einen Diener heran und verlangte nach einem großen Glas Eiswasser. Sie spürte eine Bewegung neben sich. Der Herzog fragte: »Alles in Ordnung mit Euch, meine Liebe?«

Sie beeilte sich, ihm mit einem Lächeln zu versichern, dass alles in bester Ordnung sei. Sie fühle sich allerdings ein wenig erhitzt, und sie bat ihn, ganz gehorsame Gattin, um die Erlaubnis, kurz den Saal verlassen zu dürfen, um ein wenig frische Luft zu schnappen. Ihr Gemahl küsste ihr die Hand und erwiderte galant, dass er sich schon jetzt auf ihre Rückkehr freue.

Emilia kannte sich in dem Palazzo nicht aus. Deshalb blieb sie in der Vorhalle zum Saal kurz stehen, um sich zu orientieren. Sie wusste nicht, wonach sie suchte, nur dass es ein Ort sein sollte, an dem sie in Ruhe nachdenken konnte. Nicht gerade einfach, wenn man zu den Hauptpersonen des Abends zählte, dachte sie. Doch zu ihrer Verwunderung ließen sie die in und aus dem Saal strömenden Gäste in Frieden. Sie grüßten die junge Braut zwar höflich, hielten sie jedoch auf ihrem Weg nicht auf. Emilia entdeckte links eine offene Galerie, die ihr verlassen schien. Sie beschloss, diese zu betreten. Von einer undefinierbaren Eile angetrieben, lief sie den Gang entlang. Aus einem Erker kam ihr ein Paar entgegen. Emilia erkannte in dem Mann einen der älteren Gäste. An seinem Arm hing eine der blutjungen Tänzerinnen, die beharrlich Emilias Blick mied. Emilia betrat nun selbst den kleinen Erker. Darin stand eine gepolsterte Bank. Doch Emilia interessierte sich nur für die runde Maueröffnung, die den Blick auf den funkelnden Nachthimmel freigab. An die Balustrade gelehnt, atmete sie die milde Abendluft ein. Eine einzelne Sternschnuppe schoss vorbei und verging glühend in der Nacht. Das Gefühl, nicht mehr alleine zu sein, ließ sie herumfahren. Hinter ihr stand eine kleine Nonne. Ihr Anblick rief in Emilia eine nebulöse Erinnerung an eine unangenehme Begegnung wach. Die Schwester gab ihr durch ein heftiges Winken zu verstehen, ihr zu folgen. Emilia dachte nicht daran. »Wer seid Ihr? Und warum sollte ich Euch ohne Erklärung folgen?«

Die Nonne fuhr mit ihrem Finger zum Mund und stieß ein erschrockenes »Psst« aus. Verstohlen sah sie sich um, dann flüsterte sie: »Euer Bruder Emanuele ist gekommen, um Euch zu holen. Schnell, uns bleibt nicht viel Zeit. Kommt mit, bitte.« Sie packte Emilia fest an der Hand und zog sie mit erstaunlicher Kraft den Gang entlang. Emilia wirkte plötzlich wie vor den Kopf gestoßen. Ohne Widerstand ließ sie sich mitziehen. Die Erwähnung ihres Bruders hatte auf sie in etwa dieselbe Wirkung ausgeübt, die man erzielte, wenn man einem Betrunkenen einen Eimer kaltes Wasser ins Gesicht schüttet. Schlagartig konnte sie sich wieder daran erinnern, wie ihr die Herzoginmutter die Droge eingeflößt hatte. Richtig übel wurde Emilia im nächsten Moment, als sie an sich hinabsah. Sie steckte tatsächlich in einem Hochzeitskleid! Was hatte das zu bedeuten? Verschwommene Bilder tauchten vor ihrem inneren Auge auf: eine aufgescheuchte weibliche Dienerschar, die sich an ihr zu schaffen machte, eine Kutschfahrt, eine Kathedrale, ein Bischof, der Herzog …! Der Schock traf sie bis ins Mark. Mein Gott, sie war längst mit dem Mann verheiratet! Sie taumelte und hätte ihr Gleichgewicht verloren, wenn die kleine Nonne sie nicht vehement gestützt hätte. »Still, da kommt jemand«, flüsterte sie. Hastig zog Filomena die erstarrte Emilia in den Schatten einer weiteren Nische.

Auch Emilia hörte es nun. Hohe Absätze klapperten über die Steinfliesen und näherten sich ihnen rasch, bis die Schritte direkt vor ihrer Nische haltmachten. »Da seid Ihr ja, Schönste aller Damen! Wie sehr habe ich den Augenblick herbeigesehnt, Euch endlich allein zu begegnen. Eure wunderbaren Augen sind verlockender als der Frühlingshimmel. Seit ich das erste Mal in sie hineingeblickt habe, bin ich verloren. Wahrlich, Eure Schönheit raubt mir den Verstand.« Der Mann ergriff ungeniert Emilias zarte Hand, schob ihren weiten gebauschten Ärmel zurück und begann hingebungsvoll, ihre Armbeuge zu liebkosen.

Emilia zog angesichts der gewagten Geste scharf die Luft ein und vergaß vor lauter Verblüffung, ihm ihren Arm zu entziehen. Perplex starrte sie auf den Kopf des Mannes hinunter, den eine modische Perücke zierte. Es war derselbe Mann, der vorhin das Déjà-vu in ihr ausgelöst hatte. Natürlich hatte er ihr Aufbrechen bemerkt und war ihr hierher gefolgt. Sie musste ihn schnellstens loswerden, aber wie? Endlich kam es ihr in den Sinn, ihm ihren Arm zu entziehen. Plötzlich war Filomena neben ihr. »Giacomo Casanova, ich hätte es wissen müssen. Ihr klebt am Saum einer schönen Frau wie die Schmeißfliege am Honig.«

»Comtesse Filomena! Ihr seid das … Ich hatte Eure reizende Erscheinung schon vermisst.« Der Mann wirkte nicht im Mindesten verlegen, sondern verbeugte sich nun galant vor der jungen Nonne. Seine intelligenten Augen huschten interessiert zwischen den beiden jungen Frauen hin und her. Ihm war nicht entgangen, dass sich Filomena zunächst vor ihm versteckt hatte. Filomena kam seiner Frage zuvor: »Die Herzogin wollte lediglich etwas frische Luft schnappen. Wir wären Euch sehr verbunden, wenn Ihr uns jetzt verlassen würdet, Cavaliere. Bitte kehrt zu den anderen Gästen zurück, seid so gut.«

Anstatt ihrer unmissverständlichen Aufforderung nachzukommen, trat Casanova näher und besah sich Emilias Augen genauer. Er erkannte die erweiterten Pupillen. »Ah, Eure verehrte Frau Mutter hat wieder einmal einen ihrer berühmten Tränke gepanscht. Wir haben hier also eine Braut wider Willen?« Er hob eine Augenbraue.

»Das sind nun wahrlich nicht Eure Angelegenheiten, Cavaliere Casanova.« Filomena stellte sich schützend vor Emilia. »Bitte geht, und lasst uns allein, ich bitte Euch darum.«

Casanova sah sie an wie ein treuer Hund, der vom Hof gejagt wurde. »Also gut, da Ihr mich so artig darum bittet … Allerdings schwöre ich, dass ich bereits jetzt jede Minute bis zu unserem Wiedersehen zählen werde«, richtete er seine Worte direkt an Emilia.

»Tut das, Freund Casanova«, erwiderte Emilia. »Und falls man Euch fragen sollte, Ihr habt uns nicht gesehen. Wir verstehen uns?«

Casanova nickte bedächtig, und ein wissender Ausdruck stand in seinen Augen. Dann machte er kehrt, und der Klang seiner Schritte verhallte im Gang.

»Ihr seid eine Comtesse?«, hakte Emilia sofort bei der kleinen Nonne nach.

»Nicht jetzt. Wir müssen weiter. Komm mit!«

Emilias Begleiterin musste in dem Palazzo ein und aus gehen, anders konnte sich Emilia deren ausgezeichnete örtliche Kenntnisse nicht erklären. Geschickt wich die kleine Nonne allen Begegnungen aus. Wenn doch einmal Dienstboten ihren Weg kreuzten, so schienen sie keinen Anstoß daran zu nehmen, dass sie gemeinsam mit der Braut ihre verborgenen Wege benutzte.

Sie mussten den ältesten Teil der Anlage erreicht haben. Die Wände bestanden aus dicken grauen Steinquadern und erinnerten Emilia an ihr Zuhause. Sie bogen eben um die Ecke in einen langen, dunklen Korridor ein, als Filomena abrupt innehielt und Emilia dadurch zwang, ebenfalls stehen zu bleiben. Vor ihnen lief ein Mann und hielt auf eine Tür zur Linken zu. Ein kaum wahrzunehmender Lichtstreifen sickerte aus dem Türspalt. Er öffnete die Tür, und sie hörten einen Mann sagen: »Da seid Ihr ja endlich, Pombal! Ich warte schon seit einer Ewigkeit auf Euch.«

Die Tür schloss sich, und die beiden jungen Frauen setzten sich wieder in Bewegung. Fast genau gegenüber dem Eingang, hinter dem der Mann namens Pombal verschwunden war, befand sich eine Mauernische, in der ein halb verrottetes Pulverfass stand. Filomena gab Emilia ein Zeichen, und die beiden jungen Frauen zwängten sich daran vorbei in die Nische. »Was sollen wir hier?«, zischte Emilia. Verständlicherweise lag ihr daran, das Schloss möglichst schnell zu verlassen.

»Schhh. Ich will hören, was dort drin besprochen wird. Es könnte nützlich sein.« Dann zuckte Filomenas Kopf hoch. »Da kommt noch jemand.«

Tatsächlich schlich ein weiterer Mann den Korridor entlang. Doch anstatt dem anderen durch die Tür zu folgen, blieb er direkt davor stehen, um ebenfalls zu lauschen. Das Türblatt hatte sich im Laufe der Jahrhunderte verzogen, sodass die Stimmen dahinter relativ gut zu verstehen waren.

»Wie kommt Ihr darauf, dass Ricci die Karte nicht mehr hat?«, hörten sie einen der Männer hinter der Tür jetzt sagen. Es klang ungehalten.

»Denkt nach! Befände sich der Orden dann in dieser prekären Lage?«

»Ach was, Ricci ist zu schlau. Sicher hält er sie bis zum Schluss zurück, als letzten Trumpf.«

»Nein, ich bin mir dessen ziemlich sicher. Ich habe von meiner Quelle erfahren, dass Ricci seinen Bluthund Baptista losgesandt hat, um nach der Karte zu forschen. Wie es aussieht, wurden die Diebe einst selbst bestohlen.« Der Mann stieß ein trockenes Lachen aus.

»Hmm, aber wer könnte dann im Besitz der Karte sein?«

»Überlegt doch, lieber Marquis! Wer ist so märchenhaft reich, dass man meinen könnte, sie hätte Salomons Geheimnis des Goldmachens entdeckt?«

»Sie? Ihr werdet doch nicht etwa unsere verehrte Herzogin Beatrice verdächtigen?« Die Stimme klang schockiert.

»Zuzutrauen wäre es ihr allemal. Ich lasse Pater Baptista bereits seit Längerem beschatten. Er scheint denselben Verdacht zu hegen, da er sich in letzter Zeit verdächtig oft in Sulmona herumgetrieben hat. Fakt ist, die Karte gehört Spanien, seit Hauptmann Loyola 1572 in Peru seine Hand auf sie gelegt hat. Die Jesuiten haben sie uns gestohlen! Falls die Herzogin uns hintergeht – dann Gnade ihr Gott. Bleibt also ihr gegenüber auf der Hut, und haltet Augen und Ohren offen. Sie scheint ihr eigenes Spiel zu spielen. Ich wollte, dass Ihr das erfahrt. Wenigstens wir beide sollten unser gemeinsames Ziel im Auge behalten. Kommt jetzt, kehren wir zur Gesellschaft zurück, bevor unserer Gastgeberin unsere Abwesenheit auffällt.« Der Mann vor der Tür huschte davon und verschwand im selben Augenblick um die Ecke, als sich die Tür öffnete. Der Lichtstrahl wurde breiter, und Filomena fand ihren Verdacht bestätigt: Bei dem zweiten Mann handelte es sich um José Moñino, den spanischen Botschafter und wichtigsten Berater König Karls III. von Spanien. Der andere Mann war der portugiesische Minister, Marquis de Pombal.

Die jungen Frauen warteten ab, bis die Männer ebenfalls um die Ecke verschwunden waren. »Wer war das?«, erkundigte sich Emilia, während sie weiterhasteten. Filomena erklärte es ihr. »Und der Lauscher an der Tür war Graf Egidius Bramante«, setzte sie hinzu.

»Was hat es mit dieser Schatzkarte auf sich?«

»Jetzt nicht«, wiegelte Filomena ab. »Wir sind da.« Vor ihnen tat sich eine niedrige Pforte auf. Der angenehm vertraute Geruch nach warmen Pferdeleibern und Heu schlug Emilia entgegen. Die junge Nonne hatte sie sicher in den Stall geführt. Das Pferd in der nächstliegenden Box schnaubte und wandte ihnen interessiert seinen großen Kopf zu. Unwillig über die Störung, schüttelte es seine Mähne, dann widmete es sich wieder seinem Futterbeutel.

Hinter einem Strohballen sprang ein dunkler Schatten hervor und riss Emilia in seine Arme. Der Mann roch nach Pferd, Schweiß und staubigen Straßen. »Schwester!«, stieß Emanuele erleichtert aus. »Ist dir auch nichts geschehen? Bist du wohlauf?«

»Nein!«, platzte Emilia mit ihrer persönlichen Katastrophe heraus. »Ich bin *verheiratet*!« Das Wort ging in einem Schluchzer unter. Emanuele tätschelte ihr beruhigend den Rücken. Neben ihm tauchte im Zwielicht des Stalls eine weitere Gestalt auf.

Emanuele spürte Francescos mahnende Geste mehr, als dass er sie sehen konnte. Sein Freund drängte zum Aufbruch.

Sanft löste sich Emanuele von seiner Schwester. »Rasch, Emilia, du musst dich umziehen«, sagte er. »Filomena wird dir helfen.«

Die beiden jungen Frauen verschwanden in einer leeren Pferdebox. Stück für Stück schälte sich Emilia aus ihrem Hochzeitsstaat. Zuletzt senkte sie den Kopf, und Filomena löste die diamantbesetzten Agraffen aus ihrem Haar. Achtlos landeten diese neben dem anderen Putz im Stroh. Filomena reichte Emilia Emanueles Kleider. Fleißige Mägde im Palazzo Colonna hatten das Kostüm gewaschen und gebügelt. Mit Behagen fuhr Emilia in die Hosen und knöpfte das Jackett zu. Zuletzt schlüpfte sie in ihre alten Reitstiefel. Filomena flocht ihr mit flinken Händen einen festen Zopf. Geschickt steckte sie diesen unter dem Dreispitz fest. Derart ausstaffiert, trat Emilia hinter dem Strohballen hervor. Ihre Verwandlung war so verblüffend, dass Francesco den Bruchteil einer Sekunde glaubte, jemand anderen vor sich zu haben. Statt einem im Glanz seiner Diamanten strahlenden Idol, dessen Schönheit ihm einen Stich versetzt hatte, fand er sich nun einem schlanken, bartlosen Jüngling gegenüber.

Filomena winkte ihnen ungeduldig. Sie öffnete eine Seitenpforte, die auf den hinteren Hof hinausführte. Emilia konnte weitere Stallungen und Nebengebäude erkennen.

»Was ist mit den Stallburschen?«, flüsterte Emilia, die direkt hinter Filomena lief.

»Keine Sorge, die meisten feiern und sind längst betrunken. Um den Rest haben sich dein Bruder und sein Freund gekümmert.« Filomena steckte den Kopf zur Tür hinaus und vergewisserte sich, dass die Luft tatsächlich rein war. Sie gab ihnen das Zeichen. Nacheinander betraten sie den Hof. Der Wind trug kühlere Luft aus den Bergen heran.

Dicht an die Wand gepresst, unter dem Schatten eines Vordaches kaum auszumachen, wartete Donatus auf sie. Er hielt die Zügel von vier gesattelten Pferden bereit. Für Emilia hatte man sich aus dem herzoglichen Stall bedient, was nur recht und billig war. Der Majordomus überließ ihr die Zügel eines kräftigen Braunen. Nach einem kurzen, aber innigen Dank an die junge Nonne schwangen sie sich in die Sättel, und ab ging es im gestreckten Galopp.

Sie schafften es exakt bis kurz vor das äußere Tor der großen Wehranlage, wo der Weg über eine kleine Brücke führte. Dort endete ihre Flucht abrupt. Von überall her tauchten berittene Soldaten auf und verstellten ihnen den Weg. Gegenwehr war sinnlos, angesichts der mindestens ein Dutzend auf sie gerichteten Musketen. Francesco ritt nahe an Emanuele heran und zischte: »Ich werde sie ablenken. Egal, was passiert, versuche zu fliehen und informiere meinen Vater.« Francesco stieß einen martialischen Schrei aus und ritt den Ring der sie umzingelnden Männer ab.

Emanuele fragte sich gerade, wie Francesco all diese Männer ablenken wollte, als sich der Ring vor ihm teilte und die Herzoginmutter die Arena betrat. Sie hob ihre Fackel und leuchtete damit Francesco direkt ins Gesicht. »Sieh an, der kleine Francesco. Mein altes Fischchen«, sagte sie süffisant. Sie schwenkte die Fackel zu Emanuele hinüber. »Und wen haben wir denn da? Ein wirklich hübsches Lärvchen, will ich meinen.«

»Was soll dieser kriegerische Auftritt? Wir sind friedliche Reisende«, rief Francesco gebieterisch. Nur mit Mühe zügelte er seine Abscheu beim Klang der verhassten Stimme. Er wollte unbedingt das Augenmerk der Herzogin auf sich lenken, keinesfalls sollte sie sich näher mit Emilia befassen, deren Pferd halb hinter Emanueles verharrte. Im Dunkel der Nacht standen die Chancen gut, dass Beatrice sie in ihrer Verkleidung nicht gleich als die Frau ihres Sohnes erkennen würde.

Doch Francesco hatte die Rechnung ohne Emilia gemacht. Im Gegensatz zu ihm überwältigte sie ihre Wut beim Anblick dieser Frau, die ihre Flucht im letzten Moment vereitelt hatte und Anlass allen Übels war. Mit einem zornigen Aufschrei warf sich die junge Frau vom Pferd herab auf die Herzoginmutter und riss sie samt ihrer Fackel zu Boden. Ineinander verkeilt, drohten die Frauen unter die Hufe der Pferde zu geraten. Die Soldaten reagierten zunächst nicht, sondern verfolgten wie paralysiert das Schauspiel zu ihren Füßen. Niemals zuvor hatte es jemand gewagt, ihre Herrin derart zu attackieren. Auch zögerten sie einzugreifen, aus Angst, die Herzoginmutter zu verletzten. Francesco erkannte blitzschnell die sich bietende Chance. »Fliehe, jetzt!«, zischte er nochmals seinem Freund zu, während er gleichzeitig Peitsche und Pistole hob. Er gab einen Schuss ab und strich mit der Peitsche über die Kuppen der ihm am nächsten befindlichen Pferde. Sofort brach ein wildes Chaos los. Pferde stiegen in Panik und warfen ihre Reiter ab, Soldaten fluchten und behinderten sich gegenseitig in ihren Bemühungen, wieder auf die Beine zu kommen. Ein jeder hatte alle Hände damit zu tun, sein Pferd ruhig zu halten, im Sattel zu bleiben oder sich im Falle eines Sturzes schnell aufzurappeln, um nicht von Pferdehufen niedergetrampelt zu werden.

Francesco stürzte sich ins Getümmel und setzte selbst mehrere Soldaten außer Gefecht. Am Ende siegte die Überzahl – auch, weil Francesco Opfer seines eigenen Plans wurde: Ein Pferdehuf traf ihn hart am Kopf.

Der Herzog selbst war es, der mit seiner Ankunft die Schlacht besiegelte. Er packte den wild um sich schlagenden vermeintlichen Jüngling an dessen Kragen und zerrte ihn von seiner Mutter herunter. Emilia, rasend vor Wut, gebärdete sich wie eine Verrückte in seinen Armen und versuchte, ihn zu beißen. Der Herzog hob den Arm, um sie zu schlagen, und erstarrte plötzlich mitten in der Bewegung. Erst jetzt erkannte er in dem Angreifer seine Braut. Entgeistert starrte er sie an, doch er fasste sich schnell. »Ach, Ihr seid das! Ich muss schon sagen, liebste Gemahlin, Ihr besitzt ein bemerkenswertes Talent dafür, Euch bemerkbar zu machen.« Seine Augen verengten sich zu schmalen Schlitzen, sodass Emilia den unbestimmten Ausdruck darin nicht deuten konnte. War es Ärger, oder machte er sich schon wieder über sie lustig? Hinter sich vernahm sie die Herzoginmutter. Energisch befahl sie ihren Männern, den Verletzten ins Haus zu tragen und streng zu bewachen. Erschrocken erkannte Emilia in dem Mann Francesco. Er blutete stark aus einer Wunde an der Schläfe. Rasch sah sie sich um und suchte nach Emanuele und Donatus, doch sie konnte keinen der beiden entdecken. Die jähe Hoffnung, dass sie während des kurzen Kampfes hatten fliehen können, ließ ihr Herz flattern.

Der nächste Befehl von Beatrice ließ ihre Hoffnung zur Gewissheit werden. »Folgt den beiden Flüchtenden!«, rief sie einer Gruppe von Soldaten zu. »Den jungen Mann bringt mir unbedingt lebend. Der Ältere ist nicht von Bedeutung, tötet ihn. Falls Ihr keinen Erfolg habt, braucht Ihr nicht mehr hierher zurückzukehren. Ihr habt mich verstanden?!«

»Ja, Herrin. So sei es«, erwiderte der Anführer. Er wendete sein Pferd, gab ihm die Sporen und sprengte davon, gefolgt von einem halben Dutzend Männern.

»Und nun zu Euch, Herzchen.« Beatrice näherte sich Emilia und musterte sie mit kalten Augen. Emilia konnte nicht umhin, mit Befriedigung die blutigen Kratzspuren zu registrieren, die ihre Fingernägel auf der Wange hinterlassen hatten.

»Wer hat Euch geholfen?«, schoss sie die erste Frage auf sie ab. Es gelang Emilia, ein Zusammenzucken zu unterdrücken.

Der Gedanke, dass die kleine Nonne in die Hände dieser Megäre geraten könnte, ließ sie frösteln. »Niemand!«, erwiderte sie laut und klar.

»Merkwürdig, warum glaube ich Euch das nicht? Nun, wie Ihr wisst, habe ich Mittel und Wege, Euch die Wahrheit zu entreißen.«

»Nur zu, tut Euch keinen Zwang an«, erwiderte Emilia mit einem Schulterzucken und mehr Mut, als sie empfand. »Ich würde jetzt gerne nach dem Verletzten sehen, wenn Ihr erlaubt.« Emilia wandte ihr abrupt den Rücken zu und machte Anstalten, den Männern zu folgen, die den verletzten Francesco ins Haus trugen.

»Hiergeblieben.« Die Hand ihrer Schwiegermutter schloss sich wie eine eiserne Klaue um ihren Arm und riss sie herum. »Vergesst den Mann. Es wird Zeit. Eure Zofen erwarten Euch, um Euch vorzubereiten.« Sie winkte die beiden drallen Gestalten heran, die sich bisher abseitsgehalten hatten und nun aus dem Dunkel traten. Sie wollten eben nach Emilia greifen, als eine gewaltige Explosion die Stille der Nacht zerriss. Auf den Hof regnete es Holz und Steine. Aus einem Eckturm hoch über ihnen züngelten Flammen und leckten die Mauern entlang. Sofort brach ein fürchterliches Durcheinander aus. Alles schrie und trachtete nur noch danach, sich in Sicherheit zu bringen. Dicht neben Emilia schlug ein schwelender Balken auf und verfehlte sie nur knapp. Andere hatten weniger Glück und wurden von herabfallenden Trümmern getroffen. Die beiden Zofen flohen ebenfalls. Emilia folgte beherzt ihrem Beispiel, allerdings in die entgegengesetzte Richtung.

»Mein Laboratorium!«, kreischte Beatrice. »Schnell, holt Wasser. Bildet eine Kette. Der Rest folgt mir!«, befahl sie und hetzte ins Haus, dicht gefolgt von ihren Leuten.

Emilia hoffte, dass in dem herrschenden Durcheinander niemand ihre Flucht bemerken würde. Sie irrte. Nach wenigen Sekunden vernahm sie schnelle Schritte hinter sich. Sie suchte, ihr Tempo nochmals zu beschleunigen. Dort, in der Nähe des

Tores, stand ein gesatteltes Pferd, das seinen Reiter verloren hatte. Sie hatte sich bereits mit einem Satz auf das Tier geschwungen, als jemand die Zügel zu fassen bekam und das Pferd stoppte. Wütend hieb Emilia mit der Peitsche auf den Unbekannten ein. Sie konnte ein oder zwei Hiebe anbringen, bis man ihr auch diese entriss. »Meiner Treu, Ihr habt wirklich den Teufel im Leib«, sagte der Herzog in einem Ton, der tatsächlich eine Spur von Achtung enthielt. Er hatte eine blutige Schmarre auf der Stirn. Auffordernd streckte er ihr seine behandschuhte Hand entgegen. »Kommt«, sagte er beinahe sanft. »Es ist nicht mehr zu ändern. Vor Gott seid Ihr meine Frau geworden.«

»Als ob Ihr Euch allzu viel aus Gott machen würdet«, höhnte Emilia. Sie weigerte sich aufzugeben und sah sich verzweifelt nach einem Ausweg um. Inzwischen hatten sich weitere Soldaten eingefunden, um bei den Löscharbeiten zu helfen, und versperrten ihr den Weg zum Tor. An Flucht war nicht mehr zu denken. Widerwillig glitt Emilia vom Pferd. Doch ihr Widerstand blieb ungebrochen. »Glaubt nur nicht, dass ein Kirchenschwur unter Drogen mich daran hindern wird, Euch zu entfliehen. Ich werde es wieder versuchen«, fauchte sie den Herzog an.

»Ganz wie es Euch beliebt, meine Teure«, erwiderte er gelassen und führte sie mit festem Griff ins Haus zurück. Der Aufruhr und der Lärm, der auf dem Hof herrschte, seit der Turm explodiert war, schienen ihn nicht zu berühren. Er geleitete Emilia bis vor das Brautgemach und übergab sie dort den beiden Zofen, die aus irgendeinem Winkel wieder hervorgekrochen waren. Er küsste ihr die Hand und murmelte: »Ich kann es kaum mehr erwarten, meine Liebe. Die Zeremonie beginnt in spätestens einer Stunde.«

»Zeremonie? Welche Zeremonie?«, fragte sie irritiert, da sich ihr der Zusammenhang mit ihrer Hochzeitsnacht nicht erschloss.

»Geduld. Ihr werdet es bald erfahren. Wenn Ihr erlaubt, ich muss mich nun um dringliche Angelegenheiten kümmern. Es brennt, wie Ihr sicherlich bemerkt habt.«

Die Erwähnung der dringlichen Angelegenheiten drängte die unbekannte Zeremonie sofort in den Hintergrund. »Wartet ...!«, rief Emilia. »Bitte, könnt Ihr mir etwas über den Zustand des Gefangenen sagen oder jemanden schicken, der mir berichtet, wie es um ihn steht?«

Der Herzog, der bereits die erste Stufe genommen hatte, hielt inne und kehrte zu ihr zurück. Forschend sah er ihr ins Gesicht. »Sieh an ... So sehr sorgt Ihr Euch um ihn? Ein verflossener Liebhaber vielleicht?«, fragte er mit einer hochgezogenen Braue. »Solltet Ihr gar nicht mehr die Jungfrau sein, die man uns versprochen hat?«

Emilia witterte ihre Chance. Wenn der Herzog annahm, dass die bestellte Ware bereits beschädigt war, würde er sie vielleicht zurückgeben wollen. Noch war die Hochzeitsnacht nicht vollzogen, und ihre Ehe konnte jederzeit für ungültig erklärt werden. Das hatte ihr Emanuele noch im Stall tröstend ins Ohr geflüstert.

»Selbstverständlich bin ich längst keine Jungfrau mehr, was denkt Ihr von mir?«, gab sie im stolzen Ton einer Frau zurück, die auf diesem Gebiet mannigfaltige Erfahrungen vorweisen konnte. »In der Tat hatte ich bereits ein Dutzend Liebhaber! Der Gefangene ist einer von ihnen!«

Der Herzog ließ ein belustigtes Schnauben hören. »Ihr seid eine schlechte Lügnerin, Emilia von Pescara. Ich kenne den Verletzten nur zu gut. Francesco Colonna ist ein Jesuit aus Überzeugung. Niemand unter Gottes weitem Himmel verabscheut die Frauen mehr, als er es tut. Glaubt mir, er würde sich lieber beide Arme abhacken lassen, als eine Frau wie Euch freiwillig zu berühren.«

»Ach ja? Immerhin hat er versucht, mich zu befreien. Findet Ihr nicht, dass das für sich spricht?«, setzte Emilia entgegen.

Der Herzog seufzte. »Ihr zeichnet Euch durch ermüdende Hartnäckigkeit aus, meine Herzogin. Ihr wisst so gut wie ich, dass Colonnas Eingreifen lediglich der Loyalität geschuldet war, die er seinem Freund Emanuele di Stefano, Eurem Bruder, entgegenbringt, und weit weniger dem Verlangen entsprang, einer ehemaligen Geliebten zu Hilfe zu eilen. Selbst wenn sie so schön und heißblütig ist wie Ihr.« Bei den letzten Worten hatte er nach ihrem Kinn gegriffen. Bevor Emilia sein Vorhaben erkannte, küsste er sie hart auf den Mund. Er ließ sie sofort wieder los und eilte leichtfüßig die Treppe hinab. Sie schrie ihm nach: »Ich bestehe darauf, zu erfahren, wie es dem Verletzten geht, hört Ihr!«

Der Herzog hatte den ersten Treppenabsatz erreicht und antwortete ihr über die Schulter hinweg. »Sorgt Euch nicht, meine Teuerste. Er ist in guten Händen. Meine Mutter kümmert sich um ihn.«

Es war genau das, was sie befürchtet hatte. Emilia malte sich die schrecklichsten Dinge aus, die Francesco durch diese Hexe erleiden konnte. Wenn Emanuele nur bald mit Hilfe zurückkehrte, betete sie voller Inbrunst. Dass er mit seiner Mission scheitern und die Männer des Herzogs ihn ergreifen könnten, verdrängte sie an die äußerste Peripherie ihrer Vorstellungskraft.

Die beiden Zofen oder Gefängniswärterinnen, wie Emilia sie insgeheim nannte, hatten sich ihr genähert. Mit geübten Händen begannen sie, die junge Frau zu entkleiden. Dabei schimpften sie leise vor sich hin, wie man sich als Frau in derart unschickliche Männerkleider hüllen könne. Als Emilia nackt und rosig vor ihnen stand, wickelten sie die junge Frau in ein weiches Tuch und führten sie in das angrenzende Waschkabinett aus dunklem Marmor. Der Raum wirkte auf Emilia kühl und kalt, kein Vergleich zum ansprechenden Ambiente des Bades im Palazzo Colonna. Emilia verwunderte es daher nicht, dass das Wasser in der Wanne, in das sie ihre zwei Aufpasserinnen jetzt setzten, ebenso kalt war. Sie wurde gebadet, geschrubbt und schmerzhaft enthaart, dann auf eine lange Bank verfrachtet und wie ein Brotteig gründlich durchgeknetet, ihr gewaschenes Haar gekämmt, getrocknet, und anschließend ihr Körper von oben bis unten gesalbt und parfümiert. Endlich hüllte man sie in ein zartes Nichts von Negligé. Eine Schleife aus blauem Satin hielt das durchscheinende Gebilde am Hals zusammen. Sobald man daran zog, würde dieser Hauch von Stoff zu Boden gleiten. Emilia zollte all diesen Prozeduren und Vorbereitungen keine Beachtung, viel zu sehr war sie mit ihren Grübeleien beschäftigt. Sie hielt sich aufrecht, indem sie abwechselnd Rache- oder Fluchtpläne schmiedete.

Erst als die beiden Zofen Emilia voller Stolz vor den hohen Kristallspiegel führten, um ihr das vollendete Werk zu präsentieren, erwachte die Braut aus ihrer Trance. Mit brennendem Blick musterte sie ihre Erscheinung, und eine Welle des Widerwillens erfasste sie. »Sieh an«, sagte sie laut. »Der Braten ist zubereitet und wurde allerliebst angerichtet.« Bevor die Zofen irgendeine Absicht dahinter erkennen konnten, machte sie kehrt, lief in das Waschkabinett und sprang mit Schwung in die volle Wanne zurück. Das überschwappende Wasser flutete den Raum. Die Zofen benötigten einige Sekunden, um sich aus ihrer Schreckensstarre zu lösen. Umso lauter brachen sie dann in Wehklagen aus. Sie zeterten und rissen an ihren Hauben, bis sich ihr Haar in langen grauen Strähnen löste.

Emilia tauchte in dem kalten Wasser unter. Als sie prustend wieder auftauchte, stand die Herzoginmutter vor der Wanne. Gesicht und Hände waren rußverschmiert, und das kostbare Ballkleid an mehreren Stellen angesengt. »Was soll das?«, fuhr Beatrice die Zofen an. »Warum ist das Mädchen noch nicht bereit? Man könnte meinen, Ihr zwei hättet genug Zeit dafür gehabt. Zehn Stockhiebe für jede!«

Die beiden Frauen wichen an die Wand zurück, protestierten jedoch nicht.

Emilia taten die alten Zofen plötzlich leid. Ehrlicherweise musste sie zugeben, dass sie wirklich sehr viel Mühe auf sie verwandt hatten. »Es ist nicht ihre Schuld«, hob sie zu deren Verteidigung an. »Ich war bereits fertig. Seht!« Sie erhob sich aus der Wanne und offenbarte das zarte Negligé. Die Nässe modellierte ihren Körper wie eine zweite Haut.

Beatrice starrte sie an. Einst war sie ebenso jung und schön gewesen ... Für die Dauer eines Herzschlags glaubte Beatrice, den eisigen Hauch der Vergänglichkeit in ihrem Nacken zu spüren. »Aber selbstverständlich ist es ihre Schuld«, erwiderte sie dann mit einem Lächeln, das viel zu milde wirkte, um wahrhaftig zu sein. »Rosa, Margerita? Seid so gut und wollt bitte unserer widerspenstigen Braut erklären, warum Ihr Euch die Stockhiebe verdient habt?«

Beide knicksten und murmelten mit gesenkten Augen: »Weil wir unserer Aufsichtspflicht nicht nachgekommen sind, Herrin.«

»Was seid Ihr nur für eine verabscheuungswürdige Frau!«, rief Emilia erbost. »Lasst sie in Ruhe. Wenn Ihr Eure gewalttätigen Gelüste befriedigen müsst, dann schlagt mich dafür!«

»Glaubt mir, mein Kind, nichts, was ich lieber täte, aber ich möchte meinen Sohn nicht um das Vergnügen dieser ersten Nacht bringen«, parierte sie boshaft. »Los, steht hier nicht faul herum«, fuhr sie die verängstigten Zofen an. »Kümmert Euch um sie. Ich komme sie in einer halben Stunde abholen. Und wehe, sie ist dann nicht bereit!«

»Zu Euren Diensten, Herrin«, scholl es im Duett zurück.

Bevor die Herzoginmutter ging, rief Emilia: »Sagt, wie geht es dem Verletzten?«

»Gut! Er ist noch nicht aufgewacht«, lautete die zweideutige Antwort.

»Noch ein Wort, Schwiegermutter. Ihr habt mir mein Eigentum gestohlen. Gebt mir wenigstens die Kette mit dem Kreuz zurück. Sie ist das Einzige, was mir von zu Hause geblieben ist.«

»Richtig, Eure Sachen – da Ihr es selbst erwähnt ... Woher habt Ihr den blauen Saphir? Heraus mit der Wahrheit!«

Emilia wurde sofort klar, dass sie ihre Kette nie wiedersehen würde. Trotzdem fand sie, dass es keinen Grund gab, Beatrice die Wahrheit über die Herkunft des Saphirs zu verheimlichen. Liebenswürdig sagte sie: »Der Stein wurde mir von einem Maultier direkt vor die Füße geschissen, *Schwiegermutter.*« Sie lächelte zuckersüß.

Beatrices Lächeln fiel weniger süß aus. »Treibt es nicht zu weit.« Sie ließ Emilia stehen.

Schlag Mitternacht holte sie die Herzoginmutter ab. Ihrem Auftritt fehlte es nicht an Theatralik. Von Kopf bis Fuß in einen Kapuzenmantel aus Samt gehüllt, erschien sie plötzlich wie ein schwarzer Geist im Türrahmen. Hinter ihr wuchsen die riesigen Gestalten zweier Nubier in die Höhe. Die Schwarzen trugen nichts außer einem Schurz aus Leopardenfell, der den Blick auf ihre mit archaischen Tätowierungen übersäten Körper freigab. Auf ihren Häuptern balancierten sie ausgestopfte Leopardenköpfe. Beatrice bedeutete Emilia, ihr zu folgen. Was soll das, dachte Emilia und verharrte auf der Stelle. Will das Weib mich auf die Schlachtbank führen?

Die Herzoginmutter seufzte. »Entweder Ihr folgt mir freiwillig, oder diese beiden Männer werden Euch dabei behilflich sein«, sagte sie beinahe freundlich. »Ihr habt die Wahl. Wie entscheidet Ihr Euch?« Vor diese nicht gerade einladende Alternative gestellt, hielt es Emilia für angebracht, sich fürs Erste zu fügen. Beatrice warf ihr einen schwarzen Umhang zu, wie sie ihn selbst trug. »Hüllt Euch darin ein.«

Dies war der erste Befehl, den Emilia nicht ungern befolgte. Das ruinierte Negligé war durch ein gleiches ersetzt worden und enthüllte mehr, als es verbarg. Zu ihrem Erstaunen führte Beatrice sie jedoch nicht die Treppe hinauf, wo Emilia die Gemächer ihres Gemahls vermutete, sondern sie folgten der Treppe nach unten.

In der Eingangshalle steuerten sie eine unscheinbare Pforte hinter der Treppe an. Dem Geruch nach, welcher Emilia in die Nase stieg, führte sie in einen Vorratskeller. Emilia unterschied den Duft von Äpfeln und getrockneten Kräutern, alles überlagert von dem unverwechselbaren Geruch gärender Trauben. Sie stiegen eine Steintreppe hinab, und die Luft wurde merklich kühler. Die Stufen mündeten in einen langen Gang. Eine endlose Reihe von Weinfässern tat sich vor ihnen auf und verlor sich in der Ferne. Beatrice steuerte zielstrebig auf eines davon zu. Sie drückte den Messinghahn wie eine Türklinke, die Frontseite des Fasses klappte geräuschlos zur Seite, und sie kletterten hinein. Am anderen Ende fand sich Emilia in einem grob in den Felsen gehauenen Stollen wieder. Fackeln staken in eisernen Halterungen entlang der Wände. Mehrere Minuten schritten sie schweigend dahin. Emilia hielt den Kopf gesenkt und konzentrierte sich auf ihre Füße, die in goldenen Schnürsandalen steckten.

Ein hell erleuchtetes Portal am Ende des Tunnels bezeichnete Emilia, dass sie ihr Ziel erreicht hatten. Zwei weitere hünenhafte Schwarze im Lendenschurz flankierten das Tor. Ihre Hände umfassten lange Speere. Voller Ehrfurcht neigten sie ihre tätowierten Oberkörper vor der Herzoginmutter. Die beiden Flügel des Portals öffneten sich wie von Zauberhand, und Emilia und die Herzoginmutter schritten hindurch. Die Wachen, die sie bis hierher geleitet hatten, blieben zurück. Das Portal schloss sich mit einem endgültigen Laut, der Emilia durch Leib und Seele fuhr.

Sie fand sich allein mit ihrer Schwiegermutter.

Emilia versuchte, ihre Furcht abzuschütteln, und sah sich aufmerksam um. Der Raum, den sie betreten hatten, war rund und maß ungefähr acht Meter im Durchmesser, die hohen Wände waren mit roten Stoffbahnen verhüllt. Emilia kam sich vor, als stünde sie in der Mitte eines antiken Amphitheaters. In eisernen Feuerkörben brannten dicke Holzscheite. Sie spendeten nicht nur Licht und Wärme, sondern verströmten darüber hinaus aromatische Gerüche. Emilia hatte zunehmend das Gefühl, in einem surrealen Traum gefangen zu sein.

Seit dem Betreten des Raumes spürte Emilia den lauernden Blick Beatrices auf sich geheftet. Sie wich ihm aus, sah sich weiter um. Der Boden war mit seltsamen konzentrischen Zeichen bedeckt. So merkwürdig sie auch schienen, sie kamen Emilia vertraut vor. Mit leisem Staunen erkannte sie die Runen wieder, die sie auch auf dem Druidenstein im Wald nahe Santo Stefano gesehen hatte. Nicht nur ihre Kopfhaut, auch ihre Füße und

Beine begannen jetzt zu kribbeln. Bestürzt stellte sie fest, dass vom Boden Schwingungen ausgingen, als würde er unter ihr vibrieren. Im ersten Moment dachte sie an ein Erdbeben, doch dies hier fühlte sich anders an. Der Boden verhielt sich zu ihr beinahe wie ein lebendiges Wesen. Aber wie sollte dies möglich sein? Beatrice sagte noch immer nichts, beschränkte sich darauf, sie weiter zu beobachten. Plötzlich begriff Emilia, dass sie einem Test unterzogen wurde.

Kampfeslustig fuhr sie Beatrice an: »Was soll dieses Theater? Wo sind wir? Nach einem Brautgemach sieht mir dies jedenfalls nicht aus. Oder erwartet Ihr von mir, dass ich mich mit Eurem Sohn auf diesem felsigen Boden paare?«

Beatrice ignorierte ihren sarkastischen Ton. Ungewöhnlich freundlich erwiderte sie: »Habt keine Sorge, meine Liebe. Ich kann Euch versichern, mein Sohn zieht für derlei Aktivitäten ein weicheres Lager vor. Nein, Ihr befindet Euch im Raum der Besinnung.«

»Und worauf soll ich mich besinnen? Darauf, dass ich entführt, unter Drogen gesetzt und wider meinen Willen verheiratet worden bin?«, schleuderte sie ihr voller Verachtung entgegen.

»Meine Güte, Ihr habt wirklich einen Hang zur Dramatik. Steigt von Eurem hohen Ross herab, und besinnt Euch nur darauf, dass Ihr eine Frau seid. Damit seid Ihr das stärkste und göttlichste Wesen, das auf dieser Erde wandelt! Entspringt nicht allein dem weiblichen Schoß das Leben? Genau das ist es, was die Männer uns seit Anbeginn der Zeit neiden und warum sie stets so sehr bemüht sind, sich über unsere göttliche Gabe, Leben zu spenden, zu erheben. Dafür schufen sie sich Gesetze und Religionen, die stets nur einem Zweck dienten: der Sicherung ihrer alleinigen Vormachtstellung. Ich habe Eure Reaktion eben gesehen. Gebt es zu! Ihr habt es selbst fühlen können, wie die Kraft der Fruchtbarkeit Euer Weiblichstes durchdrungen hat. Ihr seid stark, Emilia, und wie ich dazu bestimmt, über die Männer zu herrschen. Vergesst Euren Groll, und schließt Euch mir an! Gemeinsam können wir Großes vollbringen!« Die letzten

Worte hatte sie mit wahrer Leidenschaft ausgestoßen. Emilia konnte sehen, wie sich das Licht der Fackeln in Beatrices Augen spiegelte, als würden sich gelbe Schlangen darin winden. Beatrices Blick übte eine seltsame Kraft auf sie aus, und die junge Frau wurde von ihm angezogen wie von einem Magneten. Die Verheißung von Macht und Einfluss ließen Bilder in ihrem Kopf entstehen, in denen sie sich selbst auf einem goldenen Thron sitzen sah. Sie würde Königin sein! Mit einem Mal erschien es ihr richtig, sich in die kommenden Ereignisse fallen zu lassen.

Doch dann drang das ihr Widerfahrene machtvoll zurück in ihr Bewusstsein. Die erzwungene Heirat, Francesco, verletzt und gefangen in den Klauen dieser Hexe, und sie begriff … Beatrice stellte das Gleiche mit ihr an wie Ferrantes Mutter! Irgendeine arglistige Täuschung, die sie mit ihren Augen bewerkstelligte. Emilia stemmte sich gegen die Versuchung, widerstand ihr. »Was redet Ihr da bloß? Mich mit Euch gemein machen? Ihr müsst wahrhaftig den Verstand verloren haben! Ich will mit Euren Machenschaften nichts zu tun haben. Entweder Ihr lasst mich gehen, oder Ihr tötet mich!«, schleuderte sie ihr entgegen.

Beatrice verzog den Mund zu einem halben Lächeln. »So stolz und so unendlich naiv …«, sie streckte ihre Hand aus und strich Emilia beinahe zärtlich über die Wange, »… und so unendlich dumm. Wisst, dass es immer eine dritte Möglichkeit gibt, meine Schöne. Ihr habt noch sehr viel zu lernen.«

Emilia wich mit einer angeekelten Grimasse zurück. »Ich kann Euch versichern, dass es nichts gibt, was ich von Euch zu lernen gedenke, und ganz gewiss nichts über Eure Machenschaften, Lügen und Manipulationen mittels Eurer Drogen. Wie kommt es überhaupt, dass Ihr mir bis jetzt keine weitere verabreicht habt?«, erkundigte sie sich argwöhnisch.

Für den Bruchteil einer Sekunde flackerte Unmut in den Augen der Herzoginmutter auf. Dann antwortete sie leichthin: »Mein Sohn wünscht dies so. Er möchte, dass Ihr freiwillig zu ihm kommt. Ihr sollt das Vergnügen, das Bett mit ihm zu teilen, bei vollem Bewusstsein erleben«, ergänzte sie anzüglich.

Emilia konnte nicht verhindern, dass ihr das Blut in die Wangen schoss. »Niemals«, stieß sie hervor.

»*Niemals*, mein Kind, ist ein großes Wort. Wie auch immer Ihr Euch entscheiden werdet, ich werde Euch nun verlassen. Haltet Euch bereit. In wenigen Minuten wird ein Gong ertönen. Dann erwarte ich, dass Ihr mir durch diese Tür hier folgt. Falls nicht, werde ich Euch holen lassen. Das Ergebnis wäre dasselbe. Erspart Euch also die Peinlichkeit, dass man Euch an den Haaren herausschleift.« Sie zog an einer Kordel. Einer der Vorhänge enthüllte ein weiteres Portal, welches jenem, durch das sie eingetreten waren, genau gegenüberlag. Beatrice glitt flink hindurch. Ebenso rasch schloss sich das Tor hinter ihr. Ihr abrupter Abgang ließ Emilia aufgewühlt zurück. Sie fragte sich, welche Teufelei ihr als Nächstes bevorstand. Der Raum der Besinnung flößte ihr mit seinem eigentümlich lebendigen Boden Unbehagen ein. Er stellte irgendetwas mit ihr an, was über ihr normales Verständnis dieser Welt hinausging. Er schien sie in gleichem Maße zu stärken, wie er sie schwächte. Während sie vor sich hin grübelte und verzweifelt ihre nicht vorhandenen Möglichkeiten erwog, erhob sich auf dem roten Samt vor ihr ein riesenhaftes Gespenst. Zu Tode erschrocken fuhr Emilia herum und erhaschte gerade noch, wie sich eine vermummte Gestalt aus einer der Portieren hervorschälte. Die Erscheinung ließ ihr Blut gefrieren.

»Psst, ich bin es nur! Filomena …« Die junge Nonne streifte mit einer flinken Bewegung ihre Kapuze ab.

Emilia benötigte eine Sekunde, um zu begreifen, dass sie keinem Trugbild erlegen war. Filomena schien ein besonderes Gespür dafür zu haben, stets in den dramatischsten Augenblicken ihres Lebens aufzutauchen. Die beiden jungen Frauen umarmten sich spontan.

»Wie kommst du hierher?«, wollte Emilia wissen.

»Mit den anderen Gästen. Diese Umhänge sind wirklich von einigem Nutzen.« Sie tippte auf die Kapuze. »Aber hör mir zu, uns bleibt wenig Zeit. Die Opferzeremonie wird jeden Augenblick beginnen. *Sie* hat vor, Francesco zu töten!«

»Wie …? Was sagst du da? Dieses Weib will Francesco töten? Aber wieso?«, stotterte Emilia entsetzt.

»Weil sie absolut wahnsinnig ist. Es gibt nur eine Chance, unseren gemeinsamen Freund zu retten. Doch es verlangt von dir selbst ein Opfer …« Filomena hielt inne.

Emilia zögerte nicht eine Sekunde. »Was auch immer nötig ist, um Francescos Leben zu retten, ich bin dazu bereit. Sag mir, was ich tun muss.«

Filomena erklärte es ihr in einigen hastig hervorgesprudelten Sätzen. Gleichzeitig mit ihrem letzten Wort ertönte der Gong wie ein schicksalhafter Unglücksbringer. Eine letzte Umarmung, dann trat Emilia auf das Portal zu. Ohne Zögern hob sie ihre Hände, und der Umhang glitt von ihren Schultern. Als Nächstes löste sie die Schleife, die das Nachthemd hielt, und das hauchzarte Gespinst fiel geschmeidig zu Boden. Emilia stieg achtlos darüber hinweg. Bis auf ihre goldenen Sandalen war sie jetzt nackt. In dem runden Raum herrschte wohltuende Wärme, doch der Gedanke an das, was sie vorhatte, jagte ihr einen kalten Schauer über den Rücken.

»Du wirst es schaffen, Schwester«, sprach ihr Filomena Mut zu. Schon huschte sie hinter den Vorhang zurück.

Emilia straffte ihren Körper und stieß das Portal auf. Das Licht Hunderter Kerzen empfing sie und tauchte ihre entblößte Haut in ein sanftes Gold. Ihr Erscheinen auf der Schwelle rief eine weit heftigere Reaktion hervor wie jene am Mittag, als die herzogliche Braut die Kathedrale von San Panfilo betreten hatte. Das beifällige Raunen Dutzender Stimmen scholl ihr entgegen und hallte, um ein Vielfaches verstärkt, von der hohen Gewölbedecke wider. Alles in dem Raum war genauso arrangiert, wie Filomena es ihr geschildert hatte.

Emilia befand sich in einer Art Krypta tief unter der Erde. In der Mitte, unter dem höchsten Punkt des Gewölbes, stand ein schmuckloser Altar: der Opferstein. Die Umrisse einer menschlichen Gestalt zeichneten sich auf ihm ab. Es war Francesco, wie Filomena gesagt hatte.

Am anderen Ende erhob sich ein Podest. Sieben Stufen führten hinauf. Emilia überflog die vielköpfige Menge, die sich beidseitig aufgereiht hatte, nur getrennt durch den Opferstein in ihrer Mitte. Die vermummten Gestalten wirkten auf sie weniger wie menschliche Wesen, vielmehr glichen sie dunklen Säulen, die direkt aus dem kalten, felsigen Boden sprossen.

In Gedanken wiederholte Emilia Filomenas Worte: *Halte dich nicht auf, sondern schreite direkt auf das Podest zu. Vermeide es unter allen Umständen, Francesco anzusehen. Halte den Blick ausschließlich auf das Podest mit dem Thron gerichtet!* Trotzdem konnte Emilia der Versuchung nicht widerstehen. Für den Bruchteil einer Sekunde streiften ihre Augen Francescos starre Gestalt. Was sie sah, verschlug ihr den Atem. Er war bis auf den Lendenschurz nackt, der Körper von unzähligen Narben gezeichnet. Doch wenn sie Francesco retten wollte, musste sie ruhiges Blut bewahren.

Mit den gleichen gemessenen Schritten der stolzen Braut, die das Mittelschiff der Kathedrale durchquert hatte, bewegte sich Emilia durch die Reihen der dunklen Gestalten. Sie konnte die wachsende Erregung der Anwesenden spüren. Jeden Moment erwartete sie, dass Dutzende gieriger Hände nach ihr greifen, sie zu Boden werfen und sich ihres Leibes bemächtigen würden … Emilia zwang sich, alle ihre Sinne auf die Person auf dem Podest zu richten, die einzige, die ihr Antlitz nicht verhüllt hatte.

Beatrice sah ihr starr entgegen. Sie saß kerzengerade auf einem heidnischen Thron, dessen Lehne hoch hinter ihrem Rücken aufragte und in beidseitig geschwungenen Hörnern endete. Ihren Kapuzenumhang hatte sie gegen ein kurzes goldenes Gewand getauscht, das viel Bein freiließ und den Blick auf edelsteinbesetzte Sandaletten lenkte, deren Schnürung bis zu den Knien reichte. Ihren Kopf schmückte ein mächtiger, strahlenförmiger Kopfputz, der aus purem Gold gefertigt schien. Er ließ ihr Haupt wie eine brennende Sonne wirken. Emilia blieb keine Zeit, darüber nachzugrübeln, welchem heidnischen Kult hier gefrönt wurde, sie hatte die unterste Stufe des Podests erreicht.

Sie blieb ruhig stehen, als böte sie Beatrice ihren Körper dar. Dann hob sie sehr langsam ihren rechten Arm. Die silberne Klinge, die ihr Filomena zugesteckt hatte, blitzte in ihrer Hand auf. Durch die Reihen der Anwesenden lief ein kollektiver Schreckenslaut, und jemand musste Anstalten gemacht haben, sich auf Emilia zu stürzen. Doch Beatrice hielt diesen mit einer gebieterischen Geste zurück. Sie glaubte, Emilias Absicht erkannt zu haben. Auffordernd nickte sie der jungen Frau zu.

Emilia schritt die Stufen zu ihr hinauf und sank vor ihr auf die Knie. Dann streckte sie ihre linke Hand aus und fuhr ohne Zögern mit der scharfen Klinge über ihren Unterarm. Sofort quollen dunkle Blutstropfen daraus hervor. Emilia streckte ihren blutenden Arm Beatrice entgegen. Mit klarer Stimme verkündete sie: »Ich bin hier, um Euch mein Blut zu schenken, Herrin. Von nun an gehören mein Leib und meine Seele Euch.« Gebannt hatte die Menge hinter ihr das Geschehen verfolgt. Ein zustimmendes Raunen erfüllte nun die Krypta und hallte dumpf von den Wänden wider.

Majestätisch erhob sich Beatrice von ihrem Thron. Sie trat einen Schritt auf Emilia zu und hob sie aus ihrer knienden Haltung empor. Angesicht in Angesicht standen sie sich gegenüber und maßen sich in einem intensiven Blickduell. Schließlich zischte Beatrice so leise, dass nur Emilia es hören konnte: »Wenn Ihr wahrhaftig seid, Schwiegertochter, dann werdet Ihr leben. Wenn Ihr mir aber nur Theater vorspielt, so wisst, dass ich Euch nach der Geburt Eures Sohnes mit eigener Hand töten werde.« Dann wandte sie sich gemessen ihrem Publikum zu und verkündete: »Seht her, dies ist ...« Abrupt brach sie ihren Satz ab. Ihr Gesicht verzerrte sich zu einer grotesken Maske, als sie begriff, wie raffiniert sie soeben von Emilia getäuscht worden war. »Wo ist der Gefangene?!«, schrie sie.

Mit einer blitzschnellen Bewegung ergriff sie das Messer, das Emilia zuvor auf die Stufen hatte fallen lassen. Wutentbrannt stürzte sie sich damit auf ihre Schwiegertochter, doch in letzter Sekunde fiel ihr jemand in den Arm. »Nein!«, rief eine herrische

Stimme, in der Emilia unschwer jene des Herzogs erkannte. »Wir brauchen sie noch, vergesst das nicht, Mutter.«

Die Versammlung hatte dem gesamten Schauspiel bisher regungslos beigewohnt. »Worauf wartet Ihr?«, schrie der Herzog sie an. »Auf, hinterher! Allzu weit kann der Mann nicht gekommen sein.« Er selbst spurtete los, mitten durch die sich öffnenden Reihen hindurch.

Sein Handeln löste die Anwesenden aus ihrer Erstarrung, und jedermann drängte ihm nun nach, was nur dazu führte, dass sie sich gegenseitig behinderten. Der Herzog stieß das erste Portal auf, das in den runden Vorraum führte. »Wachen!«, brüllte er. Niemand erschien. Rasch durchschritt er den Raum und riss das zweite Portal auf. Alle vier Nubier lagen auf dem Boden. Der Herzog befahl dem größeren Teil der Anwesenden, auszuschwärmen und oben die Wachen zu informieren, dass sich der Gefangene auf der Flucht befand.

Prüfend besah sich der Herzog einen der Nubier. »Diese Männer wurden betäubt!«

Seine Mutter, die ihm gefolgt war, näherte ihr Gesicht dem Bewusstlosen und roch an dessen Mund. »Du hast recht. Das Mittel stammt aus meinen eigenen Vorräten. Derjenige, der die Explosion verursacht hat, muss es zuvor aus meinem Laboratorium entwendet haben. Wir haben einen Verräter unter uns!«

Sie erhob sich und ließ ihren scharfen Blick über die wenigen verbliebenen Gestalten schweifen, die sie in engem Kreis umstanden. Beatrice runzelte die Stirn. »Zeigt Euch und nehmt die Kapuzen ab«, befahl sie. Vertraute Gesichter, meist Frauen oder ältere Männer kamen zum Vorschein. Beatrice sah sich in dem Gang um und entdeckte Emilia nicht weit von sich. Sie hatte ihre Blöße inzwischen mit ihrem Umhang bedeckt.

Brüsk wandte sich die Herzoginmutter an ihren Sohn und deutete auf Emilia. »Sperr das verlogene Miststück ein und lass sie gut bewachen.« Sie selbst lief in Richtung Ausgang.

»Was hast du vor, Mutter?«, rief der Herzog ihr nach.

Über ihre Schulter hinweg rief sie zurück: »Nach oben! Ich

gehe jede Wette ein, dass sich Colonna mit einem schwarzen Umhang unter die andern gemischt hat.«

Emilia zuckte kaum merklich zusammen. Diese teuflische Frau hatte Filomenas Plan schnell durchschaut. Der Herzog lieferte sie persönlich in ihrem Appartement ab und übergab sie der Obhut ihrer beiden Aufpasserinnen. Zusätzlich postierte er zwei Soldaten vor ihrer Tür. Bevor er sie verließ, zog er sie mit eisernem Arm an sich. Emilia bog ihren Kopf zurück. Er sah in ihr bleiches Gesicht und senkte seinen Mund auf ihre zarte Kehle. Mit heiserer Stimme sagte er dann: »Erwartet mich.«

Erneut machten sich die beiden Frauen an ihr zu schaffen. Sie bürsteten Emilias Haar, bis es wie Seide knisterte, kleideten sie aus und hüllten sie in ein frisches Nachthemd. Wie eine leblose Puppe ließ Emilia alles mit sich geschehen. Ihr Schicksal war ihr egal. Ein einziger Gedanke beherrschte sie, der in endloser Monotonie in ihrem Inneren widerhallte: *Bitte lass Francesco entkommen sein. Bitte lass Francesco entkommen sein …*

Nach vollendeter Arbeit nahmen die alten Zofen auf einer kleinen Bank neben der Tür zum Waschkabinett Platz und verschmolzen mit dem Wandpaneel. Nicht eine Sekunde ließen sie Emilia aus den Augen. Emilia setzte sich auf die Fensterbank und sah auf den hell erleuchteten Innenhof, in dem es von Menschen, die mit Fackeln umhereilten, nur so wimmelte. Nicht lange, und die Tür hinter ihr wurde geöffnet und wieder geschlossen. In der Annahme, dass es sich bei dem Eintretenden um den Herzog handelte, weigerte sich Emilia, von diesem Notiz zu nehmen. Aus dem Augenwinkel sah sie die beiden Zofen hinaushuschen, und ihr Rücken versteifte sich unwillkürlich.

»Bin ich Euch nicht willkommen?«, erkundigte sich eine sanfte Frauenstimme. Emilia fuhr herum. Filomena stand lächelnd vor ihr. Konnte dies gute Nachrichten bedeuten? Filomena bestätigte ihre unausgesprochene Frage mit einem Nicken, und Emilia warf sich ihr überschwänglich in die Arme. Schließlich löste sie sich von ihr. »Sag, wie hast du es geschafft, an den Wachen vorbeizukommen?«

»Warum sollten sie mich nicht vorbeilassen?« Dann schlug sie sich auf die Stirn. »Aber natürlich, wie dumm von mir. Woher sollst du es auch wissen, wenn niemand es dir bisher gesagt hat.« Sie setzte eine feierliche Miene auf und verkündete: »Ich gehöre zur herzoglichen Familie. Vor dir steht ...«, Filomena deutete auf ihr Nonnengewand, »... das sprichwörtliche schwarze Schaf.«

Sie erntete dafür bloße Verständnislosigkeit seitens Emilias.

Filomena verzog ihren großen Mund. »Verzeih, ich muss mich wohl genauer ausdrücken: Ich bin deine Schwägerin, Herzog Carlo ist mein Bruder. So gern ich es auch vor aller Welt leugnen würde, aber Dame Beatrice ist meine Mutter.«

Der befremdete Ausdruck in Emilias Gesicht erlosch. Schrecken trat an seine Stelle. Fast unmerklich wich sie einen Schritt zurück. »Warum hast du mir das bisher verschwiegen?«, erkundigte sie sich schroff.

»Hättest du mir dann vertraut? Sogar jetzt, da ich dir hinreichend bewiesen habe, dass du mir vertrauen kannst, weichst du vor mir zurück. Der Schatten meiner Mutter ist zu mächtig. Mir blieb nur, dir durch Taten zu beweisen, dass ich dir zugetan bin ...« In einer anrührenden Geste streckte ihr Filomena beide Hände entgegen.

Emilia schalt sich, ihre junge Schwägerin unnötig verletzt zu haben. Sie ergriff Filomenas Hände. »Verzeih mir«, bat sie schlicht. Sie setzten sich, Emilia in den Lehnstuhl vor dem prasselnden Feuer, während die kleine Nonne den Hocker zu ihren Füßen wählte. »Die Flucht ist also gelungen?«, erkundigte sich Emilia mit klopfendem Herzen.

»Ja, Francesco ist fort.« Filomena lachte und faltete die kleinen Hände in ihrem Schoß, als wollte sie Gott für seine Hilfe danken.

Fasziniert betrachtete Emilia ihre frischgebackene Schwägerin. Welche Art von Leben mochte es sein, das Filomena hinter diesen Mauern führte? Warum war sie Nonne geworden? Wollte sie für die Verwerflichkeit ihrer Mutter Buße tun?

»Ich sehe, du hast viele Fragen«, meinte Filomena, die unschwer ihre Gedanken erraten hatte, »doch uns bleibt wenig Zeit. Mein Bruder wird bald zu dir kommen.«

Emilias Gesicht verfinsterte sich bei dem Gedanken, was ihr in dieser Nacht noch bevorstand.

»Kannst du mir nicht helfen, ebenfalls zu fliehen?«, bat sie und klammerte sich an Filomenas Arm.

»Selbstverständlich werde ich dir helfen, zu fliehen. Aber heute Nacht wäre dies ein Ding der Unmöglichkeit. Nicht einmal eine Maus könnte heute ungesehen aus dem Palazzo entkommen. Der Hof, die Gebäude, alles ist hell erleuchtet, und ausnahmslos jedermann wurde in Alarmbereitschaft versetzt, schon allein wegen des Brandes. Wir werden uns eine Weile gedulden müssen, bis sich der Aufruhr wieder gelegt hat. Erst dann werden wir beide einen erneuten Fluchtversuch in Angriff nehmen können.«

Emilia verzog das Gesicht. »Was genau verstehst du unter einer Weile?«

»Einige Wochen bestimmt«, blieb Filomena vage.

»So lange?« Übelkeit schoss in Emilia hoch, wenn sie daran dachte, so lange ihre Tage mit der Herzogin und ihre Nächte mit dem Herzog verbringen zu müssen. Dann erinnerte sie sich an etwas, das Filomena gerade gesagt hatte. »Was meintest du mit *wir*? Planst du, ebenfalls zu fliehen?«

»So ist es. Es wird Zeit, dass ich dieses Haus für immer verlasse«, entgegnete sie grimmig.

»Das verstehe ich nicht … Du bist doch Ordensschwester? Ich dachte, du wärst wegen der Hochzeit deines Bruders hier und würdest danach in dein Kloster zurückkehren?«

Filomena ergriff den Schürhaken und stieß ein Holzscheit zurück ins Feuer. Dann erst wandte sie sich ihr zu. Ihre Haut wies die wächserne Tönung eines Menschen auf, der selten mit Sonnenlicht in Berührung kam; ihre ausdrucksvollen Augen wirkten darin wie zwei dunkle Seen. Leise antwortete sie: »Leider bin ich genauso eine Gefangene wie du. Früher habe ich einige

Male den Versuch unternommen, zu fliehen. Aber ich wurde stets schnell wieder aufgegriffen. Meine Mutter drohte mir schließlich damit, beim nächsten Mal meine Kinderfrau Anna zu töten. Anna hat mich aufgezogen. Ich liebte sie sehr und fügte mich.«

»Oh, das ist …« Emilia fand keine Worte für das Unaussprechliche. »Aber warum willst du eine erneute Flucht wagen? Was wird dann aus deiner Kinderfrau?«

»Anna ist eines natürlichen Todes gestorben. Ich bin frei. Außerdem können wir mit Unterstützung rechnen. Dein Bruder und sein Freund Francesco werden dich nicht im Stich lassen.« Filomenas blasses Gesicht leuchtete auf, als hätte sich in ihrem Inneren eine Kerze entzündet.

Emilia runzelte die Stirn. »Sag, woher kennst du eigentlich Francesco Colonna?«

»Die Familie Colonna und unsere sind miteinander verwandt. Meine Urgroßmutter, Maria Mazzarini, war einst mit dem Fürsten Lorenzo Colonna verheiratet. Der heutige Fürst, Francescos Vater, ist ein Großneffe dieses Lorenzo. Ich bin Francesco früher bei einigen wenigen Gelegenheiten begegnet. Daran hat er sich erinnert, als er sich gestern hier eingeschlichen hat. Selbstverständlich habe ich ihm sofort meine Unterstützung zugesagt.«

»Hier im Schloss darfst du dich also uneingeschränkt bewegen?«

»Ja, aber ich darf die Anlage nicht alleine verlassen. Wenn ich nach Sulmona möchte, um dort Einkäufe zu tätigen, ist mir dies nur in Begleitung zweier Wachen erlaubt.«

»Warum behandelt deine Mutter dich auf diese demütigende Art? Was veranlasst sie dazu, dich an der Kette zu halten wie einen Hofhund?«, fragte Emilia empört.

»Weil ich alle ihre Geheimnisse kenne«, erwiderte Filomena schlicht. »Außerdem benötigt sie meine besonderen Talente.«

»Was für Talente?«

»Nicht jetzt. Wenn die Zeit gekommen ist, werde ich sie dir zeigen«, erwiderte Filomena geheimnisvoll, aber bestimmt.

»Gut, behalte deine Talente also für dich.« Emilia beschäftigte etwas anderes. »Könntest du deiner Mutter nicht versprechen, dass du schweigen wirst, wenn sie dich gehen lässt?«

Filomena erlaubte sich ein säuerliches Lächeln: »Das würde sie mir niemals abnehmen. Dafür kennt sie mich zu gut. Und sie hat recht. Ich würde, ohne zu zögern, zum Herzog von Savoyen marschieren und ihm ihre Pläne verraten«, erwiderte Filomena auf eine Weise, die keinen Zweifel an ihrer Entschlossenheit aufkommen ließ.

»Der Herzog von Savoyen? Der auch König von Sardinien-Piemont ist?«, fragte Emilia überrascht.

»Ja, und damit der Regent des größeren Teils von Italien, welches nicht vom Kirchenstaat beherrscht wird. Auch die Abruzzen gehören zu seinem Herrschaftsgebiet.«

»Verzeih, wenn ich dir nicht ganz folgen kann … Was sollen das für Pläne sein, die für den König von persönlichem Interesse sein könnten?«

»Die Antwort darauf ist einfach: Meine Mutter möchte selbst über Italien herrschen.«

»Was?« Emilia riss die Augen auf.

»Es ist kompliziert und hat mit unserer weit verzweigten Verwandtschaft zu tun. Vorhin hatte ich bereits erwähnt, dass meine Urgroßmutter, Maria Mazzarini, mit dem Fürsten Colonna verheiratet war. In ihrer Jugend war Maria die erste große Liebe des jungen Ludwigs XIV. gewesen.«

»Jener König von Frankreich, den man den Sonnenkönig nennt?«, vergewisserte sich Emilia.

»Eben der. Der junge König wollte meine Urgroßmutter sogar heiraten, doch Ludwigs Mutter, Anna von Österreich, und ihr Mitregent, der Kardinal Mazarin, der gleichzeitig Marias Onkel war, verhinderten dies. Ungefähr fünfundvierzig Jahre später hat sich diese Geschichte wiederholt. Nur dass sich der alternde französische König mit fast sechzig Jahren unsterblich in die blutjunge Enkelin seiner ersten Liebe Maria verliebte. Der Name des Mädchens war Angelica. Angelica und der alternde König bekamen einen Sohn, der auf den Namen Ludovico getauft wurde. Angelica starb bald nach der Geburt. Du musst wissen, dass dieser Ludovico …« Filomena legte eine Kunstpause ein. Ungeduldig wartete Emilia, dass sie fortfuhr. Etwas an dieser Geschichte löste das Gefühl in ihr aus, als würde eine Armee Ameisen über ihren Rücken marschieren.

»… dass dieser Ludovico, der Sohn des Sonnenkönigs, der Großvater meiner Mutter ist«, erklärte Filomena schlicht.

Stille folgte. Filomena saß mit durchgedrücktem Rücken auf dem Hocker, die Hände sittsam im Schoß gefaltet.

»Aber … das würde ja bedeuten, dass Ludwig XIV. dein Urgroßvater gewesen ist?«

»Ja, in meinen Adern fließt echtes Bourbonenblut«, erwiderte Filomena. Sie untermalte ihre Aussage mit einer sarkastischen Grimasse. »Daher rührt auch der Größenwahn meiner Mutter. Als Enkelin des großen französischen Sonnenkönigs erhebt sie selbstverständlich Anspruch auf ihren eigenen Thron.«

»Das ist ein Scherz«, sagte Emilia.

»Ich wollte, es wäre so. Ganz so abwegig ist ihr Ansinnen gar nicht. Sie hat alles seit Jahren geplant und sich die Unterstützung mächtiger Verbündeter im In- und Ausland gesichert. Mithilfe der Regenten Europas besteht durchaus die Möglichkeit, dass ihr Plan aufgeht. Erste Erfolge kann meine Mutter bereits verbuchen: Die existenziellen Schwierigkeiten des Jesuitenordens gehen zum größten Teil auf ihr Konto«, erläuterte die kleine Nonne.

Emilia schüttelte den Kopf. »Politische Ränkespiele sind so gar nicht meine Angelegenheit. Wie könnte denn der Sturz der Jesuiten ihr zur Krone Italiens verhelfen?«

»Oh, das ist nicht schwer nachzuvollziehen. Portugal, Spanien, Parma und Frankreich, mit seinem alternden König Ludwig XV., haben sich in den letzten Jahren als die ärgsten Feinde der Jesuiten erwiesen. Die Herrscher dieser Länder haben den Orden bereits verboten. Alle diese Herrscher haben etwas gemeinsam. Denk nach, dann kommst du von selbst darauf!«

Emilia bedauerte nun, dass sich ihr Lerneifer stets in Grenzen gehalten hatte. Plötzlich hatte sie eine Eingebung. »Bourbonen! Alle diese Herrscher sind Bourbonen!«

»So ist es!«, bestätigte Filomena und fuhr in ihren Erläuterungen fort: »Meine Mutter und die berühmte Marquise Pompadour haben in Frankreich lange Jahre gemeinsam das generelle Verbot des Ordens durch den Papst vorangetrieben.«

»Entschuldige«, unterbrach Emilia sie. »Wer soll diese Madame Pompadour sein? Der Name sagt mir nichts.«

»Na, die Favoritin des französischen Königs Ludwig, seine Mätresse natürlich«, antwortete die kleine Nonne verdutzt. »Sag, gibt es keinen Klatsch im Hinterland der Abruzzen?«

»Schon, aber keinen *französischen*«, erwiderte Emilia spitz.

»Verzeih, ich wollte dir keinesfalls zu nahe treten«, versicherte ihr Filomena. In ihrem Mundwinkel zuckte es leicht. »Die Marquise, sie ist vor einigen Jahren gestorben, war eine Jugendfreundin meiner Mutter, und sie hatte enormen politischen Einfluss auf den König. Sie hasste die Jesuiten, weil sie sich geweigert haben, ihr die Absolution zu erteilen – mit der Begründung, sie wäre dem König in Sünde verbunden. Mehrere einflussreiche Gruppierungen unterstützten ihr Vorhaben, allen voran die Freimaurer und die beginnende Bewegung der Aufklärung. Auch eine Anzahl von Bischöfen und Angehörige anderer Orden, wie die Dominikaner, waren und sind Befürworter des generellen Verbotes. Sie alle eint das gemeinsame Ziel, die Macht der Jesuiten zu brechen. Doch Mutters Ziele sind ungleich höher. Sie spekuliert darauf, dass den absolutistischen Regierungen die Macht der Kirche zunehmend ein Dorn im Auge ist. Obwohl der Jesuitenorden stark geschwächt ist, gilt er nach wie vor als das stärkste Bollwerk des Papsttums. Und er ist sagenhaft reich. Falls die Macht der Jesuiten jedoch gebrochen werden kann und sie verboten werden, werden die Sieger deren Reichtum unter sich aufteilen. Doch wird das ihren Hunger stillen, oder der Erfolg nicht ihre Gier weiter anfachen? Wer, glaubst du, könnte als Nächstes an die Reihe kommen? Gegen wen könnten sich die Herrscher Europas dann noch verbünden?«

Emilia erschloss sich die unglaubliche Schlussfolgerung fast sofort. »Wie? Deine Mutter will nach den Jesuiten auch das Papsttum stürzen? Alles, was recht ist, Filomena, aber sie muss wahrhaftig verrückt sein. Die Kirche ist viel zu stark in den Seelen der Menschen verankert. Das ist kein Gebäude, das man einfach so einreißen kann.« Energisch schüttelte sie den Kopf.

»Auch ein Gebäude wird nur Stein für Stein abgetragen. Genau das tut Mutter. Galt der Orden des heiligen Ignatius denn nicht zwei Jahrhunderte lang als unangreifbar, mit dem Papst als Schutzpatron?«, erinnerte Filomena sie. »Die Jesuiten haben inzwischen zu viel Macht angehäuft. Macht schafft immer Gegner. Und da ist ihr Reichtum. Portugal, Spanien und Frankreich haben sich gierig deren Vermögen einverleibt. Auch die römische Kirche könnte davon profitieren. Zudem hält sich seit Jahrzehnten das Gerücht, dass der Ordensgeneral der Jesuiten das Geheimnis um den größten Schatz der Menschheit hütet. Es soll sich um das legendäre Gold handeln, das die Spanier in Peru bisher vergeblich gesucht haben. Geschickt spielt meine Mutter mit den zwei stärksten Versuchungen: dem Wunsch nach Macht und der Gier nach Gold. Macht und Gier haben noch nie ihre Wirkung verfehlt. Den Papst verlocken die Reichtümer der Jesuiten ebenso, wie die absolutistischen Herrscher nach der Vielfalt der Kirchenschätze gieren. Hat es ihnen nicht Heinrich VIII. vor zweihundert Jahren in England vorgemacht? Er hat sich nicht nur von der Mutterkirche abgespalten, um seine Geliebte Anna Boleyn zu heiraten, sondern auch, um die reichen Klöster und Abteien plündern zu können. Damit hat Heinrich seinen maroden Staatshaushalt saniert. Glaub mir, Mutter würde sich niemals auf eine aussichtslose Sache einlassen. Martin Luthers Reformation und die Abspaltung der englischen Kirche haben die Kirche angreifbar gemacht. Der Span, der damals entzündet wurde, glimmt weiter, und inzwischen weht der Rauch dem Papst empfindlich ins Gesicht. Loyola hat damals den Jesuitenorden gegründet, um der Reformationsbewegung entgegenzuwirken. Der Orden hat versagt. Die Kirche ist heute gespaltener denn je. Und ein Scheit, der gespalten wurde, fängt doppelt rasch Feuer und brennt dreimal so schnell. Und Mutter hat noch ein weiteres Eisen im Feuer. Aus sicherer Quelle weiß ich, dass Papst Clemens XIV. sie beauftragt hat, ihm wichtige Geheimdokumente wiederzubeschaffen, die angeblich aus dem papsteigenen Geheimarchiv gestohlen wurden. Bei einer Öffentlichwerdung würden sie der Kirche immensen Schaden zufügen.«

»Woher kennt deine Mutter den Papst so gut, dass er ihr geheime Aufträge erteilen kann?«

»Sie kennt ihn seit Jugendtagen. Er stammt hier aus der Gegend, aus Rimini.«

»Und wer ist deine sichere Quelle?«

Filomena grinste. »Sie selbst. Ich habe ein Gespräch zwischen ihr und Carlo belauscht.«

Emilia sparte sich jeglichen Kommentar dazu.

»Die Gleichung der alten Hexe ist im Grunde simpel«, schloss Filomena. »Zuerst die Jesuiten, dann der Kirchenstaat.«

Emilia schwindelte von Filomenas Ausführungen. Verwundert fragte sie sich, wo all diese Ränkespiele enden sollten. Wenn Beatrice sich als gekröntes Haupt sehen wollte, warum hatte sie dann alles daran gesetzt, eine unbekannte Adelige aus dem Hinterland als Braut für ihren einzigen Sohn zu erwählen? Sie öffnete den Mund, um Filomena ebendiese Frage zu stellen, als diese ihr zuvorkam. »Hast du dich nie gefragt, wie Mutter ausgerechnet auf dich als Gemahlin für ihren Sohn kam?«

»Sicher, ungefähr jeden Tag zehnmal«, erwiderte Emilia bitter.

»Es ist so: Der Stammbaum deiner Familie kann bis in die Anfänge des 11. Jahrhunderts zurückverfolgt werden – bis auf den zweiten Grafen von Savoyen, Amadeus I., genannt La Coda.«
Filomena grinste.

»Wie? Sein Beiname war *der Schwanz*?«, entfuhr es Emilia, von Filomenas Frivolität überrascht.

»Nicht so, wie du denkst«, relativierte Filomena. »Der Graf scheint vielmehr recht standesbewusst gewesen zu sein und trat deshalb stets mit großem Gefolge auf. Daraus entstand sein Beiname.«

»Das hört sich sehr nach Piero an«, murmelte Emilia mehr an sich selbst gerichtet.

Zu ihrer Verwunderung ging Filomena jedoch darauf ein. »Du sprichst von deinem unvergleichlichen Bruder …«

»Wie? Du kennst auch meinen Bruder Piero?«

»Natürlich, er war einige Male hier – nicht nur, um die Modalitäten deines Ehevertrages zu besprechen«, erklärte Filomena.

»Warum hat er dann als offizieller Vertreter meiner Familie nicht an der Hochzeit teilgenommen?«

»Aber das hat er! Er war in der Kathedrale dabei, ist aber vor dem Bankett abgereist. Dein Bruder steht seit Langem in den Diensten meiner Mutter. Sie muss ihn mit irgendeinem Auftrag betraut haben. Sicher irgendetwas Gemeines.«

»Du wolltest sicher *etwas Geheimes* sagen?«, berichtigte sie Emilia.

»Nein, du hast schon richtig gehört. Ich sagte tatsächlich *Gemeines.*«

»Du scheinst von deiner Mutter nur das Schlimmste zu erwarten«, stellte Emilia fest.

»Natürlich! Sie ist durch und durch böse und verdorben. Vergiss das nie, Emilia. Vor allem, wenn sie versucht, dich zu umgarnen. Wenn sie etwas möchte, kann sie großen Charme entwickeln. Viele sind ihr ins Netz gegangen.«

»Was ist das nun für eine Geschichte mit der Ahnentafel meiner Familie?«, kehrte Emilia zum Ursprung zurück. »Nur weil die di Stefanos auf die ersten Herzöge von Savoyen zurückgehen, sollte ich ihren Sohn heiraten?«

»Natürlich spielte auch eine Rolle, dass deine Mutter Agostina die Nichte von Maria-Adelaide von Savoyen war, der Mutter des regierenden Königs Ludwig XV. Du bist seine Großnichte und somit eng mit dem französischen Königshaus verbunden.«

»Aber was erzählst du denn da? Meine Mutter war eine einfache Bürgerliche! Darum wurde mein Vater ja zeit seines Lebens vom übrigen Adel ausgegrenzt. Er hat Mutter aus Liebe geheiratet«, widersprach Emilia laut.

Nun war es an Filomena, überrascht zu schauen. »Sicher hat er das – nur dass deine Mutter Agostina dem europäischen Hochadel entstammt. Dein Vater, Emilia, ist mit ihr durchgebrannt, weil er dem Vater seiner Auserwählten nicht hochwohlgeboren genug war. Deine Mutter Agostina wurde daraufhin von ihrer Familie verstoßen. *Das* ist der Grund, warum sie sich auf die Burg in Santo Stefano zurückgezogen haben.«

Emilias Herz raste. Sie mochte es kaum glauben, und doch wusste sie, dass Filomena die Wahrheit sprach. Es bestätigte nur das, was sie immer geahnt hatte: dass ihre Eltern ein besonderes Geheimnis vor ihren Kindern verborgen gehalten hatten. Doch Filomena ließ ihr keine Zeit, diese Enthüllung zu verarbeiten, sondern schockierte sie mit der nächsten Ungeheuerlichkeit. »Dein Mann, mein Bruder, ist der Urenkel des Sonnenkönigs. Du wiederum trägst nachweislich das Blut der ersten Herrscher Italiens in dir und bist die Großnichte Ludwigs XV. Somit könnte Euer gemeinsamer Sohn der legitime Begründer einer neuen italienischen Dynastie werden.«

»Dazu müsste dieser Sohn erst einmal geboren werden«, entgegnete Emilia. Ihre finstere Miene signalisierte deutlich, dass das Letzte, was sie zu tun gedachte, war, dem Herzog einen Sohn und Erben zu gebären.

»Dieser Sohn wird geboren werden«, entgegnete Filomena lakonisch.

»Nicht, wenn ich mich vorher aus dem Fenster stürze!«, rief Emilia impulsiv.

»Das wirst du bestimmt nicht tun, dafür bist du viel zu sehr dem Leben verhaftet. Du würdest es niemals wegwerfen, solange du noch Kraft zum Kämpfen hast«, konterte die junge Frau.

»Du hast recht. Viel lieber lege ich deiner Mutter das Handwerk. Doch eines nach dem anderen. Das Wichtigste ist jetzt, einen Plan für unsere Flucht zu entwerfen.«

»Nein, das Wichtigste ist diese erste Nacht mit meinem Bruder. Ich habe dir etwas mitgebracht.« Aus den Falten ihres Kleides zog Filomena einen kleinen Kristallflakon. Darin schimmerte eine goldgelbe Flüssigkeit.

Bei seinem Anblick verengten sich Emilias Augen. »Was ist das?«

»Das ist ein Trunk, der dich sofort in einen tiefen Schlaf versetzen wird. Wenn mein Bruder erscheint, um seine ehelichen Rechte einzufordern, wird er dich schlafend vorfinden. Niemand vermag dich innerhalb der nächsten vierundzwanzig Stunden aufzuwecken. Ich kenne Carlo und seinen Anspruch. Er wird sich nicht an einer schlafenden Frau vergreifen. Somit hättest du wenigstens diese erste Nacht für dich gewonnen.«

»Ist dies das Gebräu, das man uns schon in Rom verabreicht hat?«

»So ist es!« Auffordernd hielt Filomena ihr das Fläschchen entgegen.

Entschlossen streckte Emilia die Hand aus: »Gib ihn mir.« Sie zog den kleinen Korken heraus, setzte den Flakon an ihre Lippen und trank ihn leer. Es schmeckte süßlich.

Sie erwartete, alsbald von schläfriger Müdigkeit gepackt zu werden. Zunächst breitete sich ein angenehmes Gefühl in ihrem Magen aus und erfasste in sanften Wellen ihren gesamten Körper. Von Müdigkeit konnte keine Rede sein – im Gegenteil: Ihre Sinne schärften sich und konzentrierten sich ganz auf die Empfindungen ihres Körpers. Das Getränk schien sie geradezu zu elektrisieren. Schlagartig wurde Emilia klar, was eben mit ihr geschah. Wutentbrannt stürzte sie sich auf Filomena. »Du gemeine Schlange hast mich hintergangen! Dies war gar kein Schlaftrunk, sondern der gleiche, den mir deine Mutter heute schon verabreicht hat.«

Filomena war ihrem Angriff geschickt ausgewichen und hatte den hohen Lehnsessel zwischen sich und Emilia gebracht.

Doch die Wirkung des Trunks setzte nun mit aller Macht ein. Emilia sank auf den Sessel, während sie gegen die glühende Hitze ankämpfte, die ihren Leib erfasst hatte. Der Verrat Filomenas und der damit einhergehende Verlust einer vermeintlichen Verbündeten erschütterte sie. Er entzog ihr den letzten Rückhalt, der noch zwischen ihr und der Leere gestanden hatte. Erst jetzt fühlte sie sich von allen verlassen. Matt murmelte sie: »Warum nur hast du das getan?«

»Ich habe es für dich und für meinen Bruder getan«, entgegnete Filomena leidenschaftlich. »Ich weiß, dass du ihn nach dieser Nacht lieben wirst. Ihr beide seid füreinander bestimmt. Mein Bruder braucht eine Frau wie dich. Du bist stark. Ebenso stark wie meine Mutter!«

Verzweifelt versuchte Emilia, sich an ihrer Wut festzuklammern. Nach Beatrices Trunk war ihr Bewusstsein ins süße Nirwana abgetaucht, und sie war wie ein glücklicher Schmetterling durch eine bunte Welt geschwebt. Dieses losgelöste Hochgefühl ging ihr nun ab. Stattdessen driftete ihr Bewusstsein an der Oberfläche dahin. Sie wusste, wer sie war und wo sie sich befand. Was von beidem erwies sich als schlimmer? Sich in einem bodenlosen Traum zu verlieren oder lediglich den primitiven Teil ihrer Sinne zu wecken, der sie das Geschehen bewusst miterleben ließ? Nur knapp widerstand sie dem Drang, mit beiden Händen ihre plötzlich schweren Brüste zu umfassen. Die Bedürfnisse ihrer erweckten Weiblichkeit gewannen an Macht. Schon einmal hatte sie sich so gefühlt, doch damals bei Ferrante hatte sie sich bewusst hineinfallen lassen. Nun dirigierte die Droge ihre Sinne, und ihr verräterischer Körper reagierte mit einer Gier, die sie beschämte. Mit einem letzten Aufflackern ihres Willens gelang es Emilia, ihre Wut zu kanalisieren. »Verschwinde von hier, Filomena. Ich will dich nie wiedersehen.«

Filomena hatte Emilias Anstrengungen, sich nicht in den Auswirkungen des Trankes zu verlieren, interessiert verfolgt. Nun nickte sie zufrieden und ging.

Als der Herzog eine halbe Stunde später Emilias Gemach betrat, empfing ihn ein Bild verwirrender Schönheit. Der Liebestrunk hatte endgültig Emilias Willen unterjocht, und die junge Frau konnte dem glühenden Verlangen ihres Körpers nichts mehr entgegensetzen. Allein das heiße und primitive Sehnen nach einem Mann beherrschte sie nun.

Sie hatte sich jeglichen Schamgefühls begeben und das zarte Negligé abgestreift. Nackt wie eine Odaliske, räkelte sie sich nun auf den seidenen Laken. Das warme Licht der Kerzen zauberte goldene Reflexe auf ihre seidige Haut. Der Herzog zögerte nicht. Er warf seine Kleider ab und kam zu ihr.

Emilia empfing ihn mit weichen Armen und hungrigen Lippen.

Mit federndem Schritt betrat der Herzog am nächsten Morgen den kleinen Frühstückssalon. Es war ein beständiges Ritual, dort allmorgendlich mit seiner Mutter zusammenzutreffen, um gemeinsam die Geschäfte des Tages zu besprechen.

Zuvor orderte der Herzog bei der Dienerschaft ein ebenso delikates wie opulentes Frühstück für seine Gemahlin. Er befahl, es ihr in ihren Gemächern zu servieren.

Diese ungewohnte Fürsorge ließ die feinen blonden Augenbrauen der Herzoginmutter steigen. »Du wirkst heute Morgen äußerst aufgeräumt, mein Lieber. Hat die junge Braut deinen Erwartungen entsprochen?« Die beiden pflegten sich zu duzen, wenn sie unter sich waren.

Der Herzog, der Zucker in seinen Kaffee rührte, hob kurz den Kopf und fixierte seine Mutter. Ihm entging nicht das wissende Lächeln, das ihre Lippen umspielte. Er widmete sich weiter mit Hingabe der Aufgabe, seiner Tasse Zucker zuzuführen, und demonstrierte damit, dass sich eine Antwort erübrigte.

Beatrice schien auch keine erwartet zu haben. »Wie ich sehe, trägst du bereits deine Reisekleidung. Es bleibt also dabei? Du brichst noch heute nach Paris auf?«, wechselte sie das Thema. Innerlich frohlockte sie. Endlich kamen die Dinge ins Rollen, auf die sie dreißig Jahre lang hingearbeitet hatte.

»Ja, ich sehe keinen Grund, länger zu warten. Der Duc de Choiseul hat alles vorbereitet. Die Kreditbriefe über zehn Millionen Livres liegen bereit. Je früher ich aufbreche, umso früher kehre ich zurück.«

»Ausgezeichnet. Ich gebe dir einige Dokumente und Briefe für meine Freunde in Paris mit.« Beatrice hatte sich bereits halb erhoben, als ihr Sohn wie beiläufig erwähnte: »Übrigens, die Herzogin wird mich auf dieser Reise begleiten.«

Eines musste man Beatrice lassen. Falls er sie damit getroffen hatte, ließ sie es sich nicht anmerken. Entspannt, als hätte sie soeben ihre Meinung geändert, ließ sie sich zurück auf den Stuhl sinken. Mit ruhiger Hand griff sie nach der schweren silbernen Kanne und füllte ihre noch fast volle Tasse auf. Ihr Benehmen wirkte völlig natürlich.

Nichtsdestotrotz waren es nun die Lippen des Herzogs, die ein wissendes Lächeln umspielte. Nie zuvor hatte er einer seiner Geliebten irgendeinen Stellenwert in seinem Leben eingeräumt. Auch seine beiden vorherigen Gemahlinnen hatte er kein einziges Mal mit dem offiziellen Titel der Herzogin bedacht. Er hatte damit seiner Mutter bewusst einen Schlag versetzen wollen. Er wusste natürlich, dass sie es wusste. Dieses kleine Spiel sich gegenseitig zugefügter Gemeinheiten betrieben sie, seit er eigenständig denken konnte. Seine Mutter nannte es das »Spiel der Könige«, und hatte ihm die Regeln erklärt. Es diente dazu, sich auf jede erdenkliche Situation einzustellen und mit entsprechend kaltem Blut zu reagieren.

Beatrice ließ gleichfalls Zucker in ihren Kaffee gleiten. Das klimpernde Geräusch, das ihr kleiner silberner Löffel beim Umrühren verursachte, legte sich wie ein falscher Ton über das entstandene Schweigen. »Mach dich nicht lächerlich«, eröffnete Beatrice das Spiel. »Dich erwartet eine delikate Mission, die ein hohes Maß an diplomatischem Geschick erfordert. Du triffst dich mit den wichtigsten Leuten aus dem Kabinett des Königs, allen voran Außenminister de Choiseul. Auch Ludwig XV. wird dich empfangen. Choiseul hat uns dies zugesichert. Falls es nicht die verwandtschaftlichen Bande sind, die dir die Türen zum König von Frankreich öffnen werden, so sind es die zehn Millionen Livres, die wir seinem Staatsschatz zuführen. Und die Bündnisgarantie mit einem neuen Italien! Deine kleine *Herzogin* ist ein ungebildetes, vorlautes Gänschen, das, ich gebe es zu, mit einem hübschen Lärvchen und einem sinnlichen Körper ausgestattet ist. Doch sie verfügt nicht über das geringste Maß an Manieren. Sie hat keinen Schimmer davon, wie man sich am vornehmsten und prächtigsten Hof Europas benimmt. Dort herrscht eine strenge Etikette, sie würde dich nur kompromittieren. Die größten Blüten am Hof in Versailles treibt der Klatsch. Soll man sich über dich wegen ihrer Ungeschicklichkeiten lustig machen? Bilde dir nicht ein, mein Sohn, du hättest sie mit einer einzigen raffinierten Liebesnacht gezähmt. Überlasse sie mir! Ich verspreche dir, bei deiner Rückkehr präsentiere ich dir deine künftige Königin!«

Ihr Sohn zeigte keinerlei Regung. Er bestrich ein Hörnchen mit Pfirsichmarmelade und biss herzhaft hinein.

Beatrice wusste, die Saat war gelegt. Ihre Gedanken schweiften ab. Sie dachte an den Mann, den ihr Sohn in Paris treffen würde: ihren Freund und Verbündeten, Étienne-François, Duc de Choiseul und Duc d'Amboise und, was weit mehr wog als seine beiden Titel, der amtierende französische Außenminister. Sie hatte den Duc bereits 1753 in Rom kennengelernt, als er noch der Marquis von Stainville war und französischer Abgesandter am Heiligen Stuhl. Sie hatte in ihm sofort die Ambitionen, die mit seinem politischen Gespür einhergingen, erkannt. Ihre Ziele hatten vielerlei Gemeinsamkeiten aufgewiesen, und so war es ein Leichtes für sie gewesen, ihn für ihre Zwecke zu gewinnen. Beatrice verfügte über ein besonderes Talent: Sie konnte die noch schlummernden Fähigkeiten in einem Menschen aufspüren und diese ihrem Ehrgeiz gemäß fördern. Natürlich war Étienne-François auch ihr Liebhaber geworden. Sie schlief mit allen Männern, die ihr von Nutzen sein konnten. Seine Liebeskünste erwiesen sich als nicht besonders raffiniert, doch er glich dies durch Vitalität und Ausdauer aus. Der Duc de Choiseul hatte ihre in ihn gesetzten Erwartungen nicht enttäuscht. Seit seinem Botschafterposten 1753 in Rom hatte es der Duc zum führenden Staatsmann unter Ludwig XV. gebracht. Bereits 1758 wurde er zum Außenminister ernannt. Vor allem einte Beatrice und Choiseul eines: ihr glühender Hass auf die Jesuiten. Er und ihre Freundin, Jeanne-Antoinette Poisson, Madame de Pompadour, hatten den Sturz der Jesuiten in Frankreich herbeigeführt. Darüber hinaus betrieb der Duc eine Politik, die der Beatrices genau entgegenkam. Unter anderem hatte er im letzten Jahr mit viel Geld hinterrücks den Krieg zwischen Russland und dem Osmanischen Reich angezettelt, um sich an Katharina II. zu rächen, die eine große Zahl gestrandeter Jesuiten aufgenommen hatte. Dieser Krieg belastete den ohnehin klammen Staatshaushalt Frankreichs – was Ludwig XV. wiederum besonders empfänglich für ihre finanziellen Zuwendungen gemacht hatte. Das alles im Austausch für eine kleine Urkunde, die ihren Sohn als Urenkel Ludwigs XIV. anerkannte. Beatrice fand, dass sie ihrem Sohn genügend Zeit für eine Entscheidung zugebilligt hatte. »Nun?«

Ihr Sohn wischte sich mit der Serviette über den Mund und warf sie zerknüllt auf den Tisch. Ohne ein Wort zu sagen, marschierte er aus dem Raum.

Beatrice lächelte. Sie hatte gewonnen.

Wie eine zufriedene Katze räkelte sich Emilia auf dem zerwühlten Laken. Bevor ihr Gemahl sie verlassen hatte, hatte er das große Fenster weit geöffnet. Eine leichte morgendliche Brise hatte sich hereingestohlen und kühlte ihre erhitzte Haut. Sie hatten sich die ganze Nacht geliebt. Eigentlich müsste ich wütend sein, dachte Emilia in einer flüchtigen Anwandlung von schlechtem Gewissen. Schließlich war Zorn seit ihrer Entführung ihr vorherrschender Gemütszustand gewesen. Doch im Augenblick ließ sie sich in der sanften Trägheit ihres satten Körpers treiben. Sie konnte schließlich später auch noch wütend sein …

Es klopfte an der Tür. Emilia fuhr hoch und raffte das Laken um ihre Brust zusammen. Dann rief sie den Anklopfenden in der Annahme herein, das Frühstück werde ihr gebracht. Die schwere Tür wurde langsam geöffnet. Statt eines perückten Dieners in herzoglicher Livree spitzte das blasse Gesicht Filomenas herein.

»Bist du mir noch böse?«, erkundigte sie sich vorsichtig.

»Ja, verschwinde von hier!«, rief Emilia und warf ein Kissen nach ihr. *Schön, jetzt war sie wütend!*

Filomena wich dem Kissen aus und tat genau das Gegenteil von dem, was Emilia gefordert hatte. Sie trat rasch ein und schloss die Tür hinter sich. Sie blieb dort stehen und wich geschickt einem weiteren Kissen aus. Erst als Emilia ihre Gänsedaunen-Munition verschossen hatte, trat sie näher. Sie musterte Emilia und das zerwühlte Bett mit einer Anzüglichkeit, die in herbem Kontrast zu ihrer klösterlichen Bekleidung stand.

Emilia fühlte sich wie ein kleines Kind, das bei etwas Verbotenem ertappt worden war. Zarte Röte stieg ihr in die Wangen, und unwillkürlich presste sie das Laken fester an ihre Brust.

»Ach? Doch so schlimm?«, spöttelte Filomena.

Emilia sandte ihr einen mörderischen Blick zu. »Verschwinde, du Verräterin, und lass mich in Frieden«, zischte sie.

Stattdessen zog Filomena einen Sessel heran und setzte sich. »Ach, komm schon, gib es zu. Du hast deine Hochzeitsnacht ausgiebig genossen. Willst du mir etwa für etwas grämen, was dir selbst Freude bereitet hat? Der Trank war schwach und sollte nur deine Sinne wecken. Seine Wirkung dürfte nicht lange angehalten haben, höchstens zwei Stunden. Der Rest der Nacht, das warst du selbst, Emilia! Ehrlich, ich kann dir deine Zufriedenheit ansehen, ich kann sie sogar riechen.« Sie beugte sich zu Emilia und fächelte sich mit der Hand Luft zu, als würde sie ein neues Parfüm testen.

Emilia schnappte nach Luft, allerdings vor Empörung. Filomenas schamloses Benehmen hatte etwas Verstörendes.

»Eben bin ich meinem Bruder begegnet. Weißt du, wie er aussah? Als hätte er eine große Schlacht siegreich beendet. Du musst deine Sache wirklich sehr gut gemacht haben, Schwägerin. Ich habe ihn lange nicht mehr in so guter Laune erlebt«, fuhr Filomena in ihrem einseitigen Dialog fort. Er brachte ihr ein weiteres wildes Funkeln von Emilia ein. Filomena biss sich auf die Lippe, als wollte sie sich ein Lächeln verkneifen. »Also gut, dann beschimpfe mich eben, wenn dir so sehr danach ist«, forderte sie sie unverblümt auf.

»Ich will dich nicht beschimpfen, ich will, dass du endlich von hier verschwindest und mich in Ruhe lässt«, giftete Emilia.

»Nun gut, wie es der gnädigen Frau Herzogin genehm ist«, erwiderte Filomena gewollt blasiert und erhob sich. Merkwürdigerweise fühlte Emilia einen kleinen irrationalen Stich der Enttäuschung, weil Filomena derart rasch eingelenkt hatte. Den Porzellanknauf der Tür in der Hand, drehte sich ihre frischgebackene Schwägerin nochmals zu ihr um: »Leider wirst du nun nie den wahren Grund erfahren, warum dich meine Mutter tatsächlich hat entführen lassen.«

»Ach ja? Ich dachte, das läge an meinem famosen Stammbaum?«, spöttelte Emilia.

»Natürlich hat das Savoyen-Blut dabei eine Rolle gespielt«, erwiderte Filomena und ließ den Türknauf los. »Doch der eigentliche Grund war die Prophezeiung.«

»Aha, jetzt also eine Prophezeiung. Welche bitte schön?«

Filomena reagierte darauf mit Verblüffung. »Das musst du doch wissen! Jene, die bei deiner Geburt verlautbart wurde.«

Emilia benötigte mehrere Sekunden, bis die Erkenntnis in ihrem Verstand andockte. Ihr Mund verzog sich zu einem breiten Lächeln: »Ha, da hat sich deine Mutter aber gründlich aufs Glatteis führen lassen. Es gibt keine Prophezeiung, die meine Person betrifft.«

»Ach nein? Und was ist mit jener, die die Seherin in der Stunde ihres Todes verkündet hat?« Filomena fixierte Emilia mit einem lauernden Ausdruck, der die braune Sanftheit ihrer Augen Lügen strafte.

»Ach so, diese meinst du. Du spielst auf die letzten Worte der alten Serafina an. Diese absurde Prophezeiung hat damals tatsächlich die Runde gemacht. Aber sie galt nicht mir, sondern meinem Zwillingsbruder Emanuele«, erwiderte Emilia mit einer achtlosen Geste, die anzeigte, dass sie selbst diese Prophezeiung für eine Albernheit hielt. »Wirklich, es fällt mir schwer, zu glauben, dass deine Mutter die Worte der alten Serafina derart fehlinterpretiert hat.« Doch Emilia freute sich darüber, der Herzoginmutter damit ein Schnippchen geschlagen zu haben. Selbst die kleinsten Gaben waren ihr willkommen.

»Aha«, machte Filomena, und ein listiger Ausdruck trat in ihre Augen. »Kannst du dich auch noch an den genauen Wortlaut erinnern? – Hmm, lass mich überlegen. Ich glaube, er ging so …« Langsam dozierte sie: »*Das Kind, das dem Grafenpaar in der Stunde meines Todes geboren wird, geht einem großen Schicksal entgegen. Dereinst wird es die gesamte christliche Welt in ihren Grundfesten erzittern lassen und den Sturz des mächtigsten Pfeilers der Kirche herbeiführen …*«

Emilia sah Filomena an. »Und?«

Ihre Schwägerin erwiderte den Blick mit weit geöffneten Augen. Unmissverständlich lag die Aufforderung darin, noch einmal ganz genau über die verlautbarten Worte nachzudenken.

Tatsächlich stutzte Emilia. »Nein«, wehrte sie dann ab. »Das wäre zu absurd! Außerdem hat mein Vater die Prophezeiung ebenfalls nicht ernst genommen. Und Emanuele hat die Worte auch in Zweifel gezogen.«

»Nun, meine Liebe, ihr habt die Prophezeiung nicht richtig zu deuten gewusst. Darin ist von einem ›Kind‹ die Rede. Dein Vater, der Bruder, du, ihr seid wie alle Welt demselben Denkfehler erlegen. Er resultiert aus dem Selbstverständnis unserer patriarchalischen Gesellschaft, in der alles, was von Bedeutung sein könnte, einem Manne zugeordnet wird. In diesem speziellen Fall deinem Bruder Emanuele. Meine Mutter jedoch ist davon überzeugt, dass in der Prophezeiung nicht von deinem Bruder, sondern von dir die Rede gewesen ist. Leider muss ich dir aus eigener schmerzlicher Erfahrung mitteilen, dass sich meine Mutter in solchen Dingen bisher niemals geirrt hat.«

»Es gibt für alles ein erstes Mal«, erwiderte Emilia ungerührt. »Ich denke doch, dass kaum jemand weiter entfernt von kirchlichen Angelegenheiten oder irgendwelchen ähnlich gelagerten Machenschaften ist als ich. Wirklich, deine Mutter täte besser daran, diese lächerliche Prophezeiung ad acta zu legen. Auch mein Bruder wird niemals etwas tun, was auch nur einen Kratzer an den besagten heiligen Pfeilern verursachen könnte, geschweige denn diese zum Einsturz bringen. Er ist Priester mit Leib, Herz und Seele.«

»Meine Mutter glaubt felsenfest an diese Prophezeiung. Hast du schon einmal von der Prophezeiung gehört, die man ihrer Freundin, der Marquise Pompadour, als kleines Mädchen gemacht hat?«

»Wie? Dass sie einmal die Freundschaft der gemeinsten Frau dieser Erde erringen würde?«, erwiderte Emilia gehässig.

Filomena ging nicht darauf ein. »Bevor die Pompadour zur Pompadour wurde, hieß sie Jeanne-Antoinette Poisson. Sie war von bürgerlicher Herkunft. Mit neun Jahren begegnete ihr eine Wahrsagerin. Diese Frau hat ihr prophezeit, dass sie die Mätresse von König Ludwig XV. werden würde. Fünfzehn Jahre später war sie es, beinahe zwanzig Jahre lang. Bis zu ihrem Tod war sie die mächtigste Frau Frankreichs, weit vor der Königin, und beriet den König in allen politischen Angelegenheiten. Sie war seine heimliche Premierministerin.«

»Nun, *meine* Prophezeiung liegt bereits siebzehn Jahre zurück. Ich sollte mich daher sputen, wenn ich noch in die Geschichte eingreifen möchte«, bemerkte Emilia voller Zynismus. »Du solltest nun besser gehen«, forderte sie ihre Schwägerin dann ruhig auf.

»Bist du mir immer noch böse?«, erkundigte sich Filomena ungewohnt zaghaft.

»Ja!«

Filomena entschied, dieses Mal Emilias Aufforderung Folge zu leisten.

Erneut klopfte es, und diesmal war es das ersehnte Frühstück. Emilia stürzte sich mit einem Appetit darauf, als hätte sie tagelang nichts gegessen. Mit dem Diener war auch ihre Zofe Rosa ins Zimmer geschlüpft. Kaum war der Mann wieder verschwunden, als sie beinahe schüchtern näher trat. »Frau Herzogin, Ihr scheint mir ein guter und gottesfürchtiger Mensch zu sein. Darum flehe ich Euch von ganzem Herzen an, stellt Euch nicht gegen die Herrin. Sie würde Euch sehr wehtun. Hier, ich habe Euch etwas mitgebracht …« Auf ihrer Handfläche streckte sie ihr eine silberne Kette entgegen.

»Oh, meine Kette! Habt tausend Dank dafür, liebe Rosa!«

»Bitte versteckt sie gut, und verratet bloß nicht, dass Ihr sie von mir erhalten habt. Die Herzoginmutter Beatrice duldet nämlich kein Kreuz in ihrer Nähe.« Damit lief sie hinaus.

Emilia legte sie sich gleich um den Hals. Das kleine Kreuz lag warm und vertraut auf ihrer Brust. Sie fühlte sich durch seinen neuerlichen Besitz sofort weniger einsam, als wären zusammen mit der Kette die schützenden Schemen von Serafina und Donna Elvira in ihr Zimmer getreten.

VII

»Ich wüsste nicht, was wir dagegen unternehmen könnten«, sagte Francesco, während er im Raum auf und ab lief. »Die Hochzeit hat stattgefunden, und ohne jeden Zweifel wurde die Ehe inzwischen vollzogen – dafür wird dieses Höllenweib Beatrice gesorgt haben. Die Ehe deiner Schwester mit dem Herzog von Pescara ist somit rechtsgültig. Einzig der Papst könnte eine Annullierung verfügen. Angesichts der Tatsache, dass Beatrice und der Papst alte Bekannte sind, können wir dies von vorneherein ausschließen. Und wenn wir uns die Köpfe tagelang darüber zerbrechen, Emanuele … wir können nichts tun.« Der junge Colonna verharrte breitbeinig vor dem Kamin. Beiden Männern war es unabhängig voneinander gelungen, ihre hartnäckigen Verfolger abzuschütteln und im Abstand von wenigen Stunden in der Via della Pilotta einzutreffen.

»Ich weiß das alles, mein Freund«, antwortete Emanuele unglücklich. »Aber ich weiß auch, dass meiner Schwester in diesem Haus Gefahr an Leib und Seele droht.«

Sie hatten sich in der Bibliothek getroffen. Francesco trat an eines der mit Lederbänden und alten Manuskripten gefüllten Regale. Er sog den vertrauten Duft seiner Kindheit nach Leder, Druckerschwärze und Galleisentinte ein, der sich mit dem würzigen Virginiatabak seines Vaters mischte.

Als kleiner Junge hatte er sich oft hereingeschlichen und seinem Vater beim Briefeschreiben zugesehen. Der unverwechselbare Geruch des Raumes und das Geräusch der Feder, die über das Pergament huschte, blieben für ihn untrennbar mit den guten Jahren seiner Kindheit verbunden.

Was konnte er seinem Freund raten, fragte er sich zum wiederholten Male.

Emanuele ahnte, welch inneren Konflikt Francesco ausfocht. Sein Freund war ein Mann der Pflicht, und doch widerstrebte es ihm sichtlich, ebenso wie ihm, Emilia ihrem Schicksal zu überlassen. Auch schien er dieser Herzogin bereits früher begegnet zu sein, doch es war mehr als offensichtlich, dass er kein Wort darüber verlieren wollte. Und Francesco hatte recht. Sie konnten nichts gegen die vom Bischof von Sulmona geschlossene Ehe ausrichten. Emanuele fragte sich, ob wider alle Vernunft zu hoffen bedeutete, dass er auf ein Wunder hoffte? Ein Wunder, das er sich von seinem Freund und Mentor Francesco erwartete? Mit einem Mal kam er sich schäbig vor, seinen Freund derart zu bedrängen. »Verzeih mir, ich hätte dich nicht darum bitten sollen.«

»Wie soll ich das jetzt verstehen?«, gab Francesco einigermaßen verblüfft zurück.

»Dass ich mich für meinen Egoismus schäme. Was gehen dich die Probleme meiner Schwester an? Und wie du vorhin treffend bemerkt hast, sind uns in dieser Angelegenheit die Hände gebunden. Ich muss mich wohl mit dem Lauf der Dinge abfinden. Väter verheiraten ihre Töchter nun einmal nach ihren eigenen Vorstellungen und kaum nach jenen der Töchter. Emilia ist eine starke Frau, sie wird ihr neues Leben meistern. Das Klügste wird sein, mich mit meinem Vater wie auch mit meinem Bruder Piero zu beraten. Schließlich hat er diese Heirat vermittelt. Ich werde ihn bitten, gemeinsam mit mir nach Sulmona zu reisen. Der Herzog wird uns einen Besuch bei unserer Schwester kaum verweigern können.«

»Der Herzog vielleicht nicht, aber die Herzoginmutter Beatrice sicherlich«, erwiderte Francesco hart.

Emanuele fiel es nicht zum ersten Mal auf. Immer, wenn sein Freund den Namen der Herzoginmutter nannte, loderte kurz die Flamme eines mörderischen Hasses in dessen Augen auf.

Wider besseres Wissen fragte er nun doch: »Sag mir, mein

Freund, warum verabscheust du diese Frau so sehr?« Ihm fiel plötzlich ein, was die Herzogin zu Francesco gesagt hatte. »Und warum hat sie dich *mein altes Fischchen* genannt?«

Emanuele wurde nun Zeuge eines höchst erstaunlichen Schauspiels. Er sah, wie Francesco abwechselnd blass und rot und dann wieder blass wurde, den bereitstehenden Weinkelch ergriff und ihn in einem Zuge leerte. Dann nahm er die Karaffe, schenkte sich großzügig nach, und das zweite Glas folgte dem ersten. Beunruhigt betrachtete Emanuele das ungewohnte Gebaren seines Freundes. Eine Antwort auf seine Frage erhielt er nicht, denn die Tür zur Bibliothek wurde aufgerissen. Zwei junge Frauen stürmten herein und warfen sich ungestüm in ihre Arme. Vittoria in die ihres Bruders, Serafina in Emanueles. Zweitere löste sich kurz darauf verlegen von ihm. »Verzeih, aber die Freude, dich unversehrt anzutreffen, hat mich schier überwältigt.«

Emanuele lächelte sie freundlich an. »Du musst dich nicht dafür entschuldigen, liebste Freundin.«

»Wie geht es Emilia? Wo ist sie?«, erkundigte sich Serafina als Nächstes.

Der jähe Schatten, der Emanueles Gesicht verdunkelte, löschte ihre eigene Freude aus. »Was ist geschehen?«

Francesco übernahm die Antwort: »Wir sind zu spät gekommen. Wie vermutet, hat der Herzog keine Zeit verloren. Emilia und er waren bereits in der Kathedrale von Sulmona getraut worden. Wir haben trotzdem einen Versuch unternommen, Emilia zu befreien, doch wir wurden entdeckt und konnten im letzten Moment entkommen.«

»Ihr habt Emilia bei dieser Frau gelassen?«, ertönte eine Stimme von der Tür. Francesco ließen Elviras Worte zusammenzucken. Er begrüßte sie mit einer leichten Verneigung. »Donna Elvira. Ich bin entzückt, Euch noch in Rom zu wissen. Lasst mich Euch versichern, dass wir keine Wahl hatten.«

Donna Elvira trat auf ihn zu. Sie forschte eindringlich in seinem Gesicht. Francesco ließ die Musterung scheinbar ungerührt über sich ergehen. Lediglich ein zuckender Kiefermuskel verriet seine innere Anspannung. Fasziniert verfolgte Vittoria das stumme Duell, während Emanuele und Serafina einen verwirrten Blick tauschten. *Welche geheimnisvolle Begebenheit aus der Vergangenheit verband den jungen Colonna mit Donna Elvira?*

Elvira trat zurück und verkündete: »Gut. Wie es scheint, hattet ihr tatsächlich keine andere Wahl, als euch zurückzuziehen. Was nützt es dem armen Kind, wenn ihr alle dabei umkommt. Wie sieht also der neue Plan aus? Was werdet ihr unternehmen, um Emilia aus diesem Schlangennest zu befreien?« Auffordernd sah sie zuerst zu Francesco und dann zu Emanuele. Schließlich kehrten ihre Augen zu dem jungen Principe Colonna zurück.

Emanuele ergriff das Wort. »Donna Elvira, ich danke Euch für die Anteilnahme am Schicksal meiner Schwester. Jedoch sind Pater Francesco und ich zu dem Schluss gekommen, dass wir uns nicht weiter in diese Heirat einmischen werden. Dies gebietet die Vernunft, da es nicht in unserer Macht liegt, das Geschehene umzukehren. Meine Schwester Emilia ist bereits vor Gott und den Menschen mit dem Herzog vermählt worden.«

»Du lässt deine Schwester im Stich?«, stammelte Serafina fassungslos.

»Ich lasse sie nicht im Stich, Serafina. Nur liegt Emilias Schicksal nicht mehr in unserer Hand. Fast alle adeligen Mädchen verlassen ihre Familien, um zu heiraten. Emilia hat gewusst, dass dies eines Tages geschehen würde.«

»Das sagst du nur, um dich selbst vom Gegenteil zu überzeugen!«, rief Serafina hitzig. »Ich sehe dir an, dass du an deiner Entscheidung zweifelst. Principe«, wandte sie sich an diesen. »Was sagt Ihr dazu? Ihr wisst, was man sich über diese Frau erzählt. Ihr scheint sie und ihre Verderbtheit zu kennen. Wollt Ihr Emilia wirklich an diesem Ort belassen? Soll sie dort ebenso ermordet werden wie die beiden ersten Frauen des Herzogs?«

Emanuele war bei ihren Worten erbleicht. Er packte Serafina an den Schultern. »Was sagst du da? Von wem sprichst du?«

»Sie meint das unglückliche Ende der beiden vorherigen Gemahlinnen des Herzogs«, antwortete ihm Donna Elvira. Sie war neben den jungen Mann getreten. »Verzeih den Auftritt meiner Tochter. Er entspringt rein der Liebe, die sie für Emilia hegt. Lass dir versichern, dass die jungen Frauen nicht ermordet wurden. Doch die Wahrheit klingt kaum weniger bedrückend. Die erste Frau des Herzogs, ein blutjunges Ding, hat sich noch vor der Geburt des ersten Kindes vom Turm gestürzt. Es heißt, dass sie Todesängste vor den Schmerzen einer Geburt ausgestanden haben soll. Ein nicht unbekanntes Phänomen. Ihr Sturz wurde später als Unfall getarnt, um dem Mädchen ein christliches Begräbnis zu ermöglichen. Das zweite Mädchen starb im Kindbett. Beide stammten aus Savoyen-Familien. Die einzige Konsequenz, die die Savoyer daraus gezogen haben, ist, keine weitere Savoyen-Tochter an die Pescaras zu verkaufen. Ansonsten wurden keine Beschuldigungen laut.«

»Dann droht Emilia dort keine direkte Gefahr? Sie ist sicher?«, fragte Emanuele beinahe flehend.

»Nein!« Das Nein fiel wie ein Fallbeil in Emanueles Herz. Erschrocken wich er zurück. »Aber … ich verstehe nicht … Was wollt Ihr damit andeuten?«, stammelte er.

»Dass ihr Leib dort nur so lange sicher ist, bis sie dem Herzog den ersehnten Erben geschenkt hat. Doch Emilias Seele ist schon jetzt in Gefahr. Die Herzoginmutter wird versuchen, sie zu verderben. Sie hat ein großes Interesse an ihr, denn Emilia ist eine lebensbejahende Frau von außergewöhnlich vitaler und emotionaler Kraft. Wenn Beatrice deine Schwester nicht davon überzeugen kann, ihrem satanischen Zirkel freiwillig anzugehören, dann wird sie sie mit ihren Drogen gefügig machen. Auf Dauer zerfressen diese ihren Verstand, ihr Körper verfällt. Am Ende steht der Tod.«

Sprachlos starrte Emanuele Donna Elvira an. Er stolperte zurück und sank hilflos auf einen Sessel. Dort barg er seinen Kopf in seinen Händen. Elvira kniete sich vor ihn hin und sagte sanft: »Verzage nicht, mein lieber Emanuele. Es gibt Hoffnung. Deine Schwester ist schön und stark und mutig, aber vor allem ist sie nicht dumm. Es heißt, dass der Herzog der Machenschaften seiner Mutter langsam müde wird, überdies scheint er sehr angetan von seiner neuen jungen Gemahlin zu sein. Ich bin überzeugt davon, Emilia wird sich diese Konstellationen zunutze machen können.«

»Von wem bezieht Ihr Eure interessanten Informationen, Elvira?«, schaltete sich Francesco ein.

Serafinas Mutter erhob sich und strich mit einer eleganten Bewegung ihren Rock glatt. Leiser Spott umspielte die bernsteinfarbenen Katzenaugen. »Wer weiß? Vielleicht sind es dieselben Quellen, aus denen Ihr Eure Informationen bezieht, mein lieber Principe?«

»Nun, ich denke kaum, dass *ich* die Sterne über das Schicksal befrage«, erwiderte Francesco maliziös, beließ es aber dabei.

»Wie geht es jetzt weiter?«, nahm Serafina hartnäckig den Faden wieder auf. »Wie können wir Emilia zur Flucht verhelfen?«

»Und wohin soll Emilia fliehen?«, schaltete sich Vittoria lebhaft ein. »Nach Hause zurückkehren kann sie nicht. Wir haben am eigenen Leibe erfahren, dass Emilia selbst in unserem Palazzo nicht sicher gewesen ist. Diese schreckliche Herzoginmutter hat ihre Spitzel überall. Ich möchte zu gerne wissen, wer uns verraten hat. Das waren ganz sicher diese grässlichen Aquavivas. Ehrlich, ich habe diese vulgäre Gräfin noch nie leiden können. Versprich mir, Francesco, dass wir sie nie mehr empfangen werden!« Vittoria bebte vor Empörung.

Francesco winkte vage ab und wandte sich freundlich lächelnd an Serafina. »Ihr gebt anscheinend niemals auf. Eure Freundin kann sich glücklich schätzen, Euch an ihrer Seite zu wissen. Doch meine Schwester Vittoria hat recht. Es wird ein schwieriges Unterfangen sein, Eurer Freundin zur Flucht zu verhelfen und danach einen Ort für sie zu finden, an dem sie vor den Nachstellungen der Herzoginmutter sicher ist.«

Serafina hatte nur eines rausgehört: »Dann werdet Ihr es also weiter versuchen? Ihr werdet ihr zur Flucht verhelfen?«

Francesco war sich dessen bewusst, dass die Augenpaare aller

Anwesenden auf ihn gerichtet waren. Ausnahmslos erkannten sie in ihm ihren natürlichen Anführer an. Der junge Colonna seufzte und streckte unter dem gemeinsamen Ansturm die Waffen. »Also gut. Ich werde mir einen Schlachtplan überlegen. Doch dieses Mal dürfen wir nichts überstürzen wie bei unserem ersten unglücklichen Versuch.«

»Oh, Francesco, du bist einfach der Beste!«, rief Vittoria und fiel ihrem Bruder stürmisch um den Hals.

VIII

Gefährlich weit lehnte sich Emilia aus dem Fenster im zweiten Stock hinaus. Sie verfolgte aufgebracht, wie sich ihr herzoglicher Gemahl mit einer beachtlichen Eskorte bewaffneter Männer im Hof versammelte. Eben wurden weitere Reit- und Packpferde von den Stallburschen herangeführt. Dem Herzog konnte kaum entgangen sein, dass sie seinen Aufbruch beobachtete. Doch der Versuch der jungen Frau, ihn allein mit der Kraft ihrer Gedanken dazu zu bewegen, von ihrer Anwesenheit Notiz zu nehmen, scheiterte. Keine Sekunde zweifelte Emilia daran, dass ihr Gemahl sie mit Absicht übersah.

Die Erklärung dafür lag auf der Hand: Er entzog sich damit seinem am Morgen gegebenen Versprechen, dass sie ihn nach Paris begleiten dürfe. Sie hätte ihn rufen können, doch diese Blöße wollte sie sich nicht geben.

Der Herzog hob nun die Hand und gab seinem Pferd die Sporen. An der Spitze seiner Truppe preschte er in einer aufwirbelnden Staubwolke davon.

Emilia erkannte ihre eigene Dummheit. Das würde sie lehren, in Zukunft nicht den Beteuerungen eines Mannes Glauben zu schenken, der warm und satt neben ihr in den Laken lag. *Du musst noch sehr viel über die Männer lernen!* Plötzlich bemerkte sie, dass sie selbst unter Beobachtung stand. Direkt unter ihrem Fenster entdeckte sie ihre Schwiegermutter. Beatrices triumphierendes Lachen schallte wie eine Demütigung zu ihr hinauf – eine Demonstration ihrer Macht.

Natürlich, den Verrat des Sohnes hatte sie der Mutter zu verdanken! Da der Herzog fort war, richtete Emilia ihren geballten Zorn auf die Frau unter sich. Überflüssig. Beatrice hatte sich längst abgewandt und war in das Schloss zurückgekehrt.

Eine unausgeglichene Sekunde lang erwog Emilia, sich aus purem Trotz aus dem Fenster zu stürzen, nur um ihre Schwiegermutter damit zu ärgern. Leider würde sie sich daran selbst nicht mehr delektieren können – schließlich wäre sie dann tot. Besser war es, zu leben und ihrer Schwiegermutter so viel Ungelegenheiten wie möglich zu bereiten. Der Gedanke brachte ein winziges Lächeln in ihre Augen zurück. Während Emilia noch in utopischen Racheplänen schwelgte, betraten zwei Handwerker ihre Gemächer. Die beiden, ein schmächtiger Mann mit schütterem Haar und sein tumb wirkender Lehrling, schenkten Emilia keinerlei Beachtung. Wortlos machten sie sich sofort daran, ein stabiles Eisengitter vor ihrem Fenster zu installieren. Ebenso stumm verfolgte Emilia ihr Tun. Sie ärgerte sich, wie schnell Beatrice ihre Gedanken erraten hatte.

Sie machte sich auf den nächsten Schlagabtausch mit der Herzoginmutter gefasst. Zu ihrem Erstaunen überließ man sie für den restlichen Tag sich selbst. Überhaupt interessierte sich die folgenden Tage keine Menschenseele für sie. Außer ihren beiden ältlichen Zofen, die am Morgen und am Abend erschienen, um sie an- und auszukleiden, sowie dem Diener, der ihr dreimal am Tag ein Tablett mit ihrer Mahlzeit brachte, bekam Emilia niemanden zu Gesicht. Jedes Mal, wenn sie versuchte, ihre Gemächer zu verlassen, scheiterte sie an den zwei entschlossenen Wachen vor ihrer Tür. Auch Filomena ließ sich nicht mehr blicken. So avancierte Emilias vergittertes Fenster zu ihrem Tor zur Welt. Jeden Tag verbrachte sie dort Stunden und betrachtete das bunte Treiben, das ein großer Schlossbetrieb mit sich brachte. Doch die einhellig ausgegebene Parole der Herzoginmutter lautete scheinbar, dass niemand mit ihr in Kontakt treten durfte. Emilia begriff nur zu gut, worauf diese Maßnahme abzielte. Es war die Erfolg versprechendste Methode, um eine freiheitsliebende Person wie Emilia zu zermürben und in ihre Schranken zu weisen.

Am siebten Tag ihrer Isolation setzte ein heftiger Sturm mit starken Regenfällen ein. Emilia setzte sich schon am frühen Morgen in ihrem dünnen Nachthemd an das offene Fenster, in der festen Absicht, sich eine Lungenentzündung zuzulegen. Nicht lange, und ihre beiden ältlichen Zofen erschienen, vermutlich durch anonyme Beobachter alarmiert. Zeternd zerrten sie die zähneklappernde Emilia vom Fenster weg. Ihr dünnes Nachthemd klebte an ihrem Körper und ließ der Fantasie nur wenig Spielraum. Emilia wurde in eine sehr heiße Wanne gesteckt, der sie zehn Minuten später rot wie ein gekochter Hummer wieder entsteigen durfte. Anschließend wurde sie zusammen mit Ermahnungen ins Bett gesteckt. Kurz nach Mittag erschien Beatrice. Sie trug ein elegantes rotes Reitkostüm aus Samt mit passender Kappe auf ihrem üppigen blonden Schopf. Ihre in schwarzes Leder gehüllten Hände spielten aufreizend mit einer Reitpeitsche. Doch Emilia hatte inzwischen das Stadium erreicht, in dem sie sich selbst über den Besuch von Luzifer persönlich gefreut hätte.

»Ihr benehmt Euch schamloser als jede Dirne«, eröffnete Beatrice verärgert. »Muss ich Euch daran erinnern, dass Ihr die Herzogin von Pescara seid? Ihr solltet Euch entsprechend benehmen und nicht halb nackt am Fenster posieren.«

»Und wie soll ich mich Eurer Meinung nach benehmen, wenn Ihr mich hier wie eine gewöhnliche Gefangene einsperrt? Ihr habt mein Fenster vergittern lassen und verweigert mir Feder und Tinte. Befürchtet Ihr, dass ich meinem Vater berichten könnte, wie ich hier behandelt werde?«, erwiderte Emilia hitzig. »Ich brauche frische Luft und die Weite der Natur. Seit Tagen habe ich nicht mehr auf einem Pferd gesessen und …«

Die Herzoginmutter hob die Hand und unterbrach ihren Redefluss. Sie wirkte beinahe amüsiert. »Deshalb bin ich hier. Der Regen hat aufgehört. Wir reiten aus.«

Das ließ sich Emilia nicht zweimal sagen. Mithilfe ihrer beiden Zofen schlüpfte sie in ein Reitkostüm. Kaum eine Viertelstunde später saß sie auf dem Rücken einer kleinen, lebhaften

Stute, die sich sichtlich kaum weniger als sie auf den Ausritt freute. Genüsslich, als handelte es sich um ein delikates Parfüm, nahm Emilia den Geruch nach warmem Pferd in sich auf. Es nieselte noch leicht, doch der Sturm hatte sich gelegt. Nach den Tagen des Eingesperrtseins war Emilia der frische Geruch der Erde niemals köstlicher erschienen. Beatrice lenkte ihren herrlichen Schimmel, dessen Fell glänzte wie frischer Schnee, neben sie. Sie tippte mit dem anderen Ende der Peitsche kurz auf Emilias Schulter. »Kommt«, sagte sie. Nebeneinander setzten sie sich in Bewegung. Begleitet wurden die beiden fürstlichen Damen von einer fürstlichen Anzahl bewaffneter Soldaten. Doch Emilia hatte sich ohnehin nicht der Illusion hingegeben, dass sie Beatrice so einfach würde davongaloppieren können.

Die beiden Frauen verließen Sulmona durch das letzte erhaltene Tor aus der Römerzeit, die Porta Filiorum Amabilis. Emilia bewunderte die Jagdszene auf dem Flachrelief, während die Bewohner von Sulmona das harmonische Bild bewunderten, das die beiden Reiterinnen abgaben. Die Schönheit der beiden Frauen bestach gerade durch ihren Gegensatz. Die blonde Herzoginmutter in ihrer reifen Schönheit auf ihrem Schimmel und ihre schwarz gelockte Schwiegertochter auf der lebhaften Stute. Schweigend und darum einträchtig, ritten sie durch die satte grüne Ebene der reizvollen Umgebung Sulmonas. Die Lage inmitten eines fruchtbaren Tales der Abruzzen, umgeben von den höchsten Bergen der Apennin-Kette, hatte bereits in der Antike zu deren Besiedlung geführt. Damals habe Sulmona noch Sulmo geheißen, was so viel wie wasserreich bedeute, erklärte ihr Beatrice. Dies blieb allerdings der einzige Ansatz von Konversation zwischen ihnen. Emilia brannten zwar tausend Fragen auf den Lippen, doch sie zwang sich, sich in Geduld zu üben. Dass die Herzoginmutter sie nicht auf einen harmlosen Spazierritt mitgenommen hatte, hatte sie gleich begriffen.

Nach einer Stunde gemächlichen Rittes hatten sie den Saum eines weitläufigen Nadelwaldes unterhalb des Maiella-Gebirges erreicht. Der Wald erstreckte sich direkt bis an die Felsen heran, kletterte nach oben, versuchte noch hier und da, Fuß zu fassen, bis er sich in seinem eigenen Ende verlor. Hier an seinem Beginn standen die Stämme eng beieinander, und der Boden war übersät mit braunen Nadeln. Emilias Augen versuchten, das Zwielicht der Bäume zu durchdringen. Etwas im Inneren des Waldes zog sie an. Sie wusste, in ihrer Heimat empfanden nicht wenige Menschen eine tiefe Ehrfurcht vor diesen alten, kaum erforschten Wäldern. An den langen Winterabenden erzählte man sich in Santo Stefano zahllose schauderhafte Geschichten von blutrünstigen Bestien, die dort ihr Unwesen trieben.

Beatrice lenkte ihren Schimmel zwischen die Bäume. Ein kaum erkennbarer Pfad führte hindurch. Im Wald herrschte eine seltsame Stille, als würde er den Atem anhalten. Nur sehr selten war das Rascheln eines kleinen Tieres zu vernehmen. Emilia fiel auf, dass sich die Männer nicht besonders wohl in ihrer Haut zu fühlen schienen. Trotzdem folgten sie stoisch ihrer Herrin.

Nach einer Stunde begannen sich die Bäume fast unmerklich zu lichten. Unvermutet erwuchs vor ihnen ein riesiges, klobiges Gebilde – ein Fremdkörper inmitten der hohen Bäume, die ihn wie stumme Wächter säumten.

Beatrice glitt vom Pferd. Offenbar hatten sie ihr Ziel erreicht. Emilia sprang ebenfalls ab und folgte ihrer Schwiegermutter. Diese hatte das Gebilde bereits umrundet und war aus ihrem Blickfeld verschwunden. Beim Näherkommen erkannte Emilia, dass es sich bei dem Gebilde um die Hinteransicht eines von Efeu überwucherten Gebäudes handelte. Sie folgte Beatrices Spur, bog um die Ecke und fand sich plötzlich vor einem antiken Tempel wieder. Zwei mächtige Säulen trugen das mit Flachreliefs verzierte Giebeldach. Die Reliefs hatten nichts mit den Jagdszenen an der Porta Filiorum gemein. Diese hier waren filigraner, zeigten grazile Frauen in kurzen Togen, die sich gegenseitig aus Amphoren mit Wasser übergossen.

Die Vorderseite des Tempels war gründlich vom Efeu befreit worden. Auch wenn die Zeit an ihm genagt hatte, präsentierte sich der Tempel gut erhalten und strahlte die Würde und Erhabenheit aus, die nur sehr alten Bauwerken eigen waren.

Mit jedem Schritt wurde Emilia mehr von einem sehnsüchtigen Gefühl nach Unendlichkeit erfasst. Wie alt der Tempel wohl sein mochte, fragte sie sich. Dreizehn breite Stufen führten zu ihm hinauf. Beatrice erwartete sie oben bereits und sah ihrer Schwiegertochter mit einem merkwürdig forschenden Ausdruck entgegen. Emilia fühlte sich plötzlich wie das Kaninchen, das den Flügelschlag des Falken über sich hört.

Eben noch getragen von der Schönheit der Natur und der Majestät des Tempels, wich nun alle Farbe aus dem Tag. Die Stunde war gekommen, in der sie die Klinge mit Beatrice kreuzen würde. Emilia zögerte nicht; sie selbst hatte diese Konfrontation herbeigesehnt. Entschlossen setzte sie ihren Fuß auf die erste Stufe. Oben streckte Beatrice die Hand nach ihr aus. »Kommt, ich möchte Euch etwas zeigen. Ihr werdet staunen!« Sie wirkte freudig erregt und ungeduldig wie ein kleines Kind, das seine Schätze mit den Erwachsenen teilen möchte. Emilia fand ihre Freundlichkeit verdächtig, doch ihre natürliche Neugier obsiegte. »Wo sind wir hier? Was ...« Sie verstummte jäh und riss die Augen auf. Sie hatte das Innere des Tempels betreten und die ringsum vollständig erhaltenen Reliefs entdeckt. Sie waren von so ergreifender Schönheit, dass Emilia wusste, dass diese Kunst mit dem Gedanken an die Ewigkeit geschaffen worden war: In Lebensgröße hatte der Bildhauer die vollendeten Körper nackter Frauen und Männer verewigt, die sich frivolen Liebesspielen hingaben.

»Wir befinden uns im Tempel der Venus. Äeneas, ihr Sohn, hat ihn zu Ehren seiner Mutter vor mehr als drei Jahrtausenden erbaut«, antwortete Beatrice nun.

»Ihr sprecht von jenem Äeneas von Troja, der einst die Stadt Rom begründete?«

»Eben jener. Venus, seine Mutter, hat ihn nach dem Fall von Troja sicher nach Italien geführt. Wie ich sehe, seid Ihr nicht ganz so ungebildet, wie ich befürchtet habe.«

Emilia zuckte mit den Schultern. Sollte die Hexe doch denken, was sie wollte. Serafina und sie hatten sich für die Geschichte Roms interessiert, da der Sage nach eine Wölfin die von mitleidlosen Menschen ausgesetzten Zwillingssäuglinge Romulus und Remus gerettet und genährt hatte.

»Warum habt Ihr mich hierhergebracht? Sicher nicht allein, um mir diese delikaten Abbildungen zu zeigen?«

»Warum immer gleich so schnippisch, Schwiegertochter. Ich habe Euch aus einem besonderen Grund zu diesem Tempel geführt – weil ich beschlossen habe, Euch eine letzte Chance zu gewähren, Eure Gesinnung zu ändern.«

»Ach, welche Gesinnung meint Ihr genau? Jene, dass ich etwas dagegen habe, unter Drogen gesetzt, entführt und verheiratet zu werden, oder aber, einen guten Freund rituell ermorden zu lassen?«

»Ihr habt noch vergessen, anzuführen, dass ich Euch ohne Feder und Tinte eingesperrt habe«, ergänzte Beatrice süffisant.

Emilia ignorierte die Bemerkung. Sie war die Spielchen endgültig leid. »Sagt endlich, was Ihr von mir wollt.«

Diesmal erfolgte die Antwort ohne Umschweife. »Ich möchte, dass Ihr am Initiationsritual des Sol-Invictus-Kultes teilnehmt.«

»Warum zur Hölle sollte ich das tun? Habe ich Euch nicht bereits unmissverständlich zu verstehen gegeben, dass ich mit Euren Machenschaften nichts zu tun haben will? Ich bin die Frau Eures Sohnes, die Herzogin von Pescara, nicht mehr, aber auch nicht weniger«, sagte sie. Hoch aufgerichtet trotzte sie Beatrice.

Erneut wartete ihre Schwiegermutter mit einer überraschenden Reaktion auf. Beifällig neigte sie den Kopf. »Wahrlich, Ihr enttäuscht mich nicht. Mir gefällt Eure Stärke. Ich habe selten ein solch vitales Geschöpf wie Euch erlebt. Ihr habt Mut, wisst Euch in schwierigen Situationen zu behaupten und seid wahrhaftig nicht auf den Mund gefallen. Vor allem seid Ihr nicht dumm, im Gegenteil. Dass Ihr ein wenig ungebildet seid, ist in Anbetracht der einsamen Gegend, aus der Ihr stammt, kaum verwunderlich.«

»Wunderbar, ich danke Euch für Eure Artigkeiten.« Langsam wurde Emilia unheimlich zumute. Der Verdacht, dass ihre Schwiegermutter vielleicht noch verrückter war, als es bisher den Anschein gehabt hatte, stieg in ihr auf. Leichthin sagte sie deshalb: »Nachdem geklärt ist, dass ich keinesfalls Eurem Invictus-Bund beitrete … Können wir jetzt zurückkreiten?«

»Nein, denn ich fürchte, Ihr habt keine Wahl, Schwiegertochter. Es steht außer Frage, dass Ihr dem Sol-Invictus-Orden beitretet.«

»Ach, und wie wollt Ihr mich dazu zwingen? Lasst mich raten: vermutlich wieder mithilfe Eurer Drogen?«, rief Emilia verächtlich.

Beatrice winkte ab. »Nein, mein Kind. Ich will Euch nicht zwingen, nicht dieses Mal. Im Gegenteil, ich will Euch überzeugen. Darum sind wir hier.«

Emilias Wutpegel schnellte nach oben. Hörte diese Frau ihr überhaupt zu? »Wir kommt Ihr darauf, anzunehmen, dass Ihr mich überzeugen könnt?«, empörte sie sich. »Fast hättet Ihr vor meinen Augen auf barbarischste Weise einen Freund gemordet. Allein seine Flucht hat ihn vor dem Tod bewahrt.«

»Ach, Ihr sprecht vom Beinaheschicksal des bedauerlichen Colonna? Ich muss Euch beipflichten«, entgegnete Beatrice und erklärte dann zu Emilias größter Verblüffung: »Ich selbst lehne Blutopfer ab. Ich halte sie für unnötig. Sie mögen gewisse Abläufe ritualisieren, tragen aber rein gar nichts zum eigentlichen magischen Vorgang bei. Bedauerlicherweise schwören die Mitglieder meines Ordens darauf. Unter ihnen befinden sich durchaus einige sehr talentierte Hexer. Trotzdem begreifen sie nicht das wahre Wesen der Magie.«

»Ich verstehe. Ihr bedauert nicht die Blutopfer, sondern Eure ignoranten Hexer. Warum lasst Ihr diese Opfer überhaupt zu, wenn Ihr sie nicht für nötig haltet? Seid Ihr nicht die oberste Priesterin Eures Ordens? Warum verbietet Ihr die Opferrituale dann nicht?«

»So einfach ist das nicht, meine Liebe. Ich habe den Kult zu einem bestimmten Zweck erneut ins Leben gerufen. Ihm und seinen Mitgliedern kommt eine besondere Rolle in meinem großen Plan zu. Aus diesem Grund kann ich mich nicht seinen Jahrtausende währenden Ritualen verweigern. Die anderen Mitglieder würden es niemals begreifen.«

»Und ich begreife nicht, warum es von solcher Wichtigkeit für Euch ist, dass ich Eurem Sonnen-Kult beitrete. Was könnt Ihr damit gewinnen?«

»Alles!« Dieses Wort wurde mit sehr viel Überzeugung ausgestoßen, und Emilia spürte ein Durchsacken in der Magengegend. Darum also war sie hier: Sie sollte ihren Platz in Beatrices großem Plan einnehmen. Beatrice schritt einmal um den Altar herum, während sie weitersprach: »Euer Beitritt in den Sol-Invictus-Orden wäre eine reine Formsache. Ihr müsstet lediglich den Initiationsritus über Euch ergehen lassen. Ich würde dafür sorgen, dass Ihr danach nie mehr belästigt werdet. Die Hauptsache ist, dass die anderen Mitglieder *glauben*, dass Ihr Euch für unsere Sache verwendet. Der Bund ist für mich einzig ein Mittel zum Zweck. Um das große Ziel zu erreichen, das wir Frauen anstreben, müssen wir uns zunächst noch der Unterstützung der Männer versichern. Doch die Herren dieser Welt sind bereits auf dem besten Wege, sich gegenseitig zu vernichten. Sie sind geschwächt. Nicht mehr lange, dann schlägt die Stunde von uns Frauen. Das ist auch der Grund, warum ich Euch hierhergebracht habe. Es ist ein Vertrauensbeweis und gleichzeitig ein Friedensangebot. Ich möchte, dass Ihr eine Tochter der Venus werdet.«

Emilia hatte Beatrices Worten mit wachsender Ungläubigkeit gelauscht. »Es mag ja sein«, antwortete sie vorsichtig, »dass Ihr mich nicht für ganz dumm haltet. Aber um der Wahrheit Genüge zu tun, ich habe kein Wort von alldem verstanden. Ich soll also pro forma einem Geheimbund namens Sol Invictus beitreten, um danach eine Tochter der Venus zu werden?«

Beatrice antwortete mit einer Gegenfrage. »Wie viel wisst Ihr über den römischen Gott Sol Invictus?«

Emilia zuckte mit den Schultern. »Nicht viel ...«

»Es ist die Gottheit der Unbesiegbaren Sonne. Man hat sie im römischen Kaiserreich verehrt, bis das Christentum diesen Kult im 4. Jahrhundert verdrängt hat. Kaiser Konstantin, der angeblich das römische Reich dem Christentum zugeführt hat, war der Oberpriester dieses Kultes. Darum nannte man seine Herrschaft auch das Sonnenkaiserreich. Was ist Euch über die Anfänge des Christentums bekannt? Ich vermute, ebenfalls wenig – und das, was Ihr darüber glaubt zu wissen, ist sowieso falsch. Das Christentum war in den ersten drei Jahrhunderten seiner Verbreitung mitnichten eine patriarchalische Religion. Im Gegenteil, es gab damals weit mehr Priesterinnen als Priester. Alte Schriften, die sich in meinem Besitz befinden, beweisen, dass viele der ersten Priesterinnen in den bis heute verborgenen Katakomben unter der Petruskirche begraben worden sind. Zur Zeit von Kaiser Konstantin war das Christentum auf dem Vormarsch und eroberte allmählich das Kaiserreich. Die männlichen Priester witterten ihre Chance, die alleinige Macht an sich zu reißen. Zu diesem Anlass beriefen sie im Jahre 325 ein Konzil in Nizäa ein, zu dem ausschließlich männliche Bischöfe eingeladen wurden. Die Priesterinnen, die es zu jener Zeit zu Hunderten gab, grenzte man einfach aus. In Nizäa legten die Männer den Grundstein für das Christentum, wie wir es heute kennen. Ein Grundstein für Macht und Willkür! Die Bischöfe haben die Botschaft Jesu Christi zensiert, der Glaube wurde zu einer politischen Angelegenheit. Mit den ursprünglichen Lehren Christi hat die heute verbreitete Glaubensbotschaft wenig zu tun.«

Emilia begriff allmählich, worauf Beatrice hinauswollte. Filomena hatte recht gehabt. Vermutlich würde ihr gleich die Prophezeiung um die Ohren fliegen. »Ich habe verstanden, dass die Machenschaften der katholischen Kirche Euch ein Dorn im Auge sind. Doch wie wollt Ihr an deren Status etwas ändern?«, sagte sie äußerlich ruhig.

Geradezu ekstatisch stieß Beatrice hervor: »Indem ich der

Kirche nach und nach ihre Macht entziehe, so lange, bis ihre brüchigen Mauern endgültig einstürzen!«

Emilia lief es kalt den Rücken hinab, als sie das Leuchten des Fanatismus in Beatrices Augen erkannte. »Ich verstehe. Dazu benötigt Ihr also die Unterstützung der Mitglieder des Sol-Invictus-Bundes. Ihr wollt mir weismachen, dass diese Männer und Frauen tatsächlich glauben, dass sie nach dem Sturz der Kirche den Sol-Invictus-Kult erneut etablieren können? Verzeiht, aber das Ganze ist absurd, völlig lächerlich und zum Scheitern verurteilt.«

»Ihr irrt. Es ist ganz und gar nicht lächerlich. Denn wie Ihr eben selbst sagtet, *sie glauben* … Und *glaubt mir*: Ausnahmslos jeder, der die Macht des Glaubens bisher unterschätzt hat, hat dies stets bitter bereut. Doch ich stütze mich nicht allein auf die Kraft des Glaubens. Kaum minder mächtige Waffen sind der Hass und die Gier nach Macht und Gold. Die Mitglieder meines Bundes sind alle einflussreiche Persönlichkeiten, die Nachkommen der alten römischen Herrschergeschlechter, der Julier, Aurelier, Claudier. Das macht sie zu eingeschworenen Feinden des Kirchenstaates. So, wie der Jesuitenorden den Glauben gestreut hat, hat er auch den Hass gesät. Auf die Jünger Ignatius' stützt sich ein Großteil der Macht des Papsttums. Doch die Pfeiler des Ordens schwanken bereits – erzkatholische Länder wie Spanien und Portugal und letzthin die Franzosen haben ihn verboten. In halb Europa werden die Jesuiten verfolgt. Sie werden eingesperrt, gefoltert, getötet. Dem Papst wird bald keine andere Wahl mehr bleiben, als den Orden unter dem Druck der Könige Europas zu verbieten. Die Lutheraner, die Freimaurer und die Jansenisten sind meine heimlichen Komplizen. Nicht zu vergessen die aufkeimende Bewegung der Aufklärung, die vehement dafür eintritt, zum Denken den eigenen Verstand zu benutzen, anstatt sich alles vom Klerus vorschreiben zu lassen. Schon heute hat der Papst mit derart vielen verschiedenen Gruppierungen und Anfeindungen zu tun, dass er die wahre Gefahr zu spät erkennen wird. Dem Jesuitenorden gebe ich höchstens noch die

Frist von einem Jahr, dann wird er endgültig Geschichte sein. Ihr werdet es bald erleben: Der Untergang des Papsttums wird durch die Vernichtung des reichsten und mächtigsten Ordens des Christentums eingeleitet werden.«

Emilia empfand Beatrices Argumentation als geradezu aberwitzig. Energisch schüttelte sie ihren Kopf. »Ihr habt in Euren Kalkulationen den wichtigsten Faktor außer Acht gelassen. Nämlich, dass der Orden des Ignatius erst seit gut zwei Jahrhunderten existiert, während das Christentum bereits mehr als 1700 Jahre währt. Könnt ihr mir eine Institution benennen, die es auch nur annähernd auf diese Zeitspanne bringt? Steht nicht geschrieben, die Kirche wird ewig währen? Was bedeutet da schon ein Orden weniger für das Papsttum? Das Christentum wird dadurch kaum so geschwächt werden, dass es kollabieren wird. Es ist kein Gebäude, das ein Erdbeben zerstören kann. Man kann das Christentum nicht einfach ausmerzen, es sind der Glaube und die Menschen, die das Christentum stützen. Wirklich, Euer Optimismus scheint bei Weitem die realen Gegebenheiten zu übersteigen.«

Beatrice hatte ihr ungerührt zugehört. »Eines nach dem anderen«, erwiderte sie ruhig. »Zunächst säen wir den Zweifel. Und der Zweifel, meine Liebe, ist der größte Feind des Glaubens. Ihr sagtet es eben selbst: Es *ist* der Glaube, der die Pfeiler des Christentums stützt. Die Mitglieder meines Bundes *glauben* fest an ihre heilige Mission. Darüber hinaus stehen mir weitere Mittel zur Verfügung, die zu gegebener Zeit zum Einsatz kommen werden. Seit Langem ist mir bekannt, wie sehr die Kirche ihre Gläubigen betrügt. Und bald werde ich den Beweis dafür in Händen halten: die wichtigste Reliquie des Christentums, die auch den letzten Zweifler vom Jahrhunderte währenden Betrug der Päpste und ihrer Handlanger überzeugen wird. Doch das soll nicht Eure Angelegenheit sein. Zunächst stürzen wir den Jesuitenorden, und hier kommt Ihr ins Spiel!«

Emilia versuchte, sich ihre Bestürzung nicht anmerken zu lassen. *Ihr Bruder und Francesco hatten mit ihrem Verdacht richtig gelegen!* Beatrice musste am Mordkomplott gegen Papst Clemens XIII. beteiligt gewesen sein, ansonsten ließe sich kaum erklären, warum sie von der Reliquie wusste. Bewusst begriffsstutzig erwiderte sie: »Ich? Wie kommt Ihr darauf?«

»Ihr enttäuscht mich. Stellt Euch nicht dümmer, als Ihr seid. Ihr kennt die Prophezeiung Eurer Geburt. Euer Schicksal ist eng mit dem der Jesuiten verknüpft. Es ist kein Zufall, dass Euer Bruder Jesuit geworden ist.« Beatrices Ton ließ keinen Zweifel an ihrer Überzeugung aufkommen. »Ich biete Euch ein Geschäft an. Tretet pro forma dem Sol-Invictus-Bund bei. Damit festigt Ihr den Glauben und die Motivation meiner Mitstreiter, die ich davon überzeugt habe, dass mit Euch an unserer Seite unser Vorhaben, die Vernichtung der Jesuiten, sehr bald von Erfolg gekrönt sein wird. Im Gegenzug werde ich Euch Neuigkeiten über Euren Bruder berichten, und Ihr dürft Eurer Familie schreiben.«

Emilias Herz hatte bei der Erwähnung ihres Bruders schneller geschlagen. Nichts ersehnte sie mehr, als in Erfahrung zu bringen, was aus Emanuele geworden war. Andererseits schreckte sie davor zurück, Beatrices satanischem Bund beizutreten. Warum sollte Beatrice ihre eigenen Mitstreiter mit ihrem Pro-forma-Beitritt täuschen wollen? Wie viel hing für ihre Schwiegermutter tatsächlich von ihrer Entscheidung ab? »Eines interessiert mich doch sehr«, hob sie an. »Warum ist es für Euch von solcher Bedeutung, dass ich dem Bund aus *freiem* Willen beitrete, wo es doch für Euch ein Leichtes wäre, mich mittels Eurer Drogen erneut Euren Wünschen gefügig zu machen?«

Beatrice kniff die Augen zusammen. Emilia glaubte, ihrem Mienenspiel entnehmen zu können, dass sie abwog, wie viel sie ihr erzählen sollte.

»Weil einige unter ihnen klug genug sind, um zu bemerken, wenn eine Droge im Spiel wäre. Also gut, sprechen wir offen, da es kein Geheimnis ist: Unter meinen Mitstreitern hat sich eine gewisse Ungeduld ausgebreitet. Unsere Bemühungen zeitigen zwar in den letzten Jahren gute Erfolge in Europa, doch in Italien hält der Papst hartnäckig am Jesuitenorden fest. Ihr, Schwiegertochter, seid das Symbol für den nahen Erfolg.«

»Ach? Ihr braucht mich, um Eure Mitglieder bei Laune zu halten?«, erwiderte Emilia bissig. Ihr fiel ein, was ihr Filomena über Beatrices Bestreben, eine eigene Dynastie zu begründen und die Krone Italiens zu erringen, erzählt hatte. »Ihr habt erklärt, dass Ihr den Bund nur zu einem bestimmten Zweck ins Leben gerufen habt. Ich nehme an, Eure Komplizen ahnen nichts davon, dass sie von Euch lediglich benutzt werden? Der Sturz der Jesuiten ist für Euch keine Frage des Hasses, sondern einem reinen politischen Kalkül geschuldet, ist es nicht so? Daraus schließe ich, dass Ihr damit ebenso ein Tauschgeschäft eingegangen seid. Was erhaltet Ihr im Gegenzug dafür?«

Beatrice lächelte anerkennend. »Schlaues Kind. Mein Angebot steht. Wie lautet Eure Antwort?«

»Meine Antwort?«, erwiderte Emilia gedehnt. »Wenn, und ich sage ausdrücklich, *wenn* ich Eurem Bund beitrete, muss ich vorher eines wissen: Was geschieht bei diesem Initiationsritual? Falls ein Blutopfer gefordert wird, lautet meine Antwort auf jeden Fall *Nein*.«

»Seid ohne Sorge. Nichts dergleichen wird geschehen«, versicherte ihr Beatrice.

Emilia beobachtete sie genau. Würde sie erkennen können, ob ihre Schwiegermutter sie belog? Wohl kaum. Sie hatte keine Wahl, sie musste das Risiko eingehen, wenn sie etwas über ihren Bruder erfahren wollte. Wenn das Ritual tatsächlich ohne Blut vonstattenging und sie sowieso nur zum Schein darauf einging, würde ihre Seele sicher keinen Schaden nehmen. Was die Prophezeiung anging, die plötzlich an Bedeutung gewonnen hatte – nun, darauf konnte sie sowieso keinerlei Einfluss nehmen.

Sie würde sich dieser Herausforderung stellen, wenn sie auf sie zukommen sollte – was sie jedoch weiterhin bezweifelte. »Gut, ich werde Eurem Bund beitreten. Doch ich stelle einige zusätzliche Bedingungen.«

»Ich höre …« Beatrice wirkte nicht überrascht.

»Ab sofort sperrt Ihr mich nicht mehr ein. Ich will mein Zimmer verlassen können, wann immer mir danach ist. Außerdem möchte ich ausreiten können«, forderte Emilia.

»Gut. Und als Zeichen meines guten Willens dürft Ihr heute Abend gemeinsam mit Filomena und mir zu Abend essen.« Emilia hätte es vorgezogen, alleine mit Filomena zu essen, hielt die Bemerkung aber zurück. Stattdessen sagte sie: »Eine Frage hätte ich noch. Was hat es mit dieser ›Tochter der Venus‹ auf sich? Was ist das? Ebenfalls ein von Euch ins Leben gerufener geheimer Orden?«

»Ich sehe, ich habe Eure Neugierde geweckt«, erwiderte Beatrice, und ihre Zufriedenheit darüber spiegelte sich deutlich auf ihren Zügen wider. »Die Töchter der Venus bestehen bereits seit mehr als dreitausend Jahren. Diese Gemeinschaft ist damit beinahe doppelt so alt wie die katholische Kirche. Ihr gehören ausschließlich Frauen an, mächtige Frauen, die im Verborgenen wirken. Doch für heute sind dies genug Informationen. In neun Tagen, bei Vollmond, findet der Initiationsritus statt. Haltet Euch bereit. Kommt jetzt, kehren wir zurück.« Beatrice strebte schon den Stufen zu.

»Aber Ihr wolltet mir von meinem Bruder berichten!«

»Erst nach dem Ritual, meine Liebe.«

»Aber ich kann unmöglich so lange auf Nachricht von Emanuele warten!«, rief Emilia empört.

»Nun, besser Ihr gewöhnt Euch daran. Warten und sich in Geduld üben, ist das nicht seit jeher das Schicksal der Frauen dieser Welt?« Beatrice lachte herausfordernd und sprang die Treppe hinab.

Emilia blieb nichts anderes übrig, als ihr zu folgen.

Oh, wie sie dieses Weib hasste!

Beim Betreten ihres Zimmers stach Emilia ein merkwürdiger Geruch in die Nase. Sofort dachte sie, dass man sie einer neuen Droge aussetzte. Auch der Raum an sich kam ihr verändert vor. Dann entdeckte sie, warum: Während ihrer Abwesenheit war das Gitter am Fenster wieder entfernt worden! Die Handwerker hatten die Löcher gestopft und überstrichen. Sie hatte die frische Farbe gerochen!

Demnach musste sich ihre Schwiegermutter ihrer Antwort sicher gewesen sein. Beatrice offenbarte damit ihre ganze manipulative Kraft. Nachträglich fühlte sich Emilia von ihr übertölpelt. Mit einer wütenden Bewegung schloss sie das Fenster. Das wird mich lehren, zukünftig selbst einen Schritt im Voraus zu planen, nahm sie sich vor.

Rosa betrat das Zimmer, um ihr beim Ablegen des Reitkostüms behilflich zu sein. Ihr auf dem Fuße folgte Filomena. Sie trug wie üblich ihr Nonnenhabitat, hatte jedoch für dieses Mal auf den Schleier verzichtet. Plötzlich trat die Ähnlichkeit mit ihrem Bruder zutage. Auch wies ihr offenes langes Haar die gleiche haselnussbraune Tönung wie die ihres Bruders auf. Sie suchte Emilias Augen und lächelte zaghaft. Schließlich hatten sie und ihre Schwägerin sich beim letzten Mal nicht im besten Einvernehmen getrennt.

Doch Emilia machte keinen Hehl daraus, wie sehr sie sich über Filomenas Erscheinen freute. Endlich jemand, mit dem sie reden konnte und von dem sie Neuigkeiten erfahren würde! Ohne Rücksicht auf die Zofe, die soeben ihr Korsett aufschnürte, lief Emilia auf Filomena zu. Die überraschte Zofe trippelte ihr hinterher, anstatt einfach die Schnüre loszulassen. »Ihr könnt gehen, Rosa. Ich übernehme das für Euch«, sagte Filomena. Geschickt half sie Emilia, ihre Toilette zu beenden.

»Wo …«, hoben beide gleichzeitig an zu sprechen. Sie hielten inne und lachten.

»Du zuerst«, meinte Filomena.

»Wo bist du so lange gewesen?«

»Mir erging es nicht besser als dir«, erwiderte Filomena mit einem vagen Schulterzucken. »Ich hatte Hausarrest.«

»Deine Mutter hat dich eingesperrt? Weiß sie denn, dass du Francesco geholfen hast?«

»Nein, aber sie vermutet es natürlich.« Filomena schien darüber nicht besonders beunruhigt zu sein.

»Hast du irgendetwas über meinen Bruder oder Francesco erfahren? Geht es ihnen gut?« Emilia jedenfalls *war* beunruhigt.

»Nein, ich sagte doch, ich hatte Hausarrest. Das Einzige, was ich gehört habe, ist, dass wir einen Gefangenen beherbergen. Doch so sehr ich mich auch bemüht habe, ich konnte bisher nichts über seine Identität erfahren.«

»Mein Gott«, rief Emilia entsetzt und rang die Hände. »Womöglich ist es Emanuele!«

»Wie kommst du ausgerechnet auf ihn?«

»Wegen deiner Mutter. Wir beide hatten heute ein aufschlussreiches Gespräch. Sagen dir die ›Töchter der Venus‹ etwas?«

Filomena riss die Augen auf. »Erzähl mir alles!«

Am Ende meinte Filomena nachdenklich: »Erstaunlich, dass sie dir ihr Heiligtum vorgeführt hat. Sie scheint dir wirklich eine Schlüsselrolle zuzumessen. Immerhin bestätigt das meine Vermutungen. Die Hexe hält seit Jahren eine Menge Fäden in der Hand und spinnt jeden in ihre klebrigen Netze ein. Sie nutzt die Schwächen ihrer Gegner, saugt sie wie eine Spinne bis aufs Blut aus und wirft anschließend die leere Hülle weg.«

Emilia nickte. »Ich kam heute bereits in den Genuss dieser besonderen Lektion. Die vier Säulen der Manipulation: Habgier, Machtgier, Ehrgeiz und Hass.«

»Ja, sie will nur eines: herrschen.«

»Daran zweifele ich nicht. Trotzdem geben mir die Zusammenhänge weiter Rätsel auf.« Emilia kräuselte ihre Stirn. »Warum glaubt sie, dass sie nicht nur den Untergang der Jesuiten, sondern auch jenen der katholischen Kirche herbeiführen muss?«

»Du warst bereits auf der richtigen Spur, Emilia. Es ist nichts weiter als ein Tauschgeschäft. Die Franzosen haben bereits vor Jahren geliefert. Meine Mutter hat ihnen im Gegenzug versprochen, dass der neue Papst den Orden unwiderruflich verbieten wird. Führende Staatsmänner in Frankreich, die die anmaßende Politik des Vatikans nicht tolerieren, wollen den Kirchenstaat damit entscheidend schwächen. Die Franzosen machen die gleiche Rechnung auf wie meine Mutter: erst die Jesuiten, dann der

Kirchenstaat. So bekommt jeder, was er will. Außerdem, für eine Krone braucht es ein Reich. Was bietet sich also besser an, als sich den Kirchenstaat einzuverleiben? Eben das ist das eigentliche Ziel von Mutter und Carlo. Übrigens gibt es Neuigkeiten. Ich konnte den Brief lesen, den der französische Minister Choiseul an meine Mutter geschrieben hat. Er versichert darin, dass mein Bruder Carlo von Frankreich als Urenkel von Ludwig XIV. anerkannt werden wird. Aus diesem Grund ist Carlo gleich am Tag nach eurer Hochzeit nach Paris gereist. Mit jenem Dokument steigt Carlos Anspruch auf die Königswürde enorm, vor allem auch auf die offizielle Anerkennung der angrenzenden Staaten. Mein Bruder kann es sich nicht leisten, sofort in Grenzkriege verwickelt zu werden. Mutter ist deshalb fleißig dabei, die angrenzenden Länder und Republiken als Bündnispartner zu gewinnen. Mit anderen Worten, sie bezahlt sie. Neapel ist kein Problem, dort sitzt ein Enkel Ludwigs XV. auf dem Thron, und Venedig ist eine verarmte Republik. Die nehmen ihr Geld gerne. Mit der Toskana und den Habsburgern verhandelt sie noch. Auch Frankreich lockt das Geld. Seine Staatsfinanzen sind durch den Siebenjährigen Krieg ausgeblutet. Mutter schickt Choiseul durch meinen Bruder zehn Millionen Livres. Weitere zehn Millionen werden fließen, wenn Carlo in den Kirchenstaat einmarschiert ist, sich zum König von Italien gekrönt hat und Frankreich ihn offiziell als solchen anerkannt hat.«

»Meine Güte, du scheinst wirklich gut über alles unterrichtet zu sein – angesichts dessen, dass du hier kaum je herauskommst«, stellte Emilia mit einiger Verwunderung fest. Sie konnte sich eines kleinen Stichs des Misstrauens nicht erwehren. Sie hatte noch nicht vergessen, dass es Filomena gewesen war, die ihr die Droge vor ihrer Hochzeitsnacht verabreicht hatte.

»Am Tisch meiner Mutter gibt es nur dieses eine Thema. Ich wurde quasi mit Politik ernährt. Außerdem habe ich hier nicht allzu viel zu tun. Was liegt also näher, als mich über alle Schritte meiner Feinde auf dem Laufenden zu halten?«

»Du vertreibst dir die Zeit damit, indem du deiner Mutter nachspionierst?«

Filomena sagte nichts, sondern begnügte sich mit einem rätselhaften Lächeln.

Obwohl Emilia sich im Grunde nichts sehnlicher wünschte, als in Filomena eine echte Freundin gefunden zu haben, nahm sie sich vor, ihrer Schwägerin gegenüber auf der Hut zu bleiben. Ihr fiel etwas ein, was sie schon früher hatte fragen wollen. »Wie kommt es, dass die Anerkennung deines Bruders erst jetzt erfolgt? Warum hat Ludwig XIV. seinen Sohn nicht schon damals anerkannt?«

»Weil man ihn über die Geburt des Kindes zunächst getäuscht hat. Angelica war verheiratet, und ihr Mann extrem eifersüchtig. Neapolitaner eben. Der Sonnenkönig hat ihn fortgeschickt und mit einem Kommando in den französischen Kolonien betraut. Doch Angelicas Mann kehrte nach Monaten heimlich zurück. Er schaffte seine vom König hochschwangere Frau gegen deren Willen an einen geheimen Ort. Nach der Geburt ließ er verkünden, dass seine Frau eine Totgeburt erlitten hätte. Eine treue Dienerin konnte aber einen Brief Angelicas an Ludwig herausschmuggeln, und er hat ihr geantwortet. In seinem Brief bedankte er sich für den Sohn, gab ihm den Namen Ludwig und erkannte ihn an. Er schickte Männer los, um Angelica und seinen Sohn zurück an seinen Hof zu holen und ihren Mann wegen Verrats zu verhaften. Doch Angelica war inzwischen gestorben, und ihr Mann mit dem Kind verschwunden. Der Brief des Sonnenkönigs jedoch ist erhalten geblieben und wurde von Generation zu Generation als Familienschatz weitergereicht. Erst meine Mutter hat sich entschlossen, daraus Kapital zu schlagen.«

Es klopfte. Rosa und Margherita traten ein. »Verzeiht, Durchlaucht. Aber die Herzoginmutter schickt uns, um Euch für das Abendessen anzukleiden.«

Filomena wollte sich still an den beiden vorbeidrücken, doch die dicke Rosa stellte sich ihr in den Weg: »Eure Mutter bittet Euch, für heute Abend ausnahmsweise auf Euer kirchliches Gewand zu verzichten.« Ihr geradezu flehender Ton ließ keinen Zweifel daran aufkommen, dass, falls Filomena dieser Bitte nicht entsprechen würde, Rosa dies auszubaden hätte.

Filomena seufzte. »Es ist gut.«

Ordentlich gekleidet und frisiert, Filomena in einer samtbraunen, Emilia in einer burgunderfarbenen Robe, betraten die beiden jungen Frauen den hell erleuchteten Speisesaal. Beatrice erwartete sie bereits. Sie wollten eben an der Tafel Platz nehmen, als ihr Majordomus mit einem Gesicht wie vergorener Most erschien, um einen Überraschungsgast zu vermelden. Mit ausgebreiteten Armen eilte der Neuankömmling auf die Herzoginmutter zu. »Meine liebste Beatrice, wie geht es Euch? Ihr seht wieder einmal bezaubernd aus. Das Alter kann Euch wahrhaftig nichts anhaben.« Beatrice quittierte diese versteckte Unverschämtheit mit einem säuerlichen Lächeln. Sie bot ihm ihre Hand. »Graf Bramante! Welch freudige Überraschung.« Ihre Stimme klang hingegen spitz. »Was führt Euch nach Sulmona?«

»Ach«, winkte dieser ab, »Geschäfte, das Übliche … Ihr kennt das ja. Aber da sind ja Eure reizende Tochter und Eure junge Schwiegertochter, Herzogin Emilia. Die ganze charmante Familie beisammen. Ihr seht mich entzückt. Aber halt! Wo steckt denn der frischgebackene Herr Gemahl? Ist der junge Herzog Carlo nicht hier?« Er hob sein Lorgnon ans Auge und sah sich auffällig suchend im Raum um. Filomena verdrehte die Augen. »Was für ein Theater«, flüsterte sie Emilia zu.

Emilia fing just einen warnenden Blick von Beatrice auf, wusste ihn jedoch nicht zu deuten. Auch Filomena hatte ihn bemerkt und beugte sich erneut zu ihr hinüber. »Ich glaube, Mutter möchte, dass wir uns benehmen. Lass dich durch das Gehabe des Grafen nicht täuschen – so jovial er sich gibt, er ist ein hohes Tier in ihrem Orden. Er ist übrigens auch der Lauscher von Pombal und dem spanischen Gesandten Moñino, den wir an deinem Hochzeitstag gesehen haben«, raunte sie ihr zu.

Emilia wusste es nicht, doch ihr stand der längste Abend ihres

Lebens bevor. Sie empfand es als absolute Ungerechtigkeit. Da war sie tagelang eingeschlossen gewesen, und dann musste heute ausgerechnet dieser Graf Bramante auftauchen. Was sie niemals gedacht hätte, aber sehr bald sehnte sie sich in die Einsamkeit ihrer Gemächer zurück. Der Graf schien in der Tat höchst angetan von Emilia und belegte sie mit Beschlag. Wie bei Beatrice führte er sich bei ihr mit einer zweideutigen Bemerkung ein. Er neigte sich tief über ihre Hand und murmelte fast unhörbar: »Seit meine Augen Euch zum ersten Mal erblickt haben, träume ich Tag und Nacht von Eurer Schönheit. Endlich sehen wir uns wieder.«

»Mein lieber Herr Graf! Ich hoffe doch sehr, dass Ihr auch noch anderen Leidenschaften frönt«, erwiderte Emilia ebenso leise, kniff jedoch ihre Augen in leichtem Tadel zusammen. Wie konnte der Graf derart unverfroren auf ihren nackten Auftritt in der unterirdischen Krypta anspielen? Die nächsten Worte des Grafen widerlegten jedoch ihre Annahme. »Ich hingegen hoffe, dass Eure Räumlichkeiten nun Eurem persönlichen Geschmack entsprechend gestaltet worden sind. Euer Gemahl, der Herzog, hat sicherlich keine Kosten und Mühen gescheut, um Euch ein Höchstmaß an Komfort zu bieten?«

»Bitte? Wovon sprecht Ihr?«

»Haben nicht gewisse Gegenstände Eure wundervollen Augen beleidigt, sodass Ihr beschlossen habt, sie kurzerhand aus dem Fenster zu befördern? Ich muss sagen, eine höchst effektvolle Methode. Leider hätte mich dabei eine Eurer Vasen beinahe erschlagen. Ihr schuldet mir einen Hut. Ihr seht also, Ihr steht tief in meiner Schuld.« Er zwinkerte ihr verschwörerisch zu.

Emilia gefielen seine stechenden Augen nicht, die sich wie ein Dolch in sein Gegenüber bohren konnten. Sehr bald wünschte sich Emilia, die Vase hätte den Grafen getroffen. Es fiel ihr zunehmend schwer, ihm mit Höflichkeit zu begegnen. Doch der Graf stieß sich nicht an ihrem Befremden, sondern sonnte sich in der Wichtigkeit seiner Person. Er hatte den neuesten Klatsch von Europas Höfen im Gepäck und schwärmte ihnen von seinen umfangreichen Sammlungen an alten Meistern und Statuen vor. Filomena flüsterte: »Er ist nichts als ein gemeiner Dieb, das meiste davon hat er widerrechtlich erworben. Glaub mir, wenn er den Florentinern Michelangelos David stibitzen könnte, er würde es tun.« Der Graf bestritt fast im Alleingang die Konversation. Beatrice ließ ihn gewähren, doch Emilia gewann den Eindruck, dass die beiden sich gegenseitig belauerten.

Das Äußere des Grafen war nicht direkt als unangenehm zu bezeichnen: Er besaß aristrokratische Züge, eine Raubvogelnase und einen vollen, spöttischen Mund. Seine Kleidung zeugte von erlesenem Geschmack. Emilia fiel gleich zu Beginn einer seiner Ringe auf, ein ungewöhnliches Stück aus Silber, das wie eine Schlange geformt war, die sich selbst in ihren Schwanz biss. Endlich neigte sich der Abend dem Ende zu. Als die Kutsche des Grafen vom Hof fuhr, waren sich die drei ungleichen Frauen ausnahmsweise einmal einig und atmeten in einem kollektiven Seufzer auf.

Neun Tage! Emilia durchlitt das gesamte Spektrum, welches das Paradoxon Zeit zu bieten hatte. Einerseits ersehnte sie nichts anderes, als endlich zu erfahren, was aus Emanuele geworden war. Handelte es sich bei dem mysteriösen Gefangenen tatsächlich um ihn? Andererseits graute ihr vor der Stunde, in der Beatrice erscheinen würde, um sie erneut in die unterirdische Krypta zu geleiten. Schließlich war es so weit. Wieder hatten ihre Zofen die junge Frau entsprechend vorbereitet. Dieses Mal wurde Emilia in ein weißes Gewand aus fließender Seide gekleidet, ihre Füße steckten erneut in goldenen Schnürsandalen. Rosa hatte ihr Haar gewaschen und lange gebürstet. Wie schwarze Seide floss es über ihren Rücken hinab, nur gehalten von einem einfachen Goldreif.

Der Ablauf glich dem ersten Mal. Beatrice erschien, eingerahmt von den beiden hochgewachsenen Nubiern in ihrem Leopardenkostüm. Eigenhändig legte Beatrice Emilia den mitgebrachten Umhang aus schwarzem Tuch um und stülpte ihr die

Kapuze über den Kopf. Im sogenannten Raum der Besinnung folgten letzte Anweisungen durch Beatrice. Dann verschwand sie durch das zweite Portal. Nach quälend langen Minuten ertönte der Gong, der sie hineinrief.

Ohne Verzögerung setzte sich Emilia in Bewegung, entschlossen, diese Farce endlich hinter sich zu bringen. Das Portal schwang lautlos vor ihr auf. Gespenstische Stille schlug ihr aus der Krypta entgegen, die wie ein langer, dunkler Tunnel vor ihr lag. Allein das Podest am anderen Ende, auf dem Beatrice auf ihrem merkwürdigen Thron saß, wurde durch wenige Kerzen erleuchtet. Der Rest lag im Dunkel. Von irgendwoher wehte ein Luftzug, und das Aufflackern der Flammen warf groteske Schatten an die nackten Felswände.

Emilia spürte eine kaum merkliche Bewegung in ihrem Rücken. Unbekannte Hände lösten die Schleife an ihrem Hals und nahmen ihren Umhang fort. Sie setzte sich in Bewegung und passierte die Mitte des Raumes mit dem Opferstein. Sie hätte gerne einen Blick darauf geworfen, doch eine Phalanx schwarzer Gestalten versperrte ihr die Sicht darauf. Nachdem Emilia die Gruppe passiert hatte, öffnete sich der Kreis hinter ihr. Emilia überkam das jähe Gefühl, dass irgendetwas nicht stimmte. Entgegen ihrer Aussage befand sich Beatrice nicht allein auf dem Podest. Sechs schwarze Gestalten lösten sich hinter ihr aus dem Halbdunkel. Ihrem Auftreten haftete etwas Bedrohliches an. Beatrice war in der Tat sofort aufgesprungen und fixierte einen Punkt hinter Emilia. Ihre Stimme bebte vor unterdrücktem Zorn, als sie rief: »Was geht hier vor?«

Auch Emilia wandte sich nun zum Opferstein um. Ein schwarzes Tuch verhüllte den Altar. Darunter waren deutlich menschliche Umrisse erkennbar. Übelkeit stieg in ihr auf.

Der Mann, der Beatrice am nächsten stand, hob die Hand, und jemand zog das Tuch beiseite. Er entblößte zwei nebeneinander ausgestreckte Körper. Ein Mann und eine Frau – beide bis auf weiße Augenbinden vollkommen nackt.

Schon Beatrices Reaktion zeigte Emilia, dass dieses Vorgehen nicht dem üblichen Ablauf des Initiationsritus entsprach. Oder handelte es sich hier womöglich um eine von Beatrices teuflischen Finten? Hatte sie gelogen, als sie ihr versichert hatte, ihre Initiation werde kein Blutopfer erfordern?

Emilia wandte sich dem Podest zu, um zu protestieren. Dort oben spielte sich Erstaunliches ab: Zwei der Kapuzengestalten hatten Beatrice gepackt, stießen sie auf ihren Thron zurück und hielten sie gegen ihren heftigen Widerstand gefangen. Eine dumpfe Stimme, in der Emilia jene des Grafen Bramante zu erkennen glaubte, meldete sich zu Wort. »Beruhigt Euch, meine Teuerste. Wir möchten lediglich sichergehen, dass unser künftiges Mitglied auch tatsächlich dem Wohl unserer Sache dienen wird. Führt sie zum Altar«, befahl er als Nächstes laut. Emilia wurde an den Händen gepackt und vor den Opferstein gezerrt.

Entsetzt erkannte sie aus der Nähe das Antlitz der Frau. Beatrice musste es längst vor ihr entdeckt haben: Die junge Frau war Filomena!

Im Gegensatz zu Filomena, die in einem tiefen Schlaf zu liegen schien, regte sich der Mann neben ihr. Er war von zarter Statur und noch sehr jung. Dann gewahrte Emilia etwas, das ihr das Blut förmlich in den Adern gefrieren ließ. Der Jüngling war erst kürzlich entmannt worden, und die entsprechende Stelle blutverkrustet. Dieselbe Gestalt, die bereits das schwarze Tuch entfernt hatte, nahm dem verstümmelten Jüngling nun seine Binde ab. Dunkle Augen, von grenzenlosem Leid erfüllt, richteten sich auf Emilia.

Der Wortführer hatte sich ihr genähert. Er streckte ihr einen langen Dolch entgegen, in dessen Griff rätselhafte Zeichen geritzt waren. »Hier, nehmt! Beweist uns, dass Ihr für unsere Sache eintretet. Euer Schwur kann ausschließlich mit dem Blut des Opfers erfolgen. Ihr müsst ihm die Spitze tief ins Herz treiben.« Er drückte der erstarrten Emilia den Dolch in die Hand, umfasste ihr zartes Handgelenk und senkte unerbittlich die Spitze auf die haarlose Brust des Jünglings herab, die sich in schnellem Stakkato auf und ab bewegte.

Erneut wurde Emilia in die Augen des Todgeweihten gesogen. Sie schienen sie anzuflehen, seinem Leiden endlich ein Ende zu bereiten. »Tötet ihn!«, erklang der Befehl neben ihr.

Emilia erwachte aus ihrer Starre. »Niemals!«, presste sie hervor und trat einen Schritt zurück. Die Klinge entglitt ihrer Hand und fiel zu Boden. Sofort trat jemand aus dem dichten Halbkreis, der sie umgab, bückte sich und reichte sie dem Wortführer zurück.

Emilia ahnte den Seufzer mehr, den Graf Bramante ausstieß, als dass sie ihn hörte. »Ich fürchte, Ihr habt keine Wahl, Herzogin Emilia. Eure Weigerung würde ihn nicht retten, sondern sein Leiden nur unnötig verlängern. Wenn Ihr ihn nicht tötet, dann werden wir ihn töten. Sterben wird er heute allemal«, sprach er das Todesurteil. »Wenn Ihr es nicht selbst vollbringt, dann wird Eure kleine Freundin hier leider heute ebenfalls sterben.«

»Was fällt Euch ein? Habt Ihr den Verstand verloren?«, mischte sich Beatrice ein. »Niemals werde ich das zulassen!« Die beiden Männer hatten alle Mühe, sie zu bändigen. Beatrice stieß fürchterliche Verwünschungen gegen sie aus. Graf Bramante verfolgte ihren Kampf ungerührt.

»Ich fürchte, auch Ihr habt keine Wahl, teuerste Beatrice«, sagte er mit einer Stimme, deren Klang kaum verhehlte, wie sehr er seinen heutigen Triumph genoss. »Die Mitglieder unseres Bundes haben diesen Beschluss gemeinsam gefasst. Ihr tätet besser daran, Eure Schwiegertochter dazu zu bringen, sich zu fügen. Stellt Euch vor, Ihr müsstet Eurem Sohn bei seiner Rückkehr erklären, dass er schon wieder zum Witwer geworden ist.« Der Zynismus in seiner Stimme war unerträglich.

Beatrice hatte ihre Bemühungen, sich zu befreien, eingestellt. »Lasst mich mit ihr reden«, forderte sie.

Ein Wink von ihm, und Beatrice kam frei. Sie richtete sich zu voller Größe auf. »Ich kenne Euch«, sagte sie dann kalt zu den beiden vermummten Gestalten, die sie malträtiert hatten. Diese wichen sichtlich erschrocken vor ihr zurück.

Langsam schritt Beatrice dann auf Emilia zu. Als würden sie

Beatrices Nähe fürchten, brach die Phalanx der schwarzen Gestalten auf. Ausnahmslos wichen sie bis zur Wand vor ihr zurück und verschmolzen mit der Dunkelheit. Beatrice lächelte. Ihre Miene zeigte deutlich, was sie von diesen Feiglingen hielt. Einzig Graf Bramante verteidigte seine Position am Opferstein.

Emilia hatte von dem Schlagabtausch nichts mitbekommen. Sie war viel zu sehr damit beschäftigt, einen Ausweg aus ihrer verzweifelten Lage zu ersinnen. Daher schrak sie zusammen, als plötzlich Beatrice in ihr Ohr zischte: »Du musst es tun. Sonst sind wir verloren.«

Beatrice hatte Graf Bramante den Dolch entrissen und hielt ihn nun mit dem Griff voran Emilia entgegen. Emilia hob den Kopf und versuchte, im Gesicht ihrer Schwiegermutter zu erkennen, ob diese noch ein Ass im Ärmel hatte. Nichts dergleichen.

Emilia sah zu Filomena, dann wanderte ihr Blick zurück zu dem armen Jungen. Langsam streckte sie die Hand nach dem Dolch aus und nahm ihn. Ihre Augen wurden schmal, während sie ihn betrachtete. Es gab nur diesen einen Ausweg. Sie schenkte der Welt, so wie sie sie kannte, ein letztes Lächeln. Dann hob sie den Dolch.

Beatrice erkannte rechtzeitig ihr Vorhaben. Sie fiel Emilia in den Arm, bevor die Spitze des Dolches, die die junge Frau gegen sich selbst gerichtet hatte, sie treffen konnte. Kraftvoll verbog Beatrice ihren Arm, lenkte Emilias Hand und stach gemeinsam mit ihr zu, mitten in das Herz des Jünglings. Blut spritzte auf Emilias Hemd, als Beatrice die Klinge kaum eine Sekunde später wieder herauszog. Alles hatte sich blitzschnell abgespielt. Bis auf Graf Bramante hatte im Halbdunkel niemand das eigentliche Geschehen mitbekommen.

Emilia starrte auf die blutige Klinge in ihrer Hand. Blut tropfte auf den Boden. »Ich habe ihn getötet«, flüsterte sie fassungslos. Die Klinge entglitt ihr und fiel erneut zu Boden. In ihrem Inneren stieg ein unmenschlicher Schrei auf, der lediglich als dumpfes Röcheln nach außen drang. Ihre Hände und Füße wurden eiskalt, und ihr gesamter Körper litt unerträgliche Schmerzen.

Jäh erschlaffte sie, und ihr Bewusstsein sank in eine schwarze Tiefe hinab.

Emilia kam in ihrem Bett zu sich. Bereits mehrmals hatte sie versucht, die Augen zu öffnen. Doch die Wirklichkeit blieb verschwommen und beängstigend, und sie hatte sich erneut dem Dunkel überlassen. Dieses Mal blieben die Dinge an ihrem Platz, und die Welt nahm klare Umrisse an. Vorsichtig setzte sie sich auf. Ihr Kopf fühlte sich seltsam leer an, was ihn jedoch nicht daran hinderte, höllisch zu schmerzen.

»Tut es sehr weh?«, erkundigte sich eine leise Stimme. Erschrocken wandte Emilia den Kopf. Filomena saß neben ihrem Bett. Sie hatte einen der schweren Kaminsessel an das Bett gerückt und wirkte selbst ziemlich mitgenommen. Die selbst ernannte Nonne zeigte wieder ihr zaghaftes Lächeln, das ihr etwas rührend Unschuldiges verlieh.

»Was ist passiert?«, fragte Emilia und presste ihre Daumen gegen die schmerzenden Schläfen.

»An was kannst du dich denn noch erinnern?«, fragte Filomena vorsichtig zurück.

»Gleich … Ich kann es mir zwar selbst kaum erklären, aber ich verspüre im Moment einen so gewaltigen Hunger, dass mir beinahe übel davon ist.«

»Nicht das schlechteste Zeichen«, meinte Filomena. Sie stand auf und zog an der Kordel neben der Tür.

Rosa erschien ungefähr zwei Sekunden später im Zimmer, als hätte sie vor der Tür kampiert. Ihr rotes, feistes Gesicht leuchtete vor Freude. »Oh, die Frau Herzogin ist endlich erwacht. Welch eine Freude!«, trällerte sie und patschte die Hände zusammen. Ohne Zweifel, ihre Begeisterung kam von Herzen.

»Ist ja schon gut, Rosa. Beruhige dich. Die Herzogin verspürt Appetit. Lass uns etwas aus der Küche bringen, sei so gut«, unterbrach Filomena ihre Freudenbekundungen.

»Aber ja, natürlich … Das Kindchen hat Hunger.« Rosa sprang davon, so flink es ihre dicken Beine erlaubten.

»Na, so was«, meinte Filomena amüsiert. »Mir scheint, du hast in diesem Haus noch eine weitere Freundin gefunden.«

»Ja, sie scheint mir keine schlechte Seele zu sein. Obwohl es tatsächlich schwer ist, in diesem Haus seine Seele zu bewahren«, erwiderte Emilia düster.

»Du erinnerst dich also?«

»Natürlich«, erwiderte Emilia kläglich. »Ich habe einen Menschen getötet. Wie sollte ich mich nicht daran erinnern?«

Filomena hatte bereits mit dieser Form von Selbstanklage gerechnet. »Sei nicht kindisch. Ich habe alles aus nächster Nähe beobachten können. Meine Mutter hat ihn getötet, nicht du.«

»Aber ich habe den Dolch gehalten!«

»Und meine Mutter hat ihn geführt. Was soll das überhaupt? Willst du dich deshalb selbst zerfleischen? Du hast es nicht getan und basta! Ich sage dir jetzt etwas. So traurig es auch klingt, aber der arme Junge war längst dem Tode geweiht. Du hast ihn selbst gesehen, man hatte ihn entmannt. Meine Mutter hatte keine andere Wahl, als so zu handeln. Sie hat uns damit alle gerettet.«

»Deine Mutter hat uns überhaupt erst in diese Lage gebracht«, schnappte Emilia zurück.

»Da hast du allerdings recht«, stimmte Filomena aus vollem Herzen zu. »Glaube mir, ich billige keineswegs das, was meine Mutter getan hat. Aber ich bin sehr froh, dass sie dich daran gehindert hat, selbst Hand an dich zu legen. Es wäre purer Wahnsinn gewesen, dich zu opfern, es hätte nichts an der Situation geändert – außer dass wir jetzt beide tot wären. Es ist, wie es ist. Wir müssen versuchen, das Beste aus unserer Lage zu machen«, appellierte Filomena an Emilias Vernunft.

Emilia gewahrte erst jetzt das besondere Leuchten in ihren Augen. Sofort richtete sie sich auf und packte erregt ihren Arm. »Was ist? Hast du etwas über meinen Bruder in Erfahrung gebracht?«

»Ja, es gibt allerdings Neuigkeiten. Und diesmal sind es gute!«, brach es aus Filomena heraus. »Emanuele geht es ausgezeichnet. Er ist wohlbehalten in Rom angelangt, wie auch sein Freund Francesco!«

»Oh, Filomena, das sind ganz wunderbare Nachrichten! Ich danke dir.« Befreit fiel ihr Emilia um den Hals. »Wie hast du überhaupt davon erfahren?«

»Durch Emanuele. Er hat dir geschrieben.«

Emilia streckte die Hand aus. »Gib mir den Brief!«

»Ich habe ihn nicht. Mutter hat ihn. Aber ich konnte ihn heimlich lesen. Daher weiß ich es.«

»Ihr lest beide *meine* Briefe?«, empörte sich Emilia.

Filomena störte sich nicht an ihrer Entrüstung. »Sei nicht so empfindlich. Wie sollte ich sonst erfahren haben, wie es Emanuele geht, hmm?«

»Dann lass uns gleich hinuntergehen und den Brief holen!«, sagte Emilia forsch und versuchte aufzustehen.

»Das ist leider unmöglich«, bremste Filomena sie aus. »Mutter hat ihn weggeschlossen und ist danach ausgefahren. Sie wird erst gegen Abend wieder zurückerwartet.«

Emilia ließ ein weiteres wütendes Schnauben hören. Sie schmollte derart offensichtlich und wirkte dabei so jung und verletzlich, dass Filomena ein leises Schmunzeln nicht unterdrücken konnte. Zum Glück klopfte es, und Rosa stand mit gewichtiger Miene in der Tür. In ihrem Gefolge waren zwei Diener, die auf ihren Platten eine Menge an Speisen hereinschleppten, die ausreichte, ein Dutzend Personen zu verköstigen. Filomena ordnete an, alles abzustellen, sie würden sich dann selbst bedienen. Sobald Rosa und die Diener verschwunden waren, fiel Emilia heißhungrig über die Platten her. Sie aß, als würde ihr Leben davon abhängen. Filomena konnte nur über ihren gesunden Appetit staunen.

»Das war schon immer so«, meinte Emilia zwischen zwei Bissen. »Seelischen Aufruhr kompensiere ich mit Essen.« Mit Genuss grub sie ihre Zähne in ein knuspriges Hühnerbein. Filomena zerbröselte gedankenverloren ein Milchbrötchen, als ein Geräusch sie aufschreckte: »Hast du das gehört?«

»Was denn?«, fragte Emilia. Unmittelbar darauf stieß sie einen Schreckenslaut aus. Etwas Pelziges war mit einem Satz auf ihrem Schoß gelandet! Emilia erkannte den Kater sofort, obwohl er ziemlich abgerissen aussah: »Paridi! Mein Gott, Paridi, du bist hier!« Überglücklich drückte sie den Kater an ihr Herz. Paridi ließ es sich eine Weile gefallen, dann maunzte er und schnappte sich das Hühnerbein aus Emilias Hand. Gierig machte er sich darüber her.

»Dein Kater, hmm? Ihr habt die gleichen Essgewohnheiten. Wie nanntest du ihn? Paridi? Wie der schöne Paris, der Helena entführte und den Trojanischen Krieg damit auslöste?«

»Eigentlich gehört er meiner Freundin Serafina.« Glücklich sah Emilia Paridi beim Essen zu. Sie reichte ihm ein zweites Hühnerbein hinunter, über das er sich ebenso hungrig hermachte.

»Erstaunlich. Er muss hinter der Dienerschaft hereingehuscht sein. Leider kann er nicht bleiben. Ich werde versuchen, ihn für dich hinauszuschmuggeln.«

»Aber wieso denn? Er nimmt doch keinen Platz weg. Natürlich bleibt er hier«, verkündete Emilia kategorisch.

»Es geht nicht. Mutter hasst Katzen und tötet alle, derer sie habhaft werden kann. Und nein, du kannst ihn nicht vor ihr verstecken«, betonte sie, da sie Emilias Protest voraussah. »Sie kann ihre Anwesenheit förmlich riechen. Sie glaubt, dass eine Katze eines Tages ihren Tod herbeiführen wird«, erklärte Filomena ernst.

Das erinnerte Emilia daran, was der kleine Hirte ihr über Beatrices Katzenhass erzählt hatte. »Was? Wie kommt sie denn darauf?«

»Es wurde ihr prophezeit.«

Emilia verdrehte die Augen. »Meiner Treu! Hier scheint wohl jeder seiner eigenen Prophezeiung zu frönen … Fürchtet sie etwa, über eine Katze zu stolpern und sich dabei das Genick zu brechen?«

»Schön wär's«, seufzte Filomena. »Dein Paridi sollte sein Glück nicht versuchen. Ich werde ihn außerhalb der Mauern absetzen. Hoffentlich findet er wieder heim.«

»Da habe ich keine Sorge. Er hat schließlich auch hierherge-funden.« Traurig betrachtete Emilia Paridi. Sie hatte sich so sehr über sein Auftauchen gefreut, und nun musste sie sich schon wieder von ihm verabschieden. Sie setzten ihr Mahl fort, an dem Paridi fürstlichen Anteil genoss. Anschließend reinigte sich Emilia die Hände in einer Schale mit Zitronenwasser. »So, und jetzt möchte ich alles erfahren, was nach meiner Ohnmacht weiter geschehen ist.« Paridi hatte sich auf ihrem Schoß gemütlich ein-gerollt und ließ sich den Kopf kraulen.

»Es brach ein fürchterlicher Tumult aus. Mutter und Graf Bramante, der sich als Rädelsführer erwiesen hat, sind wie die Furien aufeinander los. Man musste sie gewaltsam trennen, ansonsten hätten sie sich gegenseitig zerfleischt. Es folgten stun-denlange zähe Verhandlungen. Am Ende hat Mutter einen voll-kommenen Sieg davongetragen. Graf Bramante hat den unver-zeihlichen Fehler begangen, ihre Macht zu unterschätzen. Die Hexe ist und bleibt die unangefochtene Meisterin der Manipula-tion! Graf Bramante widerfuhr nun genau das, was er eigentlich für seine Gegenspielerin vorgesehen hatte: Er wurde aus dem Sol-Invictus-Orden ausgestoßen. Er hat sich mit ziemlich wüsten Beschimpfungen verabschiedet. Meine Mutter hat sich damit einen weiteren Todfeind geschaffen.« Filomena sagte dies leicht-hin, sie schien sich nicht weiter daran zu stören.

»Eines verstehe ich nicht«, überlegte Emilia laut. »Wie konnte Graf Bramante die Mitglieder des Ordens überhaupt dazu bewe-gen, gegen deine Mutter aufzubegehren? Hat denn keiner von ihnen gefürchtet, dass sie später Rache an ihm nehmen könnte?«

»Die gleiche Frage hat mich auch beschäftigt. Ich glaube, sie haben die möglichen Konsequenzen gerne verdrängt. Das, was ihnen nach einer gelungenen Unternehmung gewinkt hätte, hat sie geblendet. Du darfst nicht vergessen, dass auch Bramante sich bestens darauf versteht, sich der niedersten Instinkte der Menschen zu bedienen. Der Graf ist immens reich, und seine Begabung als Hexer ist hinlänglich bekannt. Viele der Sol-Invic-tus-Mitglieder sind zwar einflussreich, aber nur wenige nennen ein Vermögen ihr Eigen. Fast alle sind verschwenderisch, und die meisten verschuldet. Der Adel benötigt ständig Geld. Jenen, die der Graf nicht kaufen konnte, hat er Versprechungen gemacht, die er mit seinen magischen Kenntnissen begründet hat. Ich nehme an, das hat sie mutig werden lassen oder leichtsinnig, wie man's nimmt. Jedenfalls ist der diabolische Plan des Grafen gehörig nach hinten losgegangen. Am Ende sind ausnahmslos alle zu Mutter zurückgekrochen und haben ihr gegenüber feierlich ihren Treueeid erneuert. Puh«, entfuhr es Filomena mit einem verächtlichen Laut, »als wenn sie ihre legitime Königin wäre.«

»Wie geht es nun weiter? Weißt du, ob ich erneut vor diesen vermummten Sol-Invictus-Götzen erscheinen muss?« Der Unwille stand Emilia deutlich ins Gesicht geschrieben.

»Nein, Gott sei gedankt. Mutter konnte sie davon überzeugen, dass du dich als ihre Schwiegertochter ihrem absoluten Willen beugst. Immerhin …«

»Immerhin …«, wiederholte Emilia gedankenverloren. Verwundert fragte sie sich, wie innerhalb einer so kurzen Zeitspanne ihr Leben derart aus den Fugen hatte geraten können. Noch vor wenigen Wochen hatte sie unbeschwert im ersten Licht des Frühlings auf ihrem Pferd gesessen und in den Weiten des Campo Imperatore Kaninchen gejagt. Ihre Pläne hatten kaum von einem Tag zum anderen gereicht, das Leben hatte wie ein bunter Strauß vor ihr gelegen.

Filomena bemerkte den sehnsüchtigen Ausdruck in ihren Augen. »Woran denkst du?«, fragte sie in die entstandene Stille hinein.

»Daran, wie rasend schnell sich alles gewandelt hat. Man hat mich verschleppt, mit einem Fremden verheiratet, ich habe getötet und bin obendrein unfreiwilliges Mitglied in einem satanischen Orden geworden. Ich frage mich gerade, was als Nächstes geschehen wird.« Mit einer gewissen Fassungslosigkeit, als sähe sie ihn zum ersten Mal, betrachtete Emilia den goldenen Ring an ihrem Finger.

»Vergiss nicht, eine Hexe als Schwiegermutter!«, ergänzte Filomena liebenswürdig.

Emilia verzog den Mund und spann den Faden weiter: »Auch nicht zu vergessen, eine Schwägerin, die Nonne spielt! Verrätst du mir, warum du dieses Gewand trägst, obwohl du keinem Orden angehörst?«

»Weil …«, erklärte Filomena mit der Miene eines Kampfhahns, »es nichts gibt, was meine Mutter mehr hasst, als die katholische Staatskirche und deren Vertreter. Dieses Kleid«, Filomenas schmale Hand strich liebevoll über den grob gewebten Leinenstoff, »ist das Symbol meines Widerstands.«

»Du ziehst dich nur deshalb wie eine Nonne an, um deine Mutter zu ärgern? Ehrlich, ist das nicht ein wenig kindisch gedacht?«

»Aber warum denn?«, wiegelte Filomena ab. »Wenn es ihr doch Verdruss bereitet? Glaube mir, ich bin wie ein spitzer Stein in ihrem Schuh«, sagte sie, mit sich selbst absolut im Reinen.

Emilia betrachtete die Alias-Nonne einen Augenblick lang forschend. Unversehens stahl sich ein höchst beunruhigender Gedanke in ihr Gehirn. Bevor er wachsen konnte, sprach sie ihn aus: »Könnte es sein, dass du nur deshalb versuchst, meine Freundin zu sein, weil du weißt, wie sehr du deine Mutter damit aufbringen kannst?«

Filomena, die sich eben anschickte, eines der verlockenden kleinen Törtchen aufzunehmen, fuhr zusammen. Das Törtchen plumpste zurück auf die Platte, und Filomenas haselnussbraune Augen richteten sich riesengroß auf Emilia: »Nein, also … also wirklich …« Vor Empörung versagte ihr kurz die Stimme. »Wie kannst du mir nur so etwas unterstellen! Ich glaube nicht, dass ich dieses Misstrauen verdient habe! Adieu …« Sie erhob sich und strich mit zitternden Fingern ihr Kleid glatt.

»Wohin willst du?« Emilia war sitzen geblieben und hatte ihr Kinn auf ihre Hand gestützt. Angesichts Filomenas beleidigter Miene fiel es ihr schwer, ein Lächeln zu unterdrücken.

»Ich verlasse dich«, sagte Filomena würdevoll.

»Ach ja? Warum?« Aufreizend sah Emilia sie an.

»Ha! Du findest das wohl sehr komisch?« Filomena stemmte die Hände in ihre Hüften. In ihrem langen schwarzen Gewand ähnelte sie nun einer aufgebrachten Amsel.

»Wenn ich ehrlich bin, ja. Wer ist jetzt hier empfindlich, hmm?«

Kurz sah es aus, als würde Filomena weiterhin ihre Wut pflegen wollen, dann siegte ihr Humor. Sie brach in ein befreiendes Lachen aus, das goldene Punkte in ihren Augen tanzen ließ. »Touché!«, rief sie. »Freundinnen?«

»Freundinnen«, erwiderte Emilia. »Nun setz dich wieder. Wir haben Wichtiges zu besprechen. Zum Beispiel unsere Flucht. Das hier ist dein Haus, deine Heimat. Du kennst dich hier aus. Hast du schon irgendwelche Ideen?«

Sofort verdüsterte sich Filomenas Miene. »Ehrlich gesagt, bisher konnte ich mir kaum Gedanken darüber machen. Die Hexe hält mich mehr denn je an der kurzen Leine.«

»Aber sie hat mir versprochen, dass ich ab sofort ausreiten darf. Vielleicht ergibt sich dadurch eine Möglichkeit zu fliehen?«, rief Emilia, vom eigenen Eifer gepackt. Sie sah sich bereits, tief über einen Pferderücken geduckt, über die Ebene von Sulmona jagen. Paridi schien ihre unruhige Bewegung aufgestört zu haben. Mit einem Satz sprang er von Emilia herunter und schoss unter das Bett.

»Ach ja? Auf einem alten Klepper, mit sechs Mann auf frischen Pferden im Schlepptau?«, erwiderte Filomena. »Denn so und nicht anders wird es aussehen, wenn sie dich tatsächlich ausreiten lässt. Ich raube dir nur ungern deine Illusionen, aber aus eigener Kraft wird eine Flucht niemals zu bewerkstelligen sein. Wir benötigen unbedingt Hilfe von außen; innerhalb dieser Mauern gibt es nicht eine mutige Seele, die uns dabei unterstützen würde. Der Tod wäre noch das Gnädigste, was jenen erwarten würde, sollte meine Mutter dahinterkommen. Wir dürfen daher niemandem vertrauen. Dies ist eine wichtige Lektion für dich. Traue in diesem Hause niemanden, hörst du? Auch nicht

Rosa, obwohl sie sichtlich eine Neigung für dich entwickelt hat. Ihre Furcht vor der Hexe ist um ein Vielfaches größer. Wir sollten …« Sie brach mitten im Satz ab und sprang auf. Emilia fuhr auf dem Sessel herum und folgte ihrem Blick. Beatrice stand mitten im Raum!

Sie hatten sie nicht eintreten hören. Wie lange stand sie schon dort? Wie viel hatte sie mitangehört? Ihrer unbewegten Miene war nichts zu entnehmen. Hatte Filomena nicht gesagt, dass Beatrice erst am Abend zurückkehren würde?

»Verschwinde«, sagte Beatrice grob und winkte Filomena hinaus. Filomenas dunkle Augen sandten eine letzte Warnung an Emilia, dann huschte sie davon.

»Nun, *Schwiegertochter*? Wir erfreuen uns weiterhin an der Konspiration?«, sagte sie mokant und schlenderte durch den Raum. Beiläufig öffnete sie eine kleine emaillierte Schatulle auf dem Frisiertisch. Sie enthielt einen Satz Schönheitspflästerchen. Emilia konnte mit derlei Scheußlichkeiten nichts anfangen. Sie fand, dass sie wie tote Fliegen aussahen.

»Nur ein kleiner Schwatz unter Freundinnen, *Schwiegermutter*.«

»Ihr seid nicht sonderlich subtil, meine Liebe. Wenn ich Euch einen Rat geben darf: Ihr solltet unbedingt an Eurer Mimik arbeiten. Man kann Eure Gedanken daran ablesen, als prangten sie in schwarzen Lettern darauf.« Stirnrunzelnd stupste Beatrice mit ihrem zierlichen Satinschuh die Hühnerknochen auf dem Teppich an, Überreste von Paridis Festschmaus. Emilia zwang sich, nicht zum Bett zu sehen, unter dem sie Paridi wusste. Beatrice sprach weiter: »Anstatt Euch den Kopf darüber zu zerbrechen, wie Ihr eine von vornherein zum Scheitern verurteilte Flucht bewerkstelligen könnt, solltet Ihr lieber an Euren Tischmanieren arbeiten. Sie lassen sehr zu wünschen übrig.«

»Woran anderes soll ein Gefangener denken, wenn nicht daran, wie er seinem Gefängnis schnellstens entfliehen kann?«, erwiderte Emilia brüsk. »Wenn Ihr nun bitte die Güte hättet, mir den Brief meines Bruders auszuhändigen? Wir hatten einen

Handel, wie Ihr Euch sicherlich entsinnen könnt«, kam Emilia ohne weitere Umschweife zur Sache.

»Einen Handel, den Ihr nicht erfüllt habt!«, gab Beatrice hart zurück.

»Ihr verdreht die Angelegenheit nach Eurem Belieben. Bin ich nicht erschienen, bereit, dieses barbarische Ritual über mich ergehen zu lassen? Was habe ich damit zu schaffen, wenn Ihr Eure Schoßhunde nicht im Griff habt?«, konterte Emilia unerschrocken.

Beatrice setzte sich in den Lehnsessel, den kurz zuvor Filomena innegehabt hatte. Mit spitzen Fingern wählte sie eben jenes Sahnetörtchen aus, das bereits Filomenas Begehren geweckt hatte. Unbekümmert biss sie hinein.

Emilia fühlte sich einmal mehr von ihr ignoriert. Sie schickte sich an, ihrer Wut freien Lauf zu lassen, als Beatrice ein Kuvert aus den Falten ihres Kleides zauberte und damit vor ihren Augen wedelte. Unverzüglich griff Emilia danach und zog sich mit ihm ans Fenster zurück.

Sie war sich bewusst, dass sie sich nicht allzu viel von diesem Brief erwarten durfte. Emanuele musste beim Verfassen berücksichtigt haben, dass fremde Augen ihn ebenfalls lesen würden. Sein Inhalt konnte weder ihrer Situation noch einem möglichen Fluchtplan Tribut zollen. Doch sie kannte ihren Bruder ebenso gut wie sich selbst und würde daher auf die leisen Zwischentöne achten.

Geliebte Schwester,
so Gott will, werden diese Zeilen ihr Ziel erreichen. Diese Hoffnung
entspringt meinem tiefsten Herzen. Zunächst möchte ich Dir
versichern, dass wir alle wohlauf unser Ziel erreicht haben. Die
Rückreise verlief zwar nicht ganz nach unseren Wünschen, wie Du
Dir sicherlich vorstellen kannst, doch am Ende erwarteten uns ein
warmes Willkommen und ein heißes Bad. Serafina lässt Dich ebenfalls
auf das Herzlichste grüßen. Sie lässt Dir ausrichten, dass sie sich den
Wundern Roms widmet und sich auf ein baldiges Wiedersehen mit

Dir freut. Sobald es mir die Angelegenheiten meines Ordens erlauben,
werde ich Dich gemeinsam mit unserem Bruder Piero und unserem
Vater besuchen. Auch wenn ihn seine Knochen und das Alter plagen,
so werde ich ihn sicherlich dazu bewegen können, seine alte Burg in
diesem Sommer nochmals zu verlassen.

Emilia ließ den Brief sinken. Vor Freude traten ihr Tränen in die Augen. Das waren die allerbesten Neuigkeiten! Gegen den Besuch des kränkelnden alten Grafen, der seine Tochter vielleicht ein letztes Mal sehen wollte, konnte Beatrice kaum ihr Veto einlegen. Notfalls würde sie bis zum Bischof gehen, um den Besuch durchzusetzen. Richtig, der Bischof! Warum hatte sie nicht längst an ihn gedacht? Sobald der Besuch ihrer Familie feststand, würde sie den Bischof ebenfalls dazu einladen. Garantierte seine Anwesenheit nicht den besten Schutz? Beatrice mochte zwar mächtig sein, doch sie würde sich sicher nicht mit dem Bischof entzweien wollen, der hier in Sulmona sehr viel Rückhalt im Volk fand. Zum ersten Mal reifte in Emilia der Gedanke heran, sich in ihm einen Verbündeten zu schaffen. Tatsächlich, sie seufzte kaum hörbar, bedeutete dies, dass sie fromm werden musste …

Natürlich glaubte Emilia an Gott und die christlichen Lehren. Doch ihr Innerstes hatte sich nie so sehr dem wahrhaften Glauben erschlossen, wie dies bei Emanuele der Fall gewesen war. Durch den Steinkreis hatte sie erfahren, dass weit ältere Kräfte auf Erden existierten als jene der Kirche. Auch hatte sie als Kind die täglichen Kirchenbesuche als Tortur empfunden. Sie liebte Lärm und Bewegung, die Natur und frische Luft. Die Kirche aber setzte sie gleich mit Stille und Stillstand, für sie roch sie nach totem Stein und alten Gräbern. Sie widmete sich wieder Emanueles Brief. Ihr Bruder versicherte ihr des Weiteren darin, dass er ihr von nun an so oft wie möglich schreiben werde, unterließ es jedoch nicht, sie an die vielfältigen Pflichten und Aufgaben einer guten Ehefrau zu gemahnen. Ohne Zweifel schrieb er dies nur, um Beatrice über seine Absichten zu beruhigen. Es folgten noch einige höfliche Floskeln, weitere brüderliche Ermahnungen, das Übliche … Letztlich bildeten alle diese Worte nur den Rahmen für die eigentliche Botschaft: Emanuele würde kommen und ihren Vater mitbringen. Dieser Besuch würde ihre Flucht einleiten, dessen war sie sich sicher. Emanuele musste fühlen, dass sie sich wie ein eingesperrtes Tier vorkam; niemals würde er sie im Stich lassen! Emilia hatte sich so sehr ihren Gedanken und den frisch genährten Hoffnungen hingegeben, dass sie fast erschrak, als Beatrice sagte: »Ich sehe, dass der Brief tiefe Befriedigung in Euch hervorruft, meine Liebe.«

Die Anwesenheit ihrer Schwiegermutter hatte Emilia kurzzeitig völlig verdrängt. Beatrice betrachtete sie wie eine Katze, die eine besonders fette Maus im Visier hatte.

»Ach, wundert Euch das?«, entgegnete Emilia frostig. »Ihr scheint vergessen zu haben, dass ich mich seit Wochen über das Schicksal meines Bruders beunruhigt habe. Ihr hattet es ja vorgezogen, mich darüber im Ungewissen zu lassen, um mich umso besser erpressen zu können.«

»Meine Güte, warum denn gleich wieder so gallig? Es steht Euch nicht. Ihr habt doch nun Euren kostbaren Brief.«

»Ja, aber erst, nachdem *Ihr* ihn gelesen habt. Ich verbiete Euch, zukünftig meine privaten Briefe zu lesen, hört Ihr!«, herrschte Emilia sie an. Viel hätte nicht gefehlt, und sie hätte – wie in alten Zeiten – wütend mit dem Fuß aufgestampft. Beatrice pickte in aller Seelenruhe eine besonders schöne Kirsche aus der Schale. Sie musterte die pralle Frucht mit derselben Intensität, die man einem kostbaren Gemälde zugestand. Dann verschwand sie zwischen ihren vollen Lippen. Sie kaute genüsslich, spuckte den Kern vornehm in eine Serviette und erhob sich. »Verbietet nur mein Kind, verbietet«, sagte sie im gelangweilten Plauderton. »Es wird Euch nur nichts nützen. Dies ist mein Haus, und ich tue, was mir beliebt. Begreift das endlich. Im Übrigen freue ich mich darauf, Eure Familie und im Besonderen Euren schönen Zwillingsbruder wiederzusehen. Teilt ihm das gerne mit. Und schreibt ihm auch, dass er keinesfalls versäumen darf, den jungen Colonna mitzubringen! Das stelle ich mir vergnüglich vor, wir alle miteinander an einer Tafel vereint. Findet Ihr nicht auch?«

Sie kniff Emilia in die Wange und schritt dann mit raschelnden Röcken zur Tür. »Ach, beinahe hätte ich es vergessen.« Beatrice drehte sich an der Tür nochmals um. Ein boshaftes Lächeln umspielte ihre Lippen. Emilia schwante sofort eine weitere Gemeinheit. Tatsächlich sagte ihre Schwiegermutter: »Wenn ich Ihr wäre, meine Liebe, würde ich nicht allzu viel auf die Loyalität meiner Tochter geben. Sie ist stets äußerst wankelmütig in ihren Gunstbezeigungen. Wer, glaubt Ihr wohl, hat mir von Eurer geplanten Flucht am Tage Eurer Hochzeit berichtet?« Flink schloss sie die Tür hinter sich und ließ Emilia mit der Ungeheuerlichkeit dieser infamen Behauptung zurück.

Erst jetzt bemerkte sie, dass sie Emanueles Brief zwischen ihren Händen zerknüllt hatte – als armseligen Ersatz für Beatrices Hals.

Emilia blieb keine Zeit, um über Beatrices gemeine Anschuldigung nachzugrübeln, schon steckte Filomena ihre vorwitzige Nasenspitze wieder herein. »Puh, Gott sei gedankt. Sie ist weg«, seufzte sie mit ehrlicher Inbrunst. »Sag, was wollte die Hexe von dir?«

Emilia sah keinen Anlass, lange um den heißen Brei herumzureden. »Stell dir vor, deine Mutter hat mich vor dir gewarnt. Sie behauptet, *du* hättest ihr unsere Fluchtpläne am Tag der Hochzeit verraten. Was sagst du dazu?« Die Frage schnellte Filomena wie ein spitzer Pfeil entgegen.

Filomena schoss sofort das Blut in die Wangen. »Oh, das ist ja … Also wirklich … Nein, wie kannst du auch nur eine Sekunde lang etwas derartig Verwerfliches von mir annehmen?«, empörte sie sich. »Hast du mir vorhin nicht zugehört? Was habe ich dir gesagt? Die Hexe wird versuchen, einen Keil zwischen uns zu treiben! Sie tut genau das, was sie immer tut: Sie spielt mit uns, sie lügt und manipuliert.« Filomenas braune Augen hatten sich in der Wut verdunkelt und erschienen nun beinahe schwarz. Zumindest ihr Zorn wirkte auf Emilia nicht gespielt.

»Im Gegenteil, ich hatte dich sehr gut verstanden«, erwiderte Emilia ruhig. »Insbesondere den Part, bei dem du mir einschärftest, dass ich in diesem Haus *niemandem* mein Vertrauen schenken dürfte. Ich nehme an, dass du Anwesende dabei ausgeschlossen hattest. Wahrlich, ich würde dir nur allzu gerne vertrauen, Filomena. Doch ich habe auch nicht den Streich vergessen, den du mir mit dem Aphrodisiakum gespielt hast. Du kannst nicht verhehlen, dass mein Vertrauen zumindest dadurch eine berechtigte Erschütterung erfahren hat.«

»Also gut«, lenkte Filomena ein und zwang sich ebenfalls zur Ruhe. »Ich sehe, das Gift der Hexe wirkt. Ich gebe gerne zu, das mit dem Trank war nicht recht getan. Ich bitte dich daher nochmals aus ganzem Herzen um Verzeihung. Sag mir, was ich tun kann, um dein Vertrauen zurückzugewinnen, und ich werde nicht zögern, es zu tun.«

»Darum geht es nicht. Du bist Beatrices Tochter, und du hasst sie. Ob bewusst oder unbewusst, alle deine Handlungen scheinen diesem Hass Rechnung zu tragen. Du neigst deshalb dazu, in deinem ureigensten Interesse zu handeln. Nehmen wir den Trunk, den du mir angeblich aus Liebe zu deinem Bruder untergejubelt hast. Wie du selbst zugegeben hast, sollte die Leidenschaft ein Band zwischen mir und deinem Bruder schmieden. Könnte es nicht sein, dass du dir damit erhofft hast, dass ich Einfluss auf deinen Bruder gewinne? Und er dadurch ein Stück weit dem verderblichen Einfluss deiner Mutter entzogen werden würde? Ich mag mich irren, aber auch das ist Manipulation. Oder wie würdest du es nennen?«

Filomena hatte ihren Worten zunehmend betroffen gelauscht. Sie sank nun auf den Kaminsessel nieder, als würde sie einer plötzlichen Schwäche erliegen. Verlegen strich sie sich eine nicht vorhandene Strähne hinter das Ohr zurück. »Du hast recht«, gestand sie freimütig ein. »Vielleicht waren meine Motive wirklich egoistisch. Wie kann ich dein Vertrauen zurückgewinnen?«

Emilia setzte sich neben sie. »Im Grunde kann tatsächlich nur die Tat den Beweis erbringen.«

»Ich verstehe. Erst, wenn unsere gemeinsame Flucht erfolgreich verlaufen ist, kannst du mir erneut dein volles Vertrauen schenken. Gut, dann lass uns am besten gleich mit der Planung beginnen. Vorher aber …« Sie stand auf und rückte ihren Sessel so zurecht, dass sie ab sofort die Tür im Auge behalten konnte. Noch einmal würde sie sich nicht von ihrer Mutter überrumpeln lassen.

Die beiden jungen Frauen steckten die Köpfe zusammen und tuschelten mit gedämpften Stimmen, bis sie sich zum Abendessen bereitmachen mussten.

Am selben Abend noch schmuggelte Filomena Paridi in einem Korb nach draußen.

Wie sich herausstellte, erwies sich Filomenas Behauptung, Emilias Ausflüge zu Pferde würden sich unter strengster Bewachung abspielen, als absolut zutreffend: Als würde es auf Kriegszug gehen, folgten sechs bis an die Zähne bewaffnete Männer Emilia auf ausgeruhten Pferden, während sie eine kleine, drahtige Stute, die ihre besten Jahre bereits hinter sich hatte, zugeteilt bekam. Es war ein sanftes, überaus zutrauliches Tier, das sofort Freundschaft mit Emilia schloss.

Darüber hinaus wechselten die Männer und deren Sergeant fast täglich. Die Herzoginmutter wollte damit jedweder entstehenden Vertraulichkeit zwischen Bewacher und Bewachter vorbeugen. Selbst wenn sie sich der Macht über ihre Männer sicher sein konnte, so wusste sie auch die Macht der Schönheit nicht zu unterschätzen. Sicher wären nicht wenige Männer dazu bereit, eine Tollheit zu begehen, um dieses verführerische Kleinod zu besitzen.

Eine Woche später betrat Filomena Emilias Gemach. Sie balancierte mit beiden Händen einen bedrohlich schwankenden Turm Bücher, den sie sich unter das Kinn geklemmt hatte.

»Was bringst du mir denn da mit?« Emilia kam ihr entgegen und nahm ihr die obere Hälfte ab.

Filomena schob die Tür mit dem Fuß zu. »Lernstoff. Egal, wohin uns unsere geplante Flucht verschlägt, aber du solltest Sprachen lernen. Wir fangen mit Französisch an.«

»Beherrscht du denn diese Sprache?«

»Natürlich. Neben Griechisch, Latein, Deutsch und Englisch. Viele Bücher, die mich interessieren, wurden nie ins Italienische übersetzt. Außerdem lese ich die Werke von Philosophen und Dichtern sowieso lieber in deren Originalsprache. Mir fiel das Lernen seit jeher leicht. Außerdem ist es ein guter Zeitvertreib.«

»Ah-ha«, erwiderte Emilia gedehnt. »Und ich soll Französisch nicht vielleicht deshalb lernen, weil ich mit der französischen Königsfamilie verwandt bin?«

Filomena lächelte schief. »Na ja, Carlo hat es mir aufgetragen. Wenigstens können wir unter diesem Vorwand viel Zeit miteinander verbringen und Fluchtpläne schmieden, oder?«

Zwei Wochen vergingen. Zwischen täglichen Kirchgängen und Ausritten lernte Emilia Vokabeln und Grammatik. Von den Fluchtplänen, die sie entwarfen, erwies sich einer als so utopisch wie der andere. Immerhin nutzte Emilia die täglichen Messen dazu, ihren ursprünglichen Plan weiterzuverfolgen und den Bischof von Sulmona als ihren Verbündeten zu gewinnen. Der Bischof reagierte auch äußerst angetan auf die junge und sichtlich fromme Herzogin. Emilia verspürte ein wenig Gewissensbisse, ihm für ihre Zwecke Theater vorspielen zu müssen. Denn Monsignore Filippo Paini, seit beinahe einem Jahrzehnt Bischof von Sulmona, schien wahrhaft ein ehrlicher und gottesfürchtiger Mann zu sein.

An einem heißen Junitag stürmte Filomena in Emilias Gemach. »Gute Neuigkeiten. Mutter hat eben einen Boten aus Paris empfangen. Es ist unglaublich, aber mein Bruder beordert dich nach Frankreich! Du hättest Mutters Gesicht sehen sollen, als sie seine Nachricht gelesen hat!«

»Ich soll nach Paris reisen? Aber warum?« Emilia schwankte zwischen beginnender Erregung und zurückhaltendem Misstrauen.

»Offenbar hat der König selbst den Wunsch geäußert. Mehr habe ich in der kurzen Zeit nicht in Erfahrung bringen können.«

»Der König? Aber wie sollte er? Er kennt mich doch gar nicht!« Emilia sank auf das Bett. »Außerdem«, ergänzte sie, »wird mich deine Mutter niemals reisen lassen. Oder schlimmer, sie würde mich begleiten. Bevor ich ihr wochenlang in derselben Kutsche ausgeliefert bin, bleibe ich lieber hier.«

»Ich denke kaum, dass Mutter sich dem persönlichen Wunsch des Königs widersetzen wird. Carlos Brief lag ein kleines handschriftliches Billet mit dem bourbonischen Siegel bei. Ich bin mir sicher, dass es von Ludwigs XV. eigener Hand stammt. Carlo weiß Mutter nur zu gut einzuschätzen. Seinem Wunsch würde sie sich widersetzen, doch jenem des Königs niemals. Jedenfalls nicht, solange sie nicht hat, was sie von ihm zu erlangen hofft.«

»Schön, dann werde ich also die Hexe am Hals haben. Sie wird mir alles verderben.«

»Aber sie kann nicht mitkommen! Hast du vergessen, dass sie in wenigen Tagen eine große Gesellschaft gibt, zu der auch der junge König von Sizilien, Ferdinand III., erwartet wird? Er und sein Tross haben die Reise bereits angetreten. Der Marchese Bernardo Tucci, sein Regentschaftsrat, ist mit einem Teil der Dienerschaft schon gestern Abend eingetroffen. Meine Mutter kann es sich nicht leisten, König Ferdinand zu brüskieren, dessen Vater Karl III. König von Spanien ist. Du aber sollst so schnell wie möglich abreisen. Ich verschwinde jetzt lieber, damit Mutter mich hier nicht erwischt. Besser, du gibst dich überrascht, wenn sie dir die Neuigkeit mitteilt.«

»Du hast wieder spioniert, gib es zu!«, rief Emilia ihr amüsiert nach.

»Freilich. Was wäre das Leben ohne Risiko?«, grinste Filomena und glitt hinaus.

Kurz darauf erschien Beatrice höchstpersönlich. »Packt Eure

Sachen. Der König wünscht Euch zu sehen und ruft Euch nach Paris. Ihr reist morgen früh ab. Rosa wird Euch begleiten.« Sie machte auf dem Absatz kehrt.

Emilia dachte an die mannigfaltigen Fluchtmöglichkeiten, die sich bei der wochenlangen Reise doch sicher ergeben mussten, und genehmigte sich einen Freudensprung. Wie sie den unverhohlenen Missmut ihrer Schwiegermutter genoss! Ohne Frage trug Beatrice schwer an der Lektion, dass es höhere Mächte gab, denen selbst sie sich beugen musste.

Emilia spürte eine Bewegung hinter sich und fuhr herum. Ihre Schwiegermutter stand nochmals in der Tür. Beatrice wäre nicht Beatrice gewesen, wenn sie nicht noch einen Pfeil im Köcher gehabt hätte. Sie zog ihn und legte an. »Vergesst nicht, Eurem Vater und Bruder zu schreiben, dass Ihr im Spätsommer nicht hier sein werdet, um sie zu sehen.« Getroffen!

Emilias Zofen Rosa und Margherita betraten ihr Zimmer. Aufgeregt schnatternd machten sie sich daran, Emilias Garderobe zusammenzustellen. Besonders Rosa konnte ihr Glück kaum fassen, die junge Herzogin auf ihrer Reise begleiten zu dürfen. Am Abend fand Emilia keinen Schlaf. Sie dachte unentwegt an die Möglichkeiten, die sich durch ihre Reise auftaten. Bis nach Paris waren es im besten Fall drei Wochen Fahrt mit der Kutsche, eher mehr. Da musste sich doch eine Chance für eine Flucht ergeben, oder? Plötzlich hörte sie, wie sich ihre Tür öffnete und jemand flink hereinschlüpfte.

»Filomena, bist du das?«, flüsterte Emilia. Sie hatte mit ihrem Erscheinen schon gerechnet.

»Ja.«

»Warte, ich mache Licht.«

Filomena warf ein Bündel Papiere auf ihr Bett.

»Was hast du da?«

»Einige Abhandlungen über französische Geschichte sowie die herrschende Etikette am Königshof in Versailles. Wenn du schon den König treffen sollst, solltest du vorher einiges über ihn und seine Hofhaltung wissen.«

»Du bist einfach genial, Filomena!«, freute sich Emilia.

»Ich weiß«, erwiderte sie absolut unbescheiden. »Aber bevor wir mit der Lektion beginnen, muss ich dir erst noch zeigen, wie man sich dort bewegt. Die Damen gleiten.«

»Wie bitte?« Emilia reagierte aufrichtig verblüfft.

»Ja, in Versailles geht man nicht, man gleitet.« Filomena führte es ihr vor.

»Ach herrje!« Emilia schlug die Hände über dem Kopf zusammen. »Das werde ich niemals lernen. Woher kannst du das überhaupt?«

»Ich durfte Mutter als Kind einmal nach Versailles begleiten. Ich war neun. Damals habe ich auch die Marquise de Pompadour kennengelernt. Sie hat es mir beigebracht. Es ging ihr damals schon nicht mehr sehr gut. Sie litt an einem schwachen Herzen und kam schnell außer Atem. Sie war ein äußerst geistreicher Mensch und trotz ihrer Krankheit sehr lebhaft. Sie hat mir oft vorgesungen, sie konnte wirklich sehr hübsch singen. Vor allem aber war sie eine warmherzige Person und voller Güte. Ich mochte sie sehr gern. Sie war anders als die meisten Menschen in Versailles. Darum liebte der König sie und vertraute ihr. Ich glaube, Liebe mag vielleicht der Schlüssel zu einem Herzen sein, aber Vertrauen ist das Schloss, das es hält.«

»Aber wenn sie so eine gute Person war, wie konnte sie dann mit deiner Mutter befreundet sein?«, wandte Emilia ein.

»Weil auch gemeinsame Interessen ein enges Band schmieden können. Beide mochten die Jesuiten nicht. Mutter aus den genannten Gründen, der Marquise mischten sie sich, wie auch der gesamte Klerus, zu oft in die Politik des Königs ein und opponierten gegen ihn. Da sie den König liebte, wollte die Marquise aus ihm den größten König machen, den Frankreich je gesehen hatte. Ein starkes Italien an Frankreichs Seite sowie die schier unerschöpfliche Geldquelle, die der ewig hungrigen französischen Staatskasse durch meine Mutter zufloss, taten ihr Übriges. Außerdem fühlt sich das Gute oft zum Bösen und der damit verbundenen Gefahr hingezogen. Das Gute kann einem fad werden, sodass man sich unbewusst der Herausforderung des Bösen stellen mag.«

»Wirklich.« Emilia schüttelte einigermaßen beeindruckt den Kopf. »Wie alt bist du? Du sonderst Weisheiten ab wie ein Strauß griechischer Philosophen.«

»Ja, Mutter sagt auch immer, dass ich zu viel lese. Jetzt komm, gleiten wir!«

Entgegen Emilias Befürchtung lernte sie es sehr schnell. Filomena brachte ihr gleich noch die wichtigsten französischen Hoftänze bei. »Du bewegst dich sehr gut, Emilia, und begreifst den Ablauf der Kombinationen«, lobte sie ihre Freundin und bekannte: »Ich habe viel länger dazu gebraucht. Immerhin, was Grazie und Allure betrifft, wirst du dich am Hof behaupten können. Allerdings macht mir dein Mangel an Putzsucht zu schaffen.«

»Bitte?«

»Du bist wirklich sehr schön, dabei scheinst du dir nicht das Geringste aus deinem Aussehen zu machen. Du solltest öfters einen Spiegel konsultieren und prüfen, ob deine Frisur sitzt, und du musst unbedingt mehr Zeit auf die Pflege deiner Hände verwenden.«

Emilia versteckte ihre Hände sofort hinter dem Rücken. In der Tat wiesen ihre Nägel noch Spuren des Huffetts auf, mit dem sie ihre Stute nach dem heutigen Ausritt bearbeitet hatte, unter den misstrauischen Augen des Stallburschen, dem ihr Eindringen in seinen Kompetenzbereich sichtlich missfallen hatte. Die restliche Nacht lernte sie französische Etikette.

»Diese Kenntnisse werden dir vor Ort von Nutzen sein«, meinte Filomena im Morgengrauen, als sich bei Emilia zunehmend Ermüdungserscheinungen zeigten. Sie selbst gähnte und streckte sich ausführlich.

»Vor allem, wenn ich meine Flucht plane …«, entgegnete Emilia vorsichtig. Sie schnitt das heikle Thema bewusst an. Filomena sollte klar sein, dass sie jede sich bietende Chance während der Reise ergreifen musste. Filomena würde so oder so allein in Sulmona zurückbleiben.

»Genau darüber wollte ich auch mit dir reden«, erwiderte Filomena, als hätte sie auf dieses Stichwort gewartet. »Während der Reise wird eine Flucht so gut wie unmöglich sein. Mutter hat Graziano aus Pescara hierherbeordert. Inzwischen müsste er eingetroffen sein.«

»Wer zum Teufel ist Graziano?«, entfuhr es Emilia verblüfft.

»Mutters Statthalter in Pescara, und ihr schärfster Bluthund. Lass dich durch seine hübsche Larve nicht täuschen. Er ist grausamer als jede Höllenbestie und dabei schlau wie ein Fuchs. Hauptmann Graziano wird den Befehl über deine Eskorte übernehmen. Er ist Mutter absolut treu ergeben, außerdem haftet er mit seinem Leben für dich. Solange er die Hand über dich hält, kannst du eine Flucht getrost vergessen. Du musst unbedingt versuchen, dir in Frankreich Verbündete zu schaffen. Am einfachsten wäre es, du gibst dich dem alten König hin. Er ist womöglich der Einzige, der Mutter Paroli bieten kann, wenn er uns nicht vorher wegstirbt. Er ist schon in seinen Sechzigern. Eine Madame du Barry soll den Platz der Marquise eingenommen haben. Sie soll aber ziemlich einfältig sein, behauptet Mutter. Du müsstest leichtes Spiel haben, sie von ihrem Platz oder vielmehr aus seinem Bett zu verdrängen.«

»Filomena! Wie redest du denn?« Emilia staunte immer wieder, wie leicht Filomena die frivolsten Dinge über die Lippen kamen.

»Was willst du?« Filomena zuckte mit den Schultern. »Wenn du als Frau etwas im Leben erreichen willst, darfst du nicht zimperlich bei der Auswahl deiner Methoden sein. Die einzige Waffe, die uns zur Verfügung steht, ist Schönheit, und die ist vergänglich. Wir müssen also vor allem auch unseren Verstand einsetzen. Außerdem ist Prüderie das Letzte, was man in Mutters Umfeld erwarten darf. Das müsstest du inzwischen gelernt haben. Ich habe hier zu viel gesehen und wurde zu lange von ihr eingesperrt, um mir nicht das zu nehmen, was ich haben will – wenn sich die Gelegenheit dazu bietet.«

»Wie darf ich das jetzt verstehen?«, fragte Emilia, deren Interesse geweckt war. Filomena saß neben ihr im Bett, und Emilia betrachtete ihr feines Profil, dessen Harmonie allein durch die leicht aufwärts gebogene Nase gestört wurde.

»Dass ich durchaus meine Erfahrungen in der Liebe sammeln konnte. Es macht Spaß, wenn man erst einmal auf den Geschmack gekommen ist, weißt du?« Sie leckte sich aufreizend über die Lippen. »Da wir schon beim Thema sind ... Es gibt einen weiteren Grund, warum Mutter dich ohne Weiteres nach Paris fahren lässt. Du bist leider in der Hochzeitsnacht nicht schwanger geworden.«

»Ein Kind? Wie soll das möglich sein? Nach einer einzigen Nacht?«

»Meine Güte, du bist vielleicht ein Schaf«, erwiderte Filomena uncharmant. »Wo hast du bisher gelebt? Dazu braucht es weniger als zwei Minuten. Heerscharen von Mägden können davon Zeugnis ablegen – sofern sie das Pech hatten, die Aufmerksamkeit ihrer Herrschaft zu erregen. Wie auch immer, Carlo wird seine ehelichen Rechte einfordern. Wie du bereits erfahren durftest, ist er den fleischlichen Genüssen sehr zugetan und recht fordernd in seinen Begierden. Mach dich also auf mehr als nur auf die Missionarsstellung gefasst. Möchtest du vielleicht das hier mitnehmen?«

Unvermittelt lag ein kleiner Flakon in Filomenas Hand. Emilia brauchte nicht zu fragen, was es mit der milchigen Flüssigkeit auf sich hatte. Nur zu gut erinnerte sie sich an deren fatale Wirkung auf ihre Sinne. »Ich denke zwar kaum, dass ich das brauchen werde«, erwiderte sie schnippisch, »aber ihn mitzunehmen kann jedenfalls auch nicht schaden.« Sie nahm den Flakon mit spitzen Fingern und stellte ihn auf ihrem Nachttisch ab. Ihre Wangen glühten. Mehr noch als Filomenas Worte hatte ihr der Anblick des Flakons die Bilder ihrer leidenschaftlichen Hochzeitsnacht mit dem Herzog zurückgebracht. So sehr sie die Nacht aus ihrem Verstand zu verdrängen suchte und sie rein auf die Wirkung des Aphrodisiakums schob, so sehr sehnte sie sich im Geheimen nach einer Wiederholung. Ihr verräterischer Körper führte vor allem nachts ein Eigenleben, das sich nur zu gerne dem Drängen des Herzogs unterwerfen würde. Inzwischen hatte sie entdeckt, dass sie sich auch selbst Linderung verschaffen konnte. Sie stellte sich dabei Francesco vor und tat unaussprechliche Dinge mit ihm …

Filomena betrachtete Emilia nun ihrerseits und zog die richtigen Schlüsse. »Ich weiß, für dich ist es schwer zu verstehen, da du bisher kaum Erfahrung in Liebesdingen sammeln konntest. Carlo war dein erster Mann. Aber nicht nur der Mann ist körperlichen Begierden unterworfen, auch die Frau. Das Herz kann dabei völlig unbeteiligt bleiben. Ich habe die Reaktionen der Männer bei deiner Hochzeit beobachtet. Es ist nicht allein deine Schönheit, die sie anspricht. Instinktiv fühlen sie, dass du für die Liebe geschaffen bist. Du verbreitest Sinnlichkeit wie ein offener Parfümflakon seinen Duft. Daran ist absolut nichts Verwerfliches, und du musst dich deshalb nicht schämen. Sieh es als ein Geschenk an, als einen Genuss, den sich Mann und Frau gegenseitig spenden können.«

Etwas Ähnliches hatte schon einmal jemand zu ihr gesagt: Ferrantes alte Mutter! Wie hatte noch einmal ihre Formulierung gelautet? *Sie sei für den Altar der Liebe geschaffen.*

Filomena fuhr fort: »Weißt du, du hast dich kaum verändert, seit ich dich kenne, und doch bist du anders. Du bist dir jetzt deiner eigenen Stärken mehr bewusst. Erinnerst du dich noch an unsere erste Begegnung? Du sahst so komisch aus mit deinen Haaren, struppig wie ein Vogelnest, und du hattest dir diese goldfarbene Gardine übergestülpt. Ich musste einfach lachen. Du wurdest wütend und warst gerade in deiner Wut unbeschreiblich schön. Nutze deine Macht über die Männer, Emilia. Ich behaupte ja nicht, dass du dich gleich jedermann hingeben sollst. Es genügt das unausgesprochene Versprechen.«

»Ein unausgesprochenes Versprechen? Rätst du mir gerade zur mittelalterlichen Minne? Das Ideal eines unerreichbaren Idols?«

»So ähnlich. Du musst den Mann hoffen lassen, dass er deine

Gunst vielleicht erringen kann. Ein verheißungsvoller Blick, eine zarte Geste zur rechten Zeit genügen. Du besitzt viel natürlichen Instinkt. Nutze ihn!«

»So, wie du es sagst, hört es sich furchtbar leicht an. Wie eine mathematische Gleichung, die zwischen Mann und Frau aufgeht. Verzeih, aber ich kann mir einfach nicht vorstellen, dass es wirklich so simpel sein soll, den Mann nach den eigenen Vorstellungen zu dirigieren.« Emilia dachte dabei an Francesco Colonna, der ihren Reizen gegenüber immun geblieben war.

»Aber natürlich ist es so simpel. Bei einem Mann läuft alles auf Begierde hinaus. Meist schützt ihn nicht einmal das Alter davor.«

»Wie es scheint, habe ich heute Nacht nicht nur Unterricht in französischer Geschichte erhalten. Gibt es eigentlich etwas, worüber du nicht Bescheid weißt?«

»Sicher. Aber ich lerne ständig weiter. Mein Verstand muss beschäftigt sein, sonst langweile ich mich und komme auf dumme Gedanken.«

»Wie etwa, deiner Mutter hinterherzuspionieren?«

»Zum Beispiel. Und da wäre Ta-Seti …«, sagte sie verträumt.

»Ta-Seti? Was soll das sein? Eine exotische Sprache, die du ebenfalls beherrschst?«

»Wohl kaum. Ta-Seti ist ein Männername. Er gehört Mutters nubischer Garde an.«

»Was hast du mit einem ihrer Leopardenkopf-Männer zu schaffen?«, fragte Emilia verständnislos.

»Oh, das ist einfach. Ta-Seti teilt gerne die dummen Gedanken mit mir …« Filomena grinste breit, und Emilia begriff sofort. »Wie? Du schläfst mit ihm? Aber er ist schwarz!«

»Er ist ein Mensch, oder? Er riecht göttlich, wenn wir miteinander schlafen. Ich könnte in seinem Schweiß baden. Und ich mag ihn sehr. Er ist klug, viel klüger als die meisten Menschen. In seiner Heimat war er ein Häuptling, ein Anführer seiner Rasse. Und warum soll die Hautfarbe einen Unterschied machen? Denkst du, er färbt ab? Sind wir nicht alle Gottes Geschöpfe, nackt geboren unter einem gemeinsamen Himmel? Ich heiße zwar Mutters Methoden nicht gut, aber ich teile ihre Aversion gegen die Kirche. Seit ihrem Bestehen behandelt sie die Frau als ein minderwertiges Wesen. Die Kirche ist rückständig, voller Dünkel und trauert ihrer großen Zeit im Mittelalter nach. Sie bekämpft die modernen Wissenschaften und bestraft Andersdenkende. Wir müssen dieses archaische Denken hinter uns lassen, ansonsten ist kein Fortschritt möglich. Es sind die Menschen und nicht Gott, die mit ihren Gesetzen und ihren Vorurteilen den Unterschied bestimmen. Ich halte alle Menschen für gleich, ob Mann oder Frau, ob weiß oder schwarz. Gott hat uns so geschaffen, warum sollte der Mensch etwas dagegen haben? Ich stelle mir manchmal vor, dass irgendwann alle Menschen die gleichen Rechte haben werden. Wäre das nicht eine gerechte Welt, so, wie Jesus sie einst gefordert hat? Dann könnte jemand wie ich mit jemandem wie Ta-Seti zusammen sein, ohne sich fürchten zu müssen. Aber so …«, Filomena seufzte, »können wir uns nur heimlich treffen.«

Emilia hatte Filomena noch nie so traurig erlebt. In einer spontanen Geste legte sie beide Arme um sie und zog sie an sich. Filomenas Geständnis war gleichzeitig ein Vertrauensbeweis und ein tiefer Einblick in ihre Gefühlswelt. In was für ein Leben war dieses Mädchen hineingeboren worden? Geschlagen mit einer sadistischen Mutter, die sie, den wissensdurstigen Freigeist, einsperrte.

Filomena löste sich von ihr. »Ich sollte dich jetzt verlassen. Sicher tauchen deine anhänglichen Zofen bald auf. Wir sehen uns beim Frühstück.«

Zwei Stunden später betrat Emilia mit Rosa im Schlepptau den Hof. Ihre Kutsche, ein protziges Gefährt in schwarzem Lack und mit dem Emblem der Herzöge von Pescara geschmückt, erwartete sie. Zwanzig schwer bewaffnete Männer sammelten sich und würden ihre Eskorte bilden. Beatrice sprach eindringlich auf einen gut aussehenden Mann in den Mittzwanzigern ein, in dem Emilia unschwer den von Filomena angekündigten

Hauptmann Graziano vermutete. Er hielt einen nervös tänzelnden braunen Hengst am Zügel.

»Emilia!« Filomena kam aus Richtung der Ställe angerannt und warf sich ihr an den Hals. »Vergiss mich nicht, wenn du frei bist!«, flüsterte sie an ihrem Ohr.

»Auf keinen Fall! Wenn mir die Flucht gelingt, dann schwöre ich dir, dich nachzuholen. Hier«, Papier wechselte den Besitzer, »ein Brief an meinen Bruder. Vielleicht gelingt es dir, ihn heimlich abzusenden.« Den offiziellen Brief an Emanuele, in dem sie ihre Abreise aus Sulmona erklärte, hatte sie gestern an Beatrice übergeben.

Die beiden jungen Frauen umarmten sich ein letztes Mal. Dann winkte Beatrice Emilia in die Kutsche und gab den Befehl zum Aufbruch. Der Hauptmann schwang sich auf sein Pferd, der Kutscher schnalzte, und der Zug setzte sich in Richtung Tor in Bewegung.

Drei Wochen später, nach einer ereignisarmen Reise unter strengster Bewachung, fuhren sie in Paris ein. Wie Filomena vorausgesagt hatte, hatte sich für Emilia unterwegs nicht der Ansatz einer Fluchtmöglichkeit ergeben. Nicht einmal eine Maus hätte den wachsamen Augen Hauptmann Grazianos entkommen können – obwohl sich Emilia redlich Mühe gegeben hatte. Gleich am ersten Abend war sie aus dem zweiten Stock einer Herberge in Pescara geklettert und hatte sich halsbrecherisch von Sims zu Sims gehangelt. Nur, um unten direkt Hauptmann Graziano in die Arme zu laufen. Er hatte an der Hauswand gelehnt und ihren Abstieg interessiert verfolgt. »Ihr klettert wie eine Berggemse«, lautete sein liebenswürdiger Kommentar. Dann hatte er sie zurück in ihre Kammer geführt. Am übernächsten Morgen in Bologna hatte es Emilia mit einer List versucht. Sie hatte sich in ihre Reisetruhe gezwängt und gehofft, mit ihrem zunächst unerklärlichen Verschwinden genügend Verwirrung zu stiften, um in der Zwischenzeit tatsächlich fliehen zu können. Graziano hatte sich auch hier nicht täuschen lassen, sondern die Halberstickte höchstpersönlich aus ihrer ungemütlichen Lage befreit. Wieder einen Tag später hatte sie der Magd, die ihr das Abendessen brachte, im Austausch für ihre Kleidung einen ihrer Ringe geschenkt. Graziano hatte sie trotz der einfachen Kleidung, dem Häubchen und dem hartnäckig gesenkten Kopf auch hier sofort erkannt. »Ihr seid überaus einfallsreich«, hatte er bemerkt und ihr ihren Ring gereicht. »Ich freue mich bereits darauf, mit welcher Aktion Ihr mich morgen überraschen wollt. Fürwahr, selten wurde ich auf einer Reise so gut unterhalten.« Er selbst schien keinen Schlaf zu benötigen und spornte seine Männer zu ständiger Wachsamkeit an. Emilia behandelte er zwar zuvorkommend, aber mit wohldosierter Distanz. Emilia hatte kurz erwogen, ihm schöne Augen zu machen, unterließ es aber dann, da sie an Filomenas Warnung dachte. Auch seine Männer schienen völlig unempfänglich für ihre Reize zu sein. Selbst der Kutscher ignorierte sie mit dem stoischen Gleichmut eines Ochsentreibers. Einmal mehr musste Emilia feststellen, welche Macht Beatrice über ihre Männer ausübte.

Die Kutsche ratterte eben über die Rue de Rivoli. Emilia glaubte, in der Ferne die mächtigen Türme der Kathedrale von Notre-Dame ausmachen zu können. Sie näherten sich nun dem linken Seine-Ufer. Endlich hielt der Kutscher vor einem hohen Portal an. Dessen eiserne Flügel schwangen zur Seite, und die Kutsche fuhr in einen großen, gepflasterten Hof. Vor einem prächtigen weißen Stadtpalast im Renaissancestil kam sie zum Stehen. Herzog Carlo erschien auf der Freitreppe und öffnete persönlich den Schlag der Kutsche für sie. »Willkommen in Paris und im Palais Bellevue, meine Liebe. Ich bin entzückt, Euch wiederzusehen. Ich hatte beinahe vergessen, wie schön Ihr seid, selbst nach dieser langen und anstrengenden Reise«, sagte er galant und küsste ihre Fingerspitzen. Dann reichte er ihr den Arm und führte Emilia in die weitläufige Halle, in der sich ein gutes Dutzend Diener in der herzoglichen Livree aufgereiht hatten.

Ein arrogant wirkender Mann mit blassem Gesicht und langer Nase trat vor. »Dies, meine Liebe, ist Maître Benoît, Euer Haushofmeister«, stellte er ihn vor. »Wendet Euch in allen Belangen des Haushalts an ihn.« Der Mann verbeugte sich steif. »Frau Herzogin, im Namen der gesamten Dienerschaft heiße ich Euch im Haus Eures Herrn Gemahl willkommen.«

Carlo winkte eine junge Zofe heran. Diese knickste. »Und das hier ist Odette, Eure zweite Kammerzofe neben Rosa. Kommt, ich werde Euch Euer Logis zeigen.« Carlo führte sie über eine Treppe in den hinteren Teil des Gebäudes. Er stieß eine doppelflügelige Tür auf, und ein weiter, luftiger Raum öffnete sich vor Emilia. Durch das bodentiefe Fenster drang das Plätschern von Wasser herein. Emilia sah, dass ihr Gemach direkt auf den angrenzenden Garten hinausführte. Gleich hinter der hohen Backsteinmauer floss die Seine, die Lebensader von Paris.

Da es ihrem Gemahl wichtig schien, lobte sie die Ausstattung des Appartements, und er merkte an, dass es im Sinne der Dekorationskunst gestaltet worden war, die die berühmte Madame de Pompadour erfunden hatte. Zierliche chinesische Lackmöbel, zwei Armsessel und eine Bank aus granatrotem Samt vor dem Kamin, ein Prunkbett, zu dem eine Stufe hinaufführte, und frische Blumen in blau-weiß gemusterten Vasen schufen eine angenehme Atmosphäre. Ein bezaubernder Rahmen für eine raffinierte Frau. Auf dem Bett erwartete Emilia bereits eine prächtige Ballrobe aus silbern schimmerndem Taft. Der weite Rock war mit leuchtenden Rubinen bestickt, in dem sich das Licht des Tages in roten Funken brach.

»Gefällt Euch Euer Kleid? Es ist dem Hochzeitskleid Eurer Großtante, Maria-Adelaide von Savoyen, nachempfunden. Sie war die früh verstorbene Mutter Ludwigs XV. Bei ihrer Hochzeit war sie erst zwölf Jahre alt. Ihr besitzt nicht nur ihre Schönheit, sondern auch ihr lebhaftes Wesen. Seine Majestät, Ludwig XV., wird von Eurer Anmut und Frische ebenso eingenommen sein wie mein Urgroßvater, der Sonnenkönig, es von Maria-Adelaide war. Sie war das Glück seiner späten Tage. Es heißt, dass er in tiefe Trauer verfiel, als sie mit nur sechsundzwanzig Jahren an den Masern starb.«

Emilia staunte über Carlos neue Mitteilsamkeit. Dabei wünschte sie sich nichts sehnlicher, als dass er sie endlich verließ, damit sie in Ruhe ihre Räumlichkeiten inspizieren konnte. Sie hatte bereits bemerkt, dass das Eingangsportal und der Hof gut bewacht schienen und eine Flucht wohl nur über den Garten zu bewerkstelligen wäre. Leider wurde ihr Wunsch nach Einsamkeit nicht erfüllt. Ihr Gepäck wurde eben gebracht, und in dessen Gefolge betraten Rosa und ihre neue Zofe Odette ihr Gemach.

»Ich verlasse Euch nun, da mir die hohe Ehre zuteilwurde, nach Versailles zum Coucher des Königs eingeladen worden zu sein. Morgen werdet Ihr ebenfalls nach Versailles reisen. Graziano wird Euch dorthin geleiten. Am Abend findet dort ein Ball statt, in dessen Verlauf Ihr Seiner Majestät vorgestellt werdet. Zu diesem Anlass werdet Ihr das Kleid tragen. Der Schneider steht bereit, um den Sitz anzupassen.« Mit diesem Hinweis verabschiedete sich Herzog Carlo.

Emilia atmete innerlich auf. Heute Nacht wenigstens würde sie noch allein schlafen. Sie nahm ein Bad und erklärte ihren beiden Zofen anschließend, dass sie noch ein wenig ruhen wollte. Endlich allein! Sofort trat Emilia auf den kleinen Balkon hinaus und beugte sich über das schmiedeeiserne Geländer. Wenn sie alle Laken aneinanderbinden würde, würde sie ohne Gefahr in den Garten hinabklettern können. Prüfend glitt ihr Blick zu der hohen Backsteinmauer. Sie hatte sich nicht geirrt, unmittelbar dahinter floss die Seine. Sie konnte hören, wie das Wasser gegen die Steine plätscherte. Die Mauer zu erklettern machte ihr wenig Sorgen, allerdings, falls dahinter nicht zufällig ein Boot vertäut war – was sie kaum zu hoffen wagte –, blieb nur die Flucht über einen der angrenzenden Gärten. Es war ein Risiko, das sie eingehen musste. In diesem Moment vernahm sie ein Geräusch, und eine Wache trat unter ihrem Balkon hervor. Eine weitere kam eben um die Hausecke. Hastig zog sie sich zurück. Der Herzog hatte an alles gedacht. Doch ein Problem nach dem anderen, zunächst musste sie eine Möglichkeit finden, sich Geld zu beschaffen. Sie besaß nicht eine Livre, und ohne würde sie in Paris nicht weit kommen.

Versailles! Emilia konnte sich gar nicht sattsehen an seinen Wundern. Wie eine schwimmende Insel aus Licht war es in der Abenddämmerung vor ihren Augen aufgetaucht. Ein Meer an Kerzen in Tontöpfen beleuchtete die mit Sand bestreute Auffahrtsallee. Darauf drängte sich Kutsche an Kutsche und spuckte ihre elegante Fracht aus. Von der mitteilsamen Odette, die mit ihr fuhr, wusste sie, dass das Versailler Schloss bis zu eintausend Höflinge beherbergte. Alle schienen heute Nacht hier zu sein. Die Freitreppe funkelte von juwelengeschmückten Paaren in prächtigen Kleidern. Bevor Emilia am Hof eingeführt und dem König wie auch dem Dauphin und der Dauphine vorgestellt werden konnte, hatte sie noch ein kurzes Tête-à-tête mit dem Zeremonienmeister des Königs zu absolvieren. Hochnäsig und so steif, als hätte er als Kind einen Stock verschluckt, erklärte ihr dieser, wie das Zeremoniell genau vonstattengehen werde, was sie dabei zu tun und wie sie sich zu verhalten habe. Das Kind in Emilia war sehr versucht, ihn hinter seinem Rücken nachzuäffen und ihn zu fragen, ob sie eine bestimmte französische Atemtechnik anwenden solle oder ob es genüge, normal ein- und auszuatmen.

Am Arm ihres Gemahls betrat sie das Kabinett des Königs und versank wie vorgeschrieben in einen tiefen Knicks, zwei weitere folgten, dann endlich stand sie vor dem König. Dieser empfing sie mit den üblichen nichtssagenden Worten bei Hofe, die seine Entzückung zum Ausdruck bringen sollten. Dann vollzog sich das gleiche Ritual vor dem Dauphin und seiner Gemahlin, die ebenfalls – huldvoll wie Statuen – geruhten, einige Worte an sie zu richten.

Dann verließ Emilia rückwärtsgehend den Saal, erneut durch drei Hofknickse begleitet. »Ihr habt Euch sehr gut gemacht. Eure Anmut hat Seine Majestät sichtlich beeindruckt«, bemerkte der Herzog im Vorzimmer des Königs.

Emilia fand sich weniger beeindruckt. Sie hatte keine Regung in dem unnahbaren Gesichtsausdruck des Königs feststellen können, die eine solche Deutung zuließe. Im Gegenteil, er hatte seiner eigenen Marmorbüste geglichen, die im Vestibül des Palais Bellevue aufgestellt war. Offenbar hatte auch sie sich inzwischen so sehr von dem Gerede über Glanz, Glorie und Fama des Königs von Frankreich beeinflussen lassen, dass die Begegnung mit ihm sie absolut ernüchtert zurückließ. Sie ähnelte der enttäuschenden Erfahrung, als sie das erste Mal die Kommunion aus der Hand des Pfarrers von Santo Stefano erhalten hatte, dabei vergeblich darauf wartend, dass endlich der jahrelang angekündigte Heilige Geist in sie fuhr. In ihren Augen war Ludwig XV. ein älterer Herr mit einer grauenhaft hässlichen Perücke, der irgendwann in seinem eigenen steifen Hofzeremoniell erstarrt sein musste, wenn er nicht schon so geboren worden war.

Carlo führte sie in den hell erleuchteten Saal, in dem das Bankett stattfinden sollte. Hunderte von Höflingen drängelten sich bereits darin.

Das Erscheinen des Paares löste heftiges Getuschel aus. Ein Emilia nahe stehender Greis ließ bei ihrem Anblick ein scharfes Zischen hören. Er war sichtlich erblasst, als hätte er eine Erscheinung vor sich, und seine zittrige Hand krampfte sich um das Lorgnon, das er an einer Kette um die Brust trug.

»Das ist der Chevalier de Frésange«, murmelte ihr Gemahl. »Er muss mindestens hundert sein, und die Ausdünstungen seines Körpers sind unerträglich, also kommt ihm nicht zu nahe. Dafür hat er den Vorzug, die Königinmutter noch persönlich gekannt zu haben. Seht nur, wie er Euch anstarrt. Falls noch irgendjemand daran zweifelte, so ist es nun Gewissheit. Ihr seid ihr Ebenbild. Kommt jetzt, nehmen wir unseren Platz ein.«

Später am Tisch fragte Emilia: »Nimmt der König eigentlich nicht an seinem eigenen Bankett teil?«

»Wie ich hörte, speist der König heute im kleinen Kreis. Vermutlich wird er erst zu Beginn des Feuerwerks in Erscheinung treten. Kommt, meine Liebe. Wir wollen tanzen. Ich brenne darauf, dem Hof Eure Grazie vorzuführen.« Die Kapelle hatte eben ein Stück beendet, und Carlo führte sie auf die Tanzfläche. Der Konzertmeister gab einen Rigaudon vor, und die Paare stellten sich für den lebhaften Gruppentanz in einer Reihe auf. Ständig wechselnde Tänzer wirbelten an Emilia vorbei, und nicht wenige von ihnen versuchten, ihre Aufmerksamkeit zu erringen. Einem gelang es. »Sagte ich Euch nicht, dass wir uns wiedersehen würden?«

»Cavaliere Casanova!«, rief Emilia freudig überrascht. Welch ein Glück, gleich an ihrem ersten Abend einen unerwarteten Verbündeten wiederzusehen! »Was tut Ihr hier in Versailles?«

»Seht Ihr das nicht? Ich tanze mit der schönsten Frau der Welt!«, raunte er galant. Schon war der Moment vorbei, und der Tänzer wechselte.

Als sie bei der nächsten Schrittfolge aufeinandertrafen, flüsterte der Venezianer: »Um Mitternacht gibt es ein Feuerwerk im Park, und alle Welt wird abgelenkt sein. Ich werde Euch da treffen.« Der Tanz war zu Ende, und er verschwand in der Menge. Der Herzog führte sie an ihren Tisch zurück.

Emilia fieberte dem Feuerwerk ungeduldig entgegen. Lange konnte es nicht mehr dauern. Einige der Geladenen erhoben sich bereits, um nach draußen zu gehen. Plötzlich verbeugte sich ein Kammerdiener vor ihr und sagte, an Herzog Carlo gewandt: »Der König wünscht Eure Gemahlin zu sprechen.« Carlo erhob sich sofort, doch der Mann ergänzte bedeutungsvoll: »Allein.« Dem Herzog blieb nichts anderes übrig, als gute Miene dazu zu machen. Er hatte Dominique Lebel, genannt Le Bel, den persönlichen Kammerdiener Ludwigs XV., erkannt. Er beugte sich zu Emilia und zischte leise: »Das ist Eure Chance, vergebt sie nicht.«

Emilia war wie vor den Kopf gestoßen. Der König war ihr momentan ziemlich einerlei – denn was würde nun aus ihrem Treffen mit dem Cavaliere Casanova werden? Sie hatte für sich bereits beschlossen, auf den pfiffigen Venezianer zu setzen. Wie lange würde Ludwig sie aufhalten? Ihre Augen suchten ihre Umgebung ab. Vielleicht war der Cavaliere in der Nähe und beobachtete das Geschehen? Es half nichts. Wenn der König einem eine private Audienz gewährte, musste man unbedingt und sofort gehorchen. Schon ein winziges Zögern würde als unverzeihlicher Affront angesehen werden. Sie erhob sich und raffte ihre ausladenden Röcke. Mit geraden Schultern und hocherhobenem Kopf schritt sie unter dem unüberhörbaren Getuschel der Höflinge hinter Le Bel her.

Ludwig XV. empfing sie in seinem privaten Kabinett. Emilia versank sofort in eine tiefe Referenz. Eine von Odettes Bemerkungen kam ihr in den Sinn. Der Kammerdiener des Königs galt als sein treuester Kuppler. Hatte nicht derselbe Le Bel vor gar nicht allzu langer Zeit seinem Herrn die uneheliche Jeanne Bécu zugeführt, die heutige Madame Du Barry und erklärte Favoritin? Unwillkürlich fragte sie sich, ob sie sich nun selbst in den Räumlichkeiten befand, die der Hof Vogelfalle getauft hatte, weil man darin kleine Vögelchen fing.

Der König eilte ihr jovial entgegen, hob sie auf und ließ sich Zeit für die eingehende Betrachtung ihres Gesichts. »Wie schön Ihr seid«, murmelte er dann auf Italienisch, das er sehr gut beherrschte. »Ich glaube gar, niemals eine anmutigere Frau als Euch erblickt zu haben. Wärt Ihr nicht meine Cousine und ich ein wenig jünger, fürwahr, ich würde Euch mit Haut und Haar verfallen«, sagte er liebenswürdig und küsste ihre Hand.

Ha, die Marmorbüste lebte also doch! Aus der Nähe betrachtet, hatte der König sehr schöne dunkle Augen. Emilia witterte sofort Morgenluft. Wie hatte Carlo gesagt? Es sei ihre Chance, und sie solle sie nicht vergeben. Oh ja, dachte sie, sie würde ihre Chance zu nutzen wissen, aber anders, als ihr Gemahl glaubte … Wenn der König sich in sie verliebte, dann würde er ihr doch sicher seine Hilfe nicht versagen? Dies war der Augenblick, sagte sie sich, sich an Filomenas Ratschlag über das unausgesprochene Versprechen zu versuchen. Waren nicht zwei Verbündete besser als einer?

»Die Worte Eurer Majestät schmeicheln mir sehr. Doch verzeiht, wenn ich es wage, Euch zu widersprechen … Denn Ihr seid keinesfalls alt. Und ich bin nicht nur eine entfernte Cousine, sondern auch eine Frau …«

Der König betrachtete sie wohlwollend. Obwohl Ludwig ein Meister darin war, seit frühester Kindheit seine wahren Gefühle vor aller Welt verborgen zu halten, glaubte Emilia doch, in seinen Augen ein gewisses Interesse aufblitzen gesehen zu haben. Der König hatte sich seines Prunkgewandes entledigt. Ohne Perücke und nur in Kniebundhosen und lange Weste gekleidet, wirkte der Sechzigjährige tatsächlich verjüngt, und seine lebhaften Bewegungen unterstrichen den Eindruck noch. Er nahm Emilias Hand und führte sie zu einem vergoldeten Kanapee. »Ihr also seid das Kindeskind der jüngsten Schwester meiner Mutter, Marie-Adelaide von Savoyen. Vermutlich hat Eure Mutter Euch darüber unterrichtet, dass Eure Großtante an den Masern starb, als ich gerade zwei Jahre alt war. Verständlicherweise habe ich keinerlei Erinnerung an sie. Aber es ist allgemein bekannt, dass Eure Großtante meinem Urgroßvater, dem großen Sonnenkönig, in seinen letzten Jahren eine große Freude war und zum Licht seiner alten Tage wurde. Madame de Ventadour, meine einstige Erzieherin, wie auch der Regent während meiner Unmündigkeit, der Herzog von Orléans, haben meine Mutter gekannt. Sie haben mir von ihrer Lebendigkeit und vor allem ihren geistreichen Bonmots berichtet, mit denen sie meinen Urgroßvater stets aufzuheitern wusste. Mir wurde zugetragen, dass Ihr ihr gleichen sollt wie niemand sonst. Und es ist wahr! Ihr werdet tatsächlich den Gemälden gerecht, mit denen der Maler Santerre die Schönheit meiner Mutter festgehalten hat. Verzeiht daher die Sentimentalität Eures alten Königs, und lasst mich einfach eine Weile neben Euch sitzen und Euer süßes junges Gesicht betrachten.«

Draußen wurden inzwischen Hochrufe laut, und sodann setzte das laute Zischen und Knattern eines gewaltigen Feuerwerks ein. Der König runzelte die Stirn ob der Unterbrechung, und Emilia dachte resigniert: *Nun wird mich Casanova vergeblich suchen …*

»Ich habe Erkundigungen über Eure Familie eingezogen und einige interessante Dinge erfahren«, sprach der König jetzt. »Eure Mutter ist seinerzeit von der Familie Savoyen verstoßen worden, da sie weit unter Stand geheiratet hat. Sie folgte ihrer Liebe, wie man hört. Wie mir scheint, teilt Ihr deren Schicksal nicht, schöne Emilia, sondern habt eine bessere Wahl getroffen. Euer Gemahl ist von hoher Geburt und dabei ebenso stattlich wie reich. Ich konnte bereits beobachten, dass die Damen meines Hofes seine Vorzüge überaus zu schätzen wissen.«

Emilia schlug züchtig die Augen nieder und erwiderte: »Eure Majestät haben recht mit allem, was Ihr sagt, und doch war es eine von den Familien arrangierte Heirat.«

Ludwig war nicht dumm und verstand ihre Antwort als genau das, was sie damit hatte ausdrücken wollen. Er nickte wissend und hob mit dem Zeigefinger ihr Kinn an. »Soll das heißen, Ihr seid nicht glücklich, mein Kind?« Emilia beschränkte sich darauf, den Kopf zur Seite zu wenden.

Der König stieß einen Seufzer aus. »Das ist der Lauf der Dinge. Eine Frau fügt sich den Wünschen der Familie, oder sie wird verstoßen. Sagt mir, ist Eure Mutter durch ihre Entscheidung glücklich geworden? Wie ich hörte, habt Ihr sie früh verloren?«

»Eure Majestät ist sehr gut unterrichtet. Ja, meine Mutter und mein Vater waren sehr glücklich miteinander. Ihr Tod hat ihn tief getroffen. Er hat ihn verändert …«

»Ja, die Liebe ändert alles …« Ludwig seufzte erneut und versank kurz in eigenen, fernen Erinnerungen. Emilia traf es wie ein Blitz. Sie sah in die Augen Ludwigs und erkannte darin, dass der König einsam war. Ob er gerade jener Frau gedachte, die beinahe zwanzig Jahre an seiner Seite gewesen war? Filomenas Worte fielen ihr ein, dass der König seine Madame Pompadour wahrhaftig geliebt hatte.

Plötzlich, ohne Vorwarnung, packte dieser Emilia um die Taille, warf sie nach hinten und küsste sie stürmisch. Seine Lippen glitten über ihren Hals, ihre Wange, ihren Mund. Emilia war zu verblüfft, um an Gegenwehr zu denken. Die Hände des Königs nestelten an ihrem Ausschnitt, legten eine Brust frei, und sie hörte ihn so etwas wie »köstliche Liebesäpfel« murmeln. Dann ließ er sie ebenso abrupt los. Schwer atmend richtete er sich auf. Seine ausdrucksvollen Augen suchten die ihren. »Verzeiht Eurem alten König. Ich weiß nicht, was eben in mich gefahren ist. Eure Schönheit hat mich für einen Augenblick geradezu überwältigt.« Er erhob sich und reichte ihr seine Hand. »Kommt, meine Liebe«, sagte er. »Mein Kammerdiener wird Euch in ein Boudoir geleiten, wo Ihr Eure Kleider in Ordnung bringen könnt. Ihr seid selbstverständlich heute Nacht mein Gast in Versailles. Le Bel wird Euch ein eigenes Appartement zuweisen. Das ist doch in Eurem Sinne, meine ich?« Fragend, mit hochgezogenen Augenbrauen, sah der König sie an. Emilia schlug zum Zeichen ihres Einverständnisses züchtig die Augen nieder. Innerlich jubelte sie. Eine weitere Nacht gegen ihren Gemahl gewonnen!

Der König ließ sich seine Befriedigung ebenfalls nicht anmerken, als er erneut das Wort ergriff: »Leider ruft mich die Pflicht. Aber ich verspreche Euch, dass wir unser charmantes Gespräch in Bälde fortsetzen werden.« Er tätschelte vertraulich ihre Wange, und sein Blick ruhte gefällig auf Emilias Dekolleté. Ludwig zog an einer Kordel, Le Bel erschien sofort, und Emilia war entlassen. Le Bel führte sie durch eine zweite, kunstvoll in die Tapisserien eingebaute Tür hinaus. Sie betraten einen schmalen Flur hinter dem Kabinett des Königs. Der Kammerdiener öffnete eine der nächstgelegenen Türen. »Wenn Madame so weit ist, so läute sie. Ich werde sie dann zu ihrem Gemahl zurückgeleiten.«

Emilia besah sich die Örtlichkeit. Der kleine, intime Raum ließ nichts an Utensilien missen, auf die eine Frau nach einem Schäferstündchen angewiesen sein könnte. Ein Wasserbecken stand bereit sowie verschiedenste Tiegel und Töpfe mit edlen Cremes und Düften, dazu eine Auswahl hauchzarter Negligés. Sogar eine römische Bank war vorhanden, auf der man sich eine

Weile von den Liebesdingen ausruhen konnte. Sie musterte sich im Spiegel und bemerkte, dass sie einen ihrer Rubinohrringe verloren hatte, vermutlich durch die jähe Attacke des Königs. Ihre Frisur hatte sich ebenfalls gelöst, und ihr Diadem hielt sich geradeso über ihrem linken Ohr. Le Bel konnte all dies nicht entgangen sein, trotzdem hatte seine Miene nicht die leiseste Regung offenbart. Er muss einiges von seinem König gewohnt sein, schoss es Emilia durch den Kopf. Während sie ihr Dekolleté in Ordnung brachte und die vom König gelösten Schleifen ihres Ausschnitts neu band, vernahm sie ein leises Kratzen an der Tür. Nanu, dachte sie, da sie noch nicht nach Le Bel geläutet hatte.

»Ich bin noch nicht fertig!«, rief sie undeutlich, da sie eine der diamantbesetzten Haarnadeln im Mund hatte. Eine leise Stimme wisperte: »Ich bin es, Giacomo Casanova. Lasst mich herein!« Verblüfft öffnete ihm Emilia die Tür. »Wo kommt Ihr auf einmal her? Und wie seht Ihr aus?«, fragte sie, als sie seine arg gerupfte Kleidung sah.

»Ich musste leider über den Sims gehen«, erklärte er mit einem schiefen Lächeln.

»Ihr seid die Fassade emporgeklettert?«, reagierte Emilia fassungslos.

»Ihr wisst doch, was man von einem Venezianer sagt: Kein Sims ist ihm zu hoch, um zu seiner Liebsten zu gelangen!«

»Aber ich bin nicht Eure Liebste!« Emilia schlug ihm spielerisch mit dem Fächer auf den Arm.

»So lasst mich wenigstens davon träumen. Aber die Zeit drängt. Ich habe verstanden, dass Ihr meine Hilfe benötigt. Wie kann ich Euch zu Diensten sein?«, kam er sofort auf den Punkt.

»Ihr ahnt es sicher schon. Meine Schwiegermutter ist ein sadistisches Monstrum, und mein Ehemann ist mir zuwider. Ich will ihn verlassen. Könnt Ihr mir bei meiner Flucht helfen wie auch ein sicheres Versteck in Paris organisieren, von wo aus ich meine nächsten Schritte planen kann?«

»Gerne«, reagierte er, nicht im Mindesten überrascht. »Habt

Ihr denn Devisen? Wisst, ich bin zwar reich an Gewitztheit, aber sonst nur ein armer Schlucker.«

»Ich habe das hier.« Entschlossen nahm sie den verbliebenen Ohrring ab. »Gebt mir Euren Zierdolch.« Rasch und ohne Gewissensbisse trennte sie einige der größeren Rubine von ihrem Ballkleid ab. Sie hoffte darauf, dass es nicht sonderlich auffallen würde, und wenn, könnte sie immer behaupten, diese hätten sich beim Tanz gelöst. Sie ließ die schimmernden Steine in Casanovas Hand gleiten. »Hier, das müsste genügen. Versetzt sie. Wie kann ich Euch erreichen?«

»Gar nicht. Ich komme zu Euch.«

»Aber ich weiß ja nicht einmal selbst, wo ich hier im Versailler Schloss logieren werde. Der König hat mich gerade erst eingeladen, sein Gast zu sein.«

»Habe ich Euch eben nicht auch gefunden? Außerdem habe ich so eine Idee. Dieses Schloss birgt nicht wenige verborgene Geheimnisse …«

»Geheimnisse, die Euch bekannt sind, wie mir scheint. Ihr seid ein Mann mit vielen Talenten, Signor Casanova.«

»Allein die Liebe nötigt mich dazu. Ich werde Euch nun verlassen. Wartet noch eine Weile, bis Ihr nach Le Bel läutet. Arrivederci, mein Lieb!« Er riss sie an sich und küsste sie ausgiebig. Emilia ließ es geschehen. Der Mund des Venezianers verriet lange Übung. Er ließ sie los und betrachtete forschend ihr Gesicht. »Ihr seid eine Gefahr für die Sinne, meine Liebe. Kein Wunder, dass Ihr die Säfte unseres alten Königs in Wallung bringt.« Er öffnete vorsichtig die Tür, um das Terrain zu sondieren. Emilia gab einem Impuls nach: »Ich kann Euch doch vertrauen? Oder, Cavaliere Casanova?«

»Wenn man der Liebe nicht trauen kann, was oder wem sonst?« Er warf ihr einen Handkuss zu, dann verschluckte ihn der Flur.

Emilia beendete ihre Toilette und folgte dann dem herbeigerufenen Le Bel, der sie zielsicher zu ihrem Gemahl in den Park geleitete. Das Feuerwerk war just zu Ende gegangen. Rauchschwaden hingen in der Luft.

»Ihr seid bereits in aller Munde, meine Teuerste. Ganz Versailles spricht nur von Euch und wie sehr Ihr den König bezaubert habt«, empfing sie ihr Gemahl mit einem Lächeln.

»Ihr wiederum scheint Euch nicht im Geringsten daran zu stören, Eure Frau mit einem anderen zu teilen«, erwiderte sie spitz. Wider Erwarten störte sie seine zur Schau gestellte Zufriedenheit.

»Wenn es sich bei meinem Nebenbuhler um Seine Majestät, den König von Frankreich, handelt? Nein. Ihr werdet doch von mir nicht das Gefühl kleinlicher Eifersucht erwarten, oder?«

»Wohl kaum. Ich weiß, dass ich für Euch nur eine weitere Figur auf dem Spielfeld Eurer Politik bin«, stellte Emilia nüchtern fest.

»Sind wir das nicht alle? Lächelt, meine Liebe, man beobachtet uns. Für eine Frau, die eben die Gunst des Königs gewonnen hat, zeigt Ihr ein ziemlich saures Gesicht.«

»Mein Gesicht ist mein Gesicht, und ich verfahre mit ihm, wie es mir beliebt«, erwiderte Emilia schnippisch. »Lasst uns lieber ein wenig im Park promenieren und die frische Luft genießen«, schlug sie vor. »Dann bleibt mir wenigstens erspart, dieser schnatternden Schar von Höflingen ein Bild der Glückseligkeit vorzugaukeln.«

Sie waren nur wenige Schritte gegangen und umrundeten eben einen marmornen Brunnen, als ein Diener in der königlichen Livree zu ihnen trat. »Für Euch, Euer Gnaden«, sagte er und überreichte dem Herzog ein Billet. Es trug das Siegel des Königs.

Carlo brach es an Ort und Stelle. Nach der Lektüre lächelte er. »Der König ruft mich zu sich. Wie es scheint, hat Euer heutiger Einsatz unsere Verhandlungen ein gutes Stück vorangebracht. Die Festivität neigt sich ihrem Ende zu. Kommt, ich werde Euch in das für uns vorbereitete Appartement im Schloss begleiten und nach der Audienz zu Euch stoßen. Morgen früh ist eine königliche Jagd angesetzt. Ich gehe davon aus, dass Ihr diese nicht versäumen möchtet?«

»Ist es denn erlaubt, dass ich mitreite?« Emilia konnte ihren Eifer nicht unterdrücken. Nach Wochen endlich wieder ein Pferd unter sich zu spüren, dazu die Frische eines morgendlichen Waldes, ließ ihr Herz unwillkürlich höher schlagen

»Aber natürlich. Dies ist sogar gewünscht. Der König liebt junge Amazonen. Kommt nun.« Er bot ihr seinen Arm und brachte sie in das Appartement. Emilia ließ dies willig zu, ohne ihm von Ludwigs Angebot eines eigenen Appartements zu berichten. Sie war sich unschlüssig, was den König und seine Absichten betraf. Würde sein Kammerdiener, dieser Le Bel, kommen und sie holen? Falls dem so war, würde ihr Gemahl noch früh genug davon erfahren.

Sie hatte diesen Gedanken kaum zu Ende gesponnen, als sich plötzlich eine in der Tapete verborgene Tür zu Carlos Appartement öffnete. Meine Güte, dachte Emilia, in diesem Schloss wimmelte es ja geradezu von verborgenen Türen und Fluren. Wieder war es Le Bel, der sie führte. Sie legten einen ungewöhnlich langen Weg durch ein Labyrinth von schmalen, schlecht beleuchteten Fluren zurück, von denen eine Unzahl weiterer Türen abzweigen. Trotzdem begegnete ihnen keine Menschenseele. Emilia begriff, dass es neben dem glanzvollen öffentlichen Versailles ein zweites, nur dem König vorbehaltenes Versailles gab. Endlich tat sich eine Tür vor ihr auf. Sie führte in ein geräumiges Appartement, das in den Bourbonen-Farben Blau und Gold erstrahlte. Der emsige Le Bel hatte sämtliche Kerzen in den hohen Kandelabern entzündet. Auf dem Tisch vor dem Kamin, in dem ein gemütliches Feuer prasselte, stand ein Imbiss für zwei Personen parat. Dienstbare Geister hatten ihr persönliches Gepäck vorab hierhergeschafft und ausgepackt, da Emilia eines ihrer Nachthemden ausgebreitet auf dem Bett entdeckte. »Wünscht Ihr, dass ich Eure Zofe rufe?«

»Nein danke. Ich komme alleine zurecht.«

Le Bel nickte. »Ich hoffe, dass alles zu Eurer Zufriedenheit bereitet wurde. Sollte die Frau Herzogin trotzdem einen Wunsch haben, so zögere sie nicht, ihn zu äußern.« Emilia gab ihm zu verstehen, dass sie keinen hatte, und Le Bel zog sich mit einer Verbeugung zurück.

Der König hatte sich wirklich sehr viel Mühe gegeben, und Emilia fand sich plötzlich zwischen Baum und Borke wieder. Ihrem Gemahl war sie für heute Nacht entronnen, doch was würde geschehen, wenn der König bei ihr eintrat? An seinen Absichten konnte es angesichts seines kürzlichen Ausbruchs im Kabinett und der intimen Arrangements in diesem Raum keinen Zweifel geben. Würde sie die nötige Raffinesse aufbringen, sich den König vom Leib zu halten, ohne ihn gleichzeitig zu brüskieren? Sie mochte ja vielleicht eine Tendenz für fleischliche Begierden besitzen, aber ein alternder König, mit dem sie auch noch entfernte verwandtschaftliche Beziehungen verbanden, ging ihr dann doch zu weit.

Vorsichtig fingerte sie in ihrem silbernen Pompadour nach Filomenas Flakon. Sie trug ihn ständig bei sich. Zur Not würde sie ihn trinken müssen. Immerhin wäre sie dann nicht sie selbst und müsste sich später nicht vor sich schämen. Auf jeden Fall war es ein für den Augenblick noch aufschiebbares Problem.

Emilia ließ sich mit Schwung aufs Bett fallen und schleuderte ihre roten Satinschuhe von sich. Was sollte sie tun? Sich schlafen legen? Warum eigentlich nicht, dachte sie. Sie war müde, und falls der König bei ihr eintreten würde, so würde er sie sicher zu wecken wissen. Sie schlüpfte nacheinander aus ihrem Kleid und den drei Unterröcken, stieg über den seidenen Wall und ließ alles an Ort und Stelle liegen. Hemd und seidene Strümpfe folgten. Die Juwelen warf sie achtlos in eine Schale aus Onyx. Nachdem sie das angrenzende Waschkabinett entdeckt und sich kurz erfrischt hatte, zog sie ihr Nachthemd über. Dann schlenderte sie zu dem Tisch. Sie verspürte Hunger. Auf dem Ball waren die Gäste mit über zweihundert raffinierten Gerichten bewirtet worden. Bei einem solchen Nahrungsüberschuss war Emilia irgendwie der Appetit vergangen, zumal ihr die meisten Dinge suspekt gewesen waren. Zu viel Rahm und Butter, Leber und Aspik, außerdem schienen die Franzosen eine Menge verschimmelten Käses zu sich zu nehmen. Sie nannten es Nouvelle Cuisine, die en vogue war! Sie vertilgte ein harmloses Schälchen Erdbeeren und zwei herrlich saftige Pfirsiche. Das rosa gebratene Fleisch, das sich, in dünnen Scheiben angerichtet, unter einer silbernen Haube versteckte, gebettet auf allerlei Grünzeug, ließ sie stehen. Dafür führte sie sich das gesamte Schokoladenmousse zu Gemüte, dem der Koch die Form einer königlichen Lilie verpasst hatte. Der König würde ihr ihre Naschhaftigkeit sicherlich nachsehen. Danach schlüpfte sie unter die seidene Decke, und es dauerte nicht lange, bis sie in Morpheus' Arme sank.

Das Gefühl, nicht mehr alleine zu sein, weckte sie. Sie schlug die Augen auf. Ludwig XV. stand in einem langen weißen Nachthemd neben ihrem Bett und lächelte zärtlich auf sie herab. Befremdet bemerkte Emilia, dass der König statt Pantoffeln hässliche graue Filzsocken an den Füßen trug. Ein rascher Blick zum Fenster zeigte ihr, dass bereits das erste zartrosa Morgenlicht durch die Vorhänge schimmerte.

»Eure Majestät!« Emilia setzte sich auf und strich sich das wirre Haar zurück.

»Verzeiht, nun habe ich Euch doch geweckt. Ihr saht so unschuldig aus, während Ihr schlieft.«

»Und jetzt, da ich erwacht bin, bin ich es nicht mehr?«, erwiderte Emilia.

Der König quittierte ihre kecke Antwort mit einem weiteren Lächeln und nahm auf der Bettkante Platz. Er griff nach ihrer Hand und zog sie an seine Lippen. »Ihr seid alles, meine Liebe. Unschuldig, entzückend, geistreich und wunderschön. Ich könnte Euch stundenlang ansehen, egal, ob Ihr schlaft oder wach seid. Leider muss ich eine Jagd eröffnen, zu der ich selbst eingeladen habe. Die Pflichten eines Königs vertragen sich nicht mit seinen Wünschen, denn ich wünschte wirklich, ich könnte noch eine Weile bei Euch verweilen. Sagt, reitet Ihr, *mon amour*?«

»Selbstverständlich. Seit mir der Herzog von der Einladung zur Jagd erzählt hat, freue ich mich darauf.«

»Ausgezeichnet. Dann werde ich sehr bald erneut das Vergnügen Eurer Gegenwart genießen. Ich habe bereits nach Eurer Zofe schicken lassen.« Ludwig XV. strich ihr zärtlich bedauernd über die Wange, küsste nochmals ihre Hand und entfernte sich auf seinen merkwürdigen Socken.

Kurz darauf erschien Odette. Neugierig sah sie sich in dem Appartement um. Offenbar suchte sie nach Spuren des Königs. Emilia haderte ein wenig mit der vorwitzigen Art ihrer französischen Kammerzofe. Sie war die umsichtige Fürsorge von Rosa und Margherita gewohnt, die sie beinahe wie Ersatzmütter behandelten. Odette hingegen legte ihr gegenüber eine gewisse Frivolität an den Tag. Gestern bei ihrem Bad hatte sie Emilias Körper unverhohlen bewundert und sich nach ihrem Geschmack etwas zu eifrig beim Abtrocknen erwiesen.

»Wünscht die Frau Herzogin zu baden?«, erkundigte sie sich jetzt.

»Ja. Und leg mir mein rotes Reitkleid bereit. Ich wurde zur Jagd des Königs geladen.«

»Das hier soll ich Euch von Eurem Gemahl überbringen.« Sie zog ein zusammengefaltetes Blatt Papier aus ihrer Schürze.

Emilia las es und steckte es ein. Der Herzog entschuldigte sich darin, dass ihn wichtige Geschäfte nach Paris zurückriefen, sie aber auf besonderen Wunsch des Königs in Versailles bleiben und an der Jagd teilnehmen solle. Emilia unterdrückte ein Lächeln. Das waren unerwartet gute Nachrichten! Ihr Mann einen Tagesritt entfernt, der König scheinbar in sie verliebt und der umtriebige Cavaliere Casanova in der Hinterhand. Und wer weiß? Vielleicht waren sogar Emanuele und Francesco bereits auf dem Weg nach Paris – falls Filomena ihren Brief an ihren Zwillingsbruder hatte hinausschmuggeln können. Die Dinge hatten sich in kürzester Zeit zu ihrer Zufriedenheit entwickelt. Alles lief so glatt, dass ihr beinahe davon schwindelte.

Die Jagd des Königs erwies sich als ein weiterer Triumph für Emilia. Der König beorderte sie an seine Seite und demonstrierte unverhohlen sein Interesse an ihr. Selbst ein exzellenter Reiter, lobte er ihre reiterischen Fähigkeiten und zeigte sich nicht wenig beeindruckt von ihren Künsten im Umgang mit Pfeil und Bogen. Müde, aber berauscht von ihrem Erfolg, kehrte sie am Nachmittag in das ihr vom König zugeteilte Appartement zurück. Ihr Gemahl war bisher weder aus Paris zurückgekehrt, noch hatte er etwas von sich hören lassen. Auch von Casanova hatte sie nichts gehört oder gesehen. Doch sie machte sich keine Illusionen darüber, dass ihre Überwachung nach wie vor lückenlos war. Sobald sie den Fuß vor das Versailler Schloss setzte, fand sich der unvermeidliche Hauptmann Graziano an ihrer Seite ein. Darüber hinaus konnte sie kaum einen Schritt ohne Odette tun.

Am Abend folgte erneut ein opulentes Festbankett, dem der König jedoch aus nicht näher genannten Gründen fernblieb. Auch am nächsten Tag hörte Emilia nichts von Ludwig XV. Das Gerücht einer Unpässlichkeit machte die Runde. Der König war für seine häufigen Fieberanfälle bekannt, und das Gerücht steigerte sich alsbald zu einem Wechselfieberanfall. Dafür schickte ihr Herzog Carlo eine Nachricht, dass Seine Majestät ihr die Erlaubnis erteilt hatte, dass sie Versailles vorerst verlassen durfte. Odette begab sich sofort daran, ihr Gepäck zu richten. Wohl oder übel musste Emilia dem Wunsch ihres Gemahls entsprechen.

Sie langten am frühen Abend im Hotel Bellevue an. Ihr Gemahl empfing sie nicht persönlich, doch er wurde in Kürze zurückerwartet, wie ihr Maître Benoît ohne Nachfrage mitteilte. Emilia ließ ihn wissen, dass sie keinen Hunger verspüre und auf das Abendessen verzichten wolle. Am liebsten wäre sie sofort zu Bett gegangen, und zwar allein – doch sie ahnte, dass ihr Gemahl andere Pläne mit ihr hatte. Eine knappe Stunde später betrat er ihr Gemach. Er trug lediglich ein weites weißes Hemd und eng anliegende schwarze Hosen. Odette hatte Emilia eben ihr Nachthemd übergestreift. Carlo winkte die Zofe herrisch hinaus, und Emilia straffte sich unwillkürlich. Ihr dünnes Musselinnachthemd als einziger Schutzwall zwischen sich und ihm, sah sie ihm erhobenen Hauptes entgegen.

Herzog Carlo trat näher. »Madame, ich glaube, das hier gehört Euch«, meinte er liebenswürdig. Zwischen seinen Fingern baumelte einer ihrer kostbaren Rubinohrringe.

»Oh, er wurde gefunden!«, rief Emilia, während sich ihr Herzschlag unmerklich beschleunigt hatte.

»Wo glaubt Ihr denn, ihn verloren zu haben?« Die Frage klang harmlos, und doch ließ sie in Emilia sämtliche Alarmglocken läuten.

»Ich vermute sehr, das war im Kabinett des Königs.«

»Merkwürdig. Er wurde nämlich an einem völlig anderen Ort gefunden. Sagt Euch der Name Casanova etwas?«

Der Name traf Emilia wie ein Schuss, und sie konnte nicht verhindern, dass sie leicht zusammenzuckte. »Ihr sprecht von Cavaliere Giacomo Casanova? War er nicht zu unserer Hochzeit geladen? Ich meine mich zu erinnern, ihn anlässlich meiner Vorstellung in Versailles kurz gesehen zu haben. Weshalb fragt Ihr nach ihm?«

»Weil er der unehrliche Finder Eures Ohrringes ist. Er hat versucht, ihn dem Pariser Juwelier Bassenge zu verkaufen. Dieser wiederum hat ihn seinem Partner Monsieur Böhmer gezeigt. Leider erinnerte sich dieser nur zu gut daran, dass er das Stück erst kürzlich in meinem Auftrag angefertigt hat. Pech für den Cavaliere.«

»Aber gut für Euch, da Ihr ihn wiederhabt. Hier habe ich übrigens den zweiten Ohrring.« Emilia zog ihn aus ihrem Pompadour. »Der Kammerdiener Le Bel hat ihn mir gestern zukommen lassen, nachdem er ihn im Kabinett des Königs gefunden hatte. Was geschieht jetzt mit unserem Landsmann?«, erkundigte sie sich leichthin, während sie am Frisiertisch Platz nahm und eine Locke aus ihrer Stirn zupfte.

»Das kommt auf Euch an.« Carlo beugte sich zu ihr hinab, und sein Gesicht erschien hinter ihr im Spiegel.

Emilia nahm einen silbernen Tiegel, öffnete ihn und tupfte sich sahnige Creme auf ihre Handflächen. Während sie diese verrieb, erkundigte sie sich leichthin: »Wie meint Ihr das?«

»Ob er gesteht …«

»Warum sollte er gestehen, da man ihn doch in flagranti erwischt hat?« Äußerlich hatte Emilia sich noch unter Kontrolle, doch innerlich begann sie zu zittern.

»Darum.« In Carlos Hand blitzte es leuchtend rot auf, und dann warf er eine Handvoll Rubine in ihren Schoß. Emilia stieß einen Schrei aus und sprang erschrocken auf. Die Steine verteilten sich wie Blutstropfen um sie herum auf dem weißen Teppich.

»Ihr seid offenbar in kürzester Zeit sehr umtriebig gewesen, meine Liebe. Graziano hat mir selbstverständlich alles über Eure wiederholten Fluchtversuche berichtet. Ihr gebt also nicht auf?«

»Niemals!«, erwiderte Emilia stolz.

»Habt Ihr Euch Casanova hingegeben?«, erkundigte er sich wie beiläufig.

»Ach, plötzlich interessiert Euch das? Habt Ihr nicht betont, dass Ihr über kleinliche Eifersüchteleien erhaben seid?«

»Reizt mich nicht.«

Instinktiv wich Emilia vor ihm zurück, bis sie den gedrechselten Pfosten des Bettes in ihrem Rücken spürte. Carlo packte ihre Arme, bog sie nach oben und hielt ihre zarten Handgelenke mit seiner Rechten umfangen. Er drängte sich an sie, schob sein Knie zwischen ihre und zwang ihre Beine auseinander. Emilia war gefangen. Mit der freien Hand suchte er ihre Brust und strich mit der Handfläche sachte darüber. Emilia erschauerte. Ihr verräterischer Körper reagierte sofort. »Hmm, deine Brustspitzen sind so hart wie Kirschsteine«, murmelte Carlo und rieb sie zwischen Daumen und Zeigefinger. Emilia presste die Lippen fest zusammen, um nicht aufzustöhnen. Er drängte seine Hüften noch enger an sie, und Emilia konnte deutlich seine Erregung spüren. Heiß schoss ihr nun selbst das Blut in die Lenden. Verzweifelt versuchte sie, an Francesco zu denken, doch das machte es nur noch schlimmer. Denn nun wünschte sie sich, dass er es anstatt Carlo wäre, der sie so berührte. Der Herzog senkte seine Lippen auf ihren Hals, und seine Zunge strich über ihre Kehle.

Emilia wandte den Kopf ab, um seinen Lippen nicht zu begegnen. Der Herzog musterte sie mit einem wissenden Lächeln. Bevor Emilia wusste, wie ihr geschah, hatte er ein Seidentuch gezückt, sie umgedreht und ihre Hände über Kopf am Bettpfosten festgebunden.

»Graziano, Odette, kommt jetzt herein.« Er musste alles genau so geplant haben, denn die beiden erschienen augenblicklich auf der Schwelle.

»Zieh dich aus, Odette, und leg dich aufs Bett«, befahl der Herzog. »Die Herzogin hat eine Lektion verdient …«

Emilias Zofe kam der Aufforderung unverzüglich nach. Sie zog sich splitternackt aus und legte sich, sich genüsslich rekelnd, auf das Bett. Sie besaß schmale Hüften und kleine, spitze Brüste, und ihre Haut war sehr weiß. Graziano hatte sich unaufgefordert ebenfalls seiner Kleider entledigt und legte sich zu Odette. Beim Anblick seines nackten braunen Körpers erschrak Emilia. Er war zwar schön, jedoch durch eine Vielzahl alter Narben gezeichnet, die sich wie das schuppige Kleid einer Schlange kreuz und quer über Brust und Rücken schlängelten. Die Erinnerung an das Bild einer anderen, ebenso statuenhaft schönen Gestalt blitzte in Emilia auf. Francescos auf dem Opferstein ausgestreckter Körper hatte beinahe identische Narben aufgewiesen!

Carlo hatte seine Hände auf Emilias Hüften gelegt und drängte sich nun von hinten an sie. »Sieh genau hin, Emilia«, sagte er nahe an ihrem Ohr, »und wage es nicht, deine Augen abzuwenden. Du willst doch nicht, dass sich Graziano unserer Odette annimmt …?« Graziano hielt plötzlich eine silberne Klinge in der Hand und strich damit aufreizend langsam über die erigierten Brustwarzen der jungen Zofe. Odette zog scharf die Luft ein. Ob aus Angst oder Lust, wusste Emilia nicht zu deuten. »Oder vielleicht holt er sich auch eines ihrer Augen?«, fuhr Carlo fort, während er weiter mit seinen Fingern über Emilias Brüste strich. »Graziano besitzt bereits ein ähnliches Souvenir, ist es nicht so?«

Graziano nickte und grinste gemein. Die Klinge näherte sich

langsam Odettes Gesicht. Dieses nahm nun doch einen ängstlichen Ausdruck an, und sie versuchte, von Graziano wegzurutschen. »Graziano wird dir nun zeigen, wie man mit einer läufigen Hündin verfährt«, sagte Carlo zu Emilia. »Dreh dich um, Odette. Auf deine Knie«, befahl er weiter. Odette beeilte sich, der Aufforderung nachzukommen, und reckte ihnen ihr kleines weißes Hinterteil entgegen. Graziano glitt hinter sie, fühlte zwischen ihren Beinen vor und stieß dann hart in sie hinein. Odette stöhnte laut auf.

Emilia spürte, wie der Herzog sich von hinten an sie presste und sich lustvoll an ihr rieb, während sein Atem heiß über ihr Ohr strich. Graziano und Odette schienen ihre Sache vollauf zu genießen, ihre Seufzer erfüllten den Raum. Selbst wenn sie es gewollt hätte, hätte Emilia nicht wegsehen können. Die Erregung spülte längst wie eine Welle über sie hinweg. Ihre Sinne herrschten nun über ihren Verstand, und womöglich hätte sie sich ihrem Gemahl auf demütigende Weise selbst angeboten. Zum Glück hatte er sie gefesselt. Trotzdem wünschte sie sich, dass der Herzog etwas tat, um das Brennen in ihrem Leib zu löschen.

Im selben Augenblick riss Carlo ihr mit einem Ruck ihr zartes Negligé herunter. Emilia war nun nackt. Er nestelte an seiner Hose und drang dann kraftvoll in sie ein, begleitet von einem lustvollen Stöhnen. Emilia biss sich die Lippen blutig, um ihm nicht das Vergnügen ihrer eigenen Seufzer zu gönnen. Doch er spürte ihre entfachte Lust. »Du genießt das, nicht wahr?«, keuchte er heiser. »Du kannst es nicht leugnen, Emilia. Du bist rossig wie eine Stute im Mai.« Er stieß noch tiefer in sie hinein, erhöhte das Tempo, reizte sie, bis er Emilias Bereitschaft fühlen konnte, ihm an die Strände Kytheras, der Venusinsel, zu folgen. Dann zog er sich überraschend aus ihr zurück. Emilia fühlte sich betrogen und war versucht, ihm mit ihren Hüften nachzudrängen. Da begegnete sie Odettes fasziniertem Blick. Graziano hatte seinen Ritt beendet, und beide hatten sich zu ihr umgewandt. Emilia stieg die Schamesröte heiß ins Gesicht. Hinter sich hörte sie das Rascheln von Kleidern, dann legte sich ihr Gemahl neben Odette. Die junge Zofe lag nun zwischen Graziano und dem Herzog, die sich beide mit ihren Mündern an ihr zu schaffen machten. Odette bäumte sich lustvoll auf. Graziano glitt erneut auf sie, und seine Hüften hoben und senkten sich in schnellem Rhythmus. Der Herzog wandte seine Augen Emilia zu, beobachtete ihre Reaktion. Sie weiter unverwandt ansehend, erhob er sich und trat hinter sie. Sie spürte sein pulsierendes Glied an ihrer Hüfte, als Carlo ihre Hände befreite. Mit einer Handbewegung scheuchte er Graziano und Odette hinaus und sank mit Emilia eng umschlungen auf die Laken.

Er nahm sie noch zweimal in dieser Nacht, und jedes Mal öffnete ihm Emilia willig ihre Beine. Sie wollte es auch. Sie wusste, dass sie sich wie ein Tier benahm. Aber der eigenen Natur zu folgen war schließlich auch eine Form der Freiheit, oder? Schämen konnte sie sich später.

Am frühen Morgen liebten sie sich noch einmal. Diesmal nahm der Herzog sich mehr Zeit, ihr Genuss zu bereiten, und Emilia fand seine Zunge an Orten, an denen sie sich noch nicht einmal selbst berührt hatte.

»Du siehst äußerst zufrieden aus, meine Liebe. Wie eine Katze, die in eine Speisekammer voller Sahnetöpfe gesperrt wurde …«

Emilia hatte nur kurz die Augen schließen wollen und musste dabei eingenickt sein. Erschrocken fuhr sie auf. Der Herzog hatte sich neben ihr auf seinen Ellenbogen gestemmt, um sie im ersten Morgenlicht zu betrachten. Dabei fuhr er langsam mit dem Finger die Kontur ihrer geschwungenen Hüfte nach. Emilia entzog sich ihm, indem sie sich aufsetzte und das seidene Laken unter ihrer Brust zusammenraffte.

»Du wirst doch nicht dein Schamgefühl wiederentdeckt haben, hmm? Dafür ist es reichlich spät, findest du nicht?«

»Ich wäre Euch sehr verbunden, wenn Ihr mich nun verlassen würdet«, sagte Emilia und bot dabei so viel Würde auf, wie es einer zerzausten und unbekleideten Frau möglich war. Das vertrauliche Du ignorierte sie.

»Warum so garstig? Du kannst mich nicht für etwas verantwortlich machen, was dir selbst Freude bereitet hat.« Da hatte er
leider recht. Hatte Filomena nicht etwas ganz Ähnliches zu ihr
gesagt? *Geschwister!*, grollte Emilia in Gedanken.

»Ich habe Frühstück geordert. Hast du keinen Hunger? Nach
der Liebe verspüre ich immer großen Appetit.« Er strich mit seinem eigenen über ihren rosigen kleinen Fuß, der unter dem Laken hervorlugte.

In diesem Augenblick klopfte es. Emilia tauchte sofort unter
das Laken ab. Der Herzog lachte. Es folgte Geschirrklappern.
Selbst unter der Decke stieg Emilia der verführerische Duft von
Kaffee in die Nase. Sie hielt es dort nicht lange aus und spitzte
darunter hervor. Der Herzog stand nackt am Tisch vor dem
Kamin und belegte einen Teller mit frischem Blätterteiggebäck
und Obst. Mit der anderen Hand nahm er eine kleine silberne
Tasse auf und kam auf sie zu. Er hielt ihr beides hin. »Was sagst
du? Wollen wir für den Augenblick Waffenstillstand schließen?«

»Das kommt ganz darauf an«, meinte Emilia, bevor sie die
Tasse ansetzte und einen genießerischen Schluck nahm.

»Sprich. Im Moment bin ich geneigt, dir jeden Wunsch zu erfüllen.«

»Wenn das so ist, dann nehme ich Euch beim Wort. Was habt
Ihr mit dem Cavaliere Casanova vor? Sicher habt Ihr ihn ins
Gefängnis schaffen lassen?«

»Natürlich. Er ist ein Dieb und schmort derzeit in der Bastille.«

Immerhin, dachte Emilia. Die Bastille war das Gefängnis des
Adels. Schlimmer wäre es, wenn man Casanova in das Châtelet-
Gefängnis geworfen hätte, das dem niederen Volk vorbehalten
war. »Da Ihr nun wisst, dass Cavaliere Casanova kein Dieb ist,
sondern den Schmuck und die Steine von mir empfangen hat,
wünsche ich, dass Ihr Euch für seine Freilassung einsetzt.«

Der Herzog ließ sich neben ihr im Bett nieder und stopfte
sich ein Kissen in den Rücken. »Ich muss zugeben, dass ich
eine Schwäche für unseren Landsmann hege. Mir gefällt seine

Chuzpe, wie der Jude sagen würde. Ich werde den Venezianer daher dahin zurückschicken, wo er hergekommen ist. Nach Venedig. Sollen sich die guten Leute dort mit ihm herumschlagen. Apropos, wünschst du, dass ich die Kammerzofe Odette aus diesem Haushalt entfernen lasse?«

»Warum fragt Ihr mich das?«

»Weil sie gestern dein Missfallen erregt haben könnte?«

Emilia nippte an ihrem Kaffee. Sie erinnerte sich des flehentlichen Blicks des jungen Mädchens, als Graziano mit der Klinge vor seinem Gesicht hantiert hatte. Die Zofe hatte sich zwar als erschreckend frivol erwiesen, aber ihre Angst in dieser Sekunde konnte nicht gespielt gewesen sein. Sie war kaum weniger ein Opfer als sie selbst. »Nein, lasst sie in Frieden. Wenn Ihr mir aber einen Dienst erweisen wollt, hätte ich nichts dagegen, wenn Ihr mich von der Gegenwart Grazianos befreien würdet. Mir graut in seiner Gesellschaft. Dieser Mann hat keine Seele.«

Der Herzog gestattete sich ein wölfisches Grinsen. »Wer weiß? Vielleicht hat er sie ja an meine Mutter verkauft?«

Emilia irritierte die Bemerkung. Sie betrachtete ihren Gatten von der Seite. Er wählte eine reife Feige und biss mit geradezu animalischem Genuss hinein. Verwundert stellte sie sich die Frage, wie es dazu hatte kommen können, dass sie friedlich neben dem Herzog im Bett plauderte. Ihr Gemahl gab ihr Rätsel auf. Sie musste an Filomena denken, die ihren einzigen Bruder liebte und trotz allem an ihm festhielt, ihn gar mit der Hilfe ihrer Schwägerin dem Einfluss der Mutter entziehen wollte. Unwillkürlich fragte sich Emilia, wie viel ihrem Gemahl die eigene Schwester bedeuten mochte. Immerhin hinderte er seine Mutter nicht daran, diese einzusperren. Oder lag es außerhalb seiner Macht, Filomena zu helfen? Dies wiederum würde bedeuten, dass er sich seiner Mutter gegenüber nicht behaupten konnte, dass er schwach wäre oder aber Filomenas Schicksal gegenüber gleichgültig. Emilia gefiel weder das eine noch das andere. Natürlich liebte sie Carlo nicht, er hatte lediglich ihre Sinne berührt, nicht ihr Herz. Es war diese kaum zu leugnende körperliche Anziehungskraft, die sie drängte, mehr über ihn in Erfahrung zu bringen. Sie überraschte sich bei dem Wunsch, dass er ein weniger verwerflicher Mensch wäre als seine Mutter. Gleichzeitig hatte sie erlebt, wie grausam er sein konnte. Hatte er es nicht erst heute Nacht bewiesen, indem er Odette durch Graziano gedroht hatte? Auch hatte er nicht eingegriffen, als seine Mutter im Begriff stand, Francesco Colonna rituell ermorden zu lassen. Auf jeden Fall war er ein äußerst widersprüchlicher und zwiespältiger Mensch, der sich nicht in die Karten sehen lassen wollte.

»Was beschäftigt dich so sehr, dass sich auf deiner bezaubernden Stirn eine Falte zeigt?«

»Ich überlege, was für eine Sorte Mensch Ihr seid«, erwiderte Emilia ehrlich. »Zum Beispiel Eure Bemerkung vorhin über Graziano … Ich frage mich, ob auch Ihr Eure Seele verkauft habt?«

Der Herzog nahm eine saftige Birne und schnitt sie in Scheiben. Er bot Emilia davon an. »Ach ja, die Seele«, sagte er dann. »Die bevorzugte Währung unserer Mutter Kirche. Ich für meinen Teil finde, dass ihr allgemein zu viel Bedeutung zugemessen wird – zumal ihre Existenz nicht erwiesen ist. Eine reine Erfindung der Kirche und der Romantiker, wie auch die Mystik selbst eine Erfindung der Menschen ist. Nimm das Schicksal der Geburt. Ob Bauer oder König, er selbst übt darauf keinen Einfluss aus. Der Mensch ist, was er ist, und folgt allein seiner Bestimmung.«

»Und Ihr folgt der Bestimmung, König zu werden?«

»Natürlich. Ich wurde als Bourbone geboren«, erwiderte Carlo stolz. »In mir fließt kaum minder edles Blut als in den Adern Ludwigs XV.«

»Nur dass nicht Ihr es wart, der in Versailles auf die Welt kam, sondern le Roi Louis. Widersprecht Ihr Euch nicht damit selbst und Eurer sogenannten Bestimmung?«

»Warum? Meine Bestimmung ist es, eines Tages König von Italien zu werden und eine neue Dynastie zu gründen. Ich bin hier in Paris, um die Voraussetzungen dafür zu schaffen. Mein Vetter, der französische König, wird mir dazu verhelfen.«

»Vorausgesetzt, er erkennt Euch als seinen Verwandten an. Wenn ich es richtig verstanden habe, stagnieren derzeit Eure Bemühungen in dieser Hinsicht?«

»Eine Frage des Geldes, meine liebe Gemahlin, was wiederum die Währung der Macht ist. Der Duc de Choiseul, dieses geldgierige Ungeheuer, versucht, noch mehr für die marode Staatskasse wie auch für sich selbst herauszuschlagen. Doch die Einigung ist lediglich eine Formsache. So lange genießen wir den Aufenthalt in Paris. Apropos Geschäfte. Ich muss dich nun verlassen, Teuerste. Auf mich warten einige fette Bankiers, die allesamt hoffen, dass mein Reichtum auch einige Krumen für sie abwirft.« Er küsste ihre Hand und stand auf. »Mach dir einen schönen Tag. Erkunde Paris, und schwelge in seinen Wundern. Paris bietet alles, was ein Frauenherz begehrt. Dir stehen unbegrenzte Geldmittel zur Verfügung.«

Das hörte jede Frau gerne, aber nicht Emilia. »Und Graziano?«

»Tut mir leid, aber auf seine Dienste kann ich nicht verzichten.« Der Herzog brachte sein Gesicht ganz nahe an ihres und sagte leise: »Außer du schwörst mir auf das Leben deines geliebten Zwillingsbruders, dass du keinen weiteren Fluchtversuch unternehmen wirst.«

Als Antwort hob Emilia ihr Kinn und sah ihn herausfordernd an.

»Das habe ich mir gedacht. Fürchtest du keine Bestrafung? Ich bin dein Herr und habe jede Verfügungsgewalt über dich.« Er hatte eine Strähne ihres Haares aufgenommen und um seinen Finger gewickelt.

»Was schwebt Euch in dieser Sache vor, *mein Herr*? Werdet Ihr Eurem Henkersknecht dann befehlen, mir ein Auge zu nehmen, wie bei der armen Odette? Oder wollt Ihr mich vor versammelter Dienerschaft schänden, um mich zu demütigen? Oder mir gar mit dem Tod drohen? Nur zu! Ich habe keine Angst vor dem

Tod!«, rief Emilia aus. »Er ist die letzte Freiheit. Ob König oder Bauer, ein jeder stirbt! Darüber hinaus befreit er mich von Eurer Gegenwart!«

»Wie feurig du bist! Aber du hältst mich für wenig einfallsreich. Wahrlich, ich wüsste Schlimmeres mit dir anzustellen«, entgegnete der Herzog ruhig, während er an ihrem Haar zog, gerade so, dass sie es spürte, ihr jedoch keinen Schmerz zufügte.

»Schlimmeres als den Tod? Erwägt Ihr etwa, mich zu foltern oder gar zu entstellen? Pfui Teufel. Das zeigt, dass Ihr keinen Deut besser seid als Eure Mutter. Fürwahr, Ihr seid *ihr Sohn*!« Emilia spuckte die Worte voller Verachtung aus.

Der Herzog ging nicht auf die Beleidigung ein, lächelte sie stattdessen an. »Der Zorn steht dir gut, meine Herzogin. Kein Saphir könnte mit dem blauen Feuer deiner Augen konkurrieren. Eine solche Schönheit zu zerstören wäre ein barbarischer Akt der Ignoranz. Aber nein, es gibt da eine Sache, mit der ich dir drohen kann, nicht wahr?« Der Herzog legte eine kleine Pause ein, bevor er ergänzte: »Indem ich dich zu meiner Mutter zurückschicke …« Emilia hatte sich gut in der Gewalt, doch der Herzog wusste auch so, dass er sie damit getroffen hatte. Er ließ ihr Haar los. »Überleg es dir also gut. Solltest du versuchen, meine Pläne auf wie auch immer geartete Weise zu durchkreuzen, sitzt du schneller in der Kutsche nach Sulmona, als du dein Nachthemd schürzen kannst. Auch die Gunst des Königs wird dich nicht davor bewahren. Du hast sicher ein Talent für die Liebe, Teuerste, aber nicht für die Intrige. Darin werde ich dir stets einen Schritt voraus sein. Denk also daran, wenn dein emsiges kleines Gehirn weitere Pläne gegen mich aushecken sollte.«

»Ihr scheint sehr stolz auf Euer Talent für Intrigen zu sein«, stichelte Emilia.

»Vor allem verfüge ich über ein Talent zur Macht. Ich bin dazu bestimmt, eines Tages König zu sein, vergiss das nicht. Und du, Emilia von Pescara, bist meine Gemahlin und bleibst es auch. Gemeinsam werden wir eine neue Dynastie gründen. Je eher du dich damit abfindest, umso besser. Falls du darauf hoffst, am Hof Verbündete zu finden, dann vergiss nicht, dass ein jeder dort nur seinen eigenen Vorteil im Sinn hat. Diese aalglatte Bande benimmt sich wie geifernde Haarlose, die sich um einen Kamm streiten. Im Übrigen ist der König genesen. Für morgen Abend ist am Hof ein Ballett angesetzt worden. Morgen früh reisen wir nach Versailles ab.« Er rollte sich aus dem Bett und wich dem Wurfgeschoss geschickt aus, das Emilia ihm hinterhersandte. Das schwere Silber hinterließ eine Delle an der Tür. Carlos schallendes Gelächter klang lange in Emilias Ohren nach.

Nachdem er weg war, pflegte Emilia noch eine Weile ihre Wut. Sie verwies sowohl Rosa als auch Odette der Tür. Sie musste unbedingt Ordnung in ihre Gedanken bringen. Also gut, dachte sie, das erste Scharmützel hatte Carlo gewonnen. Giacomo Casanova war aus dem Rennen. Sie machte sich nicht allzu große Sorgen um das Schicksal des Venezianers. Er gehörte zu dem Schlag Menschen, der wie eine Katze immer wieder auf die eigenen Füße fiel. Vermutlich hatte er auch genauso viele Leben.

Keine Sekunde lang war Emilia versucht, sich in ihr Schicksal zu fügen. Im Gegenteil. Carlos Drohgebärde forderte sie heraus. Eine Dynastie mit ihm gründen? Ha, was dachte er sich? Immerhin waren seine Worte aufschlussreich gewesen und hatten sie dem Rätsel seiner Persönlichkeit ein wenig näher gebracht. Der Herzog schien vollkommen durchdrungen von seiner Bestimmung, eines Tages König zu sein, ähnlich der Raison d'être, dem Credo vom gottgegebenen Königtum der Bourbonen. Wie könnte ihr neuer Plan aussehen? Sollte sie sich trotz Carlos Warnung direkt an den König wenden? Wenn sie ihm Liebe vorgaukelte, so würde sie über kurz oder lang auch das Bett mit ihm teilen müssen. Kein sehr verlockender Gedanke. Aber würde der König, sofern er für sie entbrannte, sie dann überhaupt ziehen lassen? Würde sie nicht vielmehr riskieren, den einen goldenen Käfig gegen den anderen einzutauschen, eine Abhängigkeit gegen die nächste? Je mehr sie darüber nachsann, umso eher neigte sie dazu, von der Hilfe des Königs Abstand zu nehmen. Wen aber konnte sie sonst für ihre Sache gewinnen? Ohne Verbündete war die Möglichkeit einer Flucht in noch weitere Ferne gerückt als in Sulmona. Sie befand sich in Paris, fast tausend Meilen von ihrem Bruder und Francesco entfernt. Merkwürdig, schoss es ihr durch den Kopf, je mehr räumliche Distanz sich zwischen ihr und Francesco auftat, umso näher fühlte sie sich ihm in ihrem Herzen. Als würden die Gefühle für ihn mit jedem Meter, den sie sich von ihm entfernte, weiter wachsen. Oh, wie sie sich nach ihm sehnte, seine samtige dunkle Stimme, die ernsten grünen Augen, aus denen sie so gerne die Traurigkeit fortküssen würde. Doch sie durfte sich jetzt nicht durch den Gedanken an ihn ablenken lassen. Immerhin hatte es sie auf eine Idee gebracht. Sie läutete. Sowohl Odette als auch Rosa drängten sofort in ihr Gemach. Sie mussten sich unmittelbar hinter der Tür bereitgehalten haben.

»Rosa«, bat sie. »Lass mich mit Odette einen Augenblick allein.« Als sie den waidwunden Blick der alten Zofe sah, fügte sie hinzu: »Geh hinunter, und lass heißes Wasser heraufbringen. Ich wünsche, ein Bad zu nehmen.« Tatsächlich fühlte sich ihr gesamter Körper nach dieser langen Nacht zerschunden an. Ein Bad würde ihr sicherlich guttun. Inzwischen mochte sie den Luxus eines heißen Bades nicht mehr missen, das ihren Leib und Geist gleichermaßen entspannte.

Odette hatte sich sofort fleißig im Zimmer zu schaffen gemacht. Ihre Augen streifen dabei verstohlen ein ums andere Mal ihre Herrin. Offenbar war das Mädchen auf eine tüchtige Strafpredigt gefasst. Emilia ließ sie noch eine Weile in ihrem Saft schmoren, dann meinte sie beiläufig: »Sag, Odette, wie lange stehst du schon in Diensten meines Gemahls?«

Odette stellte das Tablett mit dem Geschirr ab und knickste. »Fünf Jahre, Herrin.«

»Wie alt bist du?«

»Bald neunzehn, Herrin.«

»Du bist meinem Gemahl und diesem Graziano nicht zum ersten Mal zu Diensten gewesen, nicht wahr?«

Emilia sah, dass sich Odettes Wangen purpurn färbten. »Es ist gut, du musst keine Angst haben, Odette. Darüber will ich nicht mit dir sprechen. Aber mir sind die Narben am Körper des Hauptmanns aufgefallen. Sag, woher stammen sie?«

Odettes Augen weiteten sich vor Schreck. Sie sah über ihre Schulter, als befürchtete sie, besagten Hauptmann direkt hinter sich zu erblicken. Dann flüsterte sie beinahe unhörbar: »Ich weiß es nicht, Herrin. Am Anfang habe ich es einmal gewagt, ihn danach zu fragen, und dafür hat er mich fast totgeprügelt. Aber es gibt ein Gerücht, dass die Herzoginmutter dafür verantwortlich sein soll. Wenn sie da ist, vergnügt sie sich mit ihm hinter verschlossenen Türen«, erklärte sie mit verschwörerischer Miene.

In diesem Moment kehrte Rosa zurück und verkündete gewichtig, dass das Bad der Herzogin bereit sei.

Am späten Nachmittag des nächsten Tages trafen Emilia und ihr Gemahl erneut in Versailles ein. Emilia hatte eine lange Nacht hinter sich. Diesmal hatte der Herzog sie allein aufgesucht, und in seiner Leidenschaft hatte er keine Müdigkeit gekannt. Emilia schmerzten einige delikate Stellen. Dafür hatte sie den Herzog dazu überreden können, die Strecke wie er auf dem Pferd zurücklegen zu dürfen. Was sie nun beinahe bereute, da gerade besagte Stellen durch den Ritt kaum zur Ruhe kamen. Offenbar erforderte die Liebe, ebenso wie das Reiten oder Fechten, eine gewisse Übung, um ihren Körper in dieser neuen Disziplin hinreichend zu stählen. Die Kutsche mit Odette und Carlos persönlichem Kammerdiener Fragoletto – was wortwörtlich Erdbeerchen bedeutete, obwohl seine bullige Gestalt eher einem deformierten Kürbis glich – hatten sie zusammen mit ihrem beträchtlichen Gepäck vorausgeschickt. So fanden sie alles für ihren Einzug bereit, als sie in Carlos angestammtem Appartement in Versailles eintrafen.

Für Emilias zweiten Auftritt bei Hofe hatte ihr Gemahl eine Robe aus himmelblauem Seidentaft für sie gewählt, deren Rock über und über mit Diamanten bestickt war. Bei jedem ihrer

Schritte sandten sie Lichtblitze aus, als hätte das Kleid das Sternenlicht selbst eingefangen. Dazu hatte er ein prächtiges Collier aus Saphiren beigesteuert. Mit sichtlichem Besitzerstolz hatte er es ihr eigenhändig um den Hals gelegt. Armbänder, Ohrringe und ein Diadem vervollständigten das kostbare Geschmeide. »Der Schmuck einer Königin«, sagte Carlo, als er zurücktrat und ihre Erscheinung mit Kennerblick begutachtete. »Dieser Farbton ist wie für dich geschaffen. Die anderen Damen werden in deiner Gegenwart verblassen, und der König wird nur Augen für dich haben.«

Am Arm des Herzogs betrat Emilia den großen Salon. Der König hatte das Ballett geschwänzt und wie so oft im kleinen Kreis diniert. Er wurde in frühestens einer Stunde erwartet.

Schließlich war es so weit. Der Lakai an der Flügeltür verkündete laut: »Sa Majesté, le Roi Louis.«

Der König betrat den Saal. Gemessen nach beiden Seiten nickend, bewegte er sich durch die Menge und nahm die Huldigungen seiner Untertanen entgegen. Emilia sah unwillkürlich zu ihrem Gemahl. Mit einem geradezu hungrigen Ausdruck verfolgte er den Auftritt des Königs. Wie der gesamte Hof schien er in eine Art Bann gefallen zu sein, der alle erfasst hatte, sobald Ludwig XV. an der Schwelle zum Saal erschienen war. Ein jeder hatte eine unmerkliche Bewegung zum König hin gemacht, sich gestrafft, den Rücken durchgedrückt, das Kinn erhoben, um dann umso tiefer in seiner Verbeugung oder Referenz zu versinken, sobald der König ihn auf seiner Bahn passierte. Der König war ihr Pol, und jeder Einzelne schlug wie ein Magnet in seine Richtung aus. *Der König herrscht allein!* Überall im Schloss Versailles fand sich dieser Spruch auf Wandteppichen verewigt. War es das, wonach sich ihr Gemahl so sehr sehnte? Der Mittelpunkt einer oberflächlichen Welt zu sein, die allein ihn zum Fixstern auserkoren hatte? Kriechende Höflinge, deren einziger Gedanke beim Erwachen war, wie sie heute die Aufmerksamkeit des Königs auf sich lenken konnten, einen Vorteil gewinnen, eine Gefälligkeit erringen?

Aufmerksam sah sich Seine Majestät nun um, seinem umhergleitenden Blick entging dabei nichts. Wie stets war er auf das Königlichste gekleidet: Sein knielanger blauer Samtrock war ebenso mit Goldfäden durchwirkt wie seine weißseidenen Strümpfe, und seine lange Weste zierten Knöpfe aus Louis d'Or. Sogar die Absätze seiner hohen Schuhe waren vergoldet. Nachdem der König den gesamten Saal in sich aufgenommen hatte, bei sich Anwesende und Nichtanwesende registriert hatte, schwenkte er von seiner Bahn ab und schritt direkt auf Emilia und den Herzog zu. »Aber da sind ja meine lieben Verwandten aus Italien!«, rief Seine Majestät aus. »Teuerste Herzogin Emilia. Wir sind entzückt.« Emilia versank in einen Hofknicks, der zu einem wahren Wunder an Anmut und Grazie geriet. »Herzog Carlo«, wandte sich der König an diesen. »Ihr nennt ein Kleinod Euer Eigen, um das Euch selbst der König beneidet.«

Emilia erhob sich und erhaschte über die Schulter des nicht sehr großen Königs hinweg den Blick auf eine bildschöne blonde junge Frau. Sie war direkt hinter dem König zum Stehen gekommen und zerpflückte nervös ihren Fächer, ein filigranes Wunderwerk chinesischer Kunstfertigkeit. Auch sie war in eine prächtige hellblaue Robe gewandet. Herrlicher Diamantschmuck rieselte in ihr blendend weißes Dekolleté, das ihren wahrhaft spektakulären Busen fast bis auf die Warzen enthüllte. Bei diesem Anblick konnte man durchaus nachvollziehen, warum das Haupt des Königs sich gerne darauf bettete. Emilia ahnte sofort, dass es sich hier um die Gräfin Du Barry handeln musste, die erklärte Favoritin und selbst erst kürzlich bei Hofe vorgestellt. Sie war eine blendende Erscheinung, selbst an einem Hof, der schöne Frauen gewohnt war. Doch in diesem Augenblick wirkte sie mehr wie eine Frau, die sich eben noch ihrer vollkommenen Schönheit sicher gewesen war und nun leider hatte feststellen müssen, dass sie von einer anderen mühelos in den Schatten gedrängt worden war.

»Ihr seid *die* Sensation von Versailles, Herzogin«, vernahm

Emilia hinter sich eine ihr unbekannte, näselnde Stimme. »Ganz Paris spricht nur davon, wie sehr Ihr Seine Majestät verzaubert habt. Seht Ihr dort, gleich hinter dem König, die Favoritin? Sie zieht ein Gesicht, als hätte sie Apfelessig getrunken. Ihr bekommt ihr nicht. Oh, Ihr habt gar köstliche Schultern«, näselte die Stimme weiter. »Und die Rundung Eurer Hüfte ist wie eine kostbare Geige, auf der ich allzu gerne spielen würde …« Vertraulich hatte der Unbekannte seinen Arm um ihre Taille geschlungen. So viel dreiste Unverschämtheit war Emilia selten begegnet. Der König war inzwischen mit seiner Entourage weitergezogen, und Carlo hatte sich einige Meter von ihr entfernt, um mit einem unanständig dicken Mann zu sprechen, dessen Bauch die Knöpfe seiner gelben Weste zu sprengen drohte.

Emilia kannte den Unverschämten nicht, der sie derart vertraulich an sich drückte. Wie alle bei Hofe glänzte er durch prächtige Kleidung, hatte aber zu sehr mit Schönheitspflästerchen übertrieben. Da er keine Anstalten zeigte, sie loszulassen, sondern sie stattdessen dreist auf die nackte Schulter küsste, schlug sie ihm mit dem Fächer auf die Finger, entwand sich ihm mit einer geschickten Drehung und trat einen Schritt zurück. Der Mann wirkte nicht im Geringsten verlegen. Nun verneigte er sich vor ihr, sodass seine kunstvolle braune Perücke beinahe den Boden streifte: »Graf von Sainte-Foix, Euch zu Diensten, schönste aller Damen.«

»Oh nein, lieber Graf«, gesellte sich ein weiterer, kaum minder prächtig in braunem Samt und mit goldenen Schleifen dekorierter Herr hinzu, dessen Perücke ihm in kleinen Löckchen auf die Schulter rieselte. »Ich lasse nicht zu, dass Ihr Euch die Herzogin unter den Nagel reißt. Ich habe sie zuerst entdeckt!«, sagte er mit erhobenem Zeigefinger. Staunend bemerkte Emilia, dass er goldenen Lack darauf aufgetragen hatte.

»Ha, aber ich habe sie zuerst angesprochen, *lieber* Herzog! Überlasst das Feld also mir.«

»Niemals! Bin ich nicht der Ältere, und schlägt der Herzogstitel nicht den Grafen?«, warf er sich in die Brust. »Geht einen Punsch trinken, seid so gut.«

»Hört nicht auf diese beiden Unwürdigen, betörende Emilia«, sagte eine dritte Stimme mit Hakennase, diesmal in grünem Samt. Emilia sah sich endgültig umzingelt. »Schenkt mir diesen Tanz.« Der Mann streckte fordernd die Hand aus, und ihr fiel sein Siegelring auf. *Eine Schlange, die sich selbst in den Schwanz biss.* Wo hatte sie einen ähnlichen Ring schon einmal gesehen? Graf Bramante, natürlich! War sie bisher nur unangenehm berührt gewesen durch die geballte Aufdringlichkeit, so befiel sie nun eine vage Beunruhigung.

»Leider muss die Herzogin von Pescara Euch alle miteinander enttäuschen, edle Herren«, mischte sich der zurückgekehrte Herzog ein. »Ihr werdet sicherlich nachvollziehen können, dass der erste Tanz dem eigenen Gemahl gebührt.« Emilia, die den Schlagabtausch der drei Höflinge mit einiger Verblüffung verfolgt hatte, atmete auf. Die Gegenwart des Herzogs erschien ihr allemal erstrebenswerter als das dreiste Verhalten dieser Höflinge, die sie wie einen Gegenstand behandelt und zwischen sich hin und her geschubst hatten.

Der Herzog führte sie auf die Tanzfläche. »Begreifst du nun?«, sagte er dicht an ihrem Ohr. »Diese Leute sind durch das Hofleben degeneriert und haben nur ihre Vergnügungen im Kopf, die sie mit hübschen kleinen Intrigen garnieren, um sich damit gegenseitig das Leben zu erschweren. Allein die strenge höfische Etikette hält sie im Zaum. Mein Urgroßvater hat diese eingeführt. Durch die Fronde, die er in seiner Kindheit erleben musste, hat er begriffen, dass er die Adeligen unbedingt bändigen und an sich ketten muss. Er hat sie mit den ureigensten und primitivsten Instinkten geködert. Brot und Spiele, diese Kombination hat schon im alten Rom funktioniert.«

»Verzeiht, was meint Ihr genau mit *Fronde*? Ich weiß, im Prinzip bedeutet es eine Schleuder, aber mir erschließt sich hier der Zusammenhang nicht ganz?«

In des Herzogs Stirn grub sich eine tiefe Falte: »Du scheinst wenig bewandert in der Geschichte meiner Familie zu sein. Dabei hatte ich Filomena extra beauftragt, dich darin zu unterrichten.«

»Ich bin sicher, dass sie es mir erklärt hat«, erwiderte Emilia leichthin. »Aber ich fürchte, ich war keine sehr gelehrige Schülerin«, nahm sie Filomena in Schutz.

»Immerhin hast du gute Fortschritte in der französischen Sprache erzielt. Nun gut. Als Fronde bezeichnet man die Aufstände zwischen 1648 bis 1653. Die Aufständischen trugen als Erkennungszeichen eine Schleuder am Gürtel, daher die Bezeichnung. Zu Beginn der Fronde war mein Urgroßvater, Ludwig XIV., gerade zehn Jahre alt. Er war gezwungen, mit seiner Mutter, der Regentin Anna von Österreich, nach Saint-Germain zu flüchten. Der Hauptträdelsführer war der Prinz von Condé. Es gelang ihm, das Volk und Teile des Hochadels gegen den jungen Dauphin aufzuwiegeln. 1653 konnte er Paris einnehmen, doch dann nahmen die Pariser Bürger die Sache selbst in die Hand und erhoben sich gegen Prinz Condé. Der Dauphin und seine Mutter kehrten nach Paris zurück. Der junge Ludwig hat daraus gelernt. Er hat den widerspenstigen Adel gezähmt, indem er seine Diener gegen Adelige ausgetauscht hat. Mit Kalkül hat er diese übersättigten, gefallsüchtigen und geschwätzigen Höflinge erschaffen, deren einziger Ehrgeiz darin besteht, von Seiner Majestät bemerkt zu werden und das Privileg zu ergattern, ihm sein Hemd zu reichen, seine Kerze zu halten oder in seiner Gegenwart sitzen zu dürfen. Wisst Ihr, was der Sonnenkönig selbst dazu geschrieben hat?« Carlo zitierte: »*Im Übrigen ist es eine der hervorragendsten Wirkungen unserer Macht, einer Sache, die an sich keinen Wert hat, einen unbezahlbaren Preis zuzuordnen.*« Hätte es für Emilia noch einer Bestätigung bedurft, wie sehr Carlo selbst nach eben dieser Macht strebte, so zeigten es ihr seine Stimme und sein Ausdruck in diesem Augenblick unmissverständlich. Die Wirkung der Droge Macht, die ihm seine Mutter Beatrice seit dem Tag seiner Geburt eingeflößt hatte, hatte ihn vergiftet und würde niemals nachlassen.

Der Tanz war zu Ende. Ein ziemlich hässlicher Mann, dessen Haar einmal rot gewesen sein musste und nun einem fahlen Karottengelb gewichen war, näherte sich ihnen mit energischen Schritten. »Herzog Carlo, ich muss Euch sofort sprechen.«

»Meine Liebe, darf ich Euch Étienne-François de Choiseul d'Amboise, Außenminister Seiner Majestät und unser erster Fürsprecher bei Hofe, vorstellen?«

Emilia reichte ihm die Hand. »Ich bin erfreut, endlich den berühmten Duc de Choiseul kennenzulernen. Doch ich habe verstanden, dass Euch dringende Geschäfte rufen. Ich überlasse also dieses Feld Euch.« Sie zog sich mit einem Knicks zurück und folgte ohne Umschweife der Bahn Madame Du Barrys, der Favoritin des Königs. Sie hatte zufällig erspäht, dass diese im Begriff stand, den Saal zu verlassen. Der aufdringliche Höfling von vorhin hatte sie auf eine neue Idee gebracht. Ihr Instinkt hatte sie nicht getrogen. Die Favoritin steuerte tatsächlich ein den Damen vorbehaltenes Kabinett an. Leider hing eine raschelnde Traube von Damen an der Favoritin. Aus dem Augenwinkel sah Emilia bereits wieder die samtgrüne Hakennase mit dem Schlangenring auf sich zusteuern. Offenbar hatte er wie ein Krokodil in einer Ecke auf seine Beute gelauert. Emilia beschleunigte leichtfüßig ihren Schritt und entwischte ihm, indem sie die Tür des Kabinetts direkt vor seiner Nase zuschlug.

Ungefähr zwanzig Damen drängten sich auf engem Raum. Dieser war wie ein Schmuckkästchen mit rotem Samt ausgeschlagen und auf halber Höhe rundherum verspiegelt. In der Mitte reihten sich zierliche Chaiselongues wie eine goldene Kette aneinander. Mehrere Damen hatten sich darauf bequem niedergelassen und ihre Schuhe ausgezogen. Der Raum war angefüllt mit dem Duft von Parfüm und Puder sowie Geschwätz. Bei Emilias Erscheinen verstummten sofort alle Gespräche. Ihr begegneten überraschte, neugierige und hämische Gesichter. Sensationslust legte sich wie eine Wolke über sie. Die Favoritin selbst wandte sich vom Spiegel ab und starrte Emilia an, als erläge sie einer Halluzination.

»Auf ein Wort, Madame«, sagte Emilia und näherte sich ihr forsch. Nur für die Ohren der Favoritin bestimmt, flüsterte sie: »Ich würde Euch gerne alleine treffen«, und laut: »Ich bewundere Euer Kleid. Mir scheint, wir teilen dieselben Vorlieben für die Farbe Blau?«

»Vielleicht teilen wir ja auch denselben Schneider?«, entgegnete die Du Barry zurückhaltend, während es hinter ihrer hohen Stirn kräftig arbeitete. Was wollte die Italienerin von ihr? Ihr tatsächlich die Gunst des Königs streitig machen, wie Maupeou, der neue Kanzler, es ihr gegenüber angedeutet hatte? Jedenfalls war ihre Neugier geweckt, da die Herzogin scheinbar Wert darauf legte, mit ihr vertraulich zu sprechen. Ein Unterfangen, das sich als nicht einfach erweisen würde. Aus Erfahrung wusste sie, dass in Versailles sämtliche Wände über Ohren und Augen verfügten.

»Ich komme auf Euch zu«, flüsterte sie nun hinter vorgehaltenem Fächer, während sie vorgab, Emilias Geschmeide zu begutachten. »Ich bewundere Eure Saphire. Eine wundervolle Arbeit. Sicherlich die Handschrift der Herren Bohemer und Bassenge?«

»Leider, ich bin noch zu kurz in Paris, um alle Namen richtig einordnen zu können. Aber sicherlich ist Euer Urteil zutreffend, Gräfin. Mein Gemahl hat sie mir erst heute überreicht. Sagt, verehrte Gräfin, stammt Euer Geschmeide ebenfalls von den genannten Herren? Niemals habe ich ein so schönes Collier wie das Eure gesehen.« Es war kein Geheimnis, wie sehr die Du Barry kostbaren Schmuck liebte. Angeblich legte sie sich sogar mit ihm schlafen. Die Favoritin berührte die Kette, und ein zufriedenes Lächeln stahl sich in ihr Gesicht. »Der König hat geruht, sie mir zu schenken.«

Nach diesem Austausch von Artigkeiten gab Emilia vor, ihre Frisur ordnen zu wollen, und verabschiedete sich. Bevor sie das Kabinett verließ, sah sie sich um, ob die Luft rein wäre. Das Krokodil war nirgends zu sehen. Rasch schlüpfte sie hinaus. Sie hatte Mesdames Adélaide und Louise entdeckt, die ältlichen und unverheirateten Schwestern Seiner Majestät. Abgesehen von ihrer kleinen, ihnen ergebenen Entourage, mied der Rest der Höflinge sie wie eine gefährliche Klippe, die es zu umschiffen galt. Emilia hatte sagen gehört, dass sich Erstere hauptsächlich durch zunehmende Boshaftigkeit auszeichnete, während Zweitere so fromm war, dass die Höflinge bereits darauf wetteten, dass sie bald in ein Kloster eintreten würde. Sie hoffte, sich im Bannkreis der ältlichen Matronen weiteren Attacken wild gewordener Höflinge entziehen zu können.

Kaum eine halbe Stunde später näherte sich Emilia ein sehr junges Mädchen in rosa Seide und steckte ihr ein kleines Billet zu. Emilia wollte sich eben nach einem ruhigen Plätzchen umsehen, um es zu lesen, als der Herzog zurückkehrte und sie am Ellbogen fasste. »Du siehst zufrieden aus. Hast du dich gut amüsiert?«

Hastig verbarg Emilia das Billet in den Falten ihres Kleides. Hatte der Herzog etwas bemerkt? Eher unwahrscheinlich, doch sie musste unbedingt lernen, ihre Gefühle nicht für jedermann sichtbar zur Schau zu tragen. Sie lächelte süßlich und sagte: »Mesdames Adélaide und Louise waren so freundlich und haben geruht, mir während Eurer Abwesenheit Asyl zu gewähren.«

»Die Schwestern des Königs sind keine schlechte Gesellschaft. Ich freue mich, dass du die Nähe unserer Familie suchst.«

Carlo führte sie sodann zu Tisch. Das Diner dauerte geschlagene drei Stunden. Erst danach ergab sich für Emilia die Möglichkeit, die Zeilen zu lesen. Sie musste sich bis zum nächsten Tag gedulden. Die Favoritin hatte den Zeitpunkt – sechs Uhr morgens – gut gewählt. Um diese Zeit erhob sich Ludwig XV. zu seinem Tagwerk. Das Ende seiner Nachtruhe, das Lever, wurde mit großem Zeremoniell betrieben und folgte einem komplizierten Ankleideritual. Der König führte ein öffentliches Leben, das auch nicht vor den intimsten Momenten haltmachte, so war auch die Verdauung Seiner Majestät ein fester Bestandteil dieses Rituals. Mit aufrichtiger Anteilnahme verfolgten die Höflinge täglich neu – sobald er auf dem *chaise percée* Platz genommen hatte –, ob Seiner Majestät das vorabendliche Mahl bekommen war. Herzog Carlo war eingeladen worden, wie Dutzende weitere Adelige auch, um der Morgentoilette Seiner Majestät beizuwohnen.

Nachdem Carlo sie bei Morgengrauen verlassen hatte, rief Emilia Odette. Mit ihrer Hilfe kleidete sie sich rasch an und machte sich auf den Weg zum vereinbarten Treffpunkt. Sie musste nur noch Odette loswerden und schickte sie unter dem Vorwand, dass sie hungrig sei, in die Küche. So wie sich die Damen von Versailles gleitend fortbewegten, so beherrschte Odette die Methode des Schleichens. Emilia war sich darüber im Klaren, dass Carlo Odette den Auftrag erteilt hatte, sie während seiner Abwesenheit zu bespitzeln.

Das junge Mädchen, das ihr den Zettel zugesteckt hatte, erwartete sie an der Ecke und ging ihr voran. Sie konnte unnachahmlich gut gleiten. Ohne sie hätte sich Emilia in den weitläufigen Fluren des Versailler Schlosses verlaufen. Die Favoritin erwartete sie, bereits vollständig angekleidet, in ihrem Appartement. Sie sah frisch und rosig aus, und die ungepuderte blonde Haarfülle floss ihr in weichen Wellen über die wohlgeformten, entblößten Schultern. Emilia versank vor ihr in eine tiefe Referenz. Das gefiel der Gräfin, und sie lächelte wohlwollend. Aufgrund ihrer bürgerlichen Herkunft, aber vor allem in ihrer Eigenschaft als frühere Pariser Kurtisane galt sie bei Hofe als nicht gesellschaftsfähig. Hinter ihrem Rücken war sie permanent den Anfeindungen des Adels ausgesetzt. Besonders gemein waren die an Boshaftigkeit reichhaltigen Schmähschriften über sie und den König, die in Paris wie Schnee von den Dächern fielen und deren Urheberschaft sie den Duc de Choiseul und einige Parlamentsmitglieder verdächtigte. Der König geruhte wie immer, diese nicht zur Kenntnis zu nehmen, doch der Gräfin lagen die Pamphlete wie Steine im Magen.

Nach dem Austausch der üblichen Floskeln konnte die Favoritin ihre Neugier nicht länger zurückhalten. Aufgrund ihrer Position wurde sie mit vielen Bittstellern konfrontiert, die sich durch sie eine Vergünstigung durch den König erhofften. Die Favoritin galt als weniger intelligent als ihre berühmte Vorgängerin, die Marquise de Pompadour, doch sie hatte ein freundliches, gewinnendes Wesen und wirkte gutmütig. »Ihr habt mich um dieses Gespräch gebeten, Herzogin?«

Angesichts der Tatsache, dass ihre Zeit knapp bemessen war, hielt sich Emilia nicht mit langen Vorreden auf. »Ich bin hier, Gräfin, weil ich Euch um Eure Hilfe bitten möchte.«

Also doch, dachte die Favoritin. Sie lächelte huldvoll. »Sprecht.«

»Mir wurde zugetragen, dass Ihr mich als Rivalin betrachtet, Gräfin. Ich bin es nicht. Im Gegenteil. Ich würde mich liebend gerne der Huldigung des Königs entziehen.«

Der aufrichtig verblüffte Ausdruck auf dem Gesicht der Favoritin hatte etwas Rührendes an sich, grenzte fast an unfreiwilliger Komik. Offenbar glaubte sie, sich soeben verhört zu haben. Am Hofe drehte sich ausschließlich alles darum, die Aufmerksamkeit des Königs auf sich zu lenken. Die gesamte Existenz des Hofes baute darauf – es war die Substanz, die ihn zusammenhielt und die Gegenwart Seiner Majestät erhöhte! Man würde sich gegenseitig ermorden, wenn man daraus einen Vorteil bei Seiner Majestät schlagen könnte. Die Du Barry fand sich tatsächlich mit einem nie gekannten Dilemma konfrontiert. Ohne Zweifel wusste sie nicht, ob sie beleidigt oder betroffen reagieren sollte. Oder war die junge Italienerin einfach nur verrückt? »Verzeiht, aber habe ich Euch eben richtig verstanden? Ihr seid nicht an der Gunst des Königs interessiert?«, tastete sie sich heran.

»Nein, keineswegs. Mein Interesse gilt allein der Freiheit.«

»Freiheit? La liberté? Wie …?« Die Gemütsverfassung der Gräfin steigerte sich zu absoluter Ratlosigkeit.

»Ich werde versuchen, es Euch zu erklären. Meine Ehe wurde aus sogenannten dynastischen Gründen arrangiert. Sagt, sind Euch die genaueren Pläne und Absichten meines Gemahles geläufig?« Emilia hatte ihre Stimme bei dieser Frage erhoben.

»Der König hat geruht, sie mir anzuvertrauen. Euer Gemahl gibt vor, ein Verwandter zu sein, und erhofft, von Seiner Majestät die Anerkennung dieser Verwandtschaft zu erringen.«

Emilia nickte. »So ist es. Ich teile die Pläne meines Gemahls keineswegs, außerdem wünsche ich nicht mit ihm verheiratet zu sein. Ich will ihn verlassen.«

»Wie, Ihr habt vor, ihn zu verlassen? Gegen seinen Willen? Aber er ist von hoher Geburt, jung, stattlich und märchenhaft reich!« Offenbar genügten diese Attribute im Universum der Favoritin, um ihn zu einem idealen Ehegatten zu prädestinieren.

Emilia seufzte innerlich und spielte mit ihrem Fächer. Sie hoffte, dass diese Person nicht so dumm und naiv war, wie es eben den Anschein hatte. »All dies bestreite ich nicht, liebe Gräfin. Aber die Tatsache bleibt, dass die Ehe arrangiert wurde und ich ihn nicht liebe.« Plötzlich hatte Emilia einen Geistesblitz. Sie hatte von der romantischen Veranlagung der Du Barry gehört. Sie beugte sich vor und sagte im leisen Ton dessen, der jemandem ein Geheimnis anvertraut: »Ich liebe seit Langem einen anderen Mann. Wir wollen gemeinsam fliehen. Darum bin ich hier. Ihr seid die Einzige, die mir helfen kann.«

Die Favoritin entspannte sich augenblicklich, und über ihr bezauberndes rosiges Gesicht lief ein verstehendes Lächeln. »Das also ist es. Ihr seid in einen anderen Mann verliebt!« Dann beugte sie sich ihrerseits vor. »Ihr erhofft Euch also von mir, dass ich Euch bei Eurer Flucht unterstütze? Erlaubt mir die Frage, warum Ihr Euch ausgerechnet mir anvertraut habt? Ihr kennt mich nicht und geht damit ein wenig einzuschätzendes Risiko ein. Was sollte mich daran hindern, sofort zu Eurem Gatten zu laufen und ihm Eure Pläne zu verraten?«

»Eben weil ich auf diese Weise Seiner Majestät aus dem Auge und schnell aus dem Sinn wäre. Nur ist es leider so, dass ich hier am Hof absolut fremd bin und mein Gemahl mich gut bewachen lässt. Ich bin daher auf Hilfe angewiesen. Wollt Ihr mir diese Hilfe gewähren? Ich überlasse Euch gerne meinen Saphirschmuck dafür.« Emilia zog ihn aus ihrem Beutel. »Hier, er gehört Euch. Nehmt ihn!«

Die Favoritin schnappte beim Anblick des sprühenden blauen Feuers hörbar nach Luft. Kurz blitzte vor ihrem inneren Auge die Vision auf, wie sie ihn im Glanz der Kronleuchter Versailles trug. Sie würde damit Furore machen! Andererseits regten sich auch Bedenken in ihr. Sie wusste, dass sie nicht für das Spiel der Intrige geboren war. Wann hatte es das schon einmal gegeben, dass eine junge Herzogin gemeinsam mit ihrem Liebhaber aus Versailles floh? Sie malte sich den Skandal aus, wenn ihre Beteiligung an der Flucht der Herzogin bekannt werden würde. Der König wäre ihr mit Sicherheit gram. Mit dem natürlichen Instinkt einer Frau hatte sie bereits bei Emilias erstem Auftreten am Hofe begriffen, dass ihr in der jungen Herzogin eine echte Rivalin erwachsen könnte. Trotzdem sträubte sich alles in ihr, ein solches Risiko einzugehen, um sie loszuwerden. »Aber warum ich? Kann Euch denn nicht Euer heimlicher Geliebter helfen?«

Das war natürlich Emilias Achillesferse. »Leider nein. Er ist Italiener und hält sich derzeit in Rom auf.« Emilia beugte sich ein wenig nach vorn. »Wisst, dass ein Missverständnis uns getrennt hat. Mein Geliebter ist sehr stolz. Meine Familie hat ihn mit boshafter Absicht wissen lassen, dass ich den Herzog aus freien Stücken gewählt habe. Darum wird er nichts unternehmen, um mir zu Hilfe zu eilen. Bitte, ich liebe nur ihn und will nicht mit dem Herzog zusammen sein. Er ist mir zutiefst zuwider. Bitte, helft mir! Ihr seid die Einzige, die ich darum bitten kann.«

Die Favoritin verzog ihren kleinen rosa Mund. »Ich verstehe. Ihr wollt damit sagen, ich wäre die Einzige, die einen Nutzen davon hat, wenn Ihr den Versailler Hof verlasst.« Ganz so dumm war die Favoritin also doch nicht. Emilia war vor ihr auf die Knie gesunken. »Ihr habt absolut recht. Natürlich war es vornehmlich dieser Gedanke, der mich zu Euch führte. Aber Ihr seid gütig, und ich weiß auch, dass Ihr wisst, was wahre Liebe bedeutet. Ihr kennt ihre Macht. Gestern habe ich an Eurem Gesicht ablesen können, dass Ihr den König aufrichtig liebt. Darum flehe ich Euch an, versagt Eure Hilfe nicht einer liebenden Frau!« Tränen verschleierten Emilias Augen.

Die Favoritin spielte eine Weile nachdenklich mit der prächtigen rosafarbenen Perle an ihrer Halskette. »Ich weiß, dass Ihr Euch eine positive Antwort von mir erhofft, Herzogin, aber ich kann sie Euch nicht geben«, sagte sie bedächtig. Als sie die Enttäuschung in Emilias Augen gewahrte, beeilte sie sich aber hinzuzufügen: »Jedenfalls jetzt noch nicht. Lasst mich einige Tage darüber nachdenken. So lange werdet Ihr Euren schmucken Herzog wohl noch ertragen können, nicht wahr?« Die Du Barry lächelte mokant. Sie war eine überaus leidenschaftliche Frau, den Freuden der Liebe zugetan, und glaubte, in Emilia eine ihr verwandte Natur erkannt zu haben. Auch hatte sie auf den nie verstummenden Versailler Fluren munkeln hören, dass der Herzog kein Kostverächter war und über eine immense sexuelle Gier und Ausdauer verfügen sollte. Vielleicht ahnte sie, was sich im herzoglichen Gemach des Paares abspielte. Mit Genugtuung registrierte sie Emilias jäh verdächtig gerötete Wangen.

»Es wird Zeit, dass Ihr in Euer Appartement zurückkehrt«, sagte sie nun. »Marie wird Euch zurückbegleiten.« Sie erhob sich zum Zeichen, dass sie das Gespräch für beendet erachtete.

Emilia schlüpfte gerade rechtzeitig zurück ins Bett, bevor der Herzog vom Lever des Königs zurückkehrte. Leider entkleidete er sich und legte sich zu ihr. Verdammt, jetzt hatte sie ihn quasi selbst eingeladen! Warum war sie nicht gleich aufgeblieben? Carlo strich ihr prompt den Träger des Nachthemds herab, und seine Lippen begannen, ihre entblößte Schulter zu umschmeicheln. Emilia stellte sich schlafend. Carlo beugte sich über sie, strich ihr eine Haarsträhne aus dem Gesicht und flüsterte: »Ich weiß, dass du nicht schläfst.« Seine Finger glitten ihr Schlüsselbein entlang, wanderten weiter über ihre Hüfte und fanden kühn Eingang in ihre geheime Pforte. Emilia gab ein leises »Mmh« von sich und reckte sich. »Es ist viel zu hell, die Sonne scheint herein«, murmelte sie abwehrend.

»Dem kann ich Abhilfe schaffen.« Der Herzog ließ plötzlich ein weißes Seidentuch vor ihren Augen baumeln und strich ihr damit über ihre Brustspitzen. »Bevor du mir ins Gesicht springst …

Ich habe nicht vor, dich zu fesseln, außer du willst es selbst. Aber ich würde dir gerne die Augen verbinden. Glaube mir, es intensiviert deinen Genuss. Der menschliche Körper ist ein wunderbares Instrument, und man kann auf vielerlei Arten auf ihm spielen.« Wieder strich er ihr mit dem Seidentuch über ihre empfindlichen Brustspitzen. Eine innere Stimme warnte Emilia, dem Herzog nicht zu sehr in seine dunklen Abgründe zu folgen. Doch ihr heißes Blut stimmte sein eigenes Lied an. Der Herzog legte ihr die Binde um und erhob sich dann. Emilia fuhr sofort alarmiert auf. Er fasste sie an der Schulter und drückte sie zurück auf das Bett: »Keine Sorge, ich hole uns nur etwas.« Er kehrte zurück und hielt ihr etwas Samtiges an die Lippen. Emilia stieg ein intensiver, süßer Geruch in die Nase. »Hier, ein Pfirsich. Beiß kräftig zu. Er wird dir besser schmecken als jede Frucht, die du zuvor gekostet hast!«

Emilia biss tatsächlich kräftig zu. Vielleicht erwischte sie ja einen Finger des Herzogs? Das nicht, doch der Pfirsich war eine Geschmacksexplosion in ihrem Mund. Der süße Saft benetzte ihre Mundwinkel, und der Herzog beeilte sich, ihn mit der Zunge aufzulecken. Dann zerquetschte er den restlichen Pfirsich über ihrer Brust, und der klebrige Saft rann Emilia in einem kleinen Rinnsal den Bauch hinab. Die Zunge des Herzogs folgte der Spur, bis sie sich in Emilias eigenem, zartem Fleisch verlor. Carlo hatte recht! Nichts zu sehen erhöhte den Genuss, und ihre Sinne liefen Amok. Emilias Hüften zuckten, und sie wölbte sich ihm entgegen, doch der Herzog reizte sie nur kurz, dann zog er sich zurück, und sein Mund widmete sich mit Hingabe weiter ihren Brustspitzen. Er biss hinein, gerade so, dass der leise Schmerz Emilias Lust weiter entfachte. Er ließ kurz von ihr ab, und Emilia hörte, wie ein Glas gefüllt wurde. Er hielt es an ihre Lippen und ließ sie trinken. Champagner. Er verteilte etwas von dem prickelnden Getränk auf ihrem Körper und presste sich an sie. Sein hartes Geschlecht drückte auf ihren Bauch, doch er drang nicht in sie ein, sondern rieb sich nur wollüstig an ihr. Emilia griff ungeduldig nach ihm, um ihn zu führen. Doch er hielt ihre Hand fest. »Nicht so hastig, meine Herzogin. Wir haben Zeit.« Er fing auch ihre zweite Hand ein und bog ihre Arme langsam über den Kopf nach hinten. Emilia leistete keinen Widerstand mehr, sie brannte darauf, zu erfahren, was Carlo weiter mit ihr vorhatte. Wieder strich der Herzog mit einem Stück Seide über ihre Brüste. Er musste einen ganzen Vorrat dieser Tücher besitzen … Spielerisch schlang er es um ihr rechtes Handgelenk. »Lässt du mich gewähren?«, fragte er schmeichelnd, während seine Finger ihre rosa Lustknospe fanden und mit schnellen Bewegungen reizten. Emilia schnappte hörbar nach Luft, und der Herzog wertete es als Zustimmung. Er band ihre Hände an dem Bett fest. Emilia war ihm nun völlig ausgeliefert. Es war ihr egal. Ihr ganzes Denken war auf den pulsierenden Punkt in ihrem Unterleib geschrumpft und ließ sie jede Vorsicht vergessen. Dann spürte sie etwas Kaltes und Spitzes, das langsam über ihre Brust strich und nacheinander ihre Warzen umschmeichelte. Sie brauchte eine Weile, bis sie begriff, dass es sich um die Klinge eines Messers handelte. »Nein, lass das sein«, keuchte sie und bäumte sich auf.

»Ruhig Blut, meine Herzogin. Ich werde dir nichts tun, aber ich kenne nicht wenige Frauen, die es mögen … Gefahr potenziert die Lust. Vertrau mir.« Er verstärkte den Druck mit dem Messer, und der Schmerz war ihr nicht unangenehm, tatsächlich steigerte er das Ziehen in ihrem Unterleib.

Doch die Realität des Messers durchbrach die Nebel ihrer Lust. Emilia war erst recht wütend, weil sie nicht begriff, warum sein Tun sie wider Erwarten erregt hatte. Unwillkürlich fielen ihr die Narben auf Francescos Brust ein. Hatte sich Beatrice auf diese Weise an ihm vergangen? Wie konnte sie es dann zulassen? Hatte Beatrices Verderbtheit bereits auf sie abgefärbt? Oder lag es an diesem verkommenen Versailles, wo einem lüsterne Höflinge hinter jeder Ecke auflauerten? Noch ein Gedanke bemächtigte sich ihrer: Vielleicht wollte sie auch fühlen, was Francesco durch Beatrice erlitten hatte, um ihm auch im Schmerz nahe sein zu können? Die Klinge strich währenddessen aufreizend

ihre Schamgrenze entlang. Worauf hatte sie sich da nur eingelassen? Furcht mischte sich in ihre Begierde. Emilia verbarg diese
vor dem Herzog. Sie würde ihn damit nur unnötig herausfordern, so gut kannte sie ihn inzwischen. »Danke, ich gehöre nicht
zu dieser Sorte Frauen«, erwiderte sie barsch. »Doch wir können
gerne die Rollen tauschen, und ich nehme das Messer ...« Sie lächelte honigsüß.

»Oh, für den Moment gefällt es mir ganz gut so.« Die Klinge
wanderte wieder hinauf zu ihrer Brust und umkreiste erneut
ihre Spitzen. Emilia erschauerte.

»Gib es zu, dieses Spiel mit dem Messer erregt dich. Du liebst
die Gefahr. Willst du mehr?«, sagte der Herzog heiser.

Emilia spürte erneut sein pulsierendes Geschlecht, das sich
gegen ihre Hüfte presste. Der Herzog war in höchstem Maße
erregt. Sie musste das sofort stoppen. »Nein, ich will nicht mehr.
Legt das Messer weg!«, stieß Emilia hervor. Noch einmal fuhr
die Klinge ihre Brust hinab und quer über ihren Bauch. Der Herzog drückte etwas fester, und ein winziger Tropfen Blut quoll
hervor. »Nein, lass das, habe ich gesagt«, keuchte Emilia. Der
Herzog leckte über ihre Wunde und saugte daran. Emilia hielt
zischend die Luft an und versuchte, sich ihm zu entwinden.

»Köstlich, dein Blut. Bist du sicher, dass es dir nicht doch gefällt?«

»Nein!«

»Lügnerin.«

»Binde mich auf der Stelle los, oder ich schreie ganz Versailles
zusammen!«

»Nur zu. Stell dir vor, jemand hört dich, stürmt herein und
sieht dich so.«

»Schuft!«

»Sei nicht albern. Ich will dir lediglich Genuss bereiten. Du
stirbst doch vor Verlangen. Deine Brustspitzen sind hart wie
Kiesel, und deine Schenkel glühen.« Seine Hand wanderte zwischen ihre Beine, und ihre Feuchte nahm ihn willig auf. Er fuhr
mit seinem Finger über Emilias Lippen. »Hier, schmecke deine

eigene Lust.« Der Herzog versuchte, sie zu küssen, doch Emilia drehte den Kopf weg.

»Wie du willst.« Der Herzog ließ von ihr ab, und sie hörte, wie er das Messer auf den Tisch warf. Immerhin …

Dann spürte Emilia erneut eine fordernde Zunge auf ihrem Körper, Hände, die ihre Beine spreizten, Finger, die ihr Fleisch teilten, und einen weichen Mund, der sie liebkoste. Ein fremder Duft nach Veilchen. *Das war nicht der Herzog!* »Was soll das? Wer ist das?«, rief sie in Panik und wand sich, um dem fremden Mund zu entkommen.

»Schhh …« Ein Finger legte sich auf ihren Mund, gefolgt von weichen Lippen. *Frauenlippen.* »Ich bin es, Herzogin. Eure Odette. Lasst mich Euch verwöhnen«, flüsterte sie. Schon senkte sich ihre Zunge wieder über ihren Leib. Emilia fand, dass es für Prüderie ohnehin zu spät war. Längst genoss sie Odettes Zunge, die sich hingebungsvoll ihrem Weiblichsten widmete. Sie bäumte sich auf, stand kurz davor, sich in ihrer Lust zu vergessen. Plötzlich ließ Odette von ihr ab, und sie spürte ein anderes Gewicht auf sich. Ein Glied drang mit einem Aufstöhnen in sie ein, gefolgt von einigen hastigen Stößen, und schon war es wieder vorbei. »Oh, *chérie*, Ihr raubt mir den Verstand. Ihr seid wunderbar, einfach wunderbar …«, stieß jemand atemlos hervor, bei dem es sich gleichfalls nicht um den Herzog handelte. Emilia fand es gar nicht wunderbar, sie hatte die Stimme erkannt. *Der König?* Wo kam der auf einmal her, fragte sie sich verblüfft. Da erst durchfuhr sie die Erkenntnis, was ihr eben geschehen war, wie ein Blitz. »Oh, du verdammter Bas…«, setzte sie zornig an. Zu mehr kam sie nicht. Eine große Hand legte sich auf ihren Mund. Emilia wollte auffahren, doch sie war festgebunden. Heftig zerrte sie an ihren Fesseln und versuchte gleichzeitig, in die Hand zu beißen.

»Still. Louis ist längst weg …« Carlo packte ihre Hüften und stieß ohne jede Rücksicht in sie hinein. Später befreite sie Carlo von der Augenbinde. Odette war verschwunden, und die grauen Augen des Herzogs funkelten amüsiert auf sie herab.

»Was?«, blaffte Emilia. Sie schämte sich, weil sie Carlos Ansturm nach anfänglicher Gegenwehr genossen hatte, und Carlo es wusste. Grund genug, auf ihn wütend zu sein. An den König wollte sie lieber gar nicht erst denken. Carlo kannte solche Skrupel nicht. »Armer König. So winzig. Bei der Vergabe der göttlichen Klarinetten muss er leider die Flöte abbekommen haben. Er wird dir kaum Vergnügen bereitet haben, oder, meine gierige Herzogin?« Er grinste sie wölfisch an. »Wahrlich, mir ist nie jemand begegnet, der derart schnell seine Kleider abwerfen konnte, wie mein guter Vetter Louis. Dabei wurde er eben erst eine Stunde lang von Dutzenden Höflingen auf das Penibelste angekleidet.« Er grinste erneut und küsste dann Emilias Bauchnabel. »Hmm, schmeckt nach Sünde«, murmelte er. »Du enttäuschst mich nicht. Du verfügst über echte Kokottenqualitäten.«

»Du Mistkerl«, zischte Emilia. »Das hast du hübsch hinterlistig eingefädelt. Mich so dem König auszuliefern! Das ist Schändung! Du hast mich für deine dämliche Urkunde verkauft, als wäre ich eine billige Konkubine.«

»Du irrst dich, meine Liebe. Obwohl ich zugeben muss, dass ich es selbst nicht besser hätte orchestrieren können. Der König stand plötzlich mitten im Zimmer und hat sich auf dich gestürzt, als wärst du ein Glas Wasser in der Wüste. Was hätte ich dagegen tun sollen? Er ist der König. Der Hof von Versailles, die Höflinge, ob Mann oder Frau, sie gehören ihm. Der König herrscht allein, und er nimmt, was ihm zusteht. Hier haben alle Wände Augen. Er muss uns beobachtet haben, und dabei hat es ihn wohl übermannt.« Carlo fuhr aufreizend ihren Innenschenkel entlang. Warmer Samen rann aus Emilia.

»Ha, und wenn ich heute schwanger geworden bin? Wie willst du wissen, ob es dein Kind ist?«, höhnte sie.

»Ist das nicht egal? Es bleibt so oder so königlicher Samen, nicht wahr?« Wieder zeigte er dieses penetrante Grinsen. Am liebsten hätte Emilia Carlo seine Selbstgefälligkeit aus dem Gesicht gekratzt.

»Ich liebe es, wenn du mich ansiehst, als wolltest du mich

gleich töten. Es erregt mich. Siehst du?« Der Herzog packte sein aufgerichtetes Geschlecht und rieb es wollüstig. Widerwillig fasziniert starrte Emilia darauf. »Möchtest du mir zusehen?« Der Herzog erhöhte den Rhythmus. Bevor er kam, drang er erneut hart in Emilia ein und ergoss sich mit lautem Stöhnen in sie. Dann wälzte er sich von ihr herunter. Emilia versuchte, etwas von ihm abzurücken, doch er presste sich von hinten an sie. Sein Finger fuhr die Furche ihres Pos entlang. »Ihr habt herrlich geformte Pobacken, Herzogin. Ich denke, die nächste Lektion wirst du auf dem Bauch verbringen. Man kann wundervolle Dinge mit dem Arsch anstellen.«

Emilia gab ein Brummen von sich. »Du bist vulgär.«

Doch noch war sie zu durcheinander, um richtig wütend zu sein. Sie würde sich später an ihm rächen …

Der Herzog griff nach dem Messer auf dem Nachttisch, und Emilia hielt die Luft an. Er beugte sich über sie, hielt kurz inne, sagte: »Das nächste Mal«, wofür sie ihn noch mehr hasste, und schnitt ihre Fesseln durch. Dann goss er Champagner in zwei Gläser und hielt ihr eines hin. »Willst du hierbleiben und schmollen, oder begleitest du mich auf einen Spaziergang in den Park? Das Wetter ist herrlich.«

Statt einer Antwort ergriff Emilia das Glas und trank es in einem Zug aus. Mehr als auf Carlo war sie wütend auf sich selbst. Ein Spaziergang würde ihr guttun.

»Ich sehe, du bist erhitzt. Das bedeutet wohl, wir gehen in den Park.«

Es war wirklich ein herrlicher Morgen, und der Tau glänzte wie Silber auf dem satten Rasen. Emilia sog die köstliche Frische in sich auf. Am liebsten hätte sie sich ihrer Schuhe entledigt und wäre barfuß über das weiche Grün gelaufen. Sie musste wohl eine entsprechende Bewegung gemacht haben, denn der Herzog sah sie warnend an. Sie promenierten eine Allee entlang, die beidseitig von Buchsbaumhecken gesäumt war, langten an den marmornen Monumenten der vier Temperamente an und bewunderten das Wasserspiel. Emilia hätte dort gerne noch länger verweilt, doch der Herzog wollte weiter. Sie umrundeten ein ornamental angelegtes Blumenbeet und fanden sich nach dem Passieren einer Buchenhainhecke völlig überraschend Ludwig XV. gegenüber.

In seinem Schlepptau befand sich die übliche Schar Höflinge. Deren Köpfe spitzten nun auf dem schmalen Weg rechts und links am König vorbei, um die Ursache für den plötzlichen Halt zu erfahren. Am Arm des Königs hing aufgezäumt die Du Barry, sie sah aus wie eine rosa Wolke. Der König löste sich wie beiläufig von ihr und betrachtete zufrieden den Scheitel Emilias, die vor ihm in einen Hofknicks gesunken war. Aber erst, nachdem Carlo sie dazu angeschubst hatte. Er hob die junge Frau auf. »Herzog Carlo und Herzogin Emilia! Wir sind entzückt über diese unverhoffte Begegnung. Wie wir sehen, genießt das junge Paar gemeinsam die herrliche Frische dieses Morgens. Herzog, seid so gut und nehmt den Arm der Gräfin. Herzogin Emilia, Ihr kommt mit mir. Da der glückliche Zufall unsere Wege hat kreuzen lassen, möchten wir Euch persönlich die Schönheiten unseres Parks zeigen. Ist er nicht ein Ort der Poesie und Verzauberung?«, schwärmte Ludwig. »Sagt, Teuerste, was wünscht Ihr zuerst zu sehen?«

Emilia war kurz wie erstarrt. Der Begegnung mit dem König haftete etwas Surreales an. Vor einer Stunde noch hatte er sich in sie ergossen. Im Grunde war es nichts anderes als Schändung gewesen. Wie verhielt man sich in einer solchen Situation? Normal, wie es den Anschein hatte. Der König jedenfalls wirkte nicht im Geringsten verlegen. Vermutlich hatte sich ihm auch noch nie eine Frau verweigert. Zorn kochte in Emilia hoch, doch sie hatte inzwischen gelernt, sich zu zügeln. Was würde ihr ein Wutausbruch im Angesicht des Königs auch bringen? Nichts, gestand sie sich ein. Sie fing den säuerlichen Blick der Favoritin auf. Vor allen Dingen durfte die Du Barry davon nichts erfahren! Noch immer hoffte sie auf deren Hilfe, gleichzeitig bedauerte sie die Gräfin. Zwar logierte Emilia selbst erst kurz bei Hofe, doch sie hatte das falsche Wesen dieses Hofstaats bereits verinnerlicht. Sie verstand, wie brüskierend das Verhalten Seiner Majestät eben für die Favoritin gewesen sein musste und wie viel Häme ihr deshalb seitens der Höflinge entgegenschlug. Emilia sah sich den Augen aller Anwesenden ausgesetzt. Sie hatte bereits früher bemerkt, dass ihr so viel Interesse Unbehagen bereitete. Dazu kam noch die unwürdige Szene mit dem König zuvor im Schlafzimmer, die sie nicht aus ihrem Kopf bekam. Die Situation löste ein erneutes Déjà-vu aus, und unvermittelt fand sie sich in das Gewölbe von Sulmona zurückversetzt, als sie nackt den Mittelgang entlanggeschritten war, um Francesco dem Tod zu entreißen. Sekundenlang konnte sie keinen klaren Gedanken fassen, obwohl Seine Majestät ihre Antwort erwartete. So nannte sie das Erstbeste, das ihr einfiel, weil sie sich vage erinnerte, dass ihr jemand davon vorgeschwärmt hatte. »Ich würde gerne den Potager du Roi sehen.« Zu spät ging ihr auf, *wer* ihr vom Potager du Roi vorgeschwärmt hatte. Serafina! Wie dumm sich ihr Ansinnen vor dieser illustren Gesellschaft, mit Seiner Majestät an der Spitze, anhören musste. Schön, soll er mich für eine Landpomeranze halten, dachte sie trotzig.

In der Tat entstand ein Vakuum, absolute Stille herrschte. Selbst die Vögel schienen ihr Gezwitscher eingestellt zu haben. Das Universum wartete darauf, dass der König reagierte. Eine Sekunde verging, dann zwei. Dann brach le Roi Louis in ein herzhaftes Gelächter aus. »Wie entzückend Ihr doch seid, Herzogin! So erfrischend anders, als wir es gewohnt sind. Fürwahr, unser Hof hat Euch noch nicht verdorben. Da ist Euer König geneigt, Euch alle Wunder von Versailles zu Füßen zu legen, und alles, was Ihr von ihm verlangt, ist, seinen Gemüsegarten zu sehen. So sei es also, Euer Wunsch ist des Königs Befehl. Kommt!« Er bot ihr seinen Arm, und die gesamte Entourage setzte sich wieder in Bewegung.

Später erfuhr Emilia durch einen Höfling, dessen Namen sie gleich wieder vergessen hatte, irgendwas mit Orléans, dass der König gerne Zeit in seinem Gemüsegarten verbrachte und oft auch selbst Hand anlegte. »Stellt Euch vor«, meinte die arrogante

Stimme und führte seiner Nase eine tüchtige Prise Schnupftabak zu, »wie Seine Majestät die Spitzhacke schwingt! Aber er lässt sich das ja partout nicht ausreden.« Er nieste heftig, und Emilia suchte das Weite.

Die nächsten Tage vergingen in vielfältigen Vergnügungen. Der Hof tanzte und amüsierte sich, und der König speiste – dies in aller Öffentlichkeit auf einem erhöhten Podest. Niemals zuvor hatte Emilia jemanden mit einer solchen Eleganz ein Ei köpfen sehen. Bälle, Bankette, Opern- und Theateraufführungen wechselten einander in kurzem Abstand ab. Tagsüber ging es entweder auf die Jagd, promenierte man im Park oder spielte Karten mit hohem Einsatz. Als Emilia mitbekam, um welch horrende Summen es dabei ging, kam sie der Aufforderung der Maréchalle Mirepoix gerne nach und nahm am Spieltisch Platz. Das Spiel war einfach und schnell erklärt. Sie empfand eine diebische Vorfreude dabei, das Geld des Herzogs zu verspielen. Das würde ihn ein Vermögen kosten! Nur leider, so sehr sie sich auch bemühte, sie gewann Partie um Partie, und bald stapelten sich die Livres in goldglänzenden Häufchen vor ihr auf.

»Oh, das ist einfach nicht gerecht«, seufzte die Mirepoix. »Glück in der Liebe und im Spiel, das ist zu viel für mich. Ich gebe auf, denn ich habe keinen einzigen Sou mehr, den ich noch setzen könnte.«

Emilia nutzte den Augenblick, um sich ebenfalls zu erheben. Unter den missmutigen Blicken ihrer Mitspieler raffte sie die Livres zusammen und stopfte sie in ihren Beutel. Immerhin besaß sie jetzt eigenes Geld. Außerdem hatte sie eine wichtige Lektion gelernt: Wenn man etwas zu sehr wollte, konnte es geschehen, dass genau das Gegenteil eintrat. Vor allem aber staunte Emilia in diesen Tagen, dass all diese aufgeputzten Höflinge scheinbar nichts anderes kannten, als sich fortwährend ihrem Amüsement hinzugeben. Es entzog sich völlig ihrem Verständnis, wie man seine Existenz auf dem bloßen Nichtstun gründen konnte. Und das, obwohl das Schicksal diesen Männern und Frauen das unerwartete Geschenk hatte zuteilwerden lassen, privilegiert und hochgeboren zu sein. Die meisten Gespräche drehten sich darum, wie man ein Amt oder ein Privileg vom König erlangen konnte, gefolgt von modischem Firlefanz, wie etwa die Höhe der Absätze oder ob man eine Schleife links, rechts oder doppelt binden sollte, gerne auch, an wen er am Morgen sein Wort gerichtet hatte oder wer ihm am Abend sein Hemd reichen dürfe und so weiter und so fort. König hier, König dort, schnatter schnatter. Wie Planeten kreisten sie alle auf der gleichen monotonen Bahn um ihre Sonne, den König. Es war eine künstliche und flüchtige Welt, ein in sich geschlossener Mikrokosmos, mit dem König als einzigem Fixstern. Sie neigten sich seiner Sonne entgegen, um sich darin zu entfalten, doch verdorrten dabei. Im Grunde waren alle diese Höflinge ebenso unfrei wie sie, mit dem Unterschied, dass sie ihre Ketten aus freiem Willen trugen. Es stimmte, Frankreich war der mächtigste Staat Europas, kein Land konnte es mit seiner Kultur und seiner Lebensart aufnehmen, Voltaire war ein Franzose! Versailles *war* der glanzvollste Hof Europas, ein geradezu mythischer Ort, und doch empfand Emilia ihn zunehmend als beklemmend. Niemals könnte sie sich diesem stumpfsinnigen und geisttötenden Leben anpassen, in dem belanglose Nichtigkeiten zu erstrebenswerten Dingen aufgeblasen wurden. Der Hof prunkte nach außen mit einer glänzenden Fassade, doch in sich war er hohl und oberflächlich. Und hinter jeder Ecke lauerte die bösartige Fratze von Intrige und Verleumdung, deren bevorzugtes Ziel derzeit die Du Barry darstellte. Offenbar warf man ihr vor allem ihre Schönheit, ihre Herzensgüte und die Tatsache vor, dass sie sich bisher von niemandem für die eigenen Zwecke hatte einspannen lassen. Die Du Barry war nicht an Politik interessiert.

Kurzum, der aufgerüschte Hof fing an, Emilia gehörig auf die Nerven zu gehen. Dabei bemühte sich jedermann um die Gunst der schönen Herzogin. Zuweilen kam sie sich wie ein Stück Brot vor, das mitten in eine Schar hungriger Enten geworfen worden war. Auch der König schenkte ihr in diesen Tagen mehrmals seine Aufmerksamkeit, und die Favoritin wachte mit

Argusaugen über ihn. Emilia fürchtete sich vor dem Tag, an dem Ludwig sie erneut zu einer Audienz in sein privates Kabinett bitten würde. Nach wie vor grollte sie dem König, konnte ihm nicht verzeihen, wie er über sie hergefallen war, als sie hilflos gefesselt war.

Derzeit schienen die Verhandlungen in der Angelegenheit ihres Gemahls erneut ins Stocken geraten zu sein, obwohl der Herzog sich ihr gegenüber darüber nichts anmerken ließ. Er übte sich nach außen hin in der bourbonischen Maske der Undurchschaubarkeit und ähnelte hierin ganz seinem königlichen Vetter. Emilia hatte dem allgegenwärtigen Hofklatsch entnommen, dass der Stern des selbstgefälligen Choiseul im Begriff stand zu sinken. Jedermann schien dies zu bemerken, nur der eitle Choiseul wog sich selbst weiter in falscher Sicherheit. Er hielt sich gleichermaßen für unentbehrlich wie unersetzlich und wusste dabei das ständig gegen den König opponierende Parlament von Paris auf seiner Seite. Emilia interessierte sich weder für sein Unterfangen noch sonst irgendwie geartete Machenschaften. Ihre Gedanken kreisten allein um die Möglichkeit einer Flucht. Ihr Gemahl verbrachte viel Zeit damit, sich mit dem Minister Choiseul und diversen anderen Hofbeamten, wie dem Abbé Terray, dem Generalkontrolleur der Finanzen Seiner Majestät, zu beraten. Emilia begrüßte Carlos häufige Abwesenheit. Sie wartete darauf, dass die Favoritin eine Entscheidung traf. Zur gleichen Zeit machte das Gerücht die Runde, dass der Dauphin bald verheiratet werden sollte, und der gesamte Hof drohte vor Erregung beinahe überzuschwappen. In der Erzherzogin Maria-Antonia, einer Tochter der österreichischen Kaiserin Maria Theresia, sollte die passende Kandidatin gefunden worden sein. Angeblich war sie sehr hübsch und von angenehmer Gestalt – was nicht viel heißen musste, denn das wurde schließlich von jeder heiratsfähigen Prinzessin Europas behauptet. Der neue Dauphin Ludwig, ein Enkel Ludwigs XV., kam ganz nach seinem vor einigen Jahren an Schwindsucht verstorbenen Vater. Ebenso wie dieser war er ein ungewöhnlich ernster junger

Mann, und es fiel schwer, zu glauben, dass er ein Abkömmling des charmanten, den Genüssen des Lebens zugeneigten Ludwig XV. sein sollte.

Am nächsten Morgen begab sich Seine Majestät mit seiner üblichen Entourage, zu der Choiseul, der Maréchal de Richelieu, der Herzog von Noailles, die Grafen Meuse und Soubise wie auch Madame Du Barry zählten, nach La Muette. Das kleine bezaubernde Jagdschloss am Rande des Bois de Boulogne war seit Ludwigs frühester Kindheit seine Lieblingsresidenz. Herzog Carlo und seine Gemahlin erhielten keine Einladung. Mehrere Tage verstrichen, die Emilia, nachdem sie die förmliche Erlaubnis ihres Gatten eingeholt hatte, Versailles verlassen zu dürfen, damit verbrachte, sich die Stadt Paris näher anzusehen. Unter anderem besichtigte sie – begleitet von Hauptmann Graziano – das weitläufige Palais des Tuileries, das frühere Stadtschloss der französischen Herrscher. Auch der riesige Louvre beeindruckte sie. Er teilte das Schicksal der Tuilerien als ehemaliger Königspalast, nachdem der Sonnenkönig seine Residenz 1682 endgültig nach Versailles verlegt hatte. Immerhin beherbergte er nun die von Kardinal Richelieu gegründete berühmte Académie française. Selbstverständlich fehlte auch die Kathedrale von Notre-Dame nicht auf ihrer Besichtigungstour; ihr Bruder Emanuele hätte es ihr niemals verziehen, wenn sie diese monumentale Perle der christlichen Baukunst verschmäht hätte.

Zwei weitere Wochen verstrichen, ohne dass sich die Du Barry bei ihr gemeldet hätte, und Emilia fiel es zunehmend schwer, sich in Geduld zu üben.

Nach einem ihrer ausgedehnten Ausflüge betrat Emilia ihr Gemach und fand es in ziemlicher Unordnung vor. Überall lagen ihre Kleider verstreut, und Rosa und Odette waren emsig dabei, sie zu sortieren und in den Reisetruhen zu verstauen.

»Was tut Ihr da? Wer hat Euch dazu angewiesen?«

»Das war ich.« Der Herzog lehnte mit verschränkten Armen im Türrahmen. Rosa und Odette ließen sofort alles stehen und liegen, knicksten und flatterten hinaus.

»Und wohin werden wir reisen? Geht es zurück nach Versailles?« Emilia trat an ihren Frisiertisch, löste die Nadeln aus ihrem Federhut und warf ihn achtlos aufs Bett.

»Ahnst du es nicht?« Carlo verließ seinen Platz an der Tür und näherte sich ihr.

»Aber nein, wie sollte ich?« Emilia wandte sich dem Herzog nun zu und mühte sich, Ruhe zu bewahren. Ihr Puls war nicht dieser Meinung und setzte zum Trab an.

»Du kehrst nach Sulmona zurück.«

Emilia widerstand knapp dem Impuls, sich an ihr Herz zu fassen, das in einen raschen Galopp gefallen war. »Bedeutet das, dass deine Mission hier beendet ist?«

»Du wolltest sicherlich sagen, *unsere* Mission. Nein, meine Anwesenheit ist hier noch länger erforderlich. Politik ist ein zähes Geschäft. Allerdings möchte ich die Gräfin du Barry, die Favoritin Seiner Majestät, nicht länger in Verlegenheit bringen.«

Emilia bemühte sich um einen entsprechend verständnislosen Ausdruck. »Ich fürchte, dass ich deinen Ausführungen nicht ganz folgen kann. Was willst du damit andeuten?«

»Dass die Gräfin du Barry äußerst umtriebig ist, deinem Wunsch, dich von den Fesseln der Ehe zu lösen, zu entsprechen. Meine Leute konnten zwei diesbezüglich an dich adressierte Nachrichten abfangen. Eine Entdeckung ihrer Verwicklung in deine Angelegenheiten dürfte Seiner Majestät wenig gefallen. Darum habe ich beschlossen, dich vom Hof zu entfernen und zu meiner Mutter zurückzuschicken. Ich hatte dich gewarnt.«

Emilia sah ihre Felle davonschwimmen. »Und was ist mit deinem kostbaren Erben? Wie willst du ihn zeugen, wenn du mich fortschickst?«, unternahm sie einen für sie nicht unbedingt vorteilhaften Versuch, ihn umzustimmen.

»Ich freue mich, dass du dieses Thema selbst anschneidest. Selbstverständlich entspricht es meinem Wunsch, dass mein Erbe nicht auf französischem Grund und Boden das Licht der Welt erblickt, sondern in seiner Heimat Italien.«

»Wie du meinst. Du hast also beschlossen, dich noch länger in Geduld zu üben.«

»Das denke ich kaum«, erwiderte der Herzog mit einem maliziösen Lächeln. »Aus eben diesem Grund verfrachte ich dich gleich morgen früh in eine Kutsche.« Carlo schlang seinen linken Arm um ihre Taille und legte seine rechte Hand in einer besitzergreifenden Geste auf Emilias flachen Bauch.

Emilia runzelte die Stirn und versuchte, sich ihm zu entziehen. »Was soll das?«

»Meiner Treu? Kann es sein, dass du tatsächlich noch ahnungslos bist?«

Emilia riss sich von ihm los. »Was soll das?«, wiederholte sie scharf.

»Aber du trägst meinen Erben längst in dir. Du bist schwanger, meine Liebe! Odette hat mir regelmäßig Bericht erstattet. Dein Monatsfluss ist seit Wochen überfällig.« Seine grauen Wolfsaugen blickten sie triumphierend an.

»Oh, dieses verdammte Miststück!«, entfuhr es Emilia.

»Mäßige dich, Herzogin. Du trägst den künftigen Thronerben Italiens in dir. Bisher habe ich dir dein ungestümes Temperament durchgehen lassen. Ab sofort erwarte ich von dir ein deiner Stellung angemessenes Benehmen. Ich habe Doktor Flambert rufen lassen. Er wird dich untersuchen, um jeglichen Irrtum auszuschließen. Ich rate dir, dich ihm nicht zu widersetzen. Schließlich wäre eine Diagnose, die eine Mutterschaft ausschließt, eher in deinem Interesse, nicht wahr? Bedenke, dass ich dich in diesem Fall noch eine Weile länger in Paris behalten würde.«

Emilias Hoffnungen flammten sofort wieder auf, jedoch versicherte Doktor Flambert dem Herzog nach eingehender Konsultation, er habe eine bestehende Mutterschaft bei seiner Gemahlin festgestellt, und schon am nächsten Morgen saß Emilia in der Kutsche nach Sulmona. Sowohl Rosa als auch Graziano hatten darin Platz genommen. Herzog Carlo wollte jeglicher Gefahr für sein Kind vorbeugen. Er hatte Emilias Wutausbruch nach der endgültigen Diagnose nicht vergessen und traute seiner Gattin durchaus zu, sich, wie angekündigt, während voller Fahrt aus der Kutsche zu stürzen.

Im Verlauf der wochenlangen Rückreise blieb Emilia nicht eine Sekunde sich selbst überlassen. Wie sie dieses Kind schon jetzt hasste, das sie von nun an an den Herzog band!

Drei Wochen später langten sie in Sulmona an. Seit einigen Tagen litt Emilia an Appetitlosigkeit. Ein Novum, das sie selbst in Erstaunen versetzte. Ihr Appetit war bisher das Einzige gewesen, was nicht gelitten hatte. Ihre Schwiegermutter empfing sie mit triumphschwangerer Miene. Emilia rauschte ohne ein Wort an ihr vorbei. Filomena hingegen freute sich aufrichtig über ihre Rückkehr, schien jedoch ausnahmsweise nichts von ihrem Zustand zu ahnen. Emilia erzählte ihr auch nichts davon. Sie empfand ihre Mutterschaft als Niederlage und wollte mit niemandem über ihre Schmach reden.

Am Morgen nach ihrer Ankunft – Emilia hatte schlecht geschlafen und wirres Zeug geträumt – betrat Rosa zur üblichen Stunde das Schlafgemach. Sie balancierte ein üppig bestücktes Tablett, dessen Schalen, Tellern und Kannen die lieblichsten Düfte entstiegen. Emilia hatte in Paris den Luxus für sich entdeckt, ausgiebig im Bett zu frühstücken. Kaum aber hatte Rosa das Tablett vor ihr abgestellt, als Emilia gefährlich grün im Gesicht anlief. Sie sprang auf, stieß das Tablett um, das sich mit all seinen festen und flüssigen Köstlichkeiten auf die seidene Bettdecke ergoss, und stürzte in das angrenzende Waschkabinett.

Rosa, kurz hin- und hergerissen zwischen der Bescherung auf dem Bett und der Sorge um Emilia, eilte ihr hinterher. Minutenlang würgte sich die junge Frau die Seele aus dem Leib. Rosa feuchtete ein Tuch mit kaltem Wasser an und rieb ihr damit sanft über Mund und Gesicht. »Mein armes Lämmchen, mein Kindchen, es ist ja schon gut, es ist ja nichts«, murmelte sie in ihrem gewohnten Singsang.

Emilia fand gar nichts gut und noch weniger, dass es nichts war. Sie fühlte sich sterbenselend. Ausgerechnet ihr widerfuhr dies, die sich stets einer prachtvollen Gesundheit erfreut hatte. Eine neuerliche Welle der Übelkeit stieg in ihr auf, und die nächsten Minuten dachte sie an gar nichts mehr. Emilias Magen schien sich nach außen stülpen zu wollen, bis auch Rosa einsah, dass dies über das übliche Maß hinausging.

In diesem Augenblick erschien Filomena. Interessiert verfolgte sie eine Weile das sich ihr bietende Schauspiel. »Ach? Ist es schon so weit?«, meinte sie gedehnt und biss in einen Apfel, den sie sich aus der Schale stibitzt hatte.

»Los, steht hier nicht herum und haltet Maulaffen feil«, rief Rosa ihr ungewohnt energisch zu. »Holt Eure Mutter hierher!«

Beatrice betrat kurz darauf das Waschkabinett. Ein Blick auf Emilia genügte, und sie machte ohne ein Wort kehrt. Nicht lange, und sie kam mit einem Flakon zurück, der eine klare Flüssigkeit enthielt. Sie kniete sich neben Emilia und sagte: »Trinkt das, es wird Eure Beschwerden lindern.« Gemeinsam mit Rosa, die Emilias Kopf hielt, setzte sie den Trank an ihre Lippen. Emilia war längst zu erschöpft, um Widerstand zu leisten. Tatsächlich half der Trank, und die Übelkeit ließ nach. Emilia wurde von einem Diener in ihr Bett getragen, das die Mägde zuvor gesäubert hatten. Emilia ließ alles mit sich geschehen. Ihr gesamter Körper schmerzte, als hätte man sie geschlagen, und ihre Kehle brannte, als bestünde sie aus flüssigem Feuer. »Wasser«, flüsterte sie heiser.

Rosa beeilte sich, ihrer Aufforderung nachzukommen. »Schlaft jetzt, mein Lämmchen«, sagte sie so leise, dass die Herzoginmutter es nicht hören konnte. Zärtlich strich sie ihrem Schützling mit der Hand eine dunkle Haarsträhne aus dem Gesicht. Emilia öffnete noch einmal ihre Lider, um Rosas Fürsorge mit einem gehauchten »danke« zu belohnen. Doch ihre Zofe hatte sich vom Bett entfernt. An ihre Stelle war Beatrice getreten. Das Letzte, das Emilia daher sah, war deren Gesicht, das sich mit einem seltsam befriedigten Lächeln über sie beugte. Das sieht ihr ähnlich, dachte Emilia schläfrig. Sie erfreut sich an meinem Leiden …

Als sie am nächsten Morgen ihre Augen öffnete, fand sie Filomena an ihrem Bett. »Tja, meine Liebe! Der Natur entkommt man nicht«, bemerkte sie nüchtern.

Emilia setzte sich auf. Schwarze Punkte tanzten vor ihren Augen, und ihr war weiterhin übel. Sie verabscheute das Kind des Herzogs, da es ihr diesen grässlichen Zustand aufzwang. Die nächsten Wochen gestalteten sich zu einer wahren Tortur. Immer wieder wurde Emilia von Brechreiz übermannt, und ihr Magen entledigte sich hartnäckig des Wenigen, das man ihr zuvor mühsam eingeflößt hatte. Dazu kam die unerträgliche Hitze, die selbst die dicken Mauern des Palazzo durchdrang. Zwar neigte sich der Sommer seinem kalendarischen Ende zu, doch den Temperaturen nach konnte man annehmen, es sei noch Juli.

Emilia verbrachte die meiste Zeit in ihrem Bett, bei geschlossenen Läden und nur mit einem leichten Laken bedeckt. Sie dämmerte vor sich hin, immer in der Erwartung, dass die nächste Welle der Übelkeit über sie hereinbrechen würde. Die von Beatrice verabreichten Tränke verschafften ihr stets nur für kurze Zeit Linderung. Emilias Zustand verschlechterte sich von Woche zu Woche. Dunkle Ringe bildeten sich unter ihren Augen, die allen Glanz verloren hatten, und ihre Haut nahm einen wächsernen Ton an. Bald zeigte sich selbst Beatrice besorgt, dass sie das Kind verlieren könnte.

Eines Abends, Emilia dämmerte am Rande der Schwerelosigkeit dahin, glaubte sie, zwei Stimmen an ihrem Bett unterscheiden zu können. »Wie lange geht das schon so?«, erkundigte sich eine gedämpfte männliche Stimme, in die sich Unmut und Sorge gleichermaßen mischten.

»Seit ihrer Rückkehr.«

»Du kannst wirklich nichts tun, um ihren Zustand zu verbessern?«

»Nein, ich sagte doch, dass ich bereits alles in meiner Macht Stehende versucht habe«, entgegnete die weibliche Stimme in gereiztem Ton. »Wie du dich sicher erinnerst, sind meine besten Kräuter aus China und dem Orient bei der Explosion des Laboratoriums verbrannt. Ich konnte mir noch keinen Ersatz beschaffen. Aber ich erwarte das Eintreffen der neuen Lieferung jeden Tag.«

»Also versagen hier sogar deine Künste!«

»Du hast recht«, stimmte die weibliche Stimme völlig überraschend zu. »Die Kräfte der Natur sind grenzenlos. Deine kleine Gattin befindet sich inmitten eines Kampfes gegen die Natur ihrer Weiblichkeit. Vergiss nicht, sie ist ein absolutes Geschöpf der Freiheit. Ein Kind bedeutet für sie Bindung und Einschränkung. Sie will dieses Kind nicht. Ihr Geist betrachtet es als seinen Feind und bringt den Körper dazu, sich dagegen zu wehren. Wir können nur abwarten, wer am Ende diesen Kampf für sich entscheiden wird: die Mutter oder das Kind.«

»Du bist dir wegen des Kindes sicher? Ich finde nicht, dass man ihr etwas davon ansieht.« Der Herzog mochte kaum glauben, dass es sich bei diesem bleichen, abgezehrten Geschöpf um dasselbe strahlend schöne Mädchen handelte, das unter den Kronleuchtern von Versailles die Augen eines verwöhnten und gesättigten Hofes samt seines Souveräns auf sich gezogen hatte.

»Natürlich bin ich mir sicher«, erwiderte Beatrice trocken. »Sorge dich nicht. Das Mädchen ist robust wie eine Landstreicherin, und dieser Zustand wird nicht ewig währen. Bald wird sie das Schlimmste überstanden haben und wieder frisch wie ein Fisch im Wasser umherspringen.«

»Ich hoffe sehr, dass du recht behältst, Mutter«, sagte der Herzog mit einem letzten Blick auf Emilia.

»Ihr gebt gut auf sie acht, hört Ihr?«, ermahnte der Herzog Rosa, die in respektvoller Entfernung verharrte.

Beatrice behielt recht. Nach einer weiteren Woche verschwand der Spuk ebenso schnell, wie er über Emilia hereingebrochen war. Sie war so hungrig, dass sie den Gedanken an das Kind, das sie trug, zunächst erfolgreich aus ihrem Kopf verdrängte. Bereits am dritten Tag konnte Emilia das Bett für kurze Zeit verlassen und ihr Mahl am kalten Kamin zu sich nehmen. Filomena leistete ihr Gesellschaft.

Der Herzog sei bereits vor Emilias Genesung erneut aufgebrochen, um »seine Interessen in Rom voranzutreiben«, wie Filomena es formulierte. Die Reise nach Paris hatte sich letztendlich doch als erfolgreich erwiesen, wie Filomena Emilia ebenfalls berichten konnte. Der Herzog von Pescara hielt nun ein mit allen Siegeln des französischen Reichs und dessen Souverän, König Ludwig XV., versehenes Dokument in Händen, welches ihn als legitimen Urenkel seines Urgroßvaters, des großen Sonnenkönigs, auswies. Insgesamt zwanzig Millionen Livres hatten dabei den Besitzer gewechselt und Eingang in die französische Staatsschatulle gefunden. Wie viel an Provisionen hierfür an den nimmersatten Choiseul und andere Hofbeamte geflossen waren, wusste Filomena nicht zu beziffern. Jedoch konnte sie berichten, dass an dieses Dokument eine besondere Bedingung geknüpft war, die weniger auf Ludwig XV. als auf den Außenminister Choiseul zurückzuführen war, der sich hier durchgesetzt hatte: Es würde erst in Kraft treten, wenn Beatrice von Pescara ihrerseits die versprochene Gegenleistung erbracht hatte.

»Welche Gegenleistung?«, fragte Emilia verwundert, während sie den Löffel beiseitelegte. Die Suppenterrine war leer gefegt wie ein Strand bei Ebbe, und sie verspürte immer noch Hunger. Sie tat sich deshalb an dem ofenwarmen Weißbrot gütlich, das die Brühe begleitet hatte.

»Meiner Treu, ich dachte, das Kind hat nur deinen Magen entleert und nicht auch dein Gehirn«, erwiderte Filomena in ihrer respektlosen Art. »Hast du das große Ziel der Hexe schon wieder vergessen? Das endgültige Verbot des Jesuitenordens durch den Papst?«

»Tut mir aufrichtig leid, Mutter Oberin, aber für politische Intrigen habe ich in meinem Kopf nur den allerletzten Winkel reserviert. Außerdem dachte ich, das große Ziel Beatrices wäre es, eines Tages ihrem Sohn die Krone Italiens aufzusetzen?«, erwiderte Emilia kurz angebunden. Sie war völlig darauf konzentriert, das Brot zu zerpflücken, und schob sich ein großes Stück davon in den Mund.

»Das eine setzt das andere voraus«, erklärte Filomena. »Die Hexe spielt ihr Spiel Zug um Zug.«

Emilia kaute weiter an ihrem Brot, sie wirkte in Gedanken versunken. Unversehens glitten ihre Finger über ihren Bauch. Sie hob den Kopf und folgte einer jähen Eingebung: »Wenn ich das Kind geboren habe und es wird tatsächlich ein Sohn, denkst du, Beatrice und dein Bruder würden mich dann gehen lassen? Hätte ich dann nicht meine Schuldigkeit getan, wenn ich ihnen den heiß ersehnten Erben abgeliefert habe?«

»Heißt das, du willst weiter gegen dein Schicksal ankämpfen?«

»Natürlich! Ich sehe mich keinesfalls als Bauer auf dem Schachbrett, den man nach Belieben umherschubsen kann«, erwiderte Emilia stolz.

»Ich verstehe. Und doch könntest du eines Tages selbst Königin sein …« Filomena warf den Satz wie einen Testballon in den Raum.

»Ich? Wie käme ich dazu?«

»Ganz einfach: Wenn sich alles so entwickelt, wie es die Hexe geplant hat, und mein Bruder Carlo König von Italien wird, dann wirst du – als seine legitime Gattin – Königin sein.«

»Herrje«, machte Emilia. »Das habe ich bisher völlig verdrängt. Nein, vielen Dank«, winkte sie entschieden ab. »Meine Schwiegermutter wünscht sich die Krone so sehr, sie kann sie gerne haben. Mir liegt absolut nichts daran.«

»Das glaube ich dir gern. Aber was ist mit deinem Kind? Liegt dir etwa auch nichts an ihm?«

»Was soll das heißen?« Unwillkürlich spannte sich Emilia an.

»Du scheinst das Kind nicht in deine Pläne einzubeziehen …«

Emilia sah Filomena mit einem Ausdruck an, als wäre sie ihr plötzlich lästig. Gefährlich ruhig sagte sie: »Sprich es aus. Du wirfst mir vor, dass ich in Erwägung ziehe, das Kind – im Austausch für meine Freiheit – in der Obhut deiner Mutter zu lassen. Ist es das, was du sagen wolltest?«

Filomena legte den Kopf schief. »Die Instinkte einer Mutter ...«, setzte sie an, doch Emilia fiel ihr giftig ins Wort: »Die Instinkte einer Mutter? Was weißt du schon davon?«, höhnte sie. »Ich wollte dieses Kind nicht! Seit Wochen quält es mich, fast hätte es mich umgebracht! Und nun soll ich um seinetwillen alle meine Pläne aufgeben? Denkst du, ich will ein aufgezwungenes Leben führen und dazu verdammt sein, Jahr für Jahr herzogliche Kinder zu werfen, bis ich eine ausgelaugte Matrone bin, deren Bauch und Busen zur Erde streben? Hinter diesen Mauern kann ich nicht frei atmen. Ich muss fort, bevor ich daran noch ersticke!« Atemlos hielt Emilia inne. Ihr Herz klopfte wie wild, da ihr Körper sich bisher kaum von den Strapazen der letzten Wochen erholt hatte.

Filomena hatte Emilias Ausbruch geduldig abgewartet. Nun erwiderte sie: »Ich denke, du hast immer noch nicht begriffen, welche Rolle du in den Plänen meiner Mutter spielst. Selbst wenn du in einigen Monaten einen männlichen Erben gebären solltest, werden weder Mutter noch Carlo dich jemals gehen lassen. Falls dir trotz all ihrer Vorkehrungen tatsächlich eine Flucht ohne dein Kind gelänge, so werden sie Himmel und Hölle in Bewegung setzen, um deiner wieder habhaft zu werden. Nein, meine Liebe«, sagte sie ungewöhnlich einfühlsam, »ihnen dein Kind zu überlassen würde nichts an deiner Lage ändern. Sie würden dich niemals in Frieden lassen.« Sie sprach im selben ruhigen Ton weiter, doch er änderte nichts an der Härte ihrer folgenden Worte. »Außerdem solltest du auch in Betracht ziehen, dass das Kind bei der Geburt sterben könnte oder du ein Mädchen gebärst. So oder so erwartet man von dir ein weiteres, männliches Kind.«

»Ich weiß selbst, dass ich für sie nicht mehr Wert besitze als den einer Zuchtstute«, schnaubte Emilia empört. »Gerade deshalb muss ich fliehen!« Es klang aufrichtig trotzig, als sie ergänzte: »Mein Bruder wird mir helfen.«

»An deiner Stelle würde ich mir nicht allzu große Hoffnungen machen«, sagte Filomena. Sie fand es an der Zeit, Emilia einiger ihrer Illusionen zu berauben – auch wenn sie selbst einmal daran geglaubt hatte. Inzwischen hatte sie ihre Meinung dazu geändert.

Durch Emilia ging ein Ruck. »Wie kannst du daran zweifeln, Filomena?«

»Ich zweifele nicht, ich konstatiere: Dein Bruder ist Jesuit. Ergo hat er derzeit andere Sorgen, wie du selbst am besten weißt. In seinen Augen bist du vor Gott mit meinem Bruder Carlo verheiratet. Du bist die Herzogin von Pescara, und der Herzog hat als dein Gemahl alle legitimen Rechte über dich. Dass die Ehe vollzogen wurde, davon wird sich bald der Blindeste mit einem Blick auf deine Taille überzeugen können. Glaubst du wirklich, dein Bruder würde alles riskieren, sein Leben und seine Berufung, um seiner rechtens verheirateten Schwester zu Hilfe zu eilen, nur weil dieser der Gatte nicht genehm ist, den der Vater für sie ausgesucht hat?«

Emilia sank buchstäblich in sich zusammen. »Barmherziger! Du hast ja absolut recht! Ich kann das nicht von Emanuele verlangen. Es würde sein Leben zerstören …«

Filomena verstand, dass Emilia diesen Schlag erst verkraften musste. Doch er war nötig gewesen, um ihrer Freundin die Augen zu öffnen.

Endlich hob Emilia ihr Gesicht, ein entschlossener Zug stand um ihren Mund. »Dann muss ich mir eben selbst helfen.«

Filomena suchte gar nicht erst, ihre Befriedigung darüber zu verbergen. »Du wirst dich also weiterhin nicht in dein Schicksal fügen?«

»Selbstverständlich nicht. Falls ich dein Lächeln richtig deute, scheinst du nichts dagegen zu haben.«

»Nein, im Gegenteil. Ich wollte nur, dass du begreifst, dass wir auf uns alleine gestellt sein werden. Auch ich will ein für alle Mal das Joch dieser Hexe, die zufällig meine Mutter ist, abwerfen. Ich habe bisher nur ausgeharrt, da ich weiter gehofft habe, dass mein Bruder endlich deren wahres Wesen erkennt und sich von ihr abwendet. Doch ich habe begriffen, dass dies reines

Wunschdenken war. Auf seine Art ist Carlo kaum minder verdorben als sie. Dabei liebe ich meinen Bruder. Ich war sogar bereit …« Filomena schluckte, bevor sie fortfuhr. »So übermächtig war mein Wunsch, meinen Bruder und mich von der Hexe zu befreien, dass ich eines Nachts versucht habe, sie in ihrem Bett zu ermorden.« Nervös schielte Filomena nach diesem Geständnis auf Emilia.

Emilia beugte sich vor und legte ihre Hand über Filomenas. »Du musst damals wirklich sehr verzweifelt gewesen sein«, meinte sie sanft. »Doch lass uns nicht weiter darüber sprechen. Es ist vorbei.«

»Aber ich muss darüber sprechen«, erregte sich Filomena. »Jahrelang habe ich einfach nur resigniert. Erst du hast mir meinen Mut zurückgegeben.« Sie kam nun zusehends in Fahrt. »Ich … ich wäre sogar bereit, es nochmals zu versuchen!«, rief sie. »Nur wenn die Hexe tot ist, wären wir wirklich frei. Sie ist die böse Triebfeder von allem. Meine Mutter ist kein Mensch, sie ist ein Monstrum. Sie zu morden wäre eine gute Tat!« Filomena zitterte jetzt am gesamten Leib.

Emilia kniete vor ihr nieder und nahm Filomenas Hände auf, die unruhig über das Kleid huschten. »Ich weiß nicht, wie lange es dauern wird, aber ich verspreche dir, eines Tages werden wir frei sein! Komm, trink einen Schluck Wein.« Emilia reichte ihr das Glas und wartete, wie sich Filomenas bleiche Wangen wieder mit etwas Farbe füllten, bevor sie weitersprach: »Wir sollten uns überlegen, wohin wir fliehen wollen. Der Principe Colonna hatte ursprünglich vor, uns bei Freunden in der Nähe von Paris unterzubringen. Ich habe es dir bisher nicht erzählt, aber ich träume schon seit Langem von einem anderen Ort.«

»Wie heißt dieser Ort?«, erkundigt sich Filomena sofort interessiert.

»Amerika!«, verkündete Emilia in einem Ton, als spräche sie vom Gelobten Land.

»Nicht schlecht«, stimmte Filomena sofort zu. »Unermesslich

groß und am anderen Ende dieser Welt. Da dürfte es sogar der Hexe schwerfallen, uns dort auf die Schnelle aufzuspüren.«

»Du heißt meinen Plan also gut?«

»Ich halte die Wahl des Ortes für gut. Nun müssen wir nur noch von hier fliehen, sicher die Küste erreichen, ein Schiff auftreiben, das nach Amerika aufbricht, und den Kapitän überreden, zwei allein reisende Frauen mit an Bord zu nehmen. Ein Kinderspiel …« Filomena hatte schnell zu ihrer alten Form zurückgefunden.

Emilia grinste. »Pest, dein Pessimismus ist so erfrischend wie ein kalter Guss. Ehrlich, du hörst dich genauso an wie meine Freundin Serafina. Ihr beiden würdet euch blendend verstehen.«

»Ach? Wer ist denn diese Serafina? Gehört ihr nicht Paridi?«

»Ja, sie ist meine beste Freundin. Wir sind zusammen aufgewachsen und gemeinsam aus Santo Stefano geflohen. Sie hält sich derzeit im Palazzo Colonna auf. Sie würde auch mit nach Amerika kommen.«

»Fein, dann füge ich meiner Liste hinzu, dass wir, bevor wir zur Küste reisen, einen Umweg über Rom machen müssen, um Freundin Serafina abzuholen.«

»Du verfügst wirklich über ein besonderes Talent, anderen Mut zuzusprechen«, meinte Emilia. »Aber eins nach dem anderen. Zunächst sollten wir uns der Frage zuwenden, wie wir unsere Überfahrt bezahlen wollen. Was wir brauchen, ist Geld. Ich habe zwar in Versailles ein hübsches Sümmchen beim Spiel gewonnen, aber deine diebische Mutter hat es an sich genommen …«

»Gold und Edelsteine wären auch nicht schlecht …«

Etwas an Filomenas Ton weckte Emilias Aufmerksamkeit: »Das klingt, als stünde dir davon etwas zur Verfügung?«

»Nun, ich weiß, wo Mutter ihre Schätze aufbewahrt.«

»Du willst sie bestehlen?«

»Natürlich.«

»Und wie? Hast du schon einen Plan?«

»Ich überlege noch, aber wir haben ja Zeit.«

Emilia wollte schon auffahren. Dann begriff sie, worauf Filomena anspielte. Sie seufzte. Es stimmte, sie hatten Zeit. Erst musste sie dieses verflixte Herzog-Kind zur Welt bringen …

Etwas Gutes hatte die Rückkehr nach Sulmona: Der von Emilia so sehnsüchtig erwartete Besuch Emanueles in Begleitung ihres Vaters konnte nun doch stattfinden. Sie befand sich gerade auf dem Weg zur Morgenmesse, als ein von Emanuele vorausgeschickter Bote in den Hof ritt. Er kündigte deren Ankunft für den übernächsten Mittag, den 1. Oktober, an. Mit Rücksicht auf den alten Conte Abelardo reiste der kleine Trupp im gemächlichen Tempo. Leider stand in dem Brief auch, dass ihr älterer Bruder Piero sich dem Besuch ebenfalls angeschlossen hatte. Doch selbst diese Nachricht konnte Emilias Freude nicht trüben. In weniger als achtundvierzig Stunden würde sie Emanuele und ihren Vater in die Arme schließen!

Noch am selben Tag sandte Emilia Bischof Paini eine Nachricht über den verwandtschaftlichen Besuch und versicherte sich seiner Unterstützung. Der gute Mann ließ Beatrice daraufhin übermitteln, dass er sich dem gerne anschließen werde und sich freue, Vater und Brüder der Herzogin kennenlernen zu dürfen. Beatrice hatte Emilias Schachzug mit einem säuerlichen Lächeln quittiert. Nach der Messe hatte die Herzoginmutter – wie so oft – ihre Kutsche anspannen lassen. Herzog Carlo glänzte weiter mit Abwesenheit. Laut Filomena hatte er angeblich nur kurz in Rom geweilt und war weiter nach Madrid gereist, an den Hof Karls III.

Kaum hatte Beatrices Kutsche den Hof verlassen, da eilte Filomena zu Emilia. »Du hast mich einmal nach meinen besonderen Talenten gefragt. Ich sagte dir, dass ich sie dir zeigen werde, wenn die Zeit gekommen ist. Komm mit! Es ist so weit.« Emilia folgte Filomena in die Eingangshalle. Wieder ging es durch die kleine Pforte hinter der Treppe. Doch anstatt weiter den aus den Felsen geschlagenen Stufen zu folgen, wandte sich Filomena auf dem Absatz nach links. Dort befand sich eine weitere, in die

Steinwand eingelassene Pforte. Sie ließ sich nur mit einem schweren Schlüssel öffnen, den Filomena just aus den Tiefen ihres Gewandes hervorgezaubert hatte. Sie betraten einen kargen Vorraum. Einer der riesigen Nubier aus der Leibwache Beatrices kam ihnen mit einer Fackel entgegen. Eine Pritsche mit einer zerwühlten Decke in der Ecke zeigte an, dass er hier Quartier bezogen hatte. Seine Augen leuchteten bei Filomenas Anblick auf, und Emilia ahnte sofort, dass sie den geheimen Liebhaber ihrer Freundin vor sich hatte.

»Es ist gut, Ta-Seti. Meine Mutter hat erlaubt, dass ich der Herzogin meine Werkstatt zeigen darf«, sagte Filomena bestimmt. Ta-Seti maß seine Geliebte mit einem hungrigen Blick, trotzdem schien er sichtlich zu zögern. »Herrin nichts gesagt«, erwiderte er mit kehliger Stimme. Seine Augen streiften für den Bruchteil einer Sekunde Emilias Mitte, wo sich eine leichte Wölbung bemerkbar machte.

»Du kannst gerne gehen und sie fragen. Die Herzogin und ich werden hier so lange auf deine Rückkehr warten.« Filomena ließ sich häuslich auf der Pritsche nieder. Emilia staunte über ihre Unverfrorenheit. Ihr war klar, dass Beatrice es keinesfalls erlaubt hatte, zudem war sie ja eben erst mit ihrer Kutsche aufgebrochen.

Der große Nubier wirkte unschlüssig. Er sah mehrmals von Filomena zur Tür und wieder zurück. Schließlich sagte er: »Es ist gut. Ihr passieren könnt.« Er drehte sich um, und der Lichtschein seiner Fackel erfasste eine weitere Tür. Erstaunt entdeckte Emilia daran zwei identische Schlösser. Ta-Seti löste den Schlüssel, den er an einer Kette um den Hals trug, und öffnete ein Schloss, während Filomena das andere mit einem zweiten Schlüssel, den sie ebenfalls aus ihrem Kleid gezogen hatte, öffnete. Die eisenbeschlagene Pforte schwang geräuschlos zur Seite. Sofort schlug ihnen der Geruch von kaltem Rauch entgegen. Filomena nahm Ta-Seti die Fackel ab, schenkte ihm ein verschwörerisches Lächeln, um dann die Tür direkt vor seiner Nase zu schließen. Innen entfachte sie sofort mehrere Lampen, und

Emilias Augen offenbarte sich nach und nach eine Art Schmiedewerkstatt. Angesichts der umfangreichen Vorsichtsmaßnahmen hatte sie sich etwas Großartigeres erwartet. Sie machte eine Esse, einen Amboss und ein merkwürdiges Gebilde aus Eisen aus, aus dem mehrere Hebel wie lange Finger ragten. Über einer Werkbank baumelten von einer Stange Gussformen in allen möglichen Größen. Einzig ein edler Intarsienschrank aus Kirschholz gegenüber der Tür fiel aus dem Rahmen.

Zielstrebig löste Filomena aus der Mauer neben dem Kamin einen lockeren Stein. Sie fasste in den Spalt und zog einen weiteren Schlüssel aus dem Geheimfach. Damit ging sie auf den Schrank zu und steckte ihn in das stirnseitige Ornament einer vergoldeten Lilie. Sie drehte ihn um, und sofort setzte sich ein verborgener Mechanismus in Gang. Der Schrank schwang zur Seite und gab den Blick auf einen kaum einen Meter hohen Geheimgang frei. Filomena nahm eine Lampe, bückte sich und schlüpfte voran. Emilia folgte ihr. Der enge Stollen mündete nach wenigen Metern überraschend in ein hohes Gewölbe. Filomenas Licht huschte über den kahlen Boden, und Emilia wurde jäh von einem gewaltigen Leuchten geblendet. Sie konnte kaum glauben, was sich ihren Augen bot: Berge von Gold stapelten sich in ordentlich aufgeschichteten Barren. Dazu eine Unzahl weiterer goldener Gegenstände, Pokale, Schalen, ornamentaler Schmuck, massive barbarische Gürtel, Brustpanzer, goldene Masken, Götzenfiguren, meist mit funkelnden Edelsteinen besetzt …

»Darf ich vorstellen?«, sagte Filomena eher beiläufig, als würde sie jeden Tag Tonnen von Gold einer interessierten Schar von Besuchern präsentieren. »Der legendäre Schatz der Inkas. Oder zumindest ein Teil davon.«

Überwältigt trat Emilia näher und berührte einen massiven Gürtel aus Gold, der mit daumennagelgroßen Rubinen besetzt war. »Wie, es gibt noch mehr davon? Aber woher …?«, flüsterte sie.

»Erinnerst du dich noch an das Gespräch der beiden Männer,

das wir an deinem Hochzeitsabend belauscht haben? Moñino und Pombal? Sie sprachen tatsächlich von einer Schatzkarte. Und sie hatten recht. Mutter hat die Karte vor vielen Jahren den Jesuiten gestohlen. Die haben sie den Spaniern gestohlen, und jene wiederum den Inkas«, erklärte Filomena. »Schau«, sie hatte einen Lederbeutel aus einer eisenbeschlagenen Kiste genommen, die bis oben hin mit solchen Beuteln angefüllt war. Sie öffnete ihn und schüttete einige glänzende Goldmünzen auf ihre Handfläche. Die Prägung zeigte den geflügelten Löwen von Venedig. »Venezianische Golddukaten«, sagte sie stolz. »Aus dem Gold der Inkas. Noch nie hat jemand die Fälschung bemerkt.«

»Wieso Fälschung? Sie sehen absolut echt aus.«

»Natürlich sind sie echt, nur eben aus dem geschmolzenen Gold der Inkas gefertigt.«

Emilia ging ein Licht auf. »Das sind deine Talente? Du gießt und fälschst die Dukaten?«

»Ja, unter anderem. Die Hexe kann schlecht all diese Schätze so, wie sie sind, unter die Leute bringen.« Filomena zeigte vage auf das Gold. »Also schafft sie sich legale Devisen für den Handel.«

»Warum hilfst du ihr dabei?«

»Was soll ich sonst tun? Den ganzen Tag herumsitzen? Ich habe Spaß daran, schöne Dinge zu erschaffen. Sieh her!« Sie öffnete eine Schmuckschatulle. Darin lagen eine fein ziselierte Kette aus Gold, dazu passende Ohrringe und mehrere Armbänder. Alles war mit kleinen rosa Perlen eingefasst. Emilia hatte selten eine so meisterhaft filigrane Arbeit gesehen.

»Aber du bist ja eine Künstlerin«, hauchte sie beeindruckt.

»Ich weiß«, erwiderte Filomena unbescheiden. »Ich entwerfe viel Schmuck. Aber ich habe dich aus einem anderen Grund hierhergeführt. Du musst etwas hinausschmuggeln.«

»Warum ich und nicht du?«, wunderte sich Emilia.

»Weil ich schon erwischt worden bin. Ta-Seti hat seitdem den Auftrag, mich gründlich zu durchsuchen, sobald ich meine Werkstatt verlasse. Die Hexe lässt auch für alle Fälle regelmäßig mein Zimmer auf den Kopf stellen. Bei dir verhält es sich anders. Ta-Seti ist furchtbar abergläubisch, und er würde niemals eine Schwangere berühren.«

»Bekommt Ta-Seti keine Schwierigkeiten, falls deine Mutter von meinem Besuch hier erfährt?«

»Wer sollte es ihr verraten? Ta-Seti liebt mich und wird daher schweigen.«

»Wird ihr denn nicht auffallen, wenn etwas fehlt?«

»Bei den Mengen?«

»Wie viel Gold nehmen wir mit?«, wollte Emilia als Nächstes wissen.

»Keines«, grinste Filomena. »Trotz Mutters Vorsichtsmaßnahmen habe ich längst genug Edelsteine und Münzen hinausgeschmuggelt. Immer nur ein Stück auf einmal, jedes Mal versteckt an einer Stelle, die Ta-Setis Fantasie übersteigt.« Filomena hätte sich ihr anzügliches Grinsen sparen können, schon ihr Ton hatte Emilia die Natur des Verstecks verraten. »Heute nehmen wir nur die Karte mit. Ich habe sie hier deponiert, weil es der letzte Ort ist, wo die Hexe danach suchen würde.«

»Welche Karte?«

»Die Schatzkarte, die den Weg zum Gold der Inkas weist.«

»Wie, du hast sie ihr gestohlen?« Emilia war völlig perplex.

»Natürlich nicht, du Schaf. Sie befindet sich in ihren eigenen Gemächern, in einem nur ihr bekannten Geheimfach. Der Zugang zu ihrem Flügel wird Tag und Nacht von ihrer nubischen Leibgarde bewacht. Ich habe allerdings eine getreue Kopie gefertigt, die vom Original nicht zu unterscheiden ist, und hier unten versteckt.«

»Und wie hast du das angestellt, wenn sie derart gut bewacht wird?«, stellte Emilia verständlicherweise Filomenas Logik infrage.

»Carlo hat sie mir einmal vor Jahren gezeigt. Ich habe sie aus dem Gedächtnis nachgezeichnet.«

»Was? Aber wie soll das gehen?«, rief Emilia ungläubig.

Filomena zuckte mit den Schultern. »Keine Ahnung, es ist

einfach so. Ich sehe mir eine Skizze oder eine Buchseite an, und es prägt sich mir ein wie ein Bild. Ich kann danach alles getreulich wiedergeben. Ich kann es dir gerne später vorführen. Aber jetzt sollten wir uns beeilen.« Filomena warf einen prüfenden Blick zum Eingang, bevor sie sich bückte und einen weiteren lockeren Stein aus der Wand löste. Der entstandenen Lücke entnahm sie einen schmalen Behälter aus Stahl, gerade so lang wie ein Kamm. »Habe ich selbst gefertigt. Hier, versteck den Behälter in deinem Ausschnitt.«

Alles klappte wie am Schnürchen. Nachdem Filomena mit dem Mechanismus den Schrank wieder an seinen Platz gerückt und den Schlüssel dazu im Fach neben dem Kamin verstaut hatte, betraten sie den Vorraum. Ta-Seti tastete zwar Filomena ab, jedoch wagte er es nicht, Emilia zu berühren, im Gegenteil, er hielt so weit Abstand von ihr, wie es ihm in der kleinen Kammer möglich war. Ohne Eile kehrten sie in Emilias Gemächer zurück. Dort warfen sie sich ausgelassen auf das Bett, nachdem Filomena einen Stuhl vor die Tür gerückt hatte. Emilia zog den Behälter sogleich aus ihrem Ausschnitt. »Darf ich sie mir ansehen?«

»Natürlich!« Filomena öffnete ihn und faltete die Karte auseinander. Staunend fuhr Emilia mit dem Finger die verschiedenen Symbole und Linien nach. »Sie sieht furchtbar echt und alt aus.«

»Ja, sie ist aus Leder, das ich speziell bearbeitet habe. Daher ist es vom Original auch von der Beschaffenheit her kaum mehr zu unterscheiden.«

»Aber wenn deine Mutter den Schatz längst gehoben hat, wozu ist dann die Karte noch gut?«

»Der Schatz ist so riesig, dass mehrere Schiffsladungen nötig wären, um ihn abzutransportieren. Mutter unternimmt alle zwei Jahre eine Expedition nach Peru und entnimmt ihm immer nur so viel, wie sechs Mann tragen können.«

»Aber sind das nicht gefährliche Mitwisser?«

»Sie lässt sich dabei stets nur von ihrer nubischen Leibwache begleiten. Sie interessieren sich nicht für Schätze, nur für ihr Opium. Mutter versorgt sie ausreichend damit. Wir sollten uns jetzt sehr gut überlegen, wo wir die Karte bis morgen verstecken.«

»Bis morgen?«

»Ja, verstehst du denn nicht? Morgen wirst du sie Emanuele heimlich zustecken. Wenn die Jesuiten diese Karte erhalten, haben sie ein Druckmittel in der Hand, den klaren Beweis, dass Beatrice die Karte gestohlen hat! Das wird Mutters wichtigstem Verbündeten gegen die Jesuiten, dem spanischen Minister Moñino, äußerst übel aufstoßen. Moñino ist der Wortführer der politischen Kräfte Europas, der Bourbonen, ihr Sprachrohr am vatikanischen Hof. Er verfügt über enormen Einfluss. Dem Spanier ist natürlich klar, dass die Jesuiten sie nicht mehr in ihrem Besitz haben ...«

»... weil sie sich ansonsten gar nicht erst in dieser prekären Lage befänden«, ergänzte Emilia. Genau das hatte der Spanier Moñino bei seinem Geheimtreffen zu seinem portugiesischen Kollegen gesagt.

»Eben. Richtig eingesetzt, wird die Karte den Jesuiten einen enormen Vorteil beim Papst verschaffen – wenn sie dadurch nicht sogar ihren Fortbestand sichern können. Das wird Mutters Pläne empfindlich stören.«

»Meine Güte, du bist wirklich mit Politik ernährt worden. Das ist ganz schön schlau eingefädelt«, sagte Emilia beeindruckt.

»Ich weiß.«

IX

Endlich! Heute würde sie ihren Vater und ihren Bruder Emanuele wiedersehen. Emilia war so aufgeregt, dass sie keine Minute still sitzen konnte. Um sich bis zum Nachmittag abzulenken, folgte sie ihrer täglichen Routine. Sie besuchte die Frühmesse und begab sich anschließend in die Stallungen, um ihr Pferd für den Ausritt vorzubereiten. Solange es ihr körperlicher Zustand zuließ, wollte sie ihr Tier selbst satteln. Seit die Phase der Übelkeit vorübergegangen war, fühlte sich Emilia gesünder denn je. Sie mochte kaum glauben, dass ein kleines Lebewesen in ihr heranwuchs. Tatsächlich zog sie es vor, den Gedanken daran, so gut es ging, zu verdrängen.

Ihre kleine braune Stute begrüßte sie mit einem freudigen Schnauben. Ihre Schwiegermutter hatte ihr aufgrund ihres gesegneten Zustandes Traben oder gar Galopp verboten. Der tägliche Ausritt auf der braven Stute glich daher einem gemütlichen Dahinschaukeln. Trotzdem genoss Emilia ihre Ausflüge. An diesem besonderen Tag strahlte die Sonne wie eine große gelbe Blume von einem azurblauen Himmel. Emilia fühlte sich jung und lebendig. Es fehlte nicht viel, und sie hätte ihrem Pferd die Sporen gegeben.

Nach einer halben Stunde gemächlichen Rittes erreichten sie einen kleinen Apfelhain. Er war noch nicht völlig abgeerntet, und einige pralle Früchte beschwerten die Äste. Emilia, die nun ständig an Hunger litt, gelüstete nach einem. Sie befahl dem Hauptmann, ihr einen zu pflücken. Missmutig stieg er vom Pferd und erledigte ohne Eile seinen Auftrag. Er saß wieder auf und ritt heran. Wie alle Männer der Herzogin war er groß und kräftig und von einnehmendem Äußeren – vorausgesetzt, er würde nicht ständig eine Miene ziehen, als hätte man ihm gerade sein Pferd unter dem Allerwertesten weggestohlen.

Emilia streckte die Hand nach dem Apfel aus. Gleichzeitig erfüllte ein merkwürdiges Sirren die Luft. Ein jäher Ruck ging durch den Körper des Hauptmanns, und der Apfel entglitt ihm. Seine Augen weiteten sich ungläubig, als versuchte er noch, das Geschehen zu begreifen. Quälend langsam glitt er von seinem Pferd und prallte wie ein Sack auf den Boden. Zwischen seinen Schulterblättern steckte ein gefiederter Pfeil.

Ringsum geschah das Unfassbare. Männer glitten lautlos zu Boden, von einem oder gleich mehreren Pfeilen niedergestreckt. All dies spielte sich innerhalb weniger Sekunden ab. Emilia glaubte sich in einem bösen Traum gefangen. An Flucht dachte sie nicht. Sie erwartete, jeden Moment selbst von einem Pfeil getroffen zu werden. Plötzlich spürte sie eine Hand an ihrem Ellbogen. »Herzogin Emilia?«, sprach sie eine Stimme an. »Bitte erschreckt Euch nicht. Ich bin Hauptmann Santorini. Principe Colonna schickt mich. Schnell, folgt uns bitte. Wir halten eine Kutsche für Euch bereit.« Die bloße Erwähnung von Francescos Namen genügte. Er wirkte wie ein Zauberschlüssel auf Emilia und löste sie aus ihrer Erstarrung. »Und mein Pferd?« Sie hatte die kleine Stute lieb gewonnen.

»Ich bedaure, aber Ihr müsst es hier lassen. Nichts darf auf Euch hinweisen. Euer Pferd könnte erkannt werden.« Er wandte sich an seine Männer, die nun von überall her aus dem Schatten des Hains auftauchten. »Ihr wisst, was ihr zu tun habt.« Schon sammelten sie die Leichen ein und führten die Pferde der Opfer am Zügel fort.

»Aber was ist mit meinem Bruder und meinem Vater? Sie werden heute in Sulmona erwartet«, wandte Emilia weiter ein.

»Ein Ablenkungsmanöver. Sie werden die Herzogin beschuldigen, dass sie ihnen den Besuch verweigert. Dann werden sie mit den Worten abziehen, sich in Rom zu beschweren, und sich anschließend zum vereinbarten Treffpunkt begeben – wo Ihr, verehrte Herzogin, sie mit dem Principe Colonna erwarten werdet. Kommt Ihr? Eile tut not.« Er reichte ihr die behandschuhte Hand.

Ohne weiteres Zögern ließ sich Emilia von dem Anführer zur Kutsche geleiten, die ungefähr hundert Meter entfernt im Schatten der Bäume auf sie wartete. Der Mann half ihr beim Einsteigen. Bevor er die Tür schließen konnte, erkundigte sich Emilia noch: »Sagt, Hauptmann, wohin bringt Ihr mich?«

»Nach Tivoli, Herzogin. Der Principe verfügt dort über die Villa eines Freundes. Niemand wird Euch dort vermuten. Rasch jetzt, wir sollten keine weitere Zeit verlieren.« Er schloss die Tür, und Emilia hörte, wie er den Befehl zur Abfahrt gab. Sofort setzte sich die einfache Reisekutsche in Bewegung. Der Kutscher trieb sein Gespann zu äußerster Eile an, immer wieder konnte sie die Peitsche knallen hören. Die Fahrt dauerte drei Tage. Emilia aß und schlief bereitwillig in der Kutsche, da der Anführer die Rast in einer Herberge als zu gefährlich erachtete. Angesichts der Tatsache, dass man sie bereits aus dem sicher geglaubten Palazzo der Colonnas in Rom entführt hatte, begrüßte Emilia jede Vorsichtsmaßnahme. Einmal, in der ersten Nacht ihrer Flucht, glaubte sie, in der Ferne Schüsse gehört zu haben. Sie rief den Hauptmann zu sich: »Habt Ihr auch diese Schüsse gehört? Was haben sie zu bedeuten?«

»Nichts, Herzogin. Es besteht kein Grund zur Beunruhigung. Lediglich ein kleines Scharmützel. Ich habe einige meiner Leute zurückgelassen, die sich um etwaige Verfolger kümmern sollten. Ruht Euch aus. Ihr seid sicher.«

Die letzte Etappe ihrer Reise brach an. Je näher sie ihrem Ziel kamen, umso mehr schien der Hauptmann seine Männer voranzutreiben. Offenbar lag ihm daran, seine wertvolle Fracht und die damit verbundene Verantwortung möglichst schnell loszuwerden. Emilia konnte die Eile nur recht sein. Nach drei Tagen und zwei Nächten in der Kutsche sehnte sie sich nach einem heißen Bad und einem weichen Bett. Wie als Antwort auf diesen wohligen Gedanken, fühlte sie von innen einen kräftigen Tritt gegen ihren Leib. Bisher hatten die Strapazen der letzten Tage das Kind völlig unbeeindruckt gelassen, es fühlte sich in seinem kleinen Mutteruniversum sicher. Seit es sich das erste Mal im Laufe ihrer Flucht auf diese Weise bemerkbar gemacht hatte, war ihm Emilias Herz zugeflogen. Erst jetzt begriff sie, dass dieses kleine Wesen in ihr lebte und ihre Aufmerksamkeit und Liebe einforderte.

Mit jeder Minute, die sie sich ihrem endgültigen Ziel näherten, wuchs Emilias Nervosität. Ihre Furcht, dass im letzten Moment etwas eintreten könnte, das ihr Wiedersehen mit Francesco Colonna verhindern könnte, ließ sie auf jedes noch so kleine Geräusch achten. Wider alle Vernunft hatte Emilia gehofft, dass ihr Francesco ein Stück des Weges entgegenreiten würde. Doch Santorini hatte diese Hoffnung bei ihrem letzten Halt zunichtegemacht. Das Risiko sei zu hoch. Am frühen Morgen hatte Santorini einen seiner Männer vorausgeschickt, um das Terrain auf drohende Gefahren hin zu sondieren. Sie hatten seine Rückkehr in einem kleinen Pinienwäldchen abgewartet. Selbst im Schutz der hohen Stämme erlaubte ihr Santorini nur kurz, aus der Kutsche zu steigen, damit sie sich ihre steifen Beine vertreten konnte. Gierig sog sie den balsamischen Duft der Zweige ein. Der Wind trug ihr den Schwefel Tivolis zu. Ihr Herz machte einen Satz. Kein Zweifel, sie mussten ihrem Ziel schon ganz nahe sein!

Nach wenigen Minuten scheuchte der Hauptmann Emilia zurück in die Kutsche. Sie entschädigte sich, indem sie sein Verbot umging und den Vorhang vorsichtig anhob und hinausspähte. Die gedrungene Gestalt Santorinis hob sich scharf gegen den Himmel ab. Mit erhobenem Kopf lauschte er angespannt. Endlich konnten sie den Hufschlag eines Pferdes vernehmen. Es war der zurückgekehrte Kundschafter, und offenbar gab er Entwarnung. Santorini schnalzte mit der Zunge und gab das Zeichen zum Aufbruch. Sofort setzte sich die Kutsche schaukelnd in Bewegung.

Wenig später erhob sich die Sonne malvenfarben über den westlichen Sabiner Bergen und zeichnete deren Umrisse wie einen Scherenschnitt in den klaren Horizont. Endlich verlangsamte sich die Fahrt, ein Tor öffnete sich, und die Kutsche bog auf einen mit Kies bestreuten Weg ein. Eine ganze Weile ging es aufwärts, dann folgte ein halber Schwenk, und die Kutsche kam zum Stehen.

Emilia hielt nichts mehr. Noch bevor Santorini den Schlag für sie hatte öffnen können, sprang sie hinaus und stürmte mit geschürzten Röcken auf das Haus zu. In ihrem Eifer, endlich Francesco und damit der Freiheit wiederzubegegnen, nahm sie nichts von ihrer bezaubernden Umgebung wahr, weder den herrlichen weißen Barockpalast noch den kunstvoll angelegten Park, der ihn umgab. Sie interessierte sich einzig für das geschnitzte Eingangsportal, das sich in diesem Augenblick weit für sie öffnete. Eine hohe Gestalt schickte sich an, aus dem Schatten der Halle zu treten. Im Gegenlicht vermeinte Emilia schon, Francesco erkennen zu können, und flog ihm entgegen. Die Freude, ihn zu sehen, schoss in ihr hoch wie eine Flamme. Sie sah ihn beide Arme zu einem Willkommensgruß ausbreiten. Nur noch wenige Stufen trennten sie von ihm. Plötzlich hielt sie so abrupt inne, dass der Schwung sie straucheln ließ. Das war nicht Francesco!

»Da seid Ihr ja endlich, meine Teuerste. Hatte ich Euch nicht prophezeit, dass wir uns wiedersehen werden?« Mit einem Lächeln schritt der Mann die marmorne Freitreppe zu ihr hinab.

Emilia hatte längst erkannt, wer ihr da entgegenkam ... Bittere Galle füllte ihren Mund, als sie die gemeine Täuschung erkannte. Ein einziger Gedanke beherrschte sie nun: Flucht. Blitzschnell wandte sie sich um, nur um gegen die breite Brust Hauptmanns Santorini zu prallen. Er grinste auf sie herab. Alles Joviale und Ehrerbietige war von ihm abgefallen. Emilia wollte sich schroff an ihm vorbeiwinden, doch seine Hände griffen nach ihr und zwangen sie in seinen Schraubstock. Emilia kämpfte und gebärdete sich wie eine Furie, beschimpfte ihn mit der fantastischen Sammlung aus dem Wortschatz ihrer Kindheit. Santorini hatte seine liebe Not, der jungen Frau Herr zu werden, wenn er sie nicht verletzen wollte. Doch es gab kein Entrinnen. Die niederschmetternde Erkenntnis, das eine Gefängnis gegen das andere eingetauscht zu haben, ließ Emilia ihre Enttäuschung laut herausschreien.

»Meiner Treu! Hör sich das einer an. Ihr keift ja schlimmer als die Fischweiber zu Neapel«, amüsierte sich Graf Bramante. Santorini hatte Emilia vor seine Füße gezerrt.

»Verdammter Bastard. Das werdet Ihr bitter bereuen!«, schrie Emilia und spuckte dem Grafen mitten ins Gesicht.

»Ts, ts, und erst Eure Manieren …« Bramante zog ein Taschentuch aus seinem Ärmel und fuhr sich damit über das Gesicht.

Das wilde Verlangen, diesen Mann zu töten, packte Emilia. Wie sie es satthatte, gegen ihren Willen kreuz und quer durch Italien geschleppt zu werden! Die Wut verlieh ihr doppelte Kräfte. Mit einer schnellen, schlangengleichen Bewegung entwand sie sich dem Griff Santorinis und stürzte sich mit einem wilden Aufschrei auf Bramante. Von ihrem unerwarteten Angriff überrumpelt, krachte er rücklings auf die marmorne Treppe. Bis Santorini die junge Frau von seinem Herrn heruntergezerrt hatte, hatte sie Bramantes Gesicht bereits mit ihren Fingernägeln verwüstet. Emilia registrierte es mit Genugtuung. Von dem Tumult angelockt, eilten mehrere Dienstboten herbei. Sie erstarrten vor Entsetzen, als sie ihren blutenden Herrn halb ausgestreckt auf der Treppe entdeckten. Die ihm helfend hingestreckten Hände wehrte er mit einer brüsken Bewegung ab. Allein mithilfe seines Stolzes richtete er sich wieder auf. Emilia weidete sich an seiner schmerzverzerrten Miene.

Viele neugierige Augenpaare huschten zwischen dem Grafen und der schönen jungen Frau hin und her, die Santorini mit eisernem Griff nur mühsam bändigte. Das also war die Dame, nach der ihr Herr seit Monaten gierte. Ohne Zweifel war sie die Ursache für seinen jammervollen Zustand. Sofort spaltete sich der Haushalt in zwei Lager: in jene, die dem arroganten Grafen diese besondere Behandlung vergönnten und Emilia insgeheim dafür bewunderten, und in jene, die Emilia dafür verdammten. Eine junge, frische Magd eilte geschäftig mit einem Tuch herbei. Sie schickte sich an, ihrem Herrn das Blut aus dem Gesicht zu tupfen.

»Scher dich weg«, fegte er sie grob beiseite. Mit lauernder Miene trat Bramante auf Emilia zu. Seine lange, hagere Gestalt schwankte kurz auf der Treppe, doch niemand wagte mehr, ihm eine helfende Hand anzubieten. Der Graf brachte sein Gesicht ganz nah an das ihre, sodass Emilia sein säuerlicher Atem entgegenschlug. »So, man spielt also die Raubkatze?«, zischte er. »Glaubt mir, ich habe ausreichend Erfahrung damit, wilde Tiere zu zähmen. Meist genügen wenige Lektionen mit der Peitsche. Am Ende fressen sie mir alle aus der Hand.«

»Ach ja? Ist das alles, was Ihr könnt? Frauen mit der Peitsche zu drohen? Nur zu, tut Euch keinen Zwang an. Ihr seid nicht nur jämmerlich, sondern feige dazu. Ich verachte Euch!« Jemand auf der Treppe stieß einen empörten Ruf aus. Emilia erhaschte nur einen flüchtigen Eindruck von dem hübschen und prächtig gekleideten Jüngling.

Graf Bramantes Mund verzog sich zu einem angedeuteten Lächeln; in seinen Augen glomm ein gefährlicher Funke. »Ich bewundere Euren Mut, meine Liebe. Leider wisst Ihr noch nicht, was wirkliche Angst bedeutet.«

»Eure Drohungen ermüden mich«, unterbrach ihn Emilia brüsk. »Sagt mir lieber, was Ihr von mir wollt. Wozu diese ganze Inszenierung?«

»Ah, wir beginnen uns also für die Sache zu interessieren? Ich bedaure, meine Schöne. Leider müssen wir unseren Plausch auf später vertagen. Du«, er blaffte Santorini an, »bring sie weg, und gib gut auf sie acht.«

Er trat ins Haus zurück, sofort umgeben von einer Traube besorgter Dienstboten.

Ein zweiter Mann gesellte sich zu dem Hauptmann. Emilia hatte nicht vor, ihnen die Sache leicht zu machen. Doch gegen beide Männer hatte sie keine Chance. Sie zerrten sie über die Treppe in die Eingangshalle des Palazzo. In der Mitte plätscherte ein munterer Springbrunnen. Der schöne Jüngling trat dahinter hervor, näherte sich Santorini und flüsterte ihm einige Worte ins Ohr. Santorini nickte und grinste verschlagen. Anstatt sich der Treppe zuzuwenden, die in die oberen Gemächer führte, durchquerten sie den Raum. Die Halle mündete in einen weitläufigen, in sich geschlossenen Patio. Ein von Wein umrankter Wandelgang verlief an seinem gegenüberliegenden Ende. Dort entdeckte Emilia eine niedrige Pforte. Santorini stieß sie auf, und sofort schlug ihnen modriger Geruch entgegen. Eine steile Treppe wand sich in die Eingeweide der Erde hinab. Je tiefer sie gelangten, umso kühler und feuchter wurde die Luft. Der allgegenwärtige Schwefelgestank nahm ebenfalls zu. Emilia schauderte. Sie kam sich vor, als würden sie direkt in die Hölle hinabsteigen. Endlich betraten sie ebenen Boden. Vor Emilia tat sich ein weitverzweigtes Labyrinth auf. Anfänglich versuchte die junge Frau noch, sich den Weg einzuprägen, doch bald gab sie es auf. Eine weitere Tür mit einem kleinen vergitterten Fenster öffnete sich vor ihr. Santorini schubste sie ohne ein Wort über die Schwelle. Unter dem Türrahmen zögerte er, als erwartete er das Flehen seiner Gefangenen, sie hier nicht allein zurückzulassen.

Emilia hätte sich lieber die Zunge durchgebissen. Mit einem verächtlichen Schulterzucken schloss er die Tür. Die Schritte seiner schweren Stiefel und die seines Komplizen verloren sich in der Dunkelheit.

Emilia blieb allein in der Stille zurück. Das einzige Licht spendete ein schmaler Streifen, der durch das vergitterte Loch hereinfiel. Sie machte sich zunächst daran, ihre neue Behausung zu inspizieren. Ihr Verlies erwies sich als vollkommen leer, nicht einmal eine Pritsche, auf die sie sich hätte setzen können – nur kalter felsiger Boden und nackte Wände. Emilia kauerte sich an die Wand und schlang beide Hände um die angezogenen Knie. Sie tastete nach der Kette mit dem Hexenkreuz, das sie verborgen um ihren Knöchel trug. Sein Vorhandensein tröstete sie.

Das Kreuz würde sie nun auch vor Bramante schützen müssen. Zu gut erinnerte sie sich der Worte Filomenas, dass er ein geschickter Magier sein sollte.

Emilia fröstelte in ihrem dünnen Kleid. Vor allem aber ärgerte sie sich über ihre eigene Dummheit. Nicht eine Sekunde lang hatte sie gezögert, Bramantes Schergen zu folgen. Warum hatte sie nicht daran gedacht, einen Beweis zu verlangen? Emanuele hätte ihren Befreiern sicherlich einige Zeilen aus seiner Hand mitgegeben! Geblendet durch ihre Vorfreude, war sie ihnen in die Falle gegangen.

Francesco. Wie eine süße Qual tauchte vor ihrem inneren Auge sein stolzes Gesicht auf. Sie hatte die Erinnerung an ihn in die tiefste Stelle ihrer Seele verbannt. Gewiss, er war Jesuit, ein Priester und unerreichbar für sie ... Doch da war auch jener köstliche Augenblick in der Herberge gewesen, als ihre Blicke das erste Mal aufeinandergetroffen waren. Allein diese zwei kostbaren Sekunden nährten die Flamme der Hoffnung in ihr. Auch jetzt klammerte sie sich daran und schöpfte neuen Mut daraus. Warum hatte Bramante sie entführt? Wollte er sich für die Schmach rächen, die Beatrice ihm zugefügt hatte?

Wie um sich in Erinnerung zu bringen, trat das Kind kräftig gegen ihre Bauchdecke. »Du hast ja recht«, murmelte Emilia und strich über ihre Rundung. »Mir gefällt es hier auch nicht, aber es wird sicherlich nicht allzu lange dauern.« Irgendetwas würde geschehen. Graf Bramante hatte sicher nicht all den Aufwand betrieben, nur um sie dann in einem feuchten Verlies zu vergessen. Sie klammerte sich an diesen Gedanken wie an eine warme Mahlzeit. Doch die Stunden verrannen, und niemand erschien. Was Emilia neben Kälte und Hunger am meisten zu schaffen machte, war die absolute Stille um sie herum. Bald trauerte Emilia ihrem Appartement in Sulmona hinterher. Dort hatte sie wenigstens Filomena zur Gesellschaft gehabt. Was würde ihre Freundin zu ihrem Verschwinden sagen? Würde sie sich von ihr hintergangen fühlen, da sie annehmen musste, sie sei ohne sie geflohen? Erschrocken fuhr sie auf, während ihre

Hand zum Saum ihres Unterrocks zuckte, dort, wo sich der kleine Behälter mit der Schatzkarte befand. Noch in der Nacht hatte sie ihn dort eingenäht, um ihn bei der ersten Gelegenheit an Emanuele weitergeben zu können. Mein Gott, dachte sie, und ihr Herz kam völlig aus dem Takt. Filomena würde womöglich denken, sie habe die Karte gestohlen! Was würde sie Emanuele erzählen? Sie beruhigte sich wieder. Ihr Bruder würde niemals glauben, dass die Gier nach Gold sie zu einem Diebstahl getrieben habe. Aber sie musste unbedingt verhindern, dass die Karte Bramante in die Hände fiel! Hoffentlich durchsuchte man sie nicht. Je länger sie in ihrer Zelle ausharren musste, umso mehr quälende Gedanken sprangen Emilia aus der Leere an. Ihre Zuversicht wich wie Luft aus einem Ballon und wurde durch Niedergeschlagenheit ersetzt. Sie unterdrückte den immer häufiger wiederkehrenden Impuls, schreiend gegen die verschlossene Tür zu hämmern. Irgendwann, nach langen vergeblichen Stunden des Wartens, fiel Emilias Kopf erschöpft zur Seite. Sie rollte sich zusammen und schlief ein.

So traf Graf Bramante sie an. Er winkte einen Diener mit einer Laterne heran. In ihrem Schein betrachtete er lange die junge Frau. Der Graf liebte reine Schönheit über alles. Ob bei einem Kunstwerk oder einer Frau, ihm kam es vor allem auf die Vollkommenheit an. Und diese junge Frau war vollkommen. Er wusste es, denn er hatte sie bereits nackt erblickt. Es gelüstete ihn seither mit aller Macht danach, dieses Juwel zu besitzen.

»Was starrt Ihr mich so an, als wäre ich ein knuspriger Braten?«

Völlig in seine Gedanken eingesponnen, hatte Bramante nicht bemerkt, dass die junge Frau erwacht war und ihn unter ihren dichten Wimpern ihrerseits beobachtet hatte.

»Habt Ihr gut geschlafen, meine Teure?«, erkundigte sich der Graf im Plauderton, als hätte er sie in einem Boudoir angetroffen und nicht in einem Verlies.

»Ihr scherzt. Eure Gastfreundschaft lässt ebenso zu wünschen übrig wie Eure Manieren.« Emilia erhob sich. Zumindest versuchte sie es. Leider waren ihre Glieder durch die Kälte und die unbequeme Lage so steif geworden, dass sie sich kaum mehr bewegen konnte. Der Graf kniete neben sie und wollte ihr aufhelfen.

»Rührt mich nicht an«, zischte sie.

»Wie Ihr meint …« Der Graf wandte sich an einen der beiden Diener in seiner Begleitung. »Helft ihr.«

Der Angesprochene, ein wahrer Koloss, nahm sie ohne weitere Umschweife auf seine Arme und trug Emilia den gesamten Weg bis nach oben. Die junge Frau wehrte sich nicht gegen ihn. Sein Körper verströmte einen säuerlichen Geruch nach Schweiß, der sich mit dem Rauch der Fackeln mischte, aber er umgab sie mit köstlicher Wärme. Er verfrachtete Emilia in ein lichtdurchflutetes Zimmer im Erdgeschoss, das direkt auf den Patio hinausging. Das vergoldete Bett lockte mit schneeweißen Laken und seidenweichen Kissen. Bramante verabschiedete sich mit der Bemerkung, dass er ihr gleich ihre Zofen schicken werde. Emilia nutzte die kurze Zeitspanne des Alleinseins, um rasch ihren Saum aufzutrennen und die kleine Rolle unter der Matratze zu verstecken. Später musste sie ein besseres Versteck dafür finden.

Es klopfte, und eine kräftige Matrone betrat gemeinsam mit einem blutjungen Dienstmädchen das Zimmer. Sofort machten sie sich daran, Emilia aus ihrer feuchten, zerknitterten Kleidung zu schälen. Anschließend wickelten sie sie in ein weiches Handtuch und geleiteten sie durch eine Verbindungstür nach nebenan. Emilia sah zunächst gar nichts, da der Raum völlig in dampfende Schwaden getaucht war. Über allem schwebte der Geruch von Schwefel. Der Nebel lichtete sich hier und da, und sie sah leuchtend rote Fresken aufblitzen, die auf sie wie Trugbilder aus einer anderen Welt wirkten. Sie wurde einige Stufen hinabgeführt und tauchte in köstlich heißes Wasser ein. Emilia konnte fühlen, wie ihr in der Kälte des Verlieses erstarrter Körper auftaute und ihre Glieder sich entspannten. Sie gab sich ganz der wohltuenden Wirkung des Wassers hin. Schwerelos, das lange schwarze Nixenhaar hinter sich hertreibend, schwebte sie an der Oberfläche dahin.

Nicht nur ihr Körper erholte sich im Wasser, auch ihre trübe Stimmung hellte sich auf

Sie schöpfte frischen Mut, vor allem, da ihr neuerliches Gefängnis einen überaus positiven Aspekt barg: Hatte sich der Abstand zu ihrem Bruder nicht um ein beträchtliches Maß verringert? Kaum eine Tagesreise trennte sie jetzt noch von Rom! Der Gedanke entfachte nicht nur ihren Mut neu, sondern auch ihren Kampfgeist. Womöglich stellte sich die Überwachung in Bramantes Villa als weniger lückenlos heraus als im Palazzo Sulmona? Derart optimistisch gestimmt, sah Emilia dem bevorstehenden Zusammentreffen mit dem Grafen entgegen. Sie erhoffte sich mit Recht von dieser Begegnung die Auflösung des Rätsels ihrer Entführung.

Die förmliche Einladung des Grafen zum Souper hatte ihr dessen Majordomus mit gewichtiger Miene überbracht, kaum dass sie dem Bad entstiegen war. Angetan mit einem leichten Frisiermantel, die Füße in winzigen weißen Satinpantöffelchen, saß sie vor dem dreigeteilten Spiegel, während sich die junge Zofe mit ihrem gewaschenen Haar beschäftigte. Es wurde ausgiebig gebürstet und parfümiert. Emilia wurde durch diese Vorbereitungen fatal an jene vor ihrer Hochzeitsnacht erinnert.

Falls Bramante sich ein amouröses Abenteuer erhoffte, würde er eine böse Überraschung erleben. Der Mann war ihr zuwider. Nichtsdestotrotz beschäftigten sich ihre Gedanken intensiv mit ihm. Als hätte sie damit seinen Geist heraufbeschworen, tauchte unvermittelt sein langes Gesicht mit der Raubvogelnase hinter ihr im Spiegel auf. Emilia benötigte eine Sekunde, um zu realisieren, dass sie keinem Trugbild erlag. Doch die Kratzspuren ihrer Nägel auf seinen Wangen ließen keinen Zweifel daran. Er war es. Aber warum jetzt dieser Besuch, anstatt das gemeinsame Souper abzuwarten, fragte sie sich verwirrt. Plötzlich fing sie Bramantes Blick auf, der auf ihrer nackten Schulter ruhte. Emilia hatte nicht bemerkt, dass ihr Frisiermantel auf der einen Seite etwas herabgeglitten war und ihm ein zartes Schlüsselbein enthüllte. War das der Grund seines Kommens? Hatte er sich erhofft, in diesem intimen Rahmen mehr von den Geheimnissen ihres Körpers zu erhaschen? Dabei hatte er in der unterirdischen Krypta längst mehr von ihr zu Gesicht bekommen, als ihr lieb sein konnte. Welche Absichten verfolgte er dann? Ruhig wandte sie sich auf dem mit schneeweißem Fell bezogenen Hocker zu ihm um.

Zu ihrem Erstaunen beugte Bramante demütig das Knie vor ihr. Er ergriff ihre Hand, als wäre sie eine zerbrechliche Kostbarkeit, und führte sie an seine Lippen. »Meine Teuerste, verzeiht diesen Überfall, aber ich konnte nicht länger warten. Ich musste einfach jetzt kommen, um Euch für die Euch angediehene Behandlung um Vergebung zu bitten. Ich versichere Euch, dass meine Männer aus eigenem Antrieb gehandelt haben. Die beiden Unverschämten werden hart bestraft. Auch möchte ich Euch mein Bedauern über unser erstes unglückliches Zusammentreffen zum Ausdruck bringen. Tatsächlich hattet Ihr jedes Recht, Euch darüber zu echauffieren. Emilia, schönste aller Damen, sagt, darf ich darauf hoffen, dass Ihr mir verzeihen werdet? Ihr würdet mich zum glücklichsten Manne unter der Sonne machen. Ich bete Euch an, seit ich Euch das erste Mal erblickt habe!«

Emilia glaubte ihm kein Wort. Was sollte diese schauspielerische Einlage? Doch Bramantes Verhalten brachte sie auf eine Idee. In Sekundenschnelle wog sie ihre Möglichkeiten neu ab. Wenn der Graf beschlossen hatte, seine Taktik ihr gegenüber zu wechseln, warum sich seinem Spiel nicht anschließen? War er nicht Beatrices Todfeind? Ein gemeinsamer Feind war nicht selten die Basis für eine Einigung. Falls der Graf ihr tatsächlich verfallen war, würde sie daraus ihren Vorteil zu ziehen wissen. Mit einer kaum merklichen Bewegung ließ sie den Frisiermantel wieder hinabgleiten. Bramantes Augen hefteten sich sofort auf die zarte Haut und das angedeutete Tal zwischen ihren durch die Schwangerschaft schwellenden Brüsten. Ohne sich selbst dessen richtig bewusst zu sein, setzte Emilia ihre weiblichen Waffen zum ersten Mal mit Kalkül ein. Sie eröffnete ihre eigene

Partie. »Ihr habt natürlich recht, mein lieber Graf. Begraben wir also unseren törichten Zwist und schließen Frieden. Ich hoffe, Ihr vergebt auch mir Euer verwüstetes Gesicht. Allein der Schock über Eure List mag als Entschuldigung dafür dienen«, flötete sie und schenkte ihm ihr bezauberndstes Lächeln.

»Ihr könnt niemals ermessen, wie sehr mich Eure Worte bewegen, liebste Emilia. Eure Freundschaft bedeutet mir alles«, erwiderte der Graf. Er küsste erneut ihre Hand, die sie ihm bisher nicht entzogen hatte.

»Nun, da wir Freunde sind, verratet Ihr mir auch den Grund, warum Ihr mich hierhergebracht habt?«, ging Emilia sofort in medias res.

»Selbstverständlich habt Ihr ein Anrecht, alles zu erfahren. Korrigiert mich, aber ich meinte, verstanden zu haben, dass es Eurem sehnlichsten Wunsch entsprach, nicht länger die Gegenwart Eurer herzoglichen Schwiegermutter erdulden zu müssen. Da Eure Möglichkeiten, Beatrice zu entfliehen, eingeschränkt waren, habe ich mir erlaubt, die Dinge für Euch in die Hand zu nehmen.«

Dass sein Handeln sie ebenfalls ihrem herzoglichen Gatten entzogen hatte, ließ Bramante unerwähnt. Kurz erwog Emilia, ihn darauf hinzuweisen, doch etwas sagte ihr, dass sie besser daran täte, diese Frage zurückzustellen. Huldvoll erwiderte sie: »In diesem Fall empfangt meinen Dank. Da wir nun unsere Fronten geklärt haben und ich, wie Ihr sagt, Euer Gast bin, dürfte ich dann die Bitte an Euch richten, für den morgigen Tag meine Abreise nach Rom in die Wege zu leiten? Sicherlich ist Euch geläufig, dass sich mein Bruder als Angehöriger des Jesuitenordens dort aufhält. Ich möchte ihm einen Besuch abstatten.«

»Ihr wollt mich so bald schon wieder verlassen, liebste Emilia?«, rief Bramante in gespielter Entrüstung. »Missfällt Euch meine Gastfreundschaft so sehr? Dabei hatte ich darauf gehofft, mich noch länger an Eurer Gegenwart erfreuen zu dürfen. Ich bitte Euch, schenkt mir wenigstens den morgigen Tag. Seit ich Euch kenne, träume ich davon, mit Euch durch meinen Park zu flanieren und Euch alle seine Schönheiten zu offenbaren. Ihr werdet staunen, wenn Ihr den künstlichen See mit seinen Wasserspielen und der Grotte erblickt. Sie steht jener berühmten, vom Sonnenkönig in Versailles geschaffenen an Raffinesse in nichts nach. Und erst meine Sammlung antiker Statuen! Ihr könnt nicht fortgehen, ohne sie bewundert zu haben. Was sagt Ihr? Werdet Ihr mir wenigstens noch einen Tag lang das Vergnügen Eurer Gesellschaft schenken? Bitte sagt nicht Nein, Teuerste, ich würde daran sterben!«

Mit größtmöglicher Behutsamkeit entwand ihm Emilia ihre Hand. Sie benötigte die kurze Zeitspanne, um nachzudenken. Wem wollte Bramante mit dieser Schmierenkomödie etwas vormachen? Keine einzige Sekunde gab sie sich der Illusion hin, lediglich sein Gast zu sein. Was sollte das ganze Theater dann bewirken? Entweder hielt er sie für dumm oder für grenzenlos naiv. Oder beides. Jedenfalls schien der Graf aus irgendeinem Grund seine Karten noch nicht aufdecken zu wollen. So schwer es ihr fiel, doch sie zwang sich, ihren aufsteigenden Ärger zu unterdrücken. »Also gut«, gab sie scheinbar nach. »Wenn Euch so viel an meiner Gegenwart liegt, dann verweile ich gerne einen weiteren Tag als Euer Gast. Doch nun bitte ich Euch, mich zu verlassen, damit ich mich für das Souper ankleiden kann. Ihr wollt doch sicher nicht, dass ich zu spät erscheine?«

»Aber selbstverständlich nicht! Macht Euch schön, meine Liebe. Ich kann es kaum erwarten, Euch wiederzusehen.«

Damit überließ er Emilia ihren grüblerischen Gedanken. So sehr sie auch versuchte, Graf Bramantes Verhalten nachzuvollziehen, sie wurde einfach nicht schlau aus ihm. Bei Beatrice hatte sie wenigstens von Beginn an gewusst, wie es um ihr Verhältnis bestellt war. Emilia seufzte. Sie stellte für sich fest, dass sie mit offener Feindschaft weitaus besser zurechtkam als mit der unbekannten Größe Bramante. Seine Stimmungen wechselten die Richtung so häufig wie ein Wetterhahn auf dem Dach. Die junge Zofe, deren Anwesenheit sie zeitweilig vollkommen vergessen hatte, näherte sich ihr nun wieder. Die andere hatte sie zuvor schon verlassen. Schüchtern bat sie Emilia, aufzustehen und die Arme zu heben, damit sie ihr das vorbereitete Kleid überstreifen konnte. Nicht ohne Vergnügen schlüpfte Emilia in die türkisfarbene schillernde Seide, die ihren Körper wie kühles Wasser umfloss und zu ihrem Erstaunen gänzlich ohne Schnürleib auskam. Der eckige Ausschnitt gestattete einen tiefen Einblick in ihr Dekolleté.

Inzwischen war ihr langes Haar getrocknet. Mit Hingabe machte sich die Zofe daran, es zu einer lockeren Frisur aufzustecken, wobei sie einige Locken ausnahm, die Emilia weich ins Gesicht fielen. Dann trat sie zurück und begutachtete ihr Werk. »Der Herr wird äußerst zufrieden sein«, sagte sie voller Bewunderung.

Emilia hatte bereits eine spitze Bemerkung auf der Zunge, wie einerlei es ihr sei, ob der Herr zufrieden sei oder auch nicht, doch sie hielt sich zurück. Das Mädchen hatte es aufrichtig gemeint. Außerdem konnte es kaum schaden, sich in diesem Hause so viele Freunde wie möglich zu schaffen. Daher lächelte sie ihr nun freundlich zu und fragte sie nach ihrem Namen. Sie erfuhr, dass sie Clara hieß. Emilia lobte sie für ihre hervorragenden Dienste. Dann bat sie Clara, sie allein zu lassen. Das Mädchen knickste und ging.

Emilia musterte ihre Erscheinung nun selbst prüfend im Standspiegel. Ihrem Tun lag keine Eitelkeit zugrunde. Vielmehr begutachtete sie ihre Vorzüge, die, wie sie inzwischen wusste, ihr größtes Kapital darstellten. Ihre Haut schimmerte wie Perlmutt, und die großen Augen leuchteten wie blaue Sterne aus dem Oval ihres Gesichts. Beinahe erstaunt fuhr Emilia die Konturen ihres Körpers nach, von den hohen, schwellenden Brüsten über die nicht mehr ganz so schmale Taille bis hin zu ihren Hüften. Die Mutterschaft hatte ihre zarten Formen bereits gerundet. Die neue Weiblichkeit stand ihr gut. Trotzdem konnte sich Emilia nicht richtig daran erfreuen. Wenn ihre Schönheit ihr Kapital darstellte, so gereichte sie ihr auch zum Nachteil. Sie rief allzu heftige Begehrlichkeiten hervor, die sie keinesfalls gewillt war zu stillen. Wie hatte Serafina es einmal formuliert? *Es ist nie gut, den Durchschnitt um ein solches Maß zu überragen.*

Konnte allein der Drang, sie ganz zu besitzen, den Grafen zu der Tollheit ihrer Entführung veranlasst haben? Wie um sich selbst die Antwort darauf zu geben, schüttelte sie den Kopf. Das wäre als Motiv zu simpel. Es musste mehr dahinterstecken. Er hatte dafür den Tod von sechs Männern in Kauf genommen und das Leben seiner eigenen Leute riskiert. Der Graf war alles andere als dumm. Ihm musste klar sein, dass Beatrice nur zwei Parteien der Entführung verdächtigen würde: Emilias Bruder zusammen mit Francesco Colonna oder eben Graf Bramante. Wie sehr sich Emilia auch den Kopf über Bramantes Beweggründe zerbrach, sie landete immer wieder in derselben, beunruhigenden Sackgasse: dass Bramante sich ihrer als Instrument seiner Rache gegenüber Beatrice bedienen wollte.

Bramantes Majordomus Conradin erschien kurz darauf, um sie zur Tafel zu geleiten. Sie folgte ihm mit hocherhobenem Kinn und entschlossenem Schritt und wirkte dabei wie ein Soldat, der in ein Gefecht zog.

Auf dem Gang hatte Emilia eine unangenehme Begegnung. Der hübsche Jüngling, dessen Intervention bei Hauptmann Santorini ihren Aufenthalt im Verlies veranlasst hatte, kreuzte ihren Weg. Er rammte ihr den Ellenbogen in die Seite, und Emilia entfuhr ein Schmerzensruf. Anstatt sie höflich um Verzeihung für seine Ungeschicklichkeit zu bitten, bombardierte sie der Jüngling mit hasserfüllten Blicken aus eisgrauen Augen. Kein Zweifel, er hatte sie mit voller Absicht gestoßen. Nur warum? Sie kannte ihn ja nicht einmal. Der Majordomus kam ihr mit seinem Tadel zuvor. »Aber, junger Herr, was sind denn das für raue Manieren? Kommt, Herzogin, dieser ungehobelte Bursche lohnt nicht der Mühe«, fügte er hinzu, da er Emilias Widerstreben spürte.

Graf Bramante erwartete sie im Speisesalon. Er trug seidene Strümpfe, schwarze Kniebundhosen und ein ebenso schwarzes Jackett, das seine lange, hagere Gestalt unterstrich. Auf eine Perücke hatte er verzichtet. Er wirkte dadurch verjüngt, obwohl sein kurz geschnittenes braunes Haar vereinzelt mit grauen Strähnen durchsetzt war. In lässiger Pose am Kamin lehnend, sah er ihr entgegen. Ihm zu Füßen wachten zwei riesige, majestätische Doggen. Bei Emilias Erscheinen erhoben sie sich und trotteten der jungen Frau entgegen. Emilia konnte nicht anders. Sie gab ihre würdevolle Haltung auf, sank auf die Knie und kraulte die beiden Tiere, die sich sofort an sie schmiegten.

»Erstaunlich, dabei sind sie Fremden gegenüber zunächst überaus misstrauisch. Ihr scheint sie mit Eurer Lieblichkeit ebenso überwältigt zu haben, wie Ihr mich überwältigt habt. Übrigens, Ihr seht hinreißend aus in diesem Kleid, meine Liebe. Ich habe es bereits vor Monaten, gleich nach unserer ersten Begegnung, in Auftrag gegeben. Es besitzt bewusst keinen Schnürleib. Ich dachte, dass Euch dies entgegenkommen würde. Schon damals habe ich verstanden, dass Ihr die Einschränkung nicht liebt, selbst wenn sie nur Eure Garderobe betrifft.« Der Graf trat näher. Galant streckte er ihr seine Hand entgegen, um ihr aufzuhelfen. Emilia ergriff sie, und der Graf nutzte die Situation, indem er sie mit einer kraftvollen Bewegung zu sich heranzog, sodass sich ihre Körper berührten. Sie meinte, die Hitze zu spüren, die von ihm abstrahlte. Er erforschte ihr Gesicht und murmelte dann: »Jedes Mal, wenn ich Euch sehe, erscheint Ihr mir noch schöner als das vorherige Mal. Worin besteht Euer besonderer Zauber, dem sogar meine Hunde erliegen?« Er hielt kurz inne, bevor er sich seine Frage selbst beantwortete. »Könnte es daran liegen, dass man sich in Eurer Nähe stark fühlt und voller Leben? Ihr habt etwas Herausforderndes an Euch. Man möchte sofort alles stehen und liegen lassen und etwas Großartiges und Ruhmvolles für Euch vollbringen – einzig, um als Belohnung ein Lächeln von Euren Lippen zu empfangen.«

Emilia bedankte sich artig für seine galanten Worte, dabei ertrug sie seine körperliche Nähe nur mit Widerwillen. Außerdem wurde sie des ewigen Geredes über ihre Schönheit langsam überdrüssig. Welchen Nutzen brachte sie ihr, da der Mann, den sie heimlich liebte, unerreichbar für sie blieb?

Endlich ließ der Graf von ihr ab und geleitete sie zur Tafel. Ganze Kerzenwälder steckten in hohen Leuchtern und tauchten den Raum in ihren goldenen Schein. In der Mitte des Tisches prunkte ein silberner Tafelaufsatz von der Größe eines Bootes, der von exotischen Früchten überquoll. Die Hunde schlossen sich Emilia an und falteten sich mit einem hörbaren Seufzen zu ihren Füßen zusammen. Während des gesamten Mahles übten sich der Graf und sein Gast in belanglosen Artigkeiten. Emilia fand immer weniger Gefallen an diesem Katz-und-Maus-Spiel, vor allem, da ihr die Rolle der Maus zufiel. Noch während der starke Kaffee serviert wurde, warf Emilia ihre guten Vorsätze über Bord. Für ihre Maßstäbe hatte sie sich lange genug in Geduld geübt. »Mein lieber Graf«, begann sie. »Bitte denkt nicht, dass ich an Eurem Wort zweifelte, dass Ihr mir lediglich einen Gefallen habt erweisen wollen, indem Ihr mich aus Sulmona hierher habt bringen lassen. Erlaubt jedoch, dass ich Euch die Frage nach dem Warum stelle. Seid Ihr damit nicht ein hohes Risiko eingegangen?« Emilia wagte einen schnellen Blick auf Bramantes Gesicht. Sie fand darin keine Spur von Widerwillen, eher amüsierte Neugierde.

»Von welchem Risiko sprecht Ihr genau, meine Liebe?«, entgegnete er lächelnd. Er lehnte sich in seinem Sessel zurück und faltete die Hände über seinem Bauch. Er wirkte so harmlos wie ein satter Biedermann.

Emilia ließ sich davon nicht täuschen. »Ich spreche von dem Risiko, dass Ihr keine widerrechtlich eingesperrte Jungfrau befreit, sondern die Gemahlin des Herzogs von Pescara entführt habt – die im Übrigen guter Hoffnung ist und seinen mutmaßlichen Erben unter dem Herzen trägt. Meine Schwiegermutter wird nicht lange brauchen, um Euch dieser Tat zu verdächtigen. Ohne Frage wird sie in den nächsten Tagen mit einer großen Schar Soldaten auftauchen und im Namen der örtlichen Gerichtsbarkeit meine Herausgabe fordern. Gebietet die Klugheit daher nicht, Euch aus der Schusslinie zu manövrieren, indem ich Eure Gastfreundschaft so kurz wie möglich in Anspruch nehme?«

Die folgenden Worte Bramantes bremsten ihren Schwung aus.

»Beatrice dürfte zu diesem Zeitpunkt bereits Gewissheit über Euer Schicksal haben, meine Liebe. Ich selbst habe sie davon in Kenntnis setzen lassen. Ich glaube allerdings kaum, dass sie hier auftauchen wird. Dies ist nur eine meiner vielen Besitzungen, und meine Leute sind mir treu ergeben. Ich habe das Gerücht streuen lassen, dass Ihr Euch auf dem Weg nach Frankreich befindet. Dort gibt es eine große Anzahl Antiroyalisten, die entschieden etwas gegen Beatrices Pläne haben, mit dem Urenkel des Sonnenkönigs eine weitere bourbonische Monarchie in Europa zu etablieren. Darüber hinaus besitzt sie etwas, das ich haben will.«

Auf Emilia wirkten seine Worte wie ein kalter Guss. Mehr denn je fand sie sich über die Motive ihres Gegenübers im Unklaren.

»Ihr habt Beatrice selbst auf Eure Spur gesetzt? Aber warum in Gottes Namen …«, stieß sie verwirrt aus. Dann aber glaubte sie, es zu wissen. Die merkwürdige Betonung, als er von ihrem Kind gesprochen hatte, brachte sie darauf. »Ihr habt vor, Beatrice zu erpressen?«

»Erpressung ist ein hässliches Wort. Ich würde bevorzugen, wenn Ihr es Austausch nennen würdet.«

»Nennt es, wie Ihr wollt! Im Ergebnis ist es das Gleiche. Immerhin habt Ihr damit eingestanden, dass Ihr niemals vorhattet, mich nach Rom reisen zu lassen«, erwiderte Emilia kalt.

»Gut, decken wir die Karten also auf«, sagte der Graf ruhig. »Ich besitze etwas, das Beatrice unbedingt zurückhaben möchte: Euch und Euer Kind. Sie wiederum hält etwas in ihrem Besitz, das sie einst selbst gestohlen hat und das ich von ihr einfordere. Wie ich schon sagte, ein simpler Tausch.«

Nur mit Mühe gelang es Emilia, angesichts Graf Bramantes selbstverliebter Miene ihren Zorn im Zaum zu halten.

»Holla«, rief Bramante und deutete ihren Ausdruck vollkommen richtig. »Ihr seht mich an, also wolltet Ihr mich erwürgen!

Hier«, er beugte sich vor und reichte ihr einen goldenen Pokal. »Trinkt ein wenig Wein. Er wird Euch guttun.«

Emilia nahm die Einladung samt Kelch gern entgegen – jedoch nur, um Bramante den gesamten Inhalt mit Schwung ins Gesicht zu schütten.

Der Graf schüttelte sich den Wein aus dem Gesicht und brach in schallendes Gelächter aus. »Oh, wie ich das Aufflammen Eures Temperaments liebe!«, rief er enthusiastisch.

»Lacht nur, Graf! Lacht, solange Ihr es noch könnt«, zischte Emilia mit zornbebender Stimme. »So wahr ich hier stehe und Emilia di Stefano heiße, schwöre ich Euch, eines Tages werde ich an Euch Rache nehmen.«

»Aber, aber … Warum gleich so melodramatisch, meine Liebe«, sagte der Graf gelassen. »Ihr habt nicht das Geringste zu befürchten. Solange die Verhandlungen laufen, seid Ihr mein geschätzter Gast. Ich werde dafür Sorge tragen, dass Euer Aufenthalt hier so angenehm wie möglich verläuft. Das hängt im Übrigen ganz von Euch ab.«

»Ihr wollt damit sagen, dass dies ganz von meinem Entgegenkommen Euch gegenüber abhängt. Erpressung – etwas anderes scheint Ihr nicht zu kennen. Schämt Ihr Euch nicht, Ihr, der Ihr ein Edelmann seid?«, schleuderte sie ihm verächtlich entgegen.

»Ihr seid sehr idealistisch, meine Teuerste, und sehr jung. Darum werde ich Euch eine wichtige Lektion erteilen – eine Lektion darüber, wie Ihr in dieser Welt überleben könnt. Ihr solltet nie vergessen, dass das Leben ein ewig währender Kampf ist. Leider entspricht es dem Gesetz der Natur, dass ihn stets der Stärkere gewinnt. Ihr, die Ihr als Frau geboren wurdet, seid daher von vorneherein unterlegen. Doch es gibt etwas, dem jeder Mann unterlegen ist, und das ist die Schönheit der Frau. Ihr, die Ihr sehr schön seid, verfügt damit über die stärkste Waffe überhaupt. Warum sie also nicht zu Eurem Vorteil nutzen? Heiratet mich, und ich weiß Euch vor Beatrice zu schützen. Ihr wisst, dass ich über ausreichend Macht und Einfluss verfüge, um ihr Paroli zu bieten. Was sagt Ihr?«

»Mich zwischen Euch und Beatrice wählen zu lassen hieße, zwischen der Pest und der Cholera zu wählen«, entgegnete Emilia kalt. »Außerdem scheint Ihr vergessen zu haben, dass ich bereits einen Gemahl habe.«

»Heutzutage wird man schnell zur Witwe.«

»Endlich zeigt Ihr Euer wahres Gesicht!« Emilia sprang auf und lief auf den Ausgang des Saales zu. Die beiden Hunde erhoben sich ebenfalls. Kurz sahen sie unentschlossen von ihrem Herrn zu ihr, dann trotteten sie Emilia hinterher.

»Wohin wollt Ihr, wenn ich fragen darf? Ich dachte, Euch dürstete nach Antworten?«, rief ihr Bramante amüsiert hinterher.

»Ich gehe lieber selbst zurück in das Verlies, bevor Ihr mich schicken könnt. Immerhin muss ich dann Eure Gegenwart nicht länger ertragen«, erwiderte Emilia hoheitsvoll.

»Macht Euch nicht lächerlich, meine Liebe, und kommt zurück. Davon ist keine Rede. Für wen haltet Ihr mich?«

Emilia verzichtete auf die entsprechende Replik, die ihr bereits auf der Zunge lag, und entschied sich, zur Tafel zurückzukehren. Im Verlies würde sie in der Tat keine Antworten erhalten.

»So ist es schon besser. Und jetzt gönnt Euch auch einmal einen Schluck von diesem hervorragenden Wein. Glaubt mir, Ihr habt es nötig. Ihr seid sehr blass.«

Dieses Mal nahm Emilia einen kräftigen Schluck des blutroten Weins. Kühl und besänftigend rann er durch ihre Kehle.

Bramante beobachtete sie aufmerksam. »Ich verstehe, dass Ihr aufgewühlt seid, meine Liebe. Denkt in Ruhe über mein Angebot nach. Ich verspreche Euch, wenn Ihr einwilligt, eines Tages meine Frau zu werden, so wird jeder weitere Tag Eures Lebens ein Fest werden. Doch ich bin kein Unmensch. Ihr habt für Eure Entscheidung Zeit bis zur Geburt Eures Kindes. Begebt Euch nun zur Ruhe. Morgen werden wir durch meinen Park lustwandeln.« Er winkte Conradin heran, der den ganzen Abend mit ernster Miene über die Dienerschar gewacht hatte.

Vor ihrem Gemach ließ er sie allein. Ihre Zofe schlief auf einer kleinen Bank in der Ecke und erhob sich hastig bei ihrem Eintreten. Doch Emilia beschied ihr, dass sie ihre Dienste nicht mehr benötigte, und schickte sie hinaus. Sie wollte allein sein. Rasch entkleidete sie sich, löste die Nadeln aus ihrem Haar und schlüpfte dann unter die seidenen Laken. Entgegen ihrer Befürchtung, keinen Schlaf zu finden, fielen ihr alsbald die Augen zu. Sie erwachte erst wieder, als ihre junge Zofe das Zimmer betrat und die Vorhänge der Terrassentür zurückzog.

»Oh«, entfuhr es Emilia überrascht. Ihren Augen bot sich ein zauberhaftes Schauspiel: Die Sonne stieg eben als leuchtender Feuerball über die hohen Mauern des Hauses hinweg und flutete den Patio mit malvenfarbenem Licht.

»Ich wusste, dass es der Herzogin gefallen würde«, strahlte das junge Mädchen. »Wünscht Ihr Euer Frühstück im Bett einzunehmen?«

»Das wäre herrlich«, stimmte Emilia mit echtem Enthusiasmus zu.

»Der Herr lässt Euch sagen, dass Ihr Euch zur Mittagsstunde bereithalten sollt.« Sie knickste und entfernte sich, um kurz darauf mit einem vollen Frühstückstablett zurückzukehren. Nachdem Emilia es geleert hatte, lehnte sie sich in die weichen Kissen zurück. Gesättigt und bei ihrer zweiten Tasse Kaffee angelangt, dachte sie über ihre nächsten Schritte nach. Selbstverständlich stand Bramantes Ansinnen außer Frage. Immerhin ließ ihr der Graf Zeit bis zur Geburt. Trotzdem musste ihre Flucht so bald wie möglich erfolgen, solange sie noch beweglich war. Das Klügste wäre, Bramante in Sicherheit zu wiegen, dass sie sein Angebot annehmen würde. Mehrere Tage würde sie sich weiter sträuben und sich dann langsam nachgiebiger zeigen. Emilia seufzte. Sie musste täuschen und taktieren. Ein Umstand, der ihr nicht behagte. Sie kämpfte lieber mit offenem Visier. Doch um überhaupt die Arena betreten zu können, war sie genötigt, zu denselben Waffen zu greifen wie der Graf. Trotzdem war sie ein Neuling in der Disziplin der Intrige. Und sie musste vorsichtig sein. Eine Biene summte heran und lenkte sie ab. Sie landete auf ihrem Teller, wo sie sich sofort an einem Marmeladenfleck gütlich tat. Als das Tierchen ausreichend geschwelgt hatte, flog es davon. Emilia verfolgte sehnsuchtsvoll ihren Flug. Von ihrem Bett aus konnte sie einen großen Teil des Patios überblicken. In der Mitte spiegelte sich die Morgensonne auf der Oberfläche eines kleinen Seerosenteichs. Steinerne Bänke rundherum luden zum Verweilen ein. Alles wirkte friedlich und heiter, doch Emilia überkam das jähe Gefühl, ersticken zu müssen. Hastig sprang sie aus dem Bett und trat auf ihre kleine Terrasse hinaus. Wie eine Ertrinkende sog sie die mit Rosen- und Jasminblüten geschwängerte Luft ein. Ein beleibter Gärtner geriet in ihr Sichtfeld. Der Mann schickte sich, mit einer schweren Kanne bewaffnet, an, die Beete zu wässern. Er bemerkte sie. Interessiert hob er den Kopf, und Emilia wurde sich jäh ihres Nachthemdes aus durchscheinendem Batist bewusst. Sie zog sich zurück. Doch die frische Morgenluft hatte ihr gutgetan. Das Interesse des Gärtners hatte sie an die Worte Bramantes erinnert: als Frau mit den ihr gegebenen Waffen zu kämpfen. Eine Idee verband sich sofort mit diesem Gedanken. Emilia war Bramantes Eitelkeit nicht entgangen. Er selbst schien sich für unwiderstehlich zu halten und sich eine Menge auf seine Verführungskünste einzubilden. Warum daher nicht als unerfahrenes Mädchen vom Lande auftreten, das sich nach allen Regeln der Kunst von einem weltmännischen und erfahrenen Mann wie dem Grafen umwerben lassen wollte? Der Hauch eines Lächelns erschien auf ihrem Gesicht.

»Wünscht die Herrin jetzt ein Bad zu nehmen?« Überrascht zuckte Emilias Kopf zur Seite. Ihre kleine Zofe stand neben ihr und sah sie freundlich an. Emilia hatte ihr Eintreten nicht bemerkt. Das Mädchen hatte eine unauffällige Art, plötzlich neben ihr zu erscheinen, als handelte es sich bei ihm um einen Geist und nicht um ein menschliches Wesen. Das Angebot des Bades lehnte sie nicht ab. Als sie später, in ein weiches Laken gewickelt, in ihr Schlafzimmer zurückkehrte, blieb sie wie angewurzelt auf der Schwelle stehen. Der große Raum hatte sich zwischenzeitlich in eine Art Schatzhöhle Ali Babas verwandelt. Überall, auf dem Bett, den Truhen und Stühlen, hatten flinke Hände schillernde Stoffbahnen drapiert. Schillernde Seide, Gold- und Silberbrokate, feinster Musselin, Taft, Samt, Bänder, Borten und eine Rolle weiß schäumender Spitzen wetteiferten in ihrem Glanz mit dem strahlenden Sonnenlicht, das ihr Zimmer flutete. Nicht einen Fleck mehr gab es, der nicht glänzte oder schimmerte. Auf einem Intarsientisch war eine Vielzahl dickbauchiger Flakons aus Glas oder bemaltem Onyx platziert, angefüllt mit edlen Essenzen und ätherischen Ölen aus dem Orient, die an sich schon eine kleine Kostbarkeit darstellten. Ein Aufblitzen zu ihrer Linken lenkte Emilias Aufmerksamkeit dorthin. Auf ihrem Frisiertisch entdeckte sie Schatullen aus Sandelholz, die ihren glitzernden Inhalt auf rotem Samt präsentierten: Kostbares Geschmeide mit Diamanten von reinstem Feuer, grün funkelnde Smaragde und blutrote Rubine, sogar eine Kollektion rosafarbener Perlen quollen daraus hervor. Das, was auf den ersten Blick wie das Lösegeld für einen König anmutete, stellte tatsächlich den Preis für ihre Tugend dar. Emilia war sich dessen durchaus bewusst.

»Das alles gehört Euch«, ließ sich eine Stimme vernehmen. Graf Bramante stand breitbeinig im Türrahmen. Er trat näher und strich mit dem Zeigefinger beinahe liebkosend über einen purpurfarbenen Seidenstoff, dessen Borte mit Goldfäden bestickt war. »Dies ist Seide aus dem fernen China, nicht jener billige Tand, den sie in Venedig fabrizieren.« Er trat zu ihr, ergriff ihre Hand und beugte sich darüber. »Eigentlich benötigt Ihr all dieses schmückende Beiwerk nicht, denn Ihr seht selbst mit diesem einfachen Laken wie eine Königin aus. Doch so viel Schönheit gebührt nun einmal der passende Rahmen. Daher habe ich mir erlaubt, Euch mit all diesen wundervollen Dingen zu umgeben. Nun verlasse ich Euch, damit Ihr nach Herzenslust in Eurem neuen Reichtum schwelgen könnt. Ich sehe doch, wie sehr Euch alles hier überwältigt hat. Wir sehen uns später, ich kann es kaum erwarten.« Ein letzter gehauchter Kuss auf ihre Fingerspitzen, und die Tür schloss sich hinter ihm.

Emilia war ihm für sein rasches Verschwinden überaus dankbar. Sie war keineswegs überwältigt, sondern musste dringend nachdenken. Die Dinge gerieten zu schnell ins Rollen, und der Graf wirkte allzu siegessicher. Hatte sie sich kurz nach dem Frühstück selbst noch beinahe ausgelassen gefühlt, folgte nun die Ernüchterung. Bramante schoss aus allen Rohren, während sie selbst eine absolute Anfängerin darin war, einen Mann an der Nase herumzuführen. Anstatt sich geschmeichelt zu geben, hatte sie nur stumm dagestanden.

Allzu schnell nahte der Mittag. Emilia hatte sich für ein grünseidenes Kleid entschieden, dessen Rock mit rosafarbenen Blütenblättern bestickt war. Der Vorzug des Kleides bestand vor allem darin, dass sein Ausschnitt nicht allzu tief war. Emilia hatte nicht vor, daraus ständig Bramantes Blicke hervorfischen zu müssen.

Die Besichtigung des weitläufigen Parks verlief in purer Harmonie. Emilia brach an den richtigen Stellen in Begeisterung aus und lauschte voller Bewunderung Bramantes nicht enden wollenden Ausführungen über die technischen Finessen der Wasserspiele. Eine Überraschung gab es für sie allerdings, als der Graf sie in einen entlegenen Bereich des Parks führte. Er unterhielt dort einen privaten Zoo. Neben einer raumgroßen Voliere mit exotischen Papageien und einem Gehege mit zwei riesigen, staksigen Giraffen, die friedlich Blätter von den Bäumen rupften, bestand sein Glanzstück aus einem prächtigen schneeweißen Tiger. Das Tier lag auf einer weitläufigen, von einem hohen eisernen Zaun umgebenen Wiese unter einer ausladenden Platane und döste. Bei ihrem Näherkommen hob die große Katze kurz den Kopf. Für den Bruchteil einer Sekunde fühlte Emilia die leuchtend blauen Augen des Raubtieres auf sich ruhen.

»Es handelt sich um ein Weibchen, ein Geschenk des Maharadschas von Jaipur«, erklärte Bramante. »Weiße Tiger sind ex-

trem selten. Ist sie nicht einmalig, ein vollkommenes Meister-
werk der Natur?« Auf seinem Gesicht zeigte sich der Ausdruck
von Verzückung. Emilia sah·ihn erstaunt von der Seite an. Bramante schien ihr Befremden zu spüren. Er nahm ihre Hand und
zwang sie, ihn anzusehen.

»Habt Ihr es bemerkt? Diese Tigerin besitzt exakt Eure Augen!
Das ist mir gleich bei unserer ersten Begegnung aufgefallen. Ihr
beide seid von der gleichen Art, Emilia. Ihr seid wie dieser Tiger:
stolz, wild und unberechenbar …« Er hielt kurz inne, dann murmelte er: »Aber seid Ihr auch ebenso unbezähmbar?« Er hatte
ihre Hand nach oben gedreht und strich mit dem Daumen über
ihre Handfläche. Seine stechenden schwarzen Augen senkten
sich in ihre. Emilia fühlte sich von einer jähen Schwäche befallen. Ausgehend von ihrer Hand, jagten angenehme Impulse
durch ihren Körper. Hitze stieg in ihr auf und löste das Bedürfnis in ihr aus, sich die Kleider vom Leib zu reißen und sich mit
Bramante wie ein brünstiges Tier im Gras zu wälzen. So sehr
ihr Leib entflammt war und die Vorstellung verlockte, etwas
stimmte nicht an diesem Bild. Plötzlich drang die Erkenntnis
zu ihr durch. Ebenso wie Ferrantes Mutter und Beatrice schien
Bramante die Macht seiner Augen zu nutzen. Kraft der Hypnotik versuchte er, sie unter sein Joch zu zwingen. Im selben Moment sprang die Tigerin auf und stieß ein ohrenbetäubendes
Brüllen aus. Bramante blinzelte, ließ von ihr ab, und Emilia fand
ihr Gleichgewicht zurück. Sie entschied sich, so zu tun, als hätte
sie Bramantes Vorhaben nicht bemerkt. »Wie heißt sie?«, erkundigte sie sich, um Zeit zu gewinnen und ihre temporäre Verwirrung abzuschütteln.

»Morgane«, erwiderte der Graf langsam. Emilia beobachtete
ihn durch ihre gesenkten Lider. Sie konnte an ihm nicht den
Hauch von Enttäuschung feststellen. Dabei hatte er kurz davor-
gestanden, ihr seinen Willen aufzuzwingen.

»Ist der Name einer keltischen Zauberin nicht ungewöhnlich
für einen indischen Tiger?«, erkundigte sie sich nun.

»Warum? Ist Morgane nicht die faszinierendste Gestalt der

Artussage? Niemand vermag, genau zu sagen, ob ihre Handlungen den Tod ihres Halbbruders Artus herbeiführten. Wer weiß, vielleicht wollte sie ihn sogar unterstützen und brachte nur deshalb die tragischen Ereignisse erst in Gang? Die bisher ungeklärte Frage lautet daher: War Morgane gut, oder war sie böse? Gerade im Unberechenbaren liegt das Geheimnis der menschlichen Natur, findet Ihr nicht auch? Im Übrigen muss Morgane eine sehr schöne Frau gewesen sein, denn die Geschichte erinnert sich kaum der Hässlichen. Immer geht es nur um die Schönsten, wie Helena von Troja oder Kleopatra, die zwei der stolzesten Römer, Cäsar und Marcus Antonius, unterjochte. Ganze Völker haben sich jahrelang wegen dieser beiden Frauen bekriegt. Da die Männer ihretwegen den Kopf verloren, fügte man diesen Frauen das Attribut der Zauberin bei. Ist es nicht entlarvend, wie einfach die Logik des Mannes funktioniert? Wenn *wir* schwach sind, dann liegt es nicht an uns, sondern an der *Frau*. Also brandmarkt man sie als Zauberin, macht aus ihr ein verdorbenes Wesen, das uns in ihr verlockendes Netz spinnt. Es ist immer einfacher, Verantwortung und Schuld bei dem anderen zu suchen, als sich selbst zu hinterfragen. Die Kirche bedient sich seit jeher der Version der sündhaften Frau, um ihren Kopf niedrig zu halten und sie auf ihren Platz zu Füßen der Männer zu verweisen. Wurdet nicht auch Ihr gegen Euren Willen – doch mit dem Segen von Bischof und Kirche – mit dem Herzog von Pescara verheiratet? Hegt Ihr darüber keinen Groll gegen die Mutter Kirche?«

Der ungewöhnliche Verlauf seiner Erklärungen weckte Emilias Argwohn. Warum interessierte sich der Graf für ihre Ansichten über die Kirche und lenkte das Gespräch in diese Richtung? Plötzlich kannte sie die Antwort: *Er wusste von der Prophezeiung!* Darum ging es also. Auch er wollte sich ihrer als Werkzeug bedienen. Emilia seufzte voller Überdruss. Sie hatte es gründlich satt, Spielball von politischen Interessen zu sein. »Nanu, Herr Graf? Ihr als Fürsprecher der Frauen?«, umging sie seine rhetorische Falle. »Erlaubt, dass ich Euch das nicht abnehme. Denn Ihr seid nicht besser. Auch Ihr behandelt mich als ein Wesen ohne jegliche Rechte. Habt Ihr mich nicht unter Vorspiegelung falscher Tatsachen hierhergebracht und wollt nun von mir die Entscheidung erzwingen, die Eure zu werden? Seht Euch die Tigerin Morgane an, deren Schönheit Ihr so sehr bewundert. Sehr glücklich scheint sie mir nicht zu sein. Meint Ihr, es gefällt ihr, eingesperrt zu sein? Entspräche es nicht vielmehr ihrer Natur, über die weiten Steppen Indiens zu jagen? Auch meiner Natur entspricht es nicht, eingesperrt zu sein. Ich habe endgültig genug von Euch und Euren Ränkespielen. Macht doch mit meinem Leben, was Ihr wollt, es scheint mir ja sowieso nicht zu gehören. Ohne Freiheit gilt mir mein Leben nichts!« Entgegen ihres Planes, sich sanft und nachgiebig zu geben, hatte sich Emilia wieder einmal in Rage geredet. Mit hochrotem Kopf, ohne die Reaktion des Grafen abzuwarten, raffte sie ihre Röcke und lief über den Rasen davon.

Der Graf blickte ihrer schmalen Gestalt aufmerksam nach. Auch die Tigerin Morgane hatte sich erhoben und sah der jungen Frau mit unergründlichen Augen hinterher. Die hoch stehende Sonne spiegelte sich darin wie blaues Feuer.

Am Abend klopfte Conradin an ihr Zimmer, um sie zum Abendmahl zu geleiten. Emilia beschied ihm, dass sie es vorzog, allein auf ihrem Zimmer zu speisen. Wenige Minuten später brachte ihr ein Diener ein reichhaltiges Tablett. Wortlos stellte er es auf dem Ebenholztisch vor dem Kamin ab und zog sich ebenso leise zurück. Kaum war er weg, sprang Emilia auf, schob entschlossen einen Sessel bis zur Tür und klemmte ihn unter dem Knauf ein. Mit der Tür zum Patio verfuhr sie auf die gleiche Weise. Natürlich war ihr bewusst, dass diese Maßnahmen ziemlich wirkungslos waren, denn beide Türen waren durch einen entschlossenen Stiefeltritt rasch geöffnet. Wichtiger erschien ihr das Signal, das sie dem Grafen damit gab: ihre Kampfansage an ihn. Sie hatte beschlossen, wenn sie schon seine Gefangene war, dann unter ihren eigenen Bedingungen.

Sie trat zu dem Tablett und hob den Deckel einer der Schüsseln an. Der liebliche Duft nach getrüffelten Tagliatelle lockte ihre Nase, weitere Schüsseln enthielten Risotto mit grünem Spargel, Lammbraten in Rosmarinmantel, in Rotwein eingelegte Feigen und eine ganze Honigmelone. Dazu ein Krug gekühlter Frascati und ein Krug Wasser. Die nächsten Tage würde sie jedenfalls nicht hungern. Leider schien allein die Aussicht, eventuell hungern zu müssen, ihren Appetit besonders anzuregen.

Während sie vor dem Marmorkamin saß und ein Stück Melone verspeiste, hatte sie eine jähe Eingebung. Warum war sie nicht schon früher daraufgekommen, fragte sie sich jetzt, während sie die Beschaffenheit des Kamins genauer inspizierte. Ungeachtet dessen, ihr Kleid damit zu ruinieren, stieg Emilia hinein und sah prüfend nach oben. Der Schacht wuchs weit in die Höhe und schien sich nach oben hin zu verjüngen. Als gute Kletterin zeigte sie sich zuversichtlich, dass ihr Vorhaben gelingen konnte. Sie würde es wagen! Die Frage, wie sie vom Dach hinunter in den Garten gelänge, um dann ungesehen das Grundstück zu verlassen, verschob sie auf später. Sie würde die Probleme in der Reihenfolge lösen, wie sie auftraten. Sie durchwühlte zunächst ihre Kleiderkammer nach einer entsprechenden Garderobe für den Fluchtversuch. Schließlich entschied sie sich für ein schwarzes Satinkleid, von dem sie den hellen Spitzenkragen entfernte. Mithilfe eines Schals schnürte sie ein Bündel mit einem weiteren Kleid aus leichter brauner Wolle. Ohne den goldenen Gürtel wirkte es relativ einfach. Sie zog den kleinen Metallbehälter mit der Schatzkarte aus seinem Versteck im Saum des Bettvorhanges und schob ihn in ihren Ausschnitt. Schließlich verharrte sie vor der Schmuckschatulle. Kurz zögerte sie, dann griff sie sich entschlossen eine Handvoll des sprühenden Feuers. Anschließend schlang sie sich ihr improvisiertes Gepäck mithilfe eines weiteren Schals um den Hals.

Der Aufstieg konnte beginnen. Mit Händen und Füßen im Schacht eingespreizt, kämpfte sie sich mühsam nach oben. Der Ruß reizte ihre Lunge, doch sie unterdrückte den Drang zu husten; der Kaminschacht würde jeden Laut um ein Vielfaches verstärken. Bei der Hälfte ungefähr hielt sie kurz inne, um zu verschnaufen. Da geschah es: Eine Sekunde der Unachtsamkeit, und sie rutschte an einem lockeren Ziegel ab. Gerade noch rechtzeitig fing sie sich. Noch vorsichtiger als zuvor kletterte sie weiter. Sie trennten kaum mehr zwei Meter vom rettenden Ausstieg, als ihr Aufstieg ins Stocken geriet. Der Schacht hatte sich inzwischen so weit verjüngt, dass ihre Schultern gegen die Mauern schrammten. Verzweifelt klammerte sie sich fest und versuchte, sich weiter nach oben zu pressen. Die Sekunde, in der sie begriff, dass sie sich nicht durch die schmale Luke würde winden können, war niederschmetternd. Und sie musste wieder nach unten! Dabei zitterten ihre Arme und Beine längst von der Anstrengung. Kurz spielte sie mit dem Gedanken, sich fallen zu lassen, doch das hieße, das Spiel aufzugeben. Sie biss die Zähne zusammen und kämpfte sich Stück für Stück zurück. Ihre Hände brannten wie Feuer. Der Gedanke, erneut an den letzten Metern zu scheitern, mobilisierte ihre verbliebenen Kräfte. Sie zwang sich, nur noch von einem Schritt zum nächsten zu denken. Am Ende versagten ihre Kräfte, sie rutschte ab und landete unsanft auf dem Allerwertesten. Tatsächlich hatte sie kaum mehr ein Meter vom rettenden Boden getrennt.

In dem Augenblick klopfte es vernehmlich, und Conradin sagte: »Duchessa, der Graf lässt durch mich fragen, ob Ihr ihm vielleicht nicht doch im Salon Gesellschaft leisten möchtet? Der Kaffee wird eben serviert.«

Sie blickte an ihrem verrußten Kleid hinab und inspizierte ihre zerschundenen, geschwärzten Hände. Sie sah aus wie ein Kaminfeger nach einem arbeitsreichen Tag. Den geschniegelten Conradin mit seiner streng gescheitelten Perücke und der blütenreinen Livree würde vermutlich der Schlag treffen, wenn er sie so sähe. Der Gedanke erheiterte sie so sehr, dass sie in ein herzhaftes Lachen ausbrach. Kaum wieder zu Atem gekommen, lehnte sie sein Angebot höflich, aber bestimmt ab. Danach wusch und säuberte sie gründlich ihre Wunden und bestrich sie reichlich mit einer sahnigen Creme aus einem Fayencetöpfchen, die eigentlich zur Pflege ihres Gesichts gedacht war. Was war schon ein gescheiterter Versuch? Sie würde eine andere Möglichkeit finden. Zudem hielt sie Bramante – im Gegensatz zu Beatrice – für den leichteren Gegner. Angefüllt mit neuer Zuversicht, schlief sie ein.

Im Salon gönnte sich Graf Bramante eine Pfeife, deren Tabak seine Handelsschiffe aus dem fernen Virginia herbeiholten. Mit Genuss sog er daran und blickte den blauen Rauchkringeln sinnierend hinterher. Er vernahm die Schritte seines Majordomus hinter sich. »Nun, Conradin, alter Freund«, erkundigte sich Bramante jovial, da sich die Dinge ganz in seinem Sinne entwickelten, »was treibt unsere teure Herzogin so ganz allein auf ihrem Zimmer?«

»Sie lacht, Euer Gnaden«, erwiderte Conradin steif und servierte den Kaffee. Er zog sich rasch zurück, bevor sein Herr ihm weitere Fragen stellen konnte.

Emilia erwachte erfrischt und mit klarem Kopf. Im ersten Licht des Tages erschien ihr die Idee mit dem Verbarrikadieren kaum eine wirkungsvolle Maßnahme, einem Bramante die Stirn zu bieten – vor allem, da der Patio mit seiner morgendlichen Frische zu einem Spaziergang verlockte. Sie warf sich einen leichten Frisiermantel über, schob die Sessel wieder an ihren Platz zurück und trat hinaus. Erneut nahm sie das bezaubernde Schauspiel der aufgehenden Sonne gefangen. Da spürte sie hinter sich eine leichte Bewegung. »Oh, Ihr seid schon wach, Herzogin?«, rief ihre junge Zofe erschrocken, als hätte sie ein Versäumnis begangen. Doch Emilia winkte freundlich ab und ließ sich von ihr beim Ankleiden helfen.

»Ist dieser Morgen nicht herrlich? Kommt, begleitet mich einige Schritte.« Schüchtern folgte ihr das Mädchen.

Eine Weile wanderten sie stumm nebeneinander her. Am kleinen Seerosenteich sank Emilia auf eine der steinernen Bänke.

Sie deutete neben sich. »Setz dich doch zu mir.« Emilia benutzte absichtlich das Du, um mehr Vertraulichkeit zu schaffen.

»Aber … dies ist mir nicht gestattet«, stotterte die Kleine, von Emilias Ansinnen vollkommen überrascht.

»Warum nicht, wenn ich es dir doch erlaube? Ich möchte mich mit dir unterhalten. Nimm also Platz, sei so gut.«

Nur äußerst zögerlich gehorchte das junge Mädchen. Verkrampft verharrte sie auf der äußersten Kante, Hände und Knie eng aneinandergepresst.

»Wie lange stehst du schon in Diensten des Grafen?«, begann Emilia.

Das Mädchen biss sich auf die Unterlippe und erwiderte kaum hörbar: »Ich bin hier geboren, Herrin. Meine Mutter kam als junges Mädchen hierher. Sie hat bald darauf einen der Kutscher geheiratet und sich bis zur Köchin hochgearbeitet. Als ich alt genug wurde, nahm mich der Graf in seine Dienste. Er ist wirklich ein guter Herr, glaubt mir«, flüsterte sie mit gesenktem Kopf. Zarte Röte überflutete ihre Stirn.

»Was willst du mir damit sagen?«, hakte Emilia nach.

»Nun, ich meine … weil …«, druckste sie herum und rutschte unbehaglich auf der Kante umher.

»Weil du weißt, dass ich hier gegen meinen Willen festgehalten werde?«, half ihr Emilia sanft auf die Sprünge.

Der Kopf des Mädchens ruckte hoch. Sie starrte Emilia aus großen, verschreckten Augen an. Offensichtlich fand sie, dass sie bereits zu viel gesagt hatte.

»Clara!«, tönte eine strenge Stimme zu ihnen hinüber. »Was tut Ihr da? Erhebt Euch. Sofort!« Conradin, das übliche Tablett in den Händen, stand im Rahmen der Terrassentür. Seine Miene verhieß nichts Gutes.

Clara war sofort aufgesprungen, doch Emilia hielt sie zurück. »Hab keine Angst. Ich werde ihm erklären, dass du lediglich meiner Aufforderung gefolgt bist.« Emilia erhob sich ebenfalls und ging mit Clara, die sich mit gesenktem Kopf in ihrem Rücken hielt, langsam auf Conradin zu. »Warum gleich so streng, Meister Conradin?«, fragte Emilia mit klarer Stimme. »Ich selbst habe Clara dazu aufgefordert, neben mir Platz zu nehmen. Ist es mir nicht gestattet, in Ruhe einige Worte mit meiner Zofe zu wechseln?«

»Euer Eintreten für dieses dumme Ding in allen Ehren, verehrte Herzogin. Doch sie sollte ihre Pflichten kennen«, sagte er, während Clara unter seiner strengen Miene weiter einschrumpfte.

»Trotzdem bitte ich Euch, sie nicht dafür büßen zu lassen, weil sie meinem ausdrücklichen Wunsch entsprochen hat.«

Conradin neigte den Kopf. »Selbstverständlich, Herzogin.«

Mit einer Kopfbewegung scheuchte er Clara weg. »Wünscht Ihr, auf Eurer Terrasse zu frühstücken?«

»Gerne. Dieser Morgen muss einfach draußen genossen werden.« Emilia wandte sich ab, damit der Majordomus das zufriedene Lächeln nicht sah, das ihre Lippen umspielte. Sie hatte eben zwei wichtige Dinge herausgefunden: Erstens schien Clara eine anständige Seele zu sein, und zweitens hatte ihr die Kleine eine weitere Information geliefert: Clara war auf diesem Anwesen aufgewachsen; sie musste sich hier also zwangsläufig aufs Beste auskennen. Konnte sie das schwache Glied in der Kette sein, das ihr zur Flucht verhelfen würde? Ihr Entschluss, sich Claras Hilfe zu bedienen, stand fest. Ihr Hochgefühl hielt nur so lange an, bis kurz darauf eine ältere Matrone an die Tür klopfte. Sie trat mit festem Schritt ein und stellte sich ihr als ihre neue Kammerzofe vor. »Aber ich bin mit Clara bisher sehr zufrieden gewesen«, entgegnete Emilia entschieden. »Nichts für ungut, aber wenn Ihr sie mir bitte rufen wollt? Ich möchte mich jetzt gerne frisieren.«

»Leider, Herrin, aber der jungen Clara wurden andere Aufgaben zugeteilt. Durchlaucht wird auch mit mir zufrieden sein«, erklärte sie schmallippig. Sie griff nach der Bürste aus Elfenbein und begann energisch, Emilias Haar zu bearbeiten.

Emilia verschluckte sich beinahe an ihrem Zorn. Ihre Hände spielten mit einer diamantenbesetzten Agraffe in Form eines

Schwanes, bis sie sie schließlich zerbrach. Wütend schleuderte sie die filigranen Teile auf den Frisiertisch. Ihre neue Zofe tat so, als hätte sie nichts bemerkt, vermied es jedoch, ihrem Blick im Spiegel zu begegnen.

Conradin hatte also kurzen Prozess mit Clara gemacht. Hinter seiner vornehmen Fassade verbarg sich ein scharfer Geist, und er war seinem Herrn treu ergeben. Sie würde künftig mit ihm rechnen müssen. Sie begriff, dass sie einen Fehler begangen hatte, indem sie sich offen mit Clara vor aller Augen präsentiert hatte, anstatt das Gespräch mit ihr in einem intimeren Rahmen zu suchen. Was hatte sie sich nur dabei gedacht? Wieder einmal hatte sie spontan gehandelt, dabei zog jeder ihrer Schritte Konsequenzen nach sich. Das sollte sie doch inzwischen gelernt haben!

Sie ließ sich von ihrer neuen Zofe, die sich überwiegend durch eine verkniffene Miene auszeichnete, zu Ende frisieren. Dann entließ sie sie und kehrte auf ihre kleine Terrasse zurück. Ein kaum spürbarer Wind trug ihr den Duft spät blühender Rosen zu, und für einen Augenblick ergab sie sich ganz dem stillen Zauber dieses Ortes. Dann forderte ihr gesunder Appetit seinen Tribut. Tüchtig sprach sie dem Inhalt der Teller und Schüsseln zu. Sie schleckte sich eben die Vanillecreme ihres zweiten Blätterteighörnchens vom Finger, als hinter ihr eine gehässige Stimme sagte: »Wenn Ihr weiter so viel in Euch hineinstopft, werdet Ihr fett werden wie ein Mastschwein. Dann ist es vorbei mit Eurer gepriesenen Schönheit.« Emilia drehte sich, eher irritiert als verärgert, um. In dem Jüngling, der hinter einem mit einer Ananaspalme bepflanzten Kübel hervortrat, erkannte sie den unverschämten Rempler vom Vorabend wieder. Die beiden Doggen des Grafen waren bei ihm. Die Tiere lösten sich nun und trotteten auf Emilia zu. Sie drängten ihre schmalen Köpfe mit den hochstehenden Ohren an ihre Knie. Emilia beugte sich vor, um sie kräftig zu kraulen.

»Was für hirnlose Viecher sie doch abgeben«, knurrte der junge Mann, ohne seine Eifersucht verhehlen zu können. Langsam schlenderte er selbst auf Emilia zu. In seinen Augen stand deutlich seine Abneigung gegen sie zu lesen, doch schien seine Neugier größer zu ein.

Emilias eigene war ebenfalls geweckt. »Wer seid Ihr, und was wollt Ihr von mir?«

Der junge Mann zog sich einen der eisernen Stühle heran und setzte sich rittlings darauf. Er wählte eine reife Birne vom Tablett und biss herzhaft hinein. Genüsslich kauend, gab er zunächst keine Antwort. Nachdem er die Hälfte der Frucht verspeist hatte, warf er sie hinter sich. Dann wiederholte er ihre Frage: »Was ich von Euch will?« Er beugte sich vor und brachte sein Gesicht ganz nah an das ihre. »Von Euch will ich nichts, außer natürlich, dass ich Euch gerne tot sehen möchte.« Er beobachtete die Wirkung seiner Worte.

Merkwürdigerweise verspürte Emilia keinerlei Furcht. Dieses Bürschchen kam ihr wie ein schmollendes Kind vor, dem man sein Spielzeug weggenommen hatte. Trotzdem fragte sie sich, wo Conradin war, wenn man ihn brauchte?

»Nun, da Ihr mich sowieso tot sehen wollt, dann werdet Ihr wohl kaum etwas dagegen haben, wenn ich zuvor weiter daran arbeite, meine Figur zu ruinieren.« Sie griff nach einem weiteren Blätterteighörnchen und grub ihre Zähne ebenso herzhaft hinein, wie der Junge sich an der Birne gütlich getan hatte. Ihre Augen begegneten sich in einem stummen Duell. Emilia kam nicht umhin, die frische Schönheit des Jünglings zu bewundern. Lange schwarze Wimpern beschatteten Augen von klarem Grau. Dazu besaß er eine Haut wie eine Porzellanpuppe, um die ihn vermutlich die gesamte Damenwelt Versailles' beneiden würde, wie auch um sein schulterlanges Haar, das sich wie gesponnenes Gold lockte. Dem Benehmen wie auch seiner prächtigen Ausstaffierung nach, die nicht an Spitzen und Schleifchen sparte, musste es sich bei ihm um ein hochrangiges Mitglied des Haushalts handeln. Warum hatte der Graf ihn ihr gegenüber weder erwähnt noch vorgestellt? »Ihr scheint aus Eurem Herzen keine Mördergrube zu machen. Doch Eure Manieren

441

lassen sehr zu wünschen übrig«, rügte Emilia ihn, indem sie Tante Colombas besten Gouvernantenton imitierte. »Da, wo ich herstamme, stellt man sich einander zumindest vor. Ihr scheint sehr genau zu wissen, wer ich bin. Warum verratet Ihr mir nicht, wer Ihr seid?«, erkundigte sie sich, während sie ihm den Korb mit den Hörnchen einladend hinhielt.

Der Junge vollführte eine Bewegung, als wollte er ihn ihr aus der Hand schlagen. Mit schmalen Lippen presste er hervor: »Mein Name tut nichts zur Sache. Aber bevor Ihr hier mit Eurem hübschen Lärvchen aufgetaucht seid, hatte mein Herr nur Augen für mich. Nun scharwenzelt er die ganze Zeit mit hängender Zunge um Eure Röcke herum und denkt nicht mehr an mich. Schlimmer, er hat mich auf mein Zimmer verbannt.«

»Nun, der Befehl des Grafen scheint keinen großen Eindruck bei Euch hinterlassen zu haben, oder?«, erwiderte Emilia süßlich, während es gleichzeitig hinter ihrer Stirn arbeitete. Seine Worte ergaben für sie keinen Sinn, und sie fürchtete, den Jungen missverstanden zu haben. Immerhin hatte sie begriffen, dass er über die Maßen eifersüchtig auf sie zu sein schien – so sehr, dass er ihr den Tod wünschte. Die Lösung des Rätsels interessierte sie zwar, doch sein Hass hatte sie auf eine Idee gebracht. »Ihr wisst sicher, dass meine Anwesenheit hier nicht freiwillig erfolgt ist. Warum mich töten und Euch damit selbst einem Risiko aussetzen? Ich wüsste etwas Besseres, um Euch von mir zu befreien.« Emilia hielt inne, um dem Jungen Zeit zu geben, ihre Worte auf sich wirken zu lassen.

Tatsächlich glomm ein Funken von Interesse in seinen Augen auf. »Was wollt Ihr damit andeuten?«

Emilia sah sich kurz um, um sich zu vergewissern, dass sich keine unerwünschten Lauscher in ihrer Nähe befanden. Dann beugte sie sich vor und raunte eindringlich: »Dass ich keineswegs an Eurem Grafen interessiert bin. Verhelft mir zur Flucht, und Ihr seid mich für immer los!«

Die Augenbrauen ihres Gegenübers schossen verblüfft in die Höhe. Damit hatte er so gar nicht gerechnet, und Emilia registrierte mit Genugtuung, dass er ihr Ansinnen nicht sofort entrüstet von sich wies. Im Gegenteil, er schien den Gedanken gründlich durchzukauen. Schließlich hob er den Kopf; seinem Grinsen haftete etwas Diabolisches an. »Das hat etwas für sich … Lasst mich darüber nachdenken.« Er erhob sich ohne ein Wort des Abschieds und schlenderte davon.

Emilia wurde durch seinen abrupten Abgang überrumpelt: »So wartet doch! Wann höre ich von Euch?«

Doch er zuckte nur mit den Schultern und verschwand rasch zwischen den Büschen. Nicht zu früh, denn Conradin stand plötzlich mit dem obligatorischen Tablett hinter ihr. Eine der Doggen, die dem Jungen beide nicht gefolgt waren, hob die Lefzen und ließ ein ungnädiges Knurren ertönen. Emilia konnte es dem Tier nachempfinden. Auch sie verspürte Widerwillen bei Conradins Anblick, der ihr langsam zum bösen Schatten wurde. Sie beachtete ihn nicht weiter, sondern erhob sich. Gefolgt von den beiden Hunden, entfernte sie sich in Richtung des Seerosenteichs. Dieser stille Ort hatte es ihr angetan. Es ging so viel Frieden und heitere Gelassenheit von ihm aus, was sich auf sie übertrug, sobald sie sich ihm näherte. Sie kniete an seinem Rand nieder und spielte mit ihren Fingern im Wasser. Dabei dachte sie über das seltsame Benehmen ihres ungebetenen Besuchers nach. Was verband ihn mit dem Grafen Bramante? Seinem Verhalten haftete etwas Eigenartiges, kaum Greifbares an.

»Wie ich sehe, findet Ihr Gefallen an diesem Teich? Es heißt, einst haben ihn Feen bevölkert. Ich gebe zu, auch ich komme gerne hierher, um meinen Geist zu entspannen.«

Nur mit großer Willensanstrengung gelang es Emilia, ein Zusammenzucken zu verhindern. In ihre Überlegungen vertieft, hatte sie Bramantes Nähertreten nicht bemerkt. Vermutlich wollte er ihren Zwist von gestern fortsetzen. »Graf Bramante«, sagte sie zurückhaltend und reichte ihm ihre Hand. Er neigte sich darüber und küsste die wie ein Schwanenhals gebogene Hand.

»Setzen wir uns einen Moment, und plaudern wir ein wenig«,

forderte er sie mit einer höflichen Geste auf. Er führte sie zu einer Bank, auf die fürsorgliche Hände Seidenkissen gebreitet hatten. »Auch Ihr fühlt, dass dies ein ganz besonderer Ort ist, nicht wahr? Es heißt, dass anstelle dieses kleinen Teiches dereinst eine heilige Quelle sprudelte. Äeneas selbst soll sich hier auf seinem Weg nach Rom erfrischt haben. Leider ist die Quelle lange versiegt, aber noch immer wohnt diesem Ort ein besonderer Zauber inne.«

Bei Emilia schlugen alle Alarmglocken gleichzeitig an. Wie schon gestern am Tigergehege, überkam sie das jähe Gefühl, dass Bramante versuchte, sie auszuhorchen. Die unwirkliche Szene mit Beatrice am Tempel der Venus wuchs vor ihrem inneren Auge empor. Es stimmte, auch dort hatte eine unerklärliche Magie gewirkt. Wusste er etwas darüber, oder fischte er lediglich auf gut Glück im Trüben? Auch wenn Beatrice ihre eingeschworene Feindin war, dieses Erlebnis würde sie niemals mit ihm teilen. Das Geheimnis des verborgenen Venustempels war nicht für die Ohren eines Bramante bestimmt. »Äeneas? Ich glaube, ich habe diesen Namen schon einmal im Zusammenhang mit einer alten Sage gehört. Verzeiht, aber ich muss Euch nicht sehr gebildet erscheinen …«, gab sie sich naiv und versuchte sich an einem verlegenen Lächeln.

»Aber nicht doch, meine Liebe. Kein Grund, sich dafür zu entschuldigen.« Bramante tätschelte ihre Hand. »Ich weiß doch, dass Euer Vater, der Conte, kaum über die Mittel verfügte, Euer Schulgeld für die guten Nonnen von Assisi aufzubringen. Das Geld reichte gerade für die Ausbildung Eures Zwillingsbruders am römischen Jesuitenkolleg.«

»Das ist Euch bekannt? Was wisst Ihr sonst noch über meine Familie?«, erkundigte sich Emilia sofort voller Misstrauen. Graf Bramante raubte ihr mit seiner Eigenart, ständig wahllos von Thema zu Thema zu hüpfen, den letzten Nerv.

»Ich weiß, dass Euer Vater tatsächlich sehr zu bedauern ist, denn die Sterne standen hervorragend bei seiner Geburt. Hatte er nicht alles? Einen guten Namen und die Aussicht auf ein Vermögen? Was davon ist ihm geblieben? Nichts! Er selbst war nicht besonders glücklich in seinen Unternehmungen. Den Rest hat dann sein Taugenichts von Erstgeborenem durchgebracht. Am Ende blieb Eurem Vater nichts übrig, als das Einzige von Wert zu verkaufen, das ihm noch verblieben war: Euch, Emilia, seinen Augapfel. Tragisch, wirklich tragisch sein Schicksal.«

Emilia biss sich auf die Zunge. Ihr war klar, dass Bramante sie mit seinen Sticheleien bewusst herausfordern und ihr unbedachte Worte entlocken wollte. »Es wäre weit weniger tragisch für meinen Vater, wenn ich nicht plötzlich aus dem Schloss meines Gatten in Sulmona verschwunden wäre«, erwiderte Emilia, so ruhig sie konnte. »Sagt mir endlich, was Ihr wirklich wollt.«

»Aber gerne … Wenn Ihr mir verratet, was Floriano von Euch wollte«, gab der Graf ebenso friedlich zurück.

»Ach, Floriano hieß der junge Mann also?«, entgegnete Emilia leichthin. »Leider hat er es versäumt, sich mir vorzustellen. Falls er Eurem Haushalt angehört, muss ich Euch sagen, dass dieser junge Bursche über keinerlei Manieren verfügt. Erst gestern hat mich dieser Flegel fast umgerannt. Heute hat er mich aufgesucht, um mir seine Verachtung zu gestehen. Dabei kenne ich ihn überhaupt nicht! Wirklich, Ihr beherbergt seltsame Gäste, Graf.«

»Ja, der gute Floriano lebt seine Gefühle aus«, meinte Bramante und lächelte mit geschlossenem Mund. Er hielt den Kopf einer abgeknickten Rose und zerpflückte die zarten Blütenblätter zwischen seinen Fingern. »Ich werde mich darum kümmern. Mein junger Freund wird Euch künftig nicht mehr belästigen. Wir treffen uns später, ich lade Euch zu einem Picknick im Park ein. Dieser herrliche Tag ist wie dafür gemacht.« Er erhob sich, um zu gehen, doch Emilia hielt ihn zurück. »Wartet! Ihr habt meine Frage nicht beantwortet!«

»Später, meine Liebe, später.« Er eilte mit raschen Schritten davon und ließ Emilia erneut in Unfrieden zurück. Kurz vor Mittag erschien Conradin bei ihr und verkündete mit gemessener Miene, dass der Graf unerwartet in dringlichen Angelegenheiten habe verreisen müssen und frühestens in einigen Wochen zurückerwartet werde.

Emilia war fassungslos. Wochenlang warten und untätig herumsitzen? Sie ließ ihrem Zorn freien Lauf. Conradin zuckte nicht mit der Wimper, obwohl die erste Vase nur knapp seinen Kopf verfehlte. Ohne Hast zog er sich zurück. Irgendwann lief sich jede Wut tot. Emilia verließ ihr Zimmer und versuchte erneut, Frieden bei dem kleinen Teich zu finden.

Die Tage und Wochen vergingen zäh und in Untätigkeit. Auch Floriano ließ sich nicht mehr blicken. Immerhin konnte sie sich frei im Park bewegen, stets nun begleitet von den beiden Doggen Castor und Pollux. Neben dem Seerosenteich zog sie Morganes Gehege geradezu magisch an. Die arme eingesperrte Kreatur dauerte sie. Stundenlang saß sie mit angezogenen Knien vor den Eisenstäben und grübelte vor sich hin. Das Tigerweibchen kam jedes Mal zu ihr und legte sich in ihre Nähe. Emilia hätte nur ihre Hand ausstrecken müssen, um sie zu berühren.

Den grobschlächtigen Aufseher, der Morgane versorgte, sah sie kaum, und wenn, dann nur aus der Ferne. Vermutlich hatte er Anweisung, sich ihr nicht zu nähern. Morgane und die beiden Hunde wurden zu ihren neuen Vertrauten. Emilia erzählte ihnen alles, was sie auf dem Herzen hatte, bis hin zu ihrer unerfüllten Liebe zu Francesco Colonna. Besonders Morgane gab ihr das Gefühl, aufmerksam zuzuhören. »Du verstehst mich, oder?«, seufzte Emilia und lehnte ihren Kopf an den Zaun. »Beide hat man uns gegen unseren Willen eingesperrt. Dich, weil deine seltene Schönheit das Begehren eines Sammlers geweckt hat, und mich für etwas, wovon ich nicht einmal sicher bin, ob ich es überhaupt benennen kann. Doch du bist von uns beiden weit schlechter dran. Ich habe wenigstens noch die Hoffnung, eines Tages freizukommen. Du aber wirst allein und fern von deiner Heimat sterben.«

Morgane wackelte mit ihren Ohren, als hätte sie jedes Wort verstanden. Ein Zittern überlief ihre Flanken, und sie presste ihren Kopf gegen die eisernen Stäbe ihres Gefängnisses, als wollte sie sich dazwischen hindurchzwängen. Tief versenkte sie ihren melancholischen Blick in Emilias. Lange sahen sie einander so an: die junge Frau und die weiße Tigerin, beide einmalige Exemplare einer vollkommenen Schöpfung, vereint in ihrem Schicksal als Gefangene des Grafen Bramante. Ganz langsam hob Emilia ihre Hand, steckte sie durch die Stäbe und strich über Morganes Kopf. Die Tigerin schloss kurz die Augen, dann öffnete sie sie wieder und stupste Emilias Arm sanft mit ihrem Maul an. Plötzlich ging ein Ruck durch Emilias Körper. »Aber natürlich! Warum bin ich nicht längst selbst darauf gekommen?«

Bei ihrer Rückkehr aus dem Park erwartete Emilia eine Überraschung: Die Kutsche mit dem Wappen des Grafen parkte auf dem Rondell vor der Freitreppe. Zwei livrierte Diener waren damit beschäftigt, das umfangreiche Gepäck zu entladen. Graf Bramante dirigierte sie. Floriano stand neben ihm. Das also war aus dem Jüngling geworden, er hatte seinen Herrn auf der Reise begleiten dürfen.

Der Graf bemerkte die junge Frau und schritt ihr mit einem jovialen Lächeln entgegen. »Schönste Emilia, da seid Ihr ja! Ich hoffe, meine Abwesenheit wurde Euch nicht allzu lang? Als Entschädigung habe ich wundervolle Dinge für Euch erstanden.« Er küsste ihre Hand und ließ sie nicht mehr los, sondern führte sie mit sich die Treppe hinauf. »Ich hoffe doch sehr, Ihr leistet mir heute Abend beim Souper Gesellschaft? Ich brenne darauf, Euch meine Erlebnisse zu berichten, doch zuerst muss ich den Staub von halb Europa von mir abschütteln.«

Am Abend, die Sonne war bereits untergegangen, und Emilia und der Graf hatten sich zum gemeinsamen Mahl niedergelassen, wehten aufgeregte Stimmen aus dem Vestibül zu ihnen herüber. Der Graf schickte Conradin los, um sich nach dem Grund für die Störung zu erkundigen.

Conradin kehrte alsbald zurück, hinter ihm marschierte Morganes Aufseher. Von Kopf bis Fuß in braunes Leder gehüllt und mit an der Hüfte baumelnder Peitsche, wirkte er wie ein antiker Gladiator. Er blickte gequält, wie jemand, der unangenehme Nachrichten zu überbringen hatte. Emilia versenkte ihre Nase im Glas.

»Was soll das, Meister Zenga? Was ist so wichtig, dass Ihr mein Mahl stört?« Der Graf hatte sich von seinem Stuhl erhoben, kaum dass der Aufseher den Raum betreten hatte.

Zenga warf sich nach vorne, beugte ein Knie vor dem Grafen und murmelte mit tief geneigtem Kopf: »Herr, der Tiger Morgane ist verschwunden. Verfahrt mit mir nach Belieben, denn es ist allein meine Schuld.«

»Natürlich ist es Eure Schuld!«, erwiderte der Graf hart. »Wie konnte das passieren?«

Ein Zittern durchlief Zengas mächtigen Körper. »Jemand muss den Schlüssel zum Tigergehege aus meiner Hütte entwendet und das Schloss geöffnet haben. Das Schloss wurde wieder versperrt, der Schlüssel selbst ist verschwunden.«

Emilia versenkte ihr Gesicht noch tiefer in den Weinkelch. Der Aufseher hatte den Schwachpunkt ihrer Tat angesprochen. Ursprünglich hatte sie vorgehabt, den Schlüssel wieder zurück an das Brett zu hängen, um den Aufseher vor das Rätsel zu stellen, wie Morgane aus dem Gehege hatte fliehen können, wenn ihr nicht zwischenzeitlich Flügel gewachsen sein sollten. Leider war just in diesem Augenblick ein weiterer Bediensteter des Grafen aus dem kleinen Wäldchen getreten, in dessen Lichtung sich die riesige Voliere mit Bramantes Sammlung befand. Sie hatte den Schlüssel daraufhin einfach von sich geworfen und sich weggeschlichen.

»Geht!«, befahl der Graf dem Aufseher. »Nehmt Euch so viele Männer, wie Ihr braucht, und sucht den Tiger. Wagt es nicht, unverrichteter Dinge zurückzukehren. Vor allem sollte das Tier absolut unversehrt sein. Ihr bürgt mir dafür!«

Emilia empfand höchste Genugtuung. Wenigstens Morgane schien die Flucht geglückt. Die Tigerin würde in den nahen Bergen sichere Zuflucht finden.

»Ich bin untröstlich, meine Liebe«, richtete der Graf das Wort an sie, während er sie mit einem undefinierbaren Ausdruck betrachtete. »Man hatte mir berichtet, wie sehr Ihr Morgane zugetan seid. Habt Ihr sie nicht jeden Tag besucht? Doch seid ohne Furcht. Zenga wird den Tiger aufspüren. Die beiden kennen sich seit vielen Jahren. Er ist so etwas wie Vater und Mutter in einem für sie. Morgane war nur wenige Monate alt, als sie zu uns kam. Das Tier hat keine Ahnung von der Welt da draußen, und sie ist es gewohnt, dass sie gefüttert wird. Sie hat das Jagen nie gelernt. Ich fürchte, jene Person, die ihr zur Freiheit verholfen hat, hat Morgane damit keinen Dienst erwiesen. Ich vermute, dass sie, sobald sie ein wenig die raue und unwirtliche Luft der Freiheit gekostet hat, freiwillig in ihr Heim zurückkehren wird.«

Emilia begnügte sich mit einem zustimmenden Nicken. Ohne Frage wusste der Graf, dass er ihr diesen Streich zu verdanken hatte. Es war ihr egal. Dennoch fand sie es angebracht, das Thema zu wechseln, am besten mit einem Angriff. »Wo wart Ihr? Und was habt Ihr so lange getrieben? Weiter Eure kleinen Intrigen gesponnen?«, eröffnete sie ohne Umschweife das Gefecht. Conradin, der ihnen soeben frische Austern servierte, ließ ein leises Hüsteln hören.

Der Graf beträufelte seine Auster mit einigen Spritzern Zitrone und schlürfte sie mit zurückgelegtem Kopf. »Diese Austern sind ein Genuss«, schwärmte er. »Ihr Geschmack zergeht einem auf der Zunge. Seid Ihr sicher, dass Ihr keine versuchen wollt?«

Emilia zog eine angewiderte Grimasse. »Das ist wie Schnecken essen, danke. Ihr könnt gerne meine haben.« Sie schob ihm ihren Teller hinüber. »Schluss jetzt mit den Ausflüchten, Graf. Ihr wollt mir sicher nicht weismachen, dass Ihr verreist seid, um neue Ware zu kaufen. Was habt Ihr wirklich gemacht? Mordpläne gegen meinen Gatten geschmiedet?«

»Warum interessiert Euch das? Ihr werdet doch nicht etwa Gefallen an Eurem Gemahl gefunden haben?« Eine zweite Auster folgte der ersten.

»Was mich interessiert, ist vor allem *meine Freiheit*«, entgegnete Emilia impulsiv. »Was habt Ihr also vor? Denn ich nehme Euch nicht mehr ab, dass es Euch allein darum geht, Beatrice mit meinem Kind zu erpressen. Gebt es zu, Eure Absichten gehen darüber hinaus!«

Der Graf stellte den Becher mit Wein langsam zurück. »Ach, und was sollen das genau für Absichten sein, die Ihr mir da unterstellt?«

»Oh nein, so geht das nicht!« Emilia gestattete sich ein spöttisches Lächeln. »Ich stelle Euch doch nicht Fragen, damit ich sie mir dann selbst beantworte.«

Bramante sah sie wohlwollend an: »Ihr habt an Sicherheit gewonnen, das gefällt mir. Wenn man sich vorstellt, woher Ihr ursprünglich stammt … Es stimmt, was man sagt: Letztendlich setzt sich immer das edle Blut durch.«

»Erspart mir Euer Geschwafel, und beantwortet meine Frage!«

»Also gut, so sei es. Ich habe diese Reise tatsächlich unternommen, um die Ermordung Eures Gatten zu veranlassen.«

Obwohl sie es längst geahnt hatte, war es doch etwas anderes, es ausgesprochen zu hören. Doch Emilia versagte sich jede Gefühlsregung.

»Ihr scheint darüber nicht sonderlich schockiert zu sein«, sagte Bramante. Er hatte sie nicht aus den Augen gelassen.

»Es bestätigt nur meine Vermutungen. Ist mein Gatte tot?«

»Nein, bedauerlicherweise ist der Versuch fehlgeschlagen. Er wird von seinen Männern gut bewacht. Doch niemand ist auf ewig unverwundbar. Seid ehrlich: Würdet Ihr den Tod Herzog Carlos bedauern?«

»Selbstverständlich! Ich wünsche niemandem den Tod.«

»Selbst nicht, wenn Ihr dann frei wäret? Eine freie Witwe mit einem großen Namen und einem großen Vermögen? Frei, zu gehen, wohin Ihr wollt?«

»Ach, und Ihr wollt mir dazu völlig uneigennützig verhelfen? Davon abgesehen, dass Ihr mir zu verstehen gegeben habt, mich selbst heiraten zu wollen. Ich würde lediglich eine Fessel gegen die andere tauschen«, erwiderte Emilia mit vor Sarkasmus triefender Stimme.

»Ich verstehe Eure Ressentiments, und Ihr habt recht. In dieser Welt gibt es nichts umsonst. Doch das, was ich Euch anbiete, wäre auch zu Eurem Vorteil – zumal ich Waise bin und Ihr dadurch mit keiner zänkischen Schwiegermutter belästigt werdet.« Graf Bramante lächelte durchtrieben.

»Und wenn ich hundert Jahre darüber nachdächte, mir würde kein einziger Vorteil einfallen, den ich durch Euch gewinnen könnte.«

»Nicht doch. Wenn Ihr mich heiratet, werden wir gemeinsam über Italien herrschen! Euer Sohn entstammt dem königlichen Geblüt der Bourbonen. Bis er mündig ist, werden wir Italien zu alter Größe und Blüte zurückführen. Ich werde Euch nicht nur zu meiner Königin, sondern zur Kaiserin des neuen Rom machen!« Er sagte dies ohne jedes Pathos, mit einer Selbstverständlichkeit, die seinen Worten eher noch mehr Nachdruck verlieh. Er schien tatsächlich zu glauben, was er da sagte! Dabei war er Emilia bisher weder verrückt noch beschränkt erschienen, vielmehr ein Mann von hart kalkulierendem Wesen. Entgeistert starrte sie ihn an. *Das neue Rom? Kaiserreich?* »Wahrlich, Ihr müsst verrückt sein. Ihr vergesst, dass ich genauso gut ein Mädchen gebären könnte! Und da Ihr Euch ja so sehr bemüht, meinen Gatten unter die Erde zu bringen, wird er mir wohl kaum ein neues Kind machen können.«

»Keine Sorge, Ihr werdet einen schönen, kräftigen Sohn gebären«, erwiderte er wie selbstverständlich.

»Ach, und woher nehmt Ihr bitte diese Gewissheit? Seid Ihr Gott?«

»Nein, aber ich weiß die Zeichen richtig zu deuten. Ich habe die Sterne befragt, und sie haben es mir bestätigt.«

Emilia wusste nicht, ob sie lachen, weinen oder schreien sollte. »Ihr scheint auf alles eine Antwort parat zu haben. Dann sagt mir auch, wie Eure weiteren Pläne hinsichtlich meiner Schwiegermutter Beatrice aussehen.«

»Welche Pläne meint Ihr genau, meine Liebe?«

Inzwischen hatte man ihnen den zweiten Gang des Menüs aufgetischt: handgerollte Erbsengnocchi mit einem Sugo aus Scampi, Sahne und Weißwein. Es duftete köstlich, und diesmal kostete Emilia mit Genuss, bevor sie antwortete: »Ich spreche von dem Plan, Beatrice für die Demütigung büßen zu lassen, Euch aus dem Sol-Invictus-Orden ausgeschlossen zu haben. Gebt es ruhig zu, Euch geht es in erster Linie darum, Beatrice zu stürzen. Zunächst wollt Ihr sie ihrer größten Stütze berauben: ihres Sohnes. Einigen Eurer Bemerkungen habe ich entnommen, dass Ihr nicht nur wisst, dass sie die Macht des Invictus-Ordens benutzt, um die Societas Jesu zu vernichten, sondern auch argwöhnt, dass sie den Kirchenstaat in seiner Gesamtheit zu Fall bringen möchte. Der Gott Sol Invictus ist meiner Schwiegermutter ebenso egal wie Euch. Dieser heidnische Gott symbolisiert lediglich den Dolch, den das Weib der Mutter Kirche ins Herz rammen möchte.«

»Ich bewundere Euren Scharfsinn, Teuerste. Ihr seid noch klüger, als ich gedacht hatte, vor allem aber besitzt Ihr eine intuitive Intelligenz. Alles, was Ihr sagt, entspricht der Wahrheit. Ja, ich will Beatrice mit der Ermordung ihres Sohnes Carlo ins Mark treffen. Sie soll leiden und miterleben, wie ich nach und nach alle ihre Pläne zunichtemache. Ihr hasst dieses abscheuliche Weib doch ebenso. Ihr seht, wir beide verfolgen dieselben Interessen. Meint Ihr nicht, dass wir uns verbünden sollten? Kämpft nicht länger gegen das Schicksal an, Emilia. Dagegen anzukämpfen gleicht einem Tanz am Abgrund.«

»Vielleicht …«, antwortete Emilia vage. »Verratet mir zunächst noch: Welchen Grund habt Ihr selbst, die Jesuiten zu vernichten?«

»Keinen. Das künftige Schicksal der Jesuiten ist mir einerlei. Sie sind so oder so dem Untergang geweiht.«

»Ach, und das haben Euch ebenfalls Eure Sterne verraten?«, fragte Emilia spöttisch.

»Aber nicht doch, das ist rein eine Frage der Politik. Der Orden hat im Laufe der Zeit mit geradezu erstaunlicher Akribie beinahe alle europäischen Monarchen gegen sich aufgebracht. Es ist das alte Lied, wenn sich Macht und Einfluss nicht mehr die Waage halten. Daher werden sie dasselbe Schicksal erleiden wie einst die Ritter des Templerordens. Glaubt mir, es wird nicht mehr lange dauern, bis die Jesuiten vollständig ausgerottet sein werden.«

»Woher nehmt Ihr Eure Gewissheit?«, fragte Emilia scharf. Ihr Herzschlag hatte sich unmerklich beschleunigt, da sie an Emanuele dachte.

»Weil es längst begonnen hat. Vor dreizehn Jahren machte Portugal den Anfang mit dem Verbot. Die Mitglieder des Ordens, die die Flucht nicht rechtzeitig angetreten haben, wurden ermordet oder verrotten bis heute in portugiesischen Verliesen.«

»Aber was wirft man ihnen in Gottes Namen vor?«

»Die Jesuiten haben sich in Paraguay während des sogenannten Guaranikriegs gegen Portugal verbündet und sich auf die Seite der Indios geschlagen. Schlimmer, man beschuldigte sie, ein Komplott zur Ermordung des portugiesischen Königs Joseph I. angezettelt zu haben. Allein sechshundert Jesuitenpatres sind erst kürzlich bei der Deportation aus Lateinamerika elendig umgekommen. Auch in Frankreich, Spanien, Neapel und Parma geht man nicht gerade zimperlich mit den Ignatiusjüngern um.«

Entsetzt legte Emilia ihre Gabel hin. Ihr war der Appetit gründlich vergangen. »Wenn Euch das Schicksal der Jesuiten einerlei ist, warum seid Ihr dann dem Geheimorden meiner Schwiegermutter beigetreten?«

»Weil ich Beatrice seit Langem kenne. Ich wollte mehr über ihre Absichten in Erfahrung bringen. Aber genug davon. Ich denke, ich habe Euch ausreichend Antworten geliefert.« Die Stimme Bramantes hatte einen harten Unterton angenommen.

Emilia begriff, dass ihre Schonfrist abgelaufen war. Trotzdem war noch eine Frage offen. »Eines noch. Ihr habt mir noch immer nicht verraten, was Ihr von Beatrice im Austausch für das Kind fordert.«

Bramante führte eben einen Bissen zum Mund. Er senkte die Gabel und meinte liebenswürdig: »Fürwahr, warum sollte ich es meiner zukünftigen Frau verschweigen? Beatrice besitzt eine Schatzkarte, die den Weg zum sagenhaften Gold der Inkas weist. Ich möchte sie haben.«

Emilias Herz verfehlte einen Takt, als sie an den Behälter in ihrem Gemach dachte. Sie senkte hastig den Kopf. »Ich danke Euch für Eure Offenheit. Es stimmt, ich hasse Beatrice für das, was sie mir angetan hat. Sie ist der Teufel. Doch wie Ihr selbst gesagt habt, muss ich erst dieses Kind gebären. Verständlicherweise habe ich weniger Vertrauen in die Lesart der Sternbilder als Ihr. Wenn es ein Mädchen werden sollte, werden die Karten neu gemischt.«

»Dann ist es abgemacht. Besiegeln wir unseren Handel mit einem Unterpfand. Gewährt mir einen Kuss, meine Schöne!«

»Ihr scherzt!«

»Nun, ich kann warten.« Graf Bramante hob sein Glas und prostete ihr siegesgewiss zu.

X

Monate waren vergangen.

Mit einem kläglichen Laut fuhr Emilia aus dem Schlaf. Ein Schmerz, wie von einem glühenden Messer, durchbohrte ihren Leib. Dann verebbte er, zog sich zurück und hinterließ nur sein dumpfes Echo. Sobald der Schmerz seine Zange etwas gelockert hatte, begriff die junge Frau den Ursprung ihrer Qualen: Das Kind kam! Die starke Droge, die man ihr am Abend zuvor eingeflößt hatte, um sie wegen des anstehendes Festes, das Graf Bramante für seine Freunde gab, ruhigzustellen, hatte zweifellos die ersten Wehen absorbiert. Die wievielte Wehe mochte dies bereits gewesen sein? Mit der Zunge fuhr sich Emilia über ihre trockenen Lippen. Sie hatte großen Durst. Hilfe suchend sah sie sich um.

Das Feuer im Kamin war lange erloschen. Nur eine vereinzelte Kerze brannte noch und sandte ihr zuckendes Licht in den kalten Raum. Eine vage Unruhe bemächtigte sich Emilias. Etwas stimmte nicht. Plötzlich wusste sie, warum: Sie befand sich völlig allein in ihrem Gemach! Wie merkwürdig. Wo war ihre Zofe abgeblieben, die Befehl hatte, die ganze Nacht bei ihr zu wachen?

Seit jenem denkwürdigen Abend, als der Graf ihr eine Art Waffenstillstand bis zur Geburt gewährt hatte, hatte er ihr keinen einzigen Augenblick Intimsphäre mehr zugestanden, sondern sie unter Dauerbewachung gestellt. Ausgerechnet nun, da sie dringend Hilfe benötigte, hatte man sie allein gelassen. Sie rief mehrmals eindringlich nach der Frau, doch sie erschien nicht. Mühsam richtete sich Emilia in eine sitzende Stellung auf. Sie reckte sich, um an die Kordel neben ihrem Bett zu gelangen. Mehrere ihr endlos scheinende Minuten verstrichen, aber niemand kam. Emilia konnte fühlen, wie sich die nächste Wehe in ihr formierte. Trotzdem überfiel sie der Schmerz erneut wie aus dem Nichts, wie ein Ungeheuer, das seine spitzen Zähne in ihre Eingeweide schlug. Plötzlich zerriss etwas in ihrem Leib, und ein Strom warmer Flüssigkeit ergoss sich zwischen ihren Beinen auf die Laken. Trotz ihrer aufsteigenden Panik zwang sich die junge Frau, tief ein- und auszuatmen. Ihr fiel ein, dass der vorsichtige Graf, sobald er Gäste erwartete, vor ihren Gemächern zusätzlich einen Mann zur Bewachung seines wertvollen Gastes abstellte. Sie würde diesen um Hilfe bitten. Vermutlich hatten die doppelten Türen ihre schwachen Schreie gedämpft. Längst logierte sie nicht mehr in dem ebenerdigen Raum mit Zugang zum Patio. Man hatte sie stattdessen in der zweiten Etage am Ende des Flures untergebracht. Sie stemmte sich hoch und schwang ihre nackten Füße aus dem Bett. Das Nachthemd klebte ihr unangenehm feucht am Körper, und ihre schweren Brüste schmerzten. Vorsichtig, die Hände schützend um ihren gespannten Leib gelegt, tapste sie zur Tür. Sie schwang den einen Flügel zur Seite, doch den vermeintlichen Wachposten suchte sie vergeblich. Der gesamte Korridor lag wie ausgestorben vor ihr.

Erst jetzt wurde sie der unnatürlichen Stille gewahr, die ihr aus dem Haus entgegenschlug. War das Fest schon zu Ende, fragte sie sich verwundert. Üblicherweise dauerten die feucht-fröhlichen Gelage des Grafen bis in die frühen Morgenstunden an. Ein Blick aus dem Fenster ihres Gemachs hatte ihr jedoch angezeigt, dass es noch tief in der Nacht sein musste. Warum fehlten die vertrauten Geräusche, die stets die Tätigkeiten der vielköpfigen Dienerschar des Hauses begleiteten? Die Stille ergab keinen Sinn. Sie überbrückte die wenigen Schritte bis zur steinernen Balustrade und klammerte sich an ihr fest. Die Eingangshalle öffnete sich zwei Treppen unter ihr. Mehr und mehr empfand sie die Stille des Hauses als bedrohlich. Wo waren sie alle hin? Trotz ihres Zustandes blitzte der Gedanke an Flucht in ihr auf. Vorsichtig tastete sie sich an der Balustrade in Richtung der Treppe voran, als eine weitere Wehe sie am Rande der ersten Stufe niederzwang. Der überwältigende Schmerz ließ ihre Beine einknicken, und sie sank zu Boden. Instinktiv rollte sie sich von der Treppe weg. Schwer atmend wartete sie das Ende der Wehe ab. Nach jeder Attacke fühlte sie sich wie im luftleeren Auge eines Orkans, bis die nächste Wehe sie erneut aus dessen Zentrum katapultierte. Selbst wenn sie es in ihrem Zustand schaffen würde, die Treppe zu bewältigen, wäre das Risiko, hinabzustürzen, dennoch zu groß. Sie rief nochmals um Hilfe, doch im Haus rührte sich weiterhin kein Laut. Verlassen lag es im Dunkeln, als hätte ein Ungeheuer alle seine Bewohner verschlungen. Da niemand kam, um ihr beizustehen, musste sie sich eben selbst helfen. Hatten im Laufe der Jahrtausende nicht unzählige Frauen ihre Kinder ohne jeden Beistand zur Welt gebracht?

Sie schleppte sich zurück in ihr Bett und schaffte es vor dem nächsten Ansturm, die feuchten Laken wegzuziehen und das Bett mit einigen Roben und Mänteln zu bedecken, die sie zu diesem Zweck wahllos aus der angrenzenden Kleiderkammer gezerrt hatte. Erschöpft ließ sie sich dann auf das improvisierte Geburtslager niedersinken, bereit, sich der nächsten Schmerzwelle auszuliefern. Eine Wehe nach der anderen schüttelte ihren Körper und zehrte an ihren Kräften. Doch Gott war ihr gnädig, und das Kind kam im ersten Licht des neuen Tages. Mit den Zähnen, wie es die Bäuerinnen in abgelegenen Winkeln der Abruzzen taten, durchtrennte sie die Nabelschnur. Überglücklich hielt sie dann das verschmierte kleine Bündel im Arm und drückte ihren Sohn – denn es war ein Sohn! – an ihr Herz. Plötzlich stutzte sie. Irgendetwas stimmte nicht mit ihrem Kind. Der Schock traf sie wie eine Kugel aus Eis: Es schrie nicht!

Während sie verzweifelt überlegte, was zu tun war, tauchte plötzlich eine blutverschmierte Frau in der Tür auf. Mit irre flackerndem Blick suchte sie den Raum ab und entdeckte die junge Mutter mit dem Kind. »Er gehört mir!«, schrie die Frau wie von Sinnen.

Bestürzt erkannte Emilia erst jetzt die Herzoginmutter Beatrice in ihr. Wie kam sie in diesem Zustand hierher? Geistesgegenwärtig schaffte es Emilia eben noch, ihr Kind halb unter einen Mantel zu schieben, als sich Beatrice mit einem wilden Schrei auf sie warf. Die eben erfolgte Geburt und der Blutverlust hatten Emilia alles abverlangt, trotzdem kämpfte sie wie eine Löwin und rollte mit der sich wie verrückt gebärdenden Frau vom Bett, weg von ihrem Kind. Der Aufprall auf dem harten Marmorboden presste ihr die Luft aus den Lungen, doch er befreite sie immerhin kurz von Beatrices Gewicht. Beide Frauen kamen nur mühsam wieder auf die Beine. Beatrice schien selbst schwer angeschlagen zu sein und keuchte wie ein Blasebalg. Sie hob die Rechte, in der sie einen langen Dolch umklammert hielt. Emilia wich langsam zurück, doch nur, um sich zwischen Beatrice und das Bett zu schieben, in dem ihr Kind verborgen lag. Noch immer gab es keinen Laut von sich. Verzweifelt dachte Emilia, dass sie die Gefahr schnell abwenden musste, ansonsten würde ihr Sohn noch in der Stunde seiner Geburt sterben.

Beatrice griff an. Furchtbare Entschlossenheit zeichnete ihre verwüsteten Züge. Emilia wich ihr aus, strauchelte gegen den Pfosten des Bettes und schlug erneut hart auf den Boden. Mit einem markerschütternden Triumphschrei sprang Beatrice auf sie und zielte mit dem Messer direkt auf ihr Herz. Aus ihren Augen leuchtete die blanke Mordlust. Emilia gelang es in letzter Sekunde, den Dolch mit beiden Händen abzufangen. Beide Frauen zitterten vor Anstrengung. Blut troff Beatrice stetig aus einer tiefen Wunde am Kopf, nässte Emilias Gesicht und rann ihr in die Augen. Emilia spürte ihre Kräfte schwinden. Plötzlich wurde Beatrice von ihr heruntergerissen. Emilia, durch Beatrices Blut geblendet, hörte ein ohrenbetäubendes Brüllen, das sie nicht einordnen konnte. Beatrice jaulte wütend auf, dann stieß sie einen lang gezogenen Schrei aus, der nichts Menschliches mehr an sich hatte. Emilia glaubte, ein merkwürdig schleifendes Geräusch zu hören, dann wurde es still um sie. Ihr Gesichtsfeld schrumpfte zusammen und zerbarst in tausend farbige Blitze …

Ich werde sterben, und mein Kind mit mir ... Adieu, mein kleiner Schatz, wie gerne hätte ich dich kennengelernt ... Dann löste sich auch dieser letzter Gedanke im schwarzen Nichts auf.

Wie aus weiter Ferne sah sie drei schöne Engel, zwei Männer und eine Frau, in den Raum schweben. Sie hoben sie auf und trugen sie und das Kind mit sich fort.

Teil 3

Tanz am Abgrund

– Sergej und Francesco –

XI

Emilia schlug ihre Augen auf. Das Erste, was sie erblickte, war ein bunter Reigen pausbäckiger nackter Engel. Die kleinen rosigen Gestalten über ihr veranstalteten allerlei Schabernack mit mehreren gerüsteten Rittern und ihren ebenso mit Stahl gewappneten Pferden. Sie versteckten die Waffen, kitzelten die Pferde mit Federn und verstreuten den Inhalt der Satteltaschen reihum. Die Ritter guckten empört, die Pferde stiegen, und die runden Engelchen grinsten dazu frech. Das lustige Treiben entlockte Emilia ein kleines Lächeln. Zweifellos befand sie sich im Himmel.

»Sie ist wach, endlich!«, rief eine weibliche Stimme aufgeregt.

»Und sie lächelt!«, sagte eine männliche Stimme, kaum minder entzückt.

Emilia spürte eine Bewegung im Raum, gefolgt von zwei Gewichten, die sich rechts und links von ihr niederließen. Ihre Hände wurden ergriffen und so fest gedrückt, dass es sie schmerzte. Konnte man im Himmel Schmerz fühlen? »Was?«, stammelte sie verwirrt. Sie riss die Augen weit auf und erkannte zwei verschwommene Gestalten. Waren das Engel? Emilias Verstand hatte sichtlich Schwierigkeiten, seine Funktion wieder aufzunehmen. Sie erlebte einen kritischen Augenblick der Desorientierung, da der letzte Gedanke, der noch in einer Windung ihres Gehirns feststeckte, jener war, dass sie gestorben war. Doch ihr Verstand holte rasch auf, und sie erkannte, wer an ihrem Bett saß. »Emanuele! Serafina! Ihr seid hier!«, rief sie. Schon die nächsten Worte galten dem Schicksal ihres Sohnes. »Und mein Kind? Was ist mit meinem Kind? Wo ist es?«

Sofort erhob sich zu ihren Füßen ein kräftiger Schrei – ganz so, als hätte das Kind die Stimme seiner Mutter erkannt und kurzerhand beschlossen, ihr selbst zu antworten.

Serafina sprang auf. Sie hob Emilias Sohn aus seiner Wiege am Fußende und legte ihn in die geöffneten Arme seiner Mutter. Das Kind strampelte und suchte sofort nach ihrer Brust. »Er hat Hunger«, sagte Emilia selig. Sie steckte ihrem Sohn den Zeigefinger in den rosigen Mund, den er wie ein hungriges Vögelchen geöffnet hatte. Kraftvoll sog er daran.

»Das kann nicht sein«, antwortete Serafina und runzelte die Stirn. »Die Amme hat ihn eben erst mit einer tüchtigen Portion gefüttert. Wenn unser kleiner Cherub weiter so viel Appetit an den Tag legt, wird er bald rund wie ein Ferkelchen sein.« Dabei betrachtete sie den Jungen mit liebevollem Stolz.

Emilia verspürte einen kleinen Stich in ihrem Herzen. Serafina schien ihr bei ihrem Sohn voraus zu sein. Sie hörte, wie jemand im Hintergrund das Zimmer verließ und die Tür sich leise schloss. Emilia vermutete, dass es sich hierbei um die von Serafina erwähnte Amme handelte. Sofort konzentrierten sich alle ihre Sinne wieder auf ihren kleinen Sohn. Sie konnte ihr Glück kaum fassen, dass er am Leben war und sie sein warmes Gewicht auf ihrer Brust spürte.

»Er ist wunderschön. Sieht er nicht wie ein kleiner Engel aus?«, schwärmte Emilia. Sie konnte sich an ihm gar nicht sattsehen. Er hatte eine gesunde rosige Haut, einen energischen kleinen Mund und blaue Augen, in denen sich seine Mutter entzückt widerspiegelte. Zarter dunkler Flaum bedeckte sein Köpfchen. Liebevoll strich Emilia darüber, und der kleine Kerl schmiegte sich vertrauensvoll an ihre Brust.

»Natürlich ist er das. Besonders, wenn er schläft«, erwiderte Serafina trocken. »Warte nur, bis er schreit. Er dirigiert mit seinen Launen bereits das ganze Haus.«

»Wo sind wir?«

»In Rom, im Palazzo Colonna«, informierte sie Serafina und reichte ihr einen Becher Kräutertee. »Hier, trink, er wird dich stärken. Danach solltest du noch etwas schlafen. Du bist noch lange nicht genesen.« Folgsam trank Emilia. Das Getränk entfachte ein warmes Feuer in ihrem Magen, und fast sofort legte sich Müdigkeit auf ihre Sinne. Sie hatte viele Fragen – zum Beispiel, wie sie hierher nach Rom gelangt war. Doch die Augen fielen ihr bereits zu, und sie versank erneut in tiefen Schlaf. Doch für dieses Mal war er nicht mehr Krankheit und Erschöpfung geschuldet, sondern diente ihrer Genesung.

Am nächsten Vormittag erwachte Emilia, an Geist und Leib erfrischt. Sie fühlte sich nun stark genug, um sich von ihren Freunden die Geschichte ihrer Rettung schildern zu lassen.

Zuvor jedoch verlangte sie nach ihrem kleinen Sohn, um sich zu vergewissern, dass er nicht einem Traum entsprungen war. Die Amme brachte ihn, und sie beobachtete, wie er seine runden Fäuste in deren pralle Brust krallte und mit erstaunlicher Gier saugte. Da sie die Anfänge seines Lebens versäumt hatte, erschien Emilia jede mit ihrem Kind verbrachte Minute umso kostbarer. Endlich setzte die Amme ihn ab. »Beim heiligen Bonifatius! Ich habe schon viele Bälger erlebt, aber ein solcher Trinker ist mir bisher noch nicht untergekommen, das könnt Ihr mir glauben, Euer Gnaden«, meinte die Amme, während sie ihre Kleider richtete. »Er wird sicher groß und stark werden.«

»Meint Ihr?«, strahlte Emilia.

Die Amme reichte ihr das kleine strampelnde Bündel, das in Sekundenschnelle hochrot anlief, den kleinen Mund öffnete und in ein lautes Gebrüll ausbrach. Emilia legte ihn sich auf ihren Bauch, doch der kleine Herr schien noch nicht gesättigt zu sein. Sofort ruckte sein Köpfchen umher, und seine Lippen suchten nach der unter dem Nachthemd verborgenen Brust.

»Oha«, machte die Amme und blickte interessiert auf sie hinunter. »Er hat wohl immer noch Hunger, unser Kleiner. Nichts für ungut, Herrin, aber ich bin leer wie ein trockener Brunnen.«

Emilia gehorchte einem Impuls. »Schnell, helft mir!« Sie schlug ihr Nachthemd zurück und legte die Bandage frei, mit der man ihre schmerzende Brust umwickelt hatte, um den Milchfluss zu unterbinden.

»Aber, Herrin, was tut Ihr denn da …?«, stotterte die gute Frau, entsetzt darüber, dass eine so hochgestellte Persönlichkeit wie die Herzogin von Pescara ihr Kind selbst stillen wollte.

»Steht nicht herum und haltet Maulaffen feil, sondern helft mir, diese lästigen Binden loszuwerden«, fuhr Emilia sie an, während sie ungeduldig an dem Leinen zerrte. Die Amme grummelte einige unverständliche Worte, von denen Emilia nur so etwas wie die »Launen von großen Damen« verstand, doch sie half ihr willig. Emilia legte das schreiende Kind an ihre Brust.

So trafen sie Emanuele und Serafina bei ihrem Eintreten an. Letztere trug ein Tablett. Da beide Emilia zur Genüge kannten, sparten sie sich jeglichen Tadel und begnügten sich damit, ihre Meinung mit einem synchronen Kopfschütteln kundzutun. Paridi stolzierte hinter ihnen herein. Emilia bemerkte ihn nicht sofort, da sie sich ganz auf ihren Sohn konzentrierte. Nachdem der Kleine endgültig seinen Hunger gestillt und sein Wohlbefinden durch ein lautes Rülpsen kundgetan hatte, schlief er auf der Brust seiner Mutter ein. Das Däumchen hatte er in den Mund gesteckt. Serafina nahm den Kleinen auf und bettete ihn in seine Wiege.

Dann platzierte sie ein kleines Tischchen mit dem Tablett über Emilias Knie. »Nun bist du aber dran. Du musst alles aufessen, damit du schnell wieder zu Kräften kommst – vor allem, da du deinen Sohn selbst stillst.«

Emilia ließ sich das nicht zweimal sagen. Gierig fiel sie über das Omelette mit frischen Kräutern und Pilzen her. Zwei Blätterteighörnchen und ein Schälchen Weintrauben gingen denselben Weg, begleitet von einem Glas warmer Milch. »Das war gut«, meinte Emilia und lehnte sich zufrieden zurück. Ihr fiel wieder ein, was sie schon früher hatte fragen wollen: »Wenn wir im Palazzo Colonna sind, wo sind dann Vittoria und Francesco?«

»Vittoria weilt mit ihren Eltern in Florenz zu Besuch bei Verwandten. Sie kehren frühestens in einer Woche zurück. Francesco war hier, als du das Bewusstsein noch nicht wiedererlangt hattest. Er lässt dir die besten Genesungswünsche ausrichten. Zurzeit ist er in Angelegenheiten des Ordens unterwegs«, erklärte Emanuele knapp.

Emilia warf ihm einen scharfen Blick zu. Sie kannte ihren Bruder zu gut, um nicht zu wissen, dass er ihr etwas verschwieg. Doch sie begnügte sich zu sagen: »Ich würde den Principe gerne sprechen und ihm für seine erneute Gastfreundschaft danken. Sei so gut und bitte ihn nach seiner Rückkehr, mich zu besuchen.« Sie schob das leere Tablett zur Seite. »So«, meinte sie dann und sah von einem zur anderen. »Nun will ich absolut alles darüber erfahren, was sich in dem knappen Jahr seit meiner Entführung zugetragen hat. Vor allem aber, wie es euch gelungen ist, mich aufzuspüren.« In diesem Augenblick sprang Paridi auf ihr Bett. »Paridi! Alter Gauner, du hast es also auch geschafft«, stieß Emilia freudig aus. Sie drückte ihn an ihr Herz. Paridi ließ sich die Behandlung gnädig gefallen.

Emanuele lächelte. »Stichwort Paridi. Wir haben es nämlich ihm zu verdanken, dass wir dich gefunden haben. Er hat uns zu dir geführt. Vermutlich hätte er das schon früher getan, aber als er vor Monaten hier in Rom auftauchte, steckte eine Pfeilspitze in seiner Seite. Das arme Tier schwebte lange zwischen Leben und Tod. Serafina hat ihn gepflegt. Sobald er wieder laufen konnte, hat er sie immer wieder zur Tür gedrängt. Das tapfere Tier führte uns dann schnurstracks nach Tivoli zu Bramantes Anwesen. Als wir dort anlangten, lief uns eine junge, verschreckte Magd entgegen. Sie berichtete uns die Geschehnisse. Am Abend zuvor hatte ein großer Trupp Soldaten, angeführt vom Herzog von Pescara und seiner Mutter Beatrice, Bramantes Anwesen gestürmt. Die Dienerschar ist geflohen, doch die Soldaten haben sich bis zum letzten Mann gegenseitig niedergemetzelt. Man fand Bramante und deinen Gemahl, den Herzog, in der Halle. In jedem steckte der Degen des anderen. Es tut mir leid, dass du es so erfahren musst, Emilia.«

»Carlo ist tot?« Emilia hatte die letzten Monate kaum an ihren

Gemahl gedacht. Unwillkürlich suchte ihr Blick die Wiege. Ihr kleiner Sohn würde seinen Vater also niemals kennenlernen. »Vielleicht ist es besser so. Aber was ist mit Beatrice?«, wagte sie, die Frage zu stellen, die sie bisher gemieden hatte.

Emanuele und Serafina wechselten daraufhin einen seltsamen Blick. Emanuele räusperte sich und sagte vorsichtig: »Wir haben Beatrice gefunden, jedenfalls das, was noch von ihr übrig war …«

»Was soll das heißen?«

Ihr Bruder holte tief Luft, als würde er Anlauf nehmen. »Das soll heißen, dass wir nur noch ihren Kopf gefunden haben. Francesco hat ihn entdeckt. Er hing im Geäst eines Baumes im Park. Er hat ihn selbst herabgeholt.« Emanuele zögerte.

»Und weiter? Das war noch nicht alles, oder?«

»Nein … Als wir mit dir abgezogen sind, ist etwas sehr Merkwürdiges geschehen. Auf einem Hügel vor uns erschienen plötzlich die Silhouetten zweier riesiger Katzen. Es waren Tiger. Paridi war bei ihnen. Serafina hat eines der beiden mächtigen Tiere sofort wiedererkannt. Sie behauptete, der gestreifte Tiger heiße Anil und gehöre einem Ägypterfürsten, dem ihr auf eurer Flucht begegnet seid. Es sah beinahe so aus, als wollten diese beiden Tiere dich verabschieden und dir ihre Reverenz erweisen.«

Emilia lächelte wehmütig. »Der zweite Tiger war Morgane. Sie gehörte Graf Bramante, und ich habe sie vor Monaten heimlich freigelassen. Sie hat also einen Beschützer gefunden.«

»Francesco vermutet, dass einer der Tiger Beatrice getötet hat. Er sagt, dass diese Katzen die Angewohnheit haben, ihre Beute in Bäumen zu verstecken, damit ihnen kein anderer Räuber wegnehmen kann.«

Emilia musste sofort daran denken, was ihr Filomena über Beatrices Angst vor Katzen erzählt hatte. So hatte sich die Prophezeiung also erfüllt … und Beatrice war tatsächlich durch eine Katze gestorben. Dabei hatte sie ihr Schicksal selbst herbeigeführt, da sie es gewesen war, die die verhängnisvollen Ereignisse in Gang gesetzt hatte, die schließlich zu ihrem Tod geführt hatten, überlegte Emilia weiter. Wenn Beatrice nicht danach getrachtet hätte, sie mit ihrem Sohn zu verheiraten, wären Serafina und sie niemals aus Santo Stefano geflohen, und Serafina wäre es niemals möglich gewesen, Ferrantes Tiger zu retten. Sie selbst wiederum wäre nie Bramante begegnet und hätte seinen Tiger freigelassen. Wie hatte Bramante zu ihr gesagt? *Der Kampf gegen das Schicksal gleicht einem Tanz am Abgrund.* Ihre eigene Prophezeiung fiel ihr ein. Oh nein, sie würde gewiss nicht tanzen! Im Gegenteil, sollte die Eventualität eintreten, dass sie sich erfüllte, dann würde sie nicht weglaufen, sondern sich ihr mitten in den Weg stellen. »Und was ist mit Filomena, meiner Schwägerin? Habt ihr von ihr gehört?«, wollte sie als Nächstes wissen.

»Ja, ich habe sie kennengelernt«, schaltete sich Serafina ein. »Interessantes Mädchen. Sie war hier, ist aber nach Sulmona zurückgekehrt, sobald Mutter erklärt hatte, dass du außer Gefahr bist. Sie hat gesagt, jemand müsse sich dort um deine Angelegenheiten kümmern – jetzt, da du Witwe bist.«

Jäh fuhr Emilias Kopf in die Höhe: »Soll das heißen, ich bin … *frei*?«

»Ja, und dein Sohn ist der einzige Erbe eines märchenhaften Vermögens«, bestätigte Serafina und lächelte. »Übrigens haben drei Angehörige aus Bramantes Haushalt in deinen übergewechselt.«

Da Emilia sie lediglich irritiert anstarrte, ergänzte sie: »Da wäre zunächst das junge Mädchen, das uns entgegenlief und uns über die Ereignisse berichtet hat. Ihr Name ist Clara.«

»Meine junge Zofe! Ich freue mich, dass sie hier ist. Sie soll mich später besuchen kommen. Aber wer sind die anderen beiden?«

»Zwei riesige Hundebestien, die unserer Kutsche bis nach Rom gefolgt sind und seither vor deiner Tür wachen wie zwei graue Sphinxen.«

»Castor und Pollux!«, rief Emilia überrascht aus.

»Ja, Paridi hat ihnen bereits beigebracht, wer hier der Herr im Haus ist.« Serafina horchte zur Tür. Davor waren einige Stimmen laut geworden, Schritte näherten sich. »Endlich …«, rief Emanuele freudig aus. »Er ist eingetroffen!«

»Wer? Francesco?« Emilia richtete sich auf und fuhr sich unwillkürlich durch ihr Haar. Ihr Herzschlag hatte sich beschleunigt. Schon schwang die Tür auf, und ein Mann polterte herein.

»Mein Lämmchen«, rief Conte Abelardo di Stefano und schloss seine Tochter – staubbedeckt, wie er war – überschwänglich in seine Arme.

XII

Ein Diener führte Francesco Colonna in Emilias Gemach. Hinter dem hohen Fenster senkte sich bereits die Dämmerung über die Dächer Roms. Emilia hatte den jungen Principe hergebeten, um endlich eine Aussprache herbeizuführen. Bald nach ihrer Genesung hatte sie den Palazzo Colonna verlassen und ihren eigenen Palazzo in der Via del Corso bezogen. Sie genoss ihre neue Freiheit und hatte ihr Heim auf den Namen Villa Meraviglia getauft. Sie hatte sich mit ihr ein bezauberndes Refugium geschaffen. Durch die zusätzlichen Fenster, die sie hatte einbauen lassen, strömten Luft und Licht herein. Helle Möbel und weiße Teppiche und vor allem die unzähligen Blumen, die jeden freien Platz einnahmen, schufen nicht nur eine behagliche Atmosphäre, sondern verströmten einen betörenden Duft.

Unaufgefordert schürte der Bedienstete das Feuer und entzündete zusätzliche Kerzen in den schmiedeeisernen Kandelabern.

Während Emilias zweiwöchiger Rekonvaleszenz hatte Francesco sie mehrere Male aufgesucht, immer in Begleitung seiner jungen Schwester Vittoria. Er benahm sich dann stets zurückhaltend und beschränkte sich auf die allernötigste Konversation. Von Serafina wusste sie jedoch, dass er von Tivoli bis Rom und auch die ersten Tage nach ihrer Ankunft, als sie das Bewusstsein noch nicht wiedererlangt hatte, kaum von ihrer Seite gewichen war.

Bei ihrem letzten gemeinsamen Besuch, dem Tag, an dem Donna Elvira verkündet hatte, Emilia sei wieder vollkommen genesen, hatte sich Francesco früher als die anderen verabschiedet. Seit jenem Tag vor drei Monaten hatte sie ihn nicht mehr wiedergesehen. Vittoria hatte es damals nach Francescos Abgang in ihrer unbekümmerten Art auf den Punkt gebracht. »Er ist rasend in dich verliebt, Emilia!«

»Wer?«, fragte Emanuele überflüssigerweise.

»Mein Bruder Francesco natürlich. Er weiß nicht mehr, wo oben oder unten ist, sobald er in Emilias Nähe kommt. Es macht ihm fürchterlich zu schaffen. Schließlich hat er Gott zuerst geliebt. Er kann nicht begreifen, dass die Liebe wankelmütig sein kann. Aber das Herz nimmt sich, wonach es verlangt.«

»Vittoria!«, hatten Emanuele und Serafina wie aus einem Mund gerufen. Emilias Augen jedoch hatten bei Vittorias Worten aufgeleuchtet. Schließlich hatte Emanuele eingeräumt, dass sein Freund tatsächlich ein wenig aus dem Lot geraten schien. Nie zuvor hatte er seinen ausgeglichenen Freund launisch erlebt. In letzter Zeit kam dies jedoch öfters vor, bis sie sich kürzlich wegen einer Nichtigkeit gar ernsthaft in die Haare geraten waren.

Emanuele hatte Francesco daraufhin zur Rede gestellt und ihm auf den Kopf zugesagt, was er für sein eigentliches Problem hielt. Francesco hatte ihn daraufhin waidwund angesehen und gemurmelt: »Anche tu, Brutus?« Dann hatte er seinen Freund bei den Schultern genommen, ihm eindringlich in die Augen gesehen und gesagt: »Es stimmt, Emanuele. Der Dämon der fleischlichen Begierde wütet in mir, seit ich deiner Schwester das erste Mal begegnet bin. Doch zweifele nicht an mir, mein Bruder, denn ich werde ihm niemals nachgeben. Meine Seele gehört Gott allein.« Von diesem Gespräch hatte Emanuele seiner Schwester natürlich nichts erzählt. Doch er hatte Francesco geraten, die Angelegenheit mit Emilia ein für alle Mal zu klären, auch, da er die Hartnäckigkeit seiner Schwester kannte. Sein Freund musste ihr begreiflich machen, dass niemals Hoffnung bestanden hatte und auch nie eine Hoffnung bestehen würde.

Solange der Diener sich im Raum zu schaffen machte, schwiegen Emilia und Francesco. Der Jesuit verharrte nahe bei der Tür, als wollte er damit gleich demonstrieren, dass er nicht lange bleiben könne. Er trug seine Soutane, und seine Miene wirkte genauso zugeknöpft.

Der Diener erkundigte sich beflissen nach den Wünschen des hohen Gastes – der keine hatte – und ging.

Francesco bewunderte zunächst gebührend die Fortschritte des Knaben Ludovico, der neben Emilia in der Wiege strampelte. Sodann eröffnete er das Gespräch: »Ihr wolltet mich alleine sprechen, Duchessa. Nun, hier bin ich«, sagte er steif.

»Ich danke Euch, dass Ihr gekommen seid, Principe«, erwiderte Emilia ebenso förmlich.

»Serafina?«, wandte sie sich dann an ihre Freundin, die am Kamin mit einer Näharbeit beschäftigt war: »Würdest du bitte Ludovico nehmen und ihn für die Schlafenszeit vorbereiten?«

Mit einem vielsagenden Ich-weiß-was-du-vorhast-Blick legte Serafina ihr Nähzeug aufreizend langsam zur Seite. Dann stand sie auf, hob den lautstark protestierenden Knaben aus seiner Wiege und verließ den Raum.

Francesco bedauerte ihren Abgang. Serafinas Anwesenheit hatte ihm Sicherheit verliehen. Allein mit Emilia in ihren privaten Gemächern, sprang ihn die Intimität ihrer Gegenwart geradezu an. Der Duft ihres Parfüms – oder war es der natürliche Duft ihrer Weiblichkeit? – vermischte sich mit dem unbestimmten des Kindes. Warum bloß rochen Säuglinge so ganz besonders, dass man sie an sich drücken und bis ans Ende der Zeit alle Gefahren von ihnen abwenden wollte? Nein, rief er sich selbst zur Ordnung und widerstand dem verrückten Impuls, sich vor Emilia auf den Boden zu werfen, um ihr und ihrem Sohn genau jenen Schutz anzubieten. Doch woher kam dieses jähe Gefühl von Sehnsucht, das in sein Herz sickerte und ihn schwächte, weil es ihm seine Einsamkeit vor Augen führte? Die eigenen Gedanken erschreckten ihn. Wie kam er nur darauf, dass er einsam sei? Hatte er nicht seine Familie, seine Freunde, seine Berufung? Und wusste er nicht Gott an seiner Seite? War er nicht deshalb hier, um den Triumph seines Glaubens über seine Begierde zu bekunden? Zu spät wurde ihm klar, dass er Gott, der stets der Erste in seinem Herzen gewesen war, eben zuletzt genannt hatte. Dies erschütterte ihn so sehr, dass er sich in die ihm einzig mögliche Form der Gegenmaßnahme flüchtete, wenn Gefühle ihn zu übermannen drohten: dem Zorn. *Natürlich lag alles nur an diesem Weib!* Sie allein war schuld an seinem Dilemma. Ihre Gegenwart und ihre wunderbaren Augen, in deren Tiefen sich das Wissen um seine Qualen spiegelte, beeinträchtigten sein Denkvermögen. Er hätte niemals alleine hierherkommen dürfen!

Er versuchte, die Präsenz des großen Bettes im Raum zu verdrängen, dort, wo sie ihren schönen Körper … Wie Tentakel schwärmten seine Gedanken aus und zogen aus den Untiefen seines Bewusstseins seine geheimsten Erinnerungen hervor. Das Bild Emilias, die wie Venus dem Badebottich entstieg, hatte sich unauslöschlich in sein Hirn eingebrannt. Während des Tages, eingebunden in seine Pflichten und Gebete, gelang es ihm, dieses Bild zu verdrängen. Doch in seinen schlaflosen Nächten verging er in dessen süßem Feuer. Jeden verdammten Morgen seither musste er zur Beichte gehen. Mindestens einmal in der Woche suchte er einen Arzt auf und ersuchte um einen Aderlass. Er war ja schon völlig blutleer! Nun, das stimmte nicht ganz, denn alles Blut hatte sich dank Emilias beschworenem Bild in seiner Körpermitte gesammelt. Francesco dankte einmal mehr den Weiten seiner Soutane …

In einem reinen Akt des Willens zwang er sein Blut zurück in den Verstand und rief sich zur Räson. Mit einer brüsken Bewegung verschränkte er seine Hände auf dem Rücken und verlagerte sein Gewicht auf beide Beine, seine Miene verschloss sich wie eine Auster.

Emilia, die seinem wechselvollen Mienenspiel interessiert gefolgt war, richtete jetzt das Wort an ihn: »Mein lieber Principe, Ihr wirkt wie der Kapitän eines Schiffes, der sich gegen einen heftigen Sturm wappnet. Wollt Ihr Euch nicht neben mich setzen?« Liebreizend lächelte sie zu ihm auf.

Francesco überkam das unangenehme Gefühl, die junge Frau

habe seine Gedanken gelesen. Er bemerkte nun selbst seine verkrampfte Haltung und lockerte seine Muskeln, blieb jedoch an Ort und Stelle.

»Bitte, wenn Euch meine Nähe nicht angenehm ist, dann nehmt gerne dort drüben Platz.« Emilia zeigte auf den weichen Sessel ihr gegenüber. Francesco konnte nicht umhin, die Grazie ihrer Bewegungen zu bemerken. Widerstrebend fügte er sich in die Erkenntnis, dass Emilia in den letzten Monaten unbestreitbar an Sicherheit und Reife gewonnen hatte. Es stand ihr gut. Sicherlich, sie hatte viel erlebt und noch mehr erlitten. Nur so erklärte sich, dass sie sich in relativ kurzer Zeit von einem jungen, ungestümen Mädchen in eine stolze Frau verwandelt hatte – eine Frau, die sich ihrer Wirkung auf ihre Umgebung vollauf bewusst schien. Darüber hinaus hatte die Mutterschaft sie erblühen lassen. Wider Willen empfand er Bewunderung für sie, die bei Weitem über das Maß hinausging, welches er der strahlenden Schönheit dieses Geschöpfes zollte. Die Erkenntnis riss ein Loch in die Panzerung seines Herzens. Er wusste, es würde lächerlich anmuten, wenn er sich weiter gegen ihre Aufforderung sträubte. Er nahm daher gemessen Platz und faltete seine Hände, als wollte er gemeinsam mit Emilia ein Gebet sprechen. Hätten unter seiner Soutane nicht die staubigen Reitstiefel mitsamt Sporen hervorgelugt, nichts hätte das Bild des perfekten Priesters trüben können.

Emilia biss sich auf die Unterlippe. Sie fand ihn einfach unwiderstehlich. »Und nun seht Ihr aus wie ein Lamm, das unvermittelt in ein Rudel Wölfe geraten ist. Entspannt Euch, Francesco, ich werde Euch schon nicht mit Haut und Haar verspeisen«, zog sie ihn auf. Seltsamerweise war es jene Bemerkung, die Francesco half, sich tatsächlich zu entspannen. Darin erkannte er die alte, die ungefährliche Emilia wieder. »Ihr irrt Euch, meine Liebe«, entgegnete er. »Ich bin nur sehr in Eile, da man mich im Professhaus zu einer wichtigen Besprechung erwartet.« Er hatte dies gar nicht sagen wollen, die Lüge hatte sich wie von selbst aus seinem Mund gelöst.

Emilia weitete ihre Augen etwas. Das zweite Mal vermittelte sie Francesco das unangenehme Gefühl, tief in seine Gedanken eingedrungen zu sein. Das Unbehagen, soeben bei einer Lüge ertappt worden zu sein, zog ihm die Schultermuskeln zusammen. Zum Teufel mit ihr, fluchte er innerlich. Er konnte doch nicht zulassen, dass ihm dieses Weib das Gespräch diktierte. Zeit, das Heft selbst in die Hand zu nehmen! »Nun denn, Herzogin. Ich sitze, wie Ihr seht, und bin ganz Ohr. Verratet Ihr mir nun, warum Ihr mich um dieses dringende Gespräch gebeten habt?«, forderte er sie in einem Ton auf, der nahe am Rande der Unhöflichkeit balancierte.

Emilia beugte sich leicht in ihrem Sessel vor, und ihre Augen suchten die seinen. Gegen seinen Willen zog ihn die Intensität ihres Blickes in den Bann. »Mir ist selbstverständlich bewusst, dass Eure Zeit äußerst knapp bemessen ist, *Pater* Francesco. Darum fasse ich mich kurz. Der Grund, warum ich Euch sprechen wollte, ist schnell gesagt: Ich liebe Euch.« Die Art, wie sie ihn ansah, ließ keinen Zweifel an der Natur ihrer Gefühle.

Francesco schaffte es irgendwie, sein Gesicht unter Kontrolle zu halten und sogar ein leichtes Lächeln anzudeuten. Aus den Tiefen seiner Eingeweide stieg jedoch ein heißes Gefühl empor, das ihm signalisierte, dass er sich auf einen heftigen Schlagabtausch einstellen sollte. »Das freut mich sehr, und ich fühle mich dadurch geehrt, Duchessa«, erwiderte er salbungsvoll. »Auch ich liebe Euch, meine liebe Schwester.« Er verhielt sich absichtlich so, als hätte er die eigentliche Botschaft von Emilias Worten nicht verstanden. »Nun denn! Nachdem Ihr mir diese frohe Botschaft kundgetan habt, ist dem, denke ich, nichts hinzuzufügen. Ich wünsche Euch noch einen schönen Abend im Kreise Eurer Lieben. Gebt Eurem entzückenden Sohn einen Kuss von mir. Wenn Ihr erlaubt, empfehle ich mich jetzt, Herzogin.« Er wollte sich erheben.

Doch Emilia ließ ihn nicht so leicht aus ihrer stählernen Schlinge entschlüpfen. »Du machst es dir gerne einfach, nicht wahr, Franceso?«, glitt sie in das vertrauliche Du hinüber. »Du weißt längst, dass ich nur dich liebe! Von unserer ersten schicksalhaften Begegnung an, als du in die kleine Badestube in dem Gasthof geplatzt bist, habe ich nur dir gehört. Nicht nur unsere Augen, sondern auch unsere Seelen haben sich damals berührt. Ich weiß, dass du ebenso gefühlt hast. Wie kannst du, der du die Rechtschaffenheit in Person bist, dies leugnen? Du bist Priester und damit der Wahrheit verpflichtet, auch deiner eigenen. Wie kannst du derart leichtfertig gegen Gottes achtes Gebot verstoßen?«

Auf Francescos Stirn erschienen Sturmwolken. »Das sind sehr große und starke Worte, Herzogin«, erwiderte er gepresst. »Ihr sagtet es eben selbst: Ich bin Priester! Wie könnte ich Euch da jemals anders wahrnehmen als die Schwester meines Freundes und Ordenskollegen? Ja, Ihr seid eine liebe Freundin für mich, aber alles darüber hinaus wäre Sünde! Ich soll mich nicht gegen das achte Gebot versündigen? Aber die Sünde gegen mein Gelübde der Keuschheit, die soll ich für Euch begehen? Seht Ihr nicht, dass Ihr Euch widersprecht, Herzogin?«

Emilia war aufgesprungen. »Ich will dich nicht zur Sünde verführen, sondern zum Leben und zur Liebe! Heißt es nicht bei Vergil, die Liebe besiegt alles? Willst du ohne Liebe leben, Francesco?«, rief sie leidenschaftlich.

»Nun, das kommt ganz auf die Definition des Wortes *Liebe* an, oder?«, erwiderte Francesco und streckte seine langen Beine aus. Er wusste sich nun auf sicherem Terrain, dem theoretischen Disput. »Ich meine, dass es Euch in höchstem Maße an den entsprechenden Erfahrungen auf diesem Gebiet mangelt. Ich spreche von den Kenntnissen der menschlichen Natur – was sowohl die Einschätzung Eurer eigenen Person betrifft als auch die Eurer Mitmenschen. Die Liebe zwischen Mann und Frau basiert zunächst auf fleischlichen Gelüsten und stellt daher ein temporäres Gefühl dar. Dies trifft auf alle menschlichen Empfindungen zu. Überlegt, wie schnell Wut und Zorn verrauchen oder Enttäuschungen überwunden werden. Die menschliche Natur ist äußerst wandelbar. Aufgrund dessen bin ich zuversichtlich, dass Ihr sehr rasch die angebliche Liebe, die Ihr glaubt für mich zu empfinden, überwinden werdet. Und nun, Herzogin, muss ich mich tatsächlich verabschieden. Ich wünsche Euch einen guten Abend.« Er stand auf, verbeugte sich knapp und strebte mit verräterischer Eile dem Ausgang zu.

Emilias Stimme in seinem Rücken ließ ihn mitten im Schritt erstarren. »Ich verstehe«, sagte Emilia. »Du willst mir aufzeigen, dass meine Gefühle in etwa so vergehen werden, wie dein Gefühl des Hasses und der Rache gegenüber meiner verstorbenen Schwiegermutter mit der Zeit vergangen ist?«

Das war natürlich des Principes wunder Punkt. Mit der Sensibilität der wahren Liebenden hatte Emilia ihren Finger genau darauf gelegt. Colonna erwiderte nichts. Er verließ den Raum in der Gewissheit, soeben eine empfindliche Niederlage erlitten zu haben.

Emilia lächelte. Sie wusste, das letzte Wort war noch nicht gesprochen. Die Saat war gelegt. Sie würden einander wieder begegnen. Bis dahin übte sie sich in einer neuen Tugend: der Geduld.

Francesco trat auf die Via del Corso hinaus. Sein Blut kochte. Wütend trat er einen größeren Stein weg. Er erntete dafür erstaunte Blicke mehrerer Passanten. Er achtete nicht auf sie, sondern hielt verärgert Zwiesprache mit sich selbst. *Er hatte es gleich gewusst! Er hätte einfach nicht nachgeben sollen!* Seit Monaten hatte er sich dagegen gewehrt, Emilia allein gegenüberzutreten. Im Grunde hatte er nur in das Treffen eingewilligt, weil er Emanuele gegenüber keine schlüssigen Gründe mehr für seine permanente Weigerung hatte anführen können. Wie wäre es mit Feigheit, dachte er in einem Anflug von Selbsterkenntnis. Oder Scham, schoss es ihm weiter durch den Kopf, während er daran dachte, wie Emilia ihn damals gesehen hatte: nackt und hilflos auf dem blutbefleckten Opferstein.

Wie schaffte es diese Frau nur immer wieder, ihn in kürzester Zeit seine Grundsätze vergessen zu lassen? Dabei hatte er sich fest vorgenommen, Emilia mit priesterlicher Gelassenheit zu begegnen. Früher hatte ihn die Wut am Leben gehalten, genauso wie der Gedanke an Rache, dass Beatrice für all das, was sie ihm und anderen angetan hatte, eines Tages büßen würde. Nun, da sie tot war, hatte er geglaubt, seinen Frieden mit sich selbst gemacht zu haben. Doch Emanueles Schwester hatte ihn eines Besseren belehrt. Sie hatte in ihm ein Vakuum gefüllt, von dem er nicht gewusst hatte, dass es überhaupt existiert hatte. Dabei hatte er sich vor Langem geschworen, dass niemals wieder ein Weib Macht über ihn erlangen würde.

Ebenso, wie er sich die süße Qual des Verzichts auferlegt hatte, musste sie die Qual der Aussichtslosigkeit erleiden.

XIII

Rom erlebte einen herrlichen Spätsommer.

Monate waren seit Emilias und Francescos letztem Zusammentreffen vergangen. Auch Emanuele konnte wenig Zeit für seine Schwester erübrigen. Bei seinen wenigen Stippvisiten wirkte er blass und abgehetzt. Emilia sorgte sich um ihn. Die Angelegenheiten des Jesuitenordens standen schlechter denn je. In Rom hieß es, dass die bourbonischen Herrscher vermehrt Druck auf Papst Clemens XIV. ausübten.

Francescos Schwester Vittoria hatte sich den ganzen Sommer über erneut in Florenz aufgehalten und war erst kürzlich zurückgekehrt. Umtriebiger denn je, nahm sie Emilia sofort in Beschlag. Sie war wieder einmal verliebt, doch dieses Mal schien es ihr ernst zu sein. Niemand anderes als der Markgraf der Toskana hatte es ihr angetan. Er hatte bereits offiziell bei ihrem Vater, dem Fürsten Colonna, um ihre Hand angehalten. Im kommenden Frühjahr sollte die Hochzeit mit großem Pomp in Florenz begangen werden.

Emilia wurde von Vittoria sofort in den Strudel ihrer Hochzeitsvorbereitungen hineingesogen. An einem milden Herbsttag erschien die junge Braut mit dem widerstrebenden Francesco im Schlepptau. Wie sie das geschafft hatte, blieb Vittorias Geheimnis. »Emilia, stell dir vor! Francesco will in seinem Priesterrock zu meiner Hochzeit erscheinen! Du musst ihn unbedingt davon überzeugen, dieses düstere Gewand abzulegen und sich für meine Hochzeit auszustaffieren, wie es einem Edelmann gebührt. Wie sieht das denn aus, wenn alle in prächtigen Farben erscheinen und mein schöner Bruder tritt als schwarze Krähe auf?«

»Vittoria«, tadelte sie Francesco leise.

»Ist doch wahr«, schmollte sie. Ein Diener brachte Erfrischungen, und sie setzten sich. Francesco mied beharrlich Emilias Blick. Er konzentrierte sich ganz auf seine Schwester, die munter vor sich hin plapperte. »Was machen denn deine Pläne?«, fragte sie Emilia.

»Welche Pläne meinst du?«

»Na, deine Pläne für die Mädchenschule und den Bau weiterer Handelsschiffe, die du kürzlich in Auftrag gegeben hast.«

Ein Klopfen unterbrach sie. Emilias Zofe, niemand anderes als die junge Clara, trat ein und verkündete: »Der Schneider ist mit den neuen Roben für die Hochzeit der Principessa Colonna eingetroffen.«

»Aber ich hatte ihn für heute gar nicht hierherbestellt«, wunderte sich Emilia.

»Oh, ich war das!«, rief Vittoria und klatschte vergnügt in die Hände. »Ich dachte, es wäre lustig, wenn wir alles zusammen anprobierten und uns gegenseitig berieten.« Sie sprang auf. »Mein Hochzeitskleid befindet sich auch darunter. Ich muss es euch unbedingt gleich vorführen. Wartet hier, alle beide.« Sie zwinkerte ihrer Freundin beim Hinausgehen zu. Emilia sah wieder einmal, dass Vittoria weit weniger naiv war, als sie tat. Raffiniert hatte sie es eingefädelt, dass Emilia mit ihrem Bruder allein zurückblieb. Eine verlegene Pause entstand, in der Emilia vergeblich Francescos Blick suchte. Der junge Mann hatte sich erhoben und war zum Kamin getreten, wo er ins Feuer starrte. »Ihr plant also eine Mädchenschule?«, ging Francesco auf das von Vittoria zuvor Erwähnte ein.

»So ist es. Meine Partnerinnen bei diesem Projekt, Serafina und meine Schwägerin Filomena, werden die Schule leiten. Wir haben auch bereits ein passendes Haus für unsere Zwecke gefunden. Zurzeit wird es, unseren Bedürfnissen entsprechend, umgebaut. Wir werden Waisen aufnehmen, aber auch Kinder von einfachen Leuten. Bildung sollte nicht nur den reichen Bürgern, Adeligen und dem Klerus vorbehalten sein«, erklärte sie ernst.

Francesco nickte. »Ich stimme Euch zu. Jedermann, ob Mann oder Frau, sollte seinen gottgegebenen Verstand nutzen und den eigenen Intellekt schulen. Aber wozu benötigt Ihr die vielen Schiffe? Wollt Ihr Handel treiben?«

»Ich betreibe längst Handel mit den karibischen Antillen. Doch nun möchte ich vermehrt in den Handel mit Amerika eintreten. Erst kürzlich habe ich ein größeres Landgut in North Carolina erworben. Dort wird überwiegend Tabak und Baumwolle angebaut. Einen Großteil des Tabaks werde ich nach Italien importieren, die Baumwolle hingegen verkauft sich sehr gut vor Ort.«

Wieder nickte Francesco. »Ihr könnt natürlich all diese Pläne verwirklichen, aber Ihr solltet das nicht alleine tun. Ihr benötigt jemanden an Eurer Seite. Wenn ich Euch den Rat geben darf, folgt Eurer Bestimmung, und verheiratet Euch möglichst bald wieder.«

Emilia entschied, wieder zur förmlichen Anrede zurückzukehren, weil ihr das vertrauliche Du nicht weitergeholfen hatte. »Verzeiht, aber da Ihr mir eben selbst geraten habt, meinen Intellekt zu schulen … Warum sollte es meine Bestimmung sein, zu heiraten? Bin ich weniger wert als ein Mann? Erklärt es mir, ich möchte dies gerne verstehen.«

Ihre unverblümte Forderung brachte Francesco kurz aus dem Konzept. Da er sich nicht die Blöße geben wollte, lange über eine treffende Antwort nachzudenken, tappte er geradewegs in Emilias Falle. »Es ist nun einmal die Bestimmung einer jeden jungen Frau, ihr Geschick in die Hände ihres Gemahls zu legen und, so Gott will, ihm gesunde Kinder zu gebären.« Zugegeben, ihm selbst klangen die Worte seltsam schal in den Ohren.

»Aha«, machte Emilia daraufhin nur, und Francesco entging keinesfalls, dass sich ihre herrlichen kornblumenblauen Augen kaum merklich dunkler gefärbt hatten. Die Farbe erinnerte ihn an einen Gewitterhimmel, kurz bevor das Unwetter über Mensch und Tier hereinbrach. »Und wer«, fragte sie nun ungewöhnlich sanft, »ist es genau, der über die Bestimmung der Frauen bestimmt? Gott? Die Bibel? Oder vielmehr die Herren dieser Welt, zu denen Ihr Euch zählen dürft?«

Francesco erwiderte ihren Blick: »Ist es nicht vielmehr die weibliche Natur an sich, die hierfür die Voraussetzungen schafft? Uns Männern wurden diese anatomischen Möglichkeiten bekanntlich nicht übertragen.« Er wusste sich auf höchst sensiblem Terrain. Schon blitzte in einem fest verschlossenen Teil seines Gehirns die wunderbar weibliche Anatomie Emilias auf, deren Vollkommenheit zu bewundern er bereits zweimal in den Genuss gekommen war.

Auf Emilias vollen Lippen spielte ein spöttisches Lächeln. »Mit anderen Worten, Ihr schiebt die Verantwortung wieder einmal auf Gott ab, denn er hat bekanntlich den Menschen erschaffen – so lehrt es uns die Heilige Schrift. Habt Ihr Euch jemals die Frage gestellt, dass eine Frau vielleicht nicht heiraten möchte und keine Kinder gebären will? Aber hat sie die Wahl? Nein, das hat sie nicht!«, feuerte Emilia selbst die Antwort auf ihn ab. »Die Kirche, die Ihr repräsentiert, Herr Jesuit, gesteht ihr als einzige Wahl jenseits einer Heirat zu, den Schleier zu nehmen und ihr Leben als Nonne zu beschließen. Hinter hohen Mauern und verschlossenen Türen, wohlgemerkt. Gebt es zu! Weder hat die Frau die Wahl, noch hat sie Rechte! Auf Gedeih und Verderb ist sie der Willkür ihres Vaters, ihrer Brüder und ihres Ehemannes ausgesetzt!«, rief sie, ohne sich die Mühe zu machen, ihren Zorn länger zu unterdrücken.

»Ich kann Eure Haltung sehr gut nachvollziehen, Herzogin, und auch Eure Verbitterung. Ich bedaure zutiefst, was Ihr durch Eure unglückselige Verheiratung mit dem Herzog von Pescara habt erdulden müssen. Doch Ihr seid die Mutter eines Sohnes, der der Erbe eines stattlichen Vermögens ist. Aus beidem erwächst Euch eine große Verantwortung. Es ist Eure Pflicht, dieses Erbe für Euren kleinen Sohn zu bewahren.«

Emilias Augen hatten sich bei seinen Worten verengt. »Und damit schließt sich der Kreis, nicht wahr? Ihr sagt es selbst: Es ist meine Pflicht, zu heiraten, um das Erbe für meinen Sohn zu bewahren. Ihr haltet mich also dazu nicht für fähig. Oh, ihr Männer!«, rief sie. »Ihr gestaltet euch die Welt so, wie sie euch gefällt. Nun, seid erstens versichert, dass ich keineswegs verbittert bin, sondern lediglich fest entschlossen, mein Leben selbst in die Hand zu nehmen. Zweitens missfällt es mir, dass Ihr mir die Fähigkeit absprecht, das Erbe meines Sohnes selbst zu verwalten, und zwar aus dem einzigen Grund, weil ich eine alleinstehende Frau bin!«

Francesco schüttelte unwillig den Kopf. »Ihr versteht mich nicht, oder Ihr wollt mich nicht verstehen. Ich möchte Euch einfach nur Unbill ersparen, nicht mehr und nicht weniger. Ihr seid eine immens reiche und schöne junge Witwe mit einem kleinen Sohn. Ihr benötigt männlichen Schutz.«

»Wollt Ihr mir damit sagen, dass nur ein Mann mich vor den Männern schützen kann? Gebt es zu, selbst Ihr legt für die Allgemeinheit der Männer kein gutes Zeugnis ab. Ihr solltet wissen, die Geier kreisen längst … Seht, dort auf dem Tablett auf dem Kaminsims stapeln sich bereits die Billets der Heiratswütigen, vom Jüngling bis zum achtzigjährigen Greis. Sie alle eint ein einziges Bestreben: sich das Vermögen meines Sohnes unter den Nagel zu reißen. Ist es das, was Ihr Euch für mich wünscht? Dass ich mich erneut einem Mann ausliefere, der sich voller Gier auf mein Vermögen stürzen wird und sich jede Nacht ebenso gierig an meinem Körper sättigt? Glaubt mir, allein die Vorstellung verursacht mir Übelkeit. Aber darüber macht ihr Männer euch keinen einzigen Gedanken, denn der Körper der Frau gehört ja nach Recht und Gesetz ihrem Gatten, nicht wahr? Ich vertrete die Meinung, dass mein Körper allein mir gehört und ich allein entscheide, wem ich ihn schenke, hört Ihr?« Atemlos hielt sie inne. Längst hatte sie die Wahrheit erkannt, und beinahe war sie versucht gewesen, ihm ihr geheimes Wissen entgegenzuschmettern, dass gerade er es doch verstehen müsste, wie es sich anfühlte, der Willkür eines anderen auf Gedeih und Verderb ausgeliefert zu sein. So, wie er ihren Körper kannte, hatte auch sie den seinen nackt erblickt. Sie hatte die Spuren der grausamen

Folterungen gesehen, die ihm eine perverse Frau zugefügt hatte, während sie ihre sadistischen Gelüste an ihm befriedigte. Mehr noch als sein Körper war seine Seele durch die Verstümmelungen Beatrices gezeichnet worden. Doch sie zügelte ihr Temperament, da er sich so sehr bemühte, das Geschehene vor jedermann zu verbergen. Sie wollte seinen Stolz nicht verletzen, selbst wenn er den ihren verletzt hatte. Stattdessen sagte sie hart: »Das Recht ist nichts, wenn man nicht die Macht hat, es durchzusetzen, ist es nicht so? Ihr Herren habt die alleinige, die absolute Macht auf dieser Erde. Doch nicht von Gottes Gnaden erlangt, sondern ihr habt die Macht willkürlich an euch gerissen!«

Francescos Miene wirkte angespannt. »Bitte, Herzogin. Quält mich nicht mit Macchiavellis Credo. Ihr könnt mir glauben, dass mir der Gedanke der Freiheit wahrhaftig nicht fremd ist. Ich habe das Gedankengut der Aufklärung eingehend studiert. Bedenkt jedoch, dass ich als Jesuit gewissen Konventionen unterworfen bin.«

»Ihr meint wohl eher gewissen Zwängen«, konterte Emilia. »Ich frage mich ernsthaft, wie es kommt, dass ein kluger Mann wie Ihr sich das Denken aus freiem Willen einschränken lässt. Wie man sehen kann, beherrscht Euer Orden Euer Leben vollkommen, bis hin zu Eurer Kleidung. Was gäbe ich darum, diese uneingeschränkte Freiheit des Mannes zu besitzen: zu gehen, wohin ich will! Und was tut Ihr? Ihr werft dieses Geschenk einfach so von Euch. Man könnte fast meinen, dass Ihr Angst vor dem Leben außerhalb Eures Ordens habt! Ihr verkriecht Euch in Eurer Soutane und …«

Ohne Vorwarnung überwand Francesco die zwei Schritte, die sie trennten, und riss Emilia heftig in seine Arme. Die Lippen fest an ihrem Ohr, presste er hervor: »Was wäre, wenn ich Euch beim Wort nähme? Den Jesuitenorden verließe, um Euch zur Frau zu nehmen?«

So nah war sie ihm noch nie gewesen. Sein warmer Atem und sein harter Körper an ihrem ließen ihr Herz rasen. Die Versuchung, ihrer Schwäche nachzugeben und sich einfach in seine

Arme zu schmiegen, war geradezu übermächtig – doch Emilia wusste, dass Francesco es nicht ernst meinte. Sie war zu weit gegangen und hatte ihn mit ihren Worten getroffen. Dies war seine Art zu reagieren: Er forderte sie heraus. Emilia musste all ihren Willen aufbieten, um sich aus seinen Armen zu lösen. Francesco gab sie sofort frei. Sie beneidete ihn um seine Selbstbeherrschung. Wie konnte er nur so kontrolliert bleiben, während alles in ihr vor Liebe zu ihm erbebte? Es war ihr unbegreiflich, warum Francesco sich so gegen die Liebe stemmte. Sie wusste, dass sie ihm nicht gleichgültig war. Konnte Gott tatsächlich so grausam sein? Warum hatte er ihr Francesco über den Weg gesandt, damit sie vom Paradies der Liebe träumte, um ihn dann für sich selbst zu beanspruchen? Sie hatte längst erfasst, dass Francesco Emanueles göttliche Beseeltheit fehlte, die ihn mit einem stillen Frieden umgab, der sich auf andere übertrug. Francesco hingegen erschien ihr wie ein Raubtier, das seinen Instinkten und Begierden allein kraft seines Willens Zügel anlegte. Doch auch sie hatte einen starken Willen. Sie hob ihr Kinn und sah ihn an. Ihre Augen verschlangen ihn, und ihre Liebe schlug ihm daraus wie eine blaue Flamme entgegen. Francesco verstand die Botschaft ohne Worte. Ein Beben durchlief seine muskulöse Gestalt. »Ein für alle Mal, Duchessa«, sagte er heftig. »Schlagt Euch diese unsinnige Idee, mich zu lieben, endlich aus dem Kopf. Ich bin Jesuit, ein geweihter Priester, und an meine Gelübde gebunden. Lasst es mich Euch daher ein letztes Mal in aller Deutlichkeit sagen: Mein Leben gehört allein Gott.«

»Und doch werdet Ihr mich eines Tages lieben«, entgegnete ihm Emilia leidenschaftlich.

So viel ignorante Unbekümmertheit ließ Francesco verzweifeln. Unmöglich, dass sie seine Worte missverstanden haben konnte!

»Ihr seid im höchsten Grade anmaßend«, presste er hervor.

»Nein, ich bin in höchstem Maße zuversichtlich«, erwiderte sie. »Gott im Himmel ist weit, und ich, ich bin Euch ganz nah. Seht Ihr?« Sie trat auf ihn zu und legte ihre schmale Hand auf seine Brust. Die Berührung war zart wie die eines Schmetterlings, doch sie konnte spüren, wie sich Francescos Herzschlag augenblicklich beschleunigte. Hastig trat er einen Schritt zurück und stieß dabei gegen den Tisch hinter ihm. Die Gläser fielen herab und zerbarsten auf dem Boden. Keiner von ihnen achtete darauf. Francesco knurrte: »Zählt nicht darauf. Im Übrigen erachte ich diese Unterhaltung als beendet. Sie ist reine Zeitverschwendung. Ich gehe.«

»Wenn Ihr so sehr davon überzeugt seid, mich niemals zu lieben, warum flüchtet Ihr dann vor mir?«, rief Emilia ihm nach.

Kurz darauf hatte Vittoria in ihrem Hochzeitsstaat ihren großen Auftritt. »Oh, wo ist denn mein Bruder abgeblieben?«

»Er hatte eine dringende Verabredung.«

»Aha. Mit wem?«, fragte Vittoria neugierig.

»Mit Gott«, antwortete Emilia.

Emilia sah Francesco schneller wieder, als sie gedacht hätte. Zwei Wochen später ließ Pater Colonna seinen Besuch durch ein förmliches Billet ankündigen. Die Nachricht ließ ihr Herz hüpfen. Kaum dass sie das letzte Wort der knappen Botschaft verschlungen hatte, da drückte sie der verblüfften Serafina den kleinen Ludovico in die Arme und stürmte mit gerafften Röcken hinaus. Ihr blieben nur wenige Stunden bis zu Francescos Besuch. Diesmal musste sie ihn beeindrucken! Im Eilschritt durchquerte sie die Halle und flog förmlich die Treppe hinauf. Noch im Laufen rief sie nach ihrer Zofe. Sie befahl Clara, ihr die besten und teuersten Roben herauszusuchen und die Schmuckschatullen zu holen.

Emilias euphorischer Anfall von Putzsucht währte nur kurz und machte blanker Ernüchterung Platz. Eine schillernde Robe wäre tatsächlich das Letzte, womit sie Francescos Aufmerksamkeit erringen könnte. Zu Claras Entsetzen riss sie sich das auserwählte Satinkleid vom Körper, als handelte es sich um einen alten Fetzen. Nur mit ihrer Wäsche bekleidet, schritt Emilia ihre

Kleiderkammer ab. Schließlich blieben ihre Augen an einem schwarzen Kleid haften, das sie erst kürzlich erstanden hatte. Sie griff danach. Am Ende betrachtete sie das Ergebnis ihrer Bemühungen im Spiegel. Er warf das Bild einer ätherisch anmutenden Schönheit zurück. Jede andere Frau hätte der schwarze Samt blass wirken lassen, doch Emilias Haut besaß den warmen Honigton des Südens. Einem jähen Impuls folgend, hatte sie von den drei Unterröcken zwei wieder abgestreift, sodass sich der weiche Stoff nun enger an ihren Körper schmiegte und seine Formen erahnen ließ. Den dezenten Ausschnitt zierte ein kleines Kreuz aus blutroten Achatsteinen. Sie berührte es sacht mit dem Finger und fragte sich, ob es Francesco gefallen würde. Clara hatte die Idee gehabt, Emilias Haarfülle streng nach hinten zu nehmen und den schweren Zopf in einem silbernen Netz in ihrem Nacken aufzufangen. Die Strenge der Frisur betonte die zarte Knochenstruktur ihres Gesichts.

Serafina betrat das Zimmer. »Ach, du liebe Güte!«, entfuhr es ihr. »Der arme Pater … Wie ich sehe, hat die schwarze Witwe nicht vor, ihn aus ihren Fängen zu entlassen.«

»Du kannst gerne für ihn beten«, erwiderte Emilia schnippisch. Da sie das Thema nicht weiter zu vertiefen wünschte, erkundigte sie sich nach ihrem Sohn. »Was treibt Vico? Er hat vorhin ziemlich laut geschrien.«

»Ja, unser kleiner Vico weiß, was er will und wie er es bekommt. Zur Stunde geht er seiner Lieblingsbeschäftigung nach.«

»Wie?«, entfuhr es Emilia. »Er trinkt schon wieder? Meiner Treu, er wird die arme Antonella aussaugen, bis nichts mehr von ihr übrig ist.«

»Deine Bedenken in Ehren, doch das wird hoffentlich noch eine Weile hin sein, bis die Gute wie ein leerer Weinschlauch in sich zusammenfällt«, erwiderte ihre Freundin trocken.

In der Tat war die Amme die dickste Person, die man sich vorstellen konnte, mit Brüsten, so prall wie Melonen – und daher genau die Richtige für den nimmersatten Ludovico. Es klopfte an der Tür, und der eintretende Diener kündigte ihr den sehnlichst erwarteten Besuch an.

»Gehe ich richtig in der Annahme, dass du den hübschen Pater wieder alleine empfangen möchtest?« Die Art und Weise, wie Serafina dies sagte, stellte eine meisterliche Mischung zwischen Anzüglichkeit und Missbilligung dar.

Emilia ignorierte ihre Bemerkung. Ohne ihre Freundin zu beachten, schritt sie mit hocherhobenem Kopf an ihr vorbei. Auf der Treppe musste sie an sich halten, um sie nicht hinabzustürmen, sondern sie mit den gemessenen Schritten einer Dame zu absolvieren. Bevor sie den Salon betrat, schöpfte sie nochmals tief Luft. Nun galt es. Hatte sich Francesco heute nicht aus freien Stücken zu ihr begeben? Dies musste doch etwas bedeuten! Sie waren füreinander bestimmt, das hatte sie von ihrer ersten Begegnung an gewusst.

Die Enttäuschung traf Emilia völlig unvorbereitet. Francesco war zwar da, doch er war nicht allein: Diesmal hatte er männlichen Geleitschutz mitgebracht. Neben ihm, in ein Gespräch am Kamin vertieft, lehnte ein hochgewachsener blonder Mann. Die beiden Besucher unterbrachen sich sofort bei Emilias Erscheinen, und Francesco kam auf sie zu. Der fremde Gast folgte einen Schritt hinter ihm. Colonna verbeugte sich. »Ich freue mich, Euch wohlauf anzutreffen, Duchessa. Ich hoffe, Ihr verzeiht, dass ich mir erlaubt habe, unangekündigt einen Freund mitzubringen? Darf ich Euch den russischen Fürsten Sergej Iwanowitsch Wukolny vorstellen?«

Der große Russe trat näher. Er verbeugte sich ebenfalls, jedoch wesentlich tiefer als sein Freund.

»Und dies, Durchlaucht«, fuhr Francesco fort, »ist die Herzogin von Pescara, Emilia di Stefano di Savoia.«

»Madame, ich bin entzückt, endlich Eure Bekanntschaft machen zu dürfen. Ganz Rom spricht von Eurem unvergleichlichen Liebreiz. Doch Worte allein könnten Euch niemals gerecht werden«, meinte der Fürst galant und hauchte einen Kuss auf die ihm dargebotene Hand. Dabei wandte er nicht eine Sekunde den Blick von der strahlenden Erscheinung vor ihm ab. Francesco, wie gewöhnlich derselbe ungehobelte Klotz, schien nicht die geringste Notiz von ihrem Aussehen zu nehmen. Wie ärgerlich!

Immerhin erfuhr ihre Präsenz die gebührende Resonanz in den Augen des Fürsten Wukolny. Die unverhohlene Bewunderung, die ihr der junge russische Fürst von der ersten Sekunde an entgegenbrachte, verleitete Emilia dazu, ihm ihre gesamte Aufmerksamkeit zu widmen. Als Francesco die kleine dreijährige Tochter des Fürsten erwähnte, entwickelte sich zwischen ihnen ein lebhaftes Gespräch über Kinder und die Freuden und Sorgen, die ihre Existenz mit sich brachte.

Emilia gefiel der Russe, der mit großer Zärtlichkeit von seiner kleinen Tochter sprach. Diese Sanftmut stand im auffälligen Gegensatz zu seiner Erscheinung: Wukolny war ein Hüne von Mann, mit Beinen wie Säulen und Händen, die ohne Mühe Emilias Taille umspannen konnten. Sein dichtes blondes Haar trug er kurz geschnitten, und sein Bart rahmte sinnliche Lippen ein. Besonders gefielen Emilia seine ruhige, kultivierte Art und die klaren braunen Augen. Dennoch glaubte sie, auch eine Spur von Traurigkeit in ihnen entdeckt zu haben. Francesco beteiligte sich nur anfänglich am Gespräch, danach verlegte er sich auf die Rolle des stillen Beobachters. Er hatte sich rechts von Emilia gesetzt und den Stuhl unauffällig so platziert, dass sein Gesicht im Schatten blieb. Fürst Wukolny hingegen saß Emilia gegenüber und verfolgte jede ihrer lebhaften Bewegungen und Worte mit geradezu andächtigem Interesse. Ohne Frage, die junge Witwe hatte ihn verzaubert. Wenn nur Francesco sie einmal so ansehen würde, dachte Emilia. Sie war sich Colonnas körperlicher Nähe bewusst, und doch trennten sie Welten voneinander. Dabei konnte sie spüren, wie er sich noch weiter von ihr entfernte.

Emilia hatte nicht lange gebraucht, um zu begreifen, warum Francesco ihr den Russen vorgestellt hatte. Bei der Verabschiedung in der Halle ergab sich ein kurzer Augenblick, in dem die beiden allein zurückblieben. Der russische Fürst sprach kurz mit

Serafina, die den kleinen Ludovico auf dem Arm hatte. Emilia nutzte die Gelegenheit, um Francesco zur Rede zu stellen. »Glaubt Ihr, Euch von mir befreien zu können, indem Ihr mich an einen anderen Mann verschachert? Das zeigt nur, wie sehr Ihr mich als Frau fürchtet«, zischte sie ihm zu.

Mit verschränkten Armen entgegnete Francesco ungerührt: »Was erwartet Ihr? Ich bin Priester und sorge mich um Euch. Ich habe es Euch schon einmal gesagt: Es ist nicht gesund für eine Frau von Eurem Temperament, allzu lange alleine zu bleiben.«

»Ach, sieh mal einer an«, erwiderte Emilia maliziös. »Was wisst Ihr über mein Temperament zu sagen? Wann habt Ihr begonnen, Euch dafür zu interessieren? Vielleicht nachts, wenn Ihr Euch einsam auf Euren Laken wälzt? Ich dachte, Euch Priestern geht es allein um das Seelenheil? Doch Ihr scheint Euch auch um meinen Körper zu sorgen. Äußerst aufschlussreich, findet Ihr nicht?«

Francescos rechtes Lid zuckte kaum merklich, ansonsten hatte er sich vollkommen in der Gewalt. Trotzdem spürte Emilia, dass sie mit ihrer Vermutung ins Schwarze getroffen hatte.

Und natürlich hatte sie recht. Nachts, wenn Francescos Verstand keine Kontrolle mehr über seinen Geist ausübte, liebte er sie mit geradezu verzweifelter Leidenschaft.

Sie würde ihn zwingen, sie auch bei Tage zu lieben! Mit all der Liebe, die sie für ihn in ihrem Herzen empfand, blickte sie zu ihm auf. Francesco starrte mit verkniffener Miene zurück.

Die Atmosphäre zwischen ihnen war derart geladen, dass man sie mit dem Degen hätte durchschneiden können. Unbemerkt hatte sich ihnen Fürst Wukolny genähert. Seine klugen Augen huschten zwischen den beiden Kontrahenten hin und her. So ist das also, dachte er. Das schien der wahre Grund zu sein für den Entschluss seines Freundes, Rom zu verlassen: *Er trachtete, der Versuchung zu entkommen …*

Während der gesamten Dauer ihres Besuches hatte sich der Russe schon gefragt, warum sein Freund seine bevorstehende Abreise der Herzogin gegenüber mit keiner Silbe erwähnt hatte, obwohl er sie als eine gute Freundin bezeichnet hatte. Nun verstand er, warum. »Verehrte Duchessa«, sagte Wukolny laut und durchbrach damit den Bann.

Emilia und Francesco wandten sich ihm langsam zu, als könnten sie sich nur zögerlich aus einer anderen Welt lösen. Wukolny notierte die zarte Röte auf Emilias Wangen und das ungewohnte Zornesblitzen in den Augen seines gewöhnlich so gleichmütigen Freundes. *Fürwahr, sie geht ihm wirklich durch und durch*, dachte Wukolny amüsiert. Dabei konnte er seinen Freund durchaus verstehen. Dieses rassige Geschöpf war jede Sünde wert. Unter ihrer Oberfläche schlummerten Kraft und Mut. Seit Alexandra hatte ihn keine Frau mehr derart zu faszinieren vermocht. Der russische Fürst sah Emilia tief in die Augen und sagte: »Ich bedanke mich für den bezaubernden Abend. Darf ich auf ein Wiedersehen hoffen, Duchessa Emilia? Ich schwöre Euch, wenn Ihr Nein sagt, stürze ich mich sofort in meinen Degen.« Er zog diesen in einer raschen Bewegung aus der Scheide und tat so, als wollte er seinen Worten an Ort und Stelle Taten folgen lassen.

Die melodramatische Geste entlockte Emilia ein herzhaftes Lachen. Auch Francesco lächelte. »Sergej Iwanowitsch, Ihr seid und bleibt ein Kindskopf.«

»Euch stets zu Diensten«, erwiderte der Russe mit einer Verbeugung und wandte sich dann wieder an Emilia. »Nun, schönste Dame, wie entscheidet Ihr Euch? Darf ich Euch erneut meine Aufwartung machen? Ich schwöre, dass ich kein Auge zutun werde, bis ich Euch wiedersehen darf.«

»Also gut, da ich nicht die Ursache sein möchte, die Euch um Euren wohlverdienten Schlaf bringt …«, erwiderte Emilia liebenswürdig, »so kommt denn morgen Nachmittag wieder und bringt unbedingt Eure kleine Tochter mit. Ludovico würde sich sehr freuen und ich auch.«

Der Russe stieß einen wilden Freudenschrei aus, der durch das Haus hallte und sofort mehrere Dienstboten auf den Plan rief. Mit einem breiten Lächeln steckte er den Degen zurück in die Scheide, dann fasste er Emilia unvermittelt an den Schultern. Bevor sie sich versah, hob er sie mühelos hoch, sodass Emilias Gesicht in Augenhöhe mit dem seinen war, und drückte ihr drei schallende Schmatze abwechselnd auf die Wangen. Dann setzte er sie wieder ab und rief: »So verabschiedet man sich bei uns in Russland. Kommt, Freund Francesco! Wir gehen, umso früher sehe ich sie wieder.« Er warf der verblüfften Emilia noch eine Kusshand zu und folgte seinem Freund zur Tür.

Francesco drehte sich dort nochmals um. Er sah Emilia mit einem rätselhaften Ausdruck an, den sie nicht zu deuten wusste. Er wirkte fast, als wollte er noch etwas sagen. Dann schien er es sich jedoch anders überlegt zu haben und begnügte sich mit einem Nicken zum Abschied.

»Meiner Treu, dieser Russe hat vielleicht verrückte Manieren«, bemerkte Serafina kopfschüttelnd neben ihr.

»Nein, nicht verrückt. Nur anders«, korrigierte Emilia. »Vergiss nicht, der Fürst kommt von sehr weit her. Seine Heimat ist wenigstens zwanzig Mal so groß wie das gesamte Römische Reich in früheren Zeiten zählte. Glaubst du, dass die Männer in seinem Land alle so riesig sind?«, sprang sie unvermittelt im Thema weiter.

»Ich denke kaum, und wenn, wäre das ziemlich beängstigend, findest du nicht?«

Doch Emilia schien ihre Antwort nicht gehört zu haben. Sie starrte nachdenklich auf die verschlossene Tür – beinahe, als erwartete sie, dass sie sich nochmals öffnen würde.

»Ist dir aufgefallen, wie Francesco mich am Schluss angesehen hat? Denkst du, er war eifersüchtig?«

»Wohl kaum. Schließlich hat er den russischen Bären selbst mitgebracht.«

»Ehrlich, was ich an dir so aufreizend finde, ist deine überaus nüchterne Ader.«

»Dann frag halt nicht«, scholl es spitz zurück.

Stumm schritten die beiden Männer nebeneinander her. Die Abenddämmerung senkte sich über sie, und am Firmament tauchten die ersten blassen Sterne auf. Allerorten packten die Händler ihre Waren zusammen und wurden Laternen entzündet. Es herrschte noch viel Betrieb auf den Straßen. Die Römer liebten ihre Stadt, und besonders gerne flanierten sie am Abend durch ihre Straßen.

Sergej wartete darauf, dass Francesco sprechen würde. Doch die Minuten vergingen. Erst als sie vor Francescos Quartier innerhalb des Vatikanbezirks angelangt waren, meinte der junge Jesuit leise: »Verstehst du jetzt, warum ich gehen muss, Sergej Iwanowitsch?«

Der Fürst legte die Hände auf die Schultern seines Freundes. »Seid unbesorgt, Freund Francesco. Ich werde über sie wachen. Es bleibt also dabei? Du reist morgen in aller Frühe ab?«

»Ja, ich muss das Schiff erreichen. Es läuft übermorgen aus.«

»Wann wirst du nach Rom zurückkehren?«

Francesco hob den Kopf, doch er sah seinen Freund nicht an, sondern hielt seinen Blick beharrlich in die Ferne gerichtet. »Ich weiß es nicht. Wenn meine Mission erfüllt sein wird, werde ich vielleicht noch weiter bis nach Nordamerika reisen. Dort werden Priester dringend benötigt.«

Sergej legte den Kopf schief. »Bei uns in Russland, mein Freund, gibt es ein Sprichwort: Je weiter man vor ihr flieht, umso näher kommt die Liebe.«

Francesco lächelte gequält. »Nun, welch ein Glück, dass ich Römer bin, nicht wahr?« Er zog einen Umschlag aus seiner Tasche. »Hier. Übergib diesen Brief morgen der Herzogin Emilia.« Sergej nahm ihn entgegen und steckte ihn wortlos in seine Jackentasche. »Wenn ich dir einen Rat geben darf, Sergej. Gib ihn ihr erst, wenn du im Begriff bist, dich zu verabschieden. Ansonsten würdest du nicht viel von deinem Besuch haben. Das Mädchen würde es fertigbringen, hinter mir herzujagen.«

»So schlimm steht es also, hmm?« Sergej wirkte nicht sonderlich überrascht.

»Absolut. Glaub mir, diese Frau hat den Teufel im Leib. Ich wünsche dir darum viel Glück mit ihr …« Francesco sagte dies nicht ohne Inbrunst.

»Bei der Zarin Katharina«, rief Sergej dröhnend, ohne sich um die befremdeten Blicke einer Gruppe nahe stehender Geistlicher zu kümmern. »Das nenne ich einen wahren Freund, der mich in die Arme einer Teufelin stößt!«

Die beiden Freunde umarmten sich ein letztes Mal. Dann trennten sich ihre Wege für immer.

XIV

Pünktlich zur besten Nachmittagszeit stellte sich Sergej Iwanowitsch Wukolny, Fürst von Nowgorod, in der Villa Meraviglia ein. An seiner Hand trippelte ein kleines Mädchen in einem himmelblauen Kostüm, unter dessen Häubchen ein Wust üppiger blonder Locken hervorquoll. Mit großen, verschreckten Rehkitzaugen blickte es in die Welt. Die kleine Alexandra, genannt Sascha, wäre ohne die Pockennarben auf ihren zarten Wangen bezaubernd schön gewesen. Emilia nahm die Kleine auf den Arm und herzte und küsste sie. »Wie ich mich freue, dich kennenzulernen, liebste Sascha! Dein Vater hat gestern die ganze Zeit nur von dir gesprochen. Und das hier ist Ludovico, mein kleiner Sohn.« Sie zeigte hinter sich, wo der kleine Vico versuchte, das ihm zuvor mühsam angezogene Hemd wieder abzustreifen. Emilia zog eine Grimasse. »Wie du siehst, zieht es mein Sohn vor, sich jedermann zu zeigen, wie Gott ihn schuf.«

Rosig nackt krabbelte Ludovico mit einem fröhlichen Jauchzer auf den Besuch zu. Er schleifte ein kleines, bunt bemaltes Pferdchen aus Holz mit, dem sowohl ein Bein als auch der Schweif fehlten. Nichtsdestotrotz bot er es Sascha als großzügiges Gastgeschenk an. Sein Schalk war unwiderstehlich. Auf Saschas Lippen malte sich ein zartes Lächeln ab. Sie nahm das Pferd, ließ die Hand ihres Vaters los und folgte Vicos Krabbelspur. Sie ließen sich auf einem riesigen, zusammengenähten Lammfell nieder.

Serafina betrat den Salon, und ihr Blick fiel sogleich auf den nackten Vico. Sie runzelte die Stirn. Wäre das Tablett in ihren Händen nicht gewesen, sie hätte sich auf ihn gestürzt.

»Lass ihn doch«, meinte Emilia, die die Absicht ihrer Freundin erriet. »Wenn er sich wohl dabei fühlt.«

»Du bist viel zu nachsichtig mit ihm, Emilia. Was ist, wenn er sich erkältet?«

»Und du bist wie immer zu ängstlich mit ihm. Hier drin ist es doch heiß wie in einem Backofen. Puh, ich würde es ihm am liebsten gleichtun und mich ebenfalls ausziehen.«

Serafina antwortete mit einem entrüsteten Schnauben und einem Rucken ihres Kopfes in Richtung des Gastes. Sergejs Augenbrauen waren bei Emilias Worten unmerklich in die Höhe gefahren. Seine Miene zeigte deutlich, dass er der Letzte wäre, der etwas gegen Emilias Wunsch einzuwenden gehabt hätte.

Nun bemerkte Emilia, dass Sergej einen länglichen Koffer in der Hand hielt. »Oh, was habt Ihr uns da mitgebracht, Fürst Wukolny?«, erkundigte sie sich neugierig.

»Meine Geige. Und nennt mich doch bitte Sergej. Das ›Fürst‹ klingt so förmlich, nun, da unsere Kinder so eng Freundschaft miteinander geschlossen haben.« Er deutete auf sie und grinste. Tatsächlich folgte die kleine Sascha Vicos Beispiel und entledigte sich eben ihres Kleides. Immerhin konnte die hinzugestürzte Serafina die Kleine überreden, ihr Hemd anzubehalten. Emilia brach in ein helles Lachen aus, und Sergej fiel mit seinem dröhnenden Bass darin ein. Noch immer lachend, nahmen sie auf dem breiten Diwan Platz. Serafina schenkte ihnen Kaffee ein und gesellte sich dann mit einer Näharbeit zu den Kindern, um die Kleinen im Auge zu behalten.

Ohne Umschweife, wie es ihrer Art entsprach, fragte Emilia den Fürsten: »Eure arme Kleine hatte die Pocken? Wann?«

Über Sergejs eben noch so fröhliches Gesicht zog ein Schatten. Emilia legte die Hand auf seinen Arm. »Verzeiht mir, ich wollte Euch nicht verletzen. Ihr müsst nicht darüber sprechen.«

Er nahm ihre Hand und küsste voller Zartheit ihre Fingerspitzen. »Nein, Ihr wart nicht verletzend. Es ist nun zwei Jahre her, und darüber zu reden ist vielleicht ein Anfang. Damals wütete eine schreckliche Pockenepidemie in Moskau. Ich befand mich zu dieser Zeit auf der Krim und führte für meine Zarin Krieg gegen die Türken. Meine gesamte Familie, Vater, Mutter, meine Frau und meine beiden Söhne, erkrankten und starben daran. Nur meine kleine Sascha hat dank der Pflege einer ergebenen Dienerin die Seuche überlebt. Aber um welchen Preis ...«

Emilias Herz zog sich angesichts des sichtlichen Kummers des großen Russen zusammen. Ungewollt fühlte sie Zärtlichkeit für ihn in sich keimen. »Ich verstehe«, flüsterte sie. »Es tut mir leid, dass ich die Wunde mit meiner Frage erneut aufgerissen habe. Verzeiht der Neugierde einer Frau.«

»Da gibt es nichts zu verzeihen. Es ist meine Schuld. Wenn ich nicht so auf Ruhm und Ehre aus gewesen wäre, wäre ich bei meiner Familie geblieben. Dann wären sie vielleicht noch am Leben«, bezichtigte er sich düster.

»Erwähnte Pater Colonna gestern nicht, Ihr seid ein russischer Feldmarschall? Hättet Ihr denn die Wahl gehabt, Euch Eurer Pflicht zu verweigern?«

Der Russe sah zu seiner Tochter, als ob er sich vergewissern wollte, dass wenigstens sie auf dieser Welt ihm geblieben war. Dann seufzte er vernehmlich. »Nein. Vielleicht ist es gerade das, was mir am meisten dabei zu schaffen macht.«

»Wie meint Ihr das? Wollt Ihr es mir erklären?«, fragte Emilia, von Mitleid erfüllt.

Sergej hielt den Kopf beharrlich gesenkt. Leise sagte er: »Ich weiß nicht, wie ich es Euch verständlich machen kann. Seht, das Leben hat mir bereits viel Freude und Glück geschenkt. Ich bin hochgeboren, machte rasch und glänzend Karriere und wurde der jüngste Feldmarschall Russlands. Als Alexandra, meine wunderbare Frau, in mein Leben trat, schien mein Glück vollkommen. Sie gebar mir drei wunderbare, gesunde Kinder, zwei Söhne und die kleine Sascha. Dann musste ich in den Krieg ziehen und lernte das Soldatendasein von seiner schlimmsten Seite kennen: Grausamkeit und Verderbtheit, Schmutz, Qualen und immer wieder der Tod. Ich habe viele Feinde getötet. Besudelt mit dem Blut der Toten, habe ich die wilde Freude ausgekostet, am Leben zu sein, habe mit meinen Kameraden gefeiert und getrunken, während zu Hause der Tod ebenfalls reiche Ernte in meiner Familie hielt. Seitdem frage ich mich jeden Tag, warum Gott mir so viel Glück geschenkt hat, nur um es mir dann wieder zu nehmen. Habe ich mich so schuldig gemacht? Warum straft Gott meine unschuldige Familie und zeichnet die kleine Sascha für ihr Leben?« Er hatte leise, aber bewegt gesprochen und dabei die ganze Zeit über Emilias Hand gehalten. »Nun kennt Ihr meine Geschichte. Hoffentlich haltet Ihr mich jetzt nicht für schwach, da ich mit meinem Schicksal hadere und Gottes Entscheidungen anzweifele. Aber seitdem frage ich mich, ob Gott tatsächlich so unfehlbar ist, wie man uns glauben zu machen versucht.«

Emilia antwortete nicht sofort. Sergej deutete ihr Schweigen falsch und setzte hinzu: »Verzeiht mir, ich wollte Euch nicht schockieren. Vergesst, was ich gesagt habe.«

»Nein, Ihr müsst Euch nicht entschuldigen. Ich bin keinesfalls schockiert. Im Gegenteil. Auch ich habe mir Fragen dieser Art gestellt, ob es ein vorbestimmtes Schicksal gibt. Seht, bei meiner Geburt wurde ich Gegenstand einer Prophezeiung. Wusstet Ihr davon?«

»Ja. Pater Francesco hat es mir gegenüber erwähnt.«

»Er und mein Bruder Emanuele befürchten inzwischen, dass damit der Orden der Jesuiten gemeint sein könnte, dessen Niedergang tatsächlich begonnen hat. Doch ich selbst habe rein nichts dazu beigetragen, und ich habe auch nicht vor, jemals irgendeinen Anteil daran zu nehmen. Trotzdem hat diese Prophezeiung bereits in mein Schicksal eingegriffen. Feinde der Jesuiten haben versucht, mich für ihre Zwecke einzuspannen. Es ist ihnen nicht gelungen, doch dieses Damoklesschwert schwebt weiter über mir. So wie Ihr Euch fragt, inwieweit Ihr Euer Schicksal verdient habt, frage ich mich, wie ich ihm entkommen kann.«

Sergej forschte lange in ihrem Gesicht. Seine Züge, eben noch von Kummer und Schmerz gezeichnet, entspannten sich leicht, und ein warmes Leuchten trat in seine Augen. »Wer weiß? Vielleicht sollten sich unsere beiden Schicksale in Rom kreuzen?«, sagte er weich. Er glitt vom Sofa und kniete sich vor sie. »Emilia von Pescara, wollt Ihr mich, Sergej Iwanowitsch Wukolny, zu Eurem Gemahl nehmen?«

Zu verblüfft, um sofort zu reagieren, flüchtete sich Emilia in ein Lachen. »Ihr seid wirklich drollig, Fürst Sergej, und ich fühle mich ehrlich geschmeichelt. Dabei kennt Ihr mich kaum vierundzwanzig Stunden!«

»Lange genug, um mich unsterblich in Euch zu verlieben«, erwiderte er leidenschaftlich. Emilia berührte der Blick, mit dem der Russe sie umfing, mehr, als seine Worte es taten. Sie las in ihm Aufrichtigkeit und Wahrhaftigkeit. Sergej war ein guter Mann.

»Ich sehe«, fuhr der Fürst fort, »ich werde heute wohl keine Antwort erhalten. Aber macht Euch darauf gefasst, dass ich Euch von nun an täglich fragen werde.« Er stand auf. »Francesco hat mir verraten, dass Ihr Musik liebt. Lasst mich Euch etwas vorspielen.« Er griff zu seiner Geige, und alsbald wurde der Raum von der herrlichsten Musik erfüllt. Emilia lauschte ihm voller Staunen. Sie mochte kaum glauben, dass dieser große, starke Mann, in dessen riesigen Händen die Geige wie ein Spielzeug anmutete, seinem Instrument derart himmlische Töne entlocken konnte.

»Das war wunderbar«, seufzte sie, als Sergej nach einer Stunde die Geige absetzte. Sie unterhielten sich noch eine ganze Weile angeregt, dann wurde es Zeit zum Abendessen. Die Amme holte Ludovico ab, um ihn zu füttern und dann ins Bett zu bringen. Dies ging, wie immer, nicht ohne Geschrei ab. Erst als Sascha sagte, sie werde ihn begleiten, geruhte der kleine Herr, sein Gebrüll einzustellen. Emilia lud Sergej daraufhin spontan ein, zum Abendessen zu bleiben.

Sergej erzählte ihr bei Tisch anschaulich von seiner Heimat, der Größe ihrer Flüsse und Seen, der Steppen und Eiswüsten, aber auch von der Zarin Katharina und den Wundern von Moskau und seiner Paläste mit den vergoldeten Kuppeln. Emilia lauschte ihm hingerissen. Sie bemerkten nicht, wie spät es geworden war, bis Serafina hüstelnd in der Tür stand und verkündete, Sascha teile friedlich das Bett mit Ludovico und sie selbst werde sich nun ebenfalls zur Ruhe begeben. Das war das Zeichen für Sergej, aufzuspringen und sich ebenfalls zu verabschieden. Serafina ging Sascha holen und kehrte mit ihr auf dem Arm zurück. Die Kleine schlief tief und fest. In der Halle überreichte sie Sascha dem Diener, der Sergej hierherbegleitet hatte.

Sergej trat zu Emilia und wirkte mit einem Mal verlegen. Er zog einen Umschlag aus seiner Jacke und überreichte ihn wortlos. Fragend sah sie zu ihm auf. »Ein Brief? Für mich? Aber warum …?«

»Er ist nicht von mir. Er ist von Pater Colonna an Euch. Er bat mich, ihn Euch heute Abend auszuhändigen. Ich hoffe, Ihr könnt ihm und auch mir verzeihen.« Mit diesen rätselhaften Worten nahm er seine kleine Tochter aus den Armen seines Dieners entgegen und schritt rasch in die dunkle Nacht hinaus.

Emilia blieb wie vom Donner gerührt zurück. Sie starrte auf den Umschlag. In schwungvollen Lettern prangte darauf:

Für Emilia

Sie brannte, ihn an Ort und Stelle zu lesen. Gleichzeitig fürchtete sie sich vor dem Inhalt. Die Ahnung von künftigem Schmerz schnürte ihr die Brust zusammen. Wenn Francesco seinen Freund bat, ihr einen Brief zu übergeben, dann konnte dies nichts Gutes bedeuten. Serafina, die sich gerade zurückziehen wollte, spürte Emilias Anspannung und legte ihr den Arm um die Schultern. »Komm, gehen wir nach oben. Soll ich bei dir bleiben?«, fragte sie, während ihre Augen bedeutungsvoll auf dem Brief ruhten.

»Nein, es ist gut. Geh schlafen. Wir sehen uns morgen. «

Emilia legte den Umschlag auf dem Tisch ab, schickte auch Clara ins Bett und machte zunächst mit zittrigen Händen Toilette. Schließlich gab es nichts mehr zu tun. Sie nahm den Brief und setzte sich zum Lesen in den Sessel vor dem Kamin. Fahrig riss sie ihn auf und begann zu lesen.

Liebste Freundin,
unsere letzte Unterhaltung hat mir gezeigt, dass diese Stadt
zu klein für uns beide ist. Ich überlasse sie daher Euch.
Verzeiht mir, dass ich meiner Bestimmung folgen muss.
Ihr seid jung, versucht, glücklich zu werden!
Francesco

Wütend zerknüllte Emilia den Brief und warf ihn in das brennende Feuer – nur um sich sofort hinterherzustürzen und ihn wieder herauszufischen. Sie verbrannte sich dabei die Finger, ohne es überhaupt zu bemerken. Die Ränder des Pergaments glühten bereits, und sie schwenkte das Papier hastig hin und her. Dann drückte sie die kostbaren Buchstaben, die seine Hand geformt hatten, an ihr Herz. Sie hatte sehr wohl begriffen, was sie zu bedeuten hatten: Francesco suchte sein Heil in der Flucht! Das aber konnte nur eines heißen: Er fürchtete sich davor, ihr letztendlich zu erliegen. Deutlicher hätte er es nicht ausdrücken können.

Francesco hatte sich aus ihrem Leben verabschiedet. Am liebsten hätte sie sich in eine dunkle Ecke verkrochen und tagelang geweint. Doch das war das Letzte, was sie sich jetzt gestatten durfte! Ihr Blick suchte unwillkürlich den unscheinbaren Flakon auf ihrem Frisiertisch. Filomena hatte ihn ihr vor einigen Tagen aufgedrängt. Der Gedanke an das begleitende Gespräch mit ihrer Freundin entlockte ihr ein schiefes Lächeln. Wieder einmal hatte Filomena sie mit ihrer frivolen Art schockiert. »Hier, ich habe dir etwas mitgebracht«, hatte sie gesagt und ihr den Flakon hingestreckt.

»Wie? Du bringst mir Parfüm mit?«

»Nicht doch. Sieh ihn dir genauer an.«

Emilia nahm den Flakon, drehte ihn in ihrer Hand und begriff. »Warum bringst du mir einen Liebestrank?«, fragte sie verdattert.

»Weil ich denke, dass du ihn nötig hast.«

»Wozu? Falls es dir entgangen sein sollte, ich lebe allein.«

»Eben. Du kannst ihn trinken und dich in deinen Träumen verlieren. Glaube mir, mit dem Trank fühlt es sich so realistisch an, als würdest du dich einem richtigen Mann hingeben. Es ist eine fantastische Erfahrung. Ich weiß es, ich gönne ihn mir selbst ab und zu. Allerdings nicht öfter als einmal im Monat, das Gebräu kann süchtig machen. Ich habe ein weiteres Geschenk für dich.« Filomena zog einen länglichen Gegenstand aus ihrer Tasche, den ein rotes Stück Seide verhüllte. Sie wickelte es ab und hielt Emilia das Mitbringsel hin. Ihr Blick hätte dabei nicht unschuldiger sein können.

Emilia starrte darauf und stotterte: »Aber, das ist ja … Nein, ich fasse es nicht …« Sie konnte es nicht aussprechen.

Das tat Filomena für sie. »Ganz genau, ein Penis. Für dich. Ich habe ihn selbst gefertigt. Ich besitze denselben, nur ein wenig größer. Ich musste ja Ta-Seti gerecht werden.« Filomena grinste. »Los, nimm ihn. Er fühlt sich gut an. Fast wie echt.« Sie leckte sich die Lippen und fuhr mit einer obszönen Geste das polierte Holz von der Eichel bis zum Schaft entlang.

»Wahrlich, Filomena, du bist derart schamlos …« Emilia verschlug es endgültig die Sprache. Trotzdem war sie widerwillig fasziniert von dem detailgenauen Modell.

»Hab dich nicht so. Wir haben schon einmal darüber gesprochen, oder? Frauen empfinden genauso Lust wie Männer. Lust zu empfinden ist ein Geschenk der Freiheit. Nur können *wir* bei Bedarf nicht einfach ein Bordell aufsuchen. Aber es gibt andere Methoden. Versuch es doch einfach!« Nachdem Filomena gegangen war, hatte Emilia ihr frivoles Mitbringsel in der hintersten Ecke ihrer Kleiderkammer versteckt.

Aber heute Nacht würde sie es versuchen und sich dazu Francesco herbeiwünschen. *Heute Nacht würde sie ihn lieben …*

Sie holte den Holzpenis aus der Kleiderkammer. Dann zog sie sich nackt aus, trank entschlossen den Flakon leer und legte sich auf das Bett. Allein die Erwartung hatte ihr Verlangen geweckt, und sie spürte ein vertrautes Ziehen in ihrem Unterleib. Sie begann, sich selbst zu berühren. Der Modellpenis lag perfekt in ihrer Hand. Mit der Spitze fuhr sie damit zwischen ihren Beinen entlang, und ein Stöhnen entrang sich ihr. Es fühlte sich so gut an. Langsam führte sie ihn in ihre Feuchte ein, während sie mit der anderen Hand ihre Brustspitzen streichelte. Sie begann, sich rhythmisch auf und ab zu bewegen, stieß immer fester zu und ließ sich von ihrer Lust davontragen. Sie rief Francescos Namen, und der Mann, nach dem sie sich so sehr verzehrte, kam zu ihr. Wie ein hungriges Tier fiel er über sie her. Er suchte ihren Mund, und ihre Zungen verloren sich in einem leidenschaftlichen Kampf. Wieder und wieder wurden sie von einer Woge der Lust davongetragen. Es war ein wilder Kampf, sie rollten über das Bett, klammerten sich aneinander, bissen und kratzten sich. Francesco ließ nicht von ihr ab. Irgendwann im Morgengrauen schlief Emilia aus purer Erschöpfung ein.

Sie erwachte – die Illusion war vorüber.

Doch Filomena hatte recht behalten. Diese Erfahrung hatte sich so echt angefühlt, als wäre Francesco tatsächlich bei ihr gewesen. Ihr Kopf schmerzte, vermutlich die Nachwirkungen der Droge, aber auch alle Glieder taten ihr weh, und sie war an ihrer delikatesten Stelle vollkommen wund. Ihr Unterarm pochte schmerzhaft, und sie entdeckte darauf mehrere blutunterlaufene Bisswunden. Sie musste sich in ihrer Ekstase selbst gebissen haben! *Verdammt, Filomena, was hast du mir für ein Teufelszeug verabreicht?*

Sie quälte sich aus dem Bett und hüllte sich in einen langen Frisiermantel. Ihr Laken war völlig zerwühlt und wies Blutflecke auf. Emilia riss es herunter. Sie würde Clara beauftragen, es wegzuwerfen. Am besten wäre es jetzt, ein Bad zu nehmen. Sie läutete nach Clara und trug es ihr auf. Dann wandte sie sich um und fand sich völlig unvermittelt Serafina gegenüber. Emilia zuckte zusammen, als wäre sie bei etwas Verbotenem ertappt worden.

Serafina legte den Kopf schief: »Hast du etwas angestellt? Und wie siehst du überhaupt aus? Geht es dir nicht gut?«

»Doch, doch. Nur schlecht geschlafen.«

»Was ist mit deinem Laken passiert?« Serafina wollte sich bücken, um es aufzuheben, doch Emilia tat einen Schritt und trat darauf. »Lass, ich habe meinen Monatsfluss bekommen. Warum bist du hier? Solltest du nicht längst in der Schule sein?«

»Ich habe heute mit Filomena ge…« Serafina brach ab, ihre Augen hatten sich ungläubig geweitet. »Was in Gottes Namen ist das?!«, stieß sie hervor. Ihre Adleraugen hatten den Holzpenis entdeckt. Er musste aus dem Bett gefallen sein und lugte nun mit der verräterischen Spitze halb darunter hervor.

»Nein!«, rief Emilia und sprang darauf zu. Zu spät. Serafina hatte ihn bereits aufgehoben und starrte den Penis an, als glaubte sie nicht, was sie sah. Endlich kniff sie die Augen zusammen und meinte: »So ist das also. Sicher ein Produkt unserer unvergleichlichen Künstlerin Filomena?«

Emilia war auf das Bett gesunken und blinzelte ihre Freundin von unten herauf an. Trotzig reckte sie ihren Kopf.

In Serafinas Gesicht zuckte es, und dann brach sie in brüllendes Gelächter aus. Sie warf sich neben Emilia auf das Bett und lachte und lachte, bis sie nach Luft japsen musste. Clara spitzte aus dem anschließenden Badekabinett. »Alles in Ordnung?«, erkundigte sie sich besorgt.

Serafina hatte den Holzpenis wie ein Taschenspieler in ihrem Rock verschwinden lassen. »Alles gut!«, rief sie erstickt und rappelte sich auf.

»Euer Bad ist bereit, Herrin«, verkündete Clara. »Soll ich Euch das Haar waschen?«

»Das übernehme ich«, meinte Serafina und leise zu Emilia: »Du musst mir alles erzählen.«

XV

Es war sehr früh am Morgen. Noch drang nicht die Spur von Tageslicht durch die schweren Samtportieren ihrer Gemächer. Monate waren seit Francescos Abreise vergangen.

Hinter Emilia lag eine schlaflose Nacht. Das Feuer im Kamin war lange erloschen, und der Raum roch nach kalter Asche. Sie hätte nach einem Bediensteten läuten können, der das Feuer frisch schürte. Doch Emilia wollte keine Minute dieses anbrechenden Tages vergeuden.

Am späten Abend hatte sie gespürt, dass Emanuele eine tiefe seelische Erschütterung erlitten hatte. Diese besondere Verbindung zwischen ihnen hatte schon immer bestanden. Ihre Fantasie hatte sie daher wach gehalten und ihr die schrecklichsten Dinge vorgegaukelt, die geschehen sein konnten. Sie hatte vor, Emanuele vor der ersten Messe aufzusuchen. Womöglich brauchte er sie. Mit steifen Gliedern stieg sie aus dem Bett und kleidete sich rasch an. Dann begab sie sich in das Kinderzimmer nebenan, um nach Ludovico zu sehen. In seinem Zimmer herrschte wohlige Wärme. Ein Bediensteter hielt das Feuer die ganze Nacht über in Gang. Der Winter war über Rom hereingebrochen und hatte stürmische Winde und sogar Schnee mit sich gebracht. Die Römer, oder vielmehr ihre Kinder, waren darüber völlig aus dem Häuschen.

Ihr Sohn schlief friedlich in seiner Wiege, den Daumen im Mund geborgen. Die Amme regte sich bei Emilias Eintreten. Gähnend wälzte sie sich von ihrer Schlafstatt und stopfte verstohlen einige gelöste Haarsträhnen unter ihre Haube zurück. Sie begrüßte ihre Herrin mit schlaftrunkener Stimme. »Guten Morgen, Durchlaucht. Frau Herzogin sind sehr früh auf heute.«

Emilia beugte sich über die Wiege. Sie fand Ludovicos Bäckchen etwas rot. Doch dies konnte auch am Licht liegen, da man für die Nacht nur einen kleinen Leuchter brennen ließ. Trotzdem fühlte sie mit dem Handrücken die Stirn ihres Sohnes. Die Amme trat näher. »Habt keine Sorge, Herrin. Der kleine Engel fühlt sich beim Schlafen immer heiß an«, versicherte sie ihr.

Emilia nickte und gab ihr kurze Anweisungen für den Tag. In der Halle traf sie auf einen jungen Lakaien und bat ihn, sie auf ihrem Gang zu begleiten. Er half ihr, sich in den mit Pelz gefütterten Umhang zu hüllen, und öffnete das Eingangsportal für sie. Sofort schlug ihnen eisige Luft entgegen. In der Nacht hatte es erneut zu schneien begonnen. Die Flocken fielen dicht an dicht und schienen ihnen direkt aus dem Dämmerlicht der ersten Morgenstunde entgegenzuwirbeln. Emilia zog die Kapuze ihres Umhangs über den Kopf. Entschlossen stemmte sie sich dem Wetter entgegen.

Doch der Weg zu Emanuele wurde überflüssig. Aus dem Wirbel der Flocken kristallisierte sich eine dunkle Gestalt heraus, die direkt auf sie zuhielt. Noch bevor sie die Züge des Mannes erkannte, wusste Emilia, dass es sich um ihren Bruder handelte. Der junge Diener, ein echtes Gewächs des Südens, schloss sichtlich erleichtert die Tür.

Der Anblick ihres Bruders zerriss Emilia das Herz. Furchen eines tiefen inneren Schmerzes hatten sich in sein junges Gesicht gegraben. Emanuele kam ihrer Frage zuvor, indem er sachte den Kopf schüttelte und mit heiserer Stimme murmelte: »Nicht hier, Emilia. Gehen wir in den Salon.«

»Setz dich, bitte«, sagte er dann und drückte die Widerstrebende in den Diwan. Er selbst blieb breitbeinig vor ihr stehen.

Sein merkwürdiges Benehmen und sein graues Gesicht ließen Emilia das Schlimmste befürchten. »Mein Gott, so sprich doch endlich! Du machst mir Angst. Was ist geschehen? Ist es … Vater?« Das letzte Wort brachte sie nur mehr flüsternd über ihre Lippen. Ihre Hände hatten sich unwillkürlich ineinander verkrampft.

Wieder schüttelte ihr Bruder den Kopf. Sein nächstes Wort fiel wie ein Fallbeil in Emilias Herz. »Francesco …«, sagte er leise, und seine Augen füllten sich mit Tränen. »Er ist tot«, ergänzte er dann erstickt.

»Oh, mein Gott, bitte nicht … nicht Francesco …«, stöhnte Emilia auf. Obwohl sie saß, hatte sie das Gefühl, der Boden tue sich unter ihren Füßen auf und ziehe sie in eine schwarze Tiefe. Als hätten ihn die wenigen Worte um seine verbliebene Kraft beraubt, warf sich Emanuele vor seine Schwester auf die Knie und vergrub seinen Kopf in ihrem Schoß. Er weinte hemmungslos. Emilia umfing seine bebenden Schultern und wiegte ihn wie eine Mutter ihr Kind, während Tränen ihre eigenen Wangen benetzten. Ihr Herz brannte von unausgesprochenen Fragen, doch sie geduldete sich um Emanueles willen. Endlich löste er sich von ihr und erhob sich mit den müden Bewegungen eines alten Mannes. Er trocknete sein Gesicht mit dem Ärmel seiner Soutane und wirkte so kindlich dabei, dass Emilias Herz sich erneut zusammenzog. Wie gern hätte sie ihn getröstet, ihn von seinem Kummer erlöst, der auch der ihre war. Noch konnte sie die Nachricht von Francescos Tod nicht richtig ermessen. Zu fest und unerschütterlich waren Liebe und Hoffnung in ihrem Sein verankert, dass sie irgendwann in diesem Leben zusammengekommen wären. Der erlittene Schock schützte sie noch vor der Erkenntnis der Endgültigkeit des Verlustes.

»Entschuldige bitte. Ich habe mich gehen lassen. Eigentlich bin ich gekommen, um dir *meine* priesterliche Schulter anzubieten. Nun bist du es, die mich tröstet«, sagte Emanuele mit einem traurigen Lächeln.

Emilia hatte eine der aus Elfenbein geschnitzten Schachfiguren ergriffen, die vor ihr auf dem Tisch standen. Sergej hatte ihr das Spiel vor einigen Wochen geschenkt und es sich seither zur hartnäckigen Aufgabe gemacht, es ihr beizubringen. Nun presste sie die scharfkantige Figur zwischen ihren Fingern. Der

Schmerz half ihr, die Fassung zu bewahren. Sie hob den Kopf. »Wie hast du von seinem Tod erfahren?«, fragte sie leise.

Emanuele zog einen Sessel heran und nahm ihr gegenüber Platz. Er griff nach Emilias Hand und begann, mit stockender Stimme zu erzählen. »Gestern wurde ich sehr spät zu unserem Prinzipal gerufen. Ein Bote hatte ihm die Nachricht gerade erst überbracht. In Kenntnis meiner Freundschaft zu Francesco Colonna hat er mich damit beauftragt, die traurige Botschaft seiner Familie zu überbringen.«

»Heißt das, die Familie Colonna weiß noch nichts von dem Unglück?«, rief Emilia erschrocken.

»Nein, ich befinde mich auf dem Weg dorthin. Da dein Palazzo auf dem Weg liegt, habe ich zunächst dich aufgesucht. Ich dachte, dass du eine unruhige Nacht verbracht hast, da dir mein innerlicher Aufruhr nicht entgangen sein wird.«

»Die Nachricht vom Tod seines Sohnes wird den alten Fürsten schwer treffen. Und erst Vittoria! Mein Gott, die Arme wird zusammenbrechen. Am besten, ich begleite dich zu ihnen«, verkündete Emilia entschlossen. Sie sah den Hauch von Erleichterung, der Emanueles Gesicht überzog.

»Ich hätte niemals gewagt, dich darum zu bitten, Schwesterherz. Ich danke dir für dein Angebot. Du bist sehr tapfer«, sagte er schlicht.

»Du weißt, dass du mich um alles bitten kannst, liebster Bruder. Gibt es darüber Kenntnis, wie Francesco …?« Emilias Stimme brach ab.

»Das Schiff, das unseren Freund nach Martinique bringen sollte, ist vor der Küste der Antillen in einen tropischen Sturm geraten. Es ist gesunken. Das Unglück ereignete sich bereits vor zwei Monaten, doch die Kunde, dass es keine Überlebenden gibt, wurde erst jetzt durch einen französischen Kapitän überbracht.«

»Ist diese Information absolut sicher? Es ist kein Irrtum möglich?«

»Ich fürchte, nein«, erwiderte Emanuele. »In der Nachricht

stand, dass neben Trümmerteilen auch viele Tote an der karibischen Küste bei La Trinité angespült worden seien, darunter der Kapitän. Man hat ihn einwandfrei identifizieren können. Laut den Menschen vor Ort war dies der schlimmste tropische Wirbelsturm seit Jahrzehnten. Niemand hätte diese Katastrophe überleben können.«

Die kommenden Wochen versanken in Düsternis und Trauer. Es war wie das Erlöschen der Zeit. Alles Licht und Leben schien aus dem Palazzo Meraviglia geschwunden. Selbst der kleine Ludovico spürte die gedrückte Atmosphäre. Er verhielt sich stiller als sonst und wich seiner Mutter kaum von der Seite. Auf seinen kleinen dicken Beinchen folgte er ihr auf Schritt und Tritt, schlang die Ärmchen um sie und seufzte ein ums andere Mal: »Mama traurig.« Emilia wiegte ihn dann, legte ihr Kinn auf sein dichtes schwarzes Haar und fand Trost durch die Nähe ihres Kindes. Lange hatte sie nicht begreifen wollen, dass Francesco tot sein sollte. Niemals hätte sie gedacht, dass er sterben könnte – so kraftvoll, stark und unverwüstlich war er ihr erschienen. Sie haderte mit der Gnadenlosigkeit des Schicksals und stritt mit Emanuele bei seinen seltenen Besuchen über die Ungerechtigkeit Gottes. Nach allem, was Francesco in jungen Jahren hatte erdulden müssen, der hundert Mal an dem hätte sterben können, was Beatrice ihm angetan hatte, wie konnte ein gerechter Gott Francesco dann derart sinnlos aus dem Leben reißen? Emanuele litt unter Emilias Ausbrüchen. Doch er wusste seit dem frühen Tod ihrer Mutter, dass es ihre Form der Trauer war. Aber seine Besuche im Palazzo Meraviglia waren rar gesät; er wurde völlig von seinen Pflichten eingenommen. Selbstverständlich waren auch Serafina und Filomena für ihre Freundin da, doch ihr Vorhaben, die Mädchenschule zu eröffnen, erforderte viel Zeit und Kraft, immer wieder stießen sie auf behördliche Hindernisse. Unermüdlich entwarfen sie Pläne, holten Genehmigungen ein und dirigierten eine Armee von Arbeitern. Dafür stattete ihr Francescos Schwester Vittoria häufige Besuche ab.

Sie hatte ihre geplante Hochzeit auf das nächste Frühjahr verschoben. Sie kam, um mit Emilia stundenlang über ihren Bruder zu sprechen. So erfuhr Emilia durch Vittorias Erzählungen mehr über Francesco als zu dessen Lebzeiten.

In dieser schweren Zeit avancierte auch Francescos Freund, Fürst Sergej, zu Emilias großer Stütze. Er schaute beinahe jeden Tag bei ihr vorbei, und meist brachte er seine kleine Tochter Sascha mit. Sie war ein liebenswertes und fröhliches Kind und Ludovico von Herzen zugetan. Stundenlang lagen die beiden auf dem Bauch vor dem Kamin und unterhielten sich in einer ganz eigenen Sprache miteinander, die kein Erwachsener verstand. Sergej suchte Emilia indessen mit verrückten Einfällen zu zerstreuen. Unentwegt schleppte er wundersam skurrile Dinge an, wie mechanisches Spielzeug, Spielmänner, die mit Flöten Melodien erzeugten, oder Soldaten, die marschierten und auf ihre Trommeln schlugen. Sergej schien eine seltsame Vorliebe für diese Art von modernem Spielzeug zu haben, wie ihn überhaupt alles Technische zu faszinieren wusste. Seine neueste Errungenschaft bestand aus einem riesigen Ungetüm aus spiegelndem Kupfer, das auf vier Klauenfüßen ruhte und sich als moderne russische Teezubereitungsmaschine, ein Samowar, entpuppte. Ein anderes Mal überraschte er sie mit einem fantastischen Mantel aus weißem Zobel, dessen Fell sich weich wie Seide an ihre Haut schmiegte. Auch der wuschelige Welpe, ein Bolonka Zwetna, was »buntes Schoßhündchen« bedeutete, der Lieblingshund der Zarin, hatte durch ihn Einzug gehalten. Ludovico, dessen Wortschatz im Alter von kaum zwei Jahren noch beschränkt war, hatte sich entzückt auf den kleinen Hund gestürzt und ihn auf den Namen Cibo getauft. Mit den beiden riesigen Doggen Castor und Pollux gaben die vier ein pittoreskes Bild ab, wenn sie durch die Villa tobten, meist mit Sascha im Schlepptau. Immer hatte Sergej dann auch seine Geige dabei, eine Stradivarius, die sein Vater einst in Cremona hatte bauen lassen.

Dann rührte er Emilia mit seinen herzzerreißenden russischen Weisen zu Tränen. Manchmal aber konnte er ihr auch ein winziges Lächeln entlocken. Er war ihr inzwischen ein treuer und unersetzlicher Freund. Doch seit der Nachricht von Francescos Tod bat Sergej Emilia nie mehr wieder darum, seine Frau zu werden.

XVI

Zwei Monate später brach die nächste Katastrophe über Emilia herein: Ihr Sohn Ludovico erkrankte schwer. Es kam ganz plötzlich, quasi über Nacht. Es hatte mit ein wenig Fieber und einer leichten Rachenentzündung begonnen. Serafina hatte ihn mit einem Kräuterabsud und Umschlägen aus Kampfer behandelt. Zunächst schien auch eine Besserung eingetreten zu sein, doch dann verschlimmerte sich Ludovicos Zustand rapide. Der kleine Mann bekam Schüttelfrost, musste sich mehrmals heftig erbrechen, und der Rachen zeigte sich tiefrot verfärbt.

Voller Sorge standen Emilia und Serafina vor Ludovicos Bett. »Ich verstehe das einfach nicht. Es ging ihm doch bereits besser.« In Emilias Stimme mischten sich erste Anzeichen von Panik. Serafina beugte sich über Ludovico, um ihm ungefähr zum zehnten Mal innerhalb der letzten halben Stunde in den Mund zu sehen. »Ich fürchte, er leidet an Scarlatina«, sagte sie dann vorsichtig.

»Scarlatina? Er hat das Scharlachfieber?« Die Panik hatte sich endgültig Emilias bemächtigt. Sie wusste, dass die Krankheit in vielen Fällen tödlich verlief und besonders häufig unter kleinen Kindern.

»Ich werde alles tun, was ich vermag, Emilia. Es gibt Hoffnung. Unser Kleiner ist stark, und er ist ein Kämpfer. Aber ich wünschte, Mutter wäre hier«, seufzte Serafina. »Ich habe miterlebt, wie sie an Scharlach erkrankte Kinder geheilt hat. Sie hat gewisse Kräuter vorrätig, die helfen, das Fieber zu senken. Und natürlich ist sie mir an Erfahrung weit voraus.«

Emilia, in deren Augen bei der Erwähnung von Serafinas

Mutter kurz Hoffnung getreten war, warf einen raschen Blick zum Fenster. Der Ausschnitt eines trüben, kalten Himmels war zu erkennen. Seit über einer Woche hatte Rom kein Sonnenstrahl mehr gestreift. »Es ist Februar. Die Pässe in den Bergen bei Santo Stefano sind verschneit und kaum begehbar. Niemals könnte ein Bote sie dort rechtzeitig erreichen«, sagte sie mutlos.

»Ich werde gehen.« Eine hohe Gestalt löste sich aus dem Hintergrund. Sergej hatte dort still verharrt, während sich die beiden jungen Frauen Ludovicos wegen berieten. Über ihre Sorgen hatten sie seine Anwesenheit kurzzeitig vergessen.

»Ihr? Aber es ist unmöglich«, wehrte Emilia ab. »Außerdem kennt Ihr die Gegend nicht, Sergej. Trotzdem danke ich Euch für Euer Angebot.«

Sergej lachte beinahe fröhlich auf und nahm ihre kleinen Hände in seine großen braunen Pranken. »Habe ich Euch nicht ausgiebig von der rauen Gegend erzählt, aus der ich stamme? In Sibirien herrschen im Winter Temperaturen, dass einem Blut und Knochen gefrieren. Stürme und meterhohe Schneeverwehungen sind dort unser täglich Brot, und die Hausdächer besitzen Ausstiegsluken, damit die Männer den Schnee hinunterfegen können – ansonsten würden die Dächer unter dessen Last einbrechen. Glaubt mir, die Begehung Eurer Abruzzen wird mir wie ein Spaziergang vorkommen. Seid ohne Sorge, ich bringe Euch die Medizin. Längst ist Ludovico wie ein eigener Sohn für mich geworden«, sagte er und berührte zärtlich Emilias Wange. »Signorina Serafina«, wandte er sich dann an sie. »Am besten, Ihr gebt mir einige erklärende Zeilen für Eure Mutter mit. Ich verlasse Euch jetzt, um meine Vorbereitungen zu treffen. Erwartet mich in längstens zwei Stunden zurück.« Ein letzter herzhafter Kuss nach russischer Art auf Emilias Wangen, und der große Russe marschierte davon. Emilia eilte ans Fenster und sah ihm nach, wie er sich im Hof auf seinen Rappen schwang. »Aber er wird sich verirren und umkommen«, murmelte sie besorgt.

»Da wäre ich nicht so sicher. Ich denke doch, dass der Mann weiß, was er tut«, meinte Serafina, während sie neben Emilia ans

Fenster trat. »Wenn er es unbedingt versuchen will, dann können wir ihn nicht daran hindern. Und schließlich, warum sollte ihm nicht das Unmögliche gelingen? Vermag die Liebe nicht alles?«

»Ach, sprich mir nicht von Liebe«, seufzte Emilia und wandte sich vom Fenster ab. Mit wenigen raschen Schritten überwand sie die Distanz zu Ludovicos Bett. Seine Amme wachte neben ihm. »Geht jetzt, Antonella, und ruht Euch einige Stunden aus. Ich werde bei unserem Kleinen bleiben.«

Serafina entfernte sich ebenfalls, um den Brief für ihre Mutter zu schreiben.

Sergej hielt Wort. Nach zwei Stunden kehrte er zurück. Er hatte mehrere seiner Männer mitgebracht, große, schweigsame Russen mit entschlossenen Mienen. Sie ritten kräftige Pferde, und Emilia entdeckte zu ihrer Erleichterung, dass ein zusätzliches Packpferd neben Proviant auch mehrere Schneeschaufeln trug.

Mit einem Nicken nahm der russische Fürst Serafinas Zeilen entgegen. Emilia wollte ihm nochmals sein verrücktes Vorhaben ausreden, da er dabei sein Leben riskierte. Doch Sergej schnitt ihr mit einer Handbewegung das Wort ab. »Beruhigt Euch, mein Täubchen. Vertraut mir. Ihr wisst, dass Euch mein Herz gehört und ich mein Leben für Euch und Euren Sohn geben würde. Erwartet mich spätestens in zehn Tagen zurück. Und Ihr, Dame Serafina, kümmert Euch um die beiden. Ich verlasse mich auf Euch«, ermahnte er sie. Dann drückte er einen letzten innigen Kuss auf Emilias Hände und entfloh, da er die Tränen in ihren Augen nicht länger ertragen konnte.

Lange sah ihm Emilia nach. Selbst als die Reiter längst nicht mehr zu sehen waren, konnte sie sich nicht vom Fenster lösen. Ihre Augen suchten in der Ferne Himmel und Wolken zu durchdringen, dort, wo sie ihre Heimat wusste und ihre Hoffnung lag. Serafina legte ihr den Arm um die Schultern, und Emilia lehnte sich einen Augenblick an sie. Dann kehrte sie an die Seite ihres Sohnes zurück.

Tage des bangen Wartens folgten, Tage, in denen Serafina um das Leben von Ludovico kämpfte. Das Fieber wollte einfach nicht weichen. Ludovico, von Fieberkrämpfen geschüttelt, wimmerte vor Schmerzen. Seine Zunge hatte sich tiefrot gefärbt und ähnelte inzwischen frappierend einer Erdbeere.

Emilia vertraute auf die Künste Serafinas. Sie hatte jeglichen ärztlichen Beistand verweigert, nachdem der vom alten Fürsten Colonna in guter Absicht gesandte Arzt nichts Besseres zu tun gewusst hatte, als den Kleinen zur Ader zu lassen. Mit einem Aufschrei hatte sich Emilia auf den Mann gestürzt und ihm das Skalpell, das ihr von zweifelhafter Sauberkeit erschien, entrissen. Der Zwischenfall ereignete sich, während Serafina kurz das Haus verlassen hatte, um in der Apotheke ihren Kräutervorrat aufzufrischen. Zuvor hatte sie Emilia unter Aufbietung all ihrer Autorität gezwungen, sich für wenigstens eine Stunde hinzulegen. Antonella, die Amme, hatte Emilia abgelöst und sie über die Ankunft des Arztes verständigt. Sie wusste, dass ihre Herrin wenig Vertrauen in diesen Berufsstand hatte.

Der siebte Tag seit der Abreise Sergejs verstrich, dann der achte und der neunte. Am Morgen des zehnten Tages hing das Leben Ludovicos nur mehr an einem seidenen Faden. Der Kleine kämpfte tapfer gegen das Fieber an, doch er wurde beinahe stündlich schwächer. Emilia hob den schlaffen Körper aus dem Bettchen. Sie barg seinen heißen Kopf an ihrer Schulter, trug ihn umher und umfing ihn mit dem leidenschaftlichen Willen, ihm ihre Lebenskraft einzuhauchen. Verzweifelt klammerte sie sich daran, dass Sergej sein Versprechen halten und rechtzeitig eintreffen würde! Längst war die Sonne in die Stadt Rom zurückgekehrt, und der Himmel leuchtete in einem tiefen Blau.

Serafina saß blass und erschöpft in einem Sessel. Sie wartete auf Antonella, die frisches Wasser und Linnen für die fiebersenkenden Umschläge holen gegangen war. Plötzlich wurde die Tür aufgestoßen, und Antonella schrie außer Atem: »Er ist da, sie sind gekommen!« Schon füllte hinter ihr eine riesige Gestalt den Türrahmen. Emilia und Serafina stießen einen doppelten Freudenschrei aus. Sergejs Augen leuchteten aus seinem schmutzigen Gesicht. Er sah aus, als hätte er sich seit seiner Abreise weder gewaschen noch rasiert. »Habt Ihr die Kräuter?«, rief Serafina und stürzte ihm mit ausgestreckten Händen entgegen.

»Nein. Ich habe etwas viel Besseres«, sagte er in munterem Ton und trat beiseite. Erst da entdeckte Serafina die schlanke Gestalt ihrer Mutter Elvira, die mit ihrem obligatorischen Weidenkorb von Sergejs breitem Rücken verdeckt worden war. Ihr von der Last der Verantwortung beschwertes Herz wurde leicht wie eine Feder. Elvira schob sich flink an Sergej vorbei. Ihr prüfender Blick erfasste Emilia mit Ludovico in den Armen und den Tränen der Verzweiflung auf den Wangen. Sie eilte auf die junge Mutter zu. »Ich bin jetzt da. Gib ihn mir, meine arme Kleine.« Elvira legte das halb bewusstlose Kind in sein Bett und untersuchte es mit raschen, kundigen Handgriffen. »Noch zur rechten Zeit«, sagte sie mit einem aufmunternden Lächeln zu Emilia. Sie zog aus ihrem Korb einige Beutel, mischte verschiedene Kräuter und machte sich daran, einen Trank daraus zu brauen, den sie Ludovico sodann stündlich einflößte.

Am Abend lebte der Kleine immer noch, und das Fieber schien tatsächlich ein wenig gesunken zu sein. Das erste Mal seit Tagen schlief Ludovico die ganze Nacht, ohne sich zu übergeben oder von Krämpfen geschüttelt zu werden.

Gemeinsam mit dem Trank für Ludovico hatte Donna Elvira noch einen zweiten bereitet. Serafina, die bereits die Zubereitung des ersten genau studiert hatte, erkundigte sich interessiert: »Wofür ist der, Mutter?«

»Für euch beide. Mir scheint, auch ihr seid am Ende eurer Kräfte angelangt. Ein wenig Schlaf wird euch guttun.« Serafina und Emilia setzten gleichzeitig zum Protest an, doch gegen Donna Elviras energische Autorität kamen sie nicht an. Folgsam tranken sie den heißen Absud. Tatsächlich bescherte er ihnen zum ersten Mal seit Ludovicos Erkrankung mehrere Stunden gesunden Schlafs. Als sie danach erfrischt zurückkehrten, erinnerte sich Emilia Sergejs. »Wo ist eigentlich der Fürst Wukolny abgeblieben? Ich konnte ihm noch gar nicht danken.«

»Der Fürst ist schon lange gegangen, mein Liebes. Sobald er sich davon überzeugt hatte, dass der Kleine nach dem Trank eingeschlafen war, hat er sich zurückgezogen. Er bat mich, dir auszurichten, dass er dir morgen gegen Nachmittag seine Aufwartung machen wird. Ein interessanter Mann, dieser Fürst. Und sehr verliebt in dich.«

Emilia entging der prüfende Blick, den ihr Elvira unter ihren Wimpern zuwarf, da sie sich eben über Ludovicos Bett beugte und sich an seinem Schlaf ergötzte. Sie fand ihn schon weniger rot, sein Atem ging gleichmäßig. Glücklich nahm sie seine kleine feuchte Hand in die ihre.

Serafina hingegen wunderte sich über die Bemerkung ihrer Mutter. Sie hatte gewiss viele Eigenschaften, sowohl bürgerliche wie unbürgerliche, doch soweit sie wusste, hatte sie sich bisher noch nie als Kupplerin betätigt.

Ob Donna Elvira den Anstoß dazu gegeben oder gar etwas nachgeholfen hatte, wusste Serafina nicht genau zu sagen. Aber Emilia und Sergej heirateten drei Monate später, an einem wunderschönen Maitag, in der Hauskapelle des Fürsten Colonna. Emilia hatte sich eine kleine Hochzeit gewünscht. So wohnten der Zeremonie außer dem Gastgeberpaar Colonna nur ihr Bruder Emanuele, Serafina, deren Mutter Elvira, Vittoria, Filomena und natürlich die beiden Kinder des Paares bei. An der Hand der knapp vierjährigen Sascha stolperte ihr kleiner Stiefbruder auf kurzen, dicken Beinchen dahin. Die beiden Kinder liefen vor dem Brautpaar her und streuten mit dem Eifer ihrer Jahre Blütenblätter. Ihre Kinderaugen leuchteten vor Glück.

Ludovico war wieder ganz der Alte. Er hatte sich gut erholt, und sein gesunder Appetit hatte ihm längst wieder seine properen Rundungen beschert. Sascha selbst sah in ihrem weißen Satinkleid, das der Schneider auf Emilias Wunsch hin ihrer Hochzeitsrobe nachempfunden hatte, hinreißend aus. Elvira hatte sich ihrer nicht sehr ausgeprägten Pockennarben angenommen und es fertiggebracht, diese mit speziellen Kräuterpasten zu mildern.

Aus Emilias Augen sprach das Glück. Sie heiratete Sergej keinesfalls aus Dankbarkeit. Nein, Sergej war ein besonderer Mann, wie es in dieser Zeit nur wenige gab. Natürlich betete er sie an, doch vor allem achtete er sie als Frau und behandelte sie als gleichwertigen Partner. Wie sollte man einen Mann wie Sergej nicht lieben? Auch Ludovico konnte sich keinen besseren Vater wünschen und sie sich keine bessere Tochter als die kleine Sascha, die sie inzwischen Mamutschka nannte. Dennoch würde sie Francesco nie vergessen. Die Erinnerung an ihn trug sie weiter tief in ihrem Herzen. Doch Sergej hatte sich seinen Teil davon erobert, und sie wünschte sich nichts sehnlicher, als diesen Mann glücklich zu machen. Hatte nicht Francesco selbst ihr Sergej zugeführt? Hatte er geahnt, dass er sterben würde, und sie in den Händen eines guten Mannes zurücklassen wollen? Emilia lächelte. Am Arm ihres künftigen Gemahls näherte sie sich dem Altar, wo ihr Bruder Emanuele stand. Er würde die Trauung vollziehen. Auch er lächelte, als hätte er, wie so oft, die Gedanken seiner Schwester gelesen.

Schon am nächsten Morgen würden sie alle gemeinsam die Reise nach Santo Stefano di Sessanio antreten. Außer ihrer Hochzeit stand auch die Feier zur Beendigung der Bauarbeiten an der alten Burg der di Stefanos an. Emilia hatte ein Vermögen ausgegeben, um dem Schloss ihrer Vorfahren den alten Glanz zurückzugeben. Sie hatte Donna Elvira und ihren Vater beauftragt, die Arbeiten zu überwachen. Emilia fühlte sich heute so glücklich, dass sie sogar gewillt war, ihrem Bruder Piero zu verzeihen – der im Übrigen mehrmals bei ihr in Rom erschienen war und sie um Geld angebettelt hatte. Sie war standhaft geblieben. Wenn er Geld brauchte, musste er dafür arbeiten! Sie hatte ihm eine Stellung in ihrer Manufaktur in Venedig verschafft. Wie sie gehört hatte, sollte er sich gar nicht einmal so schlecht anstellen.

Ihre morgige Reise nach Santo Stefano würde bei gutem Wetter keine Woche beanspruchen. Wegen der Kinder reisten sie in der Kutsche. Sergej bevorzugte das Pferd. Lediglich Emanuele konnte sie zu aller Bedauern nicht begleiten. Der Pater General Ricci konnte ihn in diesen schweren Zeiten nicht entbehren – der Orden verlor weiter an Macht und Boden, seine Zukunft war unsicher wie nie.

Trotz Emanueles Sorgen, die sich auf seine Zwillingsschwester übertrugen, freute sich Emilia, ihre alte Heimat wiederzusehen. Sie brannte darauf, Sergej und Ludovico die Stätten ihrer Kindheit zu zeigen.

Wie es aussah, freute sich auch Santo Stefano, sie wiederzusehen, denn das ganze Dorf schien auf den Beinen und hatte für sie sein Festtagsgewand angelegt. Kein Fenster, in dem nicht Fahnen, Banner oder bunte Tücher geschwenkt wurden, und alle Häuser zierten frische Blumengirlanden. Die Frauen und Mädchen des Dorfes führten stolz ihre neuen Kleider und Hauben vor, aus den feinen Tuchen gefertigt, die Emilia in großzügigen Mengen nach Santo Stefano hatte schicken lassen.

Der Pfarrer zog ihrer Kutsche in der letzten Kurve in einer feierlichen Prozession entgegen. Emilias Geldsegen hatte auf Anraten Elviras nicht vor der Kirche haltgemacht. Donna Elvira trat neben Emilia, die die Kutsche verlassen hatte und mit den Kindern an den Händen die Ankunft des Pfarrers erwartete.

»Seht euch den an! So weit hat er sich noch nie in meine Nähe gewagt«, raunte Elvira in Emilias Ohr. »Offensichtlich übertüncht der Geruch des Goldes sogar jenen des Schwefels ...«

Der Pfarrer hatte nun die beiden Frauen erreicht. Er übersah Donna Elviras liebenswürdiges Lächeln und wandte sich ausschließlich an Emilia. »Verehrte Fürstin! Im Namen des gesamten Dorfes darf ich Euch in Eurer Heimat auf das Herzlichste willkommen heißen. Eure guten Taten eilen Euch voraus, und wir können Euch gar nicht genug dafür ...«

»Jaja, ist schon gut, Herr Pfarrer. Ihr hattet Euren Auftritt. Nun lasst auch mich mal ran«, fiel ihm eine dröhnende Stimme ins Wort und schob den Armen ohne Umschweife beiseite. Schon lag Emilia an der breiten Brust ihres Vaters. Die beiden umarmten und küssten sich stürmisch unter den beleidigten Blicken des zur Seite gedrängten Priesters. Dann gewahrte der alte Conte den kräftigen kleinen Jungen neben seiner Tochter, der ihn mit staunenden Augen betrachtete. Mit einem beinahe zaghaften Lächeln, als könnte er es kaum glauben, fragte er: »Ist das … ähm, mein Enkelsohn? Sapperlot, was für ein strammer Bursche er doch ist!«

Emilia nahm Ludovico von hinten bei den Schultern. »Begrüße deinen Herrn Großvater, Ludovico.« Ludovico, eingeschüchtert von dem enormen Bart, der die Wangen seines Großvaters zierte, verbeugte sich wie ein vollendeter Kavalier.

»Ach, komm schon her, mein Junge.« Er wurde aufgehoben und geherzt und geküsst wie seine Mutter. Mit der kleinen Sascha verfuhr der Graf ebenso, bis das Mädchen nur noch kicherte. Emilias Vater hatte zu seiner alten Herzlichkeit zurückgefunden und steckte alle damit an. Sergej trat nun selbst lächelnd vor. Emilia stellte ihrem Vater nun ihren Mann vor. »Meiner Treu, was für ein Bär von einem Mann!«, donnerte er. Dann umarmte er auch Sergej, und da er klein und rund war, rieb er seine Wange an Sergejs Brust.

Sodann erlebte Santo Stefano das schönste, üppigste und fröhlichste Fest in seiner gesamten Geschichte. Im Schlosshof hatte man ausreichend Bänke und Tische aufgestellt, und Ochsen und Lämmer brieten am Spieß. Den ganzen Tag und die ganze Nacht wurde geschmaust und getrunken, gelärmt und gefeiert, es wurde gesungen und getanzt. Alle beglückwünschten sich zu ihrer Herrschaft und erfreuten sich an ihrem Glück. Dass Emilia und ihr Gemahl einander innig zugetan waren, war für jedermann offensichtlich. Sie saßen gemeinsam mit dem alten Conte und ihren Begleitern am Ehrentisch, wobei man sich den Scherz erlaubt hatte, Donna Elvira direkt neben dem Pfarrer zu platzieren. Seine verdrießliche Laune hinderte ihn jedoch nicht daran, dem Festmahl tüchtig zuzusprechen. An seiner anderen Seite thronte Tante Colomba, mager und spitzgesichtig wie stets, und stolz wie eine Königin. Die Kinder waren längst verschwunden und tobten irgendwo mit den Dorfkindern herum. Wenn sich Emilia und Sergej nicht gerade an den Händen hielten oder angeregt mit den Ihren unterhielten, dann mischten sich die beiden unter die Tanzenden und wirbelten über den Platz.

Zwischendurch besuchte Emilia zum wiederholten Male ihr hochbetagtes Pferd Dante, um ihm einen besonderen Leckerbissen zuzustecken. Auf dem Weg dorthin holte Serafina sie ein. Ihre Haube saß schief, und ihre Wangen waren erhitzt vom vielen Tanzen. »Ich komme mit. Sonst bekomme ich heute gar keine Pause mehr.« Die hübsche Serafina war als Tanzpartnerin unter den jungen Burschen des Dorfes sehr begehrt. Zu ihrer Überraschung trafen sie Donna Elvira in der Box an. Sie rieb Dantes rheumageplagte Gelenke mit einer grünlichen Salbe ein. Der Geruch von Minze und Kampfer hing in der Luft. Dante begrüßte seine Herrin freudig wiehernd.

»Bist du glücklich?«, fragte Donna Elvira Emilia mit einem Lächeln.

»Sehr.« Emilia streichelte Dante, der schnaubend seinen großen Kopf an sie schmiegte. »Übrigens, was ich schon lange habe tun wollen …« Emilia griff an ihren Hals und nahm die Kette mit dem Kreuz ab, die ihr Serafina einst am Tag ihrer Flucht überlassen hatte. »Hier hast du sie zurück, Serafina. Ich brauche sie ja jetzt nicht mehr …«

»Danke«, sagte Serafina schlicht und nahm sie an sich. Sie betrachtete das kleine silberne Kreuz, als begrüße sie einen alten Freund. Plötzlich stutzte sie und hielt es näher an die Stalllaterne. »Aber das ist ja gar nicht mein Kreuz!«

»Wie? Aber natürlich ist das deine Kette. Welche sollte es denn sonst sein?«, reagierte Emilia irritiert.

»Hier, sieh doch! Auf der Rückseite des Kreuzes fehlt die

kleine Einkerbung, die meine Mutter damals hineingemacht hatte.«

Elvira warf nur einen kurzen Blick darauf. »In der Tat, dies ist ein anderes Kreuz.«

»Aber wie kann das sein? Rosa, meine Zofe in Sulmona, hat mir die Kette heimlich zurückgegeben. Das war, kurz nachdem mir dieses Weib Beatrice alle meine Habseligkeiten gestohlen hatte!«

»Vermutlich wollte dir diese Rosa nur etwas Gutes tun, indem sie dir eine fast identische Kette geschenkt hat.«

»Aber dieses Kreuz hat mich die ganze Zeit über beschützt. Ich weiß es genau! So etwas spürt man doch. Wie kann das sein?«, rief Emilia verblüfft.

Donna Elvira lächelte sanft. »Der menschliche Geist ist ein Gaukler, Emilia. Er spielt mit uns und wuchert stets mit der Münze, mit der wir ihn füttern. Du hast fest daran geglaubt, dass diese Kette dich beschützt, also hat der Zauber gewirkt. Dieses Kreuz hier ist so gut wie jedes andere.« Sie wandte sich ihrer Tochter zu. »Auch deiner ursprünglichen Kette, Serafina, haftete kein eigener Zauber an. Er konnte sich überhaupt nur durch deinen unbedingten Glauben daran entfalten.«

»Dann hast du mich getäuscht?« Fassungslos starrte Serafina ihre Mutter an.

»Aber nein. Wie kommst du darauf? Hat das Kreuz denn nicht auch bei dir all die Jahre über gewirkt? Kannst du das etwa leugnen?«

Serafina biss sich fest auf die Lippe. »Nein, du hast recht, Mutter. Hier«, sie reichte die Kette Emilia zurück, »behalt du sie … als deinen Glücksbringer.«

Der neue Morgen kündigte sich bereits an, als sich Emilia und Sergej in ihr Gemach zurückzogen. Es handelte sich um ihr früheres Kinderzimmer, doch Emilia erkannte den Raum nicht wieder. Elvira hatte es um das angrenzende Gemach erweitert. In den hohen schmiedeeisernen Kandelabern brannten ganze

Bündel von weißen Kerzen und verströmten ein warmes Licht. Emilia hatte Elvira zwar grob ihre Vorstellungen aufgezeichnet, doch sie hätte nie gedacht, dass Serafinas Mutter ihre Wünsche derart meisterlich umsetzen würde. Die soliden Möbel aus poliertem Walnussholz waren von einheimischen Handwerkern gefertigt worden und bildeten einen vollkommen natürlichen Kontrast zu den grauen Steinwänden, die Elvira teilweise mit meerblauen, silberdurchwirkten Wandteppichen geschmückt hatte. Ihre Füße versanken in einem herrlich weichen Teppich aus zusammengefügten Lammfellen. Auf dem erhöhten Bett lag ein türkisfarbener, mit Kaninchenfell gefütterter Überwurf. Emilia hatte das Gefühl, eine Insel inmitten eines Meeres zu betreten. Und überall standen Vasen mit den ersten Frühlingsblumen. Staunend sah sich Emilia um. »Aber es ist einfach wunderbar!«, rief sie. »Woher kennt Donna Elvira nur so genau meinen Geschmack?«, wunderte sie sich, während sie staunend wie ein Kind durch das Zimmer streifte.

»Heißt es nicht, sie wäre eine Hexe?«, schmunzelte Sergej. »Zumindest scheint dies die tiefe Überzeugung dieses übel gelaunten Pfaffen zu sein. Meiner Treu, jeden Moment habe ich erwartet, dass er die gute Frau mit Weihwasser besprenkeln würde.« Er fing seine Frau mit einem Griff ein. »Kommt her, Fürstin Wukolny, und lasst Euch von Eurem Manne küssen.« Ihre Lippen fanden sich zu einem nicht enden wollenden Kuss. Sehr schnell wurden Sergejs Hände fordernder und tasteten nach den Bändern ihres Schnürleibes.

»Sagtest du nicht eben noch, du wärst müde, liebster Herr Gemahl?«, zog ihn Emilia leise auf, während er sie mit seinen starken Armen aufhob und auf das Bett niederlegte.

»Selbst im Tode noch würde ich dich begehren, mein Herz«, flüsterte Sergej heiser und legte sich zu ihr. Emilia beugte sich über ihn, und ihr gelöstes Haar umfing ihn wie eine seidene Wolke. »Bleib ruhig liegen, Liebster. Du hast mir schon so viel Freude geschenkt, nun möchte ich dich beschenken. Lass mich dich mit dem Mund verwöhnen.« Sie begann, ihn langsam zu entkleiden, während sie jede neu entblößte Stelle mit federleichten Küssen bedeckte. Ihre Lippen fanden sein Geschlecht und umschlossen es. Sergej japste so laut auf, dass Emilia den massiven Mauern der Burg dankte.

»Du bist einfach wunderbar, meine Rose«, keuchte er und umfing ihre zarten Hüften. Lustvoll bog er sich ihr entgegen. Emilia folgte seiner Einladung. Sie senkte sich auf ihn und nahm ihn tief in sich auf. Wie die Blüten einer Rose im Wind begann sie, sich auf ihm zu wiegen, und entfachte bald einen Sturm. Auf den Wellen der Lust trieben sie dem Morgen entgegen.

XVII

Ihr Glück währte zwei wunderbare Jahre. Dann traf im März 1772 ein Brief mit dem zaristischen Siegel ein.

Die Zarin Katharina rief ihren Feldmarschall Fürst Wukolny zurück an den Hof in Sankt Petersburg. Katharina führte seit Jahren Krieg gegen die Türken, um sich den Zugang zum Schwarzen Meer zu erzwingen. Nun forderte die Souveränin die Dienste eines ihrer fähigsten Anführer ein.

»Musst du wirklich gehen? Ausgerechnet jetzt?«, versuchte Emilia ein letztes Mal, das Unvermeidliche aufzuhalten. Es war noch sehr früh am Morgen, der Tag hatte kaum begonnen. Die wenigen Fackeln warfen ihr Licht auf Emilias Gesicht und verliehen ihren Zügen etwas Ätherisches, als wäre sie nicht von dieser Welt.

Sie befanden sich allein im Hof der Villa Meraviglia. Nach ihrer Heirat hatte Sergej sein kleines Stadtpalais aufgegeben und war zu ihr gezogen. Der Russe prüfte ein letztes Mal seinen Sattelgurt. Seine Männer hatte er bereits am Tag zuvor zur Küste vorausgeschickt. Für eine letzte Nacht mit seiner Frau hatte er riskiert, sein Schiff zu verpassen.

Emilias Augen füllten sich mit Tränen. Eine abgrundtiefe Traurigkeit hatte sich ihrer bemächtigt, die weit über den gewöhnlichen Abschiedsschmerz hinausging. Sergej und sie hatten sich verzweifelt geliebt und keine Minute dieser Nacht mit Schlaf vergeudet. Trotzdem fühlten sich diese letzten gemeinsam verbrachten Stunden für Emilia schon jetzt wie eine lang vergangene Erinnerung an.

Sergej wandte sich ihr nun zu und sah die Tränen in ihren Augen schimmern. Ihre Hand lag unbewusst schützend auf ihrem Leib. Seit Kurzem wusste sie, dass sie Sergejs Kind unter dem Herzen trug. Sergej konnte sein Glück darüber kaum fassen, als sie es ihm anvertraut hatte. Hatte ihr Gemahl sie bisher auf Händen getragen, so behandelte er sie nun wie zerbrechliches Porzellan und wagte kaum mehr, sie zu umarmen, geschweige denn sie zu lieben. Emilia hatte ihn energisch dazu auffordern müssen.

Allein der Gedanke, dass er sie nun auf unbestimmte Zeit verließ und sie ihr Kind ohne ihn würde gebären müssen, verursachte Emilia Übelkeit. Sergejs beständige Liebe umgab sie wie eine schützende Hülle, die alles Unheil von ihr fernhielt. Sie mochte nicht mehr darauf verzichten. Natürlich hatte Sergej sie schon einige Male für ein oder zwei Wochen allein gelassen, um seinen Handelsgeschäften nachzugehen, doch oft hatte Emilia ihn auch dabei begleitet. Es machte ihr Spaß, gemeinsam ihre Manufakturen und Kontore zu besuchen, und sie hatte von Sergej viel über das Kaufmannsgeschäft gelernt. Aber heute begab sich Sergej nicht auf eine Geschäftsreise. Er zog in den Krieg, wo mannigfaltige Gefahren auf ihn lauerten. Emilia hatte durch Prinz Galitzin, einen Freund ihres Gatten, erfahren, dass die Türken als besonders grausame und erbarmungslose Kämpfer galten. Doch Emilia besaß zu viel natürlichen Mut, um nun zu verzagen. Sie wollte nicht, dass Sergej als letzte Erinnerung den Anblick seiner weinenden Frau mit auf den Weg nahm. Sie küssten sich ein letztes Mal, bis ihre Lippen brannten. Dann schwang sich Sergej auf seinen herrlichen schwarzen Hengst, ein Geschenk Emilias. Er schnalzte, und das Tier setzte sich in Bewegung. Am Tor hielt er nochmals inne und wandte sich um. Er winkte ihr mit einem zuversichtlichen Lächeln zu, dann gab er seinem Pferd die Sporen. Der Hengst stieg und stieß dabei ein unternehmungslustiges Schnauben aus. Dann stob er mit seinem Reiter davon.

Serafina erwartete Emilia auf dem Treppenabsatz. Sie sagte kein Wort, sondern führte sie in den kleinen Salon. Dort erst ließ Emilia ihren Tränen freien Lauf.

Sergejs Briefe trafen bald regelmäßig ein. Seine Zeilen enthielten niemals ein Wort über die Schrecken des Krieges, sondern handelten stets nur von seiner Liebe zu ihr und den Kindern. Er schmiedete darin fantastische Pläne für ihre Zukunft, legte Zeichnungen seiner neuesten technischen Ideen bei, oder er schilderte ihr die Schönheit der russischen Krim. Manchmal legte er auch Noten dazu, die sie für ihn aufheben sollte, weil er ihr diese Musik nach seiner Rückkehr vorspielen wollte. Dann wieder fand Emilia ein von ihm eigenhändig verfasstes Gedicht.

Im fünften Monat von Sergejs Abwesenheit ließ sich der russische Botschafter Prinz Galitzin bei ihr anmelden. Emilia war dem Freund ihres Mannes schon einige Male begegnet; kurz vor Sergejs Abreise waren sie noch bei ihm in der russischen Botschaft in der Via della Scrofa eingeladen gewesen. Ihr Herz schlug bei der Ankündigung seines Besuches sofort schneller.

Der Prinz betrat den Salon mit militärischem Schritt. Emilia genügte ein Blick auf die ernste Miene des Botschafters, um das Schlimmste zu befürchten. »Setzt Euch, Herr Botschafter. Kann ich Euch irgendetwas anbieten?«, versuchte Emilia, Fassung zu wahren. Doch Galitzin schüttelte nur den Kopf. Er schritt zum Kamin und baute sich feierlich davor auf. Mit einem Nicken entließ Emilia ihren Majordomus Donatus, der den Besucher hereingeführt hatte. Fürst Colonna, Francescos Vater, hatte ihr damals seinen erfahrenen Majordomus geradezu aufgedrängt, nachdem er erfahren hatte, dass die Herzogin Emilia beabsichtigte, ihren eigenen Haushalt zu gründen.

Galitzin indessen hatte mit Schrecken den stark gewölbten Leib der Fürstin registriert. Er hatte gehört, dass sie ein Kind erwartete, doch den sichtbaren Beweis so vor sich zu haben, erschütterte ihn. Die Sekunden verstrichen, während die Fürstin ihn nicht aus den Augen ließ. Er las darin, dass sie die furchtbare Wahrheit längst erraten hatte. *Mein Gott, was für eine Frau!*, schoss es ihm durch den Kopf. So schön, so stolz – würdig, die Zarenkrone zu tragen!

»Wie ist er gestorben?«, fragte Emilia leise.

Galitzin räusperte sich geräuschvoll. Auf diese Frage fand er sich nicht vorbereitet. Er war gekommen, um der Fürstin mitzuteilen, dass ihr Gemahl den heldenhaften Soldatentod gestorben war, und um ihr die Beileidswünsche der Zarin Katharina zu überbringen. Unmöglich, dieser schwangeren Frau die ganze Wahrheit zu enthüllen.

»Sprecht!«, forderte sie ihn nochmals auf, und ihre Stimme war hart wie Adamant.

»Nun … ja …«, begann der versierte Diplomat, peinlich stotternd. Er räusperte sich. »Der Fürst wollte einigen Kameraden zu Hilfe eilen und geriet dabei in einen feigen Hinterhalt der Türken. Er kämpfte heldenhaft, doch mehr Feinde strömten herbei und warfen sich in die Schlacht. Fürst Wukolny, und mit ihm alle seine Männer, wurden niedergemacht.« Galitzin verschwieg, dass man den Fürsten und seine Soldaten nur anhand ihrer Uniformen hatte identifizieren können. Die Türken hatte ihre Köpfe mitgenommen und die Körper mit ihren Säbeln zerstückelt. Diese Barbaren hatten es gar gewagt, der allererlauchtesten Zarin Katharina den Kopf des Fürsten zu übersenden! Galitzin verspürte plötzlich ein großes Bedürfnis nach einem doppelten Wodka und bedauerte es nun, etwas zum Trinken abgelehnt zu haben. Er schluckte kaum merklich und sah vorsichtig auf die Fürstin. Sie hatte den Schlag erstaunlich gefasst entgegengenommen. Nur ihr schönes Gesicht, in dem die großen Augen schimmerten wie blaue Seen, schien eine Spur blasser geworden zu sein.

Bevor ihm die Fürstin eine weitere Frage stellen konnte, fuhr er hastig fort: »Die Zarin hat Euren Gemahl nach Sankt Petersburg überführen und ihn dort mit allen Ehren bestatten lassen.« Jedenfalls das, was noch von ihm übrig war, ergänzte er im Geiste. Der Botschafter nahm nun Haltung an. »Ich habe die hohe Ehre, Euch im Namen der Zarin Katharina dies hier zu überreichen.« Er zog ein ledernes Etui aus seiner Jackentasche und schlug es mit übertriebener Geste auf. Auf dunkelblauem Samt ruhte dort das große Band des Ordens des St. Georg. »Fürst

Wukolny hat großen Mut bewiesen. Unsere durchlauchtigste Zarin Katharina legt Wert darauf, dass Ihr diese letzte Auszeichnung der Tapferkeit Eures Gemahls entgegennehmt. Darüber hinaus schenkt Euch die Zarin ein Dorf mit fünftausend Seelen. Sie ist betrübt über Euren Verlust und bekundet Euch durch mich ihr tief empfundenes Beileid. Russland hat einen großen Mann verloren. Ihre Majestät hat den Wunsch geäußert, Euch an ihrem Hof in Sankt Petersburg empfangen zu wollen. Ihre Durchlaucht möchte die Witwe eines der größten Feldmarschälle Russlands persönlich kennenlernen.«

Emilia hatte den Orden nur flüchtig zur Kenntnis genommen und seither jegliches Interesse an dem Botschafter verloren. Seine Worte zogen ungehört an ihr vorüber. Sie hatte sich in sich selbst zurückgezogen, um sich ganz der Erinnerung an Sergej hinzugeben. Seit dem Tag, als der Brief der Zarin eingetroffen war, hatte sie gewusst, dass es so kommen würde.

Prinz Galitzin stand noch eine Weile unbeachtet herum, dann wurde er sich seiner Überflüssigkeit bewusst. Er hielt noch immer das Etui mit dem Orden in seiner Hand. Behutsam legte er es auf dem Kaminsims ab und verabschiedete sich, ohne deshalb mehr wahrgenommen zu werden. Im Grunde war er froh, derart glimpflich davongekommen zu sein. Er kannte das Temperament der Italienerinnen, im Zorn wie im Schmerz. Insgeheim hatte er sich schon auf fliegende Vasen eingerichtet. Er hielt sich eine junge römische Geliebte und wusste, wovon er sprach.

Als Donna Elvira eine halbe Stunde später aus Santo Stefano eintraf und Emilia ohnmächtig auf dem Teppich im kleinen Salon vorfand, fürchtete sie, zu spät gekommen zu sein.

XVIII

Tagelang kämpfte Donna Elvira um das Leben von Mutter und Kind. Den Kampf um das Kind verlor sie, doch es gelang ihr schließlich, Emilia zurück ins Leben zu holen. Viele Wochen rang Emilia gegen unsichtbare Dämonen, die sie heimsuchten und sie mit ihren dunklen Flügeln streiften. Immer wieder glitt sie ins Nichts hinab, um dort fern von irdischem Leid zu existieren. Manchmal glaubte sie, dort Sergej und Francesco zu begegnen, doch merkwürdigerweise entglitt ihr Sergej mehr und mehr, während Francesco ihr näherzukommen schien. Manchmal war ihr, als könnte sie ein weiches Gewicht an ihrer Seite spüren, feuchte Küsse auf ihrer Wange und kleine tastende Finger. Ihre Lippen bewegten sich, wollten ein Wort formen, doch es gelang ihr nicht. Dann war das Wort da, obwohl sie zunächst nicht wusste, was es bedeutete. »Ludovico«, flüsterte sie, und als Echo erklang sofort ein freudiges »Mammina«, immer und immer wieder »Mammina« und dazu jede Menge feuchte Küsse. Ganz plötzlich wusste sie, dass es diesen wunderbaren Grund gab weiterzuleben, dass Ludovico ihr Band zurück ins Leben war. Da war noch jemand, der ebenso pure Freude verströmte, und wieder war da eine Erinnerung, ein Name. »Sascha«, flüsterte sie und versuchte, die Augen zu öffnen. Doch diese erste Anstrengung war zu viel für sie gewesen, und sie sank zurück ins Vergessen. Aber der nächste lichte Moment folgte. Mehr und mehr kehrte ihre Erinnerung aus dem dunklen Schatten zurück. Noch aber blieb die letzte Tür vor ihr verschlossen. Noch gewährte ihr der Verstand einen Aufschub, eine Gnadenfrist, um weitere Kräfte zu sammeln, bevor sie den erneuten Schlag empfing: den Verlust von Sergejs Kind.

Zunächst wurde Emilia ein Wunder zuteil. Als sie endlich die Gesichter an ihrem Krankenbett unterscheiden konnte, ihren Bruder Emanuele in die Arme schloss und Serafina und Filomena und Elvira, da führte ihr eine glückstrahlende Vittoria jemanden zu, der eine erneute Ohnmacht in ihr auslöste: *Francesco!*

Emilia traute ihren Augen nicht und wähnte sich weiter im Delirium. Alles um sie herum drehte sich, und sie fiel erneut in einen Abgrund. Donna Elvira flößte ihr einen stärkenden Trank ein, und irgendwann schlug Emilia ihre Lider auf. Francesco blieb an seinem Platz. Nun nahm er sogar ihre Hand und sah sie auf eine Art an, wie er sie noch nie zuvor angesehen hatte. »Francesco …? Seid Ihr es denn wirklich, oder träume ich? Ihr seid nicht tot?«, flüsterte sie furchtsam, als könnte ihre Frage bewirken, dass sich seine Gestalt sofort wieder in Luft auflöste.

»Nein, ich bin es wirklich. Ich wurde gerettet, doch die Geschichte meiner Rettung ist lang. Ich werde sie Euch erzählen, wenn es Euch wieder besser geht. Schlaft jetzt, Ihr müsst wieder zu Kräften kommen. Ich werde morgen wiederkommen.« Er küsste ihre Hand und wollte gehen, doch Emilia hielt ihn fest. »Bitte bleibt, bis ich eingeschlafen bin«, flüsterte sie. Tatsächlich verschlief Emilia Francescos Besuch am nächsten Tag. Doch als er sie zwei Tage später erneut aufsuchte, fand er die junge Frau zwar blass, aber aufrecht sitzend in ihrem Bett. Ihre Augen erschienen ihm riesig, beinahe zu groß für ihr schmal gewordenes Gesicht. Sie sah unglaublich jung und verletzlich aus.

Durch Serafinas Mutter wusste Francesco, dass Emilia noch nicht ihr volles Erinnerungsvermögen zurückerlangt hatte. Donna Elvira wollte sie so behutsam wie möglich auf den Verlust ihres Kindes vorbereiten. Sie fürchtete einen möglichen Rückschlag in das Nervenfieber, das mit der Fehlgeburt einhergegangen war. »Am besten wäre es, wenn sie sich gar nicht mehr daran erinnern würde«, hatte Elvira ihm bei dieser Gelegenheit anvertraut. »Ich habe bereits die Gnade der Natur erlebt, die es den Müttern erspart, diesen letzten furchtbaren Schlag zu empfangen. Der Verlust ist für das Bewusstsein einfach zu groß, sodass er in die tiefste Kammer der Seele verbannt wird. Das arme Kind leidet genug am Verlust seines Gatten.«

»Setzt Euch, Francesco.« Emilia zeigte auf den bequemen Sessel neben ihrem Bett, den Serafina bei seinem Eintreten bereitwillig geräumt hatte. Ihr Taktgefühl war sogar so weit gegangen, dass sie ohne Aufforderung das Schlafzimmer verlassen hatte. Beim Hinausgehen bemerkte sie noch, mit welcher Zartheit Francesco Emilias Hand aufnahm und sie küsste. Ein feines Lächeln umspielte ihre Lippen. Sehr leise schloss sie die Tür.

»Euch scheint es schon viel besser zu gehen, Fürstin. Ihr ahnt nicht, wie sehr ich mich darüber freue«, sagte Francesco, obwohl ihn gleichzeitig die schmale Gestalt, die sich unter der Bettdecke kaum abzeichnete, aus der Fassung brachte. Ob sie wohl ahnte, um wie viel näher sie dem Tod als dem Leben gewesen war?

Emilia sah mit Verwunderung, dass der Principe auf sein Priesterhabit verzichtet hatte und die Kleidung eines *gentil uomo* trug.

»Ihr seid mir noch die Geschichte Eurer wundersamen Errettung schuldig, Francesco«, forderte sie ihn auf. Sie hatte ihm ihr klares Gesicht mit den schwarzen Flechten, die beinahe zu schwer für den kleinen Kopf wirkten, zugewandt.

Francesco fuhr sich durch sein dichtes kastanienbraunes Haar, als suchte er den passenden Anfang für seinen Bericht. »Wundersam ist tatsächlich die richtige Beschreibung. Denn ich wurde in der Tat zweimal errettet. Doch ich sollte der Reihe nach beginnen. Damals, auf dem Schiff, hatten wir unser Ziel, die Küste Martiniques, schon vor Augen, als sich der Himmel plötzlich verdunkelte und ein merkwürdiges Tosen aufkam. Der Kapitän fing sofort an, Befehle zu brüllen, und alle Matrosen erschienen auf Deck. Wir, die Passagiere, wurden unter Deck verbannt. Beim Hinuntergehen bemerkte ich eine riesige Windhose, schwarz wie der Leibhaftige. Wir hatten keine Chance, das

Schiff geriet mitten hinein. Wir wurden von dem tropischen Sturm umhergewirbelt, als hätte ein Riese unser Schiff gepackt und schleuderte es im Kreis umher. Das Schiff hielt dem nicht stand, es barst, und etwas Schweres traf mich am Kopf. Ich kam erst in einem kleinen Dorf wieder zu mir. Die Fischer dieses Dorfes, La Trinité, hatten mich halb tot am Strand gefunden und gerettet. Sie erklärten mir, dass ich viele Wochen ohne Bewusstsein gewesen sei. Als ich endlich erwachte, wusste ich nicht mehr, wer ich war. Das erklärt auch, warum ich so lange nichts von mir habe hören lassen.«

Emilia hatte Francescos Worten mit angehaltenem Atem gelauscht. Sie hatte das Bild förmlich vor Augen: den tropischen Sturm, das zerschmetterte Schiff und den einsamen, bewusstlosen Mann am Strand. »Wann habt Ihr Euer Gedächtnis wiedergefunden?«

»Sehr viel später. Mir gefiel es in dem Dorf, und ich hatte keine Eile, es zu verlassen. Die Menschen dort führen ein hartes, aber erfülltes Leben. Sie leben von dem, was sie im Meer fangen oder selbst anbauen, und den Überschuss verkaufen sie auf dem Markt. Ich schloss mich ihrem einfachen Leben an. Ich hatte zwar mein Gedächtnis verloren, aber nicht meine Fertigkeiten. Bald unterrichtete ich die Kinder im Lesen und Schreiben. Ich fuhr auch mit den Fischern aufs Meer und trug so zu meinem Lebensunterhalt bei. Die Fischer nannten mich Pierre. Eine ältere Witwe, Dame Adelaide Tascher, hatte mich in ihrem kleinen Häuschen freundlich aufgenommen. Ich half ihr bei allen schweren Arbeiten, hackte Holz und holte das Wasser aus dem Brunnen. Jeden Sonntag besuchten wir gemeinsam die Messe, und irgendwann ertappte ich mich dabei, wie ich anfing, den Priester bei seinen liturgischen Handlungen zu imitieren. Ihr könnt Euch vorstellen, dass mich dies irritierte und nachdenklich stimmte. Dann eines Morgens, Dame Adelaide und ich befanden uns auf dem Wochenmarkt, um unsere Ware feilzubieten, stand plötzlich ein älterer Priester vor mir. Er starrte mich ungläubig an. ›Pater Colonna? Nein, ist das zu fassen … Seid

Ihr es denn wirklich?‹, stammelte er. Und da ich nur zurückstarrte, rief er: ›Aber erkennt Ihr mich denn nicht? Ich bin es doch, Euer Mitbruder, Pater Baptista. Durch mich seid Ihr dem Orden beigetreten. Wir haben jahrelang Seite an Seite in Rom gewirkt.‹

Ich muss zugeben, dass ich einen unausgeglichenen Moment lang geneigt war, ihn abzuwimmeln. Es wäre für mich ein Leichtes gewesen, zu behaupten, dass ich Pierre Tascher sei, ein einfacher Fischer von der Insel. Doch so viel ehrliche Betrübnis hatte in seiner Stimme gelegen, dass ich Pater Baptista nicht enttäuschen konnte und ihm antwortete, dass ich ein Schiffbrüchiger sei, der vor Monaten sein Gedächtnis verloren habe. Darum würde ich seine Frage auch nicht wahrheitsgemäß beantworten können.

Daraufhin brach er in glückliches Lachen aus und umarmte mich freudig. ›Aber natürlich seid Ihr Francesco Colonna, und wie ich ein Angehöriger des Ordens des heiligen Ignatius. Beim Herrn!‹, rief er, ›dass Ihr dieses furchtbare Unglück überstanden habt! Keine Seele hat dieses Unglück überlebt, und so haben wir angenommen, auch Euch für immer verloren zu haben. Was wird sich Euer Vater über die Nachricht, dass Ihr am Leben seid, freuen! Was für ein Glück, nein, ein Wunder! Da bin ich kaum auf der Insel angekommen, und schon führt Gott mich zu Euch. Kommt, begleitet mich in unsere Niederlassung, und dann werdet Ihr mir alle Eure Abenteuer berichten.‹« Francesco hielt mit seiner Erzählung inne, da er gewahr wurde, dass Emilia die Augen geschlossen hielt. Er nahm an, dass sie eingeschlafen sei. Er machte Anstalten, sich leise zu erheben, als sie mit geschlossenen Lidern murmelte: »Nein, bitte verlasst mich noch nicht. Warum habt Ihr aufgehört zu sprechen?«

»Weil ich dachte, dass Ihr eingeschlafen seid.«

»Nein, ich höre Euch weiter zu. Sprecht.«

»Nun, sehr viel mehr gibt es da nicht zu berichten. Pater Baptista hatte mich wiedergefunden, und so kam ich nach Hause. Er erzählte mir alles, was er über mich und meine Familie wusste.

Durch ihn kehrten nach und nach alle meine Erinnerungen zurück.«

Emilia öffnete ihre Lider nur halb. Sie fixierte ihn. »Wenn ich Euch richtig verstanden habe, so verbrachtet Ihr nur einige Monate bei den Fischern. Was habt Ihr während der anderen beiden Jahre Eurer Abwesenheit gemacht?«

Francesco ließ ein halbes Lächeln sehen. »Ihr seid in der Tat eine aufmerksame Zuhörerin.«

»Zumindest kann ich rechnen. Was verschweigt Ihr mir?«

»Ich verschweige nichts. Im Gegenteil, ich möchte Euch nicht mit meinen Geschichten langweilen.«

Emilia erwiderte nichts darauf, sondern begnügte sich damit, ihn eindringlich anzusehen.

»Ihr seid unerbittlich, Fürstin Emilia. Also gut. Nachdem ich mithilfe von Pater Baptista mein Erinnerungsvermögen wiedererlangt hatte, verblieb ich zunächst unter falschem Namen auf Martinique, um die ursprüngliche Aufgabe zu Ende zu führen, derentwegen ich überhaupt dort hingereist bin: nämlich geheime Nachforschungen über die Handelsgeschäfte des Paters La Valette anzustellen. In Rom ist man der Meinung, dass er Opfer eines ausgeklügelten Komplotts wurde, das unsere dortige Niederlassung in den Ruin getrieben und unseren Orden in Misskredit gebracht hat. Das französische Parlament hat just jenen Vorfall zum Anlass genommen, um in Frankreich das Verbot unseres Ordens durch König Ludwig XV. durchzusetzen.« Francesco hatte gehofft, Emilia mit seinen politisch gefärbten Schilderungen zu langweilen und dass sie darüber tatsächlich einschlafen würde.

Doch das Gegenteil war der Fall. Emilia hatte ihm aufmerksam gelauscht. »Und, konntet Ihr Eure Nachforschungen erfolgreich abschließen?«

»Abschließen, ja. Jedoch nicht mit dem von Rom gewünschten Ergebnis.«

»Ich verstehe. Der Pater La Valette hat sich also sein Schicksal selbst eingebrockt?«

»Ich fürchte, ja.«

»Und warum habt Ihr danach nicht die nächste Passage nach Rom gebucht und seid heimgekehrt? Was ist weiter geschehen?«

Etwas an der Art, wie Emilia die Frage gestellt hatte, riet Francesco zur Vorsicht. Hatte Emanuele ihr von seiner anschließenden Reise, die ihn von der amerikanischen Ostküste bis tief hinein in die Wälder Französisch-Kanadas geführt hatte, erzählt? Innerlich verneinte er die Frage, da er seinen Freund gebeten hatte, seiner Schwester gegenüber nichts verlautbaren zu lassen. Ahnte sie trotzdem, wie sehr ihn der Aufenthalt bei den guten Fischersleuten verändert hatte? Noch mehr hatte sein anschließender Aufenthalt auf dem neuen Kontinent bei ihm bewirkt. Diese Erfahrung hatte ihn erschüttert: Seit er miterlebt hatte, mit welcher Rohheit die Europäer das Land der Indianer im Namen des Herrn an sich rafften, zweifelte er an seiner Berufung. Sie rissen diese einfachen, mit der Natur im Einklang lebenden Menschen aus ihrem Leben und suchten, sie mit billigem Tand und Alkohol zu verführen; sie betrogen sie ohne Skrupel beim Fellhandel und verschlissen sie in ihren eigenen, sinnlosen Kriegen. Kriegen, die sie nichts angingen und bei denen sie nichts gewinnen, aber alles verlieren konnten. Allen voran die Engländer und die Franzosen. Und es geschah weiter. Ein Teil der amerikanischen Siedler begann, sich für den eigenen Krieg zu rüsten, um sich vom ungeliebten Mutterland England zu lösen. Wie konnte er den Indianern reinen Herzens einen Glauben aufzwingen, den sie weder brauchten noch verstanden? Seine Seele hatte geblutet, weil er diesem armen Volk nicht helfen konnte, dessen Schicksal seit der Ankunft der Weißen besiegelt schien.

»Ihr schweigt. Doch Euer Schweigen ist sehr beredt, mein lieber Francesco. Kommt morgen wieder, und erzählt mir den Rest, wenn Ihr wollt. Wenn Ihr jedoch Eure Geheimnisse lieber für Euch behalten möchtet, so wisst, dass ich nicht in Euch dringen werde.«

Dies klang wenig nach der Emilia, die er von früher kannte.

Die alte Emilia hätte sich voller Elan auf ihn gestürzt und ihm in einem Wortgefecht alle Geständnisse zu entlocken versucht.

»Ihr habt Euch verändert, Fürstin Emilia«, zollte ihr Francesco ehrlichen Respekt. »Gerne komme ich morgen wieder. Ruht Euch jetzt aus.«

Am frühen Abend gesellte sich Donna Elvira zu Emilia. Sie brachte eine Bürste und einen Spiegel mit. »Du bist schöner denn je, selbst deine lange Krankheit konnte dir nichts anhaben«, sagte sie, während sie vorsichtig eine lange Strähne entwirrte.

»Wisst Ihr, wie oft ich diese Schönheit schon verdammt habe?«, erwiderte Emilia leise. »Schönheit kann ebenso ein Fluch sein.« Sie zeigte ihrem Spiegelbild eine Grimasse und seufzte dann voller Inbrunst. »Ich wünschte, ich wäre ein Mann oder hässlich.«

»Auch einem Mann kann die Schönheit zum Verhängnis werden«, erwiderte Elvira.

»Was wollt Ihr damit sagen?« Emilia ließ ihr ernster Unterton aufhorchen.

»Ahnst du es nicht?«

»Sprecht Ihr von Francesco Colonna, den meine frühere Schwiegermutter Beatrice als Knaben entführt hat?« *Würde sie nun endlich mehr über dieses Drama erfahren?* Neugierig hatte sie sich vom Spiegel abgewandt. Doch sie irrte sich.

Donna Elviras folgende Worte lenkten die Unterhaltung in eine völlig andere Richtung. »Nein, nicht um Francesco geht es, obschon seine knabenhafte Schönheit die Begierden Beatrices geweckt hatte. Nein, ich spreche von deinem Bruder Emanuele. Weißt du, wie einst die Freundschaft zwischen Francesco und Emanuele begann?«

»Nein. Ich hatte mir einige Male vorgenommen, Emanuele danach zu fragen. Stets aber beschlich mich das eigentümliche Gefühl, dass es ihn in Verlegenheit bringen würde, darüber zu sprechen. Aber Ihr wisst es?« Erwartungsvoll hing Emilia an Elviras Lippen.

»Ja. Der Principe hat es mir einmal anvertraut. Ihre Freundschaft nahm vor zehn Jahren im Noviziat seinen Anfang. Francesco befand sich dort im letzten Studienjahr und nahm sich der Neuzugänge an. Ihm fiel auf, dass ein älterer Mitbruder Gefallen an deinem Bruder gefunden hatte. Emanuele, unschuldig und unbedarft, wie er war, hat die Avancen des Mannes wenig verstanden. Francesco Colonna sehr wohl. Er hat sich den Unverschämten vorgeknöpft und Emanuele vor der möglichen Schande bewahrt. Von jenem Tag an hat er Emanuele unter seine Fittiche genommen. Trotz des Altersunterschieds von acht Jahren hat sich eine echte Freundschaft zwischen diesen beiden unterschiedlichen Männern entwickelt.«

»Also hat Francesco meinen Bruder beschützt. Danke, dass Ihr es mir erzählt habt, Donna Elvira. Es erklärt, warum Emanuele nicht darüber sprechen wollte. Doch die Episode zeigt auch, weshalb Francesco meinem Herzen so teuer ist. Aber sagt, warum habt Ihr eben behauptet, die beiden Männer wären sehr verschieden? Teilen nicht gerade sie besonders viele Gemeinsamkeiten? Ihren Glauben und ihre Berufung?«

»Liebe Emilia, lass dich nicht täuschen, welche Motive junge Männer in die offenen Arme der Mutter Kirche treiben. Glaub mir, wenn allein der Glauben sie leiten würde, dann herrschte in den christlichen Klöstern und Konventen gähnende Leere.«

»Natürlich weiß ich, dass es verschiedene Beweggründe gibt, lautere und unlautere. Aber sowohl mein Bruder als auch Francesco haben sich aus freien Stücken für diesen Weg entschieden.«

»Wenn ich von den Unterschieden sprach, so meinte ich, dass Emanuele den Glauben schon immer in sich trug. Er ist ein wahrer Beseelter. Dem jungen Colonna hingegen bot der Glauben die Zuflucht, die seine geschundene Seele suchte. Durch Beatrices sadistische Taten musste Francesco den dunkelsten Grund der Seele erfahren, jenen Ort, an dem sich die Bestien verbergen. Sein gesamtes Weltbild ist daran zerbrochen. Da er nicht mehr an den Menschen glauben konnte, hat er sich Gott zugewandt, um seine inneren Dämonen zu bekämpfen. Hätte Francesco damals nicht zu Gott gefunden, er wäre vielleicht an seinen furchtbaren Erlebnissen zugrunde gegangen. Ich weiß es, denn ich habe ihn damals nach seiner Flucht gepflegt.«

Das also war das Geheimnis, das die beiden miteinander verband! Emilia knetete ihre Hände, dann entschloss sie sich zu fragen: »Donna Elvira, ich möchte Euch wirklich nicht aushorchen, denn Geheimnisse sind dazu da, sie zu hüten. Aber könnt Ihr mir wenigstens verraten, was es damit auf sich hat, dass Beatrice Francesco *ihr Fischchen* genannt hat?«

Donna Elvira ließ die Bürste sinken. »In der Tat steht es mir nicht zu, dir mehr darüber zu sagen, Emilia. Doch ich könnte dir immerhin etwas über die letzten Jahre des alternden Kaisers Tiberius auf Capri erzählen. Seine sadistischen und sodomitischen Neigungen waren in Rom allgemein bekannt. Er hielt sich eine Gruppe Lustknaben, die ihm für seine Perversitäten ständig zur Verfügung stehen mussten. Sein liebster Zeitvertreib bestand im gemeinsamen Baden im kaiserlichen Thermalbecken. Er zwang dort die Knaben zu allerhand Knabbereien unter Wasser und nannte sie seine Fischchen. Wer nicht ausreichend Eifer bei seinen perversen Spielchen an den Tag legte, wurde kurzerhand über die Klippen ins Meer geworfen … Sei gewiss, Emilia, wer in seinen frühen Jahren solch grausame Erlebnisse zu verkraften hat, dessen Seele wird ein Leben lang daran kranken. Nur wenige schaffen es überhaupt, dies zu überwinden. Du bist eine kluge Frau und verstehst sicher, was ich dir damit sagen möchte?« Donna Elvira sah sie eindringlich an.

»Ja, ich habe Euch verstanden und versichere Euch, dass ich nicht vorhabe, Francesco zu versuchen. Alles, was ich mir für ihn wünsche, ist, dass er glücklich wird und seinen Frieden mit sich halten kann.«

»Selbst wenn dies bedeuten sollte, dass du ihn in Momenten des Zweifels in seinem Glauben bestärkst? Wenn du dich selbst opfern müsstest, um ihm seinen Seelenfrieden zu schenken?«

Emilia hob stolz das Kinn. »Ja, selbst dann. Ich sagte Euch schon, dass ich meine Schönheit als Fluch empfinde. Ich will keinen Mann, der lediglich meinen Körper begehrt. Ich will, dass er auch mein Herz und meine Seele liebt, so wie Sergej mich geliebt hat.« Jäh barg Emilia ihr Gesicht in den Händen. Donna Elvira legte die Arme um sie und zog sie an ihre Brust.

»Ist ja schon gut, meine Kleine. Liebe muss großzügig sein. Ich weiß, sie zeigt uns ein ebenso grausames wie schönes Gesicht. Manches Mal lächelt sie einem zu, ein anderes Mal macht sie uns vor ihr fürchten.«

»Nein, Ihr versteht nicht. Ich weine um Sergej. Ich wünschte, ich hätte ihn ebenso sehr lieben können, wie er mich geliebt hat. Das Furchtbare ist, dass er es stets gewusst hat. Sergej war ein wunderbarer Mann, und er war jede Liebe wert. Jetzt, da er nicht mehr ist, fühle ich mich vom Schicksal betrogen. Ich hätte ihm so gerne mehr von meiner Liebe gegeben. Erst jetzt weiß ich, dass ich ihn wahrhaft geliebt habe. Dagegen war die Liebe zu Francesco mehr ein Phantom, das Gespinst eines jungen Mädchens, das unbedingt genau das haben wollte, was es niemals bekommen würde.«

Während der folgenden Wochen von Emilias Genesung behielt Francesco seine beinahe täglichen Besuche im Palazzo Meraviglia bei. Zu Emilias Verwunderung verzichtete er dabei stets auf seine priesterliche Bekleidung. Sie scheute davor zurück, ihn nach dem Grund zu fragen, so wie Francesco es vermied, mit Emilia über seine weitreichenden Erfahrungen auf dem neuen Kontinent zu sprechen. Doch die beiden verbanden genug andere Themen, und ihren Begegnungen mangelte es nicht an Gesprächsstoff. Manchmal fragte sich Francesco jedoch, wie viel Emilia von seinen inneren Zweifeln erriet. Doch sie unternahm nie den Versuch, ihn danach zu fragen. Ihr gegenseitiges Verständnis wuchs mit jedem seiner Besuche, und sie schmiedeten ein unverbrüchliches Band der Freundschaft. Immer seltener leistete ihnen Emanuele dabei Gesellschaft. Wenn er dann kam, wirkte er gehetzt und nervös. Kaum eingetroffen, drängte es ihn schon wieder zum Aufbruch. Je weiter Emilias Genesung voranschritt, umso größer wurden die Abstände seiner Besuche. Emilia sorgte sich um ihn.

Serafina teilte Emilias Sorge, und sie hatte ihr geraten, mit Francesco bei seinem nächsten Besuch darüber zu sprechen.

Dazu bot sich der verabredete Spaziergang im Park der Villa Meraviglia an. Nach über zwei Monaten der Rekonvaleszenz hatte ihr Donna Elvira, die strengste aller Heilerinnen, endlich erlaubt, das Bett länger als eine Stunde am Stück zu verlassen.

Das Dezemberwetter zeigte sich von seiner besten Seite. Die Luft war mild, und die Sonne strahlte von einem wolkenlosen Himmel. Doch Emilia konnte den Tag nicht richtig genießen. Nach dem üblichen Geplauder über die Fortschritte ihrer Genesung, die Kinder und das fortgesetzt schöne Wetter setzte Emilia an, um mit Francesco über Emanuele zu sprechen. Doch jener nahm überraschend ihre Hände in die seinen und verkündete: »Besser, ich sage es Euch gleich. Ich bin gekommen, um mich von Euch zu verabschieden.«

Emilia fühlte, wie Schwäche sie durchflutete. »Ihr wollt mich wieder verlassen?«, flüsterte sie. Die Erkenntnis, dass er sie erneut im Stich lassen würde, ließ sie schwach werden. Sie sank an seine Brust. Unvermittelt zog Francesco sie an sich und strich ihr über das Haar. Emilia genoss das wunderbare Gefühl, doch unversehens flammte auch der vertraute Zorn in ihr auf. Er ließ diese kurze Nähe nur zu, weil er sich im Abschied sicher fühlte. Sie löste sich von ihm. »Ja, geht nur! Verlasst mich, um Euch in irgendeinem Winkel zu verkriechen. Ausgerechnet jetzt, da ich in großer Sorge um Emanuele bin und Eure Hilfe dringend nötig habe. Das zeigt den wahren Wert Eurer Freundschaft«, platzte es aus ihr heraus. »Ich mag mich geändert haben, aber ich sehe, dass Ihr noch ganz der Alte seid.«

Zu ihrer Genugtuung schienen ihn ihre Worte getroffen zu haben. Francesco kniete vor ihr nieder. »Verzeiht mir, Emilia. Vittoria hat recht. Ich *bin* wahrhaft ein ungeschickter Esel.«

Dies war die letzte der Reaktionen, die Emilia erwartet hatte. Stolz und Unnachgiebigkeit, ja. Aber Demut und Einsicht?

Francesco erhob sich und zog die verdutzte Emilia unter eine kleine geschützte Gruppe von Zypressen. Dort stand eine steinerne Bank, die auf verwitterten Löwenfüßen ruhte. Er zog rasch seine Jacke aus und legte sie auf die Bank. Dann hieß er Emilia, darauf Platz zu nehmen. Verlegen über ihren plötzlichen Ausbruch, hantierte sie nervös mit ihrem Handschuh.

»Berichtet mir von Eurem Bruder«, forderte er sie auf. »Was bereitet Euch solche Sorgen?«

»Ich habe ihn seit bald zwei Wochen nicht mehr gesehen oder etwas von ihm gehört«, sprudelte sie los. »Meinem kürzlich zu ihm gesandten Boten ließ man mitteilen, Pater di Stefano wäre unabkömmlich und würde zu einem späteren Zeitpunkt auf mich zurückkommen. Ist das die Möglichkeit? Als wäre ich eine lästige Bittstellerin und nicht seine Schwester! Dabei leben wir in derselben Stadt, kaum zwanzig Minuten Fußweg voneinander entfernt. Ich habe tatsächlich den Eindruck, dass er mich absichtlich meidet. Ich kann nicht verstehen, warum. Dabei spüre ich, dass ihn etwas quält. Doch zum ersten Mal in seinem Leben schließt er mich aus. Warum tut er das? Wir sind uns doch stets so nahe gewesen.«

Ihre tiefe Betrübnis rührte Francesco. Am liebsten hätte er sie erneut in die Arme genommen, doch er durfte nicht schwach werden. Bevor er sprach, musterte Colonna aufmerksam seine nähere Umgebung. Emilia irritierte sein Benehmen. Vermutete Francesco etwa fremde Lauscher in ihrem Park? Offenbar hatte er nichts Verdächtiges entdecken können, denn er sagte: »Ich kann Euch beruhigen, Emilia. Euer Bruder meidet Euch deshalb, weil er Euch mit seinem Verhalten schützen will.«

»Mich schützen? Aber wovor glaubt er denn, mich schützen zu müssen?«, rief Emilia ungläubig aus.

»Davor, dass Ihr in die Angelegenheiten des Jesuitenordens und insbesondere des Mannes, dem Emanuele dient, verwickelt werdet«, erwiderte er ernst.

»Aber … worüber sprecht Ihr? Ihr macht mir Angst. Erklärt Euch, ich bitte Euch!«

Francesco gönnte sich einen Moment des Schweigens und konzentrierte sich ganz auf seine Stiefelspitzen.

Emilia konnte ihre Ungeduld kaum mehr zügeln. Er musste es gespürt haben, denn er hob den Kopf und sah sie offen an. »Ich bin Euch tatsächlich eine Erklärung schuldig – zumal ich nicht ganz unschuldig an seiner Situation bin. Als ich vor Monaten aus Amerika heimgekehrt bin, hat mich der Pater General Ricci zu sich rufen lassen. Er hat mir meine alte Position als sein Assistent angetragen. Ich musste dies leider ablehnen.«

»Nun gut, aber was hat das mit meinem Bruder zu schaffen? Warum bezichtigt Ihr Euch einer Mitschuld? Wem dient Emanuele, außer Gott?« Plötzlich wurde Emilia so weiß wie der Handschuh, den sie zwischen ihren Fingern knetete. »Bitte sagt jetzt nicht, Ihr habt Emanuele dem Pater General für die Position empfohlen, die Ihr selbst abgelehnt habt …?«

»Verzeih mir …« Francesco ging erneut auf ein Knie und nahm ihre unruhigen Hände zwischen seine. Nun war er es, der in das vertrauliche Du hinüberglitt. »Lorenzo Ricci ist ein guter Mann, und er benötigte jemanden, dem er voll und ganz vertrauen kann, jemanden wie deinen Bruder. Glaub mir, hätte ich geahnt, dass sich die Situation des Ordens binnen weniger Monate derart zuspitzen würde, ich hätte es nicht getan. Wir leben seit Jahren mit dem Damoklesschwert der Verbannung und haben geglaubt, dass sich unsere Feinde mit den Erfolgen im Ausland zufriedengeben würden. Doch es war ein fataler Irrglaube, darauf zu hoffen, dass man die Jesuiten in ihrem Stammland verschonen würde. Papst Clemens XIV. wird von einer Unzahl Botschafter, allen voran dem mächtigen spanischen Gesandten José Moñino, bedrängt. Auch in der römischen Kurie nehmen unsere Befürworter ab. So hat der Papst kürzlich unser Kolleg schließen lassen und dem Pater General verboten, neue Novizen aufzunehmen. Ohne Nachwuchs ist unser Orden zum Sterben verurteilt. Die Lunte ist gelegt, ein Funke genügt. Und es stehen ausreichend Feinde bereit, diesen Funken zu entfachen.« Francesco verstummte wie jemand, der alles gesagt hat.

Emilia hatte ihm aufmerksam gelauscht. Natürlich ließ sie der drohende Untergang des Ordens nicht unberührt – insbesondere, da das Schicksal ihres Bruders davon betroffen war. Doch der kausale Zusammenhang zwischen der Bedrohung des Ordens und Emanueles Verhalten ihr gegenüber hatte sich ihr durch Francescos Ausführungen nicht erschlossen. »Ich bedauere die prekäre Lage des Ordens aufrichtig, glaub mir. Trotzdem erklärt sich daraus nicht, warum Emanuele den Kontakt zu mir abgebrochen hat. Was habe ich mit den politischen Ränkespielen der Jesuiten zu schaffen? Ich bin Emanueles Schwester und kein übelwollender Feind«, entgegnete Emilia befremdet.

»Natürlich nicht«, versicherte ihr Francesco. »Was ich sagen wollte, ist: Sollten sich unsere Feinde endgültig durchsetzen und der Papst verbietet den Jesuitenorden, dann wird unser Pater General Ricci mit hoher Wahrscheinlichkeit verhaftet werden – und mit ihm seine Vertrauten. Es könnte zu einem Prozess kommen, in dem man sie alle als Ketzer verurteilt«, eröffnete Francesco schonungslos.

Emilia sprang auf. »Emanuele könnte verhaftet werden? Aber warum? Was könnte man *ihm* schon Unlauteres vorwerfen? Verzeih, aber das klingt geradezu absurd. Außerdem habe ich eines gelernt: dass kein Gefängnis dieser Erde stark genug ist, als dass es nicht durch Gold gesprengt werden könnte. Beatrices Vermögen mag vielleicht verflucht sein, doch es ist gut genug, um meinen Bruder aus dem Gefängnis freizukaufen.« Emilia stutzte. Ihr war ein Gedanke gekommen. »Wie steht es mit dir, Francesco? Du hast mich häufig aufgesucht. Hast du nicht selbst eine exponierte Stellung innerhalb des Ordens inne? Als ehemaliger Assistent des Pater General genießt du sicher weiterhin sein Vertrauen. Weshalb glaubt Emanuele, mich schützen zu müssen, wenn du es nicht tust?«

Francesco mied ihren Blick. Stattdessen starrte er auf den Weg zurück, den sie genommen hatten.

»Was ist? Habe ich dich mit meiner Frage in Verlegenheit gebracht?«

Francesco wandte sich Emilia langsam wieder zu. Unschlüssigkeit stand in seinen klaren grünen Augen zu lesen, aber auch Unbehagen. Fragend sah Emilia zu ihm auf. So viel Zutrauen lag in ihrem Blick, dass sich Francescos Herz unwillkürlich zusammenzog. Er hatte mit Vorhaltungen gerechnet, weil er Emanuele in diese Lage gebracht hatte. Doch sie hatte ihn weder verurteilt noch ihm Vorwürfe gemacht. Vielmehr hatte sie angedeutet, dass sie sich dem Kampf stellen und Emanuele beistehen würde. *Ja, sie hatte die Wahrheit verdient.* »Ich habe dir bisher etwas verschwiegen, Emilia. Hast du dich nie gefragt, warum ich bei meinen Besuchen kein Priestergewand getragen habe?«

»Nun, ich hatte angenommen, dass du es mir zuliebe tatest, da ich einmal gesagt habe, wie sehr ich es verabscheue, dich derart verkleidet zu sehen. Aber das ist lange her, und viel ist seither geschehen. Ich würde mich nicht mehr daran stören.«

»Nein, im Gegenteil. Du weißt nicht, wie recht du mit deinen Worten hattest.«

»Recht? Womit? Ich fürchte, ich kann dir nicht folgen«, erwiderte Emilia verwirrt. Es entsprach kaum Francescos Art, sich in Rätseln auszudrücken.

»Damit, dass ich mich verkleidet habe. Nicht nur, dass ich abgelehnt habe, meine alte Position wieder einzunehmen. Ich habe den Pater General darüber hinaus um meine Entlassung aus dem Orden ersucht.«

»Du …? Du bist kein Priester mehr?«, stotterte Emilia bestürzt. »Aber Gott zu dienen war dein Leben!« Es schien ihr eine Ewigkeit her zu sein, dass sie sich gewünscht hatte, genau diese Worte von ihm zu hören. Doch sie begriff auch, dass er weiterhin mit seiner Entscheidung haderte. Das also war das Geheimnis, das er seit ihrer Wiederbegegnung mit sich herumtrug und das sie unbewusst an ihm wahrgenommen hatte. »Aber warum hast du das getan? Allerdings, du musst nicht mit mir darüber sprechen, wenn du nicht willst«, fügte sie hastig hinzu.

Francesco drückte ihre Hände. »Nein, es ist gut. Ich schulde dir eine Erklärung. Mein Entschluss, Amerika den Rücken zu kehren, entsprang der Erkenntnis, meinem Leben eine neue Richtung geben zu müssen. Versteh mich nicht falsch, der alte Weg war für eine lange Zeit der richtige für mich. Er hat mich gerettet. Aber ich kann ihn nicht weitergehen. Im Grunde meines Herzens habe ich es schon lange gewusst. Emanuele hat es vor mir erkannt. Hat er dir erzählt, dass wir uns damals, bevor ich nach Martinique abreiste, im Streit getrennt haben? Nein? Er nannte mich einen Heuchler, der die Flucht ergreifen würde. Er hatte recht. Die Zeit, die ich in dem Fischerdorf unter jenen einfachen Menschen verbracht habe, hat mich eines Besseren belehrt. Man ist, was man ist. Doch die Frage ist doch, was macht einen dazu? Für eine kurze Zeit habe ich ein völlig anderes Leben geführt, weil ich es nicht besser wusste. Dann bin ich Pater Baptista begegnet, der mich in mein altes Leben zurückgeführt hat. Seit jenem Tag fühle ich mich entzweigerissen. Man stülpt nicht jemandem eine Soutane über und gibt ihm damit seine Berufung zurück. Diese Erkenntnis war schmerzlich für mich, nichtsdestotrotz ist sie wahr.«

»Hast du dich in diesem Dorf glücklich gefühlt?«

»Glücklich? Ich weiß es nicht zu sagen«, antwortete er ehrlich. »Glück verbinde ich mit meiner Kindheit. Was ich weiß, ist, dass mich dort eine tiefe Zufriedenheit erfüllt hat. Ich habe nichts vermisst, mich quälte auch nicht der Gedanke, herausfinden zu müssen, wer ich wirklich bin. Was mich jedoch bis heute quält, ist der Gedanke, damals auch meinen Glauben vergessen zu haben, meine Liebe zu Gott, all das, wofür ich seit meinem sechzehnten Lebensjahr gelebt habe. Nachdem mir durch Pater Baptista meine Identität zurückgegeben worden war, übernahm ich eine Missionarsstelle in Nordamerika. Ich hatte angenommen, dass ich, wenn ich den Glauben verbreite, ihn auch selbst wiederfinden würde. Das Gegenteil trat ein. Ich durfte erleben, wie einfache Menschen auch ohne den Glauben an den christlichen Gott den Sinn des Lebens erfahren konnten. Schmerzlich musste ich erkennen, dass unser Missionarseifer dort sehr viel mehr zerstört, als er Gutes bewirkt. Viele Wege führen zur Erlösung, und der christliche scheint nur einer davon. Diese Erfahrungen sind es, die mich zweifeln lassen. Welcher Mensch bin ich wirklich? Jener, der ich vor dem Schiffbruch war, oder jener, der ich jetzt bin? Ich war einmal sicher, dass Gott die Antwort auf alle meine Fragen ist. Heute frage ich mich, ob ich einer Selbsttäuschung erlegen bin. Hat Gott mich deshalb verlassen? Der Pater General hat mir die gleichen Fragen gestellt. Er hat mein Gesuch um Suspendierung abgelehnt und stattdessen verlangt, dass ich mich einige Monate selbst prüfe. Ich habe zugestimmt. Das kann ich jedoch nur in der Abgeschiedenheit eines Klosters tun. Darum muss ich gehen.«

Emilia hatte ihm mit wachsendem Staunen gelauscht. Niemals hätte sie gedacht, dass der selbstsichere und aufrechte Francesco jemals an sich zweifeln könnte – geschweige denn, dass er es ihr gegenüber eingestehen würde. Es zerriss ihr das Herz, ihn so zu sehen. Wenn sie seinen Glauben an Gott früher auch verdammt hatte, so wünschte sie sich heute nur eines: dass Francesco seinen inneren Frieden wiederfand. Und obwohl alles in ihr danach drängte, ihn anzuflehen, sie nicht zu verlassen, sagte sie mit zugeschnürter Kehle: »Dann musst du gehen. Ich wünsche dir von ganzem Herzen, dass du deinen Glauben wiederfindest. Kehr zurück, wann immer du möchtest. Ich werde immer deine Freundin sein.« Im Begriff, ihn erneut zu verlieren, wurde ihr bewusst, wie sehr sie ihn noch immer liebte.

Emilias betörendes Gesicht war Francesco ganz nah. Er sah ihre Augen, die wie zwei blaue Sterne funkelten. Fasziniert näherte er sein Gesicht dem ihren. Dieses eine Mal hatte die Leidenschaft seine Augen verdunkelt. Und der Funke sprang über ... Er küsste sie. *Er küsste sie!*

Emilia wurde von Schwindel erfasst, doch bevor sie völlig den Kopf verlor, löste sie sich in einem puren Akt des Willens von ihm. »Nein ...« Sie kannte ihn inzwischen zu gut und wusste, er würde es später bitter bereuen. Es war ein einfacher Abschiedskuss, nicht mehr, aber auch nicht weniger.

Francesco ließ sie sofort los. Emilia hatte das jähe Gefühl, als würde ihre Umgebung alle ihre Farben verlieren.

»Du hast recht«, entgegnete Francesco gepresst und stand auf. »Komm, ich geleite dich ins Haus zurück.« Er nahm seine Jacke auf und bot ihr seine Hand. Schweigend legten sie den Weg zurück.

Ihr Abschied war kurz und förmlich, dabei brannten ihre Lippen noch von dem soeben ausgetauschten Kuss.

Ein zartes Lächeln erhellte Emilias Augen, während sie ihre Lippen mit den Fingern berührte. Francesco hatte sie nicht wie ein Priester geküsst, sondern wie ein Mann, dessen Leidenschaft entfacht worden war.

XIX

Serafina kehrte von ihrem Ausgang zurück. Sie hatte den Vater einer überaus begabten Schülerin aufgesucht, die seit einer Woche nicht mehr in der Schule erschienen war. Wieder einmal hatte sie Überzeugungsarbeit leisten müssen. Sie erlebte oft, dass Väter ihre Meinung urplötzlich änderten. Dafür gab es vielerlei Gründe. Meist mokierten sich Priester, Freunde, Nachbarn oder alle zusammen, wozu ein Mädchen lesen und schreiben lernen sollte. Meistens aber fürchtete der Haushaltsvorstand sich davor, dass seine Tocher bald gebildeter sein könnte als er selbst, und sah seine Autorität infrage gestellt. In diesem Fall, der Tochter des Schmieds, war das letzte Wort lange nicht gesprochen.

Ein livrierter Diener in weißen Handschuhen und mit ondulierter Perücke eilte herbei, um ihren Umhang entgegenzunehmen. Noch immer tat sich Serafina schwer, von so viel Luxus umgeben zu sein. Sie begegnete ihm, indem sie weiter auf ihre einfach geschnittenen Kleider aus grauer oder brauner Wolle bestand, selbst wenn diese nun aus feinerem Tuch waren. »Ist Donna Elvira zu Hause, Fabiano?«, erkundigte sie sich bei dem älteren Diener.

»Nein, Signorina. Eure Frau Mutter ist soeben ausgegangen, um eine neue Medizin für die Eccellenza zu erwerben«, erwiderte der Mann gemessen.

»Und die Fürstin?«

»Ihre Eccellenza ruht. Sie hat strikte Anordnung gegeben, dass sie die nächsten Stunden nicht gestört werden darf. Sie hat sich gleich nach dem Besuch des Principe Colonna in ihre Gemächer zurückgezogen«, fügte er hinzu, wissend, dass diese Information Serafina sicherlich interessieren dürfte.

In diesem Haus blieb leider rein gar nichts verborgen.

Die Haustürglocke schlug an. Es musste sich um einen ungeduldigen Besucher handeln, denn sie läutete geradezu Sturm. Ein zweiter Diener eilte herbei, um die Tür zu öffnen.

Zu ihrem Erstaunen erkannte Serafina in dem ungeduldigen Besucher Emanuele. Sie ging ihm besorgt entgegen. »Pater di Stefano«, begrüßte sie ihn förmlich, da sie übereingekommen waren, sich in der Gegenwart von Dritten nicht zu vertraut zu geben. »Welche Freude, Euch hier zu sehen, es ist lange her. Eure Schwester wird sich sehr über Euren Besuch freuen. Ich habe eben vernommen, dass sie ruht, doch ich werde ihr sagen, dass Ihr da seid. Kommt, ich geleite Euch so lange in unseren Empfangssalon.« Rasch schritt sie ihm voran. Emanuele folgte ihr mit gesenktem Kopf. Sie schloss die Tür. »Emanuele, was ist denn los? Ist etwas passiert?«

Der junge Priester verharrte breitbeinig vor dem Kamin. Er hatte den Kiefer grimmig aufeinandergepresst, als wappnete er sich, keine unbedachten Worte entweichen zu lassen.

»Gut, ich verstehe«, interpretierte Serafina sein Schweigen. »Du willst darüber nur mit Emilia sprechen. Ich werde gehen und sie wecken, falls sie nicht schon durch dein Läuten wach geworden ist.«

»Nein«, hielt Emanuele sie wider Erwarten zurück. »Bleib. Besser, wir lassen Emilia noch eine Weile ruhen. Sag mir, war Francesco heute hier?«

Serafina wunderte sich ein wenig über die Frage, antwortete jedoch wahrheitsgemäß: »Ja, er kommt recht häufig hierher, wie du gewiss weißt. Ein Diener hat mich eben darüber in Kenntnis gesetzt, dass Emilia den Principe heute empfangen hat.«

»Dieser Schuft. Warum kann er meine Schwester nicht in Frieden lassen? Dabei ist alles meine Schuld. Ich selbst habe ihn hierhergeschickt, damit er weiter seine Lügen verbreiten kann«, brach es völlig untypisch aus Emanuele heraus.

»Emanuele!«, entfuhr es Serafina. »Wie sprichst du über deinen Freund?«

»Francesco wird Rom erneut verlassen. Er hat mir gestern Abend unter dem Siegel der Verschwiegenheit anvertraut, dass er sich in ein Kloster nach Viterbo zurückziehen will und dort Exerzitien betreiben möchte, um seinen Glauben zu prüfen. Es sollte ein Geheimnis zwischen dem Pater General, mir und ihm bleiben. Doch ich habe ihm eine Bedingung gestellt: dass er Emilia ebenfalls in sein Vorhaben einweihen muss. Sie hat sich ein Recht auf die Wahrheit erworben. Ich weiß, wie sehr sie ihn einst geliebt hat, und wir beide wissen, dass auch er Gefühle für sie hegte. Doch er hatte sich entschieden, sein Leben Gott zu weihen, und hat sich diese Liebe aus dem Herzen gerissen. Und ich habe ihn für seine Standhaftigkeit noch bewundert …« Den letzten Satz stieß er voller Verachtung aus. Er offenbarte damit das ganze Ausmaß seiner Erschütterung.

»Wovon in Gottes Namen sprichst du? Was ist denn geschehen?«

Doch Emanuele schien Serafina nicht gehört zu haben. Er fuhr fort, in seinen Monolog versunken: »Nachdem Fürst Sergej im Krieg gefallen war und Francesco unserem Orden seit seiner Rückkehr aus Amerika nicht mehr angehört, hatte ich um Emilias willen gehofft, dass die beiden vielleicht doch zusammenfinden könnten …«

»Wie?«, unterbrach ihn Serafina verblüfft. »Francesco ist kein Priester mehr? Aber warum hat er es uns gegenüber nie erwähnt?«

»Weil er nicht der ist, der er vorgibt zu sein. Er ist ein Mann wie alle anderen, und dazu ist er auch noch feige. Er hat uns alle getäuscht!« Emanueles Stimme brach.

Serafina schenkte aus einer bereitstehenden Karaffe Wein ein. Wortlos reichte sie ihm das Glas. Emanuele leerte es mit großen Schlucken und stellte es heftig auf dem mamornen Sims ab. Doch anstatt ihn zu besänftigen, erzielte der Wein die gegenteilige Wirkung. »All sein Gerede von Spiritualiät und Seelenfrieden und seinen Zweifeln. Jetzt weiß ich, dass er uns die ganze Zeit über zum Narren gehalten hat. Nichts als Lügen. Und ich Esel habe ihm Trost gespendet, war ihm in jeder Minute ein Freund …« Er hielt kurz inne, um sich selbst das Glas zu füllen und erneut zu leeren.

Serafina betrachtete ihn fasziniert. Zum ersten Mal konnte sie in ihm das Aufflackern jenes Temperaments erkennen, das sonst Emilia auszeichnete. »Was hat Francesco denn genau verbrochen?«, ermunterte sie ihn, weiterzusprechen, da sein redseliger Ausbruch in Stummheit umgeschlagen schien. Emanuele starrte schon eine ganze Weile auf das leere Glas in seiner Hand, als wunderte er sich darüber, welchem Zweck es diente. Endlich sah er Serafina an. Der Zornesfunke in seinen Augen war erloschen, und er wirkte mit einem Mal erschöpft. »Ich habe heute durch reinen Zufall Kenntnis erlangt, dass Francesco nie beabsichtigt hat, sich nach Viterbo zurückzuziehen.«

»Aber warum sollte er das dann behaupten? Das ergibt keinerlei Sinn, Emanuele. Sicherlich handelt es sich nur um ein Missverständis. Ich bin mir sicher, Francesco würde dich niemals wissentlich belügen«, versuchte Serafina, ihm ihre Zuversicht mitzuteilen.

Emanuele sah sie mit einem derart gequälten Gesichtsausdruck an, dass sie unwillkürlich erbleichte. »Was hast du noch erfahren?«

»Francesco hat vor, sich in wenigen Tagen erneut nach Martinique einzuschiffen.« Emanuele machte keinen Hehl aus seiner Verachtung.

»Aber warum sollte er sich erneut einem solchen Risiko aussetzen?«, rief Serafina entsetzt. »Das letzte Mal wäre er beinahe zu Tode gekommen!«

»Ganz einfach«, schnaubte Emanuele. »Weil er dort Frau und Kind zurückgelassen hat.«

Serafina sackte das Herz in die Magengrube. »Süßer Jesus. Bist du dir sicher? Ich kann mir kaum vorstellen, dass …«

»Natürlich bin ich sicher«, fiel ihr Emanuele heftig ins Wort.

»Ich habe den Brief des Vaters dieses armen Mädchens, das er sitzen gelassen hat, selbst gelesen.«

»Es ist wahr?«, flüsterte Serafina. Kraftlos sank sie auf einen Sessel. Dann suchte sie Emanueles Augen. »Du musst mir versprechen, dass du Emilia nichts davon sagst. Es würde sie vernichten und ihre endgültige Genesung gefährden!«

»Aber deshalb bin ich gekommen. Emilia muss die Wahrheit erfahren. Wie soll sie sonst …«

»Ich teile die Meinung meiner Tochter, lieber Freund«, unterbrach ihn eine zweite Frauenstimme.

Die beiden waren so sehr in ihren Disput vertieft gewesen, dass sie das Eintreten von Donna Elvira nicht bemerkt hatten.

»Höre mir zu, Emanuele. Ich kenne die Neigung, die Emilia seit Langem für Francesco Colonna hegt. Die Liebe des russischen Fürsten konnte sie nur für kurze Zeit verdrängen. Das Wissen, dass Francesco ein Kind hat, könnte die Kammer ihres Unterbewusstseins öffnen und Emilia an den Verlust ihres gemeinsamen Kindes mit Sergej erinnern. Wir müssen ihr diesen Schock ersparen. Schlimmer als der Blutverlust war das Nervenfieber, es könnte jederzeit neu aufflackern. Du musst deine Wahrheitsliebe dem Seelenfrieden deiner Schwester unterordnen. Kannst du das?«

Einen Augenblick lang hielt Emanueles Blick dem bernsteinfarbenen Donna Elviras stand. Dann senkte er den Kopf, zum Zeichen, dass er sich ihrer Argumentation unterwarf.

Plötzlich wurde die Tür aufgerissen, und Emilia stürmte herein. »Oh, ich wusste, dass du hier bist! Endlich sehe ich dich wieder, Bruder. Eigentlich müsste ich dir böse sein, weil du so lange nicht gekommen bist, aber ich bin viel zu glücklich, dich zu sehen«, strahlte Emilia und umarmte ihn innig.

Dann löste sie sich von ihm und nahm ihn bei den Schultern. Forschend sah sie ihm in die Augen. »Ich spüre, dass du traurig bist. Es geht um Francesco, nicht wahr?« Weil Emilia sich völlig auf ihren Bruder konzentrierte, entging ihr, dass Serafina und Donna Elvira sich jäh versteiften. »Sei nicht traurig, Emanuele.

Francesco hat mir versprochen, dass er wiederkehren wird. Alles wird gut werden.«

Das lärmende Erscheinen von Ludovico, Sascha und den drei Hunden machte jedes weitere ernsthafte Gespräch unmöglich.

XX

Die Sandalen der beiden Männer, die gegen Mitternacht durch die Gänge des römischen Professhauses des Jesuitenordens huschten, verursachten keinerlei Geräusch auf dem Marmorboden. Auf ihrem langen Weg begegnete ihnen keine Menschenseele. Nur ihre Schatten folgten ihnen im unruhigen Schein der Fackeln entlang der Wände.

»Hier ist jener, den Ihr habt rufen lassen, Eminenz«, kündigte der Ältere seinen Begleiter an. Gemeinsam betraten sie das Scriptum.

»Ich danke Euch, Pater Baptista.« Damit war der Begleiter entlassen, leise zog er sich zurück.

»Setzt Euch, mein Sohn«, begrüßte der Generalobere des Jesuitenordens Emanuele. Er selbst stand am Fenster. Der junge Besucher fragte sich, was sein Spiritual wohl dort hinter den dunklen Scheiben sehen mochte, denn der Himmel über Rom war verhangen und die Nacht tintenschwarz.

Der Pater General war nicht übermäßig groß und schlank. Die langen, schmalen Hände hatte er auf dem Rücken verschränkt. Emanuele wunderte sich, warum Ricci ihn mitten in der Nacht zu sich hatte rufen lassen. Unwillkürlich geriet ein sorgfältig in Wachstuch eingeschlagenes Paket in sein Blickfeld. Es thronte mitten auf dem wuchtigen Eichenschreibtisch zwischen mehreren aufgestapelten Schriftrollen und einem braunen Kleiderbündel. Das Paket wies eine ungewöhnliche Form auf und wirkte wie ein halber Ball. Nicht minder seltsam nahmen sich die in das Wachstuch eingearbeiteten Schlaufen aus, durch die rundherum ein stabiler Lederriemen mit Schließe lief.

Das Paket trug einen Gürtel. Und war das tatsächlich eine Perücke mit einer Tonsur? Die fraglichen Gegenstände wirkten seltsam deplatziert in dieser von Büchern, Manuskripten und Schriftrollen geprägten Umgebung. Tatsächlich hatte sich der Raum, seit er ihn vor mehreren Stunden verlassen hatte, sehr verändert. Das ansonsten ordentliche Offizium wirkte nun geradezu chaotisch. Stapel von Schriftstücken bedeckten jede erdenkliche Fläche, sogar den einfachen Ziegelboden. Dieses Durcheinander erschien ihm höchst ungewöhnlich für einen Mann wie Ricci, der viel Augenmerk auf Ordnung verwandte. Wie soll man seine Gedanken ordnen, wenn die eigene Umgebung von Chaos beherrscht wird, pflegte er zu sagen.

Endlich brach Ricci sein Schweigen, doch er wirkte dabei, als spräche er mit sich selbst. »Was geschieht nur mit dieser Welt? Alles gerät aus den Fugen. Die Mächtigen neiden uns unsere Erfolge. Und warum? Weil der Mächtige nichts mehr fürchtet als die Macht, die anderen erwächst. Bisher war unser Orden ein Bollwerk im Angesicht des Wandels. Und nun? Unsere Feinde verbünden sich, verschwören sich, konspirieren gegen uns. Alles verkommt zu Intrigen und Ränkespielen, dabei dienen alle diese Machenschaften nur einem Ziel: der endgültigen Vernichtung des Ordens des heiligen Ignatius.« Ricci hob die Stimme. »Ich frage mich: *Wo bleibt da Gott? Er* sei mein Zeuge, dass es mich niemals dazu gedrängt hat, dieses Amt zu übernehmen. Seit meiner Jugend war es mein ureigenstes Bestreben, allein Gott mit der ganzen Kraft meiner Seele zu dienen.«

Derart tief empfundener Schmerz lag in seiner Stimme, dass Emanuele schüchtern einzuwenden wagte: »Aber dient Ihr Gott nicht ebenso in diesem Amt, ehrwürdiger Vater?«

Der Pater General wandte sich zu ihm um. »Das ist ja das Dilemma, mein Sohn. Gott zu dienen und die Bürde und die Pflichten, die dieses Amt mir auferlegen, sind leider nicht allzu oft in Einklang zu bringen. Nun denn …« Ricci seufzte und trat zu seinem Schreibtisch. Erschöpfung und Kummer hatten tiefe Furchen in sein Gesicht gegraben. Er war ein ruhiger und eloquenter Mann, der die vier Kardinalstugenden Frömmigkeit, Enthaltsamkeit, Tapferkeit und Gerechtigkeit lebte. Ein Mann, wie geschaffen, um den Orden in ruhigen Zeiten in einen Hafen zu geleiten. Doch das Schiff der Jesuiten war in allzu stürmische See geraten. Und Ricci hatte den unbarmherzigen Gezeiten einzig seinen Glauben an die Gerechtigkeit Gottes entgegenzusetzen. Langsam, mit einer fast liebkosend anmutenden Bewegung, legte er seine Hand auf das rundliche Wachstuchpaket. »Darum habe ich Euch rufen lassen. Ich habe einen Entschluss gefasst, da ich das Schicksal nicht länger herausfordern kann.«

Verständnislos hefteten sich Emanueles Augen auf das seltsame Päckchen. Die Worte Riccis hatten seinen Pulsschlag unwillkürlich beschleunigt. Der Pater General verließ seinen Platz und kam um den Schreibtisch herum. Er legte Emanuele die Hand auf die Schulter: »Ihr, mein Sohn, besitzt seit Langem mein Vertrauen und habt mich niemals enttäuscht. Ich weiß, dass Eure Seele rein und gotterfüllt ist. Aus diesem Grund habe ich Euch auserwählt, das Geheimnis der Jesuiten für eine Weile in Euren Gewahrsam zu nehmen.« Ricci hielt inne, wohl um die Wirkung seiner Worte abzuwarten.

Emanuele blieb stumm. Aus dem einfachen Grunde, da es ihm die Sprache verschlagen hatte. Ricci nickte, ein feines Lächeln erhellte seine müden Züge. »Das gefällt mir an Euch: Ihr seid kein Mann der überflüssigen Worte. Werdet Ihr tun, worum ich Euch bitte?«

Emanuele musste sich erst die Kehle freiräuspern, um seine Stimme wiederzufinden. Dann senkte er seinen Kopf in einer angedeuteten Verneigung. »Eure Eminenz, Ihr wisst, dass ich Euer ergebenster Diener bin. Verfügt über mich nach Eurem Ermessen.«

»Sehr gut«, erwiderte Ricci in einem Ton, als hätte er nichts anderes von dem jungen Pater erwartet. »Hier sind Eure Instruktionen. Aber zuerst das Paket.« Er nahm es vom Tisch, schnallte es Emanuele geschickt um den Bauch und prüfte dann dessen Sitz mit der Mimik eines Schneiders bei der Anprobe.

Emanuele sah verblüfft an sich hinunter. Immerhin ergab der Gürtel nun einen Sinn.

»Nun streift das hier über.« Der Pater General drückte ihm das braune Kleiderbündel in die Hände. Mit zitternden Fingern löste Emanuele die Kordel und fuhr in das grobe Gewand. Die enorme Weite umspielte seinen Leib, während seine Hände in den langen Ärmeln verschwanden. Dafür war die Rundung des Pakets kaum mehr zu bemerken. Zu seinem Entsetzen griff der Pater General nun nach der Perücke und stülpte sie dem jungen Mann über. Auch hier überprüfte er den Sitz, als würde er dergleichen Tätigkeiten täglich verrichten. Emanuele ließ alles mit der Miene eines in sein Schicksal Ergebenen über sich ergehen. Seinen Superior schien das Ergebnis zufriedenzustellen. Er betrachtete Emanuele von allen Seiten und nickte beifällig. »So wird es gehen. Und nun hört mir zu. Ihr müsst diese Unterlagen von hier fortbringen, da sie hier nicht mehr sicher sind. Verrat lauert hinter jedem Schatten. Keinesfalls dürfen sie in die Hände unserer Feinde fallen. Das wäre unser endgültiger Untergang. Ihr allein entscheidet darüber, wohin Euch Euer Weg von hier aus führen wird. Ich will und ich darf es auch nicht wissen. Auf diese Weise kann mir das Geheimnis bei einer Befragung nicht entrissen werden.«

Emanuele schluckte, und seine Stimme zog sich vor Entsetzen zusammen. »Eure Eminenz fürchtet … hochnotpeinlich befragt zu werden?«

»Nun, mein Sohn, ich bin zwar ein alter Mann, doch es ist nicht die Folter, die ich fürchte. Unsere Gegner bedienen sich weit subtilerer Methoden, wie der Hypnotik oder der Herstellung gewisser Tränke, die einem die Zunge lösen. Nun geht. Es ist spät geworden. Das Schicksal der Unseren ruht nun in Euren Händen. Unser Geheimnis ist nun Euer Geheimnis. Hütet es wohl, und sprecht mit niemandem darüber. Sobald Ihr einen sicheren Ort Eurer Wahl zur Verwahrung gefunden habt, kehrt Ihr in Euer altes Quartier zurück. Pater Baptista hat die Anweisung, das Gerücht zu verbreiten, dass ich mit Euren Diensten nicht mehr zufrieden bin. Verzeiht diese Lüge, mein Sohn, sie dient allein Eurem Schutz. Sollten unsere Feinde siegen und ich mit dem Orden stürzen, will ich Euch nicht mit mir reißen. Sollten wir diesen Sturm überstehen, werdet Ihr rehabilitiert werden. Nun verlasst mich. Geht, und möge Gott mit Euch sein.« Er schlug das Kreuz über Emanuele und sprach seinen Segen. Dann schritt er zur Tür. »Pater Baptista wird Euch auf demselben Weg wieder hinausbegleiten.«

Emanuele, verwundert, so schnell entlassen zu sein, obwohl er mit einer Mission von solcher Tragweite beauftragt worden war, verharrte an Ort und Stelle. »Aber Eure Eminenz, muss ich denn mein Schweigen nicht auf die Bibel schwören?«

»Nein, denn ein Schwur ist immer nur so viel wert wie jener, der ihn leistet, nicht wahr?«, sagte er traurig. »Geht in Frieden, mein Sohn. Wenn die Zeit gekommen ist, werde ich Euch rufen.«

Emanuele drehte sich in der Tür ein weiteres Mal um. Mit bebender Stimme sagte er: »Mein Vater, verzeiht mir diese letzte Frage. Wenn das Schlimmstmögliche eintreten sollte und man Euch verhaftet, was soll dann mit dem Paket geschehen?«

»Seid ohne Sorge, mein Sohn. Pater Baptista weiß, was zu tun ist. Er wird mit Euch in Kontakt treten. Denkt daran: Was auch geschieht, es ist allein Gottes Wille, der uns lenkt.« Mit diesen Worten schloss der Pater General seine Tür. Emanuele sollte ihn nie mehr wiedersehen.

Emilia fühlte sich am Abend seltsam unruhig und konnte sich nicht dazu entschließen, die Kerzen zu löschen. Zweimal schon hatte sie nach Ludovico und Sascha gesehen, doch die beiden Kinder schliefen friedlich in ihren Betten, schnarchend bewacht von ihrem Fell tragendem Hofstaat.

Um ihre gereizten Sinne zu beschäftigen, hatte sie es sich schließlich mit einem zweihundert Jahre alten Gedichtband Vittoria Colonnas in ihrem Bett gemütlich gemacht. Vittoria, Francescos Urahnin, war eine begabte Dichterin und enge Freundin des großen Michelangelo gewesen. Und, Ironie des Schicksals, in ihrer Zeit ebenfalls mit dem Markgrafen von Pescara verheiratet gewesen. Im Gegensatz zu ihr war Vittoria Colonna unsterblich in ihren Gemahl verliebt gewesen und hatte ihm über den Tod hinaus die Treue bewahrt.

Unerwartet zu dieser späten Stunde klopfte es. Emilia warf sich einen Frisiermantel über und fand sich ihrem Majordomus Donatus gegenüber. In Schlafrock und Schlafmütze, die verkniffene Miene gespensterhaft durch eine Kerze beleuchtet, verkündete er, dass ein »junger, an Penetranz kaum zu überbietender Mönch« verlange, sie sofort sprechen zu müssen. »Leider, Eccellenza, er ließ sich nicht abweisen.«

»Hat er denn gesagt, um was es sich handelt?«

»Nein, er beteuerte nur, dass er die Fürstin in einer dringenden Angelegenheit sprechen müsse.«

»Es ist gut, Donatus. Womöglich handelt es sich um einen Boten meines Bruders. Wo befindet er sich jetzt?«

»Er wartet in der Halle.«

»Nein«, erklang eine dumpfe Stimme hinter ihm und schob ihn beiseite. »Er ist hier.« Eine gedrungene Gestalt, die Kapuze tief ins Gesicht gezogen, trat ein. Donatus plusterte sich entrüstet auf, um gegen dieses unmögliche Benehmen zu protestieren.

Der Mönch lüpfte nun kurz die Kapuze. Emilia zuckte leicht zusammen, als sie den mysteriösen nächtlichen Besucher erkannte. »Ihr könnt Euch beruhigt zurückziehen, Donatus. Ich kenne diesen Mönch.« Sie schob den Verdutzten durch die Tür und schloss sie. Danach warf sie sich Emanuele sofort an den Hals und hielt verblüfft inne. Sie war auf das Hindernis an seiner Taille gestoßen. »Nanu?«, wunderte sie sich. »Hast du die gute Küche entdeckt? Vor zwei Wochen warst du so dünn, dass ich mich um deine Gesundheit sorgte. Und jetzt bist du so rund und proper wie der Benediktinerpater, der sonntags Almosen verteilt. Was soll dieser Aufzug? Bist du unter die Spione gegangen?«

Emanuele antwortete mit einem gequälten Lächeln. Hinter ihm öffnete sich die Tür, und Serafina trat ein. »Donatus sagte mir, du hättest einen späten Besucher empfangen …?« Schon entdeckte sie Emanuele in seiner Verkleidung, und ihr Gesicht zerfloss in ein Fragezeichen. Emanuele runzelte bei ihrem Anblick die Stirn. Offenbar hatte er nicht mit ihrem Erscheinen gerechnet. Er schritt an ihr vorbei zur Tür und drehte den Schlüssel um.

»Was tust du da, Emanuele? Und wie siehst du überhaupt aus?«, rief Serafina verdutzt.

Wortlos zog Emanuele die Perücke vom Kopf. Dann löste er die Kordel und raffte mit beiden Händen die braune Kutte. Er enthüllte dabei magere, sehnige Beine, die in staubigen Sandalen steckten. »Ich muss dieses Paket abschnallen. Ich schwöre, es fühlt sich so heiß an, dass es mir meine Haut versengt.« Mit der Behutsamkeit einer Amme legte ihr Bruder das Paket auf dem Bett ab. Seine Miene hatte sich nicht entspannt.

»Was ist da drin? Hast du etwa das Siegel des Papstes gestohlen?«, versuchte sich Emilia an einem Scherz, obwohl ihr kaum danach zumute war. Das eigenartige Benehmen Emanueles erschreckte sie. Serafina schien es ebenso zu ergehen. Mit aufgerissenen Augen starrte sie auf das Paket.

»Nein, natürlich nicht«, antwortete Emanuele. Er sank mit gebührendem Abstand zu dem Paket auf das Bett.

»Was befindet sich dann darin?«

»Das weiß ich nicht. Überdies darf ich mit niemandem darüber sprechen.«

Er hätte sie besser kennen müssen. Emilia pflanzte sich vor ihm auf. »Ich bin aber nicht *niemand*«, schnaubte sie. »Du glaubst doch nicht etwa, Bruderherz, dass du hier mitten in der Nacht in dieser seltsamen Verkleidung bei mir auftauchen kannst und ohne eine Erklärung davonkommst? In diesem Haus schlafen meine Kinder, und ich muss wissen, ob sie in Gefahr sind.«

Emanuele blinzelte. Er wurde noch eine Winzigkeit blasser. »Schon gut, kein Grund, die schweren Geschütze aufzufahren … Es handelt sich um Dokumente aus unserem Archiv«, erklärte er nun mit gedämpfter Stimme. »Der Pater General hat sie mir anvertraut. Er hat mich gebeten, diese an einem Ort meiner Wahl zu verwahren, bis sich ein Bote bei mir meldet.«

»Das verstehe ich nicht. Warum behält er sie nicht einfach selbst?«

»Weil er überzeugt ist, dass sie innerhalb unserer Kurie nicht mehr sicher sind.«

Emilia schluckte. Ihre Kehle fühlte sich plötzlich eng an. »Das ... ist ein großer Vertrauensbeweis«, stieß sie hervor.

»Aber vor allem eine große Bürde«, mischte sich Serafina ein. Sie trat näher und tippte das ominöse Päckchen an. »Ahnst du wenigstens, was es beinhalten könnte, Emanuele?«

»Kaum. Es steht mir nicht zu, den Pater General danach zu fragen. Er hat lediglich geruht, anzudeuten, dass der Inhalt niemals in die Hände der Feinde unseres Ordens fallen darf. Verzeih mir, Schwester, dass ich dich damit belaste. Ich bin eine ganze Weile unschlüssig durch die Stadt gelaufen, bis ich bemerkt habe, dass ich verfolgt werde. Ich konnte die Verfolger abschütteln und fand mich jäh vor deinem Haus wieder. Ich glaube fast, die Vorsehung hat meine Schritte hierhergelenkt. Könntest du das Paket so lange bei dir verstecken, bis es gefahrlos an seinen alten Verwahrungsort zurückkehren kann?« Emanuele sah sie bittend an.

Emilia fühlte sich unwillkürlich in ihre gemeinsame Kindheit zurückversetzt. Sie schenkte ihm ein Lächeln voller Wärme.

»Warum lächelst du, Schwester?«, fragte er erstaunt.

»Ich sehe, dass unser Dreierbund nie zerbrochen ist. Haben wir als Kinder nicht stets alle unsere Geheimnisse miteinander geteilt? Du hast recht daran getan, zu mir zu kommen. Selbstverständlich helfe ich dir, Bruderherz. Ich werde das Paket für dich verwahren. Es ist hier sicher.« Emanueles Züge entspannten sich zum ersten Mal, seit er die Schwelle zu ihrem Gemach übertreten hatte. Er nahm die Hände seiner Schwester und legte sein Gesicht in einer anrührenden Geste hinein. Dann erhob er sich mit einer raschen Bewegung und griff nach der Perücke.

»Du musst schon wieder fort?«, rief Emilia unglücklich.

»Leider. Ich sollte vor dem Morgengrauen zurück in meinem Quartier sein.« Der gehetzte Ausdruck war auf sein Gesicht zurückgekehrt. »Was ist mit deinem Majordomus? Wird er über diesen nächtlichen Besuch Stillschweigen wahren?«

»Natürlich, ich vertraue Donatus vollkommen. Außerdem glaube ich nicht, dass er dich erkannt hat.«

Emanuele stülpte sich die Perücke mit einem Blick in Emilias Spiegel über. Als Nächstes schnürte er die Kordel um seine plötzlich wieder erschlankte Taille.

Serafina trat zu ihm. »Möchtest du, bevor du gehst, nicht wenigstens eine Kleinigkeit zu dir nehmen? Mir scheint, dein Orden ist nicht gerade üppig mit seinen Mitgliedern.«

Emanuele verzog den Mund zu einem kläglichen Lächeln. »Liebe Serafina, regelmäßige Mahlzeiten sind in der Tat meine geringste Sorge.« Dann umarmte er sie nacheinander. »Gott mit dir, meine Schwester. Und auch mit dir, Serafina. Gib mir auf Emilia acht!«

»Keine Sorge! Tue ich das nicht schon, seit wir Kinder waren?«

Sie drückte ihm ein kleines Säckchen in die Hand, nachdem sie rasch die Früchte und das Konfekt aus der Schale auf dem Tisch geplündert hatte. »Hier, nimm wenigstens das. Du kannst weder Gott noch dem Pater General dienen, wenn du vor Hunger stirbst.«

Emanuele schenkte ihr zum Dank das erste richtige Lächeln des Tages. Dann war er fort.

Zurück blieb das halbrunde Paket auf Emilias Bett. Wie von einem geheimen Magnetismus angezogen, steuerten die beiden jungen Frauen darauf zu. In ihren Augen stand derselbe Argwohn zu lesen, als verdächtigten sie es, jeden Moment in Flammen aufzugehen. Lange standen sie davor und betrachteten es. Unbewusst fanden sich ihre Hände dabei. Emilia brach das Schweigen. »Was meinst du, Serafina?«, fragte sie leise.

Serafina kaute auf ihrer Unterlippe, und eine tiefe Falte teilte ihre Stirn. Schließlich sagte sie: »Ich glaube, wir denken das Gleiche. Die Spatzen pfeifen es von den Dächern: Der Jesuitenorden steht nahe am Abgrund. Just schnürt der Pater General Ricci ein Paket mit brisantem Inhalt. Er vertraut es seinem Sekretär an, der es schnurstracks zu dir bringt. Tut mir leid, aber wie es scheint, hat uns die Prophezeiung meiner Großmutter doch eingeholt.« Serafina sank auf das Bett. Emilia kaute ebenfalls auf ihrer Unterlippe, als hätte Serafina sie mit dieser Unsitte angesteckt. Sie betrachtete das Paket wie einen Feind. Plötzlich ging ein Ruck durch ihren Körper. Sie wusste, was sie zu tun hatte. Sie würde nicht den gleichen Fehler begehen wie Beatrice und gegen ihr Schicksal ankämpfen. *Oh nein, sie würde nicht am Abgrund tanzen. Sie würde der Herausforderung ins Gesicht sehen!* In aller Seelenruhe sagte sie zu Serafina: »Gib mir bitte das Obstmesser, sei so gut.«

Ihr Ansinnen erwischte ihre Freundin offenbar kalt. Serafina fuhr, wie von der Tarantel gestochen, auf. »Was? Du willst es öffnen?«

»Natürlich. Wie sollen wir sonst herausfinden, was sich darin befindet?«

»Deine Logik ist verblüffend«, brummte Serafina, während sie widerstrebend auf die Schale zusteuerte, neben der das Messer lag. Einen Schritt vor dem Bett hielt sie inne. Sie zögerte sichtlich, ihrer Freundin das Messer auszuhändigen.

»Was hast du? Willst du es mir nicht geben?«

Serafina sah Emilia an. Ihre Katzenaugen spiegelten deutlich ihren Unwillen wieder. »Emanuele wird es nicht recht sein, wenn wir es öffnen.«

»Er hat es uns aber nicht ausdrücklich verboten, oder?«, wandte Emilia triumphierend ein.

»Sicher. Doch man hat dir auch nicht ausdrücklich verboten, dich in den Tiber zu stürzen, und du weißt trotzdem, dass du es nicht tun solltest. Anders ausgedrückt: Emanuele hat uns ein Paket anvertraut, das ihm selbst nicht gehört. Es war für ihn selbstredend, dass wir kein Recht haben, es zu öffnen.«

»Du bist so furchtbar vernunftbegabt, Serafina. Ich hoffe, deine Schüler können davon profitieren«, seufzte Emilia.

»Das hoffe ich auch, denn bei dir käme jede Unterweisung zu spät. Ich werde das Messer jetzt an seinen Platz zurücklegen.« Sie machte Anstalten dazu, doch Emilia trat ihr in den Weg. »Nein, gib es mir! Ich muss wissen, was dieses Paket beinhaltet. Ich spüre, dass damit etwas nicht stimmt.«

»Was soll das jetzt wieder heißen?«, erwiderte Serafina gereizt.

»Denk nach, Serafina. Emanuele hat uns zwar nichts darüber verraten wollen, aber er hat angedeutet, dass der Inhalt den Feinden der Jesuiten in die Hände spielt. Was nichts anderes heißt, als dass der Inhalt den Jesuiten Schaden zufügt. Da stellt sich die naheliegende Frage, warum der Pater General Ricci diese Dokumente unbedingt konservieren möchte, wo er sie doch ganz einfach vernichten könnte? Ein kleines Kaminfeuer, und die Gefahr wäre für alle Zeit gebannt gewesen. Stattdessen schickt er Emanuele in dieser lächerlichen Verkleidung los. Pater Ricci ging damit ein großes Risiko ein. Ganz davon abgesehen, dass er damit Emanuele in Gefahr gebracht hat. Nein, ich muss wissen, was es mit dem Inhalt auf sich hat. Jetzt gib mir das Messer. Bitte …«, fügte sie hinzu.

Doch Serafina zögerte weiter. Fast zaghaft sagte sie: »Und wenn dies genau der Augenblick ist, in dem sich die Prophezeiung erfüllt?«

»Was willst du damit sagen?«

»Dass wir uns in dieser Sekunde an einem Scheideweg befinden, Emilia. Wir wissen nicht, wohin das Schicksal ausschlagen wird. Vielleicht wird nichts geschehen, wenn wir uns jetzt dazu entscheiden, das Geheimnis der Jesuiten zu wahren.«

Emilia nickte. »Ich gebe dir recht. Doch funktioniert deine These genauso gut umgekehrt. Ebenso kann nichts geschehen, gerade weil wir es öffnen und die richtigen Maßnahmen ergreifen.«

»Trotzdem möchte ich dich an das Lieblingszitat deines Vaters erinnern.«

»Welches wäre?«

»Deine Neugier wird dich noch einmal umbringen.«

In Emilias Mundwinkel zuckte es. »So sei es. Fordern wir das Schicksal heraus. Gib mir das Messer.« Emilia streckte ihre Hand aus.

»Nein«, erwiderte Serafina und versteckte es hinter ihrem Rücken.

»Das haben wir doch eben geklärt, Serafina. Was soll das?«

Doch Serafina trotzte ihr weiter und wich zurück.

»Also gut«, schnaubte Emilia verärgert. »Wie du willst. Dann gehe ich mir selbst eines holen.« Dann stutzte sie. Sie glaubte plötzlich, den Grund für Serafinas Weigerung zu kennen. »Oh, nun verstehe ich … Du hattest wieder eine Vision, oder? Ist das der Grund, warum ich das Päckchen nicht öffnen soll? Warum hast du das nicht gleich gesagt?«

Kurz war Serafina versucht, nach diesem Ausweg zu greifen, doch das wäre eine Lüge gewesen. »Nein, ich hatte schon lange keine Vision mehr«, erwiderte sie unglücklich. »Genau das bereitet mir Sorgen. Es scheint fast so, als ob sich mir meine Großmutter mit Absicht verweigert – als wollte sie, dass die Dinge ihren Lauf nehmen. Trotzdem bitte ich dich inständig, deine Neugierde zu zügeln.«

»Aber warum? Diese Prophezeiung hat mein Leben vergiftet. Es ist an der Zeit, dass ich die Dinge selbst in die Hand nehme. Warum kannst du mir nicht vertrauen, Serafina?«

»Darum geht es nicht. Ich verstehe dich, glaub mir. Es ist wahr, ich hatte keine Vision hierüber. Aber mein Instinkt warnt mich davor, dieses Paket so bald zu öffnen. Sieben Tage, Emilia, ist alles, um was ich dich bitten möchte. Warte sieben Tage, und dann, ich schwöre es dir, werden wir das Paket gemeinsam öffnen.«

»Aber warum müssen es denn genau sieben Tage sein?«, fragte Emilia verblüfft.

»Weil sich mit der Zahl sieben der Zyklus des Schicksals erfüllt.«

»Wer sagt das?«

»Meine Mutter.«

»Dann kann ich ja froh sein, dass es nur sieben Tage sind und nicht sieben Wochen oder gar sieben Monate«, erwiderte Emilia trocken. Mit einem Mal erschöpft, sank sie auf ihr Bett und strich sich eine lose Strähne aus dem Gesicht. Ein Gedanke durchfuhr sie. Jäh wurde ihr bewusst, dass in genau sieben Tagen Francescos Abwesenheit sieben Monate währen würde. Konnte dies ein Zufall sein?

Serafina hatte ihre Freundin nicht eine Sekunde aus den Augen gelassen. »Bedeutet das, dass du meinen Vorschlag akzeptierst?«

Emilia lächelte schwach. »Wann habe ich dir gegenüber nicht nachgegeben?«

»Nun, das eine oder andere Mal mit Sicherheit«, brummte Serafina kaum hörbar und legte das Messer weg.

Mit spitzen Fingern nahm sie dann das Paket auf und trug es in Emilias Kleiderkammer. Sie enthielt ein geheimes Fach mit Emilias Schmuck, zu dem nur Emilia und sie selbst den Schlüssel besaßen. Sie trug den ihren an einer Kette um den Hals. Sie öffnete die verborgene Tür und verbannte das Paket in den hintersten Winkel. Erst als die schwere Tür aus Stahl wieder wohlverschlossen war, atmete sie auf. Sie hatte dem Schicksal sieben weitere Tage abgetrotzt. Bange fragte sie sich, in welche Richtung es ausschlagen würde.

Die nächsten Tage wurden zu einer harten Geduldsprobe. Sie warteten mit angehaltenem Atem, ohne zu wissen, worauf.

Obwohl sich die beiden jungen Frauen bemühten, nicht an das Paket zu denken, wurde es zu ihrem steten Begleiter. Es nistete sich in ihren Köpfen ein, strahlte in jede Faser ihres Körpers aus und zerstörte ihren inneren Frieden.

Drei Tage lang geschah gar nichts. Die Bewohner der Villa Meraviglia durchliefen ihre tägliche Routine: Emilia kümmerte sich um die von ihren beiden Ehemännern hinterlassenen Besitztümer. Sie traf sich mit Verwaltern, Geschäftspartnern und Bankiers, während Serafina mit Filomena ihre Zeit in der Schule verbrachte.

Am Morgen des vierten Tages kamen die Dinge ins Rollen.

Mit hoheitsvoller Miene kündete Donatus einen Besucher an. Emilias Bruder Piero trat nach beinahe zwei Jahren erneut in Erscheinung. Er war ihr nach wie vor nicht willkommen. Ihr Vater, der alte Conte, hatte zwar einen Versuch unternommen, die Geschwister miteinander auszusöhnen, doch Emilia hatte dies abgelehnt. Es genügte, dass sie ihm eine gute Stellung in ihrer Manufaktur verschafft hatte. Sie ließ sich regelmäßig über ihn Bericht erstatten und hatte erfahren, dass Piero erneut begonnen hatte zu spekulieren.

Dass er ausgerechnet jetzt in Rom auftauchte, löste sofort ein Kribbeln in ihr aus. Einen winzigen Augenblick lang war sie versucht, ihn durch Donatus abweisen zu lassen. Doch sie schüttelte den Gedanken als feige ab. Sie hatte gelernt, dass man einer Plage am besten sofort begegnen sollte, bevor sich diese auswuchs und weitere Plagen gebar. Piero würde wieder Geld von ihr erbitten, und sie würde ihm klipp und klar erklären, dass diese Quelle für ihn versiegt sei. Die massive Tür der Bibliothek öffnete sich. Emilia blieb demonstrativ hinter ihrem Schreibtisch sitzen, den sie an das große Fenster hatte rücken lassen.

Piero beherrschte die Kunst des großen Auftritts und rauschte mit dem Elan eines Siegers herein. Wie stets war er nach der neuesten französischen Mode herausgeputzt, die Bänder und Schleifchen wehten. »Geliebte Schwester!«, rief er überschwänglich. »Welche Freude, dich zu sehen! Du bist so schön wie eh und je, trotz der furchtbaren Dinge, die du durchlebt hast.«

»Spar dir den Atem, Piero. Wenn du gekommen bist, um mich erneut um Geld anzubetteln, kannst du gleich wieder verschwinden«, empfing sie ihn schroff.

»Und genauso charmant wie eh und je! Wie kommst du nur darauf, dass ich Geld von dir erbitten will, Schwester?«

»Vielleicht, weil dies der alleinige Anlass deines letzten und vorletzten Besuches, und auch von jenem davor, gewesen ist?«, erwiderte Emilia. Ihr Blick umfing seine erlesene Kleidung und blieb an der diamantbesetzten Nadel haften, die die Schleife seines Kragens hielt. »Ich stelle fest, dein Schneider ist ein reicher Mann.«

Piero hob sein Jabot an. »Dieser alte Fetzen? Ich bitte dich«, meinte er salopp. »Tatsächlich laufen meine Geschäfte über die Maßen gut. Ich werde sogar in Kürze in der Lage sein, dir eine kleine Dividende auszahlen zu können, liebste Schwester«, verkündete er gönnerhaft.

»Wie ich sehe, hast du dir selbst schon eine kleine Dividende gegönnt.« Sie deutete mit dem Kopf auf seinen Degen, den ein leuchtender Rubin zierte.

»Ja, ein Präsent meiner lieben Gemahlin. Sie hat einen überaus exquisiten Geschmack.«

»Ich habe schon gehört, dass du dich kürzlich neu vermählt hast. Meinen Glückwunsch dazu.«

»Ja, wie du sicher erfahren hast, war der Papst so freundlich, endlich meine erste Ehe zu annullieren. Meine Gattin und ich hätten uns sehr gefreut, dich bei unserer Hochzeit begrüßen zu dürfen. Leider hattest du erst kürzlich deinen zweiten Gemahl verloren.«

»Genug der Höflichkeiten«, sagte Emilia hart. Sie wollte jetzt nicht an Sergej denken. »Was willst du? Sag es, und danach verschwinde wieder. Wie du dich selbst überzeugen kannst …«, Emilia deutete auf den Stapel Dokumente auf ihrem Sekretär, »habe ich heute noch viel zu erledigen.«

»Du bist eine tüchtige Unternehmerin geworden«, lobte Piero sie gönnerhaft. Er zog sich selbst einen Stuhl heran und beugte sich zu ihr hinüber. »Warum verhältst du dich so frostig, Schwesterherz? Warum kann ein Bruder nicht seine Schwester und seinen Neffen besuchen kommen? Ihr seid meine Familie. Apropos Familie … Wie geht es unserem Bruder Emanuele? Seht ihr euch oft, jetzt, da ihr quasi Tür an Tür wohnt?«

Emilia fühlte sofort ein warnendes Kribbeln in ihrem Nacken. Piero hatte sich kaum je für seinen jüngeren Bruder, den er stets als »armen Pfaffen« tituliert hatte, interessiert. Auch sonst hatte er nie Interesse an der Familie bekundet. Das Einzige, was

Piero interessierte, war Gold. Dafür hatte er sogar seine eigene Schwester verkauft. Eben das konnte sie ihm nicht verzeihen. Sie verspürte daher verständlicherweise nicht die geringste Lust, mit ihm zarte Familienbande zu knüpfen. »Nein, Emanuele und ich sehen uns eher selten«, antwortete sie ihm. »Unser Bruder ist äußerst beschäftigt. Du kannst ihn aber gerne selbst besuchen. Er wohnt im Collegio Romano.« Emilia erhob sich halb zum Zeichen, dass sie von ihm erwartete, dass er nun gehen würde. Doch Piero gab vor, ihre Geste nicht verstanden zu haben.

»Wirklich, du bist eine dürftige Gastgeberin. Willst du deinem Bruder nicht wenigstens eine Erfrischung anbieten? Wo ist denn mein kleiner Neffe Ludovico? Ich würde ihn gerne in Augenschein nehmen. Wie ich höre, hat er sich zu einem wahren Prachtburschen entwickelt.«

»Ach, und wer hat dir das erzählt? Ich denke kaum, dass wir Umgang mit denselben Personen pflegen.«

»Der stolze Großvater natürlich«, erwiderte Piero mit einem selbstgefälligen Lächeln.

»Du warst in Santo Stefano bei Vater? Wann? Geht es Vater gut?«, rief Emilia. In ihrer Erregung entging ihr das kurze triumphierende Aufflackern in Pieros Augen.

Sie selbst hatte ihren Vater seit über einem Jahr nicht mehr gesehen. Sie hatte vorgehabt, ihn im Frühjahr nach der vollständigen Erlangung ihrer eigenen Gesundheit zu besuchen, doch dann hatten sich Ludovico und Sascha nacheinander Keuchhusten eingefangen. Emilia hatte zuerst einen riesigen Schrecken bekommen, da sie ein erneutes Aufflackern des Purpurfiebers befürchtet hatte. Und nun konnte und wollte sie das Haus nicht verlassen, solange sich Emanueles Paket in ihrer Obhut befand.

»Ich befinde mich just auf der Rückreise von Santo Stefano, wo ich ihm gemeinsam mit meiner lieben Gemahlin einen Besuch abgestattet habe.«

»Warum hat deine Gemahlin dich dann nicht begleitet? Ich hätte sie gerne kennengelernt.«

»Meine Gemahlin bedauert sehr, diese Gelegenheit verpasst

zu haben, aber sie ist guter Hoffnung. Leider haben wir darüber erst Klarheit gewonnen, als wir uns bereits in Santo Stefano aufhielten. Meine Gattin hat es deshalb vorgezogen, mit unserer Dienerschaft auf direktem Weg nach Venedig in unseren Palazzo zurückzukehren. Da ich Kontakte zu Geschäftspartnern in Rom pflege, wollte ich die Gelegenheit wahrnehmen, diese durch einen Besuch zu vertiefen. Als Vater vernahm, dass ich den Rückweg über Rom nehmen würde, hat er mich gebeten, dir diesen Brief zu überbringen. Hier ist er.« Damit zog er ein dickes Kuvert aus seiner Jackentasche.

Emilia riss es ihm begierig aus den Händen und erbrach das Siegel. Ihrem Vater schien es gut zu gehen. Zunächst enthielten seine Zeilen eine ausführliche Beschreibung des gesundheitlichen Zustands seiner Zuchtböcke, gefolgt von einer kurzen, launigen Schilderung seines eigenen Befindens, wiederum gefolgt von jenem seiner Schwester Colomba, was eine Menge über seine eigentlichen Prioritäten verriet. *Deine Tante verhält sich zänkischer denn je und mischt sich ungefragt überall ein. Dank Deiner großzügigen Zuwendungen, liebe Tochter, ist unser Tisch nun immer reichlich gedeckt, und so ist sie meist damit zugange, sich selbst das Maul zu stopfen. Gott ist mein Zeuge, sie muss ebenso viele Mägen besitzen wie eine Kuh, denn man kann beim besten Willen nicht erkennen, wo all diese Nahrungsmittel ihre Wirkung finden.*

Am Ende folgte noch ein Passus über ihren Bruder Piero, in dem ihr Vater sie eindringlich bat, diesem nicht bis ans Ende ihrer Tage zu zürnen. *Er bemüht sich wirklich, ein besseres Leben zu führen. Seine neue Gattin scheint in dieser Hinsicht einen guten Einfluss auf ihn auszuüben. Ich hatte die Ehre, ihrem Vater vor langer Zeit in Rom zu begegnen, und habe ihn als wahren gentil uomo in Erinnerung. Die Familie ist ehrenhaft und über die Grenzen Venedigs hinaus sehr angesehen. Nun, da Piero im Begriff steht, eine eigene Familie zu gründen, hat für ihn die Familie an Bedeutung gewonnen. Wir kennen beide Dein Temperament und Deinen sturen Kopf ...* Emilia stieß an dieser Stelle ein Schnauben aus. »Ha, von wem ich das wohl habe!« Dann nahm sie die Lektüre wieder auf. *Daher bitte ich Dich als Dein alter Vater inständig darum, Deinem Bruder keinen zu harschen Empfang zu bereiten. Gib ihm die Gelegenheit, Dir zu zeigen, dass er sich gebessert hat.* Danach folgten noch die unerlässlichen Ratschläge und Ermahnungen, die ein jeder Vater glaubt, absondern zu müssen, und selbstverständlich die besten Wünsche von allen Bewohnern Santo Stefanos. Der Brief schloss mit der Hoffnung auf ein baldiges Wiedersehen im kommenden Sommer.

Emilia faltete den Brief sorgfältig zusammen. Was sollte sie tun? Piero hinauskomplimentieren, wie sie es ursprünglich vorgehabt hatte? Oder ihm wenigstens für diese Nacht Logis gewähren? Während sie las, hatte Piero sich erhoben und war an eines der Bücherregale getreten. Er tat so, als interessierte er sich für die Inschriften auf den ledernen Einbänden, doch tatsächlich hatte er seine Schwester nicht aus den Augen gelassen. Emilia entging seine Anspannung nicht. Vielleicht hat Vater doch recht, dachte sie, und er bereut seine Taten. Eine andere Stimme meldete sich und flüsterte ihr zu, dass es sich hier um Piero handelte! Dem Piero, den sie kannte, waren Skrupel fremd.

Während sie noch mit sich haderte, wurden die beiden Flügel der Bibliothekstür mit Schwung aufgestoßen, und die schmale Gestalt Vittorias, gewandet in ein elegantes samtbraunes Reitkostüm, erschien. Fröhlich schwenkte sie ihre Gerte und rief: »Wir sind da! Jetzt ist Schluss mit Trübsal! Ich habe dir ein wunderbares Pferd mitgebracht. Ein Vollblut vom Feinsten von unserem Gestüt! Du musst es dir unbedingt sofort ansehen, Emilia. Gleich morgen satteln wir die Pferde, und los geht's. Freust du dich, uns zu sehen? Ich habe dich so vermisst!« Vittoria hatte die wenigen Schritte, die sie trennten, überwunden und umarmte Emilia stürmisch. In der Tür tauchte nun auch ihr Mann Augusto, Markgraf der Toscana, auf. Wie immer lächelte er nachsichtig. Man konnte sehen, wie sehr er seine junge, temperamentvolle Gattin vergötterte. Vittoria entdeckte nun Piero. »Oh, du hast noch mehr Besuch?«, stellte sie fest und sah Emilia auffordernd an.

Emilia seufzte und ergab sich in ihr Schicksal. »Darf ich Euch miteinander bekannt machen? Vittoria, das ist Cavaliere Piero di Stefano, mein älterer Bruder, der in Venedig lebt. Und das, Bruder, sind Augusto, der Markgraf der Toscana, und seine Gemahlin, Markgräfin Vittoria.«

Vittoria versank in einen rudimentären Knicks und reichte Piero ihre Hand zum Kuss.

»Ihr seht mich außerordentlich entzückt, Eure Bekanntschaft zu machen, Herzogin Vittoria. Eure Schönheit und Euer Charme sind bereits bis Venedig bekannt«, schmeichelte Piero.

»Oh, Venedig! Ich liebe La Serenissima! Ihr müsst mir unbedingt mehr davon erzählen. Leider hatte ich bisher erst einmal das Vergnügen, dort zu weilen. Aber wir werden Venedig sicher im nächsten Frühjahr einen Besuch abstatten, nicht wahr, mein liebster Augusto?« Dieser nickte nur, im Bewusstsein, dass keine weiteren Worte von ihm erwartet wurden.

Emilia erinnerte sich an ihre Pflichten als Gastgeberin. »Seid Ihr eben erst in Rom angekommen?«, richtete sie das Wort an den Grafen Augusto.

»Aber natürlich, was denkst du denn?«, antwortete Vittoria an seiner statt. »Wir sind selbstverständlich gleich zu dir geeilt. Mama und Papa weilen ja nicht in der Stadt … Selbst wenn, ich habe Augusto gesagt, dass es bei dir viel lustiger zugeht.« Vittora lächelte in aller Lieblichkeit.

»Vittoria«, ermahnte sie der Graf sanft.

»Jaja, ich weiß, mein Liebster, ich soll den Teufel nicht beim Namen nennen.« Sie trippelte zu ihm, stellte sich auf die Zehenspitzen und drückte ihm einen raschen Kuss auf die Wange. Sofort besänftigt, küsste er ihre Hand.

Durch die offene Tür entdeckte Emilia Donatus, der sich auffällig vor der Bibliothek herumdrückte. »Donatus, bitte führt das gräfliche Paar in das Gästeappartement. Sie möchten sich sicher vor dem Souper frisch machen.«

»Ach herrje, stimmt ja! Wir sind furchtbar staubig. Wir sind nämlich das letzte Stück des Weges geritten«, beeilte sich Vittoria, das Offensichtliche zu erklären. »Es war einfach herrlich.«

Vittoria hakte sich fest bei ihrem Gatten ein. Beim Hinausgehen wandte sie halb den Kopf und rief: »Cavaliere, ich brenne auf die neuesten Geschichten aus Venedig. Ihr müsst mir unbedingt beim Souper alles erzählen … Au revoir!« Am Arm ihres geduldigen Gatten schwebte sie davon.

Piero sah ihr interessiert nach. »Was für eine entzückende Person … Nun, liebe Schwester? Gewährst du mir wenigstens für heute Nacht Obdach und ein warmes Abendessen?«

Emilia seufzte. »Also gut. Wie es den Anschein hat, bleibt mir kaum eine Wahl, wenn ich nicht unhöflich erscheinen will. Du kannst für diese eine Nacht bleiben. Ich gehe meinen Majordomus informieren.«

Bei ihrer Rückkehr fand sie Piero am selben Fleck vor. Mit auf dem Rücken verschränkten Armen studierte er die Reihen der Bücher. Seine Miene wirkte arglos. Gerade dies beunruhigte Emilia auf seltsame Weise mehr als seine übliche blasierte Art.

Das Abendessen indessen gestaltete sich sehr lustig, wie jede Tafel, an der Vittoria Anteil hatte. Die Nachricht, dass ihr Bruder Francesco überlebt hatte, hatte ihre fröhliche Unbeschwertheit zurückgebracht. Sie unterhielt die Tischgesellschaft fast im Alleingang, zu der sich auch Serafina rechtzeitig eingefunden hatte. Filomena zog es meist vor, in der Schule zu nächtigen und ihre Zöglinge zu beaufsichtigen. Außerdem gab es da noch Ta-Seti. Der riesige Nubier war zwar damals, als Emilia Beatrices und Carlos Haushalt aufgelöst hatte, gemeinsam mit seinen Kameraden in die Heimat zurückgekehrt, doch vor einigen Monaten war er unvermittelt wieder bei Filomena aufgetaucht. Die beiden führten seither ein geheimes und höchst gefährliches Liebesleben.

Piero fügte sich glänzend in die Gesellschaft ein. So sehr sich Emilia bemühte, sie konnte kein Anzeichen seiner früheren Großspurigkeit an ihm entdecken. Er gab sich höflich und zuvorkommend und erwies sich als charmanter Plauderer. Am Ende des Abends fragte sie sich, ob ihr Vater vielleicht doch recht hatte und Piero aus seinen früheren Taten gelernt hatte und geläutert war. Er hatte sich neu verheiratet, ein gemeinsames Kind war unterwegs, und endlich schien ihm auch in seinen Unternehmungen Glück beschieden zu sein.

Vor dem Zubettgehen sprach sie mit Serafina über Pieros wundersame Wandlung.

»Ich kann deine Zweifel nachvollziehen, und ich teile sie«, meinte diese, während sie Emilias Kleid aufhakte und die Bänder des Schnürleibes lockerte.

Emilia atmete hörbar aus. »Puh, was für eine Erleichterung! Wahrlich, ich hasse diese verdammten Dinger. Ich schwöre dir, müssten Männer diese Tortur ertragen, wär sie schon längst abgeschafft!«

»E-mi-li-a«, sagte Serafina gedehnt. Sie traf haargenau denselben, leicht tadelnden Ton, den sie mehrmals aus dem Munde des Markgrafen vernommen hatte, der seine junge Frau damit zu mehr Schicklichkeit ermahnte.

Die beiden Freundinnen sahen sich an und prusteten gleichzeitig los. »Der arme Augusto«, kicherte Emilia, »mit unserer Vittoria hat er sich wirklich was eingefangen.«

»Ja, aber er scheint mit seinem Los durchaus zufrieden. Hast du bemerkt, wie er sie anschmachtet?« Serafina griff nach der Elfenbeinbürste und machte sich daran, Emilias langes Haar zu glätten.

»Natürlich. Und ich gönne Vittoria ihre Liebe von ganzem Herzen. Es ist schön, zu sehen, wie sich das Glück wenigstens für einige wenige erfüllt.« Ihre Augen begegneten sich kurz im Spiegel.

»Sei nicht ungerecht, Emilia. Du hast Ludovico, und du hattest, zumindest für eine kurze Zeit, Sergej, der dich kaum weniger vergöttert hat«, erinnerte sie Serafina sanft.

»Das ist es ja gerade, Serafina. Da ich nun weiß, wie Glück sich anfühlt, ist es für mich umso schwerer, darauf zu verzichten. Aber du hast recht. Ich habe keinen Grund, mich zu beklagen. Ich habe Ludovico und Sascha und meinen Bruder Emanuele. Und Vater und dich, die du mir zugleich Schwester und

Freundin bist. Mein Leben ist reich, denn ich habe darüber hinaus auch die Hoffnung …«

Sie schloss die Augen und überließ sich Serafinas sanften Händen, die ihr Haar bürstete, bis es knisterte und sein schimmernder Glanz mit dem Licht der Kerzen um die Wette eiferte. Unweigerlich wanderten Emilias Gedanken wieder zu Piero. Sie öffnete ihre Augen und suchte die Tür ihrer Kleiderkammer.

Serafina war ihrem Blick gefolgt. »Ich bin deiner Meinung. Irgendwie kann ich nicht richtig an Pieros wundersame Wandlung glauben. Dafür kennen wir ihn zu gut. Es würde mich mehr beruhigen, wenn Piero dich erneut um Geld angegangen hätte. Wir sollten ihn unbedingt im Auge behalten.« Unbewusst spielte Serafina mit dem Schlüssel um ihren Hals.

Emilia nickte. »Ich werde auf jeden Fall Donatus instruieren, ebenfalls ein Auge auf ihn zu haben. Piero verfügt über kein nennenswertes Talent, außer einem: Er kann Geheimnisse geradezu riechen. Gott sei Dank sind wir ihn morgen wieder los.« Emilia schlüpfte in ihr seidenes Nachthemd und warf sich den passenden Mantel über, der mit Schwanenfedern gesäumt war.

»Soll ich heute Nacht bei dir schlafen?«, bot Serafina spontan an, während sie Emilias Kleider vom Boden aufsammelte, aus denen ihre Freundin achtlos gestiegen war. Zuvor hatte sie mit raschen Griffen Emilias kostbare Toilettenartikel aus Gold und Elfenbein auf ihrem Frisiertisch geordnet.

Emilia legte ihre Hand auf Serafinas Arm. »Nein, das ist wirklich nicht nötig. Und damit meine ich beides. Hatten wir nicht geklärt, dass du nicht meine Zofe bist?«, sagte sie leise. Sie nahm Serafina die Kleider ab. »Aber ruf mir bitte Donatus, wenn du gehst, damit ich ihn entsprechend instruieren kann.«

Beim Frühstück am Morgen bestürmte Vittoria Emilia um einen gemeinsamen Ausritt. Piero hatte die Gelegenheit beim Schopf gepackt und verkündet, einen weiteren Tag zu bleiben. Geschickt hatte er dies in Gegenwart des Grafenpaares vorgebracht, sodass Emilia kaum ablehnen konnte, falls sie nicht als ungastlich gelten wollte.

Es widerstrebte Emilia, Piero allein im Palazzo zurückzulassen, zumal Serafina heute ihren Pflichten in der Schule nachkommen musste. Selbstverständlich hatten Filomena und sie inzwischen weitere Lehrer eingestellt, doch sie sahen sich in der Verantwortung, Tag und Nacht für ihre Schützlinge da zu sein.

Zu Emilias Erleichterung verkündete Piero großspurig, dass er selbst einige Besuche bei Geschäftspartnern zu absolvieren habe. Er verließ die Villa noch vor ihnen und erklärte, dass er erst spät zurückkehren werde. Entgegen ihrer Gewohnheit schloss Emilia ihr Schlafzimmer ab und fand es bei ihrer Rückkehr am Mittag unversehrt vor. Ihr Bruder Piero kehrte lange nach ihnen zurück. Er erklärte, dass er auswärts bei einem Bekannten aus Venedig soupieren werde und man nicht auf ihn warten solle. Er kleidete sich um und verschwand in die laue Nacht.

Es war ein herrlicher Juliabend, angefüllt mit den Düften des Sommers. Sie saßen in dem im englischen Stil erbauten Wintergarten, knabberten Pistazien und Konfekt und schlürften gekühlte Sorbets. Durch das gläserne Dach funkelte das Firmament, und alle gaben sich träge ihrem Wohlbefinden hin. Es war spät geworden, und das Gespräch seit einiger Zeit verstummt, doch niemand verspürte Lust, jetzt schon schlafen zu gehen. Emilia war in die Betrachtung der Sterne versunken, und allmählich glitten ihre Gedanken in einen trügerischen Frieden hinüber, der in ihr die Hoffnung weckte, dass das Rad des Schicksals zu ihren Gunsten ausschlagen würde. Genau da wurde die träumerische Stille durch die Haustürglocke durchbrochen. Jedermann fuhr auf.

»Wer mag dies zu so später Stunde sein?«, wunderte sich Emilia.

»Könnte es nicht dein Bruder Piero sein? Vielleicht hat er zu viel Wein getrunken und muss sich nun an der Glocke festhalten?«, kicherte Vittoria, deren gerötetes Gesicht vermuten ließ, dass sie demselbigen ebenso eifrig zugesprochen hatte.

»Ich werde nachsehen«, erbot sich Serafina bereitwillig.

Die Minuten verstrichen, und sie kehrte nicht wieder. Von vager Unruhe erfüllt, bat Emilia ihre Gäste, Platz zu behalten, und erhob sich nun selbst. Sie traf die Eingangshalle in regelrechtem Aufruhr an. Eine im Halbkreis angeordnete und mit Leuchtern bewaffnete Bedienstetenschar versperrte ihr die Sicht auf etwas, das sich mitten in der Halle zutrug. Donatus, der auf der zweiten Stufe der nach oben führenden Freitreppe das Geschehen mit angespannter Miene verfolgte, bemerkte das Erscheinen der Hausherrin als Erster. »Platz für die Eccellenza!«, rief er laut, und die Gruppe teilte sich vor Emilia wie das Rote Meer. In ihrer Mitte kniete Serafina neben einem bewusstlosen Mann. Auf der anderen Seite kniete Piero. Seine Kleidung war blutverschmiert.

Der Umhang des Verletzten klaffte weit auseinander, und das weiße Kollar seines Priesterstandes war nicht zu übersehen. *Ein verletzter Priester – in ihrem Haus?* Emilias Hände fühlten sich plötzlich kalt an. Sie sank neben Serafina auf den Marmorboden. »Wer ist dieser Mann, und was ist ihm geschehen?«, erkundigte sie sich leise bei ihr.

»Viel weiß ich nicht. Piero behauptet, dass er bei seiner Rückkehr einige Gestalten vor deiner Tür verjagt hat, die den Mann angegriffen haben. Er hat eine Wunde am Kopf und viel Blut verloren. Mehr kann ich erst sagen, wenn ich ihn genauer untersucht habe. Wo bleibt denn nun die Trage?«, rief sie ungeduldig in die Runde.

»Hier kommt sie«, erwiderte Donatus und dirigierte die beiden Dienstboten zu ihnen. Sie betteten den Verletzten darauf. »Kehre du zu deinen Gästen zurück, Emilia. Ich werde mich um ihn kümmern.« Rasch gab Serafina Anweisung, den Raum neben der Bibliothek, der ihnen als Frühstückssalon diente, in ein provisorisches Krankenlager umzuwandeln. Unter der Aufsicht von Donatus wurden der große Tisch und ein Teil der Stühle fort- und ein Bett herbeigeschafft.

Auch Piero verabschiedete sich nun in sein Gemach. Er roch nach Alkohol. »Ich möchte die Augen der reizenden Markgräfin Vittoria nicht beleidigen.« Er tippte auf die Blutflecken auf seinem Gewand und stakste die Treppe hinauf.

Aufgewühlt kehrte Emilia zu ihren Gästen zurück. Sie informierte Augusto und Vittoria kurz über das Geschehen. Der Markgraf brachte daraufhin seine Abscheu über die Verwerflichkeit zum Ausdruck, einen Mann Gottes ausgerechnet in Rom und noch dazu vor ihrer Haustüre zu überfallen! Das gräfliche Paar wünschte sodann eine gute Nacht und zog sich in seine Gemächer zurück.

Emilia blieb allein in der Stille zurück, die sich plötzlich bedrückend anfühlte. Erst Piero, dann Vittoria und ihr Mann und nun ein verletzter Priester. Der am gestrigen Tag eingesetze Besucherstrom schien sich bei ihr die Klinke in die Hand zu geben. Welche Überraschungen würde der in Kürze anbrechende sechste Tag für sie bereithalten?

Sie ging, um sich nach dem Befinden ihres neuesten Logiergastes zu erkundigen. Die Tatsache, dass sie glaubte, in diesem einen Jesuitenpater erkannt zu haben, beunruhigte sie mehr, als sie sich eingestehen wollte. Sie musste sich Klarheit darüber verschaffen, wer dieser Mann war und warum man ihn ausgerechnet vor ihrer Tür angegriffen hatte. Seit einigen Tagen glaubte sie nicht mehr an den Zufall.

Sie fand Donatus auf ihrem Weg. Mit langem Gesicht informierte er sie, dass man den Verletzten im Frühstückssalon untergebracht und er deshalb angeordnet habe, dass man das Frühstück dafür im Speisesaal servieren werde. Emilia begnügte sich mit einem Nicken. Donatus räusperte sich hörbar, und Emilia vermutete sofort, dass er sie auf die Unschicklichkeit hinweisen wollte, dass einer Frau, die keine Klosterschwester war, die Pflege eines Priesters nicht zustand. In der Tat stellten Serafina und ihre Kräuterküche für den bigotten Majordomus ein ständiges Übel dar. Normalerweise amüsierte Emilia seine moralisierende Art. Nicht umsonst hatte ihr Majordomus lange in Francescos Diensten gestanden. Es stimmte, dass der Herr auf den Diener abfärbte. Doch sie hatte jetzt weder Zeit noch Verständnis übrig. Darüber hinaus reizte seine trübselige Miene ihre ohnehin zum Zerreißen angespannten Nerven. Etwas schärfer als beabsichtigt sagte sie daher: »Was gibt es denn noch, Donatus? Ist es in diesem Haus den Meinen nicht erlaubt, zu agieren, wie es ihnen beliebt?«

Das lange Gesicht Donatus' zerfiel in gekränkte Verblüffung. »Aber selbstverständlich, Eccellenza«, erwiderte er blasiert. »Ich wollte die werte Eccellenza nur darauf aufmerksam machen, dass es für den Anfang opportun wäre, dem Mann nicht allzu viel Vertrauen zu schenken.«

Nun war es an Emilia, verblüfft zu reagieren. »Von welchem Mann sprecht Ihr? Doch nicht etwa von dem verletzten Priester?«

Ein blutjunges Dienstmädchen kam ihnen just auf dem Flur mit einem Stapel Wäsche entgegen. »Was suchst du dumme Gans noch hier? Habe ich dich nicht längst zu Bett geschickt?«, fuhr Donatus sie an. Das Mädchen wurde weiß wie vergorene Milch und ließ beinahe die Wäsche fallen. »Aber Euer Gnaden, ich wollte doch nur …«, stotterte sie und begann, wie Espenlaub zu zittern. Emilia bekam Mitleid mit dem armen Ding. »Geh zu Bett. Morgen ist ein neuer Tag, und die Wäsche kann sicherlich noch ein wenig länger auf ihren Bestimmungsort warten«, sagte sie freundlich. Das Mädchen knickste und hastete in der Gegenrichtung davon.

»Wir gehen besser in mein Gemach, Donatus«, forderte sie ihren Majordomus auf. »Was ist das also für eine seltsame Geschichte?«, fragte sie, kaum dass sie dort angelangt waren. »Warum glaubt Ihr, mich vor dem Verletzten warnen zu müssen? Kennt Ihr ihn?«

»Nein, ich kenne diesen Mann nicht, aber vielleicht jenen Personenkreis, für den er arbeitet. Ich habe Euch nicht damit belästigen wollen, da es meine Aufgabe ist, derlei Dinge von Euch fernzuhalten, Eccellenza. Aber in den letzten Monaten haben sich die Versuche gehäuft, einen Spion in Eurem Haushalt unterzubringen.«

»Einen Spion? Was soll das heißen? Erklärt Euch.«

Donatus holte Luft. »In jedem Haushalt der adeligen Familien

Roms ist mindestens ein Spion des Papstes untergebracht. Man scheint höheren Ortes besonderes Interesse für Euch zu hegen, denn darüber hinaus hat auch der spanische Gesandte versucht, einen seiner Diener bei Euch einzuschleusen.«

»Spione in meinem Haushalt? Der des Papstes mag vielleicht noch angehen, aber was sucht der Spanier bei mir?«, rief Emilia verblüfft.

»Ihr wisst sicher durch Euren Bruder, Excellenza, dass derzeit zersetzende Kräfte in unserem Kirchenstaat walten. Es ist ein wütender Kampf entbrannt, der nicht nur Rom und Italien, sondern halb Europa spaltet. Eure Eccellenza sind die Witwe des reichen Herzogs von Pescara, um dessen Mutter sich nicht verstummende Gerüchte ranken. Euer Bruder ist Angehöriger des Jesuitenordens und zählt zum engsten Kreis des Pater General Ricci. All das zusammen prädestiniert Euch zu einer interessanten Zielperson, insbesonders für den spanischen Gesandten José Moñino.«

»Ich habe diesen Namen zwar schon gehört, fürchte jedoch, dass ich Eurem politischen Diskurs nicht ganz folgen kann, Donatus. Wie könnte ich das Interesse dieses Mannes geweckt haben?« Gleichzeitig überlegte sie fieberhaft. Suchte der Spanier womöglich die Schatzkarte bei ihr? Sie hatte Filomena nach ihrer Rettung aus Bramantes Schloss beschrieben, wo sie die Kopie versteckt hatte. Filomena war daraufhin mit einigen Soldaten aufgebrochen, um zu versuchen, sie an sich zu bringen, und war unverrichteter Dinge zurückgekehrt. Bramantes Palazzo war zwischenzeitlich bis auf die Grundmauern von Unbekannten niedergebrannt worden. Indessen fuhr Donatus in seiner Erklärung fort: »Besagter José Moñino ist der spanische Botschafter am Hof des Papstes Clemens XIV. Sein Hass auf den Orden des heiligen Ignatius ist legendär. Darüber hinaus gilt er als enger Freund des Marquis de Pombal, des mächtigen Ministers, der das Verbot des Jesuitenordens schon 1760 in Portugal durchgesetzt hat. Dieser Moñino hat sich zum Sprecher der bourbonischen Staaten aufgeschwungen, die den Untergang des Jesuitenordens beschlossen haben. Er gilt als zäh und fintenreich, und es heißt, dass er nicht zimperlich in seinen Methoden ist, um ein gesetztes Ziel zu erreichen.«

»Ich verstehe«, erwiderte Emilia gepresst. »Was könnt Ihr mir über die Gerüchte sagen, die meine verstorbene Schwiegermutter betreffen?«

Donatus hob das Kinn, reine Aufrichtigkeit zeichnete seine Züge. »Da Ihr allein wisst, wovon ich spreche, Eccellenza, erübrigt sich jeglicher Kommentar dazu. Wisst nur, dass man in gewissen Kreisen Überlegungen anstellt über Qualität und Natur des Erbes, das Ihr für Euren Sohn verwaltet.«

»Und deshalb seid Ihr zu der Ansicht gelangt, dass ich eine interessante Zielperson wäre?« Emilia missfiel, dass Donatus mehr von ihr zu wissen schien, als ihr recht sein konnte.

»Selbstverständlich nicht, Eure Eccellenza. Meine Ausführungen entspringen einer logischen Schlussfolgerung. Letzthin sind zu viele hochgestellte Persönlichkeiten an mich herangetreten, die an einem Zufall zweifeln lassen. Mit Penetranz versuchten sie, mir ihre Schützlinge aufzudrängen, die samt und sonders darauf brennen, in die Dienste der Fürstin Wukolny zu treten. Ich habe mich selbstverständlich geweigert, mich zum Handlanger für wie auch immer geartete Interessen machen zu lassen«, verkündete er im feierlichen Donatus-Ton und fuhr fort: »Dann, vor ungefähr zehn Tagen, suchte mich ein Herr auf, den ich seinem Auftreten nach dem Klerus zuordnen konnte. Er ließ mir die deutliche Warnung zukommen, dass ich besser daran täte, die nächste Empfehlung nicht auszuschlagen. Natürlich habe ich mich nicht beeindrucken lassen. Doch diese Beharrlichkeit lässt mich vermuten, dass man nun diese raffinierte Methode ersonnen haben könnte, um Euren Haushalt zu infiltrieren. Zumal ihr seit Neuestem ein besonderes Paket zu hüten scheint, das Euch vor fünf Nächten von Eurem Bruder zugestellt worden ist.« Er sah sie offen an. Ich war ehrlich zu Euch, so seid es auch zu mir, forderten seine Augen mit klarem Ernst ein.

»Ihr habt Pater di Stefano also erkannt?« Ruhig begegnete sie seinem Blick.

»Der junge Pater di Stefano mag vielleicht der aufrichtigste Diener Gottes unter dem Himmelsgestirn sein, aber es mangelt ihm absolut an der Kunst der Verstellung.« Donatus' Gesicht verzog sich tatsächlich zu einer kleinen Grimasse, die mit viel Fantasie als ein Lächeln gelten mochte.

Emilias Staunen erreichte einen neuen Höhepunkt. Sie hatte ihren Majordomus nie zuvor auch nur andeutungsweise ein Lächeln entlocken können. Sie hätte Stein und Bein geschworen, dass man seine Gesichtszüge als Kind eingefroren hatte. »Nun denn, Ihr habt die Wahrheit erraten«, erwiderte sie aufrichtig. »Ich weiß, Ihr werdet sie für Euch behalten. Ich für meinen Teil werde beherzigen, was Ihr mir eben geraten habt. Ich gehe jetzt, um nach dem Priester zu sehen. Begebt Euch nun zu Bett. Ich brauche Euch heute nicht mehr.«

Donatus verbeugte sich und wandte sich zu gehen.

»Donatus«, rief sie ihn nochmals zurück. »Ich danke Euch für Eure Loyalität. So wacht denn weiter über uns, mein Freund, und haltet alles Unheil von uns fern.« Emilia meinte, erneut die Andeutung eines Lächelns in seinen Zügen entdeckt zu haben, doch ihre Wahrnehmung konnte ebenso durch das Flackern der Kerzen getäuscht worden sein.

Als Emilia eintrat, mühte sich Serafina, vorsichtig die Stirn des Mannes von geronnenem Blut zu reinigen. Emilia musterte das blutleere Gesicht, über das ab und an ein schmerzhaftes Zucken lief. Sie schätzte sein Alter auf ungefähr Anfang bis Mitte fünfzig. Er war relativ klein, aber kräftig gebaut und besaß ausgeprägte Gesichtszüge. »Hat er etwas gesagt?«, fragte sie flüsternd.

»Nein. Warum flüsterst du? Er kann dich nicht hören, er ist weiterhin bewusstlos«, gab Serafina in normalem Tonfall zurück.

»Hatte er irgendetwas bei sich?«

»Wenn du damit einen Brief oder eine Botschaft meinst, ich habe bereits nachgesehen.«

»Ja, und?«, hakte Emilia ungeduldig nach.

»Nichts, außer einer Bibel.«

»Gib sie mir!«

»Sie liegt dort auf dem Tisch.« Serafina deutete mit dem Kopf auf ein chinesisches Lacktischchen.

Die Bibel, der man den ständigen Gebrauch ansah, lag neben einer schmalen Kristallvase, aus der eine einzelne perfekte Rose blutete. Emilia blätterte das Buch rasch durch und schüttelte anschließend auch die Seiten aus. Lediglich auf der Innenseite des Bandes waren handschriftlich einige verblasste Buchstaben vermerkt: *R. B. SJ.*

Leicht befremdet verfolgte Serafina ihr Tun. »Sag, suchst du nach etwas Bestimmtem?«

»Ich bin mir nicht sicher.« Emilia widerstrebte es, vor den Ohren des Verletzten von Donatus' Warnung zu sprechen. Sie musste Serafina kurz nach draußen locken. »Ich habe nebenan einen großen Korb mit Verbandszeug und frischer Bettwäsche stehen. Könntest du mir helfen, ihn hereinzutragen?«

Emilia zog Serafina von der Tür weg und erklärte in gedämpftem Ton: »Filomena hat uns doch vor Kurzem etwas über geheime Codes erzählt. Zum Beispiel, dass der große da Vinci gerne in Spiegelschrift schrieb. Und Emanuele hat erwähnt, dass sich Kirchenmänner oft verschlüsselter Botschaften bedienen, wenn sie Briefe untereinander austauschen, die nicht jeder lesen soll.«

»Soll das heißen, dass du unseren verletzten Priester verdächtigst, ein Spion zu sein, der es auf Emanueles ominöses Paket abgesehen haben könnte?«

»Ich weiß, es hört sich sonderbar an. Aber kaum weniger eigenartig ist es doch, dass ein verletzter Priester nachts auf unserer Schwelle liegt und ausgerechnet Piero über seine Füße stolpert. Gleichwohl muss ich zugeben, dass die Idee, ihm gegenüber Vorsicht walten zu lassen, nicht von mir selbst stammt. Donatus hat mich soeben dazu angehalten.«

»Donatus? Unser Meister Verdrießlich, der so frömmlerisch

ist, dass ich mich bei jedem Zusammenstoß frage, warum er nicht selbst Priester geworden ist?«, grinste Serafina ungläubig. Die beiden führten seit dem ersten Tag einen zähen Kleinkrieg gegeneinander, aus dem sie abwechselnd als Sieger hervorgingen.

»Allem Anschein nach verbirgt unser Majordomus einige ungeahnte Talente. Soeben durfte ich eine völlig neue Seite an ihm kennenlernen – jene des Beschützers der Witwen und Waisen.«

»Jetzt nimmst du mich aber auf den Arm.«

»Niemals.« Emilia erlaubte sich ein kleines Lächeln. »Aber du solltest wieder hineingehen. Wir sprechen später weiter. Ich werde auf dich warten.«

»Also gut … Wenn seine Bibel keine Geheimnisse birgt, so werde ich mein Bestes geben, um diesem Priester seine Geheimnisse zu entreißen, sofern er welche hüten sollte. Ich werde ihm einen Heiltrank einflößen und hoffen, dass seine Bewusstlosigkeit in einen heilenden Schlaf übergeht.« Serafina gähnte herzhaft, als hätte das Wort Schlaf dies ausgelöst. »Es ist schon spät«, bemerkte sie dann. »Soll ich wirklich noch zu dir kommen? Es war ein langer Tag, angefüllt mit Aufregungen.«

»Ich weiß, trotzdem sollten wir noch ein paar Worte wechseln.«

Serafina trat eine knappe Stunde später bei Emilia ein. Müde sank sie in den zweiten Sessel vor dem Kamin.

»Wie geht es dem Pater?«, erkundigte sich Emilia sofort.

»Unverändert. Ich glaube auch nicht, dass er uns seine Besinnungslosigkeit nur vorspielt. Die Wunde an seinem Kopf ist wirklich hässlich, und bei der Untersuchung habe ich zwei weitere Stichwunden an Schulter und Unterarm entdeckt. Er hat viel Blut verloren, was seine tiefe Bewusstlosigkeit erklärt. Ehrlich gesagt, fällt es mir schwer, zu glauben, dass er sich absichtlich so hat zurichten lassen, nur um Einlass in unser Haus zu erlangen. Vielmehr sieht es danach aus, dass er tatsächlich überfallen wurde«, erklärte Serafina.

Emilia kräuselte nachdenklich ihre Stirn. »Hmm, also kein

Spion. Trotzdem bleibt die Frage, was er vor der Villa Meraviglia suchte. Mir ist nicht wohl bei alledem. Ich habe das Gefühl, als steuerten wir Stück für Stück auf etwas Großes zu. Wir müssen handeln, und zwar sofort!«

Serafina versteifte sich augenblicklich auf der Sesselkante. »Oh nein, ich kenne diesen Ausdruck. Was brütest du jetzt wieder aus?«

»Ich bin mir nicht sicher, ob es so klug gewesen ist, dem Schicksal sieben weitere Tage zuzugestehen. Was ist, wenn wir die Zeichen falsch gedeutet haben?«

Serafina kniff ihre Augen zusammen und glich dadurch mehr denn je einer misstrauischen Katze: »Was hast du vor?«

»Das, was ich schon am Abend von Emanueles Besuch hätte tun sollen. Ich werde dieses vermaledeite Paket öffnen, bevor noch mehr Besucher, gebetene und ungebetene, mein Haus bevölkern. Das Ding zerfrisst meinen Seelenfrieden. Seit Tagen kann ich an nichts anderes denken.«

Serafinas Puls hatte sich mit jedem von Emilias Worten beschleunigt. »Emilia, bitte! In wenigen Stunden bricht der sechste Tag an. Fordere das Schicksal nicht heraus, und warte noch diesen einen Tag ab!«, beschwor sie sie.

»Wer behauptet, dass wir damit das Schicksal herausfordern? Ob es nun verschlossen bei uns lagert oder wir es öffnen und einen Blick hinein riskieren, kommt im Grunde auf dasselbe hinaus, oder? Es handelt sich hier nicht um die Büchse der Pandora. Danach schließen wir es wieder weg und basta. Außerdem, wenn die Prophezeiung wahr ist, dann ist alles vorbestimmt, und nichts, was wir tun, kann etwas daran ändern.«

Serafina schüttelte heftig den Kopf. »Manchmal kann zu viel Wissen tödlich sein – niemand weiß das besser zu beurteilen als die Frauen unserer Familie«, erwiderte Serafina unglücklich. Sie wusste längst, dass sie auf verlorenem Posten kämpfte. Nichts und niemand würde Emilia jetzt noch daran hindern, Riccis Paket zu öffnen.

»Ich muss es tun und mir endlich Gewissheit verschaffen.«

Emilia betrat ihre Kleiderkammer und kehrte mit Riccis Paket zurück. Sie löste zunächst den darumgeschlungenen Lederriemen. Dann nahm sie den zurechtgelegten Dolch und fuhr mit der Spitze in das Wachstuch. Vorsichtig trennte sie es auf einer Seite auf und schlug behutsam die überlappenden Schichten auseinander. Darunter kamen ein Dutzend längliche Päckchen zum Vorschein, um die weiteres Wachstuch geschlungen war. Serafina kniete längst neben ihr.

»Kannst du dich erinnern, Serafina, dass Emanuele sich beklagt hat, dass das Päckchen ihn versenge? Es stimmt. Einige fühlen sich tatsächlich warm an, aber die meiste Hitze scheint von diesem hier auszugehen.«

Emilia nahm die besagte Rolle vorsichtig mit beiden Händen auf. »Ich werde es als Erstes öffnen.«

Ein vergilbtes, an einigen Stellen bereits brüchiges Pergament lag darin, verschlossen durch ein blutrotes Seidenband. Selbst geschlossen entströmte der Rolle eine besondere, friedvolle Kraft. Emilia sah Serafina an, die wie erstarrt neben ihr verharrte. »Du kannst es ebenso fühlen wie ich, oder? Welche Magie nimmt uns beide gefangen?«, flüsterte Emilia. Behutsam löste sie das rote Band und entrollte mit zitternden Fingern das Pergament. Das wunderbare Gefühl von Geborgenheit intensivierte sich, hüllte sie vollständig ein. Emilias Augen saugten sich an den Buchstaben fest, doch sie konnte nicht einen davon entziffern. Der Text war in einer ihr völlig unbekannten Sprache verfasst. »Oh nein, was für eine Törin ich doch bin!«, stieß sie entmutigt hervor. Rücklings ließ sie sich in den weichen chinesischen Seidenteppich sinken. Mit allem hatte sie gerechnet, nur nicht, dass sie die Dokumente gar nicht erst würde lesen können. Das hatte sie nun von ihrem Alleingang. Sie hatte nichts dadurch gewonnen.

Serafina hatte sich nicht bewegt und starrte wie gebannt auf das Pergament. Sie hatte es oben und unten mit zwei Gedichtbänden beschwert, die sie flugs aus den Weiten ihres Schürzenkleides gezaubert hatte. »Bei dieser Schrift handelt es sich einwandfrei um aramäische Buchstaben. Das ist die Sprache der Urbibel«, flüsterte sie ergriffen.

Emilia schnellte hoch. »Kannst du etwas davon entziffern?«, rief sie und packte Serafina am Arm.

Die schüttelte den Kopf. »Kaum, ich habe erst vor Kurzem mein Studium bei Filomena aufgenommen. Halte still, und gib mir ein wenig Zeit, es zu studieren. Vielleicht kann ich wenigstens das Autograf am Ende der Seite entziffern.« Sie tippte sacht mit dem Finger darauf. »Etwas an diesen Zeichen kommt mir bekannt vor.«

Emilia verging beinahe vor nervöser Unruhe. Sie hatte jegliches Interesse am Inhalt der anderen Rollen verloren. Aus unerfindlichem Grund wusste sie, dass es allein auf diese Schrift hier ankam, dass der Schlüssel zu allem darin verborgen lag. Sie sah, wie sich Serafina plötzlich versteifte. »Was ist? Konntest du das Autograf entziffern? Sprich doch!«, forderte sie ungeduldig.

Nur langsam wandte sich ihre Freundin ihr zu. Ihre Augen wirkten wie verklärt. Nie zuvor hatte Emilia einen ähnlichen Ausdruck an Serafina wahrgenommen. »Ich meine … ich glaube …«, setzte diese an, als könnte sie selbst kaum fassen, was sie verlautbaren wollte. Sie fuhr sich mit der Zunge über die trockenen Lippen und vollendete den Satz: »… dass es sich hier womöglich um eine Schrift handeln könnte, die unser Herr Jesus von eigener Hand verfasst hat.«

Emilia riss ihre Augen auf. »Bist du dir da sicher?«

»Was ist sicher in dieser Welt?«, antwortete Serafina lakonisch, doch ihre Augen erfüllte weiterhin ein seltsamer Glanz.

Das muss sie sein, fuhr es Emilia durch den Kopf: *die heiligste Reliquie der Christenheit, von der Emanuele und Francesco gesprochen hatten!* Liebkosend fuhren ihre Finger die kleinen, schrägen Buchstaben entlang. »Ich glaube, du hast recht. Es muss von Jesus verfasst worden sein. Wir können es beide spüren, so fühlen sich Frieden und Liebe an. Wenn Francesco nur hier wäre und fühlen könnte, was wir beide jetzt fühlen, dann müsste er keine

Zweifel mehr an seinem Glauben haben! Es würde ihm seinen Seelenfrieden zurückbringen«, murmelte Emilia zutiefst ergriffen.

»Morgen werden wir gleich als Erstes nach Filomena schicken. Sie kann uns die Handschrift übersetzen.« Serafina wirkte wie verwandelt. Keine Spur mehr von Zaudern oder Ängstlichkeit. Sie schien vergessen zu haben, dass sie Emilia ursprünglich an ihrem Vorhaben hatte hindern wollen. Alles an ihrem Gebaren verriet, dass sie es selbst kaum mehr erwarten konnte, zu erfahren, was der Text genau enthielt. Doch Disziplin blieb ihre zweite Natur: »Wir sollten das besser wieder wegsperren.« Sie rollte das Pergament vorsichtig zusammen und befestigte erneut das rote Band darum. Dann schlug sie es sorgfältig in das Wachstuch ein und verschnürte das Paket wieder. »Bring es zurück in das Versteck. Ich werde noch einmal nach unserem Verletzten sehen. Danach gehe ich schlafen. Ich rate dir, dasselbe zu tun.« Sie küsste Emilia auf die Stirn. »Alles wird gut. Wir sehen uns morgen früh. Sogni d'oro, goldene Träume.« Emilia antwortete nicht, sondern starrte weiter verzückt auf das Paket in ihren Armen.

Am nächsten Morgen betrat Serafina Emilias Gemach. Das Bett ihrer Freundin schien unberührt. Auf dem Kopfkissen entdeckte Serafina ein kleines, sorgfältig gefaltetes Stück Papier. Es enthielt nur einige wenige Zeilen.

Liebste Serafina,
Deine Mutter hat einmal zu mir gesagt, dass Liebe großzügig sein muss. Darum muss ich gehen und Francesco seinen Seelenfrieden zurückbringen. In spätestens einer Woche werde ich zurück sein. Ich vertraue Dir solange Vico und Sascha an.
E.
PS: Bitte sei mir nicht böse!

Serafina, von einer Ahnung getrieben, stürzte in die Kleiderkammer. Sie atmete erleichtert auf, als sie Emanueles Päckchen hinter den Schmuckschatullen im Geheimfach fand. Sie wollte die Tür bereits wieder verschließen, als sie einer Eingebung nachgab und es nochmals herauszog. Sie zählte die Rollen durch, und ihr Herzschlag setzte aus. Ein Dokument fehlte: Jenes, das sie als Jesus zugehörig bezeichnet hatte! *Diese verdammte Törin!*, fluchte Serafina innerlich. Ihr vermaledeiter Eigensinn würde ihre Freundin tatsächlich noch einmal umbringen … Was für eine wahnwitzige Idee, Francesco mit der Rolle seinen Seelenfrieden schenken zu wollen. Und dazu alleine nach Viterbo zu reiten! Was konnte ihr dabei nicht alles zustoßen. Doch jetzt war keine Zeit, weder für Vorwürfe noch für Verzweiflung. Sie musste handeln und zusehen, wie sie mögliche Gefahren von Emilia abwenden konnte.

Wie sich herausstellte, fehlte nicht nur die Schriftrolle, sondern auch das Reitkostüm nach Männerart, das sich Emilia hatte schneidern lassen, wie auch ihr Lieblingspferd, die Stute Artemis. Eigenartigerweise schien mit der Herrin des Hauses auch Donatus, der Majordomus, abhandengekommen zu sein.

Dies immerhin konnte eine tröstliche Nachricht bedeuten, fand Serafina. Donatus mochte zu *ihr* stehen, wie er wollte, doch sie kannte ihn als besonnenen und loyalen Mann, der mit seinem Leben für die Eccellenza einstehen würde.

Serafina hätte heute eigentlich in die Schule gemusst, um Filomena abzulösen. Sie setzte eine kurze Nachricht für sie auf, dass wichtige Angelegenheiten sie daran hinderten. Emilias Verschwinden ließ sie unerwähnt. Dann nahm sie ein neues Blatt auf und tauchte die Feder entschlossen in die Tinte. Sie schrieb an Emanuele, dass seine Anwesenheit dringend in der Villa Meraviglia erwünscht wäre. Sie löschte die Briefe mit Sand und versiegelte die Umschläge mit dem Wappen des Fürsten Wukolny. Dann ließ sie zwei Diener kommen und übergab ihnen die Briefe mit der Anweisung, diese dem jeweiligen Adressaten nur persönlich auszuhändigen. Serafina hatte Herzklopfen bei dem Gedanken, bald Emanuele gegenüberzustehen und ihm Emilias Tat zu beichten. Da sie alles getan hatte, was die

Situation vorerst verlangte, begab sie sich erneut an das Lager des verletzten Priesters. Seine starre Unbeweglichkeit bereitete ihr zunehmend Sorge. Serafina befühlte seine Stirn. Wenigstens das Fieber war nicht weiter gestiegen. Wenn er nicht bald aufwachte, würde sie nach einem Arzt schicken müssen und die Verantwortung abgeben. Sie verspürte keinerlei Lust auf eine Auseinandersetzung mit dem Klerus, die der Tod eines Priesters in ihrer Obhut nach sich ziehen würde. Mit einem Seufzen machte sie sich daran, die Verbände zu wechseln. Sie rührte eine Heilpaste aus Aloe vera und Olivenöl an, als ihr durch den Kopf schoss, dass sie Piero heute noch gar nicht gesehen hatte. Doch Emilias älterer Bruder hatte am Abend tief ins Glas geschaut. Gut möglich, dass er seinen Rausch ausschlief. Vittoria und Augusto hatten sich schon früh am Morgen von ihr verabschiedet, um Freunde des Markgrafen am anderen Ende Roms zu besuchen. Serafina hatte ihnen nichts von Emilias Verschwinden gesagt, sondern in der ersten Not behauptet, dass Emilia noch ruhe.

Der Verletzte bäumte sich auf. Er packte Serafina am Arm und sah sie mit weit aufgerissenen Augen an. Seine Lippen bewegten sich, als versuchte er, ihr etwas mitzuteilen. Doch der Moment der Klarheit währte nur wenige Sekunden. Stöhnend sank er zurück.

Die Tür hinter ihr schwang auf, und eine atemlose Stimme rief: »Was ist passiert? Wo ist Emilia? Der Diener eben sagte, sie wäre nicht da.«

Serafina fuhr herum. »Filomena? Was suchst du hier? Hast du denn meine Nachricht nicht bekommen?«, rief sie verwirrt.

»Schon, aber ich musste einfach kommen. Emilia war heute Nacht bei mir. Sie verlangte partout, dass ich ihr sofort ein Dokument übersetze und …«

»Schsch, nicht hier«, unterbrach Serafina ihren Wortschwall und legte den Zeigefinger an ihre Lippen. »Wir gehen besser hinaus. Dann kannst du mir in Ruhe alles berichten.« Sie komplimentierte Filomena in die angrenzende Wäschekammer. »Und nun der Reihe nach. Emilia war gestern Nacht noch bei dir? Aber zunächst sag mir, befand sich Donatus bei ihr?«

»Der Majordomus? Was ist mit ihm? Du hast ihn in deiner Nachricht nicht erwähnt.«

»Leider, mir blieb nicht die Zeit, Romane zu verfassen. Nun sag schon, hast du ihn gesehen?«

»Nein. Aber das muss nichts bedeuten. Er hätte mit Sicherheit draußen im Flur gewartet. Du kennst ihn, niemals würde er ungebeten das Schlafgemach einer Dame betreten.«

»Ich kann nur hoffen, dass du recht hast. Nun berichte mir von Emilias nächtlichem Besuch.«

»Sie stand plötzlich vor der Tür und bestand darauf, dass ich ihr sofort eine Schriftrolle aus dem Aramäischen übersetze. Du wirst es nicht glauben …« Sie stockte, als fürchtete sie, den Zauber damit zu brechen, indem sie ihn benannte.

»Du irrst dich. Ich weiß sehr gut, was du zu sagen versuchst. Auch ich durfte dieses wunderbare Gefühl erfahren. Meine Vermutung trifft also zu? Das Autograf des Jeschua ist wahrhaftig echt?«

»Oh ja … Unser Herr Jesus Christus hat der Menschheit aus seiner eigenen Hand ein Evangelium der Liebe hinterlassen. Dieses wunderbare Vermächtnis wird die gesamte Christenheit verändern.« Filomena gab sich der Erinnerung an das wunderbare Erlebnis der Gnade hin, das sie beim Lesen erfahren durfte. »Leider wollte mir Emilia partout nicht verraten, woher sie es hatte. Aber ich kann es mir auch so zusammenreimen. Ich verstehe nicht, warum dieses heilige Evangelium so lange unter Verschluss gehalten worden ist. Es könnte so viel Segen und Frieden in die Welt bringen!«, rief sie, von jähem Enthusiasmus gepackt.

Serafina, die Filomenas Neigung kannte, allzu rasch in höhere Sphären zu entgleiten, beeilte sich, ihr einen kalten Guss zu verabreichen. »Wir haben leider keine Zeit, um über die Beweggründe jener zu spekulieren, die dieses Dokument für sich behielten. Wir sollten besser überlegen, wie wir weiter vorgehen.

Emilia ist nämlich mit diesem überaus kostbaren Dokument auf und davon, um es zu Francesco nach Viterbo zu bringen. Hier, lies das.« Damit drückte sie der verblüfften Filomena das kleine Billet in die Hand.

»Emilia ist unterwegs nach Viterbo, zu Pater Colonna? Aber es sind nicht weniger als fünfzig Meilen bis dahin!«

»Das ist nicht einmal das Dilemma. Sie unternimmt diese Reise völlig umsonst. Francesco Colonna ist nicht in Viterbo«, stieß Serafina hervor und machte nun keinen Hehl mehr aus ihrer Verzweiflung. Bisher hatten sie ihre Handlungen vor diesem Abgrund geschützt.

»Wie? Francesco hält sich nicht mehr in Viterbo auf? Woher weißt du das? Und seit wann ist er fort?«

Serafina sank entmutigt auf einen Wäschekorb. »Er war nie dort, Filomena, sondern ist schon vor Monaten auf die Insel Martinique zurückgekehrt.«

»Was erzählst du da? Aber Emanuele hat es uns doch so bestätigt.«

»Das war die offizielle Version, die alle Welt glauben sollte. Emanuele selbst hat die Wahrheit durch einen Zufall erfahren. Am Tag von Francescos Abschied erschien er hier völlig aufgelöst. Er war bis ins Mark erschüttert, da er sich von seinem besten Freund getäuscht glaubte. Er hatte vor, Emilia davon zu erzählen. Doch wir haben ihn schließlich überzeugen können, dass sie zu diesem Zeitpunkt besser nichts darüber erfahren sollte. Sie hatte erst Sergej verloren und erholte sich noch vom Verlust ihres Kindes.«

»Warum überhaupt diese Verwirrung? Weshalb hat Francesco geglaubt, über seine wahren Reiseabsichten lügen zu müssen?« Filomena schüttelte ihre kastanienbraunen Locken, die jeder Haube widerstanden. »Warum konnte er nicht einfach zugeben, dass er vorhatte, auf die Insel zurückzukehren? Er ist ein freier Mann. Was sollte diese bizarre Lüge also bewirken?«

»Jede Lüge hat einen Grund, Filomena. Er beabsichtigte damit, eine weit größere Lüge zu verdecken. Der edle Pater Colonna hat auf Martinique Frau und Kind zurückgelassen«, enthüllte Serafina ihr grimmig.

Filomenas Kinnlade klappte herunter.

»Ja, du hast recht gehört. Diese Lüge rächt sich nun, wie jede Lüge Unglück nach sich zieht. Es ist ein langer Ritt bis Viterbo. Der Himmel weiß, was Emilia dabei alles zustoßen kann. Dieses törichte Mädchen! Sie riskiert ihr Leben für einen falschen Traum. Was für eine wahnwitzige Idee, Francesco seinen Glauben zurückbringen zu wollen. So etwas Verrücktes kann auch nur unserer Emilia einfallen. Ich habe einzig die Hoffnung, dass das Evangelium des Jeschua sie schützt und alles Unheil von ihr fernhält.«

»Apropos Lügen, die Unglück nach sich ziehen …«, setzte Filomena an. »Ich weiß längst, dass Emilia Francesco liebt. Aber wenn ihr Bescheid wusstet, warum habt ihr es Emilia vorenthalten? Dieser Schock hätte ebenso gut heilsam für sie sein können.«

»Du sagtest es eben selbst … Mutter befürchtete damals, dass ein solcher Schock womöglich einen weiteren hätte auslösen können: Emilia hätte sich wieder daran erinnern können, dass sie Sergejs Kind verloren hat.«

»Damit habt ihr euch aber in eine schöne Zwickmühle gebracht. Ihr habt euch quasi zwischen Teufel und Hölle entschieden. Hättet ihr Emilia früher darüber unterrichtet, müssten wir uns jetzt keine Sorgen darüber machen, dass sie einen apokalyptischen Ritt nach Viterbo unternimmt. Hoffentlich gibt es dort keinen hilfreichen Bruder, der es zu seiner Angelegenheit macht und sie über Francescos Missgeschick aufklärt«, schloss sie in düsterem Ton.

»Danke, dass du fleißig Öl ins Feuer gießt. Genau das habe ich jetzt gebraucht«, sagte Serafina geknickt.

»Immerhin, bei dem Evangelium, das Emilia …« Ein lautes Poltern nebenan unterbrach sie mitten im Satz.

Die beiden jungen Frauen wechselten einen erschrockenen Blick und stürzten hinaus. »Süßer Jesus!«, rief Filomena. Der Verletzte hatte es irgendwie geschafft, sich selbst aus dem Bett zu befördern. Mit vereinten Kräften schafften sie den Pater wieder ins Bett zurück. Die Kopfwunde hatte sich durch den Sturz erneut geöffnet. Serafina tat ihr Möglichstes, um die Blutung zu stillen. »Wer ist das?«, fragte Filomena verständlicherweise.

»Wir wissen es nicht. Emilias Bruder Piero, der uns seit vorgestern lästig fällt, fand ihn gestern vor unserer Tür.«

Von den nahen Zwillingskirchen her schlug es Punkt zwölf Uhr mittags. »Meine Güte, schon so spät!«, rief Serafina erschrocken. »Filomena«, bat sie. »Ich kann hier nicht weg. Sei so gut und frag nach Emilias Bruder Piero und ob ihn jemand gesehen hat. Falls er noch schläft, sollte er geweckt werden.«

Filomena kehrte schon nach wenigen Minuten zurück. Hinter ihr zeichnete sich die gedrungene Gestalt von Grigorowitsch ab, Sergejs ehemaligem Leibdiener, der unbedingt in Emilias Diensten hatte verbleiben wollen. Er war nicht das allerhellste Licht, machte dies jedoch durch absolute Ergebenheit wett. Er war es nun, der sprach: »Ich höre, der Bruder der Eccellenza wird gesucht? Der Cavaliere di Stefano hat vor einer halben Stunde die Villa verlassen, Euer Gnaden. Ich vermute, er ist abgereist, da er sein Gepäck auf sein Pferd lud. Er wirkte in großer Eile.«

»Hat er irgendetwas zu Euch gesagt?«, fragte Serafina scharf.

»Nein, Euer Gnaden. Er hatte es wirklich sehr eilig. Er hat mich zur Seite gestoßen.«

»Es ist gut, Grigorowitsch, danke.« Sie wandte sich an Filomena. »Bitte bleib bei dem Verletzten. Ich muss rasch etwas nachsehen.« Serafina trieb ein Gedanke um, der in ihre Nervenbahnen stach wie eine spitze Nadel. Schon auf der Schwelle von Emilias Gemach bewahrheitete sich ihre schlimmste Befürchtung: Jemand hatte das Zimmer in aller Eile durchwühlt. Kommoden und Truhen waren geleert und der Inhalt überall achtlos auf dem Boden verstreut worden. Eine Puderdose und mehrere Porzellanflakons waren zu Bruch gegangen und verströmten liebliche Düfte im Raum. Serafinas Gedanken hingegen waren alles andere als lieblich. Hätte Piero leibhaftig vor ihr gestanden, sie hätte ihn mit bloßen Händen erwürgt. Dieser Schweinehund hatte sie einmal mehr getäuscht! Sie betrat die Kleiderkammer. Hier herrschte ein ebenso wildes Durcheinander. Der gesamte Inhalt wie Wäsche, Strümpfe, Schuhe und Hüte war aus Fächern und Schachteln hervorgezerrt worden. Serafinas Blick wurde von dem herrlichen Mantel aus weißem Zobel angezogen, den Sergej Emilia zu Beginn ihrer Liebe geschenkt hatte. Sie unterdrückte den Impuls, ihn aufzuheben und an seinen Platz zurückzuhängen. Zuerst musste sie sich Gewissheit verschaffen. Wie von ihr befürchtet, war das Geheimfach aufgebrochen worden. Der Dieb hatte die Schmuckschatullen nicht angerührt, seine Begierde hatte allein den Schriftrollen gegolten. Piero musste also ihren unermesslichen Wert gekannt haben. Aber woher wusste er davon?

Gedämpfte Schritte näherten sich hinter ihr. »Serafina!«, hörte sie, wie ihr Name gerufen wurde. Sie erhob sich langsam. Der Augenblick der Wahrheit war gekommen. Mit klopfendem Herzen ging sie Emanuele entgegen.

Ein Blick in das verwüstete Zimmer hatte Emilias Bruder genügt, um das Schlimmste zu befürchten. »Die Dokumente?«, fragte er leise. Serafina nickte nur, unfähig, ihrer zusammengeschnürten Kehle ein Wort zu entlocken.

»Komm, setz dich. Du zitterst ja.« Fürsorglich führte Emanuele sie zu einem Sessel.

»Es war Piero«, flüsterte Serafina. Die schlimmere Beichte stand ihr noch bevor: dass Emilia verschwunden war, und mit ihr das Herzstück der Dokumente. Sie hatte vorgehabt, es Emanuele so schonend wie möglich beizubringen, doch in seiner Gegenwart hatte sie aller Mut verlassen.

»Wo ist meine Schwester?« Mit seiner Frage löste Emanuele beinahe eine Nervenkrise aus. Serafina begann erneut zu zittern. Nur mit Mühe konnte sie ihre Tränen zurückhalten. »Emilia ist fort«, brachte sie schließlich heiser hervor.

»Fort? Was soll das heißen, *fort*?«

Wortlos reichte ihm Serafina Emilias kleines Billet.

Emanuele las es und erbleichte. »Was? Sie will sich nach Martinique einschiffen? Was ist das nun wieder für ein Wahnwitz! Hat meine Schwester nun völlig den Verstand verloren?«, rief Emanuele entgeistert. Offenbar hatte er aufgrund der neuesten Katastrophe völlig verdrängt, dass Emilia nichts davon wusste, weil sie gemeinsam mit Donna Elvira beschlossen hatten, ihr Francescos Familie auf der Insel vorerst zu verheimlichen.

»Nein, selbstverständlich nicht nach Martinique. Sie weiß doch gar nichts davon«, beeilte sich Serafina, ihn aufzuklären. »Sie ist unterwegs nach Viterbo, an den Ort, wo sie ihn vermutet.«

»Nach Viterbo? Herrje, was für ein Schlamassel«, zürnte Emanuele und lief wütend auf und ab. »Das geschieht nur, weil Francesco zu feige war, uns allen die Wahrheit einzugestehen. Ich wusste es, wir hätten es Emilia nicht verschweigen dürfen! Niemals hätte ich mich von euch dazu überreden lassen sollen. Gott straft uns jetzt dafür!«

»So weit waren Filomena und ich heute auch schon«, erwiderte Serafina leise. Sie fühlte sich selbst schuldig, obwohl sie keine Schuld traf.

»Was geschehen muss, geschieht«, erklang plötzlich eine Stimme hinter ihnen.

»Mutter!« Serafina sprang auf und warf sich in ihre Arme. Endlich konnte sie ihren zurückgedrängten Tränen freien Lauf lassen. Über den Kopf ihrer Tochter hinweg trafen Elviras Augen auf Emanueles. Hab Mut, lautete die Botschaft darin.

Weder Emanuele noch Serafina wunderten sich darüber, Donna Elvira hier zu sehen. Sie hatten sich längst daran gewöhnt, dass Serafinas Mutter immer zur rechten Zeit zur Stelle war. Emanuele setzte Donna Elvira über die neuesten Ereignisse in Kenntnis und verschwieg auch nicht den Auftrag, der ihm von Pater General Ricci erteilt worden war. Er wusste, dass das Geheimnis bei ihr sicher war. »Ich habe versagt«, klagte er sich am Ende selbst an. »Die mir anvertrauten Dokumente wurden gestohlen. Und ausgerechnet mein Bruder stellt sich als der gemeine Dieb heraus. Ich kann nur hoffen, dass Pater Ricci mir glaubt, dass ich nichts mit dem Diebstahl zu schaffen habe. Ich muss sofort zu ihm gehen. Der Pater General sollte so schnell wie möglich von dem Verlust erfahren.« Er erhob sich.

»Warte, Emanuele«, hielt ihn Donna Elvira zurück. »Wir wissen nicht genau, für welche Seite Piero arbeitet. Seine notorische Geldnot ist bekannt, und der Jesuitenorden gilt als immens reich. Im besten Fall hat er die Dokumente gestohlen, um sie eurem Orden zurückzuverkaufen. Dann würde es nicht lange dauern, bis er sich mit seiner Forderung meldet.«

»Ich weiß nicht, Mutter …«, wandte Serafina abwägend ein. »Wenn Piero lediglich auf Geld aus gewesen wäre, warum hat er Emilias Juwelen nicht ebenfalls an sich genommen, um sie zu verkaufen?«

»Er hat außer den Dokumenten nichts gestohlen? Tatsächlich? Das ändert in der Tat die Lage«, stellte Elvira nachdenklich fest. »Wie dem auch sei. Ein Grund mehr, jetzt nichts zu überstürzen. Zunächst allerdings kann ich euch eine tröstliche Nachricht überbringen, die eure Gewissensqualen beenden wird. Emilia erwartet in Viterbo keineswegs eine Enttäuschung. Francesco hält sich in der Tat im dortigen Kloster auf.«

»Wie? Was soll das heißen?«, riefen Serafina und Emanuele im vereinten Chor der Verblüffung.

»Es bedeutet, dass Francesco weder gelogen noch getäuscht hat. Er *ist* in Viterbo.«

»Wie? Er ist gar nicht nach Martinique gereist? Er hat den Brief des verzweifelten Vaters ignoriert?«, fragte Emanuele fassungslos. War sein Freund noch schuftiger, als er angenommen hatte, und hatte sich gar seiner Verantwortung entzogen?

»Nein, er war dort, ist aber längst zurückgekehrt. Gemeinsam mit Pater Baptista, einem Ordensbruder, konnte Francesco die Behauptungen der jungen Frau als Lüge entlarven. Es handelte sich bei ihr um die junge Nichte der Witwe Tascher, die Francesco damals bei sich aufgenommen hatte. Das Mädchen hatte von Anfang an ein Auge auf den Schiffbrüchigen geworfen und ihm nachgestellt. Francesco wollte von ihren Avancen nichts wissen. Darum hat sie die einfältige Lüge über seine Vaterschaft ersonnen, in der Hoffnung, er käme zurück. Ihr Vater hat daraufhin den verhängnisvollen Brief an Pater Ricci geschrieben, den Emanuele später auf dessen Schreibtisch entdeckt hat. Bei Francescos und Pater Baptistas Ankunft auf Martinique war das Kind bereits geboren.«

»Aber wie konnte Francesco den Nachweis erbringen, dass er nicht der Kindsvater ist?«, warf Emanuele logischerweise ein.

Donna Elvira gestattete sich ein maliziöses Lächeln. »Das Kind war schwarz. Damit konfrontiert, hat das Mädchen schließlich zugegeben, dass das Kind von einem einheimischen Fischer stammt. Francesco hat sich wieder eingeschifft und sich nach der Ankunft sofort zu seinem ursprünglichen Ziel, nach Viterbo, begeben.«

»Das heißt, Francesco hat mich nie belogen und er hat auch weder Frau noch Kind auf Martinique? Halleluja!«, rief Emanuele begeistert und riss die Arme hoch. Er vergaß tatsächlich für einen Moment die Sorgen, die ihn drückten. Doch sie kehrten schneller als der Wind zurück. »Ihr seid ausgezeichnet über alles informiert, Donna Elvira. Verratet Ihr mir auch, woher Ihr all Eure Kenntnisse bezieht?«

»Erwähnte ich es nicht? Natürlich von Pater Baptista. Ich bin im Übrigen nach Rom gereist, um mich mit ihm zu treffen. In seinem Quartier sagte man mir, dass er seit dem gestrigen Tage nicht zurückgekehrt sei, was nicht viel zu bedeuten hat. Der gute Pater Baptista ist ständig in Bewegung.«

Durch Serafina ging ein Ruck. »Mutter, wie heißt dein Pater Baptista mit Vornamen?«

»Remo. Warum fragst du danach?«

»Weil ich glaube, zu wissen, wo er ist.«

R. B. SJ. Serafina hatte sich plötzlich der Initialen in der Bibel des Verletzten erinnert. Konnten sie *Remo Baptista, Societas Jesu* bedeuten? »Kommt bitte mit.« Serafina schritt ihnen voran in die

Halle und öffnete die Tür, die in den umfunktionierten Frühstücksraum führte.

»Da bist du ja endlich!«, begrüßte Filomena sie. »Ich habe mir bereits Sorgen gemacht, wo du … Oh, Pater di Stefano und Donna Elvira!«, rief sie freudig überrascht aus, als sie die beiden hinter ihrer Freundin eintreten sah.

Elvira stieß einen bestürzten Laut aus. »Pater Baptista, lieber Freund! Was ist Euch geschehen …« Sie sank neben dem Verletzten nieder und griff nach seiner feuchten Hand. Der Pater hatte sich nicht gerührt.

»Er hat eine tiefe Kopfwunde und zwei Stichverletzungen an Schulter und Unterarm. Piero fand ihn gestern Abend vor unserer Schwelle. Ich habe mein Möglichstes getan, aber er hat bisher nur einmal ganz kurz das Bewusstsein erlangt«, erklärte ihre Tochter.

»Er hat viel Blut verloren«, sagte Donna Elvira, die Pater Baptista bereits mit kundigen Bewegungen untersuchte. »Wir müssen ihn stärken.« Sie hantierte an dem dicken Lederbeutel, den sie an ihrem Gürtel trug. Sie entnahm ihm zwei kleine Stoffsäckchen. »Hier, bereite einen Aufguss davon zu. Du kennst die Mischung.«

Sichtlich erleichtert zog Serafina davon. Ihre Mutter war da. Alles würde gut werden.

Filomena war ihr hinausgefolgt. »Serafina, ich muss dir noch etwas beichten. Ich habe dir vorhin nicht die ganze Wahrheit gesagt. Emilia hatte mir sehr wohl ihre Absicht verraten, nach Viterbo zu reiten.«

»Aber wenn du es wusstest, warum um Himmels willen hast du sie dann nicht daran gehindert?«, rief Serafina außer sich und packte Filomena an den Schultern.

»Weil es erstens nichts genützt hätte und ich zweitens nichts dagegen einzuwenden hatte«, erwiderte Filomena mit gesenktem Kopf.

»Ich verstehe nicht … Warte, soll das heißen, dass dir ebenso viel daran liegt, dass Francesco seinen Glauben zurückgewinnt?

Bei Emilia kann ich das ja noch nachvollziehen. Sie ist verrückt genug, Francesco so sehr zu lieben, dass sie sein Glück über ihr eigenes stellt. Aber was gewinnst du dadurch?« Serafinas Blick bohrte sich wie ein Dolch in Filomenas Augen. Dabei ahnte sie die Wahrheit längst.

»Ich habe genauso ein Recht darauf, Francesco zu lieben, wie Emilia!«, rief Filomena leidenschaftlich, und ihr schmaler Körper bebte. »Ich kannte ihn lange vor ihr und habe die älteren Rechte. Auch ich habe ihm das Leben gerettet. Doch sieh mich an, und dann stell dir Emilia vor. Für wen würde er sich wohl entscheiden?«

Serafina erwiderte nichts darauf, sondern starrte Filomena an, als sähe sie sie zum ersten Mal.

»Mir ist es tausendmal lieber, keine bekommt ihn und Francesco dient weiter seinem Gott!«, ergänzte Filomena hitzig.

»Aber du hast doch Ta-Seti! Ich dachte, du liebst ihn.«

»Das ist nicht dasselbe. Aber das kannst du nicht verstehen.«

»Natürlich verstehe ich dich«, entgegnete Serafina gallig. »Du bist noch verrückter als Emilia. Die Liebe scheint einem geradezu den Verstand auszusaugen. Weiß der Himmel, in welche Gefahr du Emilia mit deinen Hirngespinsten gebracht hast. Wenn ihr etwas passieren sollte, dann trägst du mit Schuld daran.«

»Ich werde mich ganz sicher nicht dafür entschuldigen, dass ich Francesco ebenso liebe, wie Emilia es tut«, blieb Filomena bockig.

»Nein, aber dafür, dass du absolut unverantwortlich gehandelt hast. Wenn du Emilia schon nicht am Aufbruch hast hindern wollen, dann hättest du wenigstens sofort zu mir kommen müssen. Stattdessen wolltest du sichergehen, dass sie einen ausreichenden Vorsprung gewinnt, richtig? Dann erst tauchst du scheinheilig hier auf und spielst die Nichtsahnende. Gratuliere, du beherrschst die Kunst der Täuschung perfekt. Du bist wirklich die Tochter deiner Mutter«, endete sie. Doch sie bereute ihre Worte sofort, kaum dass sie sie ausgesprochen hatte.

Filomena war kreidebleich geworden. Sie mit ihrer Mutter zu vergleichen stellte für sie die schlimmste aller Beleidigungen dar. »Oh, du ... Miststück«, schimpfte sie und verschluckte sich beinahe an ihren eigenen Worten. »So denkst du also von mir. Endlich zeigst du dein wahres Gesicht! Aber du hast mich ja noch nie leiden können. Du warst schon immer eifersüchtig auf meine Freundschaft mit Emilia. Du wärst gerne ihr einzige Freundin geblieben!« Filomena stürzte blindlings davon.

Serafina wollte ihr folgen, ihr sagen, dass es ihr leidtat und Filomena sich irrte, da ihr Eifersucht völlig fernlag. Doch der Verletzte benötigte seinen Trank. Später suchte sie nach Filomena, konnte sie aber nirgendwo finden. Sie musste in die Schule zurückgekehrt sein. Auch gut, dann würden sie ihren unseligen Streit eben ein anderes Mal zu Ende austragen.

XXI

José Moñino y Redondo, Gesandter Ihrer Allerkatholischsten Majestät, des spanischen Königs Karl III., am Hofe Papst Clemens XIV., war mit sich höchst zufrieden. Seit vielen Jahren trieb er den Sturz des Jesuitenordens voran, und die Dinge entwickelten sich ganz in seinem Sinne. Seine Abneigung gegen die Jünger des heiligen Ignatius gründete auf deren Anmaßung, in der gesamten bekannten Welt, unter dem Deckmantel der Missionierung, Einfluss auf die Politik nehmen zu wollen. Welche Ironie des Schicksals, dass Ignatius von Loyola einst selbst ein Angehöriger des spanischen Adels gewesen war!

Schon bevor die streng geheimen Constitutiones des Ordens beim Prozess in Frankreich gegen den Jesuitenpater Antoine de la Vallette, den betrügerischen Prinzipal der Karibischen Inseln, ans Licht gekommen waren, hatte Moñino herausgefunden, dass sich der Orden allein dem Papst unterwarf. Jeder angehende Jesuit musste ihm in einem geheimen vierten Gelübde unbedingten Gehorsam geloben. Erst kam der Papst, danach der König! Selbstredend, dass sich der Orden damit den Zorn der Monarchen Europas zugezogen hatte. Selbst vor Mord schreckten die Jesuiten nicht zurück! Sie befürworteten in ihren Schriften ausdrücklich den Tyrannenmord, wenn ein König ihrer Meinung nach zu schwach in seinem Glauben war. Er wollte daher seinem Äquivalent in Portugal, dem Minister Marquis de Pombal, nicht nachstehen. Dieser hatte schon 1757 die Verfolgung der Jesuiten in Portugal und seinen Kolonien erreicht. Pombal hatte ausreichend Beweise dafür gesammelt, dass der Orden in Paraguay während des Guaranikriegs gemeinsame Sache mit den Indios gemacht hatte und gar in das Attentat auf König Joseph I. von Portugal verwickelt gewesen war. Er selbst hatte das Verbot bei seinem König Karl III., einem Reformen gegenüber aufgeschlossenen Mann, zehn Jahre später erreicht. Als dessen Gesandter leitete er nun sein Meisterstück ein: das generelle Verbot des Ordens durch Papst Clemens XIV. *Oh ja, der Orden des Ignatius würde bald aufhören zu existieren!*

Das Klopfen an der Tür unterbrach seinen inneren Monolog. Sein Assistent meldete ihm den erwarteten Besuch des Cavaliere di Stefano. »Schickt den Mann herein.«

Moñino verschwendete keine Zeit auf den üblichen Austausch von Höflichkeiten, sondern empfing Piero ohne Umschweife mit den Worten: »Ihr habt Euch reichlich Zeit gelassen, Cavaliere. Und, habt Ihr sie?«

»Selbstverständlich, Eure Exzellenz. Hier …« Mit einer hochfahrenden Geste leerte er den Inhalt seiner ledernen Tasche auf dessen Schreibtisch. Ein knappes Dutzend in Wachstuch gewickelte Rollen purzelten hervor.

»Sachte, sachte!«, warnte Moñino und sprang mit ausgestreckten Armen hinzu. »Diese Dokumente sind sehr alt und äußerst empfindlich.« Gierig musterte er die Rollen und zählte sie durch. Er warf seinem Gegenüber einen scharfen Blick zu. »Ihr seid der Versuchung nicht erlegen und habt sie heimlich geöffnet?«

»Aber nicht doch, Exzellenz! Ihr hattet mir das ausdrücklich untersagt. Darüber hinaus wäre die Zeit dazu auch zu knapp gewesen«, verteidigte sich Piero entrüstet.

Die Augen des spanischen Botschafters verweilten forschend auf seinem Gegenüber. Die Haltung des Cavaliere drückte nervöse Ungeduld aus. Bei sich dachte Moñino, dass di Stefano eben zugegeben hatte, dass er sich dem Befehl sehr wohl widersetzt hätte – wenn sich ihm dazu die entsprechende Möglichkeit geboten hätte. Nun schien er es kaum erwarten zu können, seinen Judaslohn entgegenzunehmen. Moñino verabscheute Verräter, ihnen war nicht zu trauen. Sie waren feige und agierten im Dunkeln. Doch zuweilen musste er sich ihrer bedienen, um seine Vorhaben umzusetzen.

»Exzellenz«, ergriff Piero das Wort. »Ich will Euch nicht drängen, aber könnten wir unser Geschäft schnell abschließen? Ihr versteht sicher, dass ich Rom unter diesen Umständen so bald wie möglich den Rücken kehren möchte.«

»Aber warum denn?« Moñino lächelte maliziös. »Wer sollte Euch anklagen? Die Jesuiten jedenfalls werden sich hüten, Euch offiziell des Diebstahls dieser Dokumente zu bezichtigen, da sie sie einst selbst gestohlen haben. Und die Schwester wird kaum den Bruder verraten.«

»Glaubt mir, diese Schwester schon«, korrigierte Piero, den Blick dabei auf seine Stiefel gerichtet.

»Es ist gut. Wartet draußen, Cavaliere, während ich die Dokumente prüfe.« Er wedelte Piero mit einer legeren Handbewegung hinaus.

Piero wollte bereits den Mund öffnen, um zu protestieren, erkannte aber rechtzeitig die Sinnlosigkeit. Moñino beachtete ihn nicht weiter, sondern hielt bereits einen Dolch in Händen.

Piero verbrachte geschlagene zwei Stunden auf einer harten Bank im Vorzimmer, in Gesellschaft des Sekretärs und dessen kratzender Feder. Endlich rief ihn der Gesandte herein, seine Miene verhieß nichts Gutes. »Die zwei wichtigsten Dokumente fehlen. Was habt Ihr mit ihnen angestellt? Ich warne Euch, wer mich betrügt, hat dies stets bitter bereut. Also, wo sind sie?«

Piero fuhr der Schrecken gehörig in die Glieder. Er hatte sich bereits reich belohnt in Richtung Venedig aufbrechen sehen. Er benötigte dieses Geld dringend. Die Mitgift seiner Frau hatte eben gereicht, um seine Schulden zu bezahlen. Alles Blut strömte nun aus seinem Gesicht.

Sein Gegenüber wertete die jähe Blässe als schlechtes Gewissen. »Was ist? Wollt Ihr etwa mehr Geld herausschlagen? Wir hatten eine Abmachung, und Ihr erhaltet nicht eine Peseta mehr als vereinbart! Ich will diese beiden Dokumente, und zwar jetzt. Wo habt Ihr sie versteckt?« Der Spanier näherte sich ihm drohend.

Da Piero keine Reaktion zeigte, außer ihn dumpf anzustarren, packte Moñino sein Gegenüber und schüttelte ihn heftig durch. Fieberhaft überlegte Piero, wie er die Situation retten konnte. Er hatte das Geheimfach gründlich durchsucht. Was hatte der Spanier gesagt? Dass es sich hierbei um die beiden wertvollsten Dokumente handelte? Es gab nur zwei mögliche Schlussfolgerungen: Entweder hatte Emilia die besagten Unterlagen nicht in ihrem Gewahrsam gehabt, oder sie hielt sie aufgrund ihres Wertes woanders versteckt. Moñino hatte inzwischen eingesehen, dass es nichts half, den Mann zu schütteln wie einen Pflaumenbaum. Verächtlich stieß er ihn von sich. »Also gut«, schnappte er wütend. »Ihr seid zwar ein Bastard, aber auch ein gerissener Hund, di Stefano. Hiermit verdoppele ich mein Angebot. Aber dies gilt nur, wenn Ihr mir die beiden Schriftstücke innerhalb der nächsten Stunde und absolut unversehrt ausliefert.« Hoch aufgerichtet maß er ihn mit der arroganten Miene eines spanischen Granden.

Piero riss ungläubig die Augen auf. Er würde doppelt so viel erhalten? Er hatte zwar überhaupt keine Vorstellung davon, wie er dies anstellen sollte, doch seine Gier trieb ihn dazu, alle Vorsicht fahren zu lassen. Im Bewusstsein, sich auf ein gefährliches Spiel einzulassen, entgegnete er heiser: »Also gut, Exzellenz. Ich nehme Euer Angebot an. Allerdings habe ich die Unterlagen an einem sicheren Ort deponiert. Daher benötige ich zumindest bis morgen Mittag Zeit, um sie gefahrlos an mich nehmen zu können. Inzwischen schlage ich vor, mir einen weiteren Vorschuss in Höhe von …«, er hielt inne und gab vor, in Gedanken nachzuzählen, »sagen wir zwanzig Golddukaten zu zahlen. Als Zeichen Eures guten Willens.« Er lächelte boshaft. Langsam gewann er an Sicherheit.

Der Spanier lief puterrot an. Einen kritischen Augenblick lang wirkte er, als wollte er sich auf ihn stürzen. Piero wich zur Vorsicht zwei Schritte zurück. Doch Moñino bezwang seinen Zorn. Steif schritt er zu seinem Schreibtisch und riss die Schublade mit einer heftigen Bewegung auf. Er entnahm ihr eine Kassette und zählte mit zusammengepressten Lippen zwanzig Golddukaten heraus. Mit einem angewiderten Gesichtsausdruck ließ er sie in Pieros geöffnete Hand gleiten.

»Exzellenz, es ist mir ein Vergnügen, mit Euch Geschäfte zu tätigen«, verkündete Piero mit einer Verbeugung, die nicht tief genug war, um wirklich ehrerbietig zu sein.

»Ich warne Euch, Cavaliere«, knurrte der geprellte Botschafter. »Ich erwarte die beiden Schriftstücke unversehrt und ungeöffnet, hört Ihr! Diese Unterlagen sind allein für die Augen der Kirche bestimmt. Wenn ich auch nur den Verdacht hegen sollte, dass Ihr sie entgegen unserer Abmachung geöffnet habt, dann seht Ihr den Rest Eures Geldes nie!«

»Ich versichere Euch, dass ich kein Interesse an christlichen Schriften hege, mögen sie noch so heilig sein. Bis morgen Mittag also. Eure Exzellenz, ich bin Euer ergebenster Diener.« Erhobenen Hauptes verließ Piero den Raum.

Moñino gab hinter ihm ein Geräusch von sich, als würde ein Hund knurren. Immer noch in den Fängen des Zorns, sah er Pieros elegante Gestalt durch die Tür entschwinden. Diese vermaledeiten Italiener, wütete er in Gedanken. Sie waren Meister der Verstellung. Niemals hätte er di Stefano diese Raffinesse zugetraut. Selbstverständlich hatte er sich über ihn erkundigt, bevor er mit seinem Vorschlag an ihn herangetreten war. Der Mann war ein Spieler, ein Nichtsnutz, der das gesamte Vermögen der Familie mit windigen Geschäften verschleudert hatte. Er fraß Geld ebenso, wie ein Rindvieh Heu verschlang, und am Ende kam bei beiden nichts als Mist heraus. Moñino unterdrückte den Drang, auf den Boden zu spucken. Immerhin, die beiden Dokumente, die er morgen in Händen halten würde, würden ihn für alles entschädigen – vorausgesetzt, es handelte sich tatsächlich um die erhofften. Deren Wert war unschätzbar. Das eine würde den endgültigen Fall der Jesuiten herbeiführen, da es bewies, dass der Orden seinen Papst bestohlen hatte, und das andere, die Schatzkarte, wies den Weg nach Paititi, der verlorenen Stadt der Inkas, dem sagenhaften El Dorado! Die Karte war ihnen einst von Martín García de Loyola, einem Verwandten des Ordens-gründers Ignatius, gestohlen worden. Als Gouverneur durch Seine Allerkatholischste Majestät eingesetzt, hatte dieser die Inkaprinzessin Nusta Beatriz, die Tochter des letzten Königs der Inka, Tupac Amaru, geehelicht, um die endgültige Unterwerfung des Landes Peru zu besiegeln. Schon vor einigen Jahren hatte er den Beweis erlangt, dass seine damalige Verbündete, Beatrice von Pescara, die Schatzkarte ihrerseits den Jesuiten gestohlen hatte. Deshalb hatte er die junge Witwe des Herzogs von Pescara über längere Zeit beobachten lassen, doch nichts an ihren Handlungen hatte darauf hingewiesen, dass sie sich in deren Besitz befand. Er setzte darum seine ganze Hoffnung darauf, dass die Herzoginwitwe Emilia ihrem Bruder, dem Jesuiten, die Karte zurückgegeben hatte und sie sich nun unter den wichtigsten Geheimdokumenten der Jesuiten befand. Das Einzige, was ihm Kopfzerbrechen bereitete, war, dass di Stefano, entgegen seinem ausdrücklichen Befehl, die Dokumente öffnen und genauer in Augenschein nehmen würde. Die grenzenlose Gier des Mannes war nicht zu unterschätzen. Andererseits glaubte er nicht, dass di Stefano die Schatzkarte für sich behalten würde, dazu war er zu feige. Ihm musste klar sein, dass er, Moñino, am längeren Hebel saß und ihn deshalb bis ans Ende der Tage jagen lassen würde. Darum ging er das Risiko ein, den Mann ohne Überwachung ziehen zu lassen. Moñino setzte sich, um einen Bericht zu schreiben. Mit einem Schnauben stieß er die Feder in die Tinte. »Verdammte Italiener«, wiederholte er.

Bis morgen musste er sich noch gedulden, um Gewissheit zu erlangen. Er wünschte, die Zeit würde schneller verrinnen. Dann kam ihm ein Gedanke, wie er sich die Zeit bis dahin vertreiben konnte. Oh ja, das konnte amüsant werden. Er rief seinen Privatsekretär zu sich.

Aufgewühlt verließ Piero das Arbeitskabinett des Botschafters. Worauf hatte er sich da nur wieder eingelassen, fragte er sich, während er die Treppe hinabstolperte. Er hatte von Anfang an gewusst, wie gefährlich es war, sich mit den Mächtigen einzulassen. Doch der Auftrag hatte simpel geklungen, und die Belohnung war zu hoch, als dass er das Angebot hätte ausschlagen können. Wie sollte er jetzt vorgehen? Eine innere Stimme riet ihm, sich mit den zusätzlich erbeuteten zwanzig Golddukaten zufriedenzugeben und schleunigst in Richtung Venedig zu entschwinden. Oder sollte er den Versuch wagen, die beiden fehlenden Schriftrollen in seinen Besitz zu bringen? Sie mussten wirklich einen immensen Wert darstellen, da der Spanier sein Angebot verdächtig schnell verdoppelt hatte. Piero hatte keinen Schimmer, was die Kirchendokumente enthielten, die er Moñino geliefert hatte. Nun bedauerte er seinen Eifer. Vielleicht hätte er doch einen Blick darauf riskieren sollen? Er interessierte sich wenig für die Politik des Kirchenstaates, doch selbst ihm war geläufig, dass man Moñino eine erbitterte Feindschaft zum Jesuitenorden nachsagte. Der Gedanke streifte ihn, dass er die Dokumente besser den Jesuiten hätte anbieten sollen. Womöglich hätte er bei ihnen mehr dafür herausschlagen können? Plötzlich hielt Piero inne. Er hatte eben bemerkt, dass er in der Eile, die Gesandtschaft zu verlassen, seinen Degen mit dem Rubin zurückgelassen hatte. Der wichtigtuerische Sekretär hatte ihn unsinnigerweise dazu aufgefordert, ihn vor dem Betreten des Botschafterkabinetts abzuschnallen. Der spanische Gesandte galt als extrem vorsichtiger Mann.

Wohl oder übel musste er umkehren, wenn er den Degen nicht verlieren wollte. Von Moñino würde er ihn kaum freiwillig zurückerhalten. Dazu hatte er den Mann zu sehr verärgert.

Er traf das Vorzimmer leer an und entdeckte den Degen dort, wo er ihn abgelegt hatte. Er stand schon im Begriff, sich ungesehen wieder davonzumachen, als das Schriftstück, an dem der Sekretär zwei Stunden eifrig gearbeitet hatte, in sein Blickfeld geriet. Es sah offiziell aus. Piero gab einem Impuls nach und steckte das Bündel ein. Plötzlich drangen zwei Stimmen zu ihm. Die Tür zum Botschaftskabinett war nur angelehnt, und der Inhalt des Gespräches ließ Piero aufhorchen. Offensichtlich hatte der Botschafter seinem Sekretär soeben einen speziellen Auftrag erteilt. Unterwürfig wandte dieser ein: »Euer Gnaden, verzeiht Eurem untertänigsten Diener, aber ich glaube, ich habe Euch eben nicht richtig verstanden. Ihr wollt tatsächlich den Großinquisitor der Kirche Roms in die spanische Gesandtschaft einbestellen?«

»Ihr habt absolut richtig gehört, Fernando. Setzt es genauso auf, wie *ich* es diktiert habe. Er soll zu mir kommen, wie der Bittsteller, der er ist. Ich habe es satt, mich von dem römischen Priesterpack herumkommandieren zu lassen. Schreibt, dass ich Informationen über jene Dokumente erlangt habe, wonach er und seine Vorgänger seit zwei Jahrhunderten fahnden. Ich versichere Euch, der Mann wird mit wehenden Röcken hier erscheinen. Wenn Ihr den Brief gefertigt habt, bringt ihn mir gleich, damit ich ihn unterschreiben und versiegeln kann. Nun geht, und eilt Euch«, entließ er ihn unwirsch.

Piero zog sich schleunigst zurück. Das war ja interessant. Wie es aussah, beabsichtigte Moñino, die Dokumente an den Papst weiterzuverkaufen und selbst Profit damit zu machen. Das erklärte auch, warum er, Piero, sie auf keinen Fall hatte öffnen sollen. Die Kirche und ihre Geheimniskrämerei. Doch er interessierte sich nicht für deren Machenschaften. Beten war etwas für das niedere Volk. Jahrhundertelang hatte der Kirchenadel es damit ruhiggestellt und sich selbst daran fett gefressen. Seinetwegen konnte es zwanzig weitere Evangelien geben, eine Gegenbibel oder den Beweis, dass Jesus gar nicht Gottes Sohn war. Doch das, was er eben erfahren hatte, ließ einen verrückten Plan in ihm reifen. Wie viel Zeit blieb ihm, um der Botschaft des Spaniers zuvorzukommen? Der Sekretär zeichnete sich nicht gerade durch Schnelligkeit aus. Diese Kenntnis hatte er während der Stunden gewonnen, die er unfreiwillig in seiner Gesellschaft verbracht hatte. Dessen Feder war derart langsam und kratzend über das Papier gekrochen, dass ihm davon jetzt noch die Ohren juckten. Er musste den kleinen Vorsprung unbedingt nutzen.

Im Eilschritt durchmaß er die dämmrige Halle und betrat die belebte Piazza di Spagna, wo ihn gleißendes Sonnenlicht umfing. Mit Schwung sprang er auf sein Pferd und hielt direkt auf den Petersplatz zu. Während des nur wenige Minuten währenden Rittes fiel ihm ein, dass er dort niemanden kannte, an den er sich hätte wenden können. Dies ließ seinen frisch gewonnenen Elan etwas abflauen. Am Ende würde ihm nichts anderes übrig bleiben, als zu der nächstbesten Wache der Schweizergarde zu marschieren und zu behaupten: Mein Name lautet Piero di Stefano, und ich habe wichtige Informationen über den Verbleib von gestohlenen Dokumenten aus dem Geheimarchiv der Jesuiten.

Falls man ihn abweisen würde, könnte er immer noch entscheiden, ob er nach Venedig reiten oder ins Haus seiner Schwester zurückkehren würde, um nach dem Verbleib der übrigen Dokumente zu forschen – die er dann dem Meistbietenden verkaufen würde. Den Gedanken, dass man ihn in der Villa Meraviglia nicht gerade mit offenen Armen empfangen würde, stellte er hintan. Er vertraute hier zu gegebener Zeit ganz auf seinen Erfindungsgeist.

Piero passierte die alte Engelsbrücke über den Tiber und hielt auf das Mausoleum des Hadrian zu, das meist nur noch Castel Sant'Angelo genannt wurde. Dann schwenkte er nach links in den Borgo und schlängelte sich hindurch. Die Hufe seines Pferdes hallten über das alte römische Pflaster und scheuchten die Händler und Spaziergänger rücksichtslos zur Seite. Der Vatikan unterhielt umfangreiche Stallungen. Er hielt darauf zu. Beinahe noch im vollen Lauf, sprang er vom Pferd und warf die Zügel einem herbeieilenden Stallburschen zu. »Hier, pass gut auf ihn auf, aber halte ihn bereit. Es könnte sein, dass ich bald zurückkehre.« Er spähte um sich, um den geeigneten Schweizergardisten für sein Vorhaben auszuwählen. Es sollte ein Grünschnabel sein, den er mit seinem Auftreten einschüchtern konnte.

Unvermittelt erregte ein anderer Stallbursche seine Aufmerksamkeit, der seine liebe Not damit hatte, eine herrliche schwarze Vollblutstute zu bändigen. Das Tier hatte Schaum vor dem

Maul und drehte sich schnell wie ein Kreisel. Blitzschnell warf es den Kopf zurück und versuchte, den Jungen zu beißen, der mit aller Kraft an seinem Zügel hing und sich dabei mehr oder weniger von ihm mitschleifen lassen musste. Plötzlich vollführte das Pferd erneut eine halbe Drehung und stieg, wobei seine mächtigen Vorderhufe nur knapp den Kopf des Jungen verfehlten. Der Bursche stolperte und ließ die Zügel fahren. Piero sprang ihm zur Hilfe. Es gelang ihm, die Zügel des Tieres zu fassen, bevor es über alle Berge war. Beruhigend sprach er auf es ein. War es seine Stimme gewesen, oder dass das Pferd einfach nur müde geworden war, jedenfalls gelang es ihm tatsächlich, es zu besänftigen. Piero hatte mit seiner Tat keineswegs uneigennützig gehandelt. Er hatte das Tier erkannt. Es handelte sich um die Stute Artemis, Emilias Pferd. *Was hatte seine Schwester im Vatikan zu schaffen?*

Der Stallbursche kam humpelnd auf ihn zu. »Ich danke Euch, edler Herr«, stieß der Junge atemlos hervor. Er fuhr sich mit dem Ärmel über die feuchte Stirn. »Was für ein Biest …«

»Ja, aber ein selten schönes …«, meinte Piero und tätschelte den schweißnassen Hals der Stute.

Dabei entdeckte er einige dunkle Flecken auf dem Leder des Sattels. Misstrauisch fuhr er mit den Fingern darüber und fand seine Befürchtung bestätigt: Es handelte sich um Blut! Kein Wunder, dass das Tier sich derart panisch aufgeführt hatte. Es roch das Blut. Aber woher stammte es? Die Stute erschien ihm unverletzt. »Wem gehört dieses wundervolle Tier? Ich würde es dem Besitzer gerne abkaufen«, fragte er wie beiläufig.

Das Gesicht des Burschen verschloss sich sofort. Er warf ängstliche Blicke um sich und biss die Lippen fest zusammen.

»Was ist denn los? Willst du mir nicht antworten? Ich habe dir eine harmlose Frage gestellt. Oder ist der Besitzer eine so hochgestellte Persönlichkeit, dass du seinen Namen nicht verraten darfst? Also gut, wenn du mir so den Dienst vergelten willst, den ich dir gerade erwiesen habe, dann ist das deine Sache. Viel Glück mit dem Pferd.« Er tat so, als wollte er sich abwenden.

»Hoher Herr«, rief der Bursche möglichst leise. »Verzeiht, ich wollte Euch keinesfalls kränken. Es ist nur so, ich darf es wirklich nicht sagen, weil … weil ich es eigentlich gar nicht wissen darf.«

»Aber warum denn nicht? Ich würde einen sehr guten Preis für das Pferd bezahlen. Meine Verlobte wünscht sich seit Langem genau so ein Vollblut. Du würdest dem Eigentümer womöglich zu einem guten Geschäft verhelfen. Und ich würde mich für die Vermittlung dir gegenüber ebenfalls erkenntlich zeigen.« Piero klopfte einladend auf die Tasche, in der er sein Geld verwahrte. Er konnte sehen, dass der Junge mit sich kämpfte. Um die Entscheidung zu seinen Gunsten herbeizuführen, zog er ein Geldstück aus der Tasche und hielt es dem Jungen direkt unter die Nase. Rasch schlossen sich dessen schmutzige Finger darum. Er zog Piero ein wenig zur Seite, in den Schatten des Stalles, und flüsterte: »Das Pferd gehört einem Jüngling.«

Auch wenn es das Rätsel für ihn kaum löste, so fühlte Piero doch Erleichterung bei diesen Worten. Er wunderte sich fast über sich selbst, dass er befürchtet hatte, dass Emilia verletzt sein könnte. Doch der Junge, da er sein Schweigen nun einmal gebrochen hatte, kam jetzt in Fahrt. Er machte Pieros Erleichterung schnell den Garaus, als er begeistert fortfuhr: »Er muss sich bei seiner Verhaftung mit dem Degen gewehrt haben wie der Teufel. Ich hörte, wie die Soldaten, die ihn brachten, sich lauthals darüber beklagten, dass er einen von ihnen getötet und mindestens zwei weitere verwundet hat. Doch wisst, hoher Herr, dieser Jüngling war gar kein Mann«, raunte er geheimnisvoll im Dialekt des Romanesco, der Sprache der Unterschicht Roms.

»Wie? Was soll das heißen?«, stieß Piero ahnungsvoll hervor. Er kannte die Vorliebe seiner Schwester, sich beim Reiten bevorzugt in ein Männerkostüm zu kleiden.

»Unter der Hand erzählt man sich, dass der Jüngling tatsächlich eine Dame war, und zwar eine wunderschöne, mit schwarz herabwallendem Haar. Die Soldaten wollten es unbedingt geheim halten. Kein Wunder, welcher Soldat, der auf sich hält, posaunt schon gerne heraus, von einem Weib besiegt worden zu sein«, sagte er verächtlich. »Aber das ist Rom. Hier kann niemand etwas geheim halten«, erklärte er weiter und grinste frech.

»Es ist gut. Hier …« Piero zückte eine weitere Münze. »Wenn du so viel weißt, dann weißt du sicher auch, ob die Dame verletzt war und wohin man sie gebracht hat?«

Der Junge sah ihn erschrocken an, als würde ihm eben erst klar werden, dass er schon zu viel verraten hatte. Doch er schielte begehrlich auf die zweite Münze und sagte leise: »Ich glaube, sie war verwundet, edler Herr. Man hat sie Monsignore Bertolli übergeben.«

»Wer ist Monsignore Bertolli?«

»Der Privatsekretär seiner Eminenz Stoppani.«

»Lautet so nicht der Name des Großinquisitors von Rom?«

Der Bursche wunderte sich kaum, dass sein Gegenüber plötzlich blass geworden war. Auch wenn das alte Gespenst der Inquisition heute eher einem zahnlosen Löwen glich, so reichte es dennoch, um düstere Schatten herbeizurufen.

»Eben der«, sagte er, schnappte sich von Piero die Zügel und verschwand rasch im Stall, bevor der Fremde ihn noch weiter aushorchen konnte.

Piero ließ sich sein eigenes Pferd zurückgeben. Er hatte inzwischen zu viel Zeit verloren. Überdies kam ihm sein Plan nun dumm und töricht vor. Er fragte sich, was er sich dabei gedacht hatte, in das Büro des Großinquisitors zu spazieren und von ihm Gold für die Information zu verlangen, dass sich geheime Kirchendokumente im Büro des spanischen Gesandten befanden. Sich den Spanier zum Feind zu machen war eine Sache, aber die Kirche herauszufordern eine andere. Viel bedeutsamer erschien ihm nun die Frage, wie Emilia in das Visier der Inquisition geraten sein konnte. Und warum hatte sie sich derart vehement der Verhaftung durch die päpstlichen Soldaten widersetzt?

Es galt als schwerwiegende Tat, die Waffe gegen die Soldaten des Papstes zu erheben. Von ihm selbst am wenigsten erwartet, sah sich Piero einem heftigen inneren Kampf ausgesetzt. Das Einfachste für ihn wäre, wenn er Emilia ihrem Schicksal überließ. Niemand konnte ihm einen Vorwurf daraus machen, denn wer würde überhaupt davon erfahren? Ein weiterer, an Diabolik kaum zu überbietender Gedanke schoss ihm durch den Kopf: Wenn Emilia auf Nimmerwiedersehen in den Kerkern des Vatikans verschwände, würde er als älterer Bruder die Vormundschaft für seinen Neffen übertragen bekommen. Sein Vater war dafür zu alt. Er, Piero, hätte damit die Verfügungsgewalt über das vereinte Vermögen der Fürsten von Pescara und Wukolny!

Piero fuhr sich mit der Zunge über die plötzlich trocken gewordenen Lippen. Die Aussicht auf so viel Geld machte ihn schwindelig. Unwillkürlich krampften sich seine Hände um die Zügel. Die Trattoria »Il Papa« am Rande des Borgo gelegen, geriet in sein Blickfeld. Er hielt darauf zu, da es ihn plötzlich nach Wein gelüstete. Nachdem er zwei Humpen in rascher Folge konsumiert hatte, bestieg er sein Pferd und ritt zum Collegio Romano, wo er seinen Bruder Emanuele wusste. Er würde nichts riskieren, wenn er seinen Bruder über sein zufällig erworbenes Wissen in Kenntnis setzte. Sollte er sich doch um die Freilassung ihrer Schwester bemühen. Dort angekommen, informierte man ihn, dass Pater di Stefano vor Kurzem eine eilige Nachricht erhalten hatte und überstürzt und ohne Nennung eines Ziels aufgebrochen war. Also hatte jemand Emanuele bereits über das Schicksal seiner Schwester unterrichtet. Piero nahm die Nachricht mit Erleichterung auf, denn so blieb ihm die Konfrontation mit seinem jüngeren Bruder erspart, dessen Rechtschaffenheit ihm jedes Mal den Appetit verdarb.

Er hatte den Beschluss gefasst, keine weiteren Versuche zu unternehmen, um für Moñino die Kastanien aus dem Feuer zu holen. Sollten doch die Kirchenteufel ihren Kampf untereinander austragen. Er wollte nichts mehr damit zu schaffen haben. Entschlossen lenkte er sein Pferd gen Osten. Er würde friedlich nach Venedig zu seiner Gemahlin heimkehren und auf das Beste hoffen. Er stand schließlich nicht zum ersten Mal am Rande des Bankrotts, und noch jedes Mal war es ihm gelungen, den Kopf aus der Schlinge zu ziehen. Falls er einen Sohn und Erben bekäme, so hatte ihm der Schwiegervater versprochen, würde er seinem Enkel den feudalen Palazzo am Canal Grande, den sie derzeit nur von seinen Gnaden bewohnten, überschreiben. Er könnte diesen dann beleihen, ein Schiff erwerben und es ausrüsten. Mit dem Gewinn des ersten Schiffes könnte er dann ein weiteres erwerben und … Er spann seine Spekulationen noch eine Weile fort. Nichts vertrieb einem die Zeit so sehr wie die Aussicht auf künftigen Reichtum. Piero befand sich bereits nahe der Stadtgrenze, als ihm einfiel, dass Emanueles überstürzter Aufbruch vielleicht weniger Emilias Verhaftung zugrunde lag, sondern den Diebstahl der Dokumente betraf. Er unterdrückte einen scharfen Fluch. Erneut musste er die Entscheidung treffen, Emilia womöglich ihrem Schicksal zu überlassen. Er empfand es als äußerst ärgerlich, dass er anscheinend so etwas wie ein Gewissen entwickelt hatte. Doch er musste zugeben, dass er seine kleine Schwester schon immer bewundert hatte. Wie sie nun, mit gerade einmal dreiundzwanzig Jahren und bereits zweimal verwitwet, ihr Leben fest im Griff hielt, rang ihm keine geringe Achtung ab. Piero hielt sein Pferd mitten auf der Straße an. Hinter ihm ließ ein Händler einen ärgerlichen Ruf hören, da er dadurch ebenfalls stehen bleiben musste. Er saß auf einem armseligen Fuhrwerk, das ein ebenso armseliger Klepper zog. »He, Ihr da, feiner Herr! Entscheidet Euch gefälligst, wohin Ihr wollt. Andere Leute haben nicht so viel Zeit!«, schimpfte er. Unter normalen Umständen hätte ihm Piero diese Unverschämtheit mit einem Hieb seiner Peitsche vergolten. Stattdessen wendete er sein Pferd und ritt auf demselben Weg zurück. Je mehr er sich der Via del Corso näherte, umso langsamer wurde sein Tempo. Ein Gewissen zu entdecken mochte gut und hehr sein, aber es marschierte nicht im Einklang mit seinem Mut. Er konnte bereits Emanueles vor Enttäuschung waidwundes Gesicht vor sich sehen – nicht zu vergessen die Hexe Serafina, die ihn vermutlich mit irgendeinem Zauber belegen würde. Er hoffte inständig, dass ihm zumindest die Begegnung mit der liebreizenden Gräfin Vittoria und ihrem Gemahl, den sie wie einen verliebten Gockel hinter sich herzog, erspart bleiben würde.

Jeder Weg, egal, wie langsam man ihn auch geht, findet irgendwann sein Ende. Vor der Villa Meraviglia angekommen, verharrte er auf seinem Pferd und begutachtete die weiße Fassade des Palazzo, die drei Stockwerke über ihm aufragte. Das im 16. Jahrhundert im Renaissancestil erbaute Gebäude bestach durch Einfachheit, nur dem Piano Nobile verlieh eine Halbsäulengliederung Eleganz. Der Medici-Papst hatte ihn für seine schöne Geliebte Giulia Varnese erbauen lassen. Angeblich war dieser Palazzo die einzige Auftragsarbeit gewesen, die der große Architekt Andrea Palladio je in Rom ausgeführt hatte.

Ein Stöhnen drang an seine Ohren, und Piero wandte sich um. Ein Mann in blutbefleckter Kleidung humpelte, auf einen anderen gestützt, hinter ihm in den Hof. Der Verletzte sprach Piero mit schleppender Stimme an: »Cavaliere di Stefano! Ich bin hocherfreut, Euch zu sehen. Wenn Ihr mir meinen Aufzug verzeihen wollt, doch ich wurde in einige Kalamitäten verwickelt.« Er hustete gequält.

Sein Helfer, auf dessen Haupt eine schiefe Küchenmütze thronte und der ihn mehr trug als stützte, meinte besorgt: »Ihr solltet nicht so viel sprechen, Meister Donatus. Eure Rippen sind verletzt.«

Piero glitt endgültig vom Pferd. »Ach, Ihr seid es, Meister Donatus. Was ist? Seid Ihr etwa in eine Wirthausschlägerei geraten?«, erkundigte er sich amüsiert.

»Aber nein …«, antwortete dieser angemessen entrüstet. Er versuchte, sich etwas aufzurichten, um seiner Person mehr Würde zu verleihen, was eine schmerzhafte Grimasse zur Folge hatte. »Ich wollte die Eccellenza vor diesen Grobianen beschützen. Doch wie Ihr an meinem traurigen Zustand unschwer erkennen könnt, habe ich auf ganzer Linie versagt.« Donatus' Gesicht sonderte rabenschwarze Trübsinnigkeit ab.

Piero horchte auf. Unversehens schien ihm ein Ausweg aus seinen Gewissensnöten beschert worden zu sein. Wenn er eben richtig verstanden hatte, wusste Donatus nicht nur über Emilias Schicksal zu berichten, sondern konnte dieses mit eigenen Augen bezeugen. Damit wäre er aus dem Spiel.

»Wenn Ihr erlaubt, Meister Donatus, aber ich muss dringend an meinen Herd zurückkehren.« Im Blick des Kochs stand die unmissverständliche Aufforderung an Piero, ihm seine besondere Last abzunehmen.

Piero warf einen letzten sehnsüchtigen Blick auf sein Pferd, dann zuckte er mit den Schultern. Was soll's, dachte er, die Sonne wird bald untergehen. Außerdem, was sollte ihm sein friedliebender kleiner Bruder schon antun? Ihm etwa eines auf die Nase geben? Mit der vorlauten Serafina würde er fertig werden. Sie war nichts weiter als eine Dienstbotin, die sich auf Kosten seiner Schwester ein angenehmes Leben machte. Er würde einfach alles abstreiten! Er war immerhin der ältere Bruder der abwesenden Hausherrin und musste niemandem Rechenschaft ablegen. Sicher ergab sich die Gelegenheit noch heute Nacht, das Haus ein weiteres Mal und diesmal gründlicher zu durchsuchen. Falls er der beiden anderen Dokumente tatsächlich habhaft werden sollte, konnte er immer noch darüber nachdenken, was er damit anfangen würde. Piero gab dem Stallburschen, der sich bereits seit einer Weile in ihrer Nähe herumgedrückt hatte, ein entsprechendes Zeichen. Er selbst übernahm Donatus vom Koch, legte sich dessen Arm um die Schulter und schleppte ihn die Stufen bis zum Eingangsportal hinauf. Oben lehnte er den Verletzten gegen die Hauswand. Er stand im Begriff, nach der bronzenen Türglocke zu greifen, als das Portal sich bereits vor ihm öffnete. Piero fand sich just Nase an Nase mit Donna Elvira wieder. Verflixt! Pieros Zuversicht sank in sich zusammen wie ein leerer Weinschlauch. Was machte dieses Weib hier? Warum musste sie ausgerechnet jetzt hier auftauchen? Hatte er sich eben noch selbst versichert, Emanuele und Serafina relativ leicht täuschen zu können, so stellte Serafinas Mutter ein völlig anderes Kaliber dar. Mit Sicherheit würde sie versuchen, ihm jeden Wurm einzeln aus der Nase zu ziehen.

Zu spät. Die schöne Gelegenheit, die ihm Donatus' Erscheinen geboten hatte, hatte er verpasst.

»Sieh einmal an«, begrüßte ihn Donna Elvira zuckersüß. »Das schwarze Schaf kehrt wieder zurück. Seid Ihr etwa auf noch mehr Beute aus oder …« Ein jähes Stöhnen ließ Elviras Satz unvollendet. Sie trat über die Schwelle und entdeckte zu ihrem Schrecken Donatus' zusammengekrümmte Gestalt an der Mauer.

»Helft mir lieber mit dem Majordomus, anstatt mich zu beleidigen«, sagte Piero, dem seine Samariterrolle Sicherheit verlieh. »Ich scheine es zu meiner persönlichen Angelegenheit gemacht zu haben, verletzte Personen an der Haustür aufzulesen und zu retten.«

Mit vereinten Kräften halfen sie Donatus in die Halle und setzten ihn dort auf eine steinerne Bank zwischen der halbrunden Freitreppe. Dort sank Emilias Majordomus in eine gnädige Ohnmacht. »He, Ihr da!«, rief Donna Elvira einen vorbeieilenden Diener an, der im Begriff stand, die Leuchter zu entzünden. »Schnell, schafft eine Trage herbei.« Anstatt ihrer unmissverständlichen Forderung nachzukommen, blieb der Mann, wie vom Donner gerührt, stehen. Er hatte in der jammervollen Gestalt seinen Herrn und Meister erkannt.

»Was haltet Ihr hier Maulaffen feil? Los, geht eine Trage besorgen«, fuhr ihn Elvira forsch an. Der Diener lief gehorsam davon.

Jemand kam die Treppe herab. »Piero? Du? Was willst du hier noch?«, rief Emanuele erbost. Das Blut war ihm in die Wangen geschossen. Ohne anzuhalten, stürzte er sich sofort mit erhobenen Fäusten auf seinen Bruder.

Bevor Piero sich versah, hatte Emanueles Rechte ihn mit einer aus der Wut geborenen Wucht getroffen. Die erzielte Wirkung war beträchtlich. Piero, obschon stabil gebaut, taumelte rückwärts, fasste ins Leere und machte dann Bekanntschaft mit dem Fußboden. So viel zu seiner Annahme, dass er von Emanuele kaum eins auf die Nase bekommen würde … *Das hatte er nun von seinem Gewissen.* Von dem jüngeren Bruder niedergestreckt zu werden war eine Blamage, die er sich keinesfalls anmerken lassen wollte. »Bravo, Emanuele!«, nuschelte er mit einem schiefen Lächeln. »Du hast mir die Nase gebrochen.«

»Das war noch gar nichts. Du hast Glück, dass ich mich rechtzeitig daran erinnert habe, dass ich Priester bin. Am liebsten würde ich dir jeden Knochen im Leib einzeln brechen für das, was du getan hast«, sagte Emanuele kalt und rieb sich die schmerzenden Fingerknöchel.

»Ich gebe gerne zu, dass ich das verdient habe«, gab sich Piero einsichtig.

Emanuele überhörte seine Worte absichtlich und fuhr ihn stattdessen an: »Verschwinde! Hast du noch nicht genug angerichtet? Lass dich nie wieder hier blicken. Du bist nichts weiter als ein gemeiner Dieb.«

»Du solltest auf deinen Bruder hören. Du bist hier nicht willkommen!«, rief Serafina, die aus der Kammer des verletzten Pater Baptista trat. Der Lärm hatte sie auf den Plan gerufen.

Piero rappelte sich auf und hielt sich den Ärmel unter die Nase, um den Blutfluss zu stillen. »Ich sagte doch, dass ihr recht habt, auf mich zornig zu sein«, bekannte er freimütig. »Meine Tat war schändlich, aber ich war gezwungen …«

»Gezwungen? Du? Was versuchst du, uns hier für einen Unsinn aufzutischen?«, unterbrach ihn Emanuele aufgebracht.

»Nur die Wahrheit, Emanuele. Ich wurde bedroht und …«

»Denkst du vielleicht, mich interessieren deine Lügen?«, ließ Emanuele ihn erneut nicht ausreden.

Piero fand, dass es Zeit wurde, seine Trumpfkarte zu ziehen: sein Wissen über die Verhaftung Emilias. »Emanuele, hör mir zu, ich muss dir dringend …«

»Nein, *du* hörst mir jetzt zu. Du verschwindest sofort von hier, bevor ich mich doch noch vergesse. Grigorowitsch, wirf ihn hinaus!«, gab er den Befehl an den bulligen russischen Leibdiener weiter, den die lautstark geführte Diskussion ebenfalls herbeigelockt hatte. Er stand mit verschränkten Armen wie eine

Schildwache neben dem Ausgang. Ohne Piero weiter zu beachten, lief Emanuele an ihm vorbei und strebte auf das offene Eingangsportal zu. Auf diese Weise abgekanzelt, beobachtete Piero verblüfft, wie Emanuele die wenigen Stufen nahm, sich auf ein fertig gesatteltes Pferd schwang, das ein Stallbursche herangeführt hatte, und ihm die Zügel schießen ließ.

»Aber, so hör doch …«, setzte Piero ein letztes Mal an. Doch sein Bruder entschwand bereits seinen Blicken.

»Hast du nicht gehört, was Emanuele gesagt hat? Niemand will dich hier haben. Geh!« Vor Piero aufgebaut, zeigte Serafina unmissverständlich zur Tür. Grigorowitschs massige Gestalt hatte sich ihm drohend genähert.

Seine Verblüffung schlug nun in jähen Ärger um. Was erlaubte sich diese unverschämte Hexe? Wagte es, sich hier als Hausherrin aufzuspielen, obwohl sie nichts weiter war als eine Magd. Nicht mit ihm! »Achte auf deinen Ton«, maßregelte er sie. »Denkst du, ich bin hier, um mich von dir beschimpfen zu lassen? Wenn es nicht um meine Schwester ginge, würde ich dich lehren, wie man mit einem Herrn spricht!«

»Du hättest an Emilia denken sollen, bevor du sie bestohlen hast«, gab Serafina zurück, die seine Drohung wenig beeindruckte. Vor Piero hatte sie noch nie Angst empfunden.

»Das tut jetzt nichts zur Sache«, wiegelte Piero ab. Stattdessen verkündete er in wichtigtuerischem Ton: »Ich weiß, wo Emilia ist.«

»Wir wissen selbst, wo Emilia ist. Darum ist Emanuele ja in aller Eile aufgebrochen.«

»Wie? Euch ist bereits bekannt, dass meine Schwester verhaftet wurde?« Piero konnte seine Enttäuschung darüber schwerlich verbergen. Er sah sich um die Sensation gebracht, für die er bereits einen Faustschlag seines Bruders kassiert hatte. Doch Serafinas folgende Reaktion entschädigte ihn.

Sie packte ihn an den Schultern. »Was sagst du da? Verhaftet? Aber von wem, um Himmels willen?« Viel hätte nicht gefehlt, und sie hätte Piero geschüttelt.

»Ohne Zweifel im Namen des Papstes«, erwiderte Piero, zufrieden, seine Neuigkeit doch noch exklusiv angebracht zu haben.

»Bist du dessen sicher? Woher weißt du das überhaupt?«, setzte Serafina nach. Sie misstraute Piero naturgemäß.

»Selbstverständlich bin ich sicher«, warf er sich in die Brust. »Es geht dich zwar nichts an, aber da du in die Ereignisse eingeweiht scheinst … Meine Geschäfte führten mich heute Nachmittag mitten in das Herz des Vatikans. Dort wurde ich zufällig Zeuge, wie päpstliche Soldaten Emilias Pferd zurückbrachten. Ich habe mich daher an einen Stallburschen herangemacht, um ihn auszuhorchen. Von ihm erfuhr ich, dass man eine unbekannte Dame verhaftet hat.«

»Aber wenn der Stallbursche gar keinen Namen zu nennen wusste, wie kannst du dir dann so sicher sein, dass es sich bei der Dame um Emilia gehandelt hat?«, klammerte sich Serafina an diesen Ausweg.

»Nun, zum einen habe ich sowohl das Pferd wie auch ihr Wappen auf dem Sattel wiedererkannt, und zum anderen verriet mir dieser Junge weiter, dass sich diese Dame als Mann verkleidet hatte.« Zufrieden beobachtete Piero, wie Serafina blass wurde.

Doch sie fasste sich rasch. »Warum hast du das nicht gleich gesagt?«, fuhr sie ihn an. Sie hegte keinen Zweifel mehr am Wahrheitsgehalt seiner Worte. Zu sehr steuerte das Schicksal bereits den ihm bestimmten Hafen an. Ein Steinchen schien sich zum anderen zu fügen.

»Dummes Weib, als ob ich das nicht versucht hätte!«, blaffte Piero zurück. »Aber mein Esel von Bruder wollte mir ja partout nicht zuhören. Stattdessen hat es ihm gefallen, sich in die Rüstung seiner Empörung zu wickeln, an der jedes vernünftige Wort abprallen musste.«

Ein Stöhnen hinter ihnen erinnerte die beiden Kontrahenten daran, dass sie sich nicht allein in der Halle befanden. Tatsächlich hatte Donatus durch die fortwährenden Bemühungen

Donna Elviras endlich das Bewusstsein wiedererlangt. Nachdem sie ihm einige Schlucke Wein eingeflößt hatte, richtete sich der Majordomus mit ihrer Hilfe auf. »Leider, der Cavaliere spricht die Wahrheit. Die Eccellenza wurde am Stadttor durch päpstliche Soldaten verhaftet. Bei unserem Herrgott, sie hat ihnen einen wütenden Kampf geliefert. Welche Fechtkunst! Doch es waren zu viele Angreifer. Mich hat man liegen gelassen, da man mich für tot hielt. Ich bedaure zutiefst, dass ich die Eccellenza nicht besser habe verteidigen können«, entschuldigte er sich, und sein langes Gesicht wirkte durch die bekümmert herabgezogenen Mundwinkel noch länger.

»Es war nicht Eure Schuld, Donatus«, suchte Donna Elvira ihn aufzumuntern. »Wir sind sicher, dass Ihr alles in Eurer Macht Stehende getan habt, um der Fürstin beizustehen. Das Dilemma ist nur, dass der junge Emanuele kaum noch einholbar sein wird. Was sollen wir jetzt ohne ihn unternehmen? Da sich weder der junge Colonna noch sein Vater, der Fürst, derzeit in Rom aufhalten, können wir sie nicht um Hilfe in dieser misslichen Angelegenheit ersuchen«, überlegte Donna Elvira laut.

»Vielleicht könnte ich in dieser Sache behilflich sein?«, ließ sich unvermittelt eine schwache Stimme hinter ihnen vernehmen. Im Türrahmen des umfunktionierten Frühstückssalons lehnte eine schwankende Gestalt in einem langen weißen Hemd.

»Pater Baptista, Ihr seid erwacht!«, rief Elvira freudig aus und stürzte ihm mit ausgestreckten Händen entgegen, um ihn zu stützen. »Bitte, Ihr müsst Euch sofort wieder hinlegen. Ihr seid noch viel zu krank. Kommt, ich werde Euch helfen.«

Der Verletzte wehrte sie schwach, aber entschieden ab. »Nein, bitte, ich muss mit dem jungen Mann sprechen.« Er blickte Piero dabei direkt in die Augen. »Da mir diese Halle jedoch zu öffentlich erscheint und mein Quartier zu klein, bitte ich Euch, einen Raum auszuwählen, in dem wir uns ungestört unterhalten können.« Elvira nickte. Angesichts der Hiobsbotschaft von Emilias Verhaftung konnten sich Pater Baptistas verschlungene Beziehungen als unersetzlich erweisen. Donna Elvira geleitete den

Verletzten in die Bibliothek, gefolgt von Serafina und Piero. Donatus bestand ebenfalls darauf, sich ihnen anzuschließen. Die beiden Leidenden wurden nebeneinander auf dem roten Kanapee platziert. Pater Baptista wandte sich zunächst an Donna Elvira. »Ich bitte Euch, mir nun über alle Geschehnisse Bericht zu erstatten, und zwar von dem Tag an, seit Pater di Stefano die geheimen Dokumente in diesem Haus deponiert hat. Ich muss mir ein genaues Bild der Lage machen können.«

»Sehr gerne. Jedoch ist meine Tochter besser dazu geeignet, Euch über alles in Kenntnis zu setzen, da ich selbst erst gestern hier eingetroffen bin.« Donna Elvira bedeutete Serafina, das Wort zu ergreifen. Diese schlang nervös ihre Hände ineinander. Sie mühte sich redlich, den verwickelten Bericht in klaren Worten darzustellen. Ihre Schilderung umfasste die nächtliche Ankunft Emanueles, Pieros Eintreffen, der sozusagen mit dem Verletzten Baptista ins Haus fiel – bis hin zu der Entdeckung, dass die Dokumente entwendet worden waren.

Pater Baptista hörte der jungen Frau aufmerksam zu, ohne sie zu unterbrechen. Einzig, als sie darauf zu sprechen kam, dass Emilia das Dokumentenpaket am sechsten Tag geöffnet hatte und nun mit einer der Rollen unterwegs nach Viterbo war, um dort Pater Colonna zu treffen, hörte sie Pater Baptista etwas murmeln, das sich ungefähr anhörte wie: *Das kommt davon, wenn man Frauen Geheimnisse anvertraut.*

Serafina hatte ihren Bericht kaum beendet, da fasste Baptista bereits Piero di Stefano ins Auge. »Wie ich vorhin in der Halle vernehmen konnte, wurde die Fürstin Wukolny verhaftet. Berichtet mir alles, was Ihr darüber wisst.«

Pieros folgende kurze Schilderung unterschied sich kaum von jener, die er bereits Serafina gegeben hatte. Nachdenklich rieb sich Pater Baptista die große Nase. Er wirkte zunehmend erschöpft. Besorgt registrierte Elvira den perlenden Schweiß auf seiner Stirn. Sie füllte zwei Gläser halb mit Wasser, halb mit Wein und reichte sie den beiden Verletzten. Während der Majordomus nur daran nippte, als wäre es ihm peinlich, in Gegenwart anderer zu trinken, leerte Pater Baptista sein Glas mit den langen Zügen eines vor dem Verdursten stehenden Mannes. Auf diese Weise gestärkt, begann er seine Befragung. Er richtete das Wort an Piero und kam ohne Umschweife auf den Kern. »In wessen Auftrag habt Ihr die Dokumente gestohlen?«

Piero zuckte nur kurz zusammen, dann gab er den Namen preis. »Im Namen José Moñinos, des spanischen Gesandten am Hof des Papstes.«

Pater Baptista nickte, wie jemand, der seine schlimmsten Befürchtungen bestätigt sieht. »Ausgerechnet dem hartnäckigsten und mächtigsten Feind unseres Ordens. Sicherlich verhandelt er längst mit Stoppani oder seinem Bluthund Bertolli. Das ist das Ende.« Jäh verengten sich seine Augen, als wäre ihm eben ein Gedanke gekommen. »Habt Ihr dem Spanier tatsächlich alle Dokumente ausgehändigt? Wie viele Rollen waren es genau? Habt Ihr sie gezählt?«

Piero gab sich entsprechend entrüstet, wie alle Diebe, die man beschuldigte, Unrecht getan zu haben. »Natürlich, insgesamt elf Stück an der Zahl.«

Pater Baptistas Augen fixierten Piero. Eine Weile hielt Piero ihm stand, dann senkte er den Kopf. »Nun, da es ursprünglich ein Dutzend waren und die zwölfte mit der Fürstin nach Viterbo unterwegs war, geht die Rechnung bedauerlicherweise auf«, seufzte Baptista. »Dabei hatte ich zu hoffen gewagt, dass Ihr wenigstens ein Unterpfand für Euch zurückbehalten habt. Nun sehe ich, dass meine Hoffnung vergebens war.« Dieser Umstand schien den Pater geradezu niederzuschmettern. Hatte er sich kraft seines Willens bisher aufrecht gehalten, sank er nun in sich zusammen, als hätten sich seine Knochen in Gelee verwandelt.

Elviras Augen wanderten ratlos hinüber zu Serafina, doch ihre Tochter gab ihr durch ein Heben der Schultern zu verstehen, dass auch sie Pater Baptistas Gedankengang nicht ganz hatte folgen können. »Verzeiht, Pater«, bat Elvira. »Aber welchen Unterschied könnte ein einziges verbliebenes Dokument in diesem Fall bewirken?«

Baptistas Kinn ruckte von seiner Brust hoch, als schämte er sich für den Augenblick der Schwäche. War sein ganzes bisheriges Leben nicht dem Kampf gewidmet gewesen? Für Gott, seinen Glauben und seinen Orden? Er würde sich auch dieser Prüfung stellen. Sein abwesender Blick kehrte zurück. »Nun, dank der Bemühungen unseres Cavaliere hier …«, Piero besaß immerhin so viel Anstand, bei diesen Worten den Kopf einzuziehen, »… ist genau das eingetreten, was wir mit allen Mitteln versucht haben zu verhindern: nämlich dass unsere wichtigsten Geheimdokumente in die Hände unseres schlimmsten Feindes fallen. Jedenfalls …«

»Verzeiht, dass ich Euch unterbreche, Pater Baptista«, hob Serafina an. »Da gibt es etwas, das mich beschäftigt. Erlaubt mir deshalb die Frage: Wenn diese Dokumente für das Überleben Eures Ordens so existenziell sind, warum habt Ihr dann alles auf eine Karte gesetzt? Hätte man die Dokumente nicht besser aufteilen und an mehreren geheimen Orten deponieren sollen?«

Pater Baptista nickte. In seine bedrückte Miene mischte sich eine Spur Anerkennung. »Ihr seid ein kluges Mädchen, Signorina La Tedesca. Ich erkenne in Euch Eure Mutter wieder. Lasst mich Euch antworten, dass wir genau das getan haben. Neben Pater di Stefano wurden zwei weitere Kuriere von unserem Pater General mit einer ähnlichen Mission beauftragt. Von einem unserer Männer ist uns das Schicksal bereits bekannt. Er wurde ergriffen und verhaftet. Vom zweiten Kurier haben wir seit Tagen keine Nachricht, und wir hegen inzwischen keinen Zweifel mehr an seinem Schicksal. Seit Monaten schon stehen wir unter strikter Beobachtung. Wir haben uns zu lange an die von unserem unglücklichen Papst Clemens XIII. ausgegebene Parole gehalten, unser Heil mit Schweigen, Geduld und im Gebet zu suchen. Das gab unseren Feinden genügend Zeit, ihre Legionen gegen uns in Stellung zu bringen. Sobald ich in Erfahrung gebracht hatte, dass Pater di Stefano ebenfalls im Verdacht stand, einer der Kuriere zu sein, habe ich mich hierher aufgemacht, um die Dokumente an einen anderen Ort zu bringen. Als Einziger war ich von ihm eingeweiht worden. Ich habe jegliche erdenkliche Sicherheitsmaßnahme ergriffen und mich in der falschen Hoffnung gewiegt, dass niemand mir gefolgt ist. Leider waren meine Bemühungen erfolglos. Denn wie sich zeigte, wurde ich hier bereits erwartet. Ich muss sagen, auch wenn wir Piero di Stefano diesen Schlamassel zu verdanken haben, so hat er mir auch das Leben gerettet. Wäre er nicht im rechten Moment erschienen, hätte man mir wohl den Garaus gemacht, und ich hätte mich bei den Fischen im Tiber wiedergefunden. Am Ende ist das Ergebnis unserer Anstrengungen, einen Teil unserer geheimen Schätze in Sicherheit zu bringen, mit null zu bewerten. Wir verfügen über keinen Trumpf mehr, um mit unseren Feinden zu verhandeln. Ein einziges dieser Dokumente würde ausreichen, und wir könnten damit die Freilassung der Fürstin erwirken. Unsere Feinde haben auf der ganzen Linie gesiegt. Ich habe versagt.«

Piero hatte bei Baptistas Worten gestutzt, als stimmte ihn etwas daran nachdenklich. Er zögerte jedoch sichtlich, seinen Gedanken laut auszusprechen. Baptistas Adleraugen hingegen war Pieros Mimik nicht entgangen. »Was ist, Cavaliere? Gibt es etwas, das Ihr uns vielleicht noch berichten möchtet?«

Piero wog den Kopf. »Da gab es doch eine kleine Unregelmäßigkeit, die mir jetzt eingefallen ist. Der spanische Botschafter hat mich mit ziemlich harschen Worten beschuldigt, dass ich nicht eine, sondern gar zwei Schriftstücke zurückbehalten hätte, und beharrte darauf, dass es sich bei den fehlenden Rollen um die wichtigsten überhaupt handeln würde. Hätten es also anstatt zwölf nicht gar dreizehn an der Zahl sein sollen?« Piero bemühte sich bewusst um einen neutralen Ton. Schließlich war er hauptsächlich wegen dieser beiden Dokumente zurückgekehrt. Dabei hatte er das unangenehme Gefühl, dass Pater Baptista sich nicht von ihm täuschen ließ. Jener hatte eine Art, ihn anzusehen, als ob er ihm bis auf den Bodensatz seiner Seele blicken konnte. Piero dachte selten über sich selbst nach, doch er wusste, dass dort unten eher trübes Licht herrschte.

»Ich kann Euch versichern, Cavaliere, dass wir Eurem Bruder nur zwölf Dokumente anvertraut haben. Ich fürchte daher, dass ich nicht nachvollziehen kann, worauf Moñino genau hinauswollte. Die Gier ist eine gefährliche Krankheit, und die von ihr Befallenen finden niemals Befriedigung. Vermutlich hat sich der spanische Gesandte weitere Schätze erhofft.«

Eigenartigerweise beschlich Piero nun seinerseits das Gefühl, dass der Pater sehr genau wusste, auf welches weitere Dokument der Spanier angespielt haben könnte.

Während des Dialogs zwischen den beiden Männern hatte Serafina die größte Mühe gehabt, ihre wachsende Ungeduld unter Kontrolle zu halten. Nun war der Punkt überschritten. »Verzeiht, Pater Baptista. Aber ist jetzt wirklich der richtige Zeitpunkt, uns den Kopf über verschwundene Dokumente zu zerbrechen? Wer sie hat und wie viele es sind? Sollten wir uns nicht vielmehr darum sorgen, wie wir Emilia schleunigst aus ihrer misslichen Lage befreien können?« Sie zeigte dabei auf das große Fenster, auf dessen Scheiben sich die goldenen Strahlen der Abendsonne spiegelten. »Seht Ihr? Der Abend naht. Soll die Fürstin die Nacht über im Gefängnis ausharren?«

»Ich gebe Euch recht, junge Dame. Und ich verstehe, dass Ihr Euch in erster Linie um das Schicksal Eurer Freundin sorgt. Leider sind diese Dokumente der Schlüssel zu ihrer Verhaftung, und ich muss sichergehen, hier nichts zu übersehen. Der Fakt, dass man die Fürstin mit einem unserer Dokumente verhaftet hat, beunruhigt mich sehr. Man wird sie befragen, woher sie es hat. Ich bin ihr nie begegnet, doch wenn sie ein Stück weit ihrem Zwillingsbruder ähnelt, so wird sie nichts verraten. Wir können nur hoffen, dass die Befragung noch nicht begonnen hat. Ich kenne Stoppanis Assessor Bertolli. Er ist ein harter und erbarmungsloser Mann. Vor allem aber nagt der Ehrgeiz an ihm wie ein böses Geschwür. Er strebt das höchste aller Kirchenämter an. Falls er eine winzige Chance sieht, einen Vorteil aus der Angelegenheit zu ziehen, so wird ihm jedes Mittel recht sein.«

»Ihr wollt damit doch nicht etwa andeuten, dass man die Fürstin der Tortur unterziehen könnte? Aber das ist ja barbarisch!«, rief Serafina entsetzt.

»Aber natürlich ist es das! Unser Pater Friedrich Spee hat diese Methoden bereits 1631 in seiner *Cautio Criminalis* angeprangert. Trotzdem stellt sie weiterhin ein legitimes Mittel in unserem Kirchenstaat dar. Nur die Wahrheit kann die Fürstin davor bewahren. Ich werde deshalb sofort aufbrechen. Ich kenne jemanden aus Stoppanis engerer Umgebung. Er schuldet mir noch einen Gefallen.«

Pater Baptista versuchte, sich aus eigener Kraft zu erheben, sank jedoch mit einem schmerzhaften Stöhnen zurück. Donna Elvira war sofort auf den Beinen. »Aber Ihr seid schwer verletzt, Pater, und noch viel zu schwach, um aufstehen zu können, von einem Botengang ganz zu schweigen. Es muss doch eine andere Lösung geben. Kennt Ihr niemanden, nach dem Ihr schicken könnt?«

»Ihr habt recht, mein Geist hat wohl nicht mit der Gebrechlichkeit meines Körpers gerechnet. Es ist fürwahr lästig, alt zu werden«, brummte er.

»Ihr seid nicht alt, sondern verletzt, Pater«, lächelte Elvira.

»Nun, dann bringe man mir eben Papier, Feder und Tinte. Ich werde einige erklärende Zeilen verfassen. Allerdings ziehe ich es vor, diese vertrauliche Botschaft keinem Diener anzuvertrauen. Vielleicht könnte der junge Cavaliere di Stefano den Botengang übernehmen, da es sich ja um seine Schwester handelt?«

»Selbstverständlich stehe ich Euch zu Diensten, Pater«, warf sich Piero in die Brust.

Baptista machte sich daran, die Botschaft zu verfassen. Er versiegelte den Brief mit heißem Wachs und tauchte seinen Ring hinein. Dann überreichte er ihn feierlich an Piero. »Hier. Begebt Euch in die Kirche Santa Maria della Maggiore auf der Piazza San Silvestro. Fragt nach Pater Egidio. Er ist dort um diese Zeit stets anzutreffen. Übergebt ihm meine Nachricht, und kehrt dann gemeinsam mit ihm hierher zurück.«

Nachdem Piero sich verabschiedet hatte, lehnte sich Pater Baptista zurück und verkündete: »Wohlan, nun, da wir diesen eitlen Hanswurst endlich los sind, können wir darüber beraten, wie wir die Fürstin Emilia aus den Klauen von Stoppanis Schergen retten wollen.« Diese Aussage bescherte ihm rundherum verblüffte Blicke. Allein Donna Elvira setzte ein verstehendes Lächeln auf. Sie hatte sich bereits über Pater Baptistas Milde gegenüber Pieros dreistem Diebstahl gewundert.

»Signorina la Tedesca«, wandte er sich an Serafina. »Seid so gut und holt mir noch mehr Papier. Ich muss an den russischen Botschafter Prinz Galitzin schreiben. Wir benötigen seine Intervention, um die Fürstin aus ihrer Lage zu befreien.«

»Den russischen Botschafter? Aber wie kommt Ihr gerade auf ihn?«, rief Serafina impulsiv und ließ alle Förmlichkeit fahren.

Pater Baptista zeigte ein feines Lächeln. »Wir machen uns das Spiel der Macht zunutze, dessen Regeln die Politik bestimmt. Es ist eine Tatsache, dass unser Papst auf das Wohlwollen der russischen Zarin Katharina II. angewiesen ist. Man munkelt von einem kürzlichen Schreiben an Ihre Majestät, mit dem sich Clemens XIV. das Verbot des Jesuitenordens durch sie hat absegnen lassen. Falls herauskommen sollte, dass in seinem Namen die junge Witwe des Fürsten Wukolny, eines erklärten russischen Kriegshelden, verhaftet worden ist, könnte dies zu ernsthaften diplomatischen Verwicklungen führen. Dies dürfte kaum im Sinne von Clemens XIV. sein. Zumal er derzeit eine beachtliche Menge weiterer außenpolitischer Probleme zu bewältigen hat. Da würde ihm ein russisches zusätzlich schwer zu schaffen machen. Der Papst ist klug genug, dies einzusehen. Ein vertrauenswürdiger Diener soll meine Nachricht dem russischen Botschafter überbringen.«

»Seid Ihr sicher, dass der Botschafter Emilias Freilassung erreichen kann?«, erkundigte sich Donna Elvira. Die Skepsis in ihrer Stimme ließ Serafina aufhorchen.

»Nein«, lautete die niederschmetternde Antwort. »Doch er kann auf einem Besuch bestehen, um sich mit eigenen Augen davon zu überzeugen, dass die Fürstin Wukolny ihrem Stand gemäß untergebracht ist.«

»Ja, aber welchen Nutzen soll das Ganze dann haben? Sollten wir nicht alles daran setzen, Emilias Freilassung zu bewirken?«, ereiferte sich Serafina.

»Geduld, junge Dame, ist die Tugend des Alters«, erwiderte Baptista, der wie durch ein Wunder nun weniger alt und angeschlagen wirkte. Offensichtlich förderten seine Unternehmungen auch seine Heilung. »Lasst mich zunächst diese Zeilen zu Papier bringen. Danach werde ich Euch alle nötigen Erklärungen liefern.« Nachdem auch der zweite Bote auf den Weg gebracht worden war, wandte sich Pater Baptista an Elvira. »Besitzt Ihr noch jenen besagten Trank, über den wir einmal gesprochen haben?«

Elvira nickte.

»Gut, dann hört jetzt meinen Plan.« Sein Blick streifte kurz den Majordomus, der in einen erschöpften Schlaf gesunken war und dessen sonores Schnarchen seit geraumer Zeit den Raum erfüllte. »Ich habe dem russischen Botschafter Galitzin geschrieben, sich unverzüglich hierherzubegeben. Ihr, liebe Elvira, werdet besagten Trank mit Wein in einem kleinen Gefäß mischen. So Gott und Seine Heiligkeit den Besuch ermöglichen, soll Galitzin diesen der Fürstin heimlich zustecken.«

»Haltet Ihr diese Maßnahme denn wirklich für nötig, Pater Baptista?«, wandte Donna Elvira ein.

Ihre Skepsis alarmierte Serafina. »Wovon sprecht ihr? Was ist das für ein Trank?«

»Es handelt sich hier um den Trank der Morgana, meine liebe Tochter. Ich habe dir von ihm erzählt. Wer davon trinkt, fällt in einen todesähnlichen Schlaf, aus dem man erst viele Stunden später wieder erwacht.«

»Was?«, fuhr Serafina auf. »Aber warum wollt Ihr, dass Emilia ihn trinkt und für tot gehalten wird?«

»Weil ich fürchte«, antwortete Baptista mit einem lauten Ausatmen, »dass dies die einzige Möglichkeit ist, die Fürstin rasch aus dem Gefängnis zu holen und sie weiteren Verfolgungen zu entziehen.«

»Aber ist das nicht viel zu gefährlich? Was ist, wenn der Schwindel bemerkt wird?«

»Wir müssen es riskieren. So oder so verbleibt die Fürstin vorerst in den Händen der päpstlichen Geheimpolizei und des Wolfs Bertolli. Sicherlich wird der russische Botschafter ihre Freilassung durch die persönliche Intervention der Zarin Katharina II. erreichen, doch der diplomatische Weg wird Monate verschlingen. In dieser Zeit wird man weiter alles daran setzen, Fürstin Emilia zum Sprechen zu bringen. Ihr wisst selbst, was dies zu bedeuten hat. Gelingt dies jedoch nicht … Nun, Stoppani ist schlau, und sein Assistent Bertolli ist es noch weit mehr. Ich vermute daher, dass sie dann einem neuen Plan folgen werden.«

»Einem neuen Plan? Was meint Ihr damit?« Serafina hatte Mühe, Pater Baptistas Gedankengang zu folgen.

»Wenn Fürstin Emilia sich weigert, Stoppani die Quelle zu nennen, wovon ich ausgehe, werden sie ihren Bruder Emanuele verhaften und die Fürstin mit ihm erpressen. Der Feind wird nicht lockerlassen, bis er hat, was er begehrt.«

Elvira nickte, als hätte sie verstanden, worauf Baptista hinauswollte. Serafinas Miene indessen drückte Verwirrung aus. »Aber was will man denn noch von Emilia? Ihr sagtet doch selbst, dass man Euch längst alle Eure kostbaren Dokumente abgenommen hat.«

»Nun, da wäre immerhin noch eine gewisse Schatzkarte, die den Weg zur sagenhaften goldenen Stadt der Inkas weist, nicht wahr?«

Serafinas Herz geriet außer Takt. Dieser Schlag traf sie unvorbereitet. Wie konnte Pater Baptista von der Karte wissen?

»Ich sehe Euch an, dass Ihr wisst, wovon ich spreche, Signorina La Tedesca. Ich fürchte, Euer Geheimnis ist keines mehr. Seit geraumer Zeit kursieren Gerüchte, dass besagte Karte im Jahre 1756 durch die verstorbene Herzogin Beatrice dem Jesuitenpater della Pace gestohlen wurde, der sich auf der Rückreise einer Expedition befunden hat. Er führte unermessliche Schätze mit sich, unter anderem die herrlichsten Edelsteine. Eine verschlüsselte Botschaft, die vom Erfolg seiner Expedition kündete, sowie eine Liste dieser Schätze hat Pater della Pace sogleich bei seiner Ankunft im Hafen von Pescara an den Pater General Centurione, den Vorgänger unseres Pater Ricci, gesandt. Dann verschwand er spurlos und ward niemals wieder gesehen. Gleichzeitig begann im selben Jahr der unaufhaltsame Niedergang unseres Ordens. Ich habe immer behauptet, dass ein Fluch auf dieser Karte liegt.«

Serafina hatte unwillkürlich zu zittern begonnen.

»Was habt Ihr? Ist Euch nicht wohl?«

»Nein, doch … Also ich glaube, dass ich vielleicht weiß, was aus Eurem verschollenen Pater della Pace geworden ist.«

»Wie? Was sagt Ihr da?« Pater Baptista hatte sich unwillkürlich aufgerichtet. Hektische rote Flecken zeichneten sich auf seinen eingefallenen Wangen ab.

»Bei unserer Flucht aus der Heimat vor sechs Jahren sind die Fürstin und ich zufällig auf eine versteckte Höhle gestoßen. Wir fanden darin ein Skelett, eine Bibel, versehen mit dem Namen della Pace, und ein Säckchen mit Edelsteinen. Wir haben die sterblichen Überreste begraben.«

Pater Baptista hatte sich zu Serafina vorgebeugt und fragte mit bebender Stimme: »Und die Edelsteine?«

Serafina hob den Kopf. Sie sah Pater Baptista furchtlos an, als sie verkündete: »Ich habe sie der Erde zurückgegeben. Ich warf sie in die Schlucht.«

»Bravo, Mädchen, Ihr habt wohl daran getan. Glaubt Ihr denn, Ihr könntet diese Höhle wiederfinden?«

»Vielleicht, ich weiß es nicht. Aber die Fürstin sicherlich. Sie hat ein gutes Gedächtnis für Orte.«

»Unter all den furchtbaren Nachrichten ist wenigstens diese eine Erleichterung. Endlich zu erfahren, was aus meinem guten Freund geworden ist. Wie er wohl gestorben ist?«, murmelte er. Er hielt inne.

Donna Elvira und Serafina begriffen, dass er ein Gebet für Pater della Pace selig sprach.

»Nun denn«, fuhr Pater Baptista fort, »sprechen wir über unseren Plan. Wir werden den russischen Botschafter in unsere Absichten einweihen müssen. Er ist ein vernünftiger Mann und wird uns seine Unterstützung nicht versagen.«

XXII

Emilia war in einem Verlies der Engelsburg angekettet. Die Wunde am Oberschenkel, wo ein Degenhieb sie getroffen hatte, wollte nicht aufhören zu bluten und pochte schmerzhaft. Hätten die Ketten sie nicht aufrecht gehalten, sie wäre zu Boden gesunken.

Vor ihr stand ein hagerer Mann, dessen Hände in den Ärmeln seiner einfachen Soutane steckten, und fixierte sie mit undurchdringlicher Miene. Bisher hatte ihr Gegenüber nicht erkennen lassen, ob es ihre wahre Identität kannte. »Also, wer hat Euch diese Schrift gegeben? Derselbe, der Eure Ausweispapiere so meisterhaft gefälscht hat? Ich will den Namen!«

Die falschen Papiere waren Filomenas Idee gewesen; sie wiesen Emilia als deutschen Studenten aus, der nach Rom gereist war, um die Wunder der Stadt zu erkunden. Emilia ließ sich durch die einfache Soutane ihres Gegenübers nicht täuschen. Sie war sicher, dass es sich bei ihm um einen hohen kirchlichen Würdenträger handelte. Sie gab sich unterwürfig: »Ich habe die Schrift auf dem Campo de' Fiori von einem Händler erworben, Herr, da ich an den hübschen Buchstaben gefallen gefunden habe. Bitte, hoher Herr, was könnt Ihr mir über das Schicksal meines Dieners sagen? Ich habe ihn verletzt vom Pferd stürzen sehen.« Emilia machte sich in der Tat große Sorgen um Donatus. Hatte man ihn ebenfalls gefangen genommen? Es war allein ihre Schuld. Sie hätte nicht zulassen dürfen, dass er sie begleitete, aber er war plötzlich vor der Schule aufgetaucht und hatte sich von der Eccellenza nicht abweisen lassen.

»Soso, Euch gefielen die hübschen Buchstaben.« Der Mann

lächelte maliziös und entblößte dabei einen abgebrochenen Schneidezahn, was sein leichtes Lispeln erklärte. »Mir scheint, Eure Behauptung ist leicht zu beweisen. Beschreibt mir den Händler und seinen Stand, und ich werde sofort meine Soldaten aussenden, um ihn hierherzubringen, damit er Eure Aussage bestätigen kann.« Er hatte seine kleinen kohlrabenschwarzen Augen auf Emilia gerichtet, doch die junge Frau hielt ihren Kopf beharrlich gesenkt. Plötzlich packte er sie an den Haaren und riss ihren Kopf zurück. Emilia entfuhr ein schmerzhafter Laut.

»Nun, wie sah der Händler aus? Wo hat er seinen Stand? Ich höre!«

Emilia gab die vage Beschreibung eines Mannes ab, wie sie ungefähr auf die Hälfte aller Männer in Rom zutraf.

Ihr Peiniger gab sich noch nicht einmal den Anschein, ihr zu glauben. »Wisst Ihr, was die Zeichen im Einzelnen zu bedeuten haben?«, fragte er lauernd.

»Ich nicht, aber der Händler hat steif und fest behauptet, dass es sich um das Aramäische handelt – jene Ursprache, in der unsere Bibel einst von heiligen Männern verfasst wurde«, hauchte sie mit angemessener Ehrfurcht. »Stimmt das etwa nicht? Denkt Ihr, dass der Mann mich belogen hat? Oje«, jammerte sie. »Man hatte mich ja davor gewarnt, dass mir dies in Rom passieren könnte. Aber dieser Händler hatte ein so ehrliches Gesicht …«

»Haben sie das nicht alle?«, erwiderte ihr Kerkermeister. »Sie zeigen uns ein ehrliches Gesicht, dabei verbreiten sie damit die allergrößten Lügen. Auch Ihr lügt! Hier ist mein Angebot: Ihr sagt mir, wer Euch die Schrift gegeben habt, und im Gegenzug sorge ich dafür, dass Eure Wunde versorgt wird. Dazu bin ich gewillt, zu vergessen, dass Ihr Euch der Verhaftung widersetzt und einen päpstlichen Soldaten getötet habt. Allein dafür hättet Ihr den Strang verdient!«, sagte er hart. »Ihr müsst mir nur sagen, woher die Schrift stammt, die Ihr mit Euch führtet, und ich lasse Euch am Leben. Ein Name, sonst nichts.«

»Aber ich sagte es Euch doch bereits, hoher Herr. Ich habe sie auf dem Campo de' Fiori …«

»Schluss jetzt mit dem Unsinn«, peitschte die Stimme des Mannes durch das Gewölbe. »Ihr habt meine Geduld lang genug strapaziert. Denkt Ihr etwa, ich wüsste nicht, wer Ihr seid? Ihr seid Emilia di Stefano, verwitwete Herzogin von Pescara, verwitwete Fürstin von Nowgorod! Seit dem Tag Eurer Geburt bestimme ich Euer Schicksal.« Emilia zuckte zusammen. Schon eine Weile hatte sie gedacht, diesem Mann mit den kalten Augen schon einmal begegnet zu sein. Aber natürlich! Es war derselbe Priester, der damals mit ihrem Bruder Piero nach Santo Stefano gekommen war, um die zukünftige Braut des Herzogs von Pescara zu begutachten!

Der Mann schnaubte zufrieden. »Gut, Ihr scheint Euch an mich zu erinnern. Ich frage Euch nun ein letztes Mal, Fürstin: Wo habt Ihr das Originaldokument der Schrift versteckt, und wo befinden sich die restlichen Rollen? Wo verwahrt Euer Bruder, der kleine Jesuit, sie auf? Ich warne Euch, mich weiter zu belügen! Ich kann mit Euch verfahren, wie es mir beliebt.« Ein niederträchtiger Funke glomm in seinen Augen, als er anfügte: »Schließlich weisen Eure Papiere Euch als kleinen deutschen Studenten aus, den niemand vermissen wird, nicht wahr?«

Hinter Emilias Stirn arbeitete es fieberhaft. Ihre Tarnung war keine mehr. Dafür segnete sie Filomena nachträglich dafür, dass sie sie dazu überredet hatte, das Original des Jesus-Evangeliums bei ihr zu lassen. Fast hätte sie es durch ihre Dummheit verspielt. Filomena, die geniale Fälscherin, hatte ihr den Text der Rolle in weniger als zwei Stunden originalgetreu kopiert. Filomena hatte ihr auch verraten, dass Francesco ebenso wie sie des Aramäischen mächtig war und keine Übersetzung benötigen würde.

Völlig in ihre eigenen Betrachtungen versunken, hatte sie den weiteren Worten des Mannes keine Beachtung geschenkt.

»Ihr scheint Euch nicht sonderlich um Euer Leben zu sorgen, teure Fürstin. Eure Zuversicht wird Euch nach ein paar Peitschenhieben sicherlich vergehen«, drohte er. »Los, hol mir Fosco hierher«, forderte er nun jemanden im Hintergrund auf.

Erst jetzt bemerkte Emilia, das sich hinter ihm ein dicklicher Mönch herumdrückte. Anhand seiner hellen Tracht vermeinte sie, ihn als Angehörigen des Dominikanerordens zu erkennen.

»Fosco, den Henker?«, fragte dieser ungläubig nach.

»Wen denn sonst, Dummkopf. Los, geh schon!«

Der Camerlengo betrat das Schlafgemach des Papstes, durchquerte es und zögerte kurz, bevor er die Tür öffnete, die unmittelbar in die private Kapelle des Papstes führte. Er wusste, wie wenig es Clemens XIV. schätzte, bei seinem Abendgebet gestört zu werden. »Verzeiht, Eure Heiligkeit, dass ich Eure Andacht stören muss, aber der russische Botschafter, Prinz Galitzin, ist hier und wünscht Euch in einer dringenden Angelegenheit zu sprechen.«

»Hat er gesagt, worum es geht?«, erkundigte er sich.

»Nein, Heiligkeit. Dies wollte er ausschließlich mit Euch besprechen. Ich habe ihn in Euer Uffizium geführt.«

»Nun denn. Wie es scheint, kommt wieder einmal die Politik vor Gott ...« Clemens schlug das Kreuz und erhob sich schwerfällig. Er reichte Rosenkranz und Stola an seinen Camerlengo weiter und schritt dann hinter ihm her. Der russische Botschafter lief unruhig im Empfangssalon auf und ab. Beim Eintreten des Papstes hielt er inne. Clemens' geschulter Blick erhaschte die Erleichterung auf dem Gesicht des Russen, obwohl dieser sich sichtlich um eine gleichmütige Miene bemühte.

Nachdem Galitzin den Ring des Bischofs von Rom geküsst hatte, kam er gleich auf den Grund seines Besuches zu sprechen. »Eure Heiligkeit! Euer Großinquisitor Stoppani hat die Witwe des russischen Fürsten Wukolny ohne jede Veranlassung verhaftet. Im Namen Ihrer Majestät, der Zarin Katharina II., muss ich auf der sofortigen Freilassung der Fürstin Wukolny bestehen!«

»Wukolny, Wukolny ...?«, murmelte Clemens XIV. Dann erhellte die Erinnerung sein Gesicht. »Handelt es sich bei dieser Dame nicht gleichfalls um die Witwe des Herzogs von Pescara?«

»In der Tat, Heiligkeit. Ich zolle Eurem Gedächtnis Respekt.«

»Bei dieser Dame handelt sich fürwahr um eine hochgestellte Persönlichkeit. Ich kann mir darum kaum vorstellen, dass Bischof Stoppani die Fürstin grundlos verhaftet haben soll. Ich muss Euch gestehen, dass mir darüber nichts bekannt ist. Seid Ihr Euch dessen denn sicher?«

»Absolut, Heiligkeit. Die Richtigkeit dieser Behauptung ist einfach feststellbar. Ihr könntet nach Bischof Stoppani schicken und ihn selbst befragen.« Eindringlich sah Galitzin den Papst an. Dies war der kritische Punkt. Würde Clemens nachgeben? Pater Baptista hatte ihm gegenüber die Möglichkeit angedeutet, dass man die Verhaftung vorerst geheim halten wollte, um Zeit zu gewinnen.

Die Persönlichkeit des Papstes galt allgemein als redlich, und er hatte sich damit Respekt erworben. Nun nickte er. »Es ist gut. Fragen wir ihn also selbst. Ich werde nach ihm schicken lassen.« Er läutete nach seinem Camerlengo. »Pater Carlo Rezzonico, bittet den Bischof Stoppani in einer eiligen Angelegenheit zu uns.« Der Mann wandte sich bereits zum Gehen, als der Papst ihm noch eine Frage stellte: »Sagt mir, Pater, ist Euch etwas über eine Verhaftung der Fürstin Wukolny bekannt?«

»Ja, Eure Heiligkeit. Sie befindet sich seit heute in unserem Gewahrsam.«

»Warum wurde ich nicht darüber unterrichtet?«

Der Camerlengo nahm die Farbe von verdorbener Milch an. Man konnte sehen, dass er jetzt überall lieber auf der Welt gewesen wäre, als Seiner Heiligkeit gegenüberzustehen. Er hatte bereits seinem Onkel, dem verstorbenen Papst Clemens XIII., als Camerlengo gedient und gehörte der Zelanti-Gruppierung an, die den Jesuitenorden nachweislich unterstützte.

»Nun? Habt Ihr plötzlich Eure Sprache verloren?«, forderte Clemens ihn sanft auf.

»Nein, natürlich nicht«, stotterte dieser. »Es ist nur, Bischof

Stoppani hat ausdrücklich darum ersucht, Euch nicht mit dieser unbedeutenden Angelegenheit zu belästigen.«

»Soso.« Clemens wirkte mit einem Mal sehr nachdenklich. Mit einer Geste entließ er seinen Camerlengo. Dieser kehrte schnell zurück – ohne den Bischof. »Verzeiht, Eure Heiligkeit«, verkündete er verhalten. »Aber seine Eminenz Bischof Stoppani ist ausgegangen. Mir wurde gesagt, er befinde sich bei Botschafter Moñino in der spanischen Gesandtschaft.«

Clemens ahnte, welches Süppchen Stoppani und der spanische Botschafter gemeinsam kochten … Er unterdrückte einen Seufzer.

Der Russe schien es ebenfalls zu wissen. Er erhob sich halb und meinte: »Da die beiden Herren sich am späten Abend ihren eigenen Interessen widmen, muss ich darauf bestehen, dass den Interessen der Zarin Katharina ebenfalls Respekt gezollt wird. In meiner Eigenschaft als der Vertreter Ihrer Majestät der Zarin am Heiligen Stuhl ersuche ich Eure Heiligkeit, die Fürstin Wukolny sofort freizulassen.«

Betrübt schüttelte Clemens den Kopf. Dieses Dilemma behagte ihm sichtlich nicht. Er wandte sich an seinen Camerlengo, der noch immer unschlüssig im Raum verharrte, da der Papst ihn nicht entlassen hatte. »Da Ihr im Gegensatz zu mir unterrichtet scheint, Pater Carlo, könnt Ihr mir sicherlich auch verraten, welcher Vergehen sich die Fürstin schuldig gemacht haben soll, die eine Verhaftung rechtfertigen?«

»Verzeiht, Eure Heiligkeit …« Carlo Rezzonico schluckte und warf einen vorsichtigen Blick auf den russischen Botschafter. Dann fuhr er tapfer fort: »Der Fürstin wird vorgeworfen, sich widerrechtlich Kircheneigentum angeeignet zu haben, im Verbund mit den Feinden der Heiligen Römischen Kirche zu stehen und sich der Tötung eines Angehörigen der Garde Eurer Heiligkeit schuldig gemacht zu haben, während sie sich ihrer Verhaftung widersetzte«, schnarrte er herunter.

Prinz Galitzin und Papst Clemens reagierten mit einem fast identischen Ausruf.

»Wie?«, rief der Papst.

»Was?«, rief der Russe.

Der Papst fasste sich nur zögerlich. »Nun, dies sind, wie mir scheint, schwerwiegende Anschuldigungen …«, murmelte er beinahe unhörbar in sich hinein.

Galitzin beugte sich ein wenig vor. »Wenn ich hierzu etwas vorschlagen darf, Eure Heiligkeit?«

Clemens sah auf und bedeutete ihm durch eine schwache Handbewegung, fortzufahren.

»Es gibt eine einfache Möglichkeit, diese Anschuldigungen zu verifizieren. Warum die Fürstin nicht selbst dazu befragen?«, schlug er schlau vor. Der Russe umfasste die kleine silberne Flasche in seiner Tasche, das Unterpfand, dass Pater Baptistas Plan gelingen konnte. Er spekulierte darauf, einige Minuten allein mit Emilia sprechen zu können und ihr dabei heimlich das Fläschchen zuzustecken.

Der Papst rieb sich nachdenklich das Kinn. »Also gut. Pater Carlo, geht bitte und lasst die Fürstin hierherbringen!«

»Eure Heiligkeit … wollen selbst …?«, stotterte der Camerlengo, den Clemens' Bitte offensichtlich aus der Fassung brachte. Prinz Galitzin reagierte kaum minder überrascht. Wenn der Papst vorhatte, Emilia selbst zu befragen, würde er kaum die Gelegenheit erhalten, mit ihr unter vier Augen zu sprechen. Wie sollte er ihr dann den Plan erläutern? Seine Finger krampften sich unwillkürlich um das kleine Gefäß zusammen.

»Aber natürlich. Was spricht dagegen?«, entgegnete Clemens ruhig. »Die Angelegenheit erscheint mir wichtig genug, um mich persönlich davon zu überzeugen.«

Pater Carlo verbeugte sich und ging.

»Wie man mir vermeldet hat, hat die Zarin Katharina kürzlich ein Toleranzedikt unterschrieben, das die Duldung aller religiösen Bekenntnisse beinhaltet«, nahm Clemens das Gespräch auf.

»In der Tat. Allerdings nimmt dieses Edikt unsere jüdischen Untertanen aus«, beeilte sich Galitzin klarzustellen. Es war bekannt, dass dieses erst vor wenigen Tagen verkündete Edikt den Unmut des Vatikans geweckt hatte.

Clemens antwortete denn auch entsprechend: »Ich frage mich nur, geschah dies aus Überzeugung oder aus politischem Kalkül? Wie ich ebenfalls vernahm, steht die Zarin der Idee der Aufklärung nahe? Hat sie sich nicht gar die Rechte an der umfangreichen Bibliothek des französischen Enzyklopädisten Diderot gesichert? Und unterhält sie nicht einen regen Briefwechsel mit den französischen Aufklärungsphilosophen Voltaire und Montesquieu?«

»Wie auch mit dem Italiener Cesare Beccaria«, lächelte der Russe. »Ihr seid sehr gut unterrichtet, Heiligkeit.«

»Oh, ich denke, dass jedermann inzwischen bekannt sein dürfte, dass die Zarin Katharina vielfältige Interessen verfolgt.« Da der Satz so oder so interpretiert werden konnte, begnügte sich der Botschafter dieses Mal mit einem vagen Nicken.

Das Warten zog sich ungewöhnlich lange hin. Clemens wollte eben nach der Glocke greifen und sich erkundigen, warum seinem Ansinnen so lange nicht entsprochen wurde, als die Tür sich öffnete. Der Camerlengo schritt voran. Er wirkte sichtlich mitgenommen. Hinter ihm, von einer Wache leicht gestützt, ging Emilia. Man hatte ihr hastig Kleid und Schleier einer Nonne übergestreift. Sie war blass, wirkte jedoch gefasst.

Prinz Galitzin war bei ihrem Erscheinen sofort aufgesprungen und eilte ihr entgegen. »Fürstin Emilia. Lasst mich Euch sagen, wie sehr es mich betrübt, Euch unter diesen Umständen wiederzubegegnen. Wie geht es Euch? Kommt, nehmt meinen Arm.«

Er wollte sie führen, doch Emilia löste sich von ihm und steuerte direkt auf Clemens XIV. zu. Dieser streckte ihr die Hand entgegen, und sie küsste seinen Ring. Als sie sich wieder erheben wollte, geriet sie ins Taumeln. Der Arm des Botschafters stützte sie. »Kommt, meine Liebe. Ihr seid ja völlig am Ende Eurer Kräfte angelangt!« Galitzin machte sich inzwischen Hoffnungen, dass sich durch die persönliche Intervention des Papstes Baptistas

Plan erübrigte. Wer weiß, vielleicht konnte er die Fürstin noch am heutigen Abend wieder den Ihren zuführen? Schon malte er sich ihre gemeinsame Ankunft in der Villa Meraviglia aus. Er musste zugeben, dass ihm die Rolle des Retters der Fürstin äußerst behagte. Er hätte es besser wissen müssen: Er hatte die Rechnung ohne den Stolz der Fürstin gemacht.

Emilia fixierte den Papst. »Ich möchte Beschwerde gegen den Konsultor Bertolli und den Großinquisitor Stoppani einlegen«, sagte sie dann. »In deren Auftrag wurde ich daran gehindert, die Stadt zu verlassen, mein Gepäck durchsucht, mein Pferd beschlagnahmt und vermutlich mein Diener ermordet, da man mich über sein Schicksal im Ungewissen lässt. Ich bin eine unbescholtene Bürgerin dieser Stadt und frage mich, ob der Papst tatsächlich so viel Willkür in seiner geliebten Stadt Rom zulässt?« Emilia spürte, wie alle Anwesenden den Atem anhielten.

Clemens selbst musterte sie mit einem merkwürdigen Ausdruck, in den sich vages Interesse mischte. Er war der Fürstin nie zuvor begegnet. Er wusste nur das über sie, was man ihm zugetragen hatte: dass sie seit dem Tod ihres zweiten Mannes sehr zurückgezogen lebte, sich der Erziehung ihrer Kinder widmete, immens viel Geld für Wohltätigkeit ausgab, eine private Schule für Mädchen und ein Waisenhaus gegründet hatte und darüber hinaus mit einem für eine Frau ungeziemenden Eifer über die Fortführung der Geschäfte ihrer beiden verstorbenen Ehemänner wachte. Nun stellte er fest, dass sie mit dem Gift des Stolzes infiziert war. In seinem ganzen Leben war er bisher nur einer einzigen Frau begegnet, die ihm ebenso frei von Angst oder Ehrfurcht begegnet war: der verstorbenen Schwiegermutter dieser Frau. Beatrice war eine überaus gefährliche Frau gewesen. Diese hier ähnelte ihr in ihrer Art. War sie tatsächlich so unschuldig, wie sie vorgab zu sein?

»Ich bin zutiefst betrübt, von diesen Anschuldigungen zu hören, Fürstin«, entgegnete er nun. »Doch als der Oberhirte einer sehr großen Herde bin ich auf die Urteilskraft meiner Untertanen angewiesen. Ich kenne den Großinquisitor als einen besonnenen Mann, der nichts ohne Anlass unternimmt. Hat man mich etwa falsch unterrichtet, indem man mir sagte, dass man Euch des Diebstahls von Kircheneigentum verdächtigt und dass Ihr einen meiner tapferen Soldaten getötet haben sollt?«

»Eure Heiligkeit, ich habe mich lediglich gegen die unrechtmäßige Verhaftung gewehrt.«

»Verzeiht, Eure Heiligkeit, wenn ich es wage, mich ungefragt zu Wort zu melden. Aber da die Fürstin mich unlauteren Verhaltens anklagt, bitte ich Euch untertänigst, sprechen zu dürfen.« Die hagere Gestalt des Konsultors Bertolli trat hervor. Er war der kleinen, vom Camerlengo angeführten Gruppe gefolgt, hatte sich jedoch fürs Erste außerhalb des Lichtkreises aufgehalten.

»Pater Bertolli, Ihr seid das.« Dem Papst war der hasserfüllte Ausdruck keinesfalls entgangen, mit dem die junge Frau dessen Einmischung quittierte. »Nun denn. Es erscheint mir nur recht und billig, beide Seiten anzuhören. Dann erklärt mir bitte, Pater Bertolli, was genau Euch dazu veranlasst hat, die Fürstin Wukolny zu verhaften?«

»Die Tatsache, dass die Fürstin die getreue Kopie eines Dokuments von unermesslichem Wert bei sich führte, dessen Original einst aus den geheimen vatikanischen Archiven entwendet wurde. Wir fahnden seit zwei Jahrhunderten danach. Verständlicherweise wollen wir von der Fürstin in Erfahrung bringen, von wem sie diese Kopie erhalten hat.«

»Zeigt mir diese angebliche Abschrift.« Der Papst streckte die Hand aus. Bertolli trat näher und zog ein Stück Pergament aus seinem weiten Ärmel.

Der Papst entrollte es und hielt es näher an die Kerzen heran. Emilia entging nicht, dass seine Hände während der Lektüre anfingen zu zittern. Der Papst musste mit dem Inhalt bereits vertraut sein! Es musste also irgendwo mindestens eine weitere Abschrift des Jesus-Evangeliums geben. Bisher hatte sie lediglich angenommen, dass die wenigen Eingeweihten nur vermuteten, dass das Jesus-Evangelium existierte. Dass der Papst selbst eingeweiht war, schien ihr eine überaus interessante Erkenntnis zu sein.

»Spricht der Konsultor Bertolli die Wahrheit? Befand sich diese Abschrift in Eurem Gepäck?«, fragte der Papst sie direkt.

»Ja, Eure Heiligkeit, dies entspricht der Wahrheit«, musste Emilia zugeben.

»Und von wem habt Ihr diese erhalten?«, stellte nun der Papst die gefürchtete Frage selbst.

Emilia biss sich auf die Lippe. Bertolli anzulügen war eine Sache, doch dem Papst selbst direkt ins Gesicht zu lügen eine andere …

»Das kann ich Euch nicht sagen«, erwiderte sie daher ausweichend.

»Ha«, entfuhr es Bertolli triumphierend. »Ihr gebt also zu, dass Ihr mich bisher angelogen habt? Ihr habt diese Kopie also keineswegs einem harmlosen Händler auf dem Campo de' Fiori abgekauft? Dann war auch Eure Beschreibung dieses angeblichen Mannes eine reine Erfindung? Heiligkeit, diese Frau ist eine raffinierte Lügnerin, die vor nichts zurückschreckt. Lasst sie mich weiter befragen, und ich werde ihr die Wahrheit entreißen!«

Emilia würdigte ihn keines Blickes, sondern konzentrierte sich allein auf den Papst. »Es stimmt. Diese Abschrift wurde mir tatsächlich von einer Person übergeben.« Was der vollen Wahrheit entsprach, denn Filomena hatte sie überredet, das echte Evangelium bei ihr zu lassen.

»Dann nennt uns den Namen dieser Person, meine Tochter, und ich verspreche Euch, dass Ihr noch heute Abend zu Euren Kindern nach Hause zurückkehren könnt.« Milde lächelte sie der Papst an.

Emilia schüttelte den Kopf. »Verzeiht mir, Eure Heiligkeit, aber das kann ich leider nicht tun. Wie könnte ich es mit meinem Gewissen vereinbaren, damit eine andere Person ins Unglück zu stürzen?«

Clemens wirkte mit einem Mal sehr betrübt. »Ich fürchte,

dass ich unter diesen Umständen dem Konsultor beipflichten muss und Eure Freilassung nicht anordnen kann.«

»Dabei müsst Ihr Euer Gewissen weniger belasten, als Ihr denkt, Fürstin«, warf Bertolli ein und bemühte sich in Gegenwart des Papstes um einen wohlwollenden Ton. »Im Grunde ist uns der Name, oder vielmehr die beiden Namen, längst bekannt. Alles, was Ihr tun müsst, ist, bei der Nennung der Namen zu nicken. Daher frage ich Euch nun, Fürstin Wukolny: Handelte es sich bei jenen Personen vielleicht um Euren Bruder Emanuele di Stefano oder um einen gewissen Pater Remo Baptista?«

Der Köder war ausgelegt, doch Emilia verschmähte ihn. »Daher weht der Wind? Allein die Tatsache, dass mein Bruder dem Jesuitenorden angehört, macht ihn also für Euch verdächtig? Ihr legt es wohl auf Sippenhaft an? Wie armselig Eure Methoden doch sind, ebenso armselig, wie mich Eurem stumpfsinnigen Henker auszuliefern und foltern zu lassen!« Bevor jemand einschreiten konnte, hatte sich Emilia das Gewand vom Leib gerissen und ihren weißen Rücken entblößt. Dessen zarte Haut war durch blutige Striemen gezeichnet. Bestürzte Ausrufe waren die Folge. Niemals hatte sich jemand eine solche Schamlosigkeit in Gegenwart des Papstes erlaubt!

Mehrere Schrecksekunden verstrichen, während deren sich Emilias königlicher Rücken unauslöschlich in das Gedächtnis aller Anwesenden einbrannte.

Prinz Galitzin erlangte als Erster seine Fassung zurück. Er zerrte sich sein braunes Samtjackett vom Leib und hüllte Emilia vorsichtig darin ein. Dann führte er sie zu seinem Sessel und half ihr, sich zu setzen. »Ihr habt es tatsächlich gewagt, Hand an die Fürstin Wukolny zu legen?«, ging der Russe dann auf Bertolli los. »Bei Gott, wärt Ihr nicht Priester, ich würde Euch fordern!«

Bertolli breitete unschuldsvoll die Hände aus. »Ein unverzeihliches Missverständnis, Eure Exzellenz. Einer meiner Männer wollte sich durch Übereifer auszeichnen.«

»Das stellt Eure gesamte Entschuldigung dar? Es als das Versehen eines Untergebenen zu deklarieren ist ja noch feiger, als eine wehrlose Frau zu martern«, eiferte sich der Russe. »Eure Heiligkeit«, wandte er sich nun direkt an den Papst. »Ich verlange in meiner Eigenschaft als Repräsentant der Zarin von Russland Genugtuung. Dieser Mann hat sich gegen eine unschuldige Untertanin Ihrer Majestät Katharina II. auf das Schändlichste verhalten!«

Bertolli ließ sich dadurch keineswegs einschüchtern. »Ha, unschuldig, behauptet Ihr? Dann lasst Euch sagen, wenn diese Frau unschuldig ist, dann fließt der Tiber ab sofort nicht mehr ins Meer. Ich werde Euch beweisen, dass …«

»Haltet ein, Pater Bertolli«, befahl Clemens XIV. an dieser Stelle. »Da Ihr die Fürstin in Gewahrsam habt, zeichnet Ihr persönlich für ihr Wohlergehen, wie auch für die Taten Eurer Männer, verantwortlich. Ihr hattet kein Recht, die Fürstin hochnotpeinlich befragen zu lassen. Ich verbiete Euch hiermit in aller Strenge, der Fürstin weiteres Leid zuzufügen. Nun zu Euch, Herr Botschafter«, fuhr er, an den Prinzen gerichtet, fort. »So sehr es mich betrübt, aber ich muss Euch mitteilen, dass ich die Fürstin nicht ziehen lassen kann, solange sie uns nicht den Namen jener Person verrät, von der sie die Abschrift erhalten hat. Das uns gestohlene Dokument ist das Wertvollste, das die Kirche besitzt, oder besser ausgedrückt, je besessen hat. Da die Fürstin scheinbar zur Aufklärung des Diebstahls beitragen kann, dies jedoch verweigert, kann ich ihre Freilassung nicht veranlassen. Das versteht Ihr doch, meine Tochter, nicht wahr?«

Emilia senkte den Kopf, und Prinz Galitzin sah seine Felle davonschwimmen. Er unternahm einen letzten Versuch: »Eure Heiligkeit, ich bitte Euch inständig. Die Fürstin hat zwei kleine Kinder, die ihre Mutter schmerzlich vermissen. Ich verbürge mich persönlich dafür, dass die Fürstin jederzeit für eine weitere Befragung zu Eurer Verfügung stehen wird.«

»Eure Intervention, Herr Botschafter, ist hiermit zur Kenntnis genommen, jedoch abgelehnt. Gerne jedoch gebe ich der

Fürstin eine letzte Gelegenheit, uns den Namen der Person zu nennen, von der sie die Abschrift erlangt hat. Sprecht, meine Tochter, und Ihr seid frei.«

Emilia kreuzte ihren Blick mit dem Papst und schwieg mit zusammengepressten Lippen. Clemens nickte. Bertolli gab der Wache ein Zeichen, und Emilia wurde abgeführt.

Prinz Galitzin verabschiedete sich nun seinerseits vom Papst, wobei er ihm seinen tief empfundenen Dank für die erfolgte Audienz aussprach. Sodann begab er sich auf schnellstem Wege in die Villa Meraviglia.

Kaum allein mit Donna Elvira, Serafina und Pater Baptista – Piero irrte auf der Suche nach Pater Egidio noch immer durch die Stadt –, stellte ihm Serafina die Frage, die allen dreien auf der Seele brannte: »Und, Herr Botschafter, habt Ihr mit der Fürstin Emilia sprechen können?«

»In der Tat, das habe ich«, erwiderte Galitzin mit Diplomatenmiene.

»Ja und? Wie geht es ihr? Konntet Ihr ihr den Trank zustecken? So sprecht doch …«

»Auch das!«, lachte der Prinz befreit auf und berichtete ihnen sodann ausführlich von seiner Schliche: Im Beisein des Papstes und Bertollis hatte er Emilia seine Jacke um die Schultern gelegt, ihr das Fläschchen in die Hand gedrückt und zugeflüstert: »Hier, das schickt Euch Donna Elvira. Trinkt das, und Ihr werdet morgen frei sein.«

Da der Botschafter über ein ausgezeichnetes Gedächtnis verfügte, war er in der Lage, ihnen jedes Wort und jede Einzelheit zu schildern, die sich während der Audienz des Papstes zugetragen hatte. Die Passage, bei der Emilia ihren nackten, geschundenen Rücken vor den Augen Clemens' XIV. entblößt hatte, sorgte für Aufruhr. Nach einer Schrecksekunde rief Pater Baptista: »Meiner Treu, diese Fürstin muss den Mut einer Maria Magdalena besitzen! Hat sie sich nicht einst den Soldaten Roms entgegengestellt, um das Leiden Jesu am Kreuz zu lindern, während seine Jünger es vorgezogen haben, die Qualen des Herrn aus sicherer Entfernung zu verfolgen? Bertolli muss eine wahre Freude an ihr haben. Ihn auf diese Weise vor dem Papst bloßzustellen …«

»Ich denke, wir sollten nicht abwarten, bis man uns den Tod der Fürstin vermeldet«, kehrte Donna Elvira zum Wesentlichen zurück.

»Was schlagt Ihr vor?« Aufmerksam sah der Prinz sie an.

»Am besten, Ihr findet Euch gleich am Morgen in aller Frühe bei diesem Konsultor Bertolli ein. Führt den Vorwand an, dass Ihr Euch von nun an täglich mit eigenen Augen davon überzeugen wollt, dass der Fürstin kein weiteres Leid geschieht. Um sich selbst zu entlasten, wird er Euch den Zugang nicht verwehren. Seit heute muss er damit rechnen, dass der Papst die Angelegenheit persönlich verfolgen wird. Nicht ohne Grund wollte der Vorsitzende der Heiligen Römischen Inquisition, Giovanni Stoppani, die Gefangennahme der Fürstin vor dem Papst geheim halten. Wenn Emilia den Trunk zu sich genommen hat, und unser Plan aufgegangen ist, könnt Ihr auf die sofortige Herausgabe ihrer sterblichen Überreste pochen.« Donna Elvira hielt inne, da in der Halle Schritte und kurz darauf Stimmen laut wurden. Sie erkannte darunter Vittoria und auch jene von Piero, was sie auf eine Idee brachte. »Das Beste wäre es, Herr Botschafter, Ihr nehmt Emilias Bruder Piero morgen als Eure Begleitung mit. Er ist allerdings nicht in unseren Plan eingeweiht, und ich empfehle, dass dies so bleiben soll.«

»Ich verstehe … Der ältere Bruder der Fürstin gilt also nicht als vertrauenswürdig?«

»Leider, doch wenn man Euch die Herausgabe der Fürstin verweigert, so wird man der Bitte des Bruders entsprechen müssen.«

Die Tür schwang auf, und Piero stürmte herein. »Auf was für eine Mission habt Ihr mich da gesandt, Pater? Es scheint, dass man in dieser Kirche noch nie etwas von Eurem Pater Egidio gehört hat!« Er entdeckte nun den russischen Botschafter. »Seid Ihr nicht Prinz Galitzin, Gesandter der Zarin Katharina II.?«

»Der bin ich. Zu Diensten, Cavaliere di Stefano.« Der Russe hatte sich höflich erhoben. Piero war nicht dumm. Ihm entging keinesfalls die angespannte Atmosphäre im Raum. »Habe ich etwas versäumt? Habt Ihr Neuigkeiten über meine Schwester erhalten?«

»In der Tat«, ergriff Galitzin das Wort. »Ich kehre eben aus dem Apostolischen Palast zurück, wo ich die Ehre hatte, sowohl Papst Clemens XIV. als auch Eure Schwester sprechen zu dürfen.«

»Und? Habt Ihr etwas erreicht? Wie geht es meiner teuren Schwester, der Fürstin Emilia?«

»Eure Schwester hat mich beeindruckt. Sie wirkte sehr gefasst, obwohl dieser nichtswürdige Konsultor Bertolli bereits begonnen hatte, sie hochnotpeinlich zu befragen.«

Zu Pieros Ehrenrettung muss erwähnt werden, dass er bleich wurde. »Sie haben meine Schwester gefoltert? Diese Feiglinge«, stieß er voller Verachtung aus. »Ich werde sofort etwas dagegen unternehmen!«, rief er großspurig.

»Ich fürchte, für heute sind uns die Hände gebunden, Cavaliere. Aber wenn Ihr erlaubt, möchte ich Euch bitten, mich morgen früh in den Vatikan zu begleiten. Zwar hat der Papst mir ausdrücklich zugesagt, dass Eure Schwester keine weiteren Schikanen zu befürchten hat, doch ich traue diesem verschlagenen Ehrgeizling Bertolli nicht über den Weg.«

»Selbstverständlich! Ich stehe zu Eurer Verfügung, Prinz Galitzin. Ich selbst werde alles unternehmen, um meine Schwester aus ihrer misslichen Lage zu befreien«, erklärte er wichtig.

Donna Elvira erhob sich. »Es war ein langer Tag für uns alle. Ich werde dafür sorgen, dass wir ihn mit einer kräftigenden Mahlzeit abschließen.« Sie gab ihrer Tochter ein Zeichen, ihr zu folgen. Serafina begriff, dass ihre Mutter sie unter vier Augen sprechen wollte. Donna Elvira zog sie in eine Nische. »Ist dir auch aufgefallen, dass Botschafter Galitzin nur eine Abschrift des Dokuments erwähnt hat?«

»Schon, aber ich habe mir nichts dabei gedacht. Worauf willst du hinaus, Mutter?«

»Darauf gibt es nur zwei mögliche Antworten: Entweder Bertolli hat die Rolle längst und verheimlicht dies vor dem Papst, oder er hält tatsächlich nur eine Abschrift in Händen.«

Serafina riss die Augen auf. »Du meinst, dieser Bertolli betrügt den Papst?«

»Ich tippe eher auf die zweite Möglichkeit, die Abschrift. Damit stellt sich die Frage: Von wem hat Emilia die Kopie erhalten, und weit wichtiger, wo befindet sich derzeit das Original?« Ihre Mutter sah sie auffordernd an.

»Filomena«, wisperte Serafina nach einer Denksekunde. »Emilia war gestern Nacht bei ihr. Herrje, warum habe ich nicht früher daran gedacht?«

Ihre Mutter lächelte. »Du solltest Filomena eine Nachricht senden und sie bitten, hierherzukommen.«

Serafina bemerkte, dass ihre Mutter noch mehr ausbrütete.

»Was ist, Mutter?«

»Mir bereitet Sorgen, dass nun auch Pater Baptista von der Abschrift weiß und seine eigenen Vermutungen darüber anstellen wird. Ich frage mich, ob ihm die besonderen Talente Filomenas bekannt sind.«

»Soll das heißen, du traust ihm nicht? Aber ich dachte, ihr beiden stündet im besten Einvernehmen?« Serafina wirkte völlig perplex.

»Natürlich, aber Pater Baptista ist auch Jesuit.«

»Und das bedeutet …?«

»Das bedeutet, dass er alles und jeden, einschließlich sich selbst, opfern würde, wenn es seinem Papst, seinem Orden oder seinem Gott dient. Und zwar genau in dieser Reihenfolge!«

»Ist das nicht ein überaus harsches Urteil über einen Freund?«

»Er weiß, dass ich weiß, wie er denkt. Das macht unsere Freundschaft so berechenbar. Wie Pater Baptista gerne selbst zu sagen pflegt, alles eine Frage der Definition. Ich werde jetzt gehen und die Küche auf Trab bringen. Du schreibst währenddessen an Filomena. Sie soll den Dienstboteneingang nutzen.

Besser, Pater Baptista erfährt nicht, dass wir nach ihr geschickt haben. Hungrige Wölfe sollte man nicht auf die eigene Spur ansetzen. Was ist? Was hast du?« Ihre Tochter wirkte gequält.

»Ich glaube, es ist klüger, du schreibst ihr. Filomena und ich hatten heute einen hässlichen Streit, und ich befürchte, dass sie nicht kommen wird, wenn ich sie darum bitte.«

Donna Elvira gestattete sich ein spöttisches Lächeln. »Frauen … Wann werden wir lernen, dass wir in dieser von Männern beherrschten Welt nur überleben können, wenn wir zusammenhalten und füreinander einstehen? Es ist gut, Tochter. Ich übernehme das. Sorge du für unsere Gäste.«

Filomena traf gegen Mitternacht in der Villa Meraviglia ein. Die Zusammenkunft der drei Frauen fand in Emilias Schlafgemach statt. Donna Elvira hatte Pater Baptista einen extra starken Schlaftrunk bereitet. Piero und der Markgraf unterhielten sich noch im Rauchsalon, während sich Vittoria gleich nach dem Abendessen in ihr Zimmer zurückgezogen hatte. Seit dem heutigen Tag wusste sie, dass sie guter Hoffnung war. Aus diesem Grund hatte ihr Gemahl ihre Rückreise nach Florenz bereits für den nächsten Morgen beschlossen. Um Vittoria jegliche Aufregung zu ersparen, hatte man dem gräflichen Paar auch vorsorglich Emilias Verhaftung verschwiegen. Die offizielle Version lautete, dass sich die Fürstin in dringenden Geschäften nach Civitavecchia begeben hatte.

»Ihr habt mich hergebeten?«, sagte Filomena steif.

»Ja«, antwortete ihr Serafina. »Als Erstes solltest du wissen, dass Emilia heute durch päpstliche Soldaten verhaftet wurde.«

»Sie wurde verhaftet?«, rief Filomena bestürzt.

»Ja. Hör zu, wir wissen, dass Emilia nur eine Abschrift des Jesus-Evangeliums mit sich führte. Ich nehme an, diese stammt aus deiner Feder?«, konfrontierte Serafina sie ohne Umschweife.

»Ihr wisst von der Abschrift? Wie?« Filomena geriet darüber etwas außer Fassung.

»Der russische Botschafter Prinz Galitzin hat uns informiert.

Er konnte eine Audienz beim Papst erwirken und kurz auch Emilia sehen.«

»Wie geht es ihr?«

»Den Umständen entsprechend. Verständlicherweise will man nun von ihr mit allen Mitteln erfahren, wo sich das eigentliche Original des Evangeliums befindet.«

»Was soll das heißen, mit allen Mitteln?«

»Man hat sie bereits ausgepeitscht …«

Filomena sank in sich zusammen. »Ich verstehe«, murmelte sie. Sie erhob sich und griff nach ihrem Umhang.

»Wo willst du hin?«, fragte Serafina, die wusste, dass Filomenas Impulsivität jener von Emilia kaum nachstand.

»Selbstverständlich die Originalrolle holen und Emilia damit auslösen. Was denn sonst?«

»Setz dich wieder«, forderte sie Donna Elvira auf. »Davon kann keine Rede sein. Du riskierst nur, dass man die Rolle mit Dank entgegennimmt und du am Ende ein Verlies mit Emilia teilst. Sie wollen nicht die Rolle allein, sondern auch die Hintermänner. Laut Pater Baptista hat Bertolli vor, den Jesuitenorden mit dem Jesus-Evangelium endgültig zu diskreditieren und in den Abgrund zu stoßen. Bertollis Gleichung ist simpel: Mit dem Original könnte er dem Papst stichhaltig beweisen, dass die Jesuiten es aus dem vatikanischen Geheimarchiv gestohlen haben. Wie hätte es sonst in den Besitz des Ordens gelangen können? Durch Francesco Colonna wissen wir jedoch, dass Papst Paul III. persönlich das Evangelium dem Ordensgründer Ignatius von Loyola mit dem Auftrag übergeben hat, es vor fremdem Zugriff zu schützen. Da das päpstliche Schriftstück, das die Verwahrung bewies, in der Nacht des Todes von Clemens XIII. verschwand, muss sein Nachfolger davon ausgehen, dass der Orden das vierte Gelübde, das ihm Treue schwört, verletzt und sein Vertrauen missbraucht hat. Darüber hinaus giert Bertolli auch nach einer gewissen Schatzkarte aus Beatrices Besitz.«

Filomena konnte nicht vermeiden, dass sie blass wurde. »Ich nehme an, das hast du ihr verraten?«, sagte sie bissig zu Serafina.

»Nein, Mutter hat es wie immer *erraten*«, erwiderte Serafina liebenswürdig. Nur Serafina war dabei gewesen, als Emilia die Karte kurz nach Beatrices und Carlos Tod Filomena übergeben hatte. Emilia hatte es ihr überlassen, ob sie sie behielt oder vernichtete. Sie wollte das Inka-Gold nicht, zögerte jedoch, die Karte Emanuele zu überlassen, da Serafina darauf beharrte, dass ein Fluch auf ihr liege. Darum hatte sie das, was sich noch im unterirdischen Geheimstollen Beatrices in Sulmona befunden hatte, auch vollständig für wohltätige Zwecke hergegeben.

»Und? Hast du sie vernichtet?«, stellte Serafina die Frage.

Filomena schüttelte den Kopf. »Nein. Ich habe sie sogar hier.« Beiläufig zog sie einen kleinen silbernen Behälter aus ihrer Rocktasche. »Da ist sie. Ich habe sie aus dem Versteck genommen, als ich das Original des Evangeliums darin verstaut habe. Emilia hatte mich heute Nacht gebeten, ihr die Karte zu überlassen, um sie ihrem Bruder Emanuele auszuhändigen. Sie ist inzwischen der Meinung, dass sie dem Jesuitenorden nun doch nützlich sein könnte. Also gut!« Kampfeslustig streckte sie ihr Kinn vor. »Dann sollen sie eben auch die Schatzkarte erhalten. Was kümmert's mich? Lieber teile ich mit Emilia eine Zelle, als hier untätig herumzusitzen.« Erneut sprang sie auf.

»Deine Opferbereitschaft in allen Ehren, aber sie ist unnötig. Wir haben bereits einen Plan, um Emilia zu befreien«, hielt Donna Elvira sie zurück.

»Was kann ich dazu tun?«, fragte Filomena sofort.

»Nichts, Filomena. Wir müssen uns bis morgen früh gedulden. Erst dann wissen wir, ob unser Plan funktioniert hat.«

»Weiht ihr mich darin ein?« Erwartungsvoll sah sie von Mutter zu Tochter. Die beiden hatten tatsächlich darüber diskutiert, wie viele Mitwisser ein geheimer Plan verkraften konnte. Am Ende waren sie zu dem Ergebnis gekommen, wenn der russische Botschafter Prinz Galitzin davon wusste, war es nur recht und billig, auch Filomena einzubeziehen.

»Gleich«, beschied ihr Donna Elvira. »Doch zunächst … Ist das Evangelium auch sicher verwahrt?«

»Ich denke schon. Beim Umbau der Schule habe ich eigenhändig ein Mauerversteck angelegt. Man müsste die Schule schon Stein für Stein abtragen, um darauf zu stoßen.«

»Gut, dann belassen wir es am besten dort. Und nun zu unserem Plan. Danach wirst du verstehen, dass du dich vorrangig um die beiden Kinder Emilias kümmern musst. Sie müssen von allem ferngehalten werden, egal, ob unser Plan funktioniert. Wir bitten dich, morgen bei Anbruch des Tages zusammen mit Ludovico und Sascha nach Civitavecchia in Emilias dortige Residenz aufzubrechen.«

Sehr früh am folgenden Morgen begab sich eine Kutsche mit dem blau-roten Wappen der Fürsten Wukolny zur Piazza San Pietro. Die Fenster waren durch schmucklose Vorhänge verschlossen. Zwei Reiter hoch zu Ross eskortierten sie. Prinz Galitzin trug seine imposanteste Perücke und so viele Orden und Schärpen, dass sein Jackett darunter beinahe verschwand. Der Cavaliere di Stefano glänzte in einem extravaganten burgunderfarbenen Samtgewand und mit einem Hut mit einem ganzen Strauß wippender Federn. Die Reiter begaben sich direkt zum Vordereingang des Apostolischen Palastes, während die Kutsche in einiger Entfernung zum Stehen kam.

»Nun gilt es zu warten«, sagte Serafina in der Kutsche. »Alles liegt nun in den Händen des Prinzen Galitzin. Denkst du denn, dass wir uns auf seine Schauspielkünste verlassen können?«

»Mit Sicherheit. Er ist Diplomat und Russe. Eine unfehlbare Kombination«, erwiderte ihre Mutter trocken.

»Und was machen wir später mit Piero? Wenn er seine Schuldigkeit getan hat, sollten wir ihn schnellstmöglich loswerden.«

»Erwähnte ich das nicht? Diese Aufgabe übernimmt Prinz Galitzin für uns. Er wird Piero in die russische Botschaft einladen und ihm ein lukratives Geschäft vorschlagen. Am Abend folgt dann ein russisches Kosakenfest. Der Botschafter hat mir ver sprochen, dass Piero erst in drei Tagen wieder nüchtern sein wird.«

Serafina musterte ihre Mutter. »Du hast wieder einmal an alles gedacht«, stellte sie bewundernd fest.

»Da wir ohnehin auf einer Woge des Schicksals schwimmen, möchte ich möglichst wenig dem Zufall überlassen. Doch sieh, dort tut sich was!« Elvira hatte die ganze Zeit über durch einen Spalt im Vorhang das Geschehen draußen verfolgt.

Tatsächlich war Piero auf der Treppe zwischen den beiden reglosen Schweizer Wachen in ihren bunt gestreiften Uniformen erschienen. Er zeigte dem Kutscher nun durch heftiges Gestikulieren an, sofort vorzufahren. Die beiden Frauen versuchten, in Pieros Gesicht zu lesen, ob ihr riskanter Plan gelungen war. Leider erlaubte seine staatstragende Miene eine vielfältige Interpretation.

Nun lief der Cavaliere die Treppe hinab und öffnete eigenhändig den Schlag der Kutsche. Seine Stimme troff vor Bedeutungsschwere, als er ihnen verkündete: »Meine arme Schwester ist tot. Sie haben sie ermordet. Der Botschafter und ich konnten durchsetzen, ihren entseelten Leib sofort mit uns nach Hause zu nehmen. Seht …«

In der Tat passierte nun eine kleine Prozession das gewaltige Portal des Apostolischen Palastes. Zwei Diener trugen eine Bahre, auf der eine schmale Gestalt unter einem einfachen Leintuch ruhte. Der russische Gesandte schritt feierlich nebenher – was ihn jedoch nicht hinderte, den dicklichen Dominikaner, der neben ihm herhüpfte, wüst zu beschimpfen. Hinter der Bahre folgten nochmals zwei Wachen mit ihren Hellebarden.

Donna Elvira und Serafina besannen sich auf ihre Rolle. Serafina stürzte aus der Kutsche und stieß Klagelaute aus, während Donna Elvira neben der Kutsche stehen blieb und dem Zug ernst entgegenblickte.

Emilia wurde mit äußerster Behutsamkeit in die Kutsche gebettet. Wie ein Feldherr, der seine Truppen in Marsch setzt, gab

Piero das Zeichen zur Abfahrt. Die schweren Eisenräder fuhren an. Prinz Galitzin und Piero folgten der Kutsche zu Pferde.

Bevor der russische Botschafter die Piazza verließ und in den Borgo einbog, wandte er sich auf seinem Pferd nochmals um. Im offenen Portal konnte er eine weitere Gestalt ausmachen. Der Prinz erkannte in ihr Konsultor Bertolli, der sich zuvor nicht hatte blicken lassen. Der Russe war inzwischen zu weit entfernt, um den Ausdruck des Mannes deuten zu können, doch er hätte seine diplomatische Karriere darauf verwettet, dass es ein wütender war. Der Konsultor hatte einen hohen Einsatz gewagt und verloren. Galitzin setzte sein Pferd wieder in Bewegung. Dann erst gönnte er sich ein zufriedenes Lächeln.

Donna Elvira und Serafina verkündeten Piero bei Ankunft in der Villa Meraviglia, Emilia in ihrem Zimmer aufbahren zu wollen. Piero hatte nichts dagegen einzuwenden. Er schien im Gegenteil erleichtert, dass die beiden Frauen sich um alles Formale kümmerten und er nicht damit belästigt wurde. Prinz Galitzin führte nun seinen Auftrag aus und bot Piero bis zur Bestattung der teuren Fürstin die Gastfreundschaft seiner Botschafterresidenz an. Piero ließ sich von ihm mit gewichtiger Miene hinausgeleiten.

Pater Baptista, dem es nach fast zehn Stunden erholsamen Schlafs sichtlich besser ging, hatte sich sogleich in Emilias Gemach eingefunden. Nun ruhte er in einem bequemen Armsessel und verfolgte mit gespannter Aufmerksamkeit die Bemühungen Donna Elviras, Emilia rasch ins Leben zurückzuholen.

Serafina hatte sich zum Türwächter erklärt und diese vorsorglich verschlossen. Nicht auszudenken, wenn die falsche Person hereinplatzte und sie bei Verrichtungen erwischte, die man nicht unbedingt an Toten vollzog. Nervös wartete Serafina darauf, dass Emilia aus ihrem todesähnlichen Schlaf erwachte. Als sie ihre Freundin in der Kutsche bleich und regungslos liegen gesehen hatte, war ihr der Schrecken gehörig in die Glieder gefahren. Sie hatte kaum glauben können, dass in dieser starren

Gestalt, deren Haut sich kühl wie Marmor anfühlte, noch ein Funken Leben sein sollte.

Die nächsten Stunden stellten alle Anwesenden auf eine harte Geduldsprobe. Donna Elvira hatte verkündet, dass die Blutzirkulation wieder in Gang gebracht werden musste. Unermüdlich wechselten sich die beiden Frauen darin ab, Emilias Hände und Füße zu massieren. Es dauerte trotzdem vier quälend lange Stunden, bis endlich ein wenig Farbe in Emilias Wangen zurückkehrte. Donna Elvira atmete sichtbar auf. Nach einer Massage mit einem Öl, dem der Geruch von Lavendel und Kampfer anhaftete, schlug Emilia die Augen auf. Ihre Lider flatterten, und sie wirkte desorientiert. Doch das Leben kehrte in ihre Augen zurück. Bald lagen sich die drei Frauen, lachend und weinend zugleich, in den Armen. Selbst der hartgesottene Pater Baptista konnte sich einer gewissen Rührung nicht erwehren.

Gebadet und in ein frisches Gewand gehüllt, löffelte Emilia mit einem wahren Bärenhunger zwei Schüsseln einer kräftigen Minestrone, die Donna Elvira angeblich für Pater Baptista in Auftrag gegeben hatte. Auch er tat sich mit gesundem Appetit daran gütlich. Emilias erste Frage hatte ihren Kindern gegolten. »Keine Sorge, wir haben sie mitsamt ihrer Entourage nach Civitavecchia geschickt. Filomena ist bei ihnen.«

Beruhigt wollte Emilia nun alles über ihre wundersame Errettung erfahren, die sie im wahrsten Sinne verschlafen hatte. Sie erfuhr auch vom Diebstahl der restlichen Rollen durch ihren Bruder Piero. Sie reagierte relativ gefasst darauf. »Von Piero ist nichts Besseres zu erwarten. Wie steht es mit Emanuele? Hat er Kenntnis von Pieros Diebstahl?«

»Ja. Allerdings ist er dir sofort nach Viterbo nachgeritten, bevor uns die Nachricht deiner Verhaftung bekannt wurde.«

»Das heißt, er weiß weder von der Verhaftung noch von eurem abenteuerlichen Befreiungsplan?«

»Vermutlich wird ihm Grigorowitsch über deine Verhaftung unterrichten. Er ist nämlich seit gestern verschwunden. Wir glauben, dass er Emanuele deshalb gefolgt ist, um ihn schnell zurückzuholen.«

»Wie habt ihr überhaupt von meiner Festnahme erfahren? Mein Kerkermeister hatte mir deutlich zu verstehen gegeben, dass ich mir keine Hoffnungen auf eine baldige Freilassung machen sollte, da meine Gefangennahme geheim gehalten werden würde.«

»Durch Piero. Er kam zurück und behauptete, er hätte sich aufgrund nicht näher bezeichneter Geschäfte in den Vatikan begeben und dabei zufällig von deiner Verhaftung gehört.«

»Wie? Piero? Er hat es tatsächlich gewagt, nochmals hierher zurückzukehren, obwohl er mich bestohlen hat?« Verwirrt schüttelte Emilia den Kopf. Serafina wollte bereits zu einer weiteren Erklärung ansetzen, als Emilia abwinkte. »Lass, ich will von seinen niederen Motiven lieber gar nichts erfahren. Wo ist er jetzt?«

»Prinz Galitzin hat ihn mit zu sich genommen und versprochen, ihn uns einige Tage vom Hals zu halten.«

Pater Baptista indessen fand, dass er sich lange genug zurückgehalten hatte: »Teure Fürstin, Ihr kennt nun alle Gründe, die uns zu diesem riskanten Spiel mit dem Tod veranlasst haben. Solange Ihr für tot gehalten werdet, haben Eure Kinder und Ihr nichts zu befürchten – weder von der vom Spanier angeführten Bourbonen-Allianz noch von den Schergen Stoppanis oder Bertollis. Ihre Gelüste werden sich vorerst auf Euren Bruder Piero übertragen. Doch er kann Euch nur für kurze Zeit als Schild dienen. Wir sollten uns daher die nächsten Schritte überlegen. Wenn Ihr in Rom verbleibt, werdet Ihr Euer Geheimnis nicht lange aufrechterhalten können. Dienstboten schwatzen.«

»Oh, ich habe keinesfalls vor, in Rom zu bleiben, Pater. Diese Stadt, überhaupt die gesamte Alte Welt, krankt an ihrer Verderbtheit. Mein wenig erfreulicher Aufenthalt in den Verliesen des Papstes hat mich in dieser Meinung bestätigt. Ich muss gestehen, dass ich schon länger den Drang verspüre, von hier fortzugehen.«

»Und wohin zieht es Euch, Fürstin? Wo glaubt Ihr noch ein Stückchen gesunder Erde vorzufinden? Wollt Ihr etwa in Eure Heimat zurückkehren, in Euer beschauliches Santo Stefano?«

Serafina beobachtete Emilia seit einigen Sekunden von der Seite. Sie kannte die Antwort, die Pater Baptista erhalten würde.

»Gibt es denn nicht eine neue Welt, in die all jene ihre Hoffnung setzen, die der alten überdrüssig geworden sind?«, stellte Emilia die Gegenfrage.

»Ich verstehe«, erwiderte Baptista gedehnt. »Ihr habt vor, Euch nach Amerika einzuschiffen? Ich möchte Euch ungern Eurer Illusionen berauben, meine liebe Fürstin. Aber mit den Bewohnern der Alten Welt haben auch ihre Probleme übergesetzt. In den englischen Kolonien rumort es zunehmend. Kritische Stimmen munkeln bereits, dass es zu einem Krieg mit dem Mutterland Großbritannien kommen wird.«

»Vermutlich habt Ihr recht, Pater Baptista, aber Ihr könnt mir meine Illusionen nicht rauben. Ich habe mit dem alten Kontinent abgeschlossen und will es nun auf einem neuen versuchen. Meine Kinder sollen zumindest die Möglichkeit bekommen, eine neue Welt kennenzulernen.«

»Nun, ich werde Euch sicher nicht von Eurem Entschluss abhalten. Aber wenn Ihr auswandern wollt, zumal mit Euren Kindern, dann sind umfangreiche Maßnahmen zu ergreifen. Ihr benötigt ein Schiff und …« Pater Baptista hielt inne, da Emilia ihn freundlich anlächelte. Auch er lächelte nun. »Ich vergaß, Fürstin. Ihr seid ja selbst Reederin.« Er offenbarte damit erneut sein umfangreiches Wissen. »Wenn ich mich richtig entsinne, besitzt Ihr gleich mehrere prachtvolle Segler. Das vereinfacht die Sache natürlich sehr. Wann wollt Ihr aufbrechen?«

»In wenigen Tagen wird eines meiner Schiffe im Hafen von Civitavecchia erwartet. Ich habe vor, mit meinen Kindern und allen, die mir folgen wollen …«, sie sah dabei Serafina an, »an Bord zu gehen.«

»Wohlan, so sei es«, sagte Pater Baptista. »Ich werde Euch nun verlassen, verehrte Fürstin, und zu meinen eigenen Geschäften in der Alten Welt zurückkehren. Dort draußen tobt noch immer ein Kampf, der sich den Untergang meines Ordens zum Ziel gesetzt hat.« Er erhob sich schwerfällig.

»Aber Ihr seid noch lange nicht wiederhergestellt«, warnte Donna Elvira ihn.

Pater Baptista sah sie ernst an. »Der Teufel ruht nie. Wie könnte ich mir da Ruhe gönnen?«, entgegnete er. »Aber seid unbesorgt, teure Freundin. Meine Brüder werden sich um mich kümmern.« Er wandte sich nochmals an Emilia. »Vielleicht darf ich Eure Gastfreundschaft ein letztes Mal beanspruchen, indem ich Euch um ein bescheidenes Gefährt bitte, das mich in das Professhaus meines Ordens verbringt?«

»Selbstverständlich. Serafina wird sich darum kümmern.« Nachdem die beiden gemeinsam das Gemach verlassen hatten, meinte Donna Elvira nachdenklich: »Wir sollten weiterhin vorsichtig bleiben und in unserer Aufmerksamkeit nicht nachlassen.«

»Ich teile Eure Ansicht«, erwiderte Emilia ernst. »Ich für meinen Teil werde mich erst wieder sicher fühlen, wenn ich mich zusammen mit meinen Kindern auf hoher See befinde und die Gestade Italiens am Horizont versinken sehe.«

»Das ist nicht ganz das, was ich meinte. Ich denke, dass es noch lange nicht überstanden ist. Pater Baptista wirkte anders als üblich, ohne den angestammtem Biss, der sein Wesen auszeichnet.«

»Nun, handelt es sich bei ihm nicht um einen älteren Herrn, der eben erst dem Tod von der Schippe gesprungen ist? Da ist es wenig verwunderlich, dass er sich noch etwas schwach auf den Beinen fühlt.«

»Oh, glaub mir, Emilia, Pater Baptista wird niemals ein älterer Herr sein«, lachte Donna Elvira. »Außerdem spielte ich nicht auf seinen körperlichen Zustand an. Weißt du denn nicht, dass Pater Baptista der Kopf des schwarzen Kabinetts der Jesuiten ist? Schon seit vielen Jahren kämpft er mit allen Mitteln für das Überleben seines Ordens.«

»Was bedeutet das: schwarzes Kabinett?«, horchte Emilia auf.

»Dass du dir Pater Baptista als eine Art Geheimdienstchef der Jesuiten vorstellen musst. Sämtliche politischen Fäden des Ordens laufen bei ihm zusammen. Ihm oblag auch die Verantwortung für die Dokumente, die Piero gestohlen hat. Darüber hinaus weiß er über deine enge Beziehung zu deiner Schwägerin Filomena Bescheid – immerhin die Tochter Beatrices, seiner langjährigen Erzfeindin. Er hat uns gegenüber mit Absicht das Gerücht erwähnt, dass man die Schatzkarte der Inkas in deinem Besitz vermutet. Und er weiß durch Prinz Galitzins Bericht, dass du nur eine Abschrift des Jesus-Evangeliums bei dir führtest. Doch obwohl er eben die Gelegenheit dazu gehabt hätte, hat er dich nicht danach gefragt. Ich stelle mir daher die Frage: Was hat mehr Wert für Pater Baptista? Das Wohlergehen deiner Familie oder das Jesus-Evangelium, dessen Besitz vielleicht das Überleben seines Ordens garantiert, wie auch das Gold der Inkas, das ganze Königreiche aufwiegen soll?«

»Ich kann Eure Bedenken nachvollziehen«, erwiderte Emilia. »Doch ich denke, dass Ihr Euch ausnahmsweise irrt. Ihr solltet Eure Gedanken frei von Misstrauen machen, Donna Elvira, dann können sie auch in eine andere Richtung fließen. Ich glaube, dass Pater Baptista bewusst nicht danach gefragt hat, weil er längst erraten hat, dass ich vorhabe, meinem Bruder neben dem Jesus-Evangelium auch die Schatzkarte zu übergeben.«

Donna Elvira strahlte Emilia wie eine stolze Mutter an, deren Kind soeben eine außerordentliche Leistung vollbracht hat. »Du bist eine überaus kluge Frau, Emilia. Nichts anderes habe ich von dir erwartet.«

»Nein, Ihr seid eine kluge Frau, Donna Elvira«, erwiderte Emilia ihr Lächeln. »Geschickt habt Ihr mich zu dieser Antwort hingeführt, in der Erwartung, dass ich diesen Entschluss gefasst habe.«

»Wenn du das sagst …«, antwortete Donna Elvira leichthin und faltete einen roten Kaschmirschal zusammen.

»Donna Elvira?«

»Ja, mein Kind?«

»Wäret Ihr sehr traurig, wenn sich Serafina dazu entschlösse, mit mir nach Amerika zu gehen?«

»Nein, aber warum denn? Ich komme ja selbst auch mit.«

Emilia blieb kaum Zeit für Verblüffung, da es just an der Tür klopfte. Sie streckte sich sofort steif auf dem Bett aus. Donna Elvira öffnete die Tür einen Spaltbreit, und Serafina schlüpfte herein. Sofort hüpfte Emilia aus dem Bett und warf sich ihrer Freundin in die Arme. »Hast du es schon gehört? Deine Mutter kommt mit nach Amerika!«

Serafina sah ihre Mutter lange an. Diese erwiderte ihren Blick. Das war alles, was sich Mutter und Tochter an Sentimentalität gönnten. Dann räusperte sich Serafina. »Wir sollten mit dem Packen beginnen. Für alle Fälle sollten wir auch einige Juwelen in unsere Unterröcke einnähen.«

»Bravo! Das ist meine Tochter, stets praktisch veranlagt.«

»Ja, und wie immer hat sie recht«, seufzte Emilia, während sie in ihrer Kleiderkammer verschwand, um das Entbehrliche vom Notwendigen zu trennen. Serafina wollte ihr bereits folgen, als sie bemerkte, wie ihre Mutter ans Fenster trat. Ihre Haltung drückte angespannte Nachdenklichkeit aus. »Was ist, Mutter? Beunruhigt dich etwas?«

»Ich musste nur eben daran denken, dass unser guter Grigorowitsch Emanuele und Francesco vermutlich mittlerweile aufgespürt haben wird. Ich rechne damit, dass sie spätestens übermorgen hier eintreffen werden.«

»Aber das ist doch gut, oder?«, wunderte sich Serafina.

»Schon …«

»Was bedrückt dich dann?« Ohne es zu wollen, hatte sich in Serafinas Ton eine Spur Furcht eingeschlichen. Zu sehr verließ sie sich auf die Intuition ihrer Mutter.

»Ich weiß nicht, wie hilfreich es ist, dass sie durch Grigorowitsch erfahren haben, dass die Fürstin durch päpstliche Soldaten verhaftet worden ist.«

»Mutter, du sprichst in Rätseln.«

»Es ist die Sprache des Schicksals«, murmelte Donna Elvira so leise, dass Serafina den Sinn ihrer Worte gerade noch erfassen konnte.

»Dann erkläre sie mir, bitte«, forderte sie sie auf, während sich ihr Pulsschlag beschleunigt hatte.

Mit einem Seufzer wandte sich Donna Elvira vom Fenster ab, unter dem sich das betriebsame Leben Roms abspielte. Sie legte ihrer Tochter beruhigend den Arm um die Schulter und drückte sie in einer ihrer seltenen zärtlichen Anwandlungen an sich. »Ach, hör nicht auf mich, meine Tochter. Vermutlich mache ich mir einfach nur zu viele Gedanken. Das Erbe meiner Ahnen … Es ist gut, wie es ist. Komm, gehen wir packen.«

XXIII

Die Tür zu Francesco Colonnas kargem Quartier wurde aufgerissen. Jemand stürmte herein, packte ihn und keuchte: »Wo ist sie? Wo ist Emilia?«

Francesco hatte Emanuele erkannt, bevor er die Worte ausgestoßen hatte, die auch ihm das Blut aus dem Gesicht trieben. Eine einzige kümmerliche Kerze kämpfte gegen das herrschende Halbdunkel an. Trotzdem konnte er erkennen, dass sich sein Freund in einem erbärmlichen Zustand befand. Und er schien nicht er selbst zu sein, stierte wild um sich. Doch die winzige Mönchszelle war spartanisch möbliert und bot keinerlei Möglichkeit, einen Menschen darin zu verbergen. Dies schien Emanuele inzwischen auch klar geworden zu sein. Seinem hilflosen Gesichtsausdruck nach zu urteilen, war dieser Ort offenbar seine letzte Hoffnung gewesen. Plötzlich fiel seine Erregung wie ein Kartenhaus in sich zusammen, und dumpfe Verzweiflung trat an deren Stelle. Emanuele sackte zitternd auf die schmale Schlafstatt.

»Beruhige dich erst einmal«, sagte Francesco, während er aus dem Tonkrug auf dem Tisch einen Becher Wein einschenkte und seinem Freund reichte. Francesco hatte selbst Mühe, Ruhe zu bewahren, zu sehr hatten ihn Emanueles eingangs hervorgestoßene Worte erschreckt.

»Und nun erzähle mir, was passiert ist. Was ist mit Emilia? Warum suchst du sie ausgerechnet hier, bei mir?«

»Weil sie zu dir wollte. Vor drei Tagen ist sie von Rom aufgebrochen.«

Francescos Herz verfehlte einen Schlag. »Beim Herrn«, flüsterte er, »sie ist nie bei mir angekommen. Aber weshalb wollte sie überhaupt zu mir?«

In wenigen Worten unterrichtete Emanuele seinen Freund über die letzten Ereignisse: dass er auf Bitten des Pater General als Kurier für geheime Dokumente fungiert hatte und, da er verfolgt worden war, es nicht besser gewusst hatte, als sie bei seiner Schwester zu deponieren. Emilia hatte mit dem Wissen um die Prophezeiung nicht widerstehen können und das Paket geöffnet. Danach hatte sie sich mit der kostbarsten Schriftrolle, dem Jesus-Evangelium, auf den Weg nach Viterbo aufgemacht, um sie ihm, Francesco, zu überbringen.

»Aber warum in Gottes Namen sollte sie das tun? Wer hat ihr nur diesen verrückten Gedanken eingegeben?«, rief Francesco fassungslos.

»Du selbst bist es gewesen«, klärte Emanuele ihn auf.

»Ich? Aber wie sollte das möglich sein? Ich habe deine Schwester seit sieben Monaten nicht mehr gesehen.«

»Hast du nicht bei eurem letzten Gespräch davon gesprochen, wie sehr dir der Halt im Glauben fehlt? Dass du Zeit benötigst, um deinen Glauben zu erforschen? Meine Schwester liebt dich so sehr, dass ihrem Bestreben nur eines gilt: dein innerer Frieden. Sie wollte dir mit diesem Evangelium deinen Glauben zurückbringen. Hier, lies das!« Er zog ein zerknittertes Stück Papier hervor und reichte es ihm. Es war der kurze Brief, den Emilia Serafina als Erklärung zurückgelassen hatte. Emanuele hatte ihn eingesteckt. *Liebe muss großzügig sein*, formten Francescos Lippen lautlos. Erschüttert sank er neben seinem Freund auf die Pritsche. »Sie ist fürwahr ein verrücktes Weib, deine Schwester«, sagte er kopfschüttelnd. »Sie schafft uns, oder?« Mit einer beinahe ohnmächtig anmutenden Geste fuhr er sich durch den dunklen Haarschopf. »Dann ist die Legende also wahr? Es existiert eine Schrift aus Jesu eigener Hand?«

Emanuele nickte.

»Aber wo ist Emilia dann, wenn sie nicht hier ist?«

Sie sprachen es nicht aus, obwohl beide dieselbe Befürchtung teilten: dass der Feind Emilia mit dem geheimen Dokument aufgegriffen haben könnte.

»Ich habe letzte Nacht von Emilia geträumt, Francesco. Sie hat geschrien, und ihre Hände haben sich nach mir ausgestreckt. Alles um sie herum war Blut und Feuer. Etwas Schreckliches muss ihr zugestoßen sein! Ich weiß es, und es ist allein meine Schuld. Wie konnte ich nur auf die fragwürdige Idee kommen, das Päckchen ausgerechnet bei ihr zu deponieren? Aber wem in Rom konnte ich sonst trauen? Du warst nicht da! Ich konnte doch mit den Dokumenten nicht ewig umherirren«, bezichtigte sich Emanuele und barg sein Gesicht in den Händen.

»Gott ist unser Zeuge, Emanuele. Du hättest es nicht verhindern können. Wenn deine Schwester sich einmal etwas in den Kopf gesetzt hat, dann kann nichts und niemand sie aufhalten. Ihr Wille setzt uns matt.« Francesco mühte sich, seiner Stimme Festigkeit zu verleihen.

»Aber was sollen wir jetzt tun? Wir müssen sie suchen.« Emanuele sprang auf und stürzte zur Tür. Francesco hielt ihn beinahe gewaltsam zurück. »Ruhig Blut, Bruder. Du ahnst es längst, ich liebe deine Schwester nicht weniger als du, aber wir dürfen jetzt nicht den Kopf verlieren.«

»Aber es muss doch etwas geben, das wir tun können. Am besten, ich reite sofort zurück und spreche mit Ricci.« Emanueles Augen leuchteten bei dem Gedanken auf, zur Errettung seiner Schwester beizutragen.

»Nein, das wirst du nicht tun.« Energisch packte Francesco seinen Freund an den Schultern und zwang ihn, ihm direkt in die Augen zu sehen. »Lass Ricci aus dem Spiel, hörst du? Der Pater General hat selbst viel zu viel zu verlieren. Er würde dir nicht helfen, selbst wenn er es könnte oder wollte. Außerdem wissen wir bisher nicht, was Emilia genau zugestoßen ist. Vielleicht hat sie irgendwo eine falsche Abzweigung genommen, und du hast sie einfach nur unwissentlich überholt. Wir dürfen die Hoffnung nicht aufgeben«, beschwor er seinen Freund.

Emanuele schloss die Augen. »Aber was ist mit meinem Traum?«

»Denk jetzt nicht daran. Viel zu oft machen sich die Dämonen unseren Schlaf zunutze, doch selten bewahrheiten sich deren Einflüsterungen.« Francesco hatte eindringlich gesprochen. Obwohl ihn der Gedanke an Emilias unbekanntes Schicksal beinahe selbst um den Verstand brachte, wollte er seinem Freund unbedingt Zuversicht einflößen. »Es ist spät, Emanuele. Du bist müde und hungrig. Ich gehe und versuche, etwas zu essen für dich aufzutreiben. Danach ruh dich eine Weile aus.« Mit einer väterlich anmutenden Geste legte er seinem Freund die Hände auf die Schultern und drückte ihn auf die schmale Schlafstatt hinab.

Bevor er die Zelle verließ, warf er einen kurzen Blick auf das winzige vergitterte Fenster.

»Der Tag bricht bald an, Emanuele. Er wird uns Klärung bringen. Vor allem … hab Vertrauen in Gott.«

Gott ließ sie nicht lange im Unklaren. Zum zweiten Mal in dieser Nacht wurde der alte Küster unsanft aus dem Schlaf gerissen. Unwirsch vor sich hin brummelnd, schlurfte er zum Tor. »Wer da?«

Grigorowitsch nannte seinen Namen und fügte an: »Ich bringe wichtige Nachrichten für den Pater Colonna. Öffnet mir, Väterchen, denn es geht um Leben und Tod.«

»Was denn, was denn«, knurrte der Alte missmutig. »In all den Monaten interessiert sich niemand für unseren Gast, und nun treffen sie gleich in Scharen ein.«

Kaum hatte er den eisernen Schlüssel im Schloss gedreht, wurde die Pforte aufgestoßen, und der magere Küster fand sich einem wahren Riesen gegenüber. Vor Schreck wäre er beinahe hintenübergekippt.

»Sachte, sachte, Väterchen«, sagte Grigorowitsch mit einem Organ, dass es dem Mönch in den Ohren dröhnte.

»Grigorowitsch? Seid Ihr das etwa?« Der Mann, der diese

Worte gerufen hatte, hielt in der Linken eine Laterne und balancierte mit der Rechten einen Teller mit Brot und Käse. Die Augen des Russen leuchteten auf. »Aber da ist ja der Principe, welch ein Glück! Euch suche ich!«, rief er abermals dröhnend.

»Schscht, Meister Grigorowitsch, Ihr weckt ja das ganze Kloster auf! Es ist gut, Bruder Anselmo. Ihr könnt Euch wieder zur Ruhe begeben. Ich werde mich um den Besucher kümmern.«

Erleichtert schlurfte der Küster davon, nicht ohne den vollen Teller mit einem gewissen Vorwurf betrachtet zu haben.

Grigorowitsch erlöste die beiden jungen Männer aus dem Ungewissen über Emilias Schicksal, nur um sie gegen neue, kaum minder beunruhigende Sorgen einzutauschen.

»Die Fürstin wurde also verhaftet«, wiederholte Francesco. »Immerhin wissen wir jetzt, was mit ihr geschehen ist, und können entsprechend agieren. Ich werde meinen Vater um Hilfe bitten. Er ist sowohl mit dem russischen wie auch dem spanischen Botschafter gut bekannt. Beide Männer können Einfluss auf den Papst nehmen. Wir brechen beim ersten Tageslicht auf. Bis dahin ruht euch aus. Ich sorge inzwischen für frische Pferde. Eure eigenen werden Ruhe nötig haben.«

Noch vor dem ersten Sonnenstrahl erhoben sie sich. Mit donnernden Hufen ritten sie auf der alten römischen Via Cassia Rom entgegen.

Am Morgen des zweiten Tages erreichten sie die Stadt. Kurz vor der Via del Corso trennten sich ihre Wege. Emanuele und Grigorowitsch hielten auf die Villa Meraviglia zu, während sich Francesco direkt in den Palazzo Colonna an der Piazza Santi Apostoli begab. Zu seiner Enttäuschung befand sich sein Vater nicht in Rom, sondern in seiner Sommerresidenz in Tivoli. Etwas Ähnliches hatte er bereits vermutet. Wohin sollte er sich als Nächstes wenden?

Francesco fasste einen Entschluss. Anstatt Emanuele zur Villa Meraviglia nachzufolgen, schickte er ihm einen Boten mit der Nachricht, dass er seinen Vater nicht in Rom angetroffen habe. Deshalb werde er selbst dessen Kontakte aufsuchen und die Beziehungen der Familie Colonna beim russischen und spanischen Abgesandten spielen lassen.

»Wo nur Francesco so lange bleibt?«, äußerte sich Emanuele am frühen Abend zunehmend besorgt. Der Bote hatte zwar die Nachricht des jungen Colonna überbracht, doch das war vor vielen Stunden gewesen. Die Geschwister hielten sich in Emilias Zimmer auf. Die Beisetzung des Sarges – mit Steinen beschwert – war am Vormittag mit allem Prunk begangen worden. Die letzten kondolierenden Besucher hatten den Palazzo eben erst verlassen.

Serafina und Donna Elvira hatten sich seit dem Morgen in einer Art Dauerwache in der Empfangshalle abgewechselt, damit niemand Emanuele versehentlich mit den Worten »Eure Schwester ist leider verschieden und wurde heute zu Grabe getragen« empfangen konnte.

Vor ungefähr einer halben Stunde hatte sich dann auch Pater Baptista erneut in der Villa Meraviglia eingefunden. Emilia hatte die Gelegenheit ergriffen und Emanuele in seinem Beisein die Schatzkarte der Inkas und die Originalschriftrolle des Jesus-Evangeliums feierlich übergeben. Dies war möglich geworden, da Filomena rechtzeitig – ohne die Kinder – aus Civitavecchia zurückgekehrt war, um an der inszenierten Beerdigung der Fürstin Wukolny teilzunehmen. Gleich nach der feierlichen Beisetzung hatte Filomena sich dann aufgemacht, um das Evangelium aus seinem Mauerversteck in der Schule zu holen. Ta-Seti und zwei bis an die Zähne bewaffnete Diener hatten sie begleitet, doch die Gruppe war unbehelligt geblieben.

Emilia leistete anlässlich der Übergabe nochmals inständig Abbitte bei Pater Baptista, dass sie das Päckchen mit den Schriftrollen unerlaubt geöffnet hatte. Sie bat auch ihren Bruder erneut um Verzeihung.

»Ich kann Eure Handlung nachvollziehen, meine Tochter«, erteilte ihr Pater Baptista großzügig Absolution. »Angesichts der Tatsache, dass Ihr bei Eurer Geburt Gegenstand einer weitreichenden Prophezeiung wurdet, war die Verlockung einfach zu groß. Das Wissen um die Zukunft ist eine machtvolle Kraft. Um sie zu beeinflussen, sehen wir uns gezwungen, Dinge zu tun, die die eigentlichen Ereignisse erst in Gang setzen. Pater Emanuele hat mir anvertraut, dass es nicht in seiner Absicht stand, das Paket zu Euch zu bringen. Aber er wurde verfolgt, und während seiner Flucht haben seine Füße ihn zu Euch getragen. Es heißt nicht umsonst, dass Gottes Wege unergründlich sind. Ihr seht also, *niemand* kann gegen das eigene Schicksal ankämpfen. So, wie es gekommen ist, war es Gottes Wille. Darüber hinaus ist Euer Blickwinkel falsch, liebe Fürstin. Denn hättet Ihr nicht Eurer Neugier nachgegeben und das Evangelium unseres Herrn an Euch genommen, dann wäre es – ebenso wie die anderen Dokumente – durch Euren Bruder Piero gestohlen worden und befände sich nun in der Hand unseres schlimmsten Feindes. Noch ist nicht alles verloren, da Ihr uns mit diesen beiden Dokumenten«, er deutete auf Emanuele, der die Ledertasche fest umklammert hielt, »eine mächtige Waffe in die Hand gegeben habt.«

Emilia hatte sich mit artigen Worten bei Pater Baptista für seine tröstlichen Worte bedankt. Trotzdem kam ihr der Einfall, Francesco seinen Glauben zurückbringen zu wollen, im Nachhinein ziemlich töricht vor. Einmal mehr hatte sie spontan gehandelt und dem Feind mit der Kopie direkt in die Hände gespielt.

Nach der Übergabe hatte sie Emanuele und Pater Baptista in ein Geheimnis eingeweiht, das beim Umbau der alten Burg von Santo Stefano zutage getreten war. Außer ihr hatten nur ihr Vater, Donna Elvira und der alte Baumeister Cesare della Vita, ein Freund des alten Conte Abelardo, Kenntnis davon. Beim Umbau waren überraschend umfangreiche Kellergewölbe freigelegt worden, die noch aus der Römerzeit stammten. Sogar ein runder, wie ein antikes Amphitheater geformter Versammlungsraum war vorhanden. Im Falle eines Falles würde dieses Gewölbe ein hervorragendes Versteck abgeben. Des Weiteren

überreichte sie ihrem Zwillingsbruder eine gut gefüllte Geld-
schatulle sowie mehrere Besitzurkunden für ihre Ländereien in
Italien. Auch die Villa Meraviglia befand sich darunter. Emanuele nahm ihre Gaben nur widerstrebend entgegen. Doch Emilia ließ keine Diskussion hierüber zu, wobei sie in Pater Baptista
Unterstützung fand. »Was auch geschieht, ich will, dass du all
dies erhältst. Du benötigst ein Auskommen, falls dein Orden tatsächlich vom Papst verboten wird. Und da du mich nicht nach
Amerika begleiten willst ...« Sie stockte und schluckte, um wieder Herrin über ihre Gefühle zu werden. »Überdies kann ich den
Gedanken nicht ertragen, dass Piero mit seinen schmutzigen
Fingern in meinen Sachen wühlt.«

Eine Weile vertrieben sie sich die Zeit damit, indem Emilia
Pater Baptista Löcher über Amerika in den Bauch fragte. Un-
vorsichtigerweise hatte dieser erwähnt, dass er den neuen Kontinent bereits zweimal bereist hatte.

»Francesco hätte doch längst zurück sein müssen«, hob Emanuele erneut an und sprach seiner Schwester damit aus dem Herzen. Kaum hatte Emanuele die Worte ausgesprochen, klopfte es
an der Tür. Hinter Serafina betrat der russische Gesandte Prinz
Galitzin das Zimmer. »Verzeiht mein spätes Eindringen«, entschuldigte sich dieser, »aber ich musste Euch einfach ein letztes
Mal sehen, Fürstin, bevor Ihr Rom den Rücken kehrt.« Er beugte
sich über die ihm gereichte Hand Emilias und küsste sie mit Hingabe.

»Mein lieber Alexander Michailowitsch! Ihr müsst Euch doch
nicht für Eure Anwesenheit entschuldigen. Schließlich verdanke
ich Euch mein Leben. Kommt, setzt Euch zu uns.« Emilia deutete einladend auf den Sessel neben Pater Baptista. »Wie Ihr
seht, habe ich an meinem letzten Abend in Rom alle Verschwö-
rer um mich versammelt.«

»Euer Entschluss steht also fest? Ihr werdet schon morgen
nach Civitavecchia aufbrechen und Euch zu den amerikanischen
Kolonien einschiffen?«

»Ja. Offiziell reisen Donna Elvira und ihre Tochter Serafina zu meinen Kindern ans Meer, um ihnen die traurige Nachricht vom Tode ihrer Mutter zu überbringen. Ich werde sie, als ihre Dienstmagd verkleidet, begleiten.«

»Ich bin erleichtert, dies zu hören. Nicht allein der Wunsch Euch zu sehen, hat mich heute Abend hierher geführt: Ich komme eben vom Empfang des französischen Botschafters. Euer mysteriöser Tod war heute *das* Thema der Gäste. Kaum jemand, der keine Worte des Bedauerns und der Empörung dafür gefunden hätte. Obwohl sich die offiziellen Vertreter des Kirchenstaates sehr um Schadensbegrenzung bemühen und die Umstände Eures Todes zu verschleiern suchen, kursieren bereits erste Gerüchte darüber, dass hochrangige Mitglieder des Klerus unrühmlich darin verwickelt sein könnten. Der eine oder andere Gast forderte deshalb eine lückenlose Aufklärung Eures Todes. Besonders der spanische Botschafter Moñino hat sich vehement für eine genaue Untersuchung eingesetzt.«

»Das sind in der Tat keine gute Nachrichten«, bemerkte Pater Baptista. »Je weniger Aufhebens um den Tod der Fürstin Wukolny gemacht würde, umso schneller geriete die Angelegenheit in Vergessenheit. Aber im Grunde war dies zu erwarten, der Mensch ist nun einmal so. Anstatt sich um das eigene Schicksal zu sorgen, fällt er lieber wie eine Hyäne über das anderer her. Und immer wieder dieser vermaledeite Spanier. Was mischt er sich überhaupt ein? Hat sein Land nicht genug eigene Probleme, um die er sich sorgen sollte?«, bekundete er ungewöhnlich scharf sein Missfallen.

Prinz Galitzin bedachte Pater Baptista mit einem halben Lächeln. »Botschafter Moñino scheint fürwahr ein spitzer Stachel im Fleisch des Ordens des heiligen Ignatius zu sein.«

Der Pater begnügte sich mit einem Brummen zur Antwort. Emilia hatte den Schlagabtausch amüsiert verfolgt. Doch die nächsten Worte des Russen ließen sie erstarren.

»Übrigens, liebe Fürstin. Ich bin heute Nachmittag dem jungen Principe Colonna begegnet. Ich glaube, Ihr kennt ihn. Er hatte von Eurer Verhaftung erfahren und mich um Intervention beim Papst ersucht. Bei der Zarin Katharina, als ich ihm mitteilte, dass er zu spät komme und wir Euch heute Morgen zu Grabe getragen hätten – ich schwöre, er hat mich angesehen, als wollte er mich auf der Stelle töten. Der arme Mann. Er hat die Nachricht wirklich sehr schwer aufgenommen. Ich habe ihm noch Wein zur Stärkung angeboten, doch er hat mich nicht weiter beachtet. Er ist auf sein Pferd gesprungen und davongeprescht, als wäre der Teufel persönlich hinter ihm her. Aber, Fürstin, was ist mit Euch? Ist Euch nicht wohl?«, rief er angesichts der jähen Blässe der jungen Frau bestürzt.

»Bravo! Wenn die Dinge schieflaufen, dann aber gründlich«, sagte Donna Elvira laut in die Runde. Sie kniete sich vor der bleichen Emilia nieder, die sich wie eine Puppe versteift hatte und ins Leere starrte.

Pater Baptistas Blick pendelte zwischen dem Russen und Emilia einige Male hin und her. Sein beweglicher Geist zog seine eigenen Schlüsse. »Sieh mal einer an, so ist das also«, murmelte er in sich hinein.

»Na, na, meine Kleine. Atme tief durch. Dies ist keinesfalls eine Tragödie shakespearescher Ausmaße. Keiner von euch ist schließlich tot, oder?«, suchte Donna Elvira, Emilia zu beruhigen.

Pater Baptista eilte ihr zu Hilfe. »Ich pflichte Donna Elvira bei. Sobald die Nebel sich verzogen haben, werden wir alle wieder klarer sehen können.« Er fixierte Emilia mit seinen Augen und zwang sie unerbittlich in den Bann seiner Persönlichkeit.

Emilia war bewusst, dass sie sich gegenüber Pater Baptista zusammenreißen musste. Er war noch immer der Vorgesetzte von Emanuele und Francesco. Mühsam rang sie sich ein höfliches Lächeln ab. »Verzeiht einer schwachen Frau, Pater Baptista. Zu viel ist in kürzester Zeit auf mich eingestürzt, sodass mich dieses letzte Missverständnis wohl etwas zu sehr außer Fassung gebracht hat.«

Pater Baptista erwiderte das halbe Lächeln. »Da gibt es nichts zu verzeihen, liebe Herzogin. Auch der junge Colonna wird erfahren, dass nichts so ist, wie es scheint.«

»Eine verwirrende Aussage – vor allem, wenn sie aus dem Munde eines Priesters stammt. Aber ich danke Euch, Pater, dass Ihr für mich die Realitäten des Lebens ins rechte Licht rückt. Was also ratet Ihr?«

»Das Naheliegende, Fürstin. Wohin es unseren jungen Heißsporn auch versprengt haben mag, so ist der Principe doch seiner Familie eng verbunden. Euer Bruder Emanuele sollte bei seinem Vater, dem Fürsten Colonna, einen Brief für ihn hinterlegen und ihn bitten, auf schnellstem Wege Kontakt mit ihm oder meiner Person aufzunehmen. Wir werden dann den jungen Mann über die Umstände des Missverständnisses aufklären. Was haltet Ihr davon?«

»Sehr viel. Ihr seid der Beste!« Emilia sprang auf und drückte dem verdutzten Baptista einen Kuss auf die große Nase – eine Behandlung, die er sich augenscheinlich nicht ungern gefallen ließ.

»Ähm, nun denn …« Baptista erhob sich umständlich. »Ich fürchte, die Stunde des Abschieds ist für mich gekommen. Pater Ricci erwartet mich. Es bleibt hoffentlich bei Eurer geplanten Abreise morgen früh?«, fügte er hinzu, da die junge Frau mit einem Mal zögerlich auf ihn wirkte. »Auch wenn ich nur ein alter Priester bin, glaube ich, zu wissen, was Euch umtreibt, Fürstin Emilia. Gerne würdet Ihr dem jungen Herrn Colonna noch eine weitere Tagesfrist einräumen, ist es nicht so? Gestattet mir deshalb, Euch zu sagen, dass Ihr Euren Aufbruch nicht leichtsinnig aufschieben solltet. Ihr würdet dem Gegner dadurch Zeit geben, sich zu sammeln. Ihr müsst Rom noch heute Nacht verlassen – auch Eurer Kinder wegen, die in Civitavecchia die Ankunft ihrer Mutter erwarten. Es wäre fatal, wenn die Nachricht Eures Todes die Küste erreicht, bevor Ihr selbst dort angelangt seid«, fügte er listig hinzu.

»Also gut.« Emilia seufzte ergeben. »Wir brechen noch vor dem Morgengrauen auf.«

»Sehr gut. Dann lasst mich Euch zum Abschied segnen, meine Tochter. Möget Ihr und die Euren in der Neuen Welt das Glück finden, dass Ihr Euch ersehnt. Und wer weiß, vielleicht reist es Euch bald aus der Alten Welt hinterher?« Er zwinkerte ihr dabei völlig unpriesterlich zu und entlockte Emilia damit das erste echte Lachen seit Langem. Er weiß es, schoss es ihr durch den Kopf. *Er weiß, dass ich Francesco liebe!*

»Ihr seid ein Schelm, Pater Baptista«, schmunzelte sie. »Und ich wünsche Euch von Herzen, dass sich für Euren Orden und damit auch für Euch alles zum Guten wendet. Ihr sollt wissen, dass Ihr mir jederzeit am anderen Ende der Welt willkommen seid!«

»Ich danke Euch, meine Tochter. Gott mit Euch. Übrigens, Ihr solltet nicht mit einer Eurer eigenen Kutschen reisen. Ich werde Euch eine Kutsche senden. Sie besitzt einen doppelten Boden. Haltet Euch bis zur Stadtgrenze darin versteckt.«

Emilia verkniff sich nur knapp die Frage, weshalb Pater Baptista über eine Kutsche mit doppeltem Boden verfügte. Donna Elvira stieß zu ihnen. Serafina fiel sofort die bedrückte Miene ihrer Mutter auf. »Was ist los, Mutter? Was hast du da?«

Donna Elvira hielt einige zerknitterte Blätter Papier in den Händen. Sie lächelte ihrer Tochter zu und wandte sich dann direkt an Pater Baptista, indem sie ihm die Papiere entgegenstreckte. »Dieser Entwurf hier dürfte Euch interessieren, Pater. Cavaliere di Piero hat ihn mir, bevor er ging, in die Hand gegeben. Er sagte, er hätte die Blätter in der spanischen Gesandtschaft eingesteckt.« Emilia sah Donna Elvira neugierig über die Schulter und erhaschte so einen Blick auf die Überschrift: *Dominus ac redemptor noster ...*

Pater Baptista nahm die Papiere entgegen und vertiefte sich sofort in die Lektüre. Er las sie mit bebenden Lippen. Am Ende entrang sich dem Pater ein schmerzhaftes Stöhnen. Seine bleiche Hand griff nach dem Kreuz an seiner Brust und krampfte sich darum zusammen. Sekundenlang befürchtete Donna Elvira, dass Pater Baptista der Schlag treffen werde, so weit traten die Adern an seinen Schläfen hervor. Sie machte eine entsprechende Bewegung auf ihn zu, doch der Pater hielt sie zurück.

»Lasst, es geht mir gut. Doch was für eine furchtbare Nachricht für unseren Orden! Der Papst lässt uns also endgültig fallen und beugt sich der Forderung der bourbonischen Machthaber Europas. Dieses Breve beweist es! Und diese Hinterlistigkeit, es in der spanischen Botschaft drucken zu lassen anstatt in der vatikanischen Druckerei. Das sieht Seiner Heiligkeit nicht ähnlich. Sicher hat Moñino den Papst zu diesem heimlichen Manöver überredet, um zu vermeiden, dass wir frühzeitig davon erfahren. Wie kurzsichtig und blind all diese Könige und ihre Diplomaten sind«, sagte er mit von Verzweiflung getränkter Stimme. »Sie sind die Gefangenen ihrer Machtfülle und Traditionen. Sie wollen nicht verstehen, dass sie sich ihrer größten Stütze berauben, indem sie die Kirche schwächen. Damit sind auch die Tage der Könige gezählt. Nicht mehr lange, und das Volk wird sich gegen seine Herrscher erheben. Das Gedankengut von Montesquieu, Rousseau, Diderot und Voltaire trägt in Frankreich bereits Früchte. Dort wird es beginnen, denkt an meine Worte. *Doch sie wollen nicht sehen, und sie wollen nicht hören …*«, zitierte er. Er straffte sich. »Nun, so sei es. Gottes Wille geschehe. Ich muss sofort zu meinem Generaloberen, um ihm Bericht zu erstatten. Das Datum wurde auf den 21. Juli 1773 vordatiert. Das ist in drei Tagen. Der Pater General Ricci muss gleich eine Audienz bei Clemens XIV. erwirken. Vielleicht ist noch nicht alles verloren …« Pater Baptista verabschiedete sich. Grigorowitsch und mehrere Diener Emilias standen bereit, um ihn sicher bis zum Professhaus zu geleiten. Emilia sah den Pater ungern ziehen.

Auch der russische Botschafter erhob sich nun und wünschte ihr mit blumigen Worten das Glück, das sie sich ersehne. Nach seinem Abgang stand auch Emanuele auf. Er hatte in den letzten Minuten sehr nachdenklich gewirkt.

»Du willst mich schon verlassen?«, rief Emilia erschrocken. Sie hatte gehofft, vor dem endgültigen Abschied noch einige Stunden mit ihrem Bruder verbringen zu können.

»Ja.«

»Aber warum denn? Es ist noch lange nicht Zeit. Außerdem hattest du versprochen, uns wenigstens bis zum Schiff zu begleiten. Du kannst dich jetzt noch nicht verabschieden, bitte …« Flehend sah sie ihn an.

»Ruhig Blut, Schwesterherz.« Emanuele fasste sie an den Schultern und sah sie liebevoll an. »Selbstverständlich werde ich mein Versprechen halten. Ich habe lediglich beschlossen, Francesco zu suchen. Seit er dich kennengelernt hat, scheint er entschieden einen Hang zur Impulsivität entwickelt zu haben. Trotzdem glaube ich, zu wissen, wohin er sich gewandt haben könnte. Erwarte uns am Schiff. Ihr sollt zumindest Gelegenheit haben, euch voneinander zu verabschieden.«

XXIV

Diese Worte Emanueles waren es, die Emilia die zweitägige Reise bis nach Civitavecchia überstehen ließen. Im doppelten Boden der Kutsche versteckt, hatte sie die Stadt im Morgengrauen unbehelligt verlassen. Ein kurzzeitig einsetzendes Unwetter in der Frühe hatte ihre Flucht begünstigt. Inmitten eines wahren Sturzbaches an Regen, der im Nu die Pegel des Tibers hatte anschwellen lassen, hatten sie sich nach Westen, der Küste zugewandt. Auf ihrem langen Weg aus der Stadt hatten sie den Vatikan am Lungotevere passiert. Donna Elvira hatte den Wachen die Passierscheine gereicht, die ihnen Prinz Galitzin besorgt hatte. Die wasserscheuen Wachen am westlichen Stadttor hatten kaum einen Blick darauf geworfen und die einfache Reisekutsche durchgewinkt.

Vor ihrer Abreise hatte ihrer noch eine unerfreuliche Entdeckung geharrt: Grigorowitsch, der treue Leibdiener des Fürsten Wukolny, war spurlos verschwunden. Nachforschungen ergaben, dass er von seinem Geleitschutz für Pater Baptista nicht mehr zurückgekehrt war.

»Ich vermute, er hat sich in seine Heimat aufgemacht, Emilia. Das war fast zu erwarten. Du hättest ihn erleben sollen, als er von deinem Tod erfahren hat. Für den armen Mann schien eine Welt zusammengebrochen zu sein«, versuchte sich Serafina an einer Erklärung.

Am späten Nachmittag hatte sie die Sonne längst wieder eingeholt und streute glitzernde Diamanten über das tiefblaue Tyrrhenische Meer. Kurz darauf kristallisierten sich die ersten Häuser der Ortschaft Ladispoli aus der flirrenden Julihitze. Idyllisch lag sie in der grünen Ebene am Fuße der Sabatiner Berge, überragt von einer großen mittelalterlichen Burg. Ihr Anblick ließ Emilia an Santo Stefano denken. Aus einer Laune heraus beschloss sie, die Nacht in Ladispoli verbringen zu wollen. Sie erntete Proteste seitens Elviras und Serafinas. Beide wandten ein, dass das verbleibende Tageslicht ausreiche, um den nächsten Küstenort Cerveteri zu erreichen. Doch Emilia hatte es nicht eilig. Sie vertrieb sich die Zeit mehrheitlich damit, alle fünf Minuten aus der Kutsche zu sehen und nach vermeintlichen Reitern auf der Via Aurelia Ausschau zu halten. Den Kater Paridi, der ausnahmsweise die Bequemlichkeit der Kutsche in Anspruch nahm, störte ihr Hin und Her. Beleidigt hatte er von ihrem Schoß auf Serafinas gewechselt.

»Wenn du dich noch weiter hinauslehnst, wirst du hinausfallen«, schimpfte Serafina. Emilia ignorierte sie. Ihre Aufmerksamkeit galt einem einzelnen Reiter, der sich ihnen inmitten einer Staubwolke rasch annäherte. Emilia beschattete ihre Augen, um besser sehen zu können. Die Teilstrecke der Via Aurelia Antica zwischen Rom und Civitavecchia war gut befestigt. Zwischen dem Hafen des Kirchenstaates und seiner Umgebung herrschte ein reger Handelsverkehr, und schon mehrmals waren ihnen Reisende in beiden Richtungen begegnet. Ein weiteres Mal zog Emilia enttäuscht den Kopf ein und lehnte sich mit einem Seufzer in das weiche Polster zurück. Das Pferd trug weder Emanuele noch Francesco. Donna Elvira schloss vorsorglich die Vorhänge. Bis sie auf dem Schiff waren, musste Emilia ihr Inkognito wahren. Der Reiter hatte die Kutsche nun erreicht. Doch anstatt an ihr vorbeizupreschen, drosselte er sein Tempo und passte es jenem der Kutsche an. »He da, Kutscher! Haltet an!«

Den drei Frauen stockte der Atem. Was wollte der Mann von ihnen? Ohne die Geschwindigkeit zu mindern, stellte ihm einer der Kutscher dieselbe Frage. Der Reiter rief zurück, dass er im Auftrag von Pater Baptista komme. Plötzlich stieß Emilia einen überraschten Schrei aus. Nicht wegen des Namens, sondern weil sie die Stimme erkannt hatte! Sie beugte sich aus dem Fenster und rief: »Haltet ein, Kutscher, das ist ein Freund!« Noch während der Kutscher sein Gespann zügelte, riss Emilia den Schlag auf und hüpfte leichtfüßig hinaus. Ihre Begrüßung »Maestro Donatus, welche Überraschung!« fiel mehr als herzlich aus.

Donna Elvira war Emilia nachgesprungen und hatte ihr rasch einen langen Umhang übergeworfen, dessen Kapuze sie umsichtig über ihr Haar drapierte. »Wie unvorsichtig«, zischte sie nah an Emilias Ohr, da sich ihnen just von vorn eine mit Melonen beladene Bauernkarre näherte. Der junge Mann auf dem Bock beäugte die Gesellschaft am Wegesrand. Er witterte ein Geschäft und bot ihnen lautstark *Cocomeri, frisch und saftig* an. Mit der Geschwindigkeit eines Taschenspielers zückte er ein Messer und schnitt eine der großen grünen Früchte in der Mitte durch. Eifrig hielt er ihnen die Hälfte mit dem blutroten Fruchtfleisch entgegen. Serafina, hinreichend mit der Hartnäckigkeit der Bauern der römischen Campagna vertraut, kramte rasch einige Scudi hervor und kaufte die Melone, um ihn loszuwerden. Dieser pries ihre Großzügigkeit, schnalzte mit der Zunge, und seine beiden triefäugigen Maulesel setzten sich wieder in Bewegung.

Während er an ihnen vorüberzuckelte, versuchte er, einen Blick auf die elegante Gestalt im Umhang zu erhaschen, doch Emilia hatte sich von ihm abgewandt. Sie warteten ab, bis der Mann außer Hörweite war. Donatus war inzwischen von seinem Pferd geglitten und kniete mit gesenktem Kopf vor Emilia. »Gott sei gepriesen, ich habe Euch gefunden, Eccellenza. Ich habe gewusst, dass Ihr nicht tot seid. Ich bin Euch nachgereist, um Euch weiterhin meine Dienste anzubieten.«

»Dann seid mir willkommen, Meister Donatus. Und ich hoffe, Ihr glaubt mir, dass keineswegs mangelndes Vertrauen dazu führte, dass Ihr nicht in unser Vorhaben eingeweiht wurdet. Doch sagt, wie seid Ihr überhaupt darauf gekommen? Wir haben alle erdenklichen Vorsichtsmaßnahmen ergriffen«, erkundigte sich Emilia mit leichtem Schrecken. Sie fürchtete, dass auch andere ihr Geheimnis enthüllt haben könnten. Dann wäre alles umsonst gewesen.

»Oh, dies war für mich nicht allzu schwer zu erraten. Wenn man wie ich weiß, wie sehr verbunden Euch Signorina Serafina und Donna Elvira sind, dann konnte man erkennen, dass beide nicht betroffen genug über Euer Ableben waren. Mein Verdacht wurde überdies durch das ständige Kommen und Gehen in Eurem Gemach bestätigt. Es herrschte zu viel Geschäftigkeit und Flüstern, das nicht unbedingt die Farbe der Trauer trug. Doch da Ihr offensichtlich beschlossen hattet, mich von Eurem Geheimnis auszuschließen, tat ich so, als hätte ich nichts bemerkt. Keinesfalls aber konnte ich zulassen, dass Ihr ohne mich abreist. Leider musste ich erst unser russisches Walross auftreiben und einigermaßen ausnüchtern. Aber hier sind wir, bereit, Euch bis ans Ende der Welt zu folgen.«

»Welches russische Walross?«, fragte Emilia verblüfft. Das unvermittelte Auftauchen ihres Majordomus und sein fabelhafter Monolog, im typisch trüben Donatus-Ton vorgetragen, hatte sie kurzzeitig ihr Umfeld vergessen lassen. So war ihr entgangen, dass sich ihnen ein zweiter, unbeholfener Reiter angenähert hatte. Bevor Emilia sich versah, war dieser von seinem Schlachtross gesprungen, hatte sie hochgehoben und schwenkte sie überschwänglich durch die Luft. Er stieß unablässig russische Koselaute aus. Dabei umwehte die junge Frau ein geradezu betäubender Hauch von Alkohol. »Ist ja schon gut, mein lieber Grigorowitsch«, rief Emilia völlig außer Atem, »du kannst mich jetzt wieder herunterlassen, ich bitte dich!«

Der Riese stellte sie behutsam ab. Sodann warf er sich vor ihre Füße, presste seine Lippen mehrmals auf den Saum ihres Kleides, um endlich in ein gewaltiges Schluchzen auszubrechen. Wo andere nur weinten, heulte er wie ein Steppenwolf. Donatus beeilte sich, ihn von Emilia wegzuzerren und wieder auf sein Pferd, einen gewaltigen Wallach, zu verfrachten. Dessen Beine wirkten massiv wie Säulen und hätten sicher auch ein Dach getragen, trotzdem hatte es genug damit zu tun, den schweren Russen zu bewältigen.

Sodann kehrten alle zusammen in der einzigen Herberge des Dorfes ein, einem einfachem Steinhaus mit meterdicken Mauern, in dem es dunkel, aber angenehm kühl war. Emilia zog sich sofort mit Donatus in eine stille Ecke zurück. Grigorowitsch hatte inzwischen im Meer gebadet und saß mit feuchtem Haar vor einem Krug mit Wasser. Man konnte seiner missmutigen Miene entnehmen, dass er etwas Stärkeres bevorzugt hätte. Doch Serafina und Donna Elvira, die den Tisch mit ihm teilten, ließen sich nicht erweichen.

Der Koch erschien mit einer riesigen Platte dampfender Schalentiere und stellte sie vor ihnen ab. Grigorowitsch stürzte sich mit einer Gier darauf, als hätte er seit Tagen nichts gegessen. Donatus runzelte missbilligend die Stirn. Emilia legte ihm die Hand auf den Arm. »Lasst ihn, Meister Donatus. Ihr werdet auf der Überfahrt noch genug Zeit haben, um ihm Manieren beizubringen.«

Emilia hatte ihm damit zu verstehen gegeben, dass er ihr auf ihrer Reise willkommen war. Jeder andere hätte mit einem Anzeichen von Freude darauf reagiert. Donatus hingegen neigte nur würdevoll den Kopf.

Emilia seufzte. Donatus würde sich nie ändern. Doch er war ihr genau so recht. Vor allem war er die Verlässlichkeit und Umsicht in Person. Sie betrachtete ihre nunmehr auf fünf Köpfe angewachsene Reisegesellschaft, für die sie von heute an die Verantwortung trug. Morgen würde sie ihre beiden Kinder, Vico und Sascha, endlich wieder in die Arme schließen. Als Wermutstropfen blieb, dass sie mit großer Wahrscheinlichkeit ihren alten Vater nie mehr wiedersehen würde, und auch, dass Emanuele zurückbleiben würde. Den Gedanken an Francesco versagte sie sich gänzlich. Dabei hatten die Worte des Prinzen Galitzin über Francescos Reaktion auf ihren Tod erneut jene wahnwitzige Hoffnung in ihrem Herzen erweckt, die einfach nicht sterben wollte.

Doch mehr zu erwarten hieße, das Schicksal herauszufordern.

Der Rest der Reise verlief ohne Zwischenfälle. Das Wetter war gut, und die Kutsche stabil – auch wenn sich Emilia vielleicht ein gebrochenes Rad herbeigewünscht hätte, um die Reise dadurch zu verlängern. Jeder ferne Hufschlag beschleunigte ihren Herzschlag. Am frühen Abend des zweiten Tages erreichten sie ihr Ziel. Der Hafen von Civitavecchia präsentierte sich ihnen in den irisierenden Strahlen der untergehenden Sonne, während ein Wald von Segelschiffen seine Masten wie Finger in den rot glühenden Himmel reckte.

Die kleine Gruppe trennte sich. Die drei Frauen und Grigorowitsch begaben sich zur Villa im antiken römischen Stil, die etwas zurückgesetzt auf einer Anhöhe den Hafen überblickte. Sie stammte noch aus dem Erbe des Herzogs von Pescara. Emilia und Fürst Wukolny hatten sie gelegentlich als Zwischenstation benutzt, wenn sie zu einer ihrer gemeinsamen Reisen aufgebrochen waren.

Donatos würde den Hafenmeister aufsuchen, um sich zu erkundigen, ob Emilias Schiff, die Cassiopeia, bereits vor Anker lag oder es Nachricht gab, wann mit ihrem Eintreffen zu rechnen wäre.

Falls sie bereits vor Anker lag, hatte Emilia Donatus gebeten, deren spanischen Kapitän Morales gleich zu ihr zu bringen. Morales war zwar Sergejs Mann gewesen, und der Fürst hatte große Stücke auf ihn gehalten, leider aber galt der Spanier als schwierig im Umgang. Emilia zog es daher vor, ihm persönlich die Nachricht zu überbringen, dass sie mit ihrer Familie an Bord kommen würde.

Die Begrüßung durch ihre Kinder war herzzerreißend. Sie stürzten sich beide gleichzeitig auf Emilia und klammerten sich an sie, als ob ihre empfindsamen Kinderseelen von den Stürmen wussten, die ihre Mutter in der letzten Zeit umtost hatten. Auch die drei Hunde waren kaum zu bändigen.

Während sie ein leichtes Abendmahl einnahmen, kehrte Donatus tatsächlich mit dem hochgewachsenen Spanier zurück. Seiner verkniffenen Miene konnte man entnehmen, dass den Kapitän der Cassiopeia die Anwesenheit der Reederin wenig erfreute. Offenbar witterte er bereits Unbill.

Er verbeugte sich und berichtete mit knappen Worten, dass die Cassiopeia eben eingetroffen war und die Handelsware – Gewürze und Rohrzucker – ordnungsgemäß am morgigen Tag gelöscht werden würde. Sofort danach würde die neue Handelsware an Bord gebracht werden. Die Cassiopeia konnte den Rückweg zu den Karibischen Inseln ohne Verzögerung antreten. Emilia hatte seinem Bericht ruhig gelauscht. »Kapitän Morales, ich benötige Eure Dienste«, verkündete sie ihm dann ohne Umschweife. »Zunächst möchte ich Euch darüber in Kenntnis setzen, dass ich inkognito hier bin. Das heißt, unter keinen Umständen darf meine Anwesenheit hier bekannt werden. Weder dürft Ihr darüber sprechen, dass Ihr mich getroffen habt, noch, wohin das Ziel meiner Reise geht. Es würde das Leben der Tochter Eures früheren Herrn, des Fürsten Wukolny, gefährden. Schwört Ihr mir dies bei seinem Andenken?«

Wenn Morales, der mit dem Hut unter dem Arm aufrecht vor ihr stand, diese Eröffnung befremdlich fand, so ließ er sich nichts anmerken. Er neigte den Kopf zum Zeichen seines Einverständnisses.

Emilia fuhr fort: »Es gibt eine Änderung der Reiseroute. Die Cassiopeia wird nicht zu den Karibischen Inseln zurückkehren. Wir segeln stattdessen zur amerikanischen Ostküste, nach Philadelphia. Der Hafen liegt meinen Besitzungen in North Carolina am nächsten. Um keinen Verdacht zu erregen, werdet Ihr Eure üblichen Entlade- und Beladungsroutine einhalten. Wir werden übermorgen beim ersten Tageslicht an Bord gehen. Danach wird die Cassiopeia sofort in See stechen. Maestro Donatus wird alles für unsere Ankunft an Bord vorbereiten. All dies muss unter größter Geheimhaltung vonstattengehen. Selbst Eure Mannschaft muss vorerst über die neue Route in Unkenntnis bleiben. Ihr garantiert mir dafür. Für Eure Verschwiegenheit werdet Ihr reich belohnt werden.«

Die ohnehin sauertöpfische Miene des Spaniers hatte sich bei ihren Worten weiter verdunkelt. Emilia sah es, doch sie konnte auf die Bedenken des Spaniers keine Rücksicht nehmen. Dass ihm der Gedanke von Frauen und Kindern an Bord keine Freude bereiten würde, war ihr bereits vorher klar gewesen. Doch sie war die Reederin, ihr gehörte das Schiff. Ihre Augen und Haltung drückten dies unmissverständlich aus.

Der Spanier setzte mit großer Geste seinen Dreispitz auf und sagte gepresst zu Maestro Donatus: »Ich erwarte Euch an Bord.«

Serafina sah seiner langen, hageren Gestalt nach. »Was für ein düsterer Bursche. Traust du ihm?«

»Sergej hat ihm vertraut. Das genügt mir. Außerdem ist er ein ausgezeichneter Seemann. Unter seinem Kommando ist noch nie ein Schiff verloren gegangen. Komm, bringen wir die Kinder zu Bett.« Die beiden Freundinnen kehrten in den Speisesalon zu den anderen zurück. Filomena hatte sich gegen die Überfahrt ausgesprochen. Sie würde nach ihrer Abreise nach Rom zurückkehren und die Mädchenschule allein weiterführen. Emilia hatte ihr die Gebäude mit der Schule und dem Waisenhaus überschrieben und ihr ausreichend finanzielle Mittel zur Verfügung gestellt.

Der folgende Tag verging zäh. Donatus, Donna Elvira und Serafina kümmerten sich um die letzten Reisevorbereitungen. Grigorowitsch trieb sich am Hafen herum.

Emilia war von Donna Elvira dazu verdonnert worden, im Haus zu bleiben. Donatus hatte in weiser Voraussicht noch am Ankunftsabend alle Dienstboten für zwei Tage beurlaubt. Emilia verbrachte die Zeit mit den Kindern und suchte zwischendurch immer wieder den Portikus im zweiten Stock auf, von wo aus sie den besten Blick auf Stadt und Hafen hatte. Seit ihrem Entschluss, gleich morgen früh in See zu stechen, hatte sie es beinahe erfolgreich geschafft, den süßen Stachel Francesco in ihrem Herzen zu verdrängen. Sie schalt sich eine Törin. Francesco hatte seinen Weg vor langer Zeit gewählt. Nichts konnte ihn je davon abbringen. Selbst wenn er sie lieben sollte, so war seine Abscheu vor dem Wesen der Frau unweit größer. Das Monster Beatrice hatte an ihm ganze Arbeit verrichtet. Und harrte ihrer nicht ein völlig neues Leben jenseits des Atlantiks, mit neuen Herausforderungen? Sie würde sich ihren Kindern widmen, erleben, wie sie in Frieden und Freiheit aufwuchsen und vielleicht eines Tages selbst Kinder bekamen. Sie sah sich bereits mit weißem Haar auf einer Bank im Garten sitzen und dem munteren Spiel ihrer Enkel zusehen. Sie lächelte. Doch das friedliche Bild verflüchtigte sich rasch. Auch wenn sie nicht mehr mit Francesco rechnete, bangte sie dennoch darum, dass Emanuele rechtzeitig eintraf. Sie hatte überdies einen langen Brief an ihren Vater verfasst, in dem sie ihm ihren Entschluss, die Alte Welt hinter sich zu lassen, erklärte. Emanuele hatte ihr versprochen, ihm diesen persönlich zu überbringen. Jemand näherte sich ihr mit leichtem Schritt. Es war Filomena, und sie wirkte, als hätte sie etwas auf dem Herzen.

Emilia ahnte den Grund und ging ihr entgegen. Sie fasste sie an den Händen. »Lass gut sein, Filomena. Es bedarf keiner weiteren Worte. Ich verstehe dich. Kaum etwas vermag uns mehr zu verletzen als der Schmerz einer unerfüllten Liebe. Dich trifft keine Schuld, man kann schließlich nichts dafür, wen man liebt. Die Liebe, sie kommt einfach über uns, und dann ist man in ihr gefangen. Wird sie nicht erwidert, müssen wir die Fesseln ertragen und darauf hoffen, dass sie sich irgendwann von alleine lösen.«

Filomena schmiegte sich an sie. Lange standen sie so und blickten auf das Meer hinaus, bis die Sonne am Horizont in das Wasser eintauchte, es mit Gold überzog und darin in vollkommener Schönheit verglühte. Donatus erschien just, um sie zum Abendessen zu bitten. Emilia blickte sich im Speisesaal um. »Sag, Serafina, wo ist eigentlich deine Mutter?«

Ihre Freundin stand mit steifen Schultern am Fenster und starrte hinaus. »Ich weiß es nicht. Sie wollte heute Morgen auf

den Markt gehen, um ihren Vorrat an Kräutern aufzufrischen.«
Emilia wurde sofort von Serafinas Besorgnis angesteckt. Im stillen Einverständnis ließen sie sich den Kindern gegenüber nichts anmerken. Sie scherzten mit ihnen und stritten sich um den Nachtisch. Filomena brachte die Kinder zu Bett, während Serafina und Emilia zurückblieben und über Donna Elviras Ausbleiben spekulierten. Gott sei Dank dauerte es nicht lange, bis Donna Elviras Schritte erklangen. Serafina registrierte den leeren Weidenkorb. »Was ist passiert, Mutter? Woher kommst du so spät?«

»Ich musste heute Morgen leider entdecken, dass die Villa unter Beobachtung steht. Ich bin der Sache nachgegangen.«

»Wie? Aber wer sollte mein Haus beobachten lassen?«, rief Emilia, der der Schreck sichtlich in die Glieder gefahren war.

»Der Bluthund Bertolli natürlich. Er hat Witterung aufgenommen. Er stand in Beatrices Diensten und kannte ihre besonderen Fertigkeiten. Ich fürchte fast, er hat sich von unserer kleinen Vorstellung nicht täuschen lassen«, erklärte Donna Elvira grimmig.

Bei der Erwähnung des Mannes, dem sie ihre Verhaftung zu verdanken hatte, übermannte Emilia der Zorn. »Hört das denn nie auf? Wann endlich kann ich mein Leben leben, ohne den Schatten Beatrices über mir fürchten zu müssen?«, schimpfte sie. »Seid Ihr sicher? Könnte es sich nicht um einen Zufall gehandelt haben?«

»Ich fürchte, nein. Mir ist ein Mann gefolgt, der zwanzig Meter gegen den Wind nach Spitzel roch. Ich bin ihm entwischt und selbst gefolgt. Nach einer Weile brach er die Suche nach mir ab und ist hierher zurückspaziert. Bis kurz vor Sonnenuntergang lungerte er vor der Villa herum. Dann wurde er von einem zweiten Mann abgelöst. Ich bin dem anderen gefolgt, und dieser hat mich schnurstracks zu seinem Auftraggeber geführt.«

»Konsultor Bertolli«, zischte Emilia.

»Ja, dieser Blutsauger ist hier und wird nicht aufgeben. Wenigstens konnte ich die Wirtin bestechen. Sie wird ihm heute

Abend ein Schlafpulver in sein Essen mischen. Das verschafft uns etwas Ruhe. Trotzdem rate ich dir, dich noch vor dem Morgengrauen im Schutz der Dunkelheit an Bord zu begeben. Grigorowitsch soll dich begleiten. Serafina, die Kinder und Maestro Donatus werden bei Tagesanbruch folgen. Ich bleibe hier in Civitavecchia und werde auf Emanuele warten. Ich kann ohne Weiteres ein späteres Schiff nehmen.«

Emilia sah sie nachdenklich an. »Ich danke Euch für das Angebot, liebste Elvira, aber ich kann nicht zulassen, dass wir uns trennen. Serafina stirbt jetzt schon tausend Tode bei dem Gedanken, mit dem Schiff zu reisen.«

»Pah, meine Tochter ist viel stärker, als sie tut. Sie hat immer dann Angst davor, ihren Mut zuzulassen, wenn ich dabei bin. Du wirst sehen, ohne mich wächst sie über sich hinaus.«

»Ich weiß«, lächelte Emilia. »Trotzdem, es bleibt dabei. Wir werden nicht ohne Euch abreisen. Uns bleiben noch einige Stunden. Emanuele wird es schaffen«, sagte sie zuversichtlich. Seit einer Weile konnte sie in ihrem Herzen spüren, dass er sich ihr näherte.

Kurz vor Mitternacht, Emilia war eben erst in einen unruhigen, albtraumhaften Schlaf gesunken, rüttelte sie jemand an der Schulter. Sie fuhr erschrocken auf. Im Zimmer herrschte tiefe Finsternis. Dennoch erkannte sie ihren Bruder. Mit einem Aufschrei warf sie sich in seine Arme. »Emanuele, endlich«, stammelte Emilia. »Ich habe mir solche Sorgen um dich gemacht.«

»Ich bin ja hier, *cara mia*«, sagte er zärtlich.

Emilia spürte, dass er am ganzen Leib zitterte. »Du frierst. Kein Wunder, deine Kleider sind ja ganz feucht. Lass mich eine Lampe entzünden.«

»Nein, es ist besser, das Zimmer im Dunkeln zu belassen. Wir wurden verfolgt und mussten uns kurz vor dem Ort Santa Marinella trennen. Ich bin mir nicht sicher, ob ich meine Verfolger abschütteln konnte. Ich …« Ein jäher Luftzug ließ beide auffahren. Jemand hatte die Tür zu Emilias Zimmer geöffnet. Emanuele schob Emilia sofort hinter sich.

»Keine Angst, ich bin es nur, Donna Elvira«, flüsterte eine Stimme. »Kommt mit. Wir gehen in die Küche. Dort brennt noch ein Feuer.«

Sie stiegen die steinerne Treppe zur Küche hinab. Sie befand sich im hinteren Teil des Hauses, der halb in den Hang hineingebaut worden war. Mehrere in den Berg gegrabene Vorratsstollen hielten im Sommer die Waren frisch und kühl.

Emilia erschrak sich fast zu Tode, als sie ihren Bruder im Schein des Feuers erblickte. »Mein Gott, du bist ja schwer verletzt!«, rief sie bestürzt. Emanueles Hemd war blutdurchtränkt.

»Es sieht schlimmer aus, als es ist, ehrlich. Ein glatter Durchschuss«, erwiderte Emanuele. Sein vom Schmerz verzerrtes Gesicht strafte seine Tapferkeit Lügen. Donna Elvira hatte ihn bereits auf die Küchenbank gedrückt und schnitt sein Hemd auf. Emanuele trug einfache Reisekleidung.

»Emilia, schnell! Steh nicht rum, sondern hol saubere Küchentücher, und tauche sie in das heiße Wasser über der Feuerstelle.«

Zehn Minuten später saß Emanuele, verbunden und mit frischen Kleidern versehen, zwischen ihnen auf der Bank. Mit geschlossenen Augen umklammerte er einen heißen Becher Wein. Sein Gesicht wirkte schon weniger blass, aber erschreckend erschöpft.

»Was in Gottes Namen ist geschehen? Wer hat auf dich geschossen?« Emilia konnte ihre Fragen nicht länger zurückhalten.

Ihr Bruder öffnete ein Auge und lächelte schwach. »Wer auf mich geschossen hat, weiß ich nicht, aber ich kenne den Grund: Unsere Feinde haben gesiegt. Pater General Ricci wurde vor Papst Clemens XIV. zitiert und erneut mit dem Vorwurf konfrontiert, die heiligste Reliquie der Christenheit gestohlen zu haben. Es ist absolut lächerlich, aber der anwesende Großinquisitor Stoppani warf Ricci sogar vor, dass er das Jesus-Evangelium für eigene Zwecke missbrauchen wolle, um selbst die Macht im Kirchenstaat zu ergreifen. Unglücklicherweise traf Pater Baptista mit dem Original des Jesus-Evangeliums erst ein, als

Ricci bereits vom Papst zurückkehrte. Nach Stoppanis denkwürdigem Auftritt hat unser Pater General beschlossen, das Geheimnis des Evangeliums weiter zu bewahren, bevor es einem solchen Mann in die Hände fällt. Er befürchtet nicht zu Unrecht, dass Stoppani es vernichten könnte. Diesen Frevel will er nicht verantworten. Aber, um deine Frage zu beantworten, offenbar verdächtigt man mich weiter, als Bote tätig zu sein. In Rom konnte ich keinen unbeobachteten Schritt tun, wobei die Männer sich keinerlei Mühe gegeben haben, mir ihre Präsenz zu verheimlichen. Es war wie eine stille Warnung, und wir mussten allerlei Finten anwenden, um bis hierher zu gelangen.«

»Du Armer«, sagte Emilia gefühlvoll und lehnte sich an seine gesunde Schulter. Dann zuckte ihr Kopf hoch, als hätte sie einen Schlag erhalten. Emanuele hatte etwas gesagt, das ihr das Blut schneller durch die Adern trieb. »Wir? Wen meinst du mit *wir*?« Sie wagte es nicht, ihre Hoffnung laut auszusprechen.

Emanuele wandte leicht den Kopf und lächelte sie geradezu spitzbübisch an. »Nun, Francesco und ich natürlich«

»Du hast Francesco gefunden?« Emilia klammerte sich an seinen Arm.

»Selbstverständlich. Hattest du etwa daran gezweifelt?«

»Aber wo ist er?«, rief sie atemlos.

»Das sagte ich doch schon. Wir mussten uns ungefähr sieben Meilen vor Civitavecchia trennen, um unsere Verfolger in die Irre zu leiten. Ich habe mit Francesco vereinbart, dass es sicherer ist, wenn wir uns erst wieder bei Sonnenaufgang am Hafen treffen. So lange hält er sich dort in einem Kontor seines Vaters versteckt.«

»Weiß er …, dass ich … lebe?« Ihre Stimme versagte ihr beinahe vor Aufregung.

»Natürlich weiß er das. Warum glaubst du wohl, ist er mit mir gekommen?«

»Er ist gekommen«, wiederholte Emilia. In ihren Augen tanzten Sterne.

»Du solltest dich langsam bereit machen«, unterbrach Donna

Elvira Emilias Träumereien. Doch sie lächelte dabei. Und zu Emanuele: »Hier, mein Lieber, Fleischbrühe. Iss, damit du wieder zu Kräften kommst. Du hast viel Blut verloren.«

Ein monströser Schatten zeichnete sich an der Wand der Steintreppe ab, und ihre Köpfe fuhren erschrocken herum. Er entpuppte sich als Grigorowitsch. Der Russe hatte sich einen riesigen Seesack aus gegerbtem Seehundfell über die rechte Schulter gewuchtet.

»Na, wer sagt es denn?«, brummte Donna Elvira. »Sobald nur der Hauch von etwas Essbarem durch das Haus weht, scheint dieses Urvieh von Mensch nicht weit zu sein. Er muss über einen bemerkenswerten Geruchssinn verfügen.« Sie meinte dies durchaus wohlwollend und füllte bereits eine Schale mit der Suppe. Der Riese setzte sie an seine Lippen und trank sie in einem Zug aus, ungeachtet dessen, dass sie fast noch brodelte und er sich die Zunge verbrannte. Mit einem zufriedenen Seufzen stellte er die Schale ab. Ein Stück Brot, so groß wie ein halber Laib, verschwand anschließend in seinem Mund.

»Wie sollen wir Emilia unbemerkt an Bord schaffen?«, überlegte Emanuele laut.

»Ich glaube, ich habe da eine Idee«, bemerkte Donna Elvira, deren Augen seit einer Weile interessiert den gewaltigen Seesack des Russen maßen. Emilia folgte ihrem Blick. Es fiel ihr leicht, Elviras Gedanken nachzuvollziehen. »Oh nein!«, rief sie entsetzt. »Ich werde mich ganz sicher nicht da hineinstecken lassen. Niemals!«

Eine gute Stunde später legte Grigorowitsch seinen Seesack vorsichtig in der Kapitänskajüte ab. Unter den ungläubigen Augen des spanischen Kapitäns der Cassiopeia entstieg diesem eine reichlich zerzauste Emilia. Sie nieste, streckte sich dann ausgiebig und sog genussvoll den Geruch der Kabine ein, in der sich Tabak, Salz, Tang und Zedernholz zu einem nicht unangenehmen Gemisch zusammenfanden. Viel besser jedenfalls als die muffige Absonderung des alten Seehundfells, das sie fast erstickt hatte. Paridi, der ihnen gefolgt war, inspizierte bereits mit hoch-erhobenem Schwanz die Kabine. Kapitän Morales betrachtete das Tier mit finsterer Miene.

Dann besann er sich seiner Erziehung und begrüßte die Schiffseignerin an Bord. Seine Worte waren ausgesucht höflich, Ton und Blick waren es nicht. Emilia war es einerlei. Die Miss-billigung des Spaniers war sein Problem, nicht ihres. Sie verab-schiedete ihn kurz angebunden, indem sie vorgab, sich in Ruhe einrichten zu wollen. Ihr Gepäck, von Donatus an Bord ge-schmuggelt, erwartete sie bereits in der Kabine. Grigorowitsch reagierte enttäuscht, als sie auch ihn bat, sie zu verlassen. Ver-drossen stampfte er hinaus.

Ungeduldig stürmte Emilia sofort zu einem der beiden Bull-augen, die ihr den Blick zur Mole gestatteten. Deren steinerne Umrisse waren im Mondlicht gut zu erkennen. Sie hatte nicht vor, diesen Aussichtsposten auch nur für eine Sekunde zu ver-lassen. Die Stunden vergingen. Noch vor dem ersten Morgen-grauen erwachte der Hafen zum Leben. Händler, Marktweiber, Matrosen, Soldaten, Kaufleute, junge Herumtreiber und Da-men von zweifelhaftem Ruf, kurzum, das übliche Hafenvolk be-gann sein Tagwerk. Bald hallte der Port von ihren Rufen wider.

Im ersten Morgenlicht setzte ein reger Ruderbootverkehr zwischen Hafen und Schiffen ein, die weiter draußen vor Anker lagen. Mit hungrigen Augen sog Emilia das bunte Treiben in sich auf, für sie der erste Vorgeschmack von Freiheit und Abenteuer. Auch die Cassiopeia erfreute sich eines regen Austauschs. Ein untersetzter Händler lieferte mehrere Fässer Rum an, die unter großem Gejohle der Mannschaft an Bord gehievt wurden. Auch kehrten nun die Matrosen zurück, die vergangene Nacht Land-urlaub gehabt hatten. Die meisten trieften vor Wasser, als hät-ten sie ihren Kopf in ein Becken getaucht. Diese Maßnahme diente der raschen Ausnüchterung und weniger der Hygiene, hatte aber denselben Effekt. Ein blasser junger Mann in einem schwarzen Gewand trottete soeben an Bord. Er erregte Emilias Aufmerksamkeit, weil sein strenger Aufzug nicht so recht in das

bunte Bild passen wollte. Darüber hinaus klemmte ein Konto-
buch von den Ausmaßen eines Pflastersteins unter seinem Arm.
Ein älterer Gardist, angetan mit der Uniform des Vatikanstaates,
begleitete ihn und verlieh dem Besuch einen amtlichen Anstrich. Während sich Emilia noch beunruhigt fragte, was die
Männer wohl an Bord wollten, verließen die beiden das Schiff
schon wieder. Kaum aber hatten sie die Cassiopeia verlassen,
wurden an Bord Befehle laut, und die Mannschaft verfiel in
geschäftige Unruhe. Überall über ihrem Kopf waren plötzlich
trappelnde Füße zu vernehmen, und das quietschende Geräusch
einer Winde setzte ein. Entsetzt begriff Emilia, dass der Anker
eingeholt wurde. *Sie legten ab!* Was fiel diesem sturen Spanier
ein? Der konnte was erleben! Zornig lief sie zur Tür und fand sie
verschlossen. Sie schrie und trommelte dagegen, was niemanden zu interessieren schien. Sie rannte zum Bullauge, aber es
ließ sich nicht öffnen. Sie verletzte sich lediglich ihre Finger an
den scharfkantigen Scharnieren.

Das Schiff nahm Fahrt auf und entfernte sich nun immer
rascher von der Mole. Emilia kniff die Augen zusammen. Eben
hatte sie einige ihr vertraute Gestalten entdeckt, die die letzten
Meter auf der Mole im Laufschritt zurücklegten. Es waren
Serafina, Elvira, Filomena, ihre Kinder samt den drei Hunden
und, ihnen voran, Emanuele und Donatus. Sie gestikulierten
wild, auch sie sichtlich erschüttert darüber, dass das Schiff vor
ihren Augen abgelegt hatte. Emilia wurde übel. Ihre Ohnmacht
und Wut darüber, dass der Kapitän sie verraten hatte, kannte
keine Grenzen. Dafür hatte er den Tod verdient! Der Teufel
mochte wissen, was er mit Grigorowitsch angestellt hatte, der
ihrer Entführung mit Sicherheit nicht tatenlos zugesehen
hatte.

Eine wilde Zerstörungswut überkam sie, und sie begann,
den Schreibtisch des Kapitäns zu verwüsten. Er hatte nur wenige Utensilien zurückgelassen, doch in einer Schublade fand
sich eine vergessene Seekarte. Emilia stürzte sich mit dem Hunger eines Raubtiers auf sie. Sie wusste, dass alle Kapitäne ihre

Seekarten wie Heiligtümer behandelten. Sie schnappte sich das Tintenfass, kippte es darüber und verteilte wahllos die Farbe darauf.

Plötzlich drehte sich hinter ihr der Schlüssel im Schloss. Kapitän Morales erschien auf der Schwelle, und seine Augen quollen vor Entsetzen beinahe über. »Bei der Madonna, was tut Ihr denn da?« Er sprang auf Emilia zu und versuchte, ihr das Tintenfass zu entwinden, bevor sie damit noch mehr Schaden anrichten konnte. Prompt fiel es zu Boden, und der restliche Inhalt ergoss sich über die Dielen.

Wie eine Furie fiel Emilia über Morales her. »Schuft, Ihr wagt es tatsächlich, mich einzusperren! Was fällt Euch ein auszulaufen? Ich befehle Euch, sofort umzukehren, hört Ihr?!« Sie versuchte, sich an ihm vorbeizudrängen, doch Morales hatte sie am Handgelenk gepackt und hielt sie fest. »Törichte Frau. Wir sind keinesfalls ausgelaufen, sondern haben unseren Ankerplatz auf Befehl des Hafenmeisters verlassen müssen. Sein Gehilfe hat eben die entsprechende Aufforderung übermittelt. Unsere Ware wurde gelöscht, die neue ist an Bord. Wir mussten nur unseren Platz räumen und weiter draußen ankern.«

Seine Erklärung klang durchaus vernünftig, doch Emilia war noch nicht bereit, seinen Worten Glauben zu schenken. »Und warum habt Ihr mich dann eingesperrt, wenn Ihr nichts Böses im Schilde führtet?«

»Weil ich stets mit der Torheit der Frauen rechne … Ich wollte verhindern, dass einer meiner Männer Euch erblickt, bevor wir uns auf hoher See befinden. Ich dachte, das wäre in Eurem Sinne. Und? Hatte ich recht? Standet Ihr nicht im Begriff, an Deck zu stürmen?«

Emilia hatte die Größe, dies zuzugeben, fügte jedoch an: »Ihr hättet mir ruhig diese Maßnahme ankündigen können, anstatt diese Entscheidung über meinen Kopf hinweg zu treffen.«

Kapitän Morales zog eine Miene, die deutlich erkennen ließ, dass er nicht im Traum daran dachte, seine Entscheidungen mit einer Frau zu diskutieren. Stattdessen sagte er: »Da Ihr scheinbar

Schwierigkeiten habt, mir Glauben zu schenken, wird Euch zumindest das Fallen des Ankers überzeugen. Hört Ihr?«

Tatsächlich waren das Rasseln der Kette und das anschließende Eintauchen des schweren Eisens ins Wasser nicht zu überhören. Kapitän Morales wandte sich ab. »Ich schicke Euch Euren Diener, damit er diese Schweinerei hier beseitigt.«

Er zögerte, dann zog er einen glänzend polierten Messingschlüssel aus seiner Tasche. »Hier, ich überlasse es Euch und Eurer Vernunft, die Tür von innen zu verschließen. Doch im Namen Eurer eigenen Sicherheit solltet Ihr diesen Raum vorerst nicht verlassen. Eure Familie und Freunde werden in wenigen Minuten an Bord kommen. Das Ruderboot ist bereits auf dem Weg. Danach werden wir endgültig ablegen. Die Ebbe setzt in Kürze ein.« Er ging und schloss die Tür.

Gleich darauf klopfte es, und Grigorowitsch trat ein. Er trug einen Blecheimer mit Wasser und hatte sich ein ansehnliches Arsenal an Lumpen unter den Arm geklemmt. Ohne ein Wort machte er sich daran, die Bescherung zu beseitigen. In seinen Mundwinkeln kauerte jedoch ein Lächeln. Er hatte seine Arbeit kaum beendet, als aufgeregte Stimmen vor ihrer Tür laut wurden. Sie riss sie auf, und die Kapitänskajüte wurde von zwei johlenden Kindern und drei tobenden Hunden geentert. Ihnen folgten lächelnd Serafina, Donna Elvira, Filomena und Emanuele nach. Über die Köpfe der Kinder hinweg traf sich Emilias Blick mit dem ihres Zwillingsbruders. Dunkle Ringe beschatteten seine Augen, und er schüttelte kaum merklich den Kopf. Emilias Herz krampfte sich schmerzhaft zusammen. Was war geschehen? Hatte Francesco es sich noch anders überlegt? Wollte er sie kein letztes Mal sehen, um sich von ihr zu verabschieden? Triumphierte Beatrice selbst noch aus dem Grab heraus über sie? Sie brannte darauf, mit ihrem Bruder allein zu sprechen. Die drei Frauen tauschten einen Blick, schnappten sich die Kinder und scheuchten sie in die Kabine nebenan. Die beiden Kleinen würden dort mit Donna Elvira während der Überfahrt Logis beziehen. Serafina würde die Kapitänskajüte mit Emilia teilen.

Flüchtig nahm Emilia auch die Anwesenheit von Donatus wahr, der sich nun ebenfalls in den Gang zurückzog. Die Geschwister waren allein. Kraftlos sank Emilia auf die Koje. Würde ihr Herz denn niemals Frieden finden? Wie konnte sie abreisen, ohne wenigstens von ihrer Liebe Abschied genommen zu haben? Emanuele setzte sich neben sie und nahm sie in den Arm. »Sei nicht traurig. Ich weiß, dass er dich liebt, denn er hat es mir in Viterbo selbst gestanden. Ich möchte dich nicht unnötig beunruhigen, aber ich befürchte, dass unser Freund verhaftet worden ist.« Emilia erbleichte noch mehr und schloss die Augen. Lautlos formten ihre Lippen Francescos Namen.

»Das hört sich schlimm an, ist es aber nicht, Emilia. Vergiss nicht, er ist ein Colonna. Seine Familie verfügt über genügend Einfluss, um ihn aus jeder Lage zu befreien. Ich finde heraus, was geschehen ist und werde dir schreiben.«

»Es wird Zeit. Die Winde stehen günstig. Ihr müsst von Bord.« Von ihnen unbemerkt, hatte Kapitän Morales die Kajüte betreten. Hinter ihm zeichnete sich die schmale Gestalt Filomenas ab.

Emilia übergab Emanuele den Brief für ihren Vater. Noch einmal nahmen die Geschwister sich in die Arme und schworen sich unter Tränen, sich jede Woche zu schreiben. Emilia klammerte sich an ihren Bruder, wie damals in Santo Stefano, als er nach Rom gegangen war. Doch nach Rom war es ein Ritt von wenigen Tagen gewesen; von nun an würden Tausende von Seemeilen zwischen den Geschwistern liegen. Emilia bestürmte ihn ein letztes Mal, bei ihr zu bleiben und mit ihr zusammen nach Amerika zu reisen.

»Und wer soll dir dann von Francesco berichten, du Dummes?«, lächelte er zärtlich auf sie herab. »Wir sollten auch an unseren alten Vater denken. Wer soll ihm alles erklären, außer mir? Verzage nicht, kleine Schwester, und vertraue auf Gott. Dies ist kein Abschied für immer. Wir werden uns in diesem Leben wiedersehen.« Hinter ihnen gab Kapitän Morales einen rauen Unmutslaut von sich, der deutlich ausdrückte, was er von dieser häuslichen Szene hielt. Eine letzte Umarmung, dann waren Emanuele und Filomena fort. Wie betäubt blieb Emilia zurück. Mit Emanuele verließ sie die letzte Verbindung zu Francesco. Die Ungewissheit, was ihm zugestoßen sein könnte, peinigte sie. Sie würde so lange keine Ruhe mehr finden, bis sie den ersten Brief Emanueles in Händen halten würde. Als Adresse hatten sie ein Hafenkontor in Philadelphia vereinbart, das ursprünglich noch aus Sergejs Besitz stammte. Sie trat zu dem Bullauge. Ein Ruderboot, verbunden mit einem Fallreep, schaukelte sachte auf den Wellen. Zwei Matrosen saßen darin und vertrieben sich die Zeit mit Zoten. Ihr fröhliches Lachen klang wie Folter in Emilias Ohren.

Dann tauchte Filomena auf der Hängeleiter auf, gefolgt von Emanuele. Sie bestiegen das Boot, das sie zurück an Land bringen würde. Emanueles Augen glitten suchend die Bordwand entlang und erkannten den kleinen fahlen Fleck hinter dem Bullauge. Ein letztes Mal winkte Emilia ihrem Bruder zu, dann legte das kleine Boot ab.

Gleich darauf setzte sich die Winde in Bewegung, und der Anker glitt nach oben, die Segel wurden ausgefahren und blähten sich unternehmungslustig im Wind. Kapitän Morales bellte einige Befehle, die der erste Maat an die Mannschaft weitergab. Ein Ruck ging durch das gesamte Schiff. Knarzend setzte sich die Cassiopeia in Bewegung und wandte den Bug dem offenen blauen Meer zu.

Emilia begab sich in die Kabine nebenan, die von fröhlichem Kinderlärm erfüllt war. Bis zum Abend lenkte sie sich im Beisammensein mit ihren Kindern ab. Sie fürchtete sich davor, sich schlafen zu legen. Wenigstens würde ihr Serafina Gesellschaft leisten. Irgendwann in der Nacht aber hatte Serafina genug von Emilias unruhigen Bewegungen. Sie schwang ihre Beine aus der engen Koje und meinte: »Ich werde dir einen Kräutertee bereiten. Sonst wirst du niemals einschlafen können.«

»Entschuldige bitte. Habe ich dich geweckt?«

»Nicht wirklich, da ich bisher gar nicht schlafen konnte. Du strahlst Unruhe aus wie ein Ofen Hitze. Ich bin gleich zurück.« Sie entzündete eine Lampe und hüllte sich in ihren Mantel. Vorsichtig öffnete sie die Tür und schloss sie wieder.

Serafina und ihre Mutter hatten den ersten Tag gut genutzt und sofort Freundschaft mit dem zweitwichtigsten Mann an Bord geschlossen: dem Koch. Ein Mittel gegen dessen schmerzhafte Gicht hatte ihnen sein Herz und seine Kombüse geöffnet.

Emilia vergrub sich in die Laken und konzentrierte sich auf die guten Dinge, die ihr das Leben beschert hatte. Ein Lächeln stahl sich in ihre Mundwinkel, als sie an Ludovico dachte, der ihr mit atemloser Stimme ein Schauermärchen über ein angebliches Schiffsgespenst erzählt hatte. Er hatte es von einem Matrosen aufgeschnappt. Der kleine Vico hatte sich an Bord der Cassiopeia sofort zu Hause gefühlt. Auf seinen stämmigen Beinen war er über das Deck gestampft und hatte die Matrosen bestaunt, die sich barfuß und behände wie Affen durch die Wanten schwangen. Vico wollte von da an nur noch eines: Matrose werden! Er hatte seiner Mutter damit den ganzen Abend über in den Ohren gelegen.

Urplötzlich stieg Emilia der durchdringende Geruch von Alkohol in die Nase. Sie schnüffelte. Rum? Seit wann fügte Serafina ihrem Tee Rum zu? Sie setzte sich ruckartig auf. Jemand stand an ihrer Bettstatt. Ohne Zweifel, der Geruch kam von dort. »Serafina?«

Ein erstickter Laut antwortete ihr, dann umschlangen sie zwei kräftige Arme, und ein fordernder Mund presste sich auf den ihren. Unfähig zu schreien und halb betäubt durch den Alkohol, versuchte sich Emilia zu wehren. Doch die Arme umschlangen sie nur noch kräftiger, und ein harter Körper presste sich an den ihren. Plötzlich ein Schlag, begleitet von einem Lichtblitz, dem unmittelbar ein Schmerzensschrei folgte. Der Mann ließ von ihr ab und griff sich stöhnend an den Kopf. Emilia nutzte den Moment und stieß den Mann mit aller Kraft von sich. Der Angreifer rollte von der Koje und prallte hart auf den

Boden. Am ganzen Leib zitternd, zog sich Emilia in die hinterste Ecke der Schlafstatt zurück.

»Emilia? Ist alles in Ordnung mit dir? Ich habe den Kerl erwischt!«, rief Serafina. »Pfui Teufel«, schalt sie, »hier stinkt es nach Rum, als hätte jemand darin ein Bad genommen.«

»Gott sei Dank, Serafina, du bist es«, stieß Emilia erleichtert hervor.

»Warte, ich entzünde eine neue Lampe.« Mit Ersterer hatte sie eben den Eindringling niedergeschlagen. »Dann wollen wir mal sehen, wen wir hier haben.« Serafina schwenkte den Lichtkreis der eisernen Laterne auf den Mann, der auf dem Boden kniete und sich immer noch stöhnend den Kopf hielt. Er richtete sich nun etwas auf und blinzelte gegen das Licht.

Emilia stieß einen heftigen Schrei aus, warf sich auf den Mann und begrub ihn förmlich unter sich. Dieser kippte nach hinten und schloss dabei reflexartig beide Arme um sie.

Himmel, Emilia! War sie verrückt geworden? Die beiden Kämpfenden rollten ineinander verkeilt umher und stießen dabei undefinierbare Laute aus! Serafina selbst hatte es die Sprache verschlagen. Der Mann begann mit fahrigen Händen, die Bänder von Emilias Nachthemd zu lösen. Heiser stieß er aus: »Ich will dich!« Serafina traute ihren Ohren nicht. Was tat Emilia da? Es sah ganz so aus, als hätte sie vor, hier auf dem Boden und vor ihren Augen … Hatte ihre Freundin nun völlig den Verstand verloren, fragte sich Serafina entsetzt.

Als Nächstes sah sie, wie Emilia gierig Hals und Brust des Mannes küsste, nachdem sie ihm sein Hemd beinahe gewaltsam vom Leib gerissen hatte. Kurz gab sie dabei sein Gesicht preis, und durch Serafina schoss der heiße Strahl des Erkennens. »Francesco!«, entfuhr es ihr verblüfft.

Doch die beiden hörten und sahen sie nicht, sie nahmen rein gar nichts mehr wahr, was außerhalb ihrer eigenen Welt geschah. Vermutlich hätten sie nicht einmal gemerkt, wenn gleich neben ihren Köpfen eine Kanone abgefeuert worden wäre.

Mit einem leisen Lächeln zog sich Serafina zurück. Sie hatte immer geahnt, wie viel Leidenschaft in Francesco Colonna schlummerte – natürlich, er hatte auch viel nachzuholen.

Sie würde nebenan auf dem Fußboden schlafen. Wie es aussah, würde das Paar dort auch auf dem Fußboden schlafen – obwohl sie starke Zweifel hegte, dass es zum Schlafen kommen würde.

Das erste Licht des Tages schlüpfte durch das Bullauge herein und überhauchte rosig Emilias Gesicht. Francesco betrachtete es verzückt. Es war also geschehen! Zum ersten Mal in seinem Leben hatte er sich freiwillig einer Frau hingegeben. Er verspürte keinerlei Reue, nur unbändige Freude. Was für ein blinder Tor war er doch gewesen, dass er sich die Freude, Emilia zu lieben, all die Jahre selbst versagt hatte!

Einst hatte er seine Verdammnis einer Frau zu verdanken gehabt, um danach seine Errettung in Gott zu finden. Heute nun erfuhr er Erfüllung durch die Liebe einer Frau. Die Liebe *und* der Glauben, beide entsprangen sie der Liebe Gottes. Sein Freund Emanuele hatte recht behalten. Anstatt seinen Frieden in Jesus Christus zu suchen und einen Weg zu finden, Beatrice zu verzeihen, hatte er völlig übersehen, dass er derjenige gewesen war, der sich selbst nicht hatte verzeihen können. Nachdem er dies begriffen hatte, konnte ihm endlich die Erlösung zuteilwerden.

»Es ist also wahr! Ich habe nicht geträumt.« Emilia hatte ihre Lider geöffnet und verschlang ihn mit ihren Augen. »Du bist da!«

»Ja, Liebste, ich bin hier, bei dir.« Er nahm ihre Finger, drückte seine Lippen darauf und presste sie an sein Herz. Emilia konnte den gleichmäßigen Schlag in seiner Brust fühlen. Wie sehr sie sich danach gesehnt hatte, ihn so zu berühren! »Sag mir, mein Liebster, würdest du mir eine Frage beantworten?«

Seit sie sich endlich gefunden hatten, hatten sie sich nur geliebt und immer wieder geliebt und außer gestammelten Liebesbekenntnissen kein Wort miteinander gewechselt.

»Alles, was du willst, mein Herz«, erwiderte er zärtlich.

»Warum riechst du, als hättest du ein Bad in einem Fass Rum genommen?«

Francesco brach in schallendes Gelächter aus. »Du sagst es!«

»Wie?« Emilia richtete sich auf dem Ellbogen auf. Ihr langes gelöstes Haar fiel ihr wie ein seidener Vorhang ins Gesicht.

Mit einer unendlich liebevollen Geste, die Emilias Herz mehr berührte als alle Liebesbekenntnisse ihrer leidenschaftlichen Nacht, strich er ihr das Haar aus dem Gesicht. »Weil ich mich in einem leeren Fass Rum an Bord geschmuggelt habe. Es gab keine andere Möglichkeit, die mir auf die Schnelle einfiel, um unerkannt auf das Schiff zu gelangen. Die Soldaten Roms waren mir dicht auf den Fersen. Ich bin jetzt vogelfrei, Liebste. Gewährst du mir Asyl auf deinem Schiff?«

»Alles, was du willst, mein Herz«, wiederholte Emilia Francescos Worte. Sie sank zurück und bettete ihren Kopf auf seine Brust, um weiterhin seinem Herzschlag zu lauschen.

Francesco genoss das Glück, sie so nahe bei sich zu wissen. Nie wieder würden sie sich trennen. Er sog den Duft ihres wunderbaren Haares ein, der ihn immer an eine Frühlingswiese erinnert hatte.

Mit einem leisen Staunen erkannte er, dass ihm, ebenso wie der Natur, die sich nach jedem Winter erneuerte, in dieser Nacht ein neuer Anfang geschenkt worden war.

Die Bibel irrt, dachte Francesco. *Am Anfang war nicht das Wort, am Anfang war die Liebe. Und es ward gut …*

Nachbemerkung

Am 21. Juli 1773 bestätigte Clemens XIV. das generelle Verbot des Jesuitenordens. Der Papst beugte sich damit dem Druck der vereinten bourbonischen Herrscher Europas.

Das päpstliche Breve namens *Dominus ac redemptor* war heimlich in der spanischen Botschaft gedruckt worden, da der Papst eine vorzeitige Publikmachung fürchtete. Der spanische Botschafter, José Moñino, wirkte selbst beim Text mit.

Im Gegenzug erstatteten die bourbonischen Herrscher dem Kirchenstaat mehrere kleinere Territorien zurück – unter anderem die alte Papststadt Avignon und das Fürstentum Benevent.

Den Jesuitenorden ereilte damit das gleiche Schicksal wie die Tempelritter im Jahre 1307. Beide Orden hatten zu viel Macht und Einfluss erlangt und stellten sowohl für den Kirchenstaat wie auch für die weltlichen Herrscher eine zunehmende Bedrohung dar.

Der Erlass wurde im römischen Profeshaus des Ordens am 16. August 1773 durch Macedonio, einen Neffen des Papstes, verlesen. Das Mutterhaus wurde beschlagnahmt, und das gesamte Vermögen eingezogen. Dazu gehörten 84 Professhäuser in den Hauptstädten der Welt, 679 Kollegien, 61 Noviziate, 176 Seminare, 315 Residenzen und 273 Missionsstationen.

Einzig Zarin Katharina II. und Friedrich II. von Preußen widersetzten sich dem Verbot. Sie wollten die segensreiche Schultätigkeit der Jesuiten in ihren Ländern nicht gefährden.

Der 18. General des Ordens, Lorenzo Ricci, und mit ihm seine Assistenten wurden verhaftet und in der Engelsburg eingekerkert.

Fast auf den Tag genau ein Jahr später starb völlig überraschend Papst Clemens XIV. Sofort wurde die Verschwörungstheorie laut, dass die Jesuiten ihn in einem Racheakt vergiftet hätten.

Clemens XIV. selbst hatte in den letzten Monaten seines Pontifikats wiederholt die Befürchtung geäußert, dass ihn die Oberen des Jesuitenordens noch aus ihren Zellen heraus ermorden könnten.

Das folgende Konklave dauerte beinahe fünf Monate. Giovanni Angelo Graf Braschi wurde erst zum Papst gewählt, nachdem er dem Konklave fest zugesagt hatte, das Jesuitenverbot nicht anzutasten. Er nahm den Namen Pius VI. an.

Der letzte Ordensgeneral, Pater Lorenzo Ricci SJ, starb am 24. 11. 1775 – nach über zwei Jahren Haft und Verhören – im Alter von 72 Jahren in den Verliesen der Engelsburg.

Der Jesuitenorden wurde niemals öffentlich angeklagt oder verurteilt.

Am 04. 07. 1776 erklärten dreizehn amerikanische Kolonien ihre Unabhängigkeit von Großbritannien.

Am 14. 07. 1789 begann in Paris mit dem Sturm auf die Bastille die Französische Revolution und leitete den Untergang des Ancien Régime ein.

Der Historiker Michel Antoine hat später nachgewiesen, dass sich der französische König Ludwig XV. mit dem Verbot des Ordens selbst einer der wichtigsten Stützen seines absolutistischen Staates beraubt hat und damit indirekt der Französischen Revolution den Boden bereitet hat.

41 Jahre später, im Jahre 1814, widerrief Papst Pius VII. das Verbot und restaurierte den Jesuitenorden. Vom Schock der Aufhebung hat sich die Gesellschaft Jesu bis zum heutigen Tag nie erholt.

Danksagung

Zunächst muss ich mich bei allen Mozart-Kennern entschuldigen. Denn ich habe Wolfgang Amadeus gut zwei Jahre zu früh nach Rom reisen lassen. Da ich seinem Genie verfallen bin, wollte ich ihn unbedingt dabeihaben. Bitte sehen Sie es mir nach.

Dann gibt es noch eine geklaute Idee: den Holzpenis. Es gibt in Oberbayern einen kleinen Betrieb, der sich auf diese spezielle Schnitzerei spezialisiert hat. Lange habe ich überlegt, ob die Szene mit Emilia und dem Holzpenis im Buch verbleiben soll. Am Ende habe ich mich dafür entschieden, obwohl (oder weil?) mir bewusst war, dass sie polarisieren wird. Immer gerne! Wer sich für Holzpenisse und deren Bedeutung in anderen Kulturen interessiert, dem sei ein Besuch im Königreich Bhutan empfohlen, wo man allerorts auf geschnitzte Holzphalli trifft. In der Provinz hängen sie fast von jedem Vordach, während der Phalluskult in den Städten etwas im Rückgang begriffen ist. Der Umgang mit einer jahrtausendealten Kultur vor Ort ist beispielhaft, er ist entspannt und unbeschwert von Prüderie.

Erneut muss ich meinem Mann danken. Sein Verständnis hat mich stets begleitet. Ich habe mich revanchiert und seinem Wunsch nach ein wenig mehr Erotik in der historischen Vorgeschichte der SEELENFISCHER-Reihe entsprochen. Mein Mann war zufrieden, ich hoffe, Sie, lieber Leser, waren es auch. Jede Anregung oder Kritik ist mir willkommen: mail@hanni-münzer.de

Dann gilt mein besonderer Dank wieder meinen Kampfleserinnen und -lesern, den »Seelenfischer-Jüngern«: meiner Mami,

Eva, Christine, Martina, Ro, Ludwig, Ramona, Geli, Bettina, Alexander, Anika und Stephie. Ihr seid die Besten!

Überhaupt, liebe »Seelenfischer-JüngerInnen«, ohne Euch wäre das Buch nicht möglich gewesen. Wie auch nicht ohne meine wunderbare Freundin Myriam, auf deren verlässlichen Rat ich mich auch bei der Entstehung dieses Buches wieder voll und ganz stützen konnte. Ebenso unverzichtbar sind für mich die professionelle Unterstützung meiner wunderbaren Agentin und Freundin Lianne Kolf und der Lektorinnen Christine Neumann und Kerstin von Dobschütz vom Piper Verlag gewesen. Dank gebührt auch dem gesamten tollen Piper-Team. Sie leben Bücher.

Und natürlich DANKE ich ganz besonders all meinen Leserinnen und Lesern, die mich durch »Das Hexenkreuz« begleitet haben. Ich schreibe und brenne für Sie!

Eure Hanni M. im März 2013 / 2017

Lesen Sie ab 3. April 2017:

Band 2 der »Seelenfischer-Reihe«:

»Die Akte Rosenthal – Teil 1«

schließt an Band 1 »Die Seelenfischer« an

Tanger

Mitten in der Nacht wird eine junge Frau aus ihrer Wohnung verschleppt. Die Täter nehmen auch alle ihre persönliche Habe mit.

Zurück bleiben einige schäbige Möbel und ihre Katze.

Nürnberg

Lukas und Lucie von Stetten wie auch dem Agenten Jules Lafitte ist nach den folgenschweren Ereignissen in Rom nur ein kurzes Aufatmen vergönnt. Schon geraten sie in das nächste Abenteuer.

Und jemand, mit dem so gar niemand gerechnet hat, taucht plötzlich wieder auf und greift in die Geschehnisse ein.

Sehr bald muss Lukas erkennen, dass nichts so ist, wie es zunächst scheint …

Ab 1. Mai in Ihrem Buchhandel:

Band 3, Showdown! –
»Die Akte Rosenthal – Teil 2«

schließt an Band 2 an

Rom

Der Papst tritt überraschend zurück, seine Motive lässt er im Unklaren.

Sofort sprießen in Rom die wildesten Gerüchte. Spekulationen über Geschäfte der Vatikanbank, Erpressung und Missbrauch machen die Runde. Ein gefundenes Fressen für die Medien.

Der neue Papst sieht sich einer schier unlösbaren Aufgabe gegenüber.

Er nimmt den Kampf auf, stößt auf das weltumspannende Komplott eines Wirtschaftssyndikats – und bringt sich damit selbst in Lebensgefahr.

Berlin

Eine Journalistin ist einer heißen Story auf der Spur und gerät in tödliche Gefahr.

Nürnberg

Lukas erhält völlig unerwartet ein Angebot aus dem Vatikan. Während er über seine Rückkehr nach Rom nachdenkt, treten gleich zwei interessante Männer in das Leben seiner Zwillingsschwester Lucie. Beide kämpfen um sie.

Bald muss sie sich fragen, ob einer von ihnen ein falsches Spiel mit ihr treibt.

Lukas' Frau Magali verstrickt sich durch das Erbe ihrer Mutter in dunkle Machenschaften, aus denen es scheinbar kein Entkommen gibt. Und sie sorgt sich um ihre Ehe – sie weiß, Lukas hat seine Jugendliebe Rabea nie vergessen.

München

Jules Lafitte ist gezwungen, vor dem Terroristen Yussuf unterzutauchen. Quer durch Europa jagt er Beweisen nach, um sich endgültig von seiner Vergangenheit zu befreien.

Keiner der fünf ahnt, dass sie ins Visier eines gefährlichen Gegners geraten sind – denn alle Ereignisse sind miteinander verknüpft.

Und am Ende führen alle Wege nach **ROM.**

BUCHEMPFEHLUNG

Lesen Sie jetzt:

»Honigtot« – Band 1 der »Honigtot-Saga«

Der Spiegelbestseller mit bis dato
über 700 000 Lesern in 14 Ländern

*Kann eine tiefe, alles verzehrende Liebe
die Generationen überdauern und alte Wunden heilen?*

Kurzbeschreibung

Wie weit geht eine Mutter, um ihre Kinder zu retten? Wie weit
geht eine Tochter, um ihren Vater zu rächen?

Als sich die junge Felicity auf die Suche nach ihrer Mutter macht,
stößt sie dabei auf ein quälendes Geheimnis ihrer Familienge-
schichte. Ihre Nachforschungen führen sie zurück in das dun-
kelste Kapitel unserer Vergangenheit und zum dramatischen
Schicksal ihrer Urgroßmutter Elisabeth und deren Tochter De-
borah. Ein Netz aus Liebe, Schuld und Sühne umfing beide
Frauen und warf über Generationen einen Schatten auf Felici-
tys eigenes Leben.

HONIGTOT – eine bewegende Geschichte über Liebe und Ob-
session, Schuld und Sühne, Verrat und Rache … bis zum bitter-
süßen Ende.

Für E-Reader mit E-Pub-Version (z. B. Tolino)

»HONIGTOT« – Band 1 der HONIGTOT-Saga
https://www.piper.de/buecher/honigtot-isbn-978-3-492-96900-0-ebook

Für Kindle-E-Reader

»HONIGTOT« – Band 1 der HONIGTOT-Saga
https://www.amazon.de/dp/B00Q2OSUKU

Inhaltsverzeichnis

Liebe und Obsession, Schuld, Verrat und Rache ...

Endlich: die Fortsetzung zum Bestseller »Honigtot«

Hanni Münzer

Marlene

Roman

Piper Taschenbuch, 544 Seiten
€ 9,99 [D], € 10,30 [A]*
ISBN 978-3-492-30947-9

*Cover- und Preisänderungen vorbehalten

Lange zögerte Marlene, ihre Geschichte aufzuschreiben. Wollte sie alles aus dem Dunkel hervorzerren, die Geister und Dämonen ihrer Vergangenheit, und sich ihnen erneut aussetzen? Doch da gab es auch die schönen Erfahrungen. Wunderbare Menschen hatten ihren Weg gekreuzt, Menschen, die sich das Menschsein bewahrt hatten, die selbst unter den furchtbarsten Bedingungen noch füreinander da gewesen waren. Und im Krieg hatte sie nochmals die Liebe erlebt, so groß und weit, dass sie sie bis heute erfüllte …

PIPER

Leseproben, E-Books und mehr unter www.piper.de